Gage Branson arrivait à peine aux alentours de Dallas quand il entendit Arwen gémir par-dessus la radio. Quel idiot ! Pourquoi avait-il emmené sa chienne dans ce voyage d'affaires ?

Un voyage d'affaires pas comme les autres, d'ailleurs. Il s'agissait tout de même de rendre une visite surprise à une ex-petite amie sur son lieu de travail.

Par ailleurs, Arwen n'était pas une chienne comme les autres. C'était sa meilleure amie, sa confidente. La seule et unique fois où il avait osé la laisser dans un chenil, elle lui avait fait la tête pendant une semaine. De plus, tout comme lui, Arwen aimait les longs voyages en voiture. Une chose était sûre : il n'était pas mécontent de l'avoir près de lui alors qu'il s'apprêtait à réclamer une dette à l'une des P-DG. de Fyra Cosmetics.

GB Skin for Men, la société qu'il avait créée, venait de devenir incontournable dans le domaine des cosmétiques. Son chiffre d'affaires dépassait le milliard de dollars, ce n'était pas rien !

Il n'avait pas hésité à dépenser des millions pour élaborer un nouveau produit destiné à effacer les cicatrices. Le lancement du produit, le mois dernier, avait dépassé ses espérances, grâce à cette campagne de publicité, notamment. Cela lui avait permis d'asseoir sa réputation de leader dans le domaine.

Mais il venait d'apprendre que la société de son ex-petite amie semblait en mesure de le détrôner avec une formule magique de son cru !

Pas question de la laisser faire.

Alors qu'une chanson des Black Keys passait à la radio, Arwen en profita pour gémir de plus belle.

Gage fronça les sourcils.

— Arwen, ça suffit !

Sa chienne lui jeta un regard en coin, la tête penchée.

Il allait encore devoir céder !

— D'accord, soupira-t-il en éteignant la radio.

Au bout de quelques kilomètres, il sortit de l'autoroute et se dirigea vers le siège de Fyra Comestics. Il n'eut pas de mal à trouver l'entrée du parking car il avait étudié les lieux sur Internet avant de venir. Mais il ne s'était pas rendu compte de la beauté du bâtiment de la société que Cassandra Claremont avait créée avec ses associées et amies. De forme moderne, tout en verre et en acier, l'établissement de cinq étages était surmonté du logo violet Fyra qui dominait le paysage. Cette compagnie valait plusieurs millions de dollars et elle pouvait se vanter d'avoir un siège qui en imposait !

— Reste là et ne touche pas à l'embrayage, lança-t-il à Arwen.

Il s'était mis à l'ombre. Mais avant de descendre, il entrouvrit légèrement les fenêtres pour que sa chienne ne manque pas d'air.

Si Cass avait aussi bien réussi, c'était grâce à lui. Il avait été son mentor pendant huit mois, et il était temps qu'elle lui rende la pareille. D'ailleurs, il comptait bien lui en fournir la preuve. C'était tout de même lui qui l'avait guidée à une époque où elle ignorait comment naviguer parmi les requins de l'industrie des cosmétiques !

Bref, ce serait donnant donnant.

Avec un peu de chance, Cass accepterait de le recevoir sans rendez-vous. À vrai dire, il n'avait pas voulu l'appeler. L'effet de surprise était primordial dans sa démarche. En effet, il était là pour mettre la main sur la formule secrète de Cass. S'il lui laissait trop de temps pour réfléchir, ce serait fichu.

La formule était d'autant plus secrète qu'elle n'était pas encore commercialisée. D'après ses sources, les laboratoires Fyra avaient mis au point un procédé miracle pour éliminer les rides et les cicatrices. Un produit surtout plus performant que le sien.

Voilà pourquoi il le voulait à tout prix !

Ce n'était donc pas le genre d'affaire qu'on pouvait régler par téléphone, même avec une ex-petite amie. Ils ne s'étaient pas parlé depuis huit ou neuf ans. Neuf. Peut-être même dix.

— Gage Branson, que me vaut ce plaisir ?

Il ne put s'empêcher de sursauter. Cette voix sensuelle et féminine l'avait pris par surprise. Il n'avait même pas eu le temps de s'éloigner de son véhicule !

Il se retourna puis s'arrêta net.

— Cass ?

— Gagné.

Elle dissimulait son regard derrière des lunettes de soleil mais on sentait bien qu'elle n'était pas contente de le revoir.

Gage l'observa plus en détail. Avec ces talons aiguilles de dix centimètres et ce tailleur qui mettait impeccablement en valeur son corps de déesse, elle était superbe, comme dans son souvenir. Mais elle ne ressemblait pas à la Cassandra Claremont qu'il avait connue.

Cependant, il reconnaissait bien cette assurance hautaine qui émanait d'elle. Elle avait toujours fait partie de son charme.

Visiblement, il n'avait pas trop changé depuis la dernière fois qu'ils s'étaient vus puisqu'elle l'avait reconnu de dos.

— Tu t'es spécialisé dans le transport animalier ? demanda-t-elle en désignant sa voiture.

— Non, j'ai emmené Arwen pour qu'elle me tienne compagnie. J'arrive d'Austin. Je voulais te faire une surprise.

— Tu as pris rendez-vous ?

Bien. Inutile de se bercer d'illusions : Cass n'avait pas l'intention de modifier son emploi du temps pour le recevoir. Même s'ils avaient été très proches par le passé.

— J'espérais que tu me recevrais sans rendez-vous. En souvenir du passé.

Gage sourit en repensant à cette période. À ces nombreuses discussions tard dans la nuit, à boire du café. Ces nombreuses astuces pour tenter d'attirer Cass dans un lit. Et ces nombreux ébats spectaculaires, au lit, une fois qu'il avait réussi à la rallier à son idée.

Elle sembla brusquement se crisper.

— Je ne vois pas ce qu'on aurait à se dire.

Vraiment ? De son point de vue à lui, c'était tout le contraire. Plus les secondes passaient et plus il trouvait qu'ils avaient un tas de choses à se dire. Tiens, et s'il se lançait un défi ? Passer la soirée avec la nouvelle Cassandra. Un dîner. Entre adultes consentants. Après tout, ils pouvaient très bien faire la part des choses entre affaires et plaisir.

— Tout d'abord, je tenais à te féliciter. J'ai suivi de loin ton ascension professionnelle. Ce que tu as accompli est remarquable.

Quand on lui avait appris que Cassandra pouvait potentiellement mettre fin à son hégémonie sur la scène des cosmétiques, il avait fait des recherches sur Internet. Au début, son but était purement professionnel. Mais rapidement, il s'était pris au jeu. C'était très agréable de revoir des photos de Cassandra et de repenser à leur relation passée. Elle avait marqué sa vie. Et pour un homme qui ne s'attachait pas aux choses ni aux gens, ce n'était pas peu dire.

— Merci. C'était un travail d'équipe, se contenta-t-elle de dire.

D'un ton toujours aussi glacial.

Gage attendit qu'elle en dise autant, qu'elle le félicite de ses récents succès, et qu'elle s'avoue impressionnée d'apprendre qu'il avait été nommé meilleur entrepreneur des États-Unis, l'année précédente.

Mais rien.

Eh bien quoi ? Elle ne s'était pas intéressée à lui ? Leur amourette passée n'avait donc eu aucun effet sur elle ?

Certes, leur liaison avait été de courte durée. S'engager envers une seule femme ne cadrait pas avec la façon dont il voyait la vie. Et cela ne datait pas d'hier. Une fois qu'il avait réussi à échapper à ses parents surprotecteurs, il s'était fait une promesse à lui-même : plus personne ne lui couperait les ailes, plus jamais. C'était pour honorer son frère Nicolas qu'il vivait à cent à l'heure, sans regret. Nicolas qui ne pourrait jamais goûter à ce que la vie avait à offrir. Tout ça à cause d'un chauffard en état d'ivresse qui lui avait ôté la vie.

Bref, Gage aimait sa liberté encore plus que les femmes, tant et si bien que Cass et lui s'étaient séparés assez rapidement. Comment lui en vouloir d'avoir tourné la page ?

— Allons, c'est toi la P-DG, rétorqua-t-il. C'est toi qui prends les grandes décisions.

Elle croisa les bras sur son tailleur sexy, ce qui le poussa irrésistiblement à regarder sa poitrine. Malgré le petit air frais, la température sembla augmenter de quelques degrés.

— Oui, car il faut bien que quelqu'un le fasse, mais Trinity, Harper, Alex et moi dirigeons la société à parts égales.

Gage hocha la tête. Il savait qu'elle dirait ça.

Elle et ses associées étaient inséparables depuis l'université. Ce n'était pas difficile d'imaginer comment elles avaient entretenu leurs liens pour créer ensemble cette société. Heureusement, il s'était toujours bien entendu avec le quatuor, mais Cass l'avait vraiment marqué.

— On peut entrer ? J'aimerais te parler.

— Gage…, dit-elle en s'approchant légèrement de lui, la tête inclinée, l'air perplexe.

Il se sentit aussitôt enivré par son parfum. Jasmin.

— Oui ?

— Inutile de tourner autour du pot. Tu es là parce que tu as appris que Fyra avait développé une formule révolutionnaire et tu veux mettre la main dessus.

Eh bien ! Elle était rude en affaires. Ce n'était pas pour rien qu'elle en était arrivée là.

Il sourit en tâchant de freiner ses ardeurs. Voir Cass lui tenir tête l'excitait au plus haut point. Il avait toujours eu un faible pour les femmes belles, intelligentes, sensuelles qui ne se laissaient pas impressionner par les hommes.

— Je vois qu'on ne peut rien te cacher, répondit-il.

— Désolée, tu es venu pour rien, s'esclaffa-t-elle. La formule n'est pas à vendre.

Il fallait s'y attendre…

À son tour de sortir sa carte maîtresse.

— Bien sûr. Elle n'est pas à vendre au premier venu. Mais je suis prêt à mettre le prix.

Si elle avait tourné légèrement la tête, leurs lèvres auraient pu facilement s'unir, comme si une attirance magnétique existait entre eux.

Il en aurait presque oublié que le but de sa tactique était d'obtenir la formule, non pas de l'attirer dans son lit.

Sans sourciller, Cass répondit alors :

— Tu penses que tu as un passe-droit du fait de notre relation passée ? Tu te trompes.

L'élément de surprise n'avait pas l'air de l'avoir déstabilisée. Bizarrement, cela la rendait d'autant plus attirante. Et dangereuse, en un sens.

Mais il avait les moyens de s'adapter. Il n'avait jamais rencontré une femme qu'il n'arrivait pas à charmer. Et en général, quand il voulait quelque chose, il l'obtenait.

— Ce n'est pas comme ça qu'on parle à une vieille connaissance.

S'il s'approchait d'elle encore un peu, leurs corps se toucheraient.

L'espace d'un instant, Gage faillit céder. Cass était-elle encore aussi douce et chaude que dans son souvenir ? Non c'était une mauvaise idée : elle n'était pas prête à laisser place au plaisir. C'était la femme d'affaires qui parlait.

— C'est ce que nous sommes ? De vieilles connaissances ? s'enquit-elle avant d'éclater de rire de nouveau.

Décidément, elle se montrait plus forte que lui.

Il n'avait pas réussi à la prendre par surprise et voilà qu'il perdait de vue son objectif initial.

Mais pas question de baisser les bras aussi facilement. Il réussirait à lui faire perdre la tête. Comme elle était en train de lui faire perdre la sienne.

— Des amis, des anciens amants. Mentor et étudiante.

— Oui, c'est vrai, tu m'as bien aidée. D'ailleurs, je dois te laisser pour m'occuper de la société que j'ai fondée. Si tu veux vraiment me parler, je te conseille de prendre rendez-vous, comme tous les gens qui souhaitent me voir pour parler affaires.

Sur ce, Cass tourna les talons pour se diriger vers l'entrée du bâtiment.

Gage resta planté là sans réagir.

Quelle gifle ! Elle venait de l'envoyer balader.

Mais il allait trouver une solution pour lui parler.

Pas question qu'une ancienne étudiante lui vole ne serait-ce qu'un point de ses parts de marché. Et il était prêt à mettre le prix. À condition d'agir avec tact et diplomatie.

Rappelle-lui ce que tu as fait pour elle.

Rappelle-lui à quel point c'était bon quand vous étiez tous les deux.

C'était la voix de sa conscience qui parlait dans son esprit, certainement. Mais parfois il imaginait que c'était Nicolas qui le guidait. La voix de son grand frère qui lui donnait de sages conseils.

Il allait les suivre, d'autant qu'ils étaient en accord avec sa volonté.

Cass avait besoin de se rappeler à quel point leur lien passé avait été fort. Tellement fort qu'il connaissait le moindre recoin de son corps.

Ta meilleure stratégie, c'est de te servir du plaisir pour influencer les affaires.

Nicolas avait parlé.

Gage se redressa. Allez, l'heure était venue de passer à l'étape suivante. Il ne reculerait pas.

Il voulait Cass.

Et il voulait sa formule.

S'il négociait bien, l'une pourrait mener à l'autre.

Il lui laissa cinq minutes d'avance puis il partit à sa poursuite.

L'échange de bons procédés était vrai en amour et en affaires.

Cass marcha à grandes enjambées jusqu'à son bureau. Elle eut envie de claquer la porte mais se retint de le faire. Inutile d'éveiller les soupçons.

Pourquoi sentait-elle une montée d'adrénaline depuis qu'elle avait rencontré Gage sur le parking de sa société ?

Pourquoi était-elle envahie d'un tourbillon d'émotions indescriptibles ?

Et surtout pourquoi le fait de revoir Gage Branson la mettait dans tous ses états ?

Après tout ce temps…

En y réfléchissant, ce n'était pas si difficile à expliquer.

Il avait un sourire à couper le souffle. Un sourire qui l'avait conquise dès le premier jour. Son corps athlétique, même caché sous un costume impeccablement taillé, n'avait pas manqué de la faire chavirer. Et sa chevelure soigneusement ébouriffée lui donnait un air de prince charmant d'un nouveau genre.

Bref, il était toujours aussi séduisant et charismatique, et elle ne supportait pas l'effet qu'il pouvait encore avoir sur elle. Surtout après ce qu'il lui avait fait.

Mais c'était il y a longtemps. Elle avait tourné la page.

À force de se le répéter, elle finirait peut-être par s'en persuader…

Non.

Le vrai problème, c'était que Gage Branson l'avait brisée.

Il lui avait brisé le cœur, l'esprit, le corps, l'âme.

Elle était tombée follement amoureuse de lui et n'avait pas vu venir leur rupture. Du jour au lendemain, sans crier gare, il l'avait quittée.

Cass soupira. En réalité, dix ans plus tard, elle n'avait toujours pas tourné la page. Elle était incapable d'ouvrir son cœur à quelqu'un d'autre, incapable d'oublier et trop blessée pour pardonner.

C'est pour cela que ses mains tremblaient encore.

Affligeant.

Allons, les émotions n'avaient pas leur place dans ce débat. Il s'agissait de sa vie professionnelle, et elle ne devait pas l'oublier.

C'était la leçon la plus importante qu'elle avait apprise de son ancien mentor.

Heureusement, Gage n'avait pas cherché à la brusquer davantage quand elle lui avait suggéré de prendre rendez-vous pour la voir. Cela lui laissait un peu de temps pour reprendre ses esprits et mettre en œuvre un plan d'attaque.

Brusquement, Cass entendit son portable sonner. Elle avait cinq minutes pour se préparer avant son premier rendez-vous. Cinq minutes pour remettre ses idées en place et savoir comment Fyra allait gérer la fuite dont la presse avait fait état.

Quelqu'un avait en effet publié les résultats des recherches en nanotechnologie de Harper.

Il lui aurait fallu une heure, mais elle avait été bloquée dans un embouteillage. Ensuite, elle était tombée nez à nez avec l'homme qui hantait ses nuits depuis une décennie.

Bref, elle devait se concentrer sur la réunion avec Trinity, Harper et Alex juste après une entrevue bouleversante avec Gage. Gage qui était venu lui rendre visite dans le seul but de lui soutirer la formule que Fyra venait de mettre au point.

Pas question de céder aux émotions.

À présent, trouver le responsable de la fuite était leur objectif prioritaire. Elle et ses associées avaient perdu l'effet de surprise sur la concurrence, mais il fallait empêcher la personne responsable de la fuite de dévoiler la formule.

Cass baissa la tête. Cinq minutes ne suffiraient pas à calmer son cœur qui battait frénétiquement. Quand elle entrerait dans la salle de réunion, ses meilleures amies verraient aussitôt qu'il y avait un problème. Un problème qui avait pour nom Gage Branson.

Difficile d'avoir des secrets quand on travaille étroitement avec des amies qui vous empruntent vos habits, sortent avec vous tard dans la nuit et vous réconfortent à l'enterrement de votre grand-père.

La plupart du temps, Cass aimait leur complicité.

Cette fois, c'était plus gênant.

Une fois aux toilettes, elle se rafraîchit le visage et vérifia que son maquillage tenait le choc. C'était un véritable bouclier, un masque derrière lequel elle pouvait se cacher.

Quelque peu réconfortée, elle plaqua sur son visage un sourire avenant puis sortit des toilettes.

Dans le couloir, elle tomba aussitôt nez à nez avec la réceptionniste, Melinda.

— Un certain Gage Branson est à la réception. Il maintient mordicus qu'il a rendez-vous avec vous.

Gage.

Quand elle lui avait dit de prendre rendez-vous, elle pensait qu'il attendrait un moment. Un long moment.

Cass sentit ses oreilles bourdonner de nouveau. Alors qu'elle venait tout juste de retrouver son calme !

— Non, rétorqua-t-elle. Je n'ai pas rendez-vous avec lui. J'ai une réunion.

— C'est ce que je lui ai dit. Mais il insiste. Vous aviez convenu de vous voir, et il est venu d'Austin pour vous parler, m'a-t-il dit.

Melinda baissa la voix.

— Il est vraiment adorable. Il sait que vous êtes très prise et que, par inadvertance, vous avez sûrement dû prendre deux rendez-vous au même moment.

Décidément, le toupet de Gage était sans bornes. Et son charme également. Il suffisait de regarder les étoiles dans les yeux de Melinda : elle était complètement conquise.

Heureusement, Cass était sur ses gardes. Elle ne retomberait pas dans le piège de sitôt.

— Vous vous souvenez de la dernière fois où ça m'est arrivé ?

Melinda réfléchit une seconde puis lâcha :

— Non. Je crois que ça ne vous est jamais arrivé. Seulement… Il semblait tellement sincère !

Au même moment, une voix outrée résonna dans le couloir :

— Que fait Gage Branson à la réception ?

C'était Trinity Forrester, la responsable du marketing.

Cass lui jeta un regard ému. Trinity l'avait soutenue au

moment de sa rupture avec Gage : elle ne le portait pas dans son cœur et n'avait pas une très haute estime de lui.

Elle paraissait même prête à en venir aux mains pour le faire partir du bâtiment.

Mais cela n'avait aucune importance, hélas.

Il était trop tard pour demander à Melinda de faire partir Gage sans faire de vagues. Tout le monde ici aurait vent de cette visite surprise.

— Il est venu nous faire une proposition. Je vais m'en occuper.

En tant que P-DG, elle aurait dû s'en occuper sur le parking, dès qu'elle avait compris qu'il était venu dans le seul but de lui soutirer la formule secrète.

Mais il avait été tellement… lui-même. Gage Branson dans toute sa splendeur, avec son sourire ravageur auquel aucune femme ne pouvait résister.

Il avait tenté de l'hypnotiser en la charmant, mais elle n'était pas dupe. Elle était tout à fait capable de faire taire ses émotions et de se comporter en femme d'affaires coriace prête à défendre son territoire contre un concurrent trop avide.

Trinity croisa les bras.

— Oui, c'est ça, occupe-toi de lui. Je suggère un bon coup de pied où je pense. Sans passer par la case départ.

— Vous croyez ? s'exclama Melinda.

— Oui. C'est un spécimen hors normes. Malheureusement, il a de grosses lacunes.

— Ah bon, lesquelles ?

— Il ignore la signification des mots engagement et respect. Et Cass va lui faire tourner les talons sans tarder. N'est-ce pas, Cass ? Je peux regarder ?

Cass secoua la tête.

Elle redoutait d'affronter Gage pour la seconde fois de la matinée. Pas question qu'il y ait des témoins.

— Non, je préfère le recevoir dans mon bureau. Trinity, peux-tu dire à Alex et Harper que j'arrive dans quelques minutes ?

— Je veux bien que tu nous exclues du spectacle, mais tu nous donneras tous les détails.

Cass hocha la tête puis partit en direction de la réception.

La réceptionniste lui emboîta le pas. Pour ne pas rater une seule miette de la scène, manifestement.

Les bras croisés, appuyé contre le comptoir de la réception, Gage leva les yeux vers elle. Au moment où leurs regards se croisèrent, elle remarqua une chose : ses yeux noisette s'étaient illuminés quand il l'avait aperçue.

Elle le vit alors esquisser son sourire de tueur. Et elle sentit aussitôt son ventre se nouer.

Ce n'était pas du tout au programme.

Allez, courage.

— Cinq minutes, monsieur Branson. Je suis déjà en retard pour une réunion.

— Monsieur Branson… J'aime bien t'entendre dire ça. C'est très respectueux.

Décidément, courtiser les femmes était comme une seconde nature pour lui. Mais en était-il conscient ?

Cass leva les yeux au ciel tout en prenant la direction de son bureau. Malheureusement, il arriva vite à son niveau et la regarda de haut.

Même si elle portait des talons aiguilles, Gage gardait l'avantage. Il dominait le couloir étroit qui avait toujours paru assez grand avec d'autres clients.

— Tu penses vraiment pouvoir aller plus vite que moi avec tes talons aiguilles ?

Pour toute réponse, elle lui lança un regard dédaigneux. Mais il ajouta aussitôt :

— Ils me plaisent beaucoup. Je trouve ça très sexy.

Aussitôt, elle sentit une vague de chaleur l'envahir.

— Je me fiche de tes compliments.

Pourquoi avait-elle cru que le recevoir dans son bureau serait une bonne idée ?

Quelle idiote. Elle aurait dû aller à sa réunion et laisser à

Melinda le soin de renvoyer Gage. Mais c'était impossible. Gage était coriace. Il aurait insisté jusqu'à ce qu'il ait eu gain de cause. Maintenant, elle allait se débarrasser de lui une bonne fois pour toutes.

2

Quand elle s'arrêta devant la porte de son bureau, elle vit Gage lever les yeux pour lire la pancarte violet foncé.

— Responsable de la mise en valeur ?

Elle se contenta de sourire poliment malgré le petit ton ironique qu'il avait cru bon de prendre.

— Chez Fyra, on prend en compte tous les aspects du produit, à commencer par son image. J'ai eu un mentor qui m'a beaucoup appris à ce sujet.

Il ne releva pas sa remarque sarcastique.

Comme elle tenait la porte ouverte, il la devança en l'effleurant au passage. Probablement pour voir sa réaction.

Elle se garda bien de réagir. Même s'il était difficile de réprimer les frissons qui traversaient tout son corps.

— C'est vrai qu'il nous est arrivé d'avoir des discussions animées au sujet des stratégies d'affaires. Et l'image prime avant tout. C'est pour ça que je conduis un Hummer vert.

Cass avait décoré son bureau dans les tons violets. Ceux de l'entreprise.

Gage semblait analyser chaque élément de décoration de la pièce. Modernes, avec des lignes épurées, les bureaux avaient été décorés par une société très en vue. Ses associées et elles avaient mis le prix mais elles étaient très contentes du résultat. Elles avaient emménagé dans ce bâtiment trois ans auparavant, quand Fyra avait dépassé les cinquante millions de dollars de chiffre d'affaires.

À cette époque, elle avait compris que Fyra allait continuer à grandir et à s'imposer sur le marché.

Désormais, elle était prête à tout pour garder sa société en pleine santé.

— Parce que tu veux que les gens te repèrent ? Qu'ils se disent que tu te moques de la planète et que le P-DG de GB Skin for Men est un personnage détestable ? s'enquit-elle d'une voix qui se voulait provocante.

Tout en s'asseyant dans un fauteuil violet, Gage éclata de rire.

— Tu connais le nom de ma société ? Je commençais à me dire que tu ignorais tout de ma vie.

Elle leva les yeux au plafond. Il avait le don de toujours tout ramener à lui.

— Je suis professionnelle. Je sais ce que je fais. Et je connais en effet les noms de mes concurrents.

Toujours près de la porte qu'elle avait laissée ouverte Cass regarda sa montre avant de lancer.

— Notre rendez-vous a commencé depuis deux minutes. Il te reste trois minutes pour m'expliquer pourquoi tu n'es pas déjà en route pour Austin. Je n'ai rien à te dire, et la formule n'est pas à vendre. Où est le problème ?

De manière nonchalante, il lui indiqua le fauteuil voisin du sien.

— Assieds-toi et parlons.

Elle ne broncha pas.

Il n'était pas question qu'elle s'approche de lui, surtout après leur échange sur le parking. Cet échange qui l'avait mise dans tous ses états.

En restant debout à côté de la porte, elle avait des chances de garder le dessus.

— Non, merci. Je suis bien là où je suis.

— Tu sais très bien que cette tactique ne marchera pas avec moi. Puisque c'est moi qui te l'ai apprise.

Cass se mordit la lève. Le fait qu'il voie clair dans son jeu ne faisait qu'accentuer sa contrariété.

— Gage, mes associées m'attendent dans la salle de réunion. Alors va droit au but, je n'ai pas de temps à perdre. Que veux-tu ?

— Les rumeurs concernant votre formule révolutionnaire sont vraies ?

Elle croisa les bras pour essayer de desserrer l'étau qu'elle avait dans le ventre.

— Tout dépend de ce que tu sais.

— On m'a dit qu'elle était révolutionnaire. Je sais aussi que la formule agit sur les cellules souches naturelles pour régénérer la peau, effacer les cicatrices et éliminer les rides. Le nec plus ultra de la nanotechnologie.

Elle garda un visage impassible.

— Je ne peux ni confirmer ni nier ces affirmations.

Seigneur... Elle sentait le souffle lui manquer, mais ce n'était pas une raison pour montrer à Gage qu'elle était aux abois. Quand Trinity était arrivée en trombe dans son bureau pour lui montrer l'article paru dans un magazine en ligne, la veille, elle avait été horrifiée. Le produit avait été dévoilé au grand public à leur insu. Alors qu'il n'était pas encore prêt à être commercialisé !

Elles s'étaient rassurées en se disant que cela aurait pu être bien pire. Le magazine ne rentrait pas dans les détails et ne parlait pas de nanotechnologie. Restait à espérer qu'aucune autre information n'avait été divulguée ailleurs.

Visiblement, ce n'était pas le cas.

C'était un désastre.

Un désastre renforcé par l'arrivée de Gage.

Il l'observait attentivement, pour ne pas perdre une miette de ses réactions.

— Mais si ma source est correcte, une formule de ce genre doit bien valoir cent millions. Et je suis prêt à les payer.

Cass écarquilla les yeux. Venait-il vraiment de lui proposer cent millions de dollars ?

Cette somme n'était pas négligeable, loin de là.

En tant que P-DG, elle se devait de consulter ses associées, même si elles seraient de son avis : cette formule était à elles.

— Je t'ai déjà dit que la formule n'était pas à vendre.

À ces mots, il se leva d'un bond et s'avança vers elle comme s'il comptait reprendre l'ascendant.

Plus il s'approchait d'elle et plus elle sentait les battements de son cœur s'accélérer.

Cependant, pour ne pas totalement perdre son sang-froid, elle le toisa. Comme si elle était habituée à rejeter les offres d'hommes d'affaires comme lui.

— N'oublie pas qu'un bon P-DG étudie toutes les opportunités qui s'offrent à lui avant de prendre sa décision. Et je te rappelle ce que vendre une formule signifie : tu n'as plus qu'à te préoccuper de ta fortune pendant que quelqu'un d'autre fait le sale boulot.

À présent, il était tout près d'elle.

Lui et son parfum si enivrant…

— Je n'ai pas peur de travailler, affirma-t-elle sans bouger d'un millimètre.

Si elle reculait pour échapper à la tornade virile qui déchaînait ses sens, elle serait fichue.

C'était comme une partie de bras de fer.

Si elle fuyait, Gage serait conscient d'avoir une emprise sur elle.

Pourtant, en cet instant, il lui faisait l'effet d'un chamane mystique et charismatique, prêt à l'emporter dans son monde de plaisir.

Allons, elle devait se montrer plus forte et protéger sa fragilité pour ne pas retomber dans ses travers passés.

Mais là, avec Gage si proche d'elle…

Alors qu'elle était captive de son beau regard, Cass le laissa replacer une mèche de cheveux derrière son oreille. Mais ses doigts s'attardèrent bien trop longtemps.

— De quoi as-tu peur ? s'enquit-il doucement.

Il avait l'air soudain beaucoup plus… chaleureux.

Oh ! elle connaissait la réponse.

De toi.

Cette prise de conscience faillit la faire sursauter.

Depuis quand avait-elle peur de Gage ? Depuis qu'elle s'était rendu compte que, en sa présence, elle n'arrivait pas à contrôler ses émotions.

Ce jeu du chat et de la souris devenait dangereux.

Cela faisait des mois qu'un homme ne l'avait pas touchée.

Sa réputation de femme inaccessible ne faisait que renforcer l'intérêt que les hommes lui portaient, mais elle restait sourde aux avances. Il valait mieux s'abriter derrière le bouclier émotionnel qu'elle avait érigé autour d'elle. À cause de Gage.

Gage était dangereux. Pas question d'oublier tout ce qu'il avait détruit dans sa vie.

Désormais, elle volait de ses propres ailes. Par conséquent, elle n'avait aucune raison de craindre Gage. Ils n'étaient plus à l'université, et il n'était plus son mentor. Ils étaient sur un pied d'égalité. De plus, elle jouait sur son terrain. C'est elle qui avait l'avantage.

Il voulait jouer à ce petit jeu ? Elle était prête.

Que le meilleur gagne.

Après lui avoir replacé une mèche de cheveux rebelle derrière l'oreille, Gage n'avait plus d'excuse légitime pour toucher Cassandra. Autant se résigner.

— Gage, murmura-t-elle alors d'une voix tremblante.

— Oui ?

— La formule n'est pas à vendre, et on m'attend pour une réunion. Je pense que nous avons terminé. À moins que tu aies une meilleure offre à me faire ?

Elle avait beau garder son air impassible de femme d'affaires coriace, il eut une irrésistible envie de la prendre par la taille. Ah, s'il pouvait sentir ses formes féminines contre lui… Cette idée décupla aussitôt son désir.

Non, il devait éviter de laisser entraîner…

— En effet, j'ai une offre à te faire, répliqua-t-il en tâchant de se ressaisir.

Il était temps de rappeler à Cass que si elle devait vendre la formule à quelqu'un, c'était à lui et à personne d'autre.

Le moment était mal venu pour se laisser atteindre. Il devait retrouver le droit chemin, au plus vite, et ne pas laisser Cass s'immiscer dans son esprit.

— J'écoute.

— Tu as accompli des choses formidables, Cass. Je suis vraiment fier de ce que tu as fait jusqu'à présent.

— Merci. Je suis fière de ce que nous avons accompli chez Fyra.

Il croisa les bras pour ne pas être tenté de caresser son cou.

— Tu te souviens du projet pour lequel je t'ai aidée quand tu étais dans la classe du Dr Beck ?

C'était avant qu'ils entament leur relation intime.

Bizarrement, il prenait conscience d'une chose : il n'avait pas éprouvé une telle attirance magnétique pour Cass quand ils étaient à l'université.

Il se rappelait avoir eu souvent envie de la déshabiller pour la voir nue et l'attirer dans un lit, certes. Mais à vingt-quatre ans, voir les femmes nues était son passe-temps favori.

Désormais, il était plus exigeant dès qu'il s'agissait de choisir une femme. Mais de mémoire, aucune n'avait réussi à l'attirer aussi rapidement dans les mailles de son filet.

Gage n'avait jamais essayé de renouer avec ses anciennes conquêtes. Mais il était prêt à parier qu'aucune aurait cet effet sur lui.

Cass, elle, semblait perplexe.

— Tu veux parler du projet où j'ai dû créer une société avec un plan marketing, un logo et tout le reste ?

— C'est ça. Tu as eu la meilleure note, si je me souviens bien. Mais tu ne l'as pas fait toute seule. Je t'ai aidée à chaque étape, je t'ai guidée. Et surtout, je t'ai appris à avoir confiance en tes superpouvoirs de P-DG.

La preuve : il se retrouvait en ce moment dans les bureaux de Fyra en train de négocier l'achat d'un produit meilleur que le sien.

L'ironie du sort.

À présent, Cass l'observait, et un sourire complaisant animait son joli visage.

— Tu as tout à fait raison, mais je suis pressée et je ne vois pas trop où tu veux en venir. Alors arrête de tourner autour du pot.

— Ta réussite est impressionnante, répondit-il, mais si tu es là aujourd'hui, c'est en partie grâce à moi. J'ai largement contribué à ton succès.

— En effet, j'ai beaucoup appris à tes côtés et la philosophie de Fyra s'inspire de mon expérience avec toi.

Gage sourit à son tour. Quel soulagement. C'était exactement ce qu'il attendait depuis le début de leur échange.

— Je suis ravi que tu voies les choses de cette façon car c'est pour ça que je suis là.

— Pour quoi, exactement ? s'enquit-elle d'un air déconcertée.

— Pour toucher les dividendes de mon investissement. Et l'objet de cet investissement, c'est toi.

Cass sembla avoir du mal à croire ce qu'elle venait d'entendre.

— Tu plaisantes ?

— Non, je ne plaisante pas, répliqua-t-il aussitôt. Sans moi, Fyra n'aurait jamais existé. Tu n'aurais peut-être jamais atteint tes objectifs, ou du moins, pas à cette échelle.

— Je ne vois pas où tu veux en venir.

— Vraiment ? Tu ne penses pas qu'il est temps que tu me rendes la pareille ? Donnant donnant.

Elle écarquilla les yeux.

— Donnant donnant ? Tu veux dire que je te suis redevable de m'avoir aidée ?

— Pour ainsi dire.

— Pour ainsi dire ? Sois plus précis, s'il te plaît, j'ai l'impression de perdre mon temps.

Gage leva la main puis expliqua :

— Tout ce que je veux, c'est acheter la formule. Si on regarde les choses en face, tu as une dette envers moi. Mais je veux me montrer juste et je ne te demande pas de me donner la formule en souvenir du bon vieux temps. Cent millions de dollars, ce n'est pas rien. Ensuite, de mon point de vue, on serait quittes.

Il l'observa alors qu'elle analysait ce qu'il venait de lui dire.

Enfin, elle prit la parole.

— Écoute-moi bien, Gage. Tu m'as appris beaucoup de choses, c'est vrai, et je t'en suis reconnaissante. Mais tu ne t'es pas assez bien renseigné sur la structure de Fyra. Je suis propriétaire à vingt-cinq pour cent. Mes trois autres associées ne te doivent rien. Je vais leur présenter ta proposition, et on va l'étudier à quatre. C'est tout ce que je peux faire. Et c'est comme ça que ça fonctionne dans le monde des affaires.

Malgré son ton solennel et son air sérieux, une extraordinaire sensualité émanait d'elle.

Au prix d'un effort surhumain, Gage réprima une envie irrésistible de l'embrasser.

Ils n'en étaient qu'aux prémices des pourparlers. Ce n'était pas le moment de commettre d'impair. Cela anéantirait ses chances de conclure l'affaire du siècle.

— En théorie, oui. Mais tu sais très bien que dans la pratique, la marge de manœuvre est beaucoup plus grande. Les contrats se font et se défont en un clin d'œil. Et c'est souvent une personne qui influence la décision finale.

Cassandra secoua la tête.

— Chez Fyra, on travaille en équipe, quoi qu'il arrive.

— Tant mieux pour vous. Mais dans ce cas, c'est dans ton intérêt de les convaincre de me vendre la formule. Que diraient-elles si elles apprenaient que tu n'es pas prête à honorer ta dette ?

— D'après moi, je n'ai aucune dette envers toi, grogna-t-elle.

— Quoi qu'il en soit, j'espère que tu ne manqueras pas de faire pencher la balance en ma faveur, ajouta-t-il sans sourciller.

Il n'y était pas allé de main morte, et elle semblait contrariée. Qu'importe : il ne quitterait pas Dallas sans la formule. Ses produits étaient les meilleurs du marché et avec la formule de Fyra, il pourrait rester largement en tête du peloton.

De plus, il adorait que Cass se montre aussi réticente envers lui. Cela la rendait encore plus attirante.

— Tu me suggères de manipuler mes associées ?

Gage leva les deux mains avant de s'exclamer :

— Loin de moi cette idée. À toi de voir si tu as la conscience tranquille.

— J'ai la conscience tranquille.

— Si tu le dis…

Cass prit alors une grande inspiration et lança :

— Je te raccompagne jusqu'à la réception ou tu vas trouver ton chemin ?

— Je préfère te laisser filer à ta réunion, puisque tu vas parler de moi. Je vais retrouver mon chemin, ne t'inquiète pas pour moi. — Je ne m'inquiète pas, dit-elle tout en restant immobile dans l'embrasure de la porte.

Gage retint un frisson. Pour sortir, il serait donc obligé de la frôler, comme il l'avait fait en entrant.

Il s'avança, doucement, mais elle ne broncha pas. Que devait-il en conclure ? Sans doute qu'elle n'avait pas peur de lui et qu'elle était prête à relever le défi qu'il lui avait lancé.

À présent, il était tellement près d'elle qu'il pouvait voir les reflets bleus dans ses yeux.

Et si…

Avant même de comprendre ce qui se passait, il l'attrapa par la taille, comme il mourait d'envie de le faire depuis longtemps. C'était plus fort que lui.

Bon sang, Cass était aussi chaude que dans son souvenir. Il laissa ses formes voluptueuses venir se lover contre lui. Il aurait donné n'importe quoi pour enlever les baguettes qui retenaient son chignon et empêchaient sa chevelure blonde de tomber en cascade sur ses épaules. Mais ce serait aller trop loin, trop vite.

Il se contenta de se coller à elle en lui mordillant légèrement l'oreille, pour lui faire sentir son désir.

Il était aussi excité par sa respiration haletante que par le contact de son corps, même à travers ses vêtements.

La sentant prête à céder, entièrement sous son emprise, il la fit pivoter puis s'arracha à elle.

— Dis bonjour aux filles de ma part, lança-t-il sur un ton léger.

Puis il s'éclipsa. Autant l'avouer : il était satisfait de sa tactique.

Il avait poussé Cass à fendre l'armure et il avait trouvé la force de s'arracher à elle pour garder l'ascendant.

L'air subjugué qu'elle avait indiquait qu'il avait gagné la première manche haut la main. Et il n'était pas peu fier de cette victoire.

3

Cass n'en revenait toujours pas.

Même en poussant un profond soupir pour tenter de retrouver une respiration normale, elle n'arrivait pas à calmer les battements frénétiques de son cœur.

Cette entrevue avec Gage ne s'était pas du tout passée comme elle l'avait espéré. Ils avaient beau être sur un pied d'égalité, cela ne lui avait pas permis pour autant de garder le contrôle de ses émotions.

Heureusement, elle avait réussi à se débarrasser de Gage, ce qui n'avait pas été une mince affaire. Mais elle devait à présent affronter ses trois associées.

En marchant en direction de la salle de réunion, elle repensa à son échange avec Gage. Il avait tout de même osé lui dire qu'elle lui était redevable. Et qu'elle était moralement obligée de lui vendre la formule.

Quel toupet !

À cet instant, elle se sentait surtout moralement obligée d'infliger une bonne correction à Gage Branson, pour l'ensemble de son œuvre.

Non seulement il lui avait brisé le cœur, mais il n'avait pas eu honte de refaire surface dans sa vie dix ans plus tard. En l'accusant d'avoir une dette envers lui, par-dessus le marché !

De son point de vue, elle devait son succès à ses efforts incessants, son travail acharné et ses talents de femme d'affaires. Si Fyra décidait de vendre la formule à Gage, ce serait pour des raisons purement professionnelles, comme elle le lui avait dit.

Cassandra rassembla tout son courage puis entra dans la grande salle de réunion ensoleillée.

Ses trois associées l'attendaient. Avec son arrivée, le quatuor était au complet. C'est d'ailleurs leur petit groupe qui avait donné le nom à leur société. En effet, Fyra voulait dire quatre en suédois.

Alex Meer était la directrice financière, le Dr Harper Livingstone était directrice des recherches, Trinity Forrester était la directrice marketing, et Cass chapeautait le tout au poste de P-DG.

Elles se tournèrent toutes les trois vers elle, visiblement impatientes d'avoir le compte rendu de son entrevue avec Gage. Pour sa part, elle n'était pas pressée d'aborder le sujet. Autant temporiser.

— Il est parti. On peut commencer, dit-elle en s'asseyant dans son fauteuil attitré après avoir posé son téléphone et sa tablette sur la table.

— Pas si vite. Je te rappelle qu'on attend avidement le résultat de ton rendez-vous éclair avec le fameux Gage Branson. On veut tout savoir.

Avec cette petite phrase, Trinity lui demandait en filigrane ce qu'elle avait ressenti en voyant Gage après toutes ces années.

Avait-elle eu envie de lui infliger une bonne correction ou de se recroqueviller dans un coin pour pleurer toutes les larmes de son corps ? Quel était le but de sa visite ? Avaient-ils parlé du bon vieux temps ou de leurs vies personnelles ?

Cass prit une grande inspiration. Comme il s'agissait d'une réunion professionnelle, il valait mieux épargner ses amies en évitant de mentionner l'émoi que cette visite surprise avait provoqué en elle.

— Puisque vous voulez commencer par ça, allons-y. J'irai droit au but. Il veut acheter la formule 47. Pour la modique somme de cent millions de dollars. Je lui ai dit que la formule n'était pas à vendre. Voilà, c'est tout.

Après avoir écouté Cass en entourant sa queue-de-cheval rousse autour d'un doigt, comme à son habitude, Harper lâcha ses cheveux. Son sourire disparut, et elle la regarda droit dans les yeux.

— C'est tout ?

Cass hocha la tête.

— A-t-il eu vent de ma formule dans l'article publié sur Internet ?

— Non. Il a d'autres sources, mieux renseignées. La situation est plus grave qu'on ne le pensait.

En prononçant ses mots, elle sut qu'elle allait inquiéter ses associées. Et elle ne faisait pas uniquement allusion à la formule.

C'est Trinity qui réagit la première.

— Qu'y a-t-il, Cass ? Tu parais complètement chamboulée.

Et voilà, il n'avait fallu que quelques mots pour éveiller les soupçons de sa meilleure amie depuis le lycée !

Et zut !

— Rien, s'empressa-t-elle de bredouiller. Je suis inquiète par rapport à l'étendue de la fuite. C'est tout. Oubliez Gage. Moi, je l'ai oublié depuis longtemps.

Ce qui était un mensonge éhonté.

Trinity ne parut pas convaincue mais elle ne renchérit pas, heureusement.

Cass retint un soupir. Décidément, la visite de Gage n'aurait pas pu plus mal tomber. Pourquoi était-il réapparu dans sa vie au moment le plus critique de son parcours professionnel ?

Alex, un vrai garçon manqué, toujours vêtue d'un jean et d'un T-shirt, n'arrêtait pas de tapoter son stylo contre la table.

— Cent millions de dollars, ce n'est pas rien. Vous ne trouvez pas que ça vaut le coup d'étudier son offre ?

Aussitôt, Harper secoua frénétiquement la tête, sa queue-de-cheval lui fouettant le visage. Et Trinity fit aussitôt les gros yeux.

Alex ne chercha pas à argumenter, mais elle ne revint pas pour autant sur sa déclaration.

Cass en profita alors pour s'exclamer :

— Tu voudrais qu'on étudie son offre ? Tu as perdu la tête ?

Vendre la formule ? Mais ce serait comme vendre leur bébé ! C'était inconcevable.

— C'est normal d'étudier les retombées financières d'une telle offre, vous ne trouvez pas ? insista Alex. On ne peut pas dire non à une somme pareille sans y réfléchir deux minutes.

— Attends un peu, Alex, intervint Harper. Ce n'est pas qu'une question d'argent. La formule 47, c'est mon trésor, pas le tien. J'ai passé deux ans de ma vie à la peaufiner, sans jamais oublier que notre future stratégie serait centrée sur les produits qu'on pourrait créer à partir de cette formule. Si on la vend, on abandonne nos droits pour toujours en échange d'une somme d'argent. Ce n'est pas forcément très malin de notre part.

Sans se démonter, Alex remonta au créneau, tout en continuant à tapoter son stylo.

— Mais si on gardait les droits et qu'on structurait le contrat de vente…

Cass décida à nouveau de mettre les points sur les *i*. Elle n'y tenait plus !

— Inutile d'aller plus loin, il n'y aura pas de contrat de vente. Je vous ai fait part de son offre car je lui ai promis de le faire. Pour le moment, on doit d'abord trouver la personne responsable de la fuite.

— Tu as raison, dit Alex. Qu'en pense notre avocat ?

— Pardon ?

— Tu n'avais pas rendez-vous avec Mike, tôt ce matin ?

Cassandra passa la main sur son visage.

— Ah, si, désolée…

La visite surprise de Gage l'avait tellement chamboulée qu'elle avait oublié ce rendez-vous avec leur avocat. Ses associées attendaient son compte rendu, pourtant !

Heureusement, le trio ne chercha pas à l'enfoncer davantage.

— Mike pense qu'il est trop tôt pour en parler à la police car l'article ne contient pas assez de détails. Devant un tribunal, cela ne tiendrait pas la route. Il nous conseille de faire breveter la formule au plus vite et empêcher que d'autres informations soient publiées prématurément. Dans tous les cas, tant qu'on ignore d'où vient la fuite, il faut redoubler de prudence et couvrir tous les angles.

Harper secoua la tête, l'air inquiète.

— Je suis désolée mais je ne suis pas prête. C'est la première fois qu'on doit déposer un brevet, et je ne veux pas précipiter les choses.

Harper était ultra-méticuleuse et prenait toujours toutes les précautions possibles. C'était la marque d'une grande chercheuse, et un atout inestimable pour leur société.

Au même moment, Cass vit Alex la fixer du regard.

— Quel est le plan d'action ?

— J'y travaille.

— Tu veux dire que tu n'as toujours rien à mettre en place ?

Cass s'immobilisa pour ne pas montrer que les paroles d'Alex l'avaient atteinte. En tant que directrice financière, elle avait mis le doigt sur une grosse lacune.

Bien sûr qu'elle aurait dû avoir un plan d'attaque. Mais elle n'était pas prête à avouer qu'elle n'avait rien de concret à proposer.

— J'ai des idées.

— Des idées ? répéta Trinity d'un ton incrédule.

Cass sentit son sang se glacer en voyant Trinity et Alex échanger un regard complice. Était-elle en train de perdre pied ? Ses associées pensaient-elles qu'elle n'était plus assez performante ?

Allons, il fallait réagir !

— J'ai dit que j'allais m'en occuper, lâcha-t-elle.

La seconde d'après, Cass fut désemparée par sa réaction.

Comment l'ambiance de cette réunion avait-elle pu se détériorer à ce point ?

Cela la peinait de constater qu'Alex avait osé mettre en doute son efficacité en tant que P-DG. Tentait-elle de la déstabiliser car elle ne croyait plus en ses talents de dirigeante à la tête de Fyra ? Et ce regard échangé entre elle et Trinity ? Avaient-elles deviné qu'elle avait menti en leur disant qu'elle avait tout oublié de Gage ? Et Trinity ? Elle n'était pas intervenue pour la défendre quand Alex lui avait reproché de ne pas avoir de plan d'attaque pour contrer la fuite. Pourquoi ?

Cass s'éclaircit la voix et s'efforça de se remettre dans la peau du P-DG de Fyra. Les émotions n'avaient pas leur place dans une salle de réunion. Il était temps de prendre ses responsabilités et de mettre la visite de Gage de côté.

— Faites-moi confiance. Je vais m'en occuper. Il faut trouver qui est à l'origine de la fuite, j'en suis pleinement consciente.

Trinity acquiesça.

— Alors organisons une réunion vendredi pour faire le point.

À ces mots, Cass regarda ses associées se lever et quitter la salle de réunion sans un mot. Mais on sentait à quel point elle avait perdu leur confiance, inutile de se leurrer.

Une fois seule, elle laissa son front tomber sur la table de réunion. Mais le bois ne suffit pas à refroidir son esprit en ébullition.

Elle devait trouver un plan d'attaque.

Gage n'avait fait que lui embrouiller les idées.

Pourquoi avait-il choisi de venir aujourd'hui ?

Elle redressa aussitôt la tête.

Et si sa visite n'était pas une coïncidence ? Après tout, il était apparu très vite après la fuite.

Et s'il avait posté un espion chez Fyra ? Un informateur qui lui donnait toutes les informations dont il avait besoin ?

Et si l'article était un coup monté pour la déstabiliser ?

Une minute. Pourquoi ferait-il une chose pareille ? Il était déjà leader du marché et il avait proposé d'acheter la formule.

Serait-il capable d'aller jusqu'à voler la formule ?

Il faudrait enquêter pour en avoir le cœur net.

Mais elle ne devait pas se concentrer uniquement sur Gage. Gage n'était sûrement pas le seul concurrent à vouloir mettre la main dessus.

Fyra avait besoin qu'elle intervienne avec force et courage pour affronter l'ennemi et sauver la compagnie.

Pour ce faire, elle voulait s'assurer du soutien de ses amies et associées. Mais elle était aussi prête à se rapprocher dangereusement de Gage Branson, s'il le fallait.

Cass se fit alors une promesse. Celle de ne reculer devant

rien pour découvrir qui était le coupable de la fuite. Et quelles étaient les véritables intentions de Gage Branson.

Gage passa en revue son argumentation tout en se dirigeant vers l'entrée de la société Fyra. Pour la deuxième fois en deux jours.

Rencontrer Cass sur le parking et réussir à obtenir un rendez-vous rapide était déjà beaucoup. En toute honnêteté, il pensait qu'il aurait du mal à obtenir une autre entrevue.

Il s'était trompé. C'est même elle qui l'avait rappelé, à l'aube, pour lui proposer un rendez-vous à 9 heures du matin.

Cet appel avait été une agréable surprise, et il était ravi de figurer parmi ses priorités de la matinée.

Elle avait sans doute eu le temps de réfléchir à son offre. Peut-être même que ses associées l'avaient convaincue de lui vendre la formule ! Dans tous les cas, le vent tournait en sa faveur.

Tant mieux, d'ailleurs, car Arwen n'aimait pas du tout l'hôtel où ils logeaient et elle n'avait pas manqué de le lui faire savoir. Bruyamment. Il devrait l'emmener en week-end dans les montagnes pour se faire pardonner. Avec un peu de chance, si tout se passait bien avec Cass ce matin, il pourrait repartir à Austin le lendemain.

À moins qu'elle ne décide de fendre l'armure et de se montrer plus avenante envers lui. Si c'était le cas, il était prêt à rester quelques jours de plus. Arwen devrait en prendre son parti. Elle s'en remettrait.

Cass ne l'avait pas tenu à l'écart, comme il s'y attendait. Après leur affrontement de la veille, il se préparait à un bras de fer encore plus corsé et avait hâte de leurs retrouvailles sur le ring. C'était rare de trouver une femme qui pouvait rivaliser avec lui. Et Cass n'était pas n'importe quelle femme.

Quand elle apparut à la réception, Gage resta subjugué. Bon sang, elle était plus belle et dangereuse que jamais, avec son tailleur rose fuchsia impeccable et cette jupe particulièrement courte. Elle portait des talons aiguilles qui allongeaient sa silhouette, les cheveux remontés en un chignon orné de baguettes japonaises vernies. Ah ! si seulement il pouvait enlever ces baguettes et défaire son chignon…

Tout à coup, il repensa à la Cass d'autrefois, toujours en leggings et sweat-shirt à capuche.

La nouvelle Cassandra l'intriguait au plus haut point et il avait hâte d'avoir l'opportunité d'explorer ce nouveau potentiel. Très hâte, même.

— Bonjour, monsieur Branson. Suivez-moi, dit-elle d'un air pincé.

Cet accueil glacial le fit sourire.

Pourquoi l'appeler « monsieur Branson » ? Avait-elle l'intention de lui faire la guerre ? Qu'à cela ne tienne, il était armé jusqu'aux dents.

Cette fois, Gage n'hésita pas à entrer dans le bureau de Cassandra. Pour la provoquer, il prit place dans le fauteuil derrière le bureau avant même qu'elle ait eu le temps de contester.

Cass n'eut d'autre choix que de le suivre.

Raide comme la justice, elle traversa la pièce et s'assit sur son bureau. Face à lui, non loin du fauteuil qu'il occupait. Ce fauteuil où elle aurait dû prendre place.

Le regard rivé sur lui, elle croisa ses jambes recouvertes de bas aux teintes soyeuses, laissant ses talons aiguilles se balancer à quelques centimètres du sol. Dans cette position, sa jupe courte remontait de manière presque indécente.

Gage sentit sa gorge s'assécher, ses oreilles se mirent à bourdonner, et il sentit son désir grandir démesurément.

S'il faisait rouler le fauteuil de quelques centimètres, il pourrait même avoir une vue encore plus alléchante.

Était-ce le supplice qu'elle lui imposait pour avoir osé voler son fauteuil de P-DG ?

— Merci d'être venu au pied levé, dit-elle d'une voix sensuelle à l'excès.

— C'est tout naturel.

— Es-tu prêt à entrer dans les détails ?

Gage lui jeta un regard espiègle avant de répondre :

— Plus que jamais.

— Les autres ne veulent pas vendre la formule mais tu pourrais peut-être me convaincre de le faire.

À la fois curieux et méfiant, il sourit en croisant les bras, s'adossant confortablement pour avoir plus de recul et mieux contempler son adversaire.

— Je peux savoir ce que je dois faire pour te convaincre ?

— Oh ! pas grand-chose ! répondit-elle tout en se penchant vers lui, une main parfaitement manucurée posée sur le bureau.

Il eut ainsi un aperçu de son décolleté même si le chemisier ne dévoilait absolument pas ses seins.

À la vue de sa peau parfaite, il se mordit la lèvre.

Décidément, elle s'était mis en tête de lui donner du fil à retordre et elle savait très bien s'y prendre. Tiens, comment réagirait-elle s'il la tirait du bureau pour la prendre sur ses genoux ?

— Donne-moi ton prix, Cass, se contenta-t-il de répondre.

— Ce n'est pas uniquement une question d'argent. Je veux aussi que tu m'aides à trouver d'où vient la fuite.

— Quoi ? Tu ne sais toujours pas d'où elle vient ? Comment est-ce possible ?

— J'ai un plan d'attaque, et tu en fais partie. Tant qu'on n'a pas de réponse à cette question, Fyra ne peut pas prendre la décision de vendre la formule. Je crois que tu seras d'accord avec moi sur ce point.

En effet, il était d'accord avec elle, même s'il n'avait pas anticipé cet obstacle. Mais elle avait ouvert le dialogue. Du coup, il ne pouvait pas se montrer trop pressant.

Arwen ne serait pas contente mais il allait devoir rester plus longtemps que prévu à Dallas. Cela n'arrangeait pas ses affaires, au propre comme au figuré. Il devait s'occuper de sa société, et Arwen allait faire la tête.

— Tu devrais déjà savoir d'où vient la fuite.

— J'en suis consciente, merci, répondit-elle d'une voix tremblante.

En cet instant, Gage prit conscience d'une chose essentielle. Ce rendez-vous était en fait un appel à l'aide déguisé.

Tout à coup, il vit Cass d'un nouvel œil.

— J'aimerais que tu collabores avec moi, comme au bon vieux temps.

Cette proposition d'une simplicité exceptionnelle le chamboula en tout point, dans son cœur comme dans son esprit.

Était-ce sa façon d'exprimer son envie de reprendre leur histoire là où ils en étaient restés ? Et peut-être pas uniquement au niveau professionnel ?

L'idée lui plaisait.

Enormément.

Elle lui proposait de revenir au temps de l'université, où il avait été son mentor. À l'époque, elle avait assimilé ce qu'il lui enseignait tout en le considérant comme un super-héros et en lui donnant l'impression d'être invincible.

Pourquoi lui proposait-elle un tel marché ? Il n'en savait rien mais il était néanmoins prêt à accepter sa proposition.

Inutile de se voiler la face. Il avait eu envie d'elle dès l'instant où il avait posé les yeux sur la nouvelle Cass, la veille, sur le parking. S'il restait un peu à Dallas, il pourrait passer du temps avec elle.

Quand il vit les grands yeux chaleureux de Cass le scruter intensément, Gage se sentit perdre pied.

Bon sang.

Elle avait bien mené sa barque.

Il ne pouvait pas refuser.

Il ne voulait pas refuser.

Mais s'il acceptait, ce serait à une condition.

— Je veux bien t'aider. Jusqu'à dimanche. J'ai un rendez-vous lundi que je ne peux pas annuler.

Le sourire qu'elle fit en retour le fit chavirer.

Puis il le vit disparaître à mesure qu'il se penchait vers elle, lentement mais sûrement.

Sans un mot, elle l'observa alors qu'il posait la main à un millimètre de sa cuisse. Pas grand-chose ne l'empêchait de partir à la découverte de ce qui se cachait sous sa jupe. L'idée de savoir où cela pourrait les mener ne fit qu'attiser son désir.

— Mais tu dois faire quelque chose pour moi en échange, murmura-t-il.

À présent, s'il s'approchait d'elle davantage, ils se toucheraient. Et la frontière entre plaisir et affaires serait brouillée.

Le parfum de Cass était exquis et raffiné.

L'idée de vivre un moment de passion avec elle, là, sur ce bureau, lui traversa l'esprit. Mais il chassa aussitôt les images de cette étreinte érotique.

— Je t'ai dit que j'allais en parler aux autres, et je l'ai fait. Que veux-tu d'autre ?

Voilà, la question était posée.

Ils se dévisagèrent pendant un long moment, et Gage la sentit tressaillir lorsqu'il vint lui caresser la joue.

— Je veux que tu m'invites à dîner.

4

Cass éclata de rire.

— C'est ça ta condition ? Tu veux que je t'invite à dîner ?

Elle s'attendait à tout, sauf à ça. D'autant qu'elle avait l'impression que Gage essayait de couvrir tous les angles, comme elle.

Elle avait l'impression que son visage brûlait à l'endroit où il l'avait caressée.

Pourquoi avait-elle cru que s'asseoir sur le bureau lui donnerait l'ascendant ? Cette tactique lui avait paru logique sur le moment mais, à présent, elle se rendait compte que c'était une erreur.

Gage avait voulu la provoquer en s'asseyant dans son fauteuil. Elle avait donc décidé de renchérir et de le provoquer à son tour en se mettant dans une position à la limite de la décence.

Elle pensait avoir le dessus, mais il n'avait pas été insensible au spectacle qu'elle lui offrait. Ce qui avait déclenché en elle des sensations qu'elle avait oubliées depuis longtemps. C'était comme si tout son corps de femme s'était éveillé de nouveau.

Cass avait dû également se contrôler pour rester aux commandes de l'entretien et convaincre Gage de l'aider. Ainsi, elle pourrait garder un œil sur lui et voir s'il avait l'intention de la doubler. Son plan semblait fonctionner. De toute manière, elle n'avait pas trouvé la source de la fuite. Alors autant étudier toutes les pistes.

S'ils se montraient discrets, elle n'aurait pas besoin de crier sur tous les toits qu'elle avait appelé Gage à la rescousse pour régler son problème.

S'ils trouvaient la fuite, elle chercherait un moyen de convaincre ses associées de vendre la formule. À condition que Gage soit de bonne foi, bien sûr.

Dans tous les cas, pour le moment, la situation avait de quoi arranger tout le monde.

— Tu es sérieux ? demanda-t-elle. Tu veux que je t'invite à dîner ? En tête à tête ? Comme si c'était un rendez-vous galant ?

— Pas « comme si ». Et c'est toi qui m'invites.

Une fois le choc passé, Cass se rendit compte d'une chose. Elle aimait l'idée de dîner avec Gage. Surtout s'il comptait la regarder comme il était en train de le faire en ce moment.

Elle secoua la tête. Allons, pas question de perdre les pédales ! Non, elle ne pouvait pas sortir avec Gage Branson. C'était un briseur de cœur de première catégorie. Elle risquait de s'en mordre les doigts.

Voyons… Comment tourner la situation à son avantage ? Après le repas, ils pourraient prendre un verre. Et si elle trouvait le ton juste pour le séduire sans pour autant lui faire des avances, il pourrait très bien se trahir et dévoiler un élément important. Un élément qui pourrait l'incriminer, comme le nom de la personne qui travaillait pour lui et qui était responsable de la fuite.

Elle saurait mener l'affaire tout en finesse, c'était une promesse qu'elle se faisait à elle-même.

— Et si j'ai déjà quelque chose de prévu pour ce soir ?

— Annule, répliqua Gage. Tu es trop préoccupée par cette histoire de fuite pour sortir t'amuser. Avec moi, tu pourras en parler : je comprendrai et je serai à l'écoute. Et tu pourras te détendre.

— Qu'est-ce qui te dit que j'ai besoin de me détendre ?

Avait-il deviné qu'elle était comme une pile électrique et ne faisait que travailler, sept jours sur sept ?

Cass se mordit la lèvre en voyant le sourire amusé de Gage, comme s'il était déjà certain d'avoir gagné.

— Je me spécialise dans la télépathie, répondit-il. Et puis je ne suis pas idiot. Fyra traverse une période de crise. Tu es à la tête d'une grosse société avec de nombreux employés dont tu te sens responsable. Sans compter des consommateurs que tu ne veux pas décevoir. Tu veux pouvoir convaincre tes associées et tes concurrents que tu es en mesure de maintenir le cap. Avec moi, tu n'as pas besoin de jouer à Wonderwoman. Tu peux baisser la garde et être toi-même.

Cass écarquilla les yeux. Inutile de mentir : il l'avait percée à jour. Finalement, le bouclier qu'elle pensait si efficace avait des failles.

Comment faisait-il pour la connaître aussi bien ?

Il était temps de mettre de la distance entre eux. Ce qu'elle aurait dû faire depuis longtemps.

Elle se leva du bureau pour se placer de l'autre côté. Une barrière physique, c'était déjà mieux que rien. À lui d'interpréter son geste à sa guise.

— Tu ne sais rien de moi, Gage, alors arrête ton analyse psychologique de bas étage, dit-elle durement.

Mais le fait est qu'il avait vu juste.

Les bras croisés, il la regarda sans se départir de ce sourire amusé.

— Mais tu n'as pas dit que j'avais tort.

Cass ferma les yeux quelques secondes pour réfléchir.

Dîner avec Gage ne serait pas une mince affaire : autant s'armer de courage. Mais le jeu en valait la chandelle, surtout s'il l'aidait à trouver le coupable. Si Gage était mouillé dans cette histoire, elle sortirait grandie de cette crise. Il n'aurait jamais la formule, et elle pourrait se venger.

Dans tous les cas, l'heure était venue de tourner la page une bonne fois pour toutes.

Elle pourrait arrêter de le haïr de lui avoir brisé le cœur.

D'être chamboulée en sa présence.

De refuser les prétendants qui se présentaient à sa porte.

Oui, il était grand temps de passer à autre chose, et elle méritait d'être heureuse.

Cass haussa alors les épaules et lança :

— Je ne vois pas pourquoi tu voudrais sortir avec moi. J'ai une vie banale, tu sais.

— J'ai envie de tenter l'aventure, répondit-il simplement.

— Alors c'est entendu, mais ce sera un dîner d'affaires. Uniquement.

— C'est vraiment ce que tu veux, Cass ? Un dîner d'affaires ?

Elle resta figée, en se retenant de frissonner.

N'était-elle pas en train de se voiler la face ? Bien sûr que si, étant donné l'effet que Gage produisait sur elle. Mais il n'était pas question de céder à ses émotions.

— Oui, c'est ce que je veux, finit-elle par soupirer.

— Je pensais que tu avais besoin d'un ami à qui parler.

Quoi ?

Elle s'attendait à tout sauf à une réponse de ce genre.

— C'est vraiment gentil de ta part, ricana-t-elle, mais j'ai des amis à qui je peux parler si je veux, merci.

Mais avait-elle vraiment des amis à qui parler ?

Une semaine plus tôt, elle aurait pu parier que Trinity était prête à tout faire pour elle. Mais avec la réunion de la veille, la donne semblait avoir changé. Personne n'avait cherché à la rassurer et le silence de Trinity avait été très difficile à avaler. Elle avait même été profondément blessée.

Cass prit une grande inspiration. Le comportement d'Alex l'avait également froissée. Elles s'étaient rencontrées en première année d'université. À l'époque, Alex se dépréciait en permanence, mais elle avait réussi à la convaincre de son potentiel, surtout dans le domaine financier.

Malgré tout, elle devait tout faire pour empêcher Gage Branson de remarquer les dissensions au sein de Fyra, aussi douloureuses soient-elles. Il avait le don de déceler ses faiblesses : il valait mieux redoubler d'attention.

Au même instant, Cass l'entendit s'exclamer :

— Je sais que tu as des amis. Mais rien ne t'empêche d'avoir un ami de plus. D'ailleurs, tu sais quoi ? J'ai changé d'idée. C'est moi qui vais t'inviter à dîner. En souvenir du bon vieux temps. Tu peux te faire belle et on laissera nos titres au vestiaire. Je sens que ça pourrait te faire du bien.

Elle fronça les sourcils :

— Comment le sais-tu ?

— Cass, je te connais. Tu as changé depuis la dernière fois qu'on s'est vus, mais les éléments de base de ta personnalité sont encore là. Du moins, je l'espère.

Avant qu'elle ne trouve une réponse, il fit le tour du bureau et vint lui prendre la main. Il avait la peau douce. Comme à l'époque…

Elle observa sa mâchoire burinée, ses superbes yeux noisette et son merveilleux visage encadré d'une chevelure brune, ni trop longue, ni trop courte.

Elle sentit son corps frémir de nouveau.

Dire qu'elle lui avait tout donné… Son cœur, son corps, son âme. Et ce n'était pas par accident.

Pourquoi le nier ? Elle était tombée amoureuse de Gage. Elle s'était même vue tomber amoureuse de lui. En son âme et conscience, d'ailleurs.

À ses côtés, elle s'était découverte. Il l'avait comprise, il avait cru en elle, il lui avait appris un tas de choses, il l'avait poussée, stimulée.

Leur relation avait été un exemple d'osmose. Et il avait suffi d'un instant pour que ces merveilleux souvenirs remontent à la surface…

— Dis oui, insista-t-il. Si je m'ennuie avec toi, je te promets de ne pas te le dire.

Cassandra éclata de rire. Il ne manquait pas d'humour, difficile de ne pas le reconnaître.

— Oui, d'accord, finit-elle par dire. Mais on partage la note.

— Pas question. Je t'invite. Après tout, c'est moi qui t'ai forcée à accepter de dîner avec moi.

Mission accomplie.

Gage avait l'impression d'avoir réussi à la convaincre de dîner avec lui. Alors que c'était exactement le but qu'elle recherchait.

— Tu ne diras peut-être pas la même chose quand tu verras que je bois uniquement des grands vins de Bourgogne.

— Je passe te chercher à 20 heures, s'empressa-t-il de répondre.

Voilà qui était surprenant. Cette invitation semblait être une victoire pour lui. Restait à savoir pourquoi.

Gage la quitta sans chercher à obtenir autre chose.

Bien. Elle avait dix heures pour trouver un moyen de le séduire tout en le tenant à distance. Dix heures pour échafauder un plan qui lui permettrait de lui soutirer des informations sans pour autant dévoiler toutes les cartes de son jeu.

Et surtout, elle avait dix heures pour se blinder et ne pas être sensible à ses charmes au cours d'un dîner en tête à tête.

Allez, elle était tout à fait capable d'arriver à ses fins.

Gage frappa chez Cass exactement cinq minutes avant 20 heures. Jolie bâtisse. Un peu trop de verre et d'acier à son goût, mais la maison donnait sur un grand lac bordé d'une promenade. Lui aussi vivait au pied d'un lac, à Austin.

Ce point commun était un bon signe.

Elle ouvrit la porte. Bon sang, elle était divine avec cette robe en dentelle qui moulait son corps à ravir. Couleur framboise. Bien plus sexy que rouge. Il en eut le souffle coupé.

Il sentit aussitôt son corps réagir violemment, et ce n'était pas bon signe pour les affaires.

— Tu es en avance. J'imagine que tu étais impatient de me retrouver, dit-elle d'un ton taquin.

Gage s'éclaircit la gorge. Décidément, la nouvelle Cass avait tout de la femme fatale. Et elle était beaucoup plus difficile à déchiffrer. Sans parler du fait qu'elle semblait insensible à ses charmes. En apparence, du moins.

Justement, le dîner qu'il avait en tête était censé briser la glace. Au passage, il comptait s'attirer les faveurs de Cass. C'était une étape décisive en attendant de mettre la main sur la formule.

Mais à quoi bon se leurrer ? Étant donné la façon dont elle avait commencé à mener la danse, il n'était pas au bout de ses peines.

Autant passer à l'action.

— Non, on est en avance quand on arrive au moins quinze

minutes avant l'heure prévue. Techniquement, je suis parfaitement à l'heure.

— Et où va-t-on dîner, monsieur Parfaitement-à-l'heure ? s'enquit-elle en penchant la tête.

Ce qui fit danser ses boucles d'oreilles en diamant.

Dîner ? Il aurait surtout voulu se délecter de cette femme superbe qui lui faisait tourner la tête.

— Je te laisse choisir, puisque tu es sur ton terrain.

Cass avait-elle réellement un autre dîner de prévu, à l'origine ? Gage n'osa pas lui poser la question. Étant donné son statut et sa beauté, elle avait certainement une ribambelle de prétendants, tous plus ardents les uns que les autres. D'ailleurs, cette idée le chiffonnait.

Était-il jaloux ? Mais non, quelle idée !

Elle et lui s'étaient séparés une dizaine d'années plus tôt. Il lui était arrivé de penser à Cass, mais il avait aussi passé de nombreuses nuits avec différentes femmes, sans jamais s'attacher.

En effet, il n'était pas du genre à s'attacher. Ni à s'engager.

— Tu veux dire que tu essaies de jouer au gentleman en me laissant choisir le lieu ? Alors que tu m'as tout imposé jusqu'à présent ? s'enquit-elle d'une voix sarcastique.

— On a toujours le choix. Mais chaque choix mène dans une direction différente.

— Bien dit, rétorqua-t-elle alors qu'elle passait devant lui en répandant un parfum de jasmin et d'épices exotiques.

Tant bien que mal, Gage réussit à se concentrer pour les conduire au restaurant sans finir dans un fossé.

Cass était un mystère. Vue de l'extérieur, elle était formidablement sensuelle et féminine. Mais au fond de son cœur elle semblait froide et dure comme la pierre.

Le restaurant était très chic. Heureusement qu'il était parti d'Austin avec un costume ! Le chef de salle les amena à une table à l'écart des autres, dans un espace intime, puis les laissa s'installer tranquillement.

Cependant, Gage ne savait toujours pas comment aborder ce dîner. En séducteur ou en stratège ? Ou peut-être un mélange des deux ? Quoi qu'il en soit, Cass ne comptait sans doute pas se donner à lui facilement.

— Il me semble que tu avais envie de choisir le vin, si mes souvenirs sont bons, dit-il en lui tendant la carte.

Quand Cass tendit le bras pour l'attraper, Gage vit son décolleté trembler. Il aperçut sa poitrine à travers la dentelle framboise. C'était terriblement érotique.

Il devait s'accrocher, le parcours était semé d'embûches.

— Et si mes souvenirs sont bons, tu n'es pas un amateur de vin.

— En effet, mais ce soir, je ferai une exception. Pour toi.

Plus il la ferait boire et plus il pourrait la pousser à fendre l'armure. Il ne fallait pas être grand clerc pour comprendre que Cass était toujours sous pression : elle avait besoin de se laisser aller.

Et il ne manquait pas d'imagination, loin de là…

Avec le repas, Cass commanda une bouteille à quatre cents dollars. Un prix exorbitant, comme promis. Une fois le serveur parti, elle croisa les mains et le contempla comme s'il s'agissait d'un jeune chiot dont elle ne savait pas quoi faire.

— J'aimerais savoir une chose, dit-elle d'une voix sérieuse mais séduisante.

— Je t'en prie.

Il fut un temps où ils avaient échangé sur tous les sujets qui leur passaient par la tête. Il avait toujours aimé l'écouter parler, la rassurer, la guider, la façonner tel un sculpteur qui voit sa créature prendre forme devant lui.

Espérait-il retrouver ce rôle de mentor ?

Oui. Après tout, elle avait besoin de son aide. Alors où était le mal ?

— Pourquoi t'intéresses-tu autant à la formule de Harper ? Certes, j'ai une dette envers toi, mais il y a forcément une autre raison. J'aimerais la connaître.

Gage hocha la tête.

— Excellente question. La réponse est simple. Tout le monde a envie de pouvoir effacer ses rides. Vous avez une formule qui permettrait d'y parvenir. De mon côté, je veux commercialiser des produits cosmétiques efficaces et rester leader sur le marché. Conclusion : j'ai besoin de cette formule.

— Gage, il y a des centaines de produits similaires sur le marché, fit-elle remarquer.

— Oui. Mais une seule société peut me faire de l'ombre.

Cass écarquilla les yeux et répliqua :

— Alors c'est une question de fierté ? Tu ne supportes pas de ne pas être le plus fort ? Tu veux garder l'ascendant sur tes concurrents ?

À ces mots, elle prit une gorgée de vin. Quand ses lèvres pulpeuses et admirablement dessinées vinrent se poser autour du verre, il eut l'impression de fondre sur place. Et de mourir d'excitation.

Bon sang ! Comment arrivait-elle à avoir autant d'effet sur lui alors qu'il était censé se concentrer ?

À court d'argument, Gage glissa une main sur la table et attrapa celle de Cass sans lui laisser le temps de réagir.

— S'il te plaît, ce soir, j'aimerais qu'on soit amis et pas concurrents.

Elle baissa les yeux vers leurs mains jointes mais elle ne chercha pas à la retirer.

— Mais nous sommes concurrents. Nous le serons toujours.

— Peut-être. Mais on pourrait décider de reporter la conversation professionnelle à plus tard. Comme ça, on serait simplement des amis qui se retrouvent après une longue séparation.

Il la sentait réticente, tendue, angoissée. Ce n'était pas de bon augure.

— Ah oui ? s'exclama alors Cassandra. Si tu avais vraiment voulu renouer les liens avec moi, tu aurais pu le faire facilement. Mon adresse e-mail figure sur le site de Fyra. Et je ne te vois jamais dans les salons. Si tu avais tellement envie de me revoir, pourquoi est-ce que tu ne t'es pas manifesté plus tôt ?

Gage sentit aussitôt son corps entier se mettre en état d'alerte : il était sur le point de tomber dans un piège. Méfiance !

Sans plus attendre, il retira sa main.

— Je déteste les salons. Je trouve ça étouffant. En plus, c'est toujours le week-end. Et le week-end, je suis… occupé.

Marquer une pause pouvait prêter à confusion quant à la nature de ses activités le week-end. Ces derniers temps, il emmenait surtout Arwen au lac pour qu'elle gambade librement.

Cass le fixa sans ciller, attendant en silence qu'il réponde à sa question. Le piège était bien sûr d'avouer qu'il essayait de la séduire pour mettre la main sur la formule. Elle tentait de le faire avouer que sa volonté de renouer les liens avec elle était cousue de fil blanc.

Pour être honnête, elle avait en partie raison. Au début il avait choisi de la séduire pour lui rappeler ce qu'elle lui devait. Mais en cet instant, il voulait vraiment être son ami.

Hormis lui, personne ne pouvait comprendre la pression à laquelle elle était soumise. À part lui, personne ne lui permettrait d'être elle-même, de se laisser aller, de ne pas avoir peur de paraître lasse ou anxieuse.

Le mieux serait de l'attirer dans son lit, comme il l'avait fait par le passé. Il pourrait enfin lui défaire son chignon et laisser ses cheveux tomber en cascade sur ses épaules et s'étaler sur l'oreiller.

Aussitôt, cette idée le rendit littéralement fou de désir.

Décidément, il ne savait plus sur quel pied danser. Pourquoi éprouvait-il de telles sensations physiques en sa présence alors qu'ils s'étaient perdus de vue pendant de longues années ? Comme elle l'avait si bien insinué, il n'avait rien fait pour la recontacter depuis.

Il aurait dû.

Pourquoi ne l'avait-il pas fait ?

La voix de Cass le tira subitement de ses réflexions.

— Tu n'as toujours pas répondu à ma question.

Gage s'éclaircit la voix puis répondit :

— Tu veux la vérité ? Tu as raison, je ne suis pas venu d'Austin dans le seul but de reprendre contact avec toi. Je veux la formule.

— Je suis étonnée de ta franchise.

— Je n'ai pas de secrets.

Une fois de plus, Cass se pencha en avant. Ce qui le fit frémir. Pourquoi avait-elle mis une tenue aussi ensorcelante si ce n'était pour l'attirer dans les mailles de son filet ?

Décidément, Cassandra lui donnait du fil à retordre.

— Vraiment ? Tu n'as pas de secrets ? insista-t-elle.

Au prix d'un effort surhumain, il réussit à répondre sans trembler :

— Oui, vraiment.

— Si on était plus jeunes, je te défierais à Action ou vérité.

5

Cass retint sa respiration alors que Gage posait sur elle des yeux intenses. Quand elle s'était penchée vers lui, il avait posé un regard appréciateur sur son décolleté. Ce qui avait aussitôt enflammé ses sens.

Elle ne pouvait pas jouer aux innocentes. Qu'attendait-elle en s'habillant de la sorte ? Pensait-elle que Gage resterait insensible ? Visiblement, il était tout sauf insensible à ses charmes.

— Action ou vérité ! Pourquoi ? lança-t-il d'un ton sarcastique.

— Je suis sérieuse. Si tu n'as pas de secrets, ça devrait être facile pour toi.

Elle pourrait ainsi obtenir des informations sur la fuite sans trop dévoiler son jeu. C'était une idée géniale.

La tête penchée vers son verre de vin auquel il n'avait pas touché, il leva les yeux vers elle, doucement, tout en faisant tourner son index autour du bord du verre. Son regard était à la fois interrogateur et calculateur. Impossible de savoir ce qu'il manigançait.

Le silence était tombé sur le petit coin à l'écart où ils se trouvaient : ils pouvaient à présent entendre le murmure des conversations non loin de là et l'argenterie tinter délicatement contre la porcelaine de Chine.

— Tu connais les règles du jeu ? s'enquit-il.

— Bien sûr. Je te pose une question et, si tu ne veux pas y répondre, tu dois faire ce que je te dis de faire.

— C'est vrai pour toi aussi.

Cass hésita quelques instants. Était-ce une si bonne idée que ça, finalement ?

— Oui. Je n'ai pas peur, répondit-elle malgré tout.

Le serveur leur apporta leurs assiettes. Au lieu de prendre sa fourchette, Gage croisa les mains devant son assiette où trônait un filet de saumon grillé sur un lit d'asperges sautées.

— Je me demande ce que tu veux essayer de me faire dire. Si tu veux savoir quelque chose, pourquoi ne pas me poser la question, tout simplement, au lieu d'avoir recours à un jeu ?

À ces mots, Cass sentit son cœur s'emballer, ses oreilles se mirent à bourdonner.

Vite, une réponse.

— Ce serait beaucoup moins drôle.

— Effectivement ! s'exclama-t-il. Alors vas-y, je t'écoute. Je choisis de dire la vérité, dit-il avant d'enfourcher une bouchée de saumon.

À ces mots, un frisson la parcourut.

Impossible de reculer.

Elle avait habituellement l'esprit vif, mais sentir le regard de Gage posé sur elle lui faisait perdre ses moyens.

— Est-ce que tu as déjà fait une fausse déclaration d'impôts ?

Il la regarda d'un air interloqué.

— C'est tout ce que tu veux savoir sur moi ? Ce n'est pas très folichon. Je ne préfère même pas savoir ce que tu m'aurais demandé si j'avais choisi « action ». Et pour répondre à ta question, non, je n'ai jamais été coupable de fraude fiscale.

Cass se maudit d'être aussi bête.

Les impôts ! Elle n'aurait pas pu trouver un sujet plus rébarbatif. Mais elle ne devait pas pour autant perdre le fil de son enquête.

— Pourtant, tu triches aux cartes, non ?

— Uniquement quand je joue au strip-poker avec toi, dit-il d'un air malicieux.

Cass déglutit difficilement. Le sourire ravageur de Gage lui fit perdre le fil de la conversation. Et le souvenir de leurs parties de strip-poker la fit frissonner. Mille images envahirent son esprit, toutes plus érotiques les unes que les autres. Il avait toujours été très fort pour trouver ses points faibles, l'exciter et la mettre aux abois.

Un peu comme la situation où elle se trouvait à présent.

À l'époque, elle atteignait le nirvana chaque fois qu'ils faisaient l'amour. Il arrivait à la mettre dans tous ses états, et elle finissait toujours entièrement soumise à lui, esprit, corps et âme.

Visiblement, cela n'avait pas changé. Dès qu'elle avait vu Gage sur le parking, c'était comme si son corps s'était réveillé après un long sommeil. Elle n'avait jamais compris à quel point les réactions physiques qu'il provoquait en elle lui avaient manqué. Elle avait oublié à quel point c'était bon de se sentir désirée par un homme.

Pas n'importe quel homme. Gage Branson.

Leurs regards se croisèrent. L'atmosphère se chargea d'électricité et de désir. Il devait lui aussi se remémorer leurs ébats passés, et cette pensée la fit frémir en tout point. En cet instant, il y eut en elle comme un déclic. Comme un dispositif éteint de longue date qui se remettait en route par on ne sait quel miracle.

Il fut un temps où ils avaient été très proches, où ils désiraient les mêmes choses. Elle avait toujours pu compter sur Gage pour avoir la réponse qu'elle cherchait. Maintes fois, elle avait eu besoin de son soutien. Et il n'avait jamais été avare en conseils et en encouragements.

Désormais, rien n'était plus pareil. Gage Branson n'était plus son mentor, mais le P-DG d'une grande entreprise. Ce qui le rendait encore plus séduisant.

La fourchette suspendue dans les airs, il la regarda droit dans les yeux.

— Et notre jeu, alors ?

Cass cligna les yeux.

Le jeu.

Les soupçons.

La fuite.

Sa position précaire chez Fyra.

Elle prit une gorgée de vin pour se donner du courage.

Comment avait-elle pu se laisser aller au point d'en oublier le but de ce dîner ?

Elle avait succombé aux charmes de Gage avec son sourire de tueur, sa voix magique, sa personnalité séduisante et son physique de beau gosse qui ne semblait pas avoir vieilli en dix ans.

Surtout, il avait presque réussi à lui faire croire qu'ils étaient deux ex-amants qui se retrouvaient pour un dîner en tête à tête.

Seulement, méfiance.

Gage n'était plus dans le même camp qu'elle. Mais l'avait-il déjà été ? Plusieurs fois, ils avaient fait l'amour alors qu'il était sur le point de la quitter. De la même façon, il était en train de sortir le grand jeu pour la séduire et la convaincre de lui vendre la formule de Harper.

Ce qui le rendait encore plus dangereux.

Au prix d'un effort douloureux, Cassandra décida de chasser les bons souvenirs de son esprit. Et si elle pensait plutôt aux moments de souffrance qu'elle avait subis par sa faute ? Par exemple, elle avait passé des jours, des mois, des semaines à travailler seize heures par jour pour tomber épuisée dans son lit, tard le soir, et ne penser à rien.

Et le voilà qui réapparaissait dans sa vie, comme si elle lui devait quelque chose. Oui, il était temps de remettre cette armure qui la protégeait si bien et d'avancer vaillamment.

— Tu as raison, on a digressé, finit-elle par répondre. Question suivante. As-tu déjà volé quelque chose ?

— Une seconde, je dois d'abord choisir entre action ou vérité. Et pourquoi poses-tu ces questions sérieuses ? Dans mon souvenir, on posait des questions comme « Qui as-tu embrassé pour la première fois ? » ou « As-tu déjà fait un bain de minuit ? ».

— Ces questions sont bonnes pour la version douze-quinze ans mais là, on joue à la version adulte, répondit-elle d'un ton cinglant.

Avant de le regretter. Seigneur, quelle idée de prononcer le mot adulte ?

Aussitôt, le regard de Gage s'illumina.

— Ah, il fallait le dire. Alors je voudrais une action.

Cass jura intérieurement. Qu'est-ce qu'elle pouvait être naïve ! Elle aurait dû s'en douter.

— L'action, c'est que tu dois répondre à la question.

— Non, désolé, mais ça ne marche pas comme ça, s'esclaffa-t-il. Tu m'as parlé d'une version adulte, et je suis prêt à payer pour ne pas répondre. Vas-y, j'écoute.

Bien. Il s'attendait visiblement à ce que l'action en question soit teintée d'érotisme. Alors autant mettre le paquet.

— Enlève ta chemise.

Gage ouvrit de grands yeux.

— Ici ? dit-il en balayant du regard le restaurant chic et bondé.

— Oui.

— J'aurais peur de faire des jaloux. Tu n'as pas autre chose en tête ?

Cass esquissa un petit sourire ironique avant de lancer :

— On se dégonfle ? C'est toi qui voulais une action.

— Je veux bien enlever ma chemise dans la voiture, dans ton salon, dans ton bureau. Je peux même me mettre tout nu devant toi, où tu veux, mais pas dans un restaurant. Ça ne se fait pas.

— C'est ta morale de boy-scout qui t'empêche de passer à l'acte ?

— Je n'enfreins jamais la loi, se contenta-t-il de dire.

Que fallait-il en conclure ? Qu'il n'était pas responsable de la fuite ?

Pas sûr. Ce n'était qu'un jeu : il pouvait très bien se permettre de mentir. Mais elle l'avait toujours considéré comme un homme droit.

Certes, il lui avait brisé le cœur, mais il avait été honnête. Il lui avait dit la vérité en face, avant de la quitter.

Au même moment, elle entendit Gage lâcher :

— Voilà ta réponse. À moi.

— Comment ça, à toi ? bafouilla-t-elle.

— À moi de te poser une question. Quel est le nom de ton premier amour ?

Cass sentit sa gorge se serrer, son cœur se soulever.

Quel jeu idiot !

Elle pourrait mentir, mais il le devinerait. Et si elle optait pour l'action, il lui demanderait certainement de s'asseoir sur ses genoux pendant cinq minutes. Voire pire.

Pourquoi avait-elle lancé l'idée du jeu ?

Pour prouver qu'il n'était pas digne de confiance alors qu'elle n'avait aucune preuve de sa culpabilité ?

Pour lui montrer qu'il n'avait aucun effet sur elle, alors qu'à chaque instant, elle lui prouvait le contraire ?

Cass le regarda en sentant la frustration monter en elle. Mais quelle idiote !

Et si elle disait la vérité ? Gage tomberait des nues en entendant sa réponse.

La tension était à son comble.

Sans le savoir, il avait déclenché en elle une réaction en chaîne qu'elle ne pouvait arrêter.

Au bord des larmes, Cass se leva d'un bond.

— Excuse-moi, bredouilla-t-elle avant de se précipiter aux toilettes pour pleurer sans témoin.

Gage regarda Cass se faufiler entre les tables et le personnel.

C'est elle qui avait commencé ce jeu idiot. Était-elle vraiment contrariée qu'il ait refusé d'enlever sa chemise ? Après tout, peut-être qu'elle avait très envie de le voir torse nu, mais qu'elle n'osait pas lui demander.

Décidément, cette fille était incompréhensible.

Au bout d'un certain temps, il s'inquiéta de ne pas la voir revenir et prit le chemin des toilettes. Avec un peu de chance, il trouverait une employée qui pourrait entrer et vérifier que Cass allait bien. Il n'eut pas besoin d'aller jusque-là : Cass était assise sur la banquette en velours au bout du couloir menant aux toilettes.

Dès l'instant où il posa les yeux sur elle, il la sentit tendue. Il s'approcha d'elle doucement pour ne pas la brusquer.

— Cass, tout va bien ? Tu essayais de me faire faux bond ?

Hélas, sa plaisanterie n'eut pas l'effet escompté.

Cass garda une expression figée, impassible.

— Oui, ça va.

— En effet, je vois que ça va très bien, dit-il en prenant place à côté d'elle.

Elle resta sans bouger. Pourtant, on sentait à quel point ses muscles étaient tendus. Pas de doute : elle n'était pas dans son état normal.

Gage se passa une main dans les cheveux puis se risqua à dire :

— Excuse-moi de ne pas avoir respecté les règles du jeu.

Il était loin de tout savoir sur les femmes et leurs émotions : inutile de commettre un impair en froissant sa sensibilité.

— Non, c'est moi qui n'ai pas respecté les règles. Tu as raison. Mon action n'était pas valable.

— Laissons tomber. Tu veux partir ou rester finir le dîner ?

— Je n'ai pas envie de terminer notre repas, je préfère partir, dit-elle d'un ton monotone.

Décidément, elle avait vraiment été bousculée par ce jeu. Elle semblait terriblement fragile…

— Tout ce que je souhaitais, c'était passer du temps avec toi. Alors ça m'est égal de finir le repas, avoua-t-il.

Et il ne voulait surtout pas qu'elle se brise en mille morceaux par sa faute !

Cass lui jeta un regard en coin.

— Je t'avais prévenue, je ne suis pas vraiment de bonne compagnie.

— Je passe un très bon moment. Enfin, disons que je passais un bon moment, jusqu'à ce que tu disparaisses.

Physiquement et mentalement.

Mais elle secoua la tête et répondit :

— Ce n'est pas la peine de dire ça pour me faire plaisir. Je t'ai fait boire du vin alors que tu n'aimes pas ça. Ensuite, je t'ai fait jouer à un jeu d'ados. Et pour finir, j'ai disparu de la table sans crier gare. Tu peux me dire le moment que tu as trouvé le plus divertissant ?

— Tous les moments, dit-il en lui offrant un large sourire.

— J'ai du mal à te croire, répliqua-t-elle d'un air renfrogné.

— Pourtant, tu devrais, insista-t-il. Si je m'étais ennuyé, je n'aurais eu aucun problème à partir en plein milieu du dîner. La vie est trop courte pour perdre son temps.

Cass ouvrit de grands yeux.

— Tu ferais ça ?

— Bien sûr.

Elle rit timidement.

Gage sentit sa poitrine se serrer. C'était une victoire. Minime, certes, mais une victoire quand même.

— Je n'ai plus envie de manger, soupira-t-elle.

— Mais tu n'as rien contre passer encore un peu de temps avec moi ?

Il résista à l'envie de s'approcher d'elle, de la toucher, de la prendre dans ses bras. Impossible de savoir si son humeur avait changé au point d'accepter un tel revirement !

— Eh bien…, dit-elle en croisant les bras.

Comme pour se protéger…

— Oui ?

— On était censés parler de la fuite.

— Tu sais très bien que si je t'ai invitée à dîner, ce n'était pas pour parler de ça.

Cass hocha la tête puis répondit :

— Oui, je m'en doutais un peu. Tu étudies toutes les possibilités, et pas seulement au niveau professionnel, tout en assurant tes arrières.

Comme elle gardait les bras toujours croisés et les mains cachées, de peur qu'il les attrape, sans doute, Gage dégagea une mèche de cheveux tombée sur son front. Ce faisant, il s'attarda le long de son cou. Comment résister à l'envie de toucher cette peau pâle et soyeuse qui le faisait chavirer ?

Comme Cass ne protestait pas, il continua à la caresser, doucement, du bout des doigts. Il la sentait frissonner. Puis il lui tourna la tête de façon à voir ses yeux.

Son beau visage avait l'air de porter un masque.

La reine des glaces était de retour.

Parfait. Maintenant, il n'avait plus qu'à la faire fondre, comme il comptait le faire dès le départ. Même si ses motivations n'étaient plus les mêmes. Du tout.

— Je n'étudie pas toutes les possibilités. Je t'ai invitée à dîner parce que… tu m'intrigues. J'ai envie de découvrir ce qui a changé en toi depuis l'université. Et voir ce qui n'a pas changé.

— Pour que tu puisses t'en servir à ton avantage ? répondit-elle en lui jetant un regard de défi.

— J'ai l'intention d'utiliser ces informations pour te séduire. Absolument.

À quoi bon cacher le fait qu'il avait abandonné l'idée de parler affaires ? Tout ce qu'il voulait, c'était se concentrer entièrement sur le plaisir.

Il reviendrait à la formule, mais pour le moment, Cass était la seule chose qui comptait à ses yeux.

— Tu n'avais pas dit que ce serait un simple dîner d'affaires ? fit-elle remarquer. J'étais sur le point de te remercier d'avoir tenu parole.

La voix de Cass tremblait légèrement. C'était un signe qui ne trompait pas.

Gage secoua la tête puis répondit :

— On s'est mal compris. Je ne t'ai jamais invitée à un simple dîner d'affaires. Mais nous sommes des adultes responsables et consentants, parfaitement capables de séparer les affaires du plaisir. Comme à l'université.

Cass prit soudain un air impassible.

— J'en suis capable mais toi, je ne sais pas.

— Si tu en es capable, prouve-le, répliqua-t-il du tac au tac.

— Comment ? s'enquit-elle.

C'était une véritable torture de la voir dans cette robe sexy sans pouvoir partir en mission d'exploration. Oui, il mourait d'envie de faire tomber les bretelles de sa robe, puis de fondre sur sa poitrine. Dans son souvenir, elle était absolument merveilleuse.

Finalement, il leva le menton de Cass pour que leurs bouches se touchent presque.

— D'après ta logique, si je t'embrasse, ça prouvera que je peux séparer les affaires du plaisir ? demanda-t-elle.

— Qui a dit qu'on devait s'embrasser ? C'est ce que tu as à l'esprit ? Je suis partant, si tu veux prouver quelque chose.

Et voilà. Cass était maintenant au pied du mur.

Gage la vit alors lever davantage la bouche vers lui.

— C'est plutôt toi qui veux prouver quelque chose.

Ils étaient à présent à quelques centimètres l'un de l'autre. Et il mourait d'envie d'effacer la distance entre eux.

— Et qu'est-ce que je voudrais prouver ?

À ces mots, elle se pencha vers lui, ses lèvres pulpeuses le touchaient presque. Ce qui était encore plus suggestif que si elle l'avait embrassé.

Il laissa son parfum enivrant l'envelopper d'une vague sensuelle. Ce qui le rendit encore plus fou de désir. Et il pouvait sentir ses seins le frôler. Bon sang, pourquoi devait-il s'empêcher de la toucher ?

Au moindre signal, il était prêt à glisser son bras autour d'elle et à l'embrasser passionnément. Non, ce n'était pas le moment de perdre les pédales : ils étaient dans un lieu public, toute action déplacée de sa part serait malvenue.

— Tu as dit que tu utiliserais toutes tes informations pour me séduire, mais c'est peine perdue, lâcha-t-elle alors.

— C'est ce qu'on va voir, murmura-t-il.

L'attirance irrésistible qui les poussait l'un vers l'autre finit par avoir raison de lui.

À bout de nerfs, Gage prit Cassandra dans ses bras alors qu'elle cherchait ses lèvres de sa bouche avide. Ils se lancèrent dans un baiser effréné, d'une intensité inouïe. Il put enfin laisser libre cours au désir qu'il éprouvait depuis qu'il l'avait revue la veille, sur le parking de Fyra.

Ils s'enlacèrent en resserrant leur étreinte, autant que possible.

Cass glissa la langue dans sa bouche, puis il se perdit dans le tourbillon de sensations que lui procurait leur étreinte.

Soudain, le fait de l'embrasser le projeta dans le passé. Il repensa aux fois où ils avaient fait l'amour, où elle s'était offerte à lui. Ah, cette façon qu'elle avait d'onduler sensuellement le bassin pour mieux se donner à lui. Et ce regard torride, dévoré par le plaisir quand ils jouissaient tous les deux.

Gage se souvenait aussi des moments où ils avaient ri ensemble, où elle l'avait mis au défi, et où elle l'avait comblé.

C'était une évidence, il avait envie d'elle.

Comme ça. Là, maintenant. Et qu'importe s'ils n'étaient pas seuls !

Ni une, ni deux, il l'attira à lui, en la prenant quasiment sur ses genoux alors qu'il parcourait les formes de ce corps magnifique à travers la dentelle framboise.

Elle tourna la tête pour mieux le goûter et s'agrippa à sa taille.

Il était aux abois.

Elle l'avait rendu fou. Le simple fait qu'elle le caresse avait enflammé ses sens.

Oui, il avait terriblement envie de se donner à elle, comme si tout était possible, comme si elle était à lui.

Résolument, Cass l'embrassa. Jamais il ne l'aurait crue capable de l'embrasser de cette façon.

À cet instant, tout s'envola en fumée.

Ses résolutions, son plan, sa stratégie, la formule…

Quelle importance cela avait-il comparée au plaisir qu'il éprouvait en ce moment même ?

Elle s'arracha à lui. Bien trop tôt.

Gage sentit son esprit vaciller.

Elle lui sourit. Il y avait quelque chose d'indéchiffrable dans son regard.

— Super. Et maintenant, si on passait à la discussion d'affaires pour laquelle nous nous sommes retrouvés ce soir ? Je sors prendre l'air. Rejoins-moi quand tu seras remis de tes émotions.

À ces mots, elle se leva et le laissa en plan sans même se retourner.

Le regard trouble, il la regarda partir, trop abasourdi pour la rappeler vers lui.

Cette étreinte l'avait complètement chamboulé.

C'était le baiser le plus torride de toute sa vie. De loin.

C'est lui qui l'avait incitée à l'embrasser, pour l'obliger à fendre l'armure. Or c'est lui qui s'était retrouvé piégé. Car il s'était rendu compte qu'il en pinçait pour Cassandra Claremont. Peut-être même plus que dix ans auparavant.

Mais le plus étrange, c'est que Cassandra ne semblait pas avoir été touchée par leur étreinte.

De toute évidence, elle avait dû tourner la page dès l'instant où il lui avait dit que c'était terminé entre eux.

Ou était-ce sa façon à elle de lui prouver qu'elle était capable de faire la part des choses entre plaisir et affaires ?

6

Si seulement elle pouvait reprendre ses esprits le temps que Gage règle la note et donne son ticket au voiturier !

Voilà tout ce que Cassandra osa espérer une fois dehors.

Mais cela ne fut pas suffisant. Gage finit par la rejoindre, mais elle n'était toujours pas remise de ce qu'elle venait de vivre.

Le baiser qu'ils avaient échangé lui brûlait encore les lèvres. Elle sentait l'endroit où Gage l'avait touchée de ses mains viriles et expertes.

Mais le pire, c'était qu'elle avait touché Gage, redécouvert les formes de son corps, ses larges épaules, ses bras fermes, son torse musclé, sa chevelure épaisse. Et cela ne lui avait pas suffi. Elle mourait d'envie de le faire à nouveau, de réapprendre à connaître le corps de cet homme qui la faisait chavirer.

Au départ, le but de ce dîner était de séduire Gage pour obtenir des informations.

Pour l'instant, c'était un échec.

Il fallait reprendre l'avantage, et vite.

Mais comment ?

Alors qu'ils attendaient sur le trottoir, en silence, Cass pria pour qu'il ne lui fasse pas d'avances. Car elle ne serait pas en mesure de résister.

Inutile de le nier. Depuis qu'il l'avait embrassée, elle ne pensait plus qu'à une chose : sa bouche. Et à ses mains sur elle. À ses doigts agiles en train de la déshabiller, de faire glisser sa robe en dentelle pour découvrir son corps…

— Cass ? Je me disais bien que c'était toi.

La voix féminine stridente qui venait de résonner la ramena sur terre. Et mit fin à ses rêveries érotiques.

Cass se retourna puis s'arrêta net.

Le cœur battant à vive allure, elle se retrouva nez à nez avec Laurie, la responsable de la comptabilité chez Fyra. Celle-ci dévisagea Gage tout en restant accrochée au bras de son compagnon.

— Bonsoir, Laurie, parvint-elle à bredouiller.

— Bonsoir, Cassandra. Je te présente mon mari, Mark. Tu te souviens peut-être de lui, il était venu à la fête de Noël. En revanche, je n'ai pas eu l'honneur d'être présentée à monsieur.

Et à ces mots, sa collègue tendit la main vers Gage.

Oh ! non…

Ce n'était vraiment pas le moment d'être aperçue avec le P-DG d'une société rivale. Ils devaient à tout prix se tirer de ce guet-apens…

— Gage Branson, annonça celui-ci gaiement.

Cass se sentit frémir. Il avait ignoré complètement le coup de coude qu'elle venait de lui administrer dans les côtes !

Trop tard.

Elle réprima un soupir de frustration tandis que le visage de Laurie s'illuminait.

— Gage Branson de GB Skin ? J'aime beaucoup votre gel douche. Je l'utilise tous les jours, mais ne le dites pas à mon mari, dit-elle avant d'éclater de rire.

Cass lui lança un regard désapprobateur mais Laurie ne se démonta pas pour autant.

— Tu avoueras que les parfums des gels douche pour femmes sont beaucoup trop fleuris. Il faudrait s'inspirer de ce qu'on propose aux hommes.

— Ah, voilà qui fait plaisir à entendre ! s'exclama-t-il.

Gage et Laurie furent bientôt rejoints dans la conversation par un autre fan, Mark, le mari de Laurie, qui commença à énumérer ses produits GB Skin préférés.

De son côté, Cass trépignait. Décidément, la situation devenait de plus en plus gênante. Gage avait pris l'avantage sur elle et, comme si cela ne suffit pas, il l'avait embrassée dans le restaurant.

Mais Laurie et Mark étaient-ils en mesure de le remarquer ?

Certainement. Depuis qu'elle était sortie, elle n'avait pas eu l'occasion de se remettre du rouge à lèvres. Bref, tout prouvait qu'elle avait embrassé le P-DG de GB Skin.

Eh bien, oui, pourquoi se mentir ? Elle avait embrassé Gage de tout son cœur dans le seul but de découvrir s'il était impliqué dans cette fameuse fuite. Mais son enquête avait changé de nature en cours de route et s'orientait désormais vers un terrain glissant.

À présent, elle se sentait terriblement coupable et n'avait qu'une envie : quitter les lieux.

Cass attendit un creux dans la conversation pour s'immiscer et y mettre un terme.

— Laurie, tu sais que nous encourageons les suggestions des employés. Alors si tu as des remarques à faire sur les produits Fyra, n'hésite pas à nous les transmettre. Je ferai passer le message à notre équipe de chercheurs.

— Oh ! là, là ! C'est vrai que ça ne se fait pas de vanter les mérites d'un produit de la concurrence devant la patronne de ma patronne, s'écria Laurie avant de glousser bruyamment.

— Mais non, ne vous inquiétez pas, c'est tout naturel de parler ouvertement de ses préférences, s'empressa d'intervenir Gage.

Toujours aussi beau parleur, celui-là…

— Vous avez raison. Après tout, je ne fais que me servir des produits d'un concurrent. Je n'ai pas dîné avec le concurrent en personne, lâcha-t-elle d'un ton empreint de sous-entendus.

Cass se sentit frémir. *Oh ! non, pas ça…*

— C'était un dîner d'affaires, crut-elle bon de signaler. M. Branson…

— Je suis ici en tant que conseiller de Mlle Claremont. Cass et moi sommes allés à l'université ensemble. Elle m'a contacté pour que je lui donne des conseils en stratégie.

— Je ne savais pas qu'on pouvait porter une robe aussi sexy pour un rendez-vous d'affaires, répondit Laurie.

Mais quand allait-elle s'arrêter ?

Son mari lui murmura aussitôt quelque chose à l'oreille.

Elle rit alors que le voiturier leur amenait leur Lexus.

— C'est pour nous. Bonne soirée. Ravie de vous avoir vus.

Une seconde plus tard, le couple disparut dans l'habitacle.

Tandis qu'un autre voiturier amenait enfin le Hummer, Cass jeta un regard noir à Gage.

— Un conseiller ?

— Oui, pourquoi pas ? répondit-il tout en lui ouvrant la porte.

En véritable gentleman, il l'aida alors à monter sur le siège surélevé du véhicule. Même si elle n'avait rien demandé.

Elle fit semblant de ne pas remarquer qu'il avait frôlé sa cuisse un peu trop longuement. Mais elle-même faisait mine d'oublier ce qui s'était passé entre eux quelques minutes auparavant, dans le restaurant, non ?

Une fois installé au volant, Gage se tourna vers elle.

— Tu aurais voulu que je dise la vérité ?

Cass fronça les sourcils.

— La vérité ? Quelle vérité ?

— J'aurais pu leur dire qu'il s'agissait vraiment d'une sortie en amoureux. Je suis prêt à parier que la nouvelle se répandrait à la vitesse de l'éclair.

— C'est bon, j'ai compris.

— Merci, Gage. Tu es le meilleur, et je te dois une fière chandelle, dit-il d'une voix aiguë.

Cass éclata de rire.

Comment avait-il osé la faire rire ?

Comment arrivait-il à lui faire passer un bon moment lors d'une soirée en amoureux qui n'en était pas une ?

Il n'avait pas le droit d'être drôle, charmant et séduisant.

Et il n'avait pas le droit d'embrasser aussi bien.

Cela ne devrait pas être permis.

— Maintenant que tout Fyra va savoir que j'ai dîné avec toi, je t'attends demain matin à mon bureau pour qu'on puisse continuer à enquêter. Les filles savent que tu étais mon mentor à l'université, elles me croiront quand je leur dirai que je t'ai demandé conseil.

Gage lui lança un regard qui la mit mal à l'aise, comme s'il attendait autre chose.

— Merci, finit-elle par dire d'une voix stridente pour imiter le ton qu'il venait de prendre.

Mais elle aurait déjà dû le faire depuis longtemps. Spontanément, d'ailleurs.

— C'est tout ? insista-t-il.

— Tu es vraiment le meilleur, le plus fort, etc., ajouta-t-elle en soupirant.

— Je préfère ça. Où va-t-on ?

Bon sang, le self-control de cet homme était horripilant. On aurait dit que rien ne l'affectait, que tout lui réussissait et que, partout où il allait, il était comme un poisson dans l'eau.

Elle aurait aimé pouvoir en faire autant, mais cela ne faisait pas partie de sa personnalité.

Comme faisait-il pour ne pas se soucier des choses et des gens ? Voilà un mystère qu'elle n'avait pas encore réussi à percer.

Peut-être qu'en s'entraînant, elle arriverait à maîtriser cet art ?

Cela lui donna une idée.

— Prends la prochaine à droite, il y a un joli endroit qui surplombe le lac.

Elle allait souvent courir autour du lac, mais elle ne s'y était jamais rendue la nuit.

— Dois-je comprendre que nous allons nous garer sur un parking dans la nuit, mademoiselle Claremont ? s'enquit-il d'un ait mi-amusé, mi-diabolique.

Cass laissa échapper un rire forcé avant de lui indiquer où se trouvait le parking.

— Nous allons nous promener au bord d'un lac en pleine nuit, en effet.

Elle comptait se servir de cette promenade digestive au clair de lune pour lui poser quelques questions. Au moment où il s'y attendrait le moins, elle sortirait l'artillerie lourde.

Son but était simple : le cuisiner tout en gardant l'ascendant.

Pour cela, elle devrait faire abstraction de tous ses charmes et oublier à quel point c'était bon d'être en sa compagnie.

Gage essaierait sûrement de l'embrasser, et elle l'embrasserait en retour. Elle en était capable. L'embrasser ne l'obligeait pas à tomber amoureuse de lui !

L'objectif numéro un était de savoir si Gage était lié à la fuite. Un baiser, ce n'était pas la fin du monde. Il suffisait de faire taire ces émotions qui n'avaient absolument rien à faire dans ce rendez-vous nocturne professionnel.

Elle n'oublierait pas de se rappeler à l'ordre.

Habituellement, elle était très disciplinée : cela ne devrait pas poser problème. Du moins, elle l'espérait.

Cass pointa du doigt un endroit un peu plus loin.

— Il y a une barrière avec un code. Cette zone est réservée aux habitants du lac. Suis-moi.

L'endroit était peu éclairé.

Des arbres ornaient le chemin et l'abritaient du monde extérieur.

La nuit, la nature, le silence, Gage… C'était un cocktail nocturne dangereux, au parfum d'érotisme. L'obscurité les isolait de la réalité, les enveloppait dans une bulle trop intime.

Tout en tapant le code sur le boîtier, Cass fut envahie par une vague de spasmes. Savoir Gage près d'elle la troublait. Il ne la touchait pas mais elle sentait la chaleur de son corps et sa respiration. Il régnait un tel silence qu'elle entendait presque les battements de son cœur.

Elle réprima l'envie de se retourner pour se blottir contre Gage et se lover contre lui. Contre ce corps athlétique et ferme qui saurait la protéger et l'emporter au firmament, comme c'était déjà arrivé par le passé.

L'excitation grandit en elle comme un feu d'été et l'embrasa littéralement. À sa grande surprise, d'ailleurs.

Absorbée par le tourbillon de sensations qui s'était emparé d'elle, elle fit le mauvais code.

— Un problème ? demanda Gage en se penchant vers elle.

Ce qui réduisait dangereusement la distance entre eux.

Comment avait-elle pu tomber dans le panneau aussi facilement ? C'était la nuit que Gage était le plus fort, qu'il tissait sa toile, prêt à tout pour arriver à ses fins.

— J'ai dû faire l'ancien code, mentit-elle.

La seconde fois fut la bonne. Une chance.

La porte s'ouvrit en silence, comme s'ils pénétraient dans un lieu secret connu d'eux seuls.

La vue sur le lac était magique. L'eau miroitait au clair de lune tandis qu'un halo argenté éclairait le chemin. Le spectacle était splendide, ils n'auraient pas pu mieux tomber.

— Il y a un belvédère avec un pavillon abrité à quelques centaines de mètres. On pourra s'arrêter pour parler.

Parler. Cass s'accrocha à cette idée comme s'il en allait de sa vie. Pourvu que l'air frais lui rafraîchisse les idées !

Bizarrement, Gage obtempéra sans rechigner, et marcha jusqu'au belvédère comme elle l'avait demandé.

Néanmoins, elle eut du mal à garder le cap à cause de ce parfum viril qui l'enivrait à chaque pas. Cela l'empêchait de se concentrer sur ce qu'elle voulait lui faire dire. Elle avait envie d'enfouir le visage dans le creux de son cou, pas de parler affaires à une heure indue !

Une fois sur place, elle entama les hostilités. Allez, en avant !

— Dis-moi, tu dois être sacrément bien renseigné pour avoir obtenu autant de détails sur la formule.

Gage était appuyé contre un pilier, les bras croisés. Il la contemplait comme si le panorama à couper le souffle n'existait pas.

— Excuse-moi, mais je n'ai pas du tout envie de parler de ça.

Elle lui jeta un regard étonné. Il ne chercha pas à dissimuler le contenu de ses pensées. À en juger par la lueur lascive qui animait ses yeux, les pensées de Gage étaient tout sauf chastes. Aussitôt, elle sentit une chaleur excitante la gagner, malgré elle.

En cet instant, elle aurait aimé qu'un nuage vienne masquer la lune et les projette dans une obscurité totale. Comme ça, elle n'aurait plus vu à quel point il était beau, séduisant et désarmant.

Cass frissonna en repensant à leur baiser. Les spasmes de chaleur qui la parcouraient redoublaient d'intensité.

Pourquoi avait-il autant d'effet sur elle ?

— Je trouve que c'est un sujet très intéressant. Et très important, rétorqua-t-elle.

Il quitta le pilier pour s'avancer vers elle, sans la quitter des yeux.

— Tu le penses vraiment ? Et si j'avais envie de parler d'autre chose ?

Elle resta immobile alors qu'il était sur le point de la toucher.

— De quoi ?

Sans hésiter, il attrapa sa main et l'attira à lui. Leurs corps semblèrent ne faire qu'un alors qu'il la prenait dans ses bras.

Naturellement, elle leva la tête vers lui.

— J'aimerais voir ce que ça fait de t'embrasser sans risquer d'être interrompu, déclara-t-il.

— Gage…, bredouilla-t-elle.

Ça y est, elle était déjà aux abois.

— Oui ? murmura-t-il dans un souffle sensuel.

— Laisse-moi.

En réalité, elle aurait voulu lui dire à quel point elle fondait sur place depuis que son corps d'Apollon ferme et musclé la frôlait.

— Tu es sûre ? J'ai l'impression que si je te lâche, tu pourrais tomber.

Cass se mordit la lèvre. C'était tellement bon d'être contre lui. Mais il était temps de se ressaisir.

— Oui, j'en suis sûre, ça va très bien.

Mais cela n'empêcha pas Gage de venir coller la bouche sur son oreille bouillante.

— Moi, ça ne va pas. Et j'ai envie de te garder dans mes bras.

Ce souffle dévastateur sur sa peau enflammée, cette cuisse virile entre ses jambes, cette voix douce et ensorcelante, ces bras musclés qui l'étreignaient avec assurance… Toutes ces sensations ne firent qu'attiser le désir qui bouillait en elle depuis le début de soirée.

Elle était au bord de la folie.

— C'était censé être un rendez-vous d'affaires uniquement, lui rappela-t-elle d'une voix tremblante.

Une voix qui trahissait ses émotions, certainement.

— Ne bouge pas.

Les yeux rivés sur ses cheveux, il enleva délicatement une baguette de son chignon, puis la deuxième, avant de les laisser tomber sur le sol.

— Que fais-tu ? protesta-t-elle alors que ses cheveux descendaient en cascade sur ses épaules.

— Je n'ai pas pu résister. J'en ai envie depuis que je t'ai revue.

Là-dessus, Gage plongea les mains dans sa chevelure, enfouissant ses doigts entre les boucles.

Un gémissement de plaisir rauque fit vibrer son torse.

— J'adore tes cheveux, ils sont magnifiques. Pourquoi les portes-tu toujours attachés ?

— C'est plus profess…

Elle aurait voulu finir sa phrase mais la bouche de Gage vint recouvrir la sienne. Le baiser fiévreux qu'il lui donna la fit taire. Chaude et humide, sa langue se glissa langoureusement pour lui faire partager un plaisir inouï.

En tirant légèrement sur sa chevelure pour la forcer à pencher la tête en arrière, il approfondit son baiser tant qu'il put.

De son côté, Cassandra était dans tous ses états, elle perdait pied avec la réalité.

C'était tellement bon de sentir Gage l'embrasser de nouveau. Elle ne voulait pas que cela s'arrête.

Était-elle en train de revenir sur sa décision initiale ? Non. Si elle arrivait à faire la part des choses entre le plaisir et les affaires, elle pourrait faire la part des choses entre le plaisir et l'amour, non ?

Cette fois, elle n'aurait pas le cœur brisé.

Elle avait retenu la leçon.

Sans crier gare, Gage la poussa contre le pilier en bois. Il fondit vers sa gorge, alors qu'il lâchait ses cheveux pour mieux l'approcher de ses lèvres sensuelles.

Cass se cambra pour avancer vers lui en gémissant dans le silence de la nuit.

À présent, on aurait dit que les mains de Gage voulaient l'explorer tout entière, en caressant ses hanches, ses épaules, son dos. Il baissa alors le décolleté de sa robe pour libérer sa poitrine, s'emparant sans tarder d'un de ses seins pour le caresser, le titiller. Puis il se baissa pour prendre le téton à pleine bouche.

Elle haleta.

C'était exquis.

Seigneur ! Sentir cette langue experte autour de son téton raidi, cette bouche charnue prête à la dévorer la faisait défaillir. Ses jambes ne la tenaient plus. Heureusement, il la tenait fermement tout en lui procurant un plaisir immense.

Le temps de fermer les yeux, elle laissa la vague de spasmes monter en elle. Elle allait exploser s'il ne…

Soudain, Cass sentit Gage glisser une main sous sa robe et partir à la recherche de son sexe mouillé encore prisonnier de sa culotte. Mais pour lui, aucune barrière n'était insurmontable.

De ses doigts agiles, il la caressa. D'abord sur le tissu soyeux, puis en dessous. Elle gémit quand il entra en elle. Comme s'il était certain qu'elle n'attendait que ça.

Quelqu'un aurait pu passer dans le secteur.

Cela ne faisait que renforcer l'ivresse de cet instant.

Chancelante, Cassandra s'ouvrit davantage à lui, l'encourageant à aller plus loin, à la pénétrer plus profondément, plus vite. Sa respiration s'accéléra alors qu'il augmentait la cadence et qu'il continuait de caresser ses seins, de les sucer avidement, en mordillant ses tétons au point de lui arracher des petits cris aigus.

Une exploration des plus intimes qui, après une dernière caresse, d'un geste expert, la fit exploser de plaisir. Elle se laissa transporter par les vagues libératrices, gémissante, soumise à l'intensité de la jouissance qu'il venait de lui offrir.

Gage. Intelligent, drôle, tendre et amant extraordinaire.

Il lui avait manqué.

Quand elle redescendit du paradis charnel où il l'avait emmenée, Cass s'aperçut qu'il l'observait.

Il replaça sa robe, tout en la caressant avec tendresse.

— Emmène-moi chez toi. Je veux refaire ça correctement.

Elle le regarda droit dans les yeux. Il l'avait poussée à baisser sa garde alors qu'elle s'était promis de l'en empêcher.

Elle aurait aimé lui céder, sans réserves, sans peurs, sans complications. Comment refuser quelque chose à un homme aussi divin ?

Mais ce n'était vraiment pas le moment de jouer avec le feu, surtout à l'heure où sa compagnie traversait une crise majeure. D'autant qu'elle n'était pas insensible aux charmes de Gage, loin de là.

— Désolée, je ne peux pas.

Gage parut interloqué. Puis il la lâcha et fit un pas en arrière.

— OK.

On sentait bien qu'il n'était pas d'accord avec cette réponse mais il n'insista pas. Tant mieux. S'il avait insisté, il aurait sûrement réussi à la convaincre en quatre secondes.

Cass devait se rendre à l'évidence : sa tactique avait échoué. Dès l'instant où il l'avait touchée, les questions professionnelles avaient cessé d'exister, et elle s'était voluptueusement laissée aller au plaisir qu'il était prêt à lui offrir.

Ce n'était pas du tout ce qui était prévu au programme.

Elle devait absolument revenir dans la partie.

Restait à savoir comment.

Gage déposa Cass chez elle après lui avoir souhaité bonne nuit de manière laconique.

Sur le chemin du retour, ils avaient à peine parlé.

Elle semblait perturbée. Pourquoi l'avait-elle rejeté de cette façon ?

Visiblement, elle était capable de changer de peau en un clin d'œil. Un instant, elle était l'inatteignable reine des glaces, l'instant d'après, elle fondait sous l'effet d'un orgasme qui semblait l'avoir déboussolée.

À présent, elle était de nouveau dans la peau de la reine des glaces.

Cass avait beaucoup changé, mais elle restait distante. Il

devait trouver un moyen de réduire le fossé entre eux. Faute de quoi, il n'arriverait jamais à mettre la main sur la formule.

De retour à son hôtel, frustré et seul, Gage tomba nez à nez avec Arwen. La chienne l'attendait à la porte, la laisse dans la gueule.

Il fit la moue. Ressortir ? C'était la dernière chose qu'il voulait faire.

— D'accord, finit-il par céder.

Arwen parut très contente d'aller se promener dans le parc de l'hôtel. Après tout, il l'avait délaissée toute la soirée… Une balade tard dans la nuit, c'était la moindre des choses.

Malheureusement, sa chienne ne parlait pas. Il se retrouva donc seul à ruminer ses pensées, pour le moins déroutantes.

Cass constituait le nœud du problème. Elle lui faisait perdre son objectif de vue. Pourquoi lui avait-elle demandé de l'aider ? Mystère. Mais une chose était sûre : il avait l'intention de le découvrir.

De son point de vue, il restait persuadé d'une chose : tant qu'ils n'auraient pas donné libre cours à la passion qui les habitait et l'attirance mutuelle qui les unissait, ils n'arriveraient pas régler l'histoire de la fuite.

Du moins, c'est ce qu'il espérait.

Pour des raisons personnelles.

Parce qu'il désirait Cass.

Enormément. Profondément. Farouchement.

Jamais il n'avait désiré une femme à ce point. Au-delà d'avoir été soufflé par le rejet, il éprouvait une énorme frustration. Celle de ne pas avoir pu assouvir le plaisir qu'il avait accumulé en lui.

D'ailleurs, plus il y pensait, plus il se rendait compte d'une chose. Son envie de se donner à Cass était devenue plus forte que son envie de mettre la main sur la formule.

Gage se fit alors une promesse. Le comportement de Cass l'avait déstabilisé mais il saurait se ressaisir à temps pour le prochain round.

Demain était un autre jour.

7

— Salut, Melinda !

— Bonjour, monsieur Branson.

Avec un sourire, Gage dit à la réceptionniste de Fyra :

— J'ai rendez-vous avec Mlle Claremont.

— Elle vous attend.

Malgré ses réticences, Cass avait annoncé à tout le personnel qu'il venait en guise de conseiller. C'était le meilleur scénario possible, de toute façon.

La porte du bureau de Cass était ouverte mais il frappa quand même.

Elle l'attendait, debout, appuyée contre son bureau, les bras croisés sur une combinaison fort seyante, les cheveux remontés en un chignon maintenu par les deux baguettes qu'il avait pris tant de plaisir à lui enlever, la veille.

Il s'empêcha de la contempler trop avidement.

L'heure était à la concentration.

— Tu es prêt à te mettre au travail ? s'enquit-elle froidement.

Comme si leur rendez-vous de la veille n'avait jamais existé.

— Bien sûr, dit-il en s'installant.

Dans l'un des fauteuils réservés aux visiteurs, cette fois.

— J'aimerais te poser quelques questions, dit-elle sans se départir de son sérieux.

Elle paraissait également assez agitée.

— Est-ce qu'il y en a une qui commence par Gage et qui termine par nu ?

Le visage de Cass se referma.

Gage leva les yeux au plafond. L'humour n'était visiblement pas la meilleure des tactiques, même si sa volonté d'alléger l'atmosphère partait d'une bonne intention.

Et pour cause : il ne pouvait pas ignorer son attirance pour cette superbe femme, mais il ne pouvait pas non plus repartir sans la formule. Les deux approches étaient censées se compléter. Or pour l'instant, elles le tiraillaient. D'où l'idée de prendre les choses un peu à la légère.

Mais ce n'était manifestement pas l'intention de Cass.

— Gage, s'il te plaît, ne commence pas. J'ai fait des recherches et j'aimerais qu'on jette un œil aux résultats.

Oserait-elle refuser s'il l'attirait sur ses genoux et l'embrassait à en perdre haleine ?

Mauvaise idée. Bas les pattes !

Le jour, mieux valait s'en tenir aux affaires.

La nuit venue, il évaluerait de nouveau la situation.

— Vas-y, je t'écoute. Je suis sûr de pouvoir t'aider à démêler cet imbroglio.

— Je ne t'ai encore rien dit. Comment es-tu sûr de pouvoir m'aider ?

Gage fit son plus beau sourire avant de répondre :

— Je suis motivé, acharné et expérimenté, comme le prouve mon CV. Alors je t'écoute.

— Je vois, dit-elle sèchement.

Malgré l'air distant qu'elle affichait, il fut à nouveau distrait par les baguettes dans son chignon. Si seulement il pouvait les enlever, plonger les mains dans sa chevelure soyeuse, sentir sa respiration s'accélérer…

— Comme je suis là pour te donner des conseils, voici le premier : détends-toi.

Et pour cause. Depuis qu'il était entré dans la pièce, Cass n'avait pas bougé d'un iota. Comment l'aider si elle était aussi tendue ? Ses charmes n'auraient aucun effet.

— Deuxièmement, je te conseille d'accepter mon invitation à dîner ce soir. Mais cette fois, on est obligés de manger.

Hormis un léger mouvement des yeux vers le plafond, elle resta immobile, comme pétrifiée. Ce qui n'avait rien d'inhabituel.

— Ce n'est pas dîner avec toi qui m'apportera le contenu de la réunion que je vais avoir avec mes associées vendredi. J'ai besoin de résultats aujourd'hui.

— Alors viens t'asseoir avec moi et mettons-nous au travail. Pour l'instant, j'ai l'impression d'avoir été convoqué dans le bureau de la directrice et de ne pas savoir à quelle sauce je vais être mangé.

À contrecœur, à en juger par son manque d'enthousiasme, Cass vint s'asseoir à côté de lui.

Après tout, il avait tout autant intérêt qu'elle à trouver la fuite. D'une part, il ne donnerait pas un seul dollar à Fyra tant que le problème ne serait pas résolu. Et d'autre part, il n'avait pas l'intention de laisser quelqu'un tenter de le doubler.

— Je promets d'être sage. Allez, parle-moi du fruit de tes recherches.

Ce fut quasiment imperceptible, mais Gage sentit l'instant où elle commença à se détendre. Il eut envie de sauter en levant les bras pour crier victoire mais se ravisa.

— D'après moi, la fuite vient de quelqu'un du labo. C'est obligé. À part Trinity, Alex, Harper et moi, personne n'est au courant de la façon dont la formule fonctionne.

— J'ai aussi pensé à ce scénario. D'un autre côté, n'importe qui aurait pu payer quelqu'un pour espionner votre base de données ou venir voler les notes de Harper.

— C'est possible, mais je maintiens ma première hypothèse. Pour la prouver, je compte glisser des fausses informations. Si elles se retrouvent dans la presse, je pourrai remonter à la source.

— Tu parles d'un pistage numérique ? Comme dans les banques ? C'est très coûteux.

— La formule 47 vaut des millions de dollars. Peut-être même plus.

Gage hocha la tête avant de répondre :

— C'est vrai, mais ce processus serait beaucoup trop long. Le temps presse, Cass.

— C'est pour ça que je voulais t'en parler, répliqua-t-elle d'un ton crispé. Je savais que tu trouverais la faille de mon approche.

Ce petit compliment l'enchanta. Bien plus qu'il ne l'aurait imaginé, d'ailleurs. Il sentit une vague de chaleur monter en lui. C'était finalement très agréable de mélanger plaisir et affaires. Surtout quand la femme était aussi belle et intelligente que Cass.

— C'est normal, j'ai plus d'expérience que toi, donc plus de recul.

— Non, ce n'est pas normal. J'aurais dû y penser avant de mettre cette proposition sur la table.

— Arrête, ne sois pas aussi dure envers toi. Tu as accompli des choses impressionnantes en créant Fyra, alors ne perds pas confiance en toi pour des broutilles. Tu es une P-DG hors pair.

Cass leva vers lui un regard hésitant mais reconnaissant. La lueur de fragilité qu'il lut dans ses yeux lui donna envie de la serrer contre lui pour la rassurer et lui dire que tout irait bien.

Soit, elle avait besoin de ses conseils, mais elle avait aussi besoin de sa présence physique. Et l'idée d'être indispensable à une femme aussi forte et indépendante que Cass était un sentiment très appréciable.

Ce flot d'émotions et de sincérité n'avait rien à voir avec le désir sexuel, rien à voir avec les affaires, et rien à voir avec un divertissement passager. Non, cela avait tout à voir avec l'envie de renouer avec Cass.

Gage s'était en effet replongé avec bonheur dans leurs souvenirs communs du passé. Comme autrefois, il aimait l'idée d'être là pour elle, pour l'épauler, la guider.

D'ailleurs, comment avait-il pu la quitter, à l'époque ? Aussi facilement, du moins. Il ne le saurait peut-être jamais.

Désormais, il avait une seconde chance avec Cass. Cela lui donnait envie d'explorer les possibilités et de trouver un moyen de relancer leur aventure sur de nouvelles bases.

Mais serait-ce possible ?

— Si j'étais une P-DG hors pair, j'aurais réussi à éviter que quelqu'un ne nous vole notre formule secrète.

— Arrête de te rabaisser. Tu sais très bien que tu es une

femme d'affaires extraordinaire qui a réussi à fonder une société avec l'aide de trois associées. Fyra est en plein essor ! Ne va pas te comparer aux P-DG qui mettent leurs employés sur la paille par négligence ou qui finissent en prison parce qu'ils ont trafiqué les comptes.

Le sourire amusé qu'il la vit esquisser provoqua en lui une réaction inattendue. Les battements de son cœur s'accélérèrent.

S'il arrivait à mettre Cass sur la même longueur d'onde que lui, cette conversation pourrait très vite se passer de mots.

Cass sourit plus largement.

Gage lui mangeait dans la main. Il lui avait fallu un peu de temps pour changer l'ambiance et encore plus pour le convaincre qu'elle n'était pas insensible à ses charmes.

À présent, il était tellement occupé à la courtiser et à lui lancer des regards langoureux qu'il avait perdu de vue le sujet qui les avait réunis : la fuite.

Avantage, Cassandra.

— Tu le penses vraiment ? dit-elle en se penchant vers lui.

Ce faisant, elle en profita pour effleurer volontairement son bras.

— Oui, répondit-il avec regard ténébreux.

— Tu ne peux pas savoir à quel point ça me fait plaisir de l'entendre.

— Je n'aurais jamais cru que j'arriverais à te faire parler de plaisir, répondit-il en saisissant cette opportunité pour se rapprocher d'elle un peu plus.

Cass se sentit frémir. C'était tellement bon de sentir sa présence, son parfum enivrant, son souffle viril… Mais autant se raviser, elle était sur le point de céder.

L'épisode du belvédère l'avait quasiment empêchée de dormir. Comment pourrait-elle passer devant sans penser à la bouche de Gage sur sa peau et à l'intensité avec laquelle il l'avait fait jouir ?

En contrepartie, elle aurait aimé le déshabiller, l'exciter au plus haut point, puis laisser exploser la passion qui les animait avant de le voir tomber à sa merci.

Oh ! elle comptait encore mettre ce plan à exécution, tout en soutirant à Gage les informations dont elle avait besoin. Mais cette fois, elle ne le laisserait pas lui faire perdre de vue l'objectif qu'elle s'était fixé, comme la veille. De même qu'elle ne laisserait plus ses émotions la guider, voire l'entraîner.

Il fallait garder une approche on ne peut plus professionnelle, d'autant qu'il était en train de la séduire de manière flagrante.

Allons, sa carrière était en jeu ainsi que celle de ses associées. Tout ce qu'elles avaient construit s'effondrerait si elle n'était pas capable de trouver le coupable.

Fyra était sa vie. Aucun homme ne pourrait la remplacer. Surtout pas celui qui était dans son bureau en ce moment.

Cassandra décida donc de continuer à pousser Gage dans la même voie.

— Je préfère cette conversation, c'est vrai. D'ailleurs, j'allais justement te proposer de venir dîner chez moi ce soir.

À ces mots, il se redressa d'un bond.

Pari réussi.

— Ne joue pas à ce jeu-là avec moi, Cass.

Oh ! mais justement, elle adorait jouer à ce jeu-là avec lui. Surtout si c'était pour lui rendre la monnaie de sa pièce.

— Tu ne veux pas venir ? le défia-t-elle d'un ton aguicheur.

— Si, mais je me demande ce que je vais devoir faire en échange.

— D'abord, on travaille, ensuite, on prendra du plaisir.

Les yeux noisette de Gage s'illuminèrent, et un sourire malicieux prit forme sur ses lèvres.

— T'entendre dire que le dîner de ce soir sera placé sous le signe du plaisir me réchauffe le cœur, tu n'imagines pas à quel point. Et pas que le cœur, d'ailleurs, si je peux me permettre cette allusion grivoise.

Cass frissonna mais fit son possible pour ne pas montrer à quel point ces quelques mots avaient éveillé ses sens. Décidément, le bouclier qu'elle utilisait avec les autres hommes ne fonctionnait pas du tout en présence de Gage.

— Pour le moment, au travail, répondit-elle simplement. On doit continuer l'enquête. La nouvelle est parue lundi, nous sommes jeudi matin, et je ne suis pas plus avancée.

— Je vois, se contenta-t-il de dire.

Le matin même, Cass avait vraiment lancé l'enquête grâce à des recherches poussées. Il y avait quelques pistes intéressantes. Avant l'arrivée de Gage, elle avait aussi demandé à une compagnie spécialisée d'enquêter sur tous les employés. Pour le moment, inutile d'en parler à Gage.

Pour ce qui le concernait, elle avait trois choses à déterminer. Quel était son lien avec la fuite ? Quelles ficelles avait-il tirées pour en savoir autant ? Sur quels tableaux jouait-il ? C'était un programme ambitieux, mais elle se devait d'agir vite. Pour sauver sa société mais surtout pour se sauver elle-même : le danger était imminent, surtout quand il l'observait comme il le faisait en ce moment. Pas de doute, il avait l'intention de finir ce qu'il avait commencé sous le belvédère.

N'y tenant plus, elle décida de lui faire part de ses impressions.

— Si j'ai bien compris, ton but est de poursuivre une relation personnelle avec moi tout en m'aidant au niveau professionnel ?

Gage hocha la tête.

— En effet, tu as vu juste.

— Alors autant te dire que cette relation personnelle, si elle arrive un jour, deviendra réalité une fois le problème de la fuite résolu.

— Sur ce point, je ne suis pas tout à fait d'accord avec toi. On ne peut pas mettre de côté l'orgasme que je t'ai offert hier soir. Pour moi, c'était déjà les prémices de nos retrouvailles, donc d'une relation personnelle. Et nous savons tous les deux que nous voulons aller à la prochaine étape. C'est absolument nécessaire. Par conséquent, on doit d'abord continuer sur cette voie, puis se soucier de la fuite.

L'aura virile et imposante de Gage envahissait la pièce tel un serpent s'enroulant autour de ses sens, bien malgré elle. Il essayait de l'attirer dans un monde où elle ne désirerait rien de plus que ce plaisir qu'il lui promettait.

Vite, il était grand temps de revenir sur terre.

— Ce n'est pas du tout logique, trancha-t-elle.

Hélas, rien n'y fit, et il continuait sur sa lancée.

Le regard intense de Gage la cloua sur place, plongeant au plus profond de son être et réveillant en elle une excitation éteinte depuis trop longtemps.

Il ne bougeait pas, il ne la touchait pas et, pourtant, c'était encore plus puissant que s'il était entré en contact avec elle.

— Au contraire, Cass, c'est ce qu'il y a de plus logique. On n'arrivera pas à se concentrer sur l'enquête tant qu'on n'aura pas assouvi le désir qui nous enflamme tous les deux. Avoue que j'ai raison.

Cass refusait de l'admettre mais c'était vrai. Pire encore, elle ne voyait pas un seul argument à lui opposer. Cependant, elle essaya, par principe.

— C'est ça, ta logique ? Comme on n'arrive pas à travailler de manière fructueuse ensemble, autant qu'on fasse l'amour ?

Il ne broncha pas.

— Si tu veux absolument agir selon la logique, alors fais-le parce que tu en as envie. Moi, j'ai envie de toi, Cassandra.

De cette voix rauque et masculine, Gage venait de prononcer son prénom comme jamais aucun homme ne l'avait fait. Ce qui déclencha aussitôt en elle une énième vague de désir difficile à contenir.

C'était un jeu de séduction, il n'y avait aucun doute là-dessus, mais elle n'arrivait pas à percevoir qui essayait de séduire l'autre. Prolonger ce jeu n'avancerait à rien, c'était une certitude.

Après tout, si elle prenait cela comme une simple attirance sexuelle, elle ne retomberait pas dans les mailles de son filet. Elle avait retenu la leçon du passé, non ? Alors pourquoi ne pas s'octroyer ce moment de plaisir dont elle rêvait ?

Après tout, si elle n'avait pas encore réussi à résoudre l'enquête, c'était précisément parce qu'elle avait d'abord besoin de le voir nu. Nu et comblé.

À présent, la force du sourire de Gage l'attirait irrésistiblement.

— Dans les archives, j'ai retrouvé la liste des employés qui ont participé aux recherches, étape par étape. Pourrait-on au moins faire semblant de travailler un peu ce soir ? demanda-t-elle.

Sans avouer qu'elle avait très envie de lui.

— Oui, si tu trouves ça excitant, je suis partant.

— Viens chez moi pour 19 heures, dit-elle sans relever son commentaire sarcastique.

Comme c'était chez elle, c'est elle qui imposerait les règles. S'il pensait qu'elle allait se laisser faire comme la veille, Gage se mettait le doigt dans l'œil ! Distance et détachement, voilà les deux mots clés qui devaient la guider.

— Vos désirs sont des ordres, mademoiselle Claremont, répondit-il en s'inclinant.

— J'apporterai les dossiers du bureau. Toi, viens avec quelque chose à boire puisque tu es plus difficile que moi. J'ai jusqu'à demain pour présenter l'avancée de mes recherches à mes associées.

Avec un peu de chance, elle arrivait peut-être à résoudre ce casse-tête professionnel sous une couette.

À ces mots, Gage lui offrit son plus beau sourire.

— Si tu portes quelque chose de sexy, je te jure que je lirai tous les dossiers que tu veux.

— Marché conclu.

8

Le soir venu, Gage passa acheter une bouteille de cachaça, des citrons verts et du sucre brun. Les caïpirinhas étaient sa spécialité. En général, les femmes raffolaient de ce cocktail.

Après avoir fait ses emplettes, il s'arrêta pour déposer Arwen dans un chenil puis se rendit chez Cass.

Elle ouvrit la porte, pieds nus, vêtue d'un petit short qui mettait en valeur la longueur de ses jambes et son postérieur joliment arrondi. Son T-shirt moulant qui lui allait à merveille et sa coiffure légèrement désordonnée renforçait son sex-appeal. Bon sang, qu'elle était belle !

Cette vision le fit chavirer d'emblée.

— Entre !

En ouvrant la porte, elle avait laissé apercevoir son ventre plat quand son T-shirt s'était soulevé,

Découvrir Cass dans cette tenue était stupéfiant. Il n'y avait pas de mots pour décrire pareil spectacle !

— J'espère que ça ne te dérange pas. J'ai opté pour une tenue décontractée. Ça nous permettra peut-être de mieux travailler.

Quoi ? Si elle pensait le repousser en mettant cette tenue, elle se trompait. Cette tenue « décontractée » la rendait plus sexy que jamais.

En baissant les yeux, Gage fut subjugué par la vue de ses pieds nus aux ongles rose fuchsia.

— Tu as eu raison. J'avais peur d'être trop tenté de te toucher. Mais là, avec cette tenue, ça ira, ironisa-t-il en faisant mine de s'éponger le front.

Elle lui offrit alors un sourire qui ne fit qu'attiser la flamme brûlant en lui.

En s'effaçant pour le laisser passer, elle ne lui donna pas le temps de se remettre de ses émotions et enchaîna aussitôt :

— Commençons par éplucher les dossiers. Après on pourra prendre un verre et se détendre. D'accord ?

Gage sentit l'inquiétude s'emparer de lui. Elle avait l'air d'être tout à fait sérieuse.

— Tu plaisantes ? s'enquit-il après avoir fermé la porte derrière lui.

Un peu trop fort, sans doute.

Cass se retourna subitement, clairement étonnée par le bruit, et se retrouva ainsi tout contre son torse. Parfait.

Il déposa son sac à provisions. Pour l'instant, il n'avait pas envie de caïpirinha. Non, il avait envie de Cassandra. Alors il la prit dans ses bras, sans hésiter.

— Si tu voulais que je te laisse tranquille, il ne fallait pas m'inviter.

Il la fit reculer jusqu'à ce qu'elle soit dos au mur, puis la bloqua en glissant une cuisse entre ses jambes. Fermement et assez haut.

Elle haleta.

Ce simple bruit attisa en lui un feu d'artifice de sensations qui menaçait d'exploser à tout moment.

Il lui mordilla l'oreille, puis la lécha.

— Au cas où tu n'aurais pas compris, j'ai envie de toi. Maintenant, pas plus tard.

Les tétons de Cass se raidirent contre son torse lorsqu'il vint se frotter davantage à elle, en calant ses hanches pour mieux sentir ses courbes voluptueuses. Le tissu de ce short était bien plus fin qu'il ne le pensait et il sentit la chaleur de son corps l'embraser. Le désir grandit en lui à la vitesse de l'éclair.

Gage avait besoin de la sentir excitée, malléable, prête à se donner à lui, il n'en démordrait pas. Pas question que ce moment de passion finisse comme la veille.

Il avait adoré la faire jouir contre le pilier, son corps divin éclairé par le clair de lune. Et même s'ils étaient tous les deux habillés, ce moment érotique avait été l'un des plus torrides de toute sa vie.

Mais ce soir, il voulait aller plus loin.

Après toutes ces années, il mourait d'envie de redécouvrir le corps de Cass, ses odeurs, son goût, ses réactions. Ce T-shirt, si doux au toucher, semblait renfermer un trésor merveilleux qu'il avait hâte de découvrir.

Ils étaient seuls et ils avaient toute la nuit devant eux. Il avait l'intention d'en profiter pleinement.

Ils se dévisagèrent.

L'océan de désir dans les yeux de son ancienne protégée le fit chavirer. Comment arrivait-elle à provoquer de telles sensations chez lui alors qu'ils n'en étaient qu'aux préliminaires ?

— J'ai envie de toi, répéta-il d'une voix rauque.

Mais les mots suffisaient-ils à exprimer le besoin profond qu'il éprouvait, comme s'il en allait de sa vie ?

Comme elle ne disait rien, il continua :

— Si tu savais à quel point j'ai envie de toi. Parce que tu portes une tenue super sexy et que je te trouve super séduisante, mais aussi parce que je te trouve intelligente, belle, sensuelle. Parce que tu oses me mettre au défi, parce que j'aime être en ta compagnie, parce que…

— Si tu veux m'embrasser, tais-toi et fais-le.

Gage frémit en entendant cette réponse puis répondit :

— Je crois que c'est la phrase la plus excitante que tu m'aies jamais dite.

Comme il en avait très envie, il inclina la tête de Cass en arrière et dévora avidement ses lèvres avant de partir à la recherche de sa langue. Il voulait tout à la fois.

Alors il la poussa encore plus loin, attisant la passion qui les animait l'un et l'autre.

Plus question de se retenir.

Plus question de distance.

Plus question d'esquiver.

Pas ce soir.

Apparemment du même avis que lui, elle gémit tout en se frottant contre sa cuisse puis tira sa chemise pour la libérer et plonger les mains dessous. Ainsi, elle put lui caresser le dos.

C'était divin.

Il avait capturé un ange. Son ange.

Sensuellement, elle parcourut son dos, glissa les mains dans son pantalon puis s'empara de son derrière. Elle ondula contre lui avec davantage de véhémence, comme si elle tentait d'écraser son sexe en érection pour mieux le sentir.

Gage grogna. C'était une explosion de sensations. Dans son corps, dans son esprit. Cass s'emparait de lui, réclamait du plaisir alors que son sexe raidi était gonflé de désir pour elle…

Enhardie, elle se frottait sans vergogne contre son sexe turgescent. Il aurait pu jouir tellement il avait envie d'elle.

Avec une volonté de fer, il réussit à se maîtriser.

Une fois sa garde baissée, elle était plus torride que jamais, plus lascive qu'il n'aurait pu l'imaginer.

Il était temps de passer à l'étape suivante.

Il la débarrassa d'abord de son T-shirt, puis de son soutien-gorge.

Les superbes seins de Cass, admirablement arrondis, tombèrent dans ses paumes, lourds, gorgés de désir, brûlants. Elle était faite pour lui.

Il prit un sein dans sa bouche et se mit à le titiller tout en continuant à la déshabiller. Bon sang, il voulait tellement la sentir entièrement nue contre lui.

À son tour, elle le déshabilla avant de le prendre entre ses mains de façon pressante.

— Attends, ma belle, murmura-t-il avant de mettre un préservatif.

Puis il la souleva, toujours contre le mur, et elle s'accrocha à lui, leurs deux corps s'imbriquant à la perfection. Il la pénétra alors qu'elle enroulait ses longues jambes autour de lui.

Voilà.

Il était en elle.

Enfin.

Gage alla plus loin et se lança dans un va-et-vient frénétique, alors que Cass laissait échapper des gémissements de plaisir qui le rendaient littéralement fou de plaisir.

Il aurait voulu la caresser, explorer davantage ce corps ardent… Mais il ne pouvait pas la lâcher, elle était ancrée en lui. Les sensations étaient incroyables, pourquoi y renoncer ?

Soudain, elle remua légèrement les hanches, et ses gémissements vinrent se mêler à ceux qu'il poussait.

Ce n'était pas la Cass de ses souvenirs. Celle-ci prenait ce qu'elle voulait et donnait sans condition. Il avait cru pouvoir garder l'ascendant, mais elle était en train de le conquérir, totalement.

Il avait de plus en plus de mal à se contrôler, mais il réussit à glisser le pouce entre leurs deux corps pour la stimuler de la façon qu'elle avait toujours préférée. Elle allait jouir à coup sûr.

Ce qui arriva aussitôt après. Il la vit chavirer. C'était à lui, maintenant.

Fermant les yeux, il donna un dernier coup de reins pour atteindre le septième ciel, lui aussi.

Quand il sentit ses jambes de nouveau, Gage se laissa glisser au sol en tenant Cass toujours contre lui. Puis il laissa sa tête tomber dans le creux de son cou. Ils étaient tous les deux hors d'haleine, la poitrine haletant après ce déchaînement charnel.

Quelle expérience… hors du commun !

Il n'avait jamais vécu cela avec une femme.

Même à l'époque, il n'avait pas vécu quelque chose d'aussi fort avec Cass.

Certes, elle avait toujours été formidable, torride, sexy, et ils avaient souvent eu recours à des préliminaires érotiques. Mais jamais ils n'avaient été animés d'un tel désir.

La preuve : ils étaient encore dans l'entrée !

En chemin, il avait imaginé quelque chose de plus doux, de moins frénétique. Il avait eu en tête une redécouverte progressive, lente… Mais pouvait-il se plaindre que les choses se soient passées de façon aussi intense et bouleversante ?

Heureusement qu'ils avaient réussi à assouvir leur désir mutuel. C'était chose faite, ils allaient pouvoir passer à l'étape suivante.

— Maintenant, on va peut-être réussir à se concentrer, murmura-t-il.

Sans être convaincu, d'ailleurs.

Pour finir, Cass commanda des pizzas à la pizzeria du coin.

Après ce moment de passion dans le couloir, c'était comme si son corps avait entièrement fondu. Impossible de rester debout pour cuisiner.

Gage s'était montré sous son meilleur jour.

Un amant formidable. Fort, tendre, sexy, adorable. Bien plus que dans ses souvenirs. En un sens, c'était une petite surprise.

Mieux : il avait tenu parole. Après leurs ébats impromptus, il s'était pleinement concentré pour lire les dossiers qu'elle avait ramenés.

Leur échange avait été placé sous le signe de l'entente cordiale, et cela lui avait rappelé leurs conversations d'antan.

Oh ! il essaya bien de lui jeter des regards sensuels, mais elle resta concentrée sur les noms qui défilaient. Il l'avait mise au défi de réussir à faire la part entre les affaires et le plaisir. C'est ce qu'elle faisait.

Ils avaient fait l'amour, et cela avait été incroyable. À présent, ils devaient travailler et se montrer efficaces.

La clé, c'était de ne pas mélanger les émotions.

Gage lisait la liste des noms, et Cass donnait son impression sur leur personnalité, leur éthique, leur façon de travailler.

Ce faisant, à chaque nom, elle regardait intensément le visage de Gage pour voir si rien ne le trahissait. Jusqu'à présent, elle n'avait rien remarqué. De deux choses l'une. Soit il était très fort pour cacher son jeu, soit la personne qui l'aidait n'était pas sur la liste.

Mais avec un peu de chance, il n'était pour rien dans cette histoire. C'était une possibilité à envisager.

D'ailleurs, plus ils passaient de temps ensemble, et plus elle espérait que c'était le cas. C'est ce qu'elle souhaitait le plus au monde. Car s'il était innocent, tout changerait entre eux.

Ils pourraient alors laisser de côté l'aspect professionnel et se concentrer sur leur relation.

Non, une minute.

C'était de la folie de se laisser aller à de telles rêveries.

Finalement, faire l'amour avec lui n'avait fait que lui embrouiller l'esprit. Elle qui comptait avoir enfin les idées claires !

Cass demanda à Gage de partir dès l'instant où elle se mit à penser à des choses impossibles. Il n'allait quand même pas passer la nuit avec elle et lui tenir la main jusqu'au petit matin !

Il partit sans résistance, ce qui la contraria au plus haut point. Seulement, impossible de savoir pourquoi.

Elle savait à quoi s'en tenir dès le début, pourtant.

Gage n'était pas le genre d'homme à passer la nuit avec une conquête. Il n'était pas non plus du genre à rester très longtemps avec une femme. Dans quelques jours, il serait parti. Elle le savait.

Et pourtant, cela ne l'empêchait pas de rêver d'une nuit auprès de Gage. Ah, elle pourrait se blottir contre lui, il la garderait serrée contre son torse musclé, il lui caresserait les cheveux et la rassurerait en lui disant qu'il était là pour elle. Qu'avec lui, elle pouvait se laisser aller, qu'il la comprenait et qu'il tenait à elle.

Allons, il fallait qu'elle se ressaisisse ! Elle avait perdu la tête ou quoi ? Avec Gage, il n'y avait aucune garantie. Elle n'avait qu'à se le dire une bonne fois pour toutes.

De plus, pour le moment, tout semblait incertain dans sa vie.

À commencer par cette enquête sur la fuite. Ses recherches n'avaient pas donné grand-chose, et Gage ne lui avait apporté aucune information intéressante. Bref, elle en était toujours au même point.

Vers 5 heures du matin, Cassandra s'extirpa de son lit douillet mais trop grand pour une femme seule. Et si elle se douchait pour effacer toute trace de Gage sur son corps ?

On était vendredi. Trinity avait prévu une réunion pour qu'elle leur fasse un compte rendu sur l'enquête. La réunion ne serait pas longue puisqu'elle n'avait rien à leur dire.

Il lui fallut deux fois plus de temps pour faire son maquillage. Parce que ses mains tremblaient, mais aussi parce qu'elle devait tout faire pour paraître sûre d'elle. Là-dessus, elle enfila un tailleur noir dont la jupe descendait jusqu'aux genoux et un chemisier rouge en soie. Cela lui donnait une allure de femme puissante, maîtresse de la situation. Parfait.

À 9 heures, Cass vit ses associées entrer dans la salle de réunion. Elle était arrivée un peu avant pour prendre le temps de se calmer et de préparer son intervention. Elle avait la nausée et les mains tremblantes.

Harper avait les traits tendus. Elle avait préparé d'arrache-pied le dossier en vue de faire breveter la formule. Trinity, elle, semblait prête à étriper la première personne qui se mettrait en travers de son chemin. Quant à Alex, on sentait qu'elle aurait voulu être n'importe où hormis dans cette salle de réunion.

Allez, courage.

— Merci d'avoir pris le temps de venir à cette réunion, entama Cass d'une toute petite voix.

Inutile de se voiler la face : elle avait échoué dans sa mission, et il était temps de l'avouer à ses associées, même si ce n'était pas très reluisant.

Si au moins elle avait réussi à fermer l'œil pendant la nuit, elle n'aurait pas eu les nerfs en boule. Si au moins elle n'avait pas eu peur de ses sentiments pour Gage, elle aurait pu profiter de la nuit pour démêler la situation avec lui.

Au lieu de ça, elle lui avait demandé de partir sans autre forme de procès.

— Je n'irai pas par quatre chemins. Je ne suis pas plus avancée que lors de notre dernière réunion.

Les trois femmes la dévisagèrent, tour à tour ahuries, furieuses et incrédules.

C'est Alex qui brisa la glace.

— Comment ça ? Pourquoi tu n'as pas saisi les autorités ?

— Tu sais très bien qu'on a étudié cette possibilité mais Mike a dit que l'article était trop vague. C'est pour ça qu'on a eu recours à une enquête interne.

— On peut dire que l'enquête a échoué.

Cass secoua la tête avant de soupirer :

— Alex…

— On peut savoir ce que tu as fait depuis mardi ?

— J'ai établi une liste de suspects avec les gens qui ont travaillé sur la formule de près ou de loin depuis deux ans. D'après moi…

Au même moment, Trinity l'interrompit :

— L'article était trop vague, soit. Mais pourquoi ne pas avoir contacté la police quand ton ex-petit ami est arrivé en disant qu'il avait des informations détaillées sur la formule ?

Cass sentit ses joues devenir rouges comme des pivoines. Ah non, ce n'était pas le moment !

— Gage Branson fait partie de ma liste de suspects.

— J'aurais juré qu'il était revenu pour te briser le cœur une seconde fois tout en te volant la formule. Mais je suis contente de constater que cette fois, c'est toi qui mènes la danse, ajouta Trinity d'un ton des plus sarcastiques.

— Quoi ? Tu veux dire que tu couches avec lui pour savoir s'il est mouillé dans cette affaire ? Mais c'est affreux ! s'exclama Alex.

Cass se mordit la lèvre. Impossible de nier la situation. C'est exactement ce qu'elle était en train de faire. Et en effet, c'était affreux.

Un profond sentiment de découragement s'empara d'elle.

Puis elle eut un regain d'énergie. En affaires, tous les moyens étaient bons. Et puis Gage lui avait brisé le cœur, après tout. Alors si elle lui brisait le sien, ce ne serait que lui rendre la monnaie de sa pièce. D'ailleurs, à la réflexion, avait-il un cœur ?

Quoi qu'il en soit, ses amies avaient vu clair dans son jeu même si elle n'avait rien dit. Elles savaient que sa relation avec Gage n'était pas purement professionnelle.

— Si c'est vraiment ce que tu fais, Cass, moi je trouve ça bien. Après tout, les hommes font la même chose sans qu'on leur reproche quoi que ce soit. Il est temps que la roue tourne.

Cass sourit. Enfin, Trinity la défendait ! Hélas, les mots d'Alex résonnaient encore amèrement dans son esprit.

— Oui, c'est vraiment ce que je fais, avoua-t-elle.

— Excusez-moi, mais je trouve que cette technique d'enquête est plus que douteuse. Personne ne peut séparer affaires et plaisir.

— Moi, je peux, lâcha Cass.

Ce qu'elle regretta aussitôt.

Et si elle avait compromis l'intégrité de Fyra à cause de sa relation personnelle avec Gage ?

Et s'il était réellement coupable mais qu'elle n'arrivait pas à le voir, aveuglée par ses charmes ?

À présent, impossible de revenir sur sa parole. Il fallait assumer.

Après tout, elle était tout à fait capable de faire la part des choses. Si Gage était mouillé, il ne tarderait pas à se trahir.

— S'il vous plaît, accordez-moi encore quelques jours, les supplia-t-elle.

— Je ne suis pas d'accord ! lança Alex d'un air furieux.

Cass attendit la réaction des deux autres. Tout dépendrait d'elles…

Trinity haussa les épaules.

— Moi, ça ne me dérange pas d'attendre encore un peu. Je suis surtout curieuse de savoir ce qui va arriver à Gage le play-boy.

Enfin, Harper donna son avis.

— Gage Branson t'a brisé le cœur à l'université et peut-être que c'est ta façon à toi de te venger. Mais surtout, ne va pas croire qu'il a changé.

— C'est bon, ne vous en faites pas, je sais ce que je fais, s'empressa de répondre Cass pour rassurer ses amies.

Mais au fond de son âme, elle se sentit soudain envahie d'une immense tristesse.

Harper avait raison. Gage n'avait pas changé. Elle en était consciente et elle serait contente de le voir repartir. Du moins, elle l'espérait.

— D'après moi, cette démarche est une erreur. Gage Branson est notre concurrent numéro 1, et on doit se méfier de lui en le tenant à distance, un point c'est tout.

Cass hocha la tête avant de répondre :

— Alex, je le sais aussi bien que toi et je ne l'ai pas oublié. Je te demande juste de me laisser encore quelques jours.

— D'accord. Je ne vois pas comment tu comptes prouver la culpabilité de Gage tout en le laissant te faire perdre la tête, mais fais comme tu voudras. De toute façon, on n'a pas vraiment le choix.

C'était une victoire, mais une victoire à la Pyrrhus, trop chèrement obtenue.

Cassandra retint un soupir. Cette conversation l'avait remuée, voire contrariée, et lui avait laissé un goût amer dans la bouche.

Était-elle en train de remettre en doute sa stratégie ?

Jusqu'à présent, ses échanges avec Gage avaient évolué depuis son apparition sur le parking de Fyra. Au début, ils avaient été houleux et difficiles. Mais plus le temps avançait et plus elle appréciait être en sa compagnie.

Ils avaient même passé de très bons moments à deux, impossible de le nier. Il s'était montré attentionné, à l'écoute, drôle, charmant, perspicace et excitant. L'amant confident idéal.

Et s'il n'était pas coupable ?

Cass regarda ses associées quitter la pièce, une à une, en silence. Pour sa part, elle arriva tant bien que mal à retrouver le chemin de son bureau sans s'effondrer.

Une fois seule à l'intérieur, elle tenta désespérément de trouver un moyen de sortir de cette impasse, les nerfs en boule, l'esprit confus et le cerveau tournant à mille à l'heure.

Allez, plus question de rêvasser, plus question de se flageller. Ni une, ni deux, elle prit les dossiers personnels qu'elle avait préparés et s'attela à la tâche comme un robot en mode automatique.

Vers 15 heures, elle entendit son téléphone vibrer, et le nom de Gage apparut à l'écran. Voyons ce qu'il avait à lui dire…

Je suis sur le parking. Viens faire l'école buissonnière avec moi.

Bizarrement, ce message de Gage la fit sourire.

Cela ne résoudrait pas son problème. Mais pour le moment, c'était l'échappatoire idéale.

9

Le Hummer vert foncé était garé au même endroit que lors de la première visite de Gage, sous un chêne épargné par les promoteurs immobiliers lors du chantier de la construction du bâtiment de Fyra.

L'ombre dissimulait quasiment le véhicule d'une taille imposante mais Cassandra le repéra rapidement. Elle traversa le parking à vive allure. Pourvu qu'elle rejoigne Gage avant que quelqu'un la repère !

Après cette journée peu productive, elle ne pouvait pas être vue en train de quitter le travail à 15 heures.

Pourtant, étant donné son humeur, c'était ce qui lui convenait le mieux. De plus, elle avait un bon alibi. Elle avait promis aux autres d'avancer dans son enquête sur Gage. Il était donc normal qu'elle passe du temps avec lui. Personne n'était obligé de savoir qu'elle adorait être en sa compagnie. Ou ce qu'elle faisait avec lui quand elle le voyait.

C'était assez grisant de faire l'école buissonnière à son âge, même s'il ne s'agissait plus de rater un cours de chimie au lycée ou un cours d'économie à l'université.

Un frisson d'excitation l'envahit alors qu'elle montait à bord du véhicule de Gage. Puis l'excitation fit vite place au découragement. Inutile de se voiler la face et de prétendre qu'elle retrouvait Gage pour quelques heures de batifolage sans conséquence.

Non, si elle passait du temps avec Gage, c'était avant tout pour savoir s'il avait quelque chose à se reprocher.

— Ravi de te voir ! s'exclama-t-il dès qu'elle prit place sur le siège passager.

Il lui offrit son plus beau sourire, le visage radieux. On le sentait satisfait.

— Moi qui croyais qu'il me faudrait au moins deux heures et une cinquantaine de messages coquins pour te faire sortir de ta tanière… Si j'avais su, je serais venu plus tôt et je t'aurais invitée à déjeuner.

— Tu oublies qu'on est vendredi, dit-elle pour se justifier d'avoir répondu à l'appel aussi spontanément.

— Tu vas me faire croire que tu quittes le boulot à 15 heures tous les vendredis ?

Cass se mordit la lèvre. Prise la main dans le sac ! Bon, autant opter pour l'honnêteté.

— Non. Tu as raison. Je ne pars jamais aussi tôt. Mais j'avais besoin de faire une pause et de prendre du recul.

Gage parut soudain inquiet.

— Tu es mise à rude épreuve ?

Décidément, elle ne pouvait rien lui cacher. Il arrivait toujours à deviner son humeur, à sentir sa détresse.

Elle voulut nier la situation mais se ravisa. À quoi bon ?

— Oui, c'est ça. Je suis mise à rude épreuve et mes nerfs aussi.

Après avoir quitté le parking, ils roulèrent quelques instants en silence puis il tourna sur une route peu empruntée et s'arrêta près d'un parc.

— Viens là, dit-il en la prenant dans ses bras.

Elle aurait dû le repousser, lui dire que ce n'était pas une bonne idée et se rappeler qu'elle se croyait capable de faire la part des choses entre les affaires et le plaisir. Mais si elle avait quitté précipitamment son bureau, c'était précisément pour se retrouver en compagnie de Gage, sentir sa présence et ses bras l'entourer. Lui seul était capable de lui procurer ce dont elle avait besoin.

Blottie contre lui, elle se laissa aller. Elle était comme dans une bulle de bien-être que rien ne pouvait percer. Ni les bruits extérieurs, ni la crise de sa société, ni son passé difficile avec Gage.

Tout s'estompa grâce à la chaleur qui émanait de son corps viril et aux caresses que ses mains lui offraient. C'était exactement ce dont elle avait besoin. Elle avait besoin de lui, de quelqu'un pour la rattraper dans sa chute, pour l'épauler.

Elle se sentait enivrée par son parfum boisé et apaisée par sa présence.

Quand il se décida à enlever les deux baguettes de son chignon, elle se laissa envahir par le désir en sentant ses cheveux tomber sur ses épaules.

Gage plongea les mains dans sa chevelure puis lui caressa le dos, doucement, pour la réconforter.

C'était un moment à la fois apaisant et stimulant.

Comment était-ce possible ? Il savait exactement ce dont elle avait besoin. Il lisait en elle comme dans un livre ouvert.

Gage laissa échapper un grognement de plaisir qui résonna dans sa poitrine.

D'un coup, l'atmosphère de l'habitacle changea du tout au tout. Elle frissonna. En changeant de position, elle vint nicher la tête dans le creux de son épaule et se retrouva à quelques millimètres de l'oreille de Gage.

Tout en la lui mordillant, elle huma profondément son parfum en se laissant envahir par la puissance de sa virilité. Doucement, le raz-de-marée s'accéléra, diffusant en elle des vagues de chaleur, l'embrasant tout entière.

Cass se cambra pour se coller contre son torse et entrer en contact avec Gage par tous les moyens. Pourquoi résister à ses émotions ?

Quand elle le mordit un peu plus fort, il poussa un gémissement de plaisir, ce qui la rendit encore plus impatiente. Puis elle laissa sa bouche virile et avide recouvrir la sienne, et elle put enfin savourer ce moment.

Il l'embrassa en retour en faisant danser leurs langues dans un tango torride, en modifiant l'angle pour approfondir leur baiser.

Animée d'un désir ardent, elle poussa un long râle lascif qui exprimait tout ce qui lui avait manqué depuis tout ce temps. Gage, sa bouche, sa langue, son corps, sa chaleur, sa présence…

— Cass, susurra-t-il contre ses lèvres brûlantes.

— Hum…, se contenta-t-elle de répondre, les yeux mi-clos.

— Laisse-moi t'emmener à mon hôtel. C'est à cinq minutes.

Cinq minutes ? C'était trop long. Elle ne prit pas la peine de lui répondre et tenta de l'attirer à elle. Ses mains partirent à la découverte de ce corps divin.

Il retint son souffle quand elle glissa la main dans son pantalon pour s'emparer de son sexe gonflé à souhait. Elle en avait très envie.

— Maintenant, Gage. Ne me fais pas attendre.

Jurant dans sa barbe, il vint se glisser sur son siège en la poussant contre la porte. Sans tarder, il la prit dans ses bras et la fit s'asseoir sur ses genoux, face à lui. Tout en remontant sa jupe en un geste d'une sensualité exquise, il lui lança un regard troublé et malicieux.

D'un geste ferme, il la souleva légèrement pour aligner leurs deux corps puis il la fit redescendre, son sexe dressé contre le sien.

C'était parfait. Mais pas suffisant. Cass se mit à osciller sur lui, remuant les hanches avec ardeur. Pendant ce temps, les éclairs de luxure qui animaient les yeux de Gage ne faisaient qu'augmenter son plaisir.

Sans mot dire, il attrapa son visage et l'attira à lui pour lui donner un long baiser mouillé et impétueux.

Frénétiquement, Cass prit le sexe raidi de Gage dans ses mains avides et se mit à le caresser en un va-et-vient érotique. Dès les premières caresses, il rejeta la tête en arrière en grognant de désir. C'était bon de voir l'effet qu'elle pouvait avoir sur un homme aussi puissant.

Mais assez vite, il la força à arrêter.

— Attends… Dans ma poche arrière… Vite…

Elle ne perdit pas de temps en lui enfilant le préservatif puis elle se souleva légèrement pour le guider en elle. Ça y est, il était en elle, enfin !

Comme c'était bon de le sentir l'envahir au plus profond de son être.

Ils gémirent à l'unisson alors qu'il l'entourait de ses bras et qu'elle ondulait sur lui en un va-et-vient sensuel. Si seulement cet instant pouvait être éternel !

Après lui avoir donné un baiser explosif, il lui mordilla l'oreille avant de lui susurrer des mots doux.

— C'est bon, gémit-il.

— Oh oui, c'est bon…

— Vas-y, offre-toi à moi, ma belle.

Pour l'encourager, il se colla davantage à elle en la prenant par les hanches. Doucement, trop doucement, il reprit possession de sa bouche, la savourant, l'explorant comme si plus rien n'avait d'importance.

Pendant quelques secondes, qui lui parurent trop longues, Cass sentit Gage se retirer légèrement pour la titiller frénétiquement. Il la poussait à bout ! Puis, enfin, il revint en elle, la pénétrant profondément, la réclamant sans condition.

Elle haleta, prise au dépourvu par cet assaut charnel qui faisait naître en elle une multitude de sensations inouïes. Sa vue se troubla alors qu'ils poursuivaient leur chevauchée érotique. Puis le pouce de Gage vint trouver son point de plaisir et, d'un geste expert, il la fit exploser encore et encore. Alors qu'elle se frottait à lui en goûtant pleinement jusqu'au dernier soubresaut, Cass l'entendit hurler son prénom. Gage se tendit puis ce fut à son tour de jouir. Cet orgasme sembla le faire vibrer au plus profond de son être.

Il la garda dans ses bras comme s'il n'avait jamais l'intention de la relâcher. Elle se laissa plonger dans l'océan chaleureux de Gage. Il la tenait, et elle ne voulait pas bouger.

Elle était au comble de la félicité.

En cet instant, rien n'aurait pu la ramener à la réalité.

Elle n'avait d'yeux que pour Gage.

Il n'y avait de place que pour Gage.

— C'était fou. Mais maintenant, tu veux bien venir à mon hôtel ? murmura-t-il dans ses cheveux.

Elle se blottit davantage contre lui, se délectant de cette étreinte généreuse, le visage enfoui dans son cou. C'était si bon !

— Non. Ramène-moi chez moi, et reste.

Était-ce une erreur ?

Il avait réussi à ouvrir quelque chose qui aurait dû être fermé pour toujours. Mais elle en avait assez de faire mine de ne rien éprouver pour lui. Et elle en avait assez d'étouffer ses émotions pour prouver qu'elle contrôlait la situation. Alors qu'elle ne maîtrisait rien du tout.

Gage s'en fichait. Il allait bientôt partir, alors pourquoi faire semblant ? Dans un sens, c'était une libération de connaître l'épilogue de cette aventure.

— Excellente idée, dit-il.

Trop tard pour reculer.

Alors elle continua sur sa lancée.

— Passe le week-end chez moi. Je sais que tu dois rentrer dimanche soir mais jusque-là… On peut se faire livrer à manger et rester nus si ça nous chante.

— Mademoiselle Claremont, j'aime votre idée du week-end.

Le sourire ravageur de Gage fut une belle récompense.

Cass passerait le week-end à profiter de lui. Et en prime, elle pourrait faire avancer son enquête, comme elle l'avait promis à ses associées.

Si elle avait le coupable dans son lit, elle pourrait peut-être espionner son téléphone ou le faire parler davantage. Elle arriverait à concilier le meilleur des deux mondes. Pourquoi culpabiliser ? Elle faisait cela avant tout pour l'avenir de Fyra.

Pour ce qui était de ses émotions, elle les ferait taire. Elle n'avait pas le choix. Il lui suffisait d'être un peu plus prudente et de s'armer de son bouclier anti-émotions, le cas échéant.

Une fois rhabillé, Gage reprit le volant. Heureusement, le parc était encore vide. Sinon, ils auraient offert un sacré spectacle aux promeneurs.

— C'est parti, lança-t-il joyeusement.

Gage s'arrêta à l'hôtel pour prendre Arwen et ses bagages, puis régla la note pendant que Cass l'attendait dans la voiture. Une fois de retour au Hummer, il mit ses bagages à l'arrière puis ordonna à la chienne de monter à l'arrière.

Elle refusa.

— Voyons Arwen, ne sois pas ridicule. Il y a une femme à ta place mais tu peux très bien voyager à l'arrière pour une fois. En plus, je te signale que c'est l'endroit réglementaire pour les chiens.

Ils se dévisagèrent. Au fil des ans, il avait traité cet animal comme un être humain. Vu qu'il ne restait pas très longtemps avec ses conquêtes, Arwen n'était pas habituée à partager Gage avec une autre femme.

— Qu'y a-t-il ? demanda Cass.

Elle avait encore ses cheveux détachés, ce qui ornait son visage à ravir.

Il avait hâte de lui refaire l'amour, mais dans un lit cette fois. Et il n'en revenait pas qu'elle l'ait invité à passer le week-end chez lui. Tout se passait si vite !

Il ne restait plus qu'à faire obéir cette chienne !

— Arwen, tu as intérêt à monter dans ce coffre sinon tu auras affaire à moi, marmonna-t-il.

À bout de patience, Gage la prit de force, la conduisit jusqu'au coffre et referma la porte avant qu'elle ait eu le temps de redescendre. Cette chienne était capable de tout.

À peine avait-il eu le temps de s'asseoir au volant qu'Arwen s'était rapprochée des sièges passagers et scrutait intensément Cass.

C'était la première fois qu'une femme osait empiéter sur son territoire. Et visiblement, elle n'était pas prête à céder sa place aussi facilement.

— Elle est adorable, lança Cass en la caressant.

— Oui, adorable. Quand elle veut, dit-il d'un air perplexe.

La seconde d'après, Arwen vint se poser lourdement sur les genoux de Cass avant qu'il ait eu le temps de la retenir. Cette chienne pesait vingt kilos, tout de même !

Décidément, cet animal ne savait pas où était sa place.

— Je suis désolé, s'empressa-t-il de dire. Arwen, à l'arrière !

— C'est bon, ne t'inquiète pas, le rassura Cass. D'habitude, elle voyage à l'avant, j'imagine. Elle a sûrement l'impression que je lui ai volé sa place. Le trajet n'est pas long, elle peut rester là.

— Tu as très bien cerné la situation mais ce n'est pas une raison pour céder à tous ses caprices.

— Je t'assure, ça ne me dérange pas.

— Je vais la déposer dans un chenil pour le week-end.

— Mais non, elle peut venir chez moi. Elle pourra sortir dans le jardin.

Gage ouvrit de grands yeux. Cass n'était pas sérieuse, quand même ?

— Tu n'as pas peur pour tes plantes vertes ?

— Non. La pauvre, elle, a passé la semaine dans un hôtel, ce n'est pas drôle. Après tout, elle a aussi le droit de passer un bon week-end au bord du lac.

Aussitôt, Arwen sembla se calmer et alla d'elle-même s'asseoir à l'arrière.

Gage jeta un œil admiratif à Cass.

— Je n'en reviens pas. Ta proposition a plu à Sa Majesté.

Décidément, cette femme n'arrêtait pas de l'étonner. Et maintenant il découvrait qu'elle avait le don de parler aux chiens.

Il sentit une douce chaleur l'envahir.

Cass comprenait-elle à quel point il lui était reconnaissant d'avoir réussi à amadouer sa chienne ? Cette double invitation lui avait fait marquer des points auprès de la chienne et du maître. Et Dieu sait à quel point ils étaient difficiles.

Dès leur arrivée, Gage suivit Cass dans la maison. Il comptait bien la remercier à sa manière.

— Montre-moi où est ta douche, ordonna-t-il.

Il était déjà excité à l'idée de se retrouver nu avec elle.

Elle le regarda d'un air interloqué.

— Tu veux vraiment te doucher ? Maintenant ?

— Oui, mais pas seul.

— Dans ce cas, suis-moi, dit-elle en se dirigeant sans tarder vers l'escalier en bois.

Il obtempéra, montant les marches deux par deux, sans la quitter du regard. Une fois dans la chambre de Cass, il la prit dans ses bras avec l'idée de la déshabiller pour le second round de la journée.

Dans son beau regard, on sentait mille promesses qu'il avait hâte de découvrir.

Ils se déshabillèrent l'un l'autre, tout en s'embrassant, en se léchant, en se caressant, en se goûtant, puis il la prit dans ses bras et l'emporta dans la salle de bains.

En chemin, Cass en profita pour lui mordiller l'oreille, ce qui le fit frissonner de la tête aux pieds avant de faire naître en lui une vague de chaleur torride phénoménale.

Arriverait-il à se lasser d'elle un jour ? En général, il voyait ses conquêtes deux fois, maximum. Avec Cass, c'était différent. Il n'arrivait pas à résister à l'attirance qu'il éprouvait pour elle. Et cette attirance semblait insatiable.

Il la déposa doucement sur le granit noir de la cabine de douche à l'italienne, puis il ouvrit l'eau. Six jets se mirent en action, et il laissa la vapeur envahir l'espace qui était équipé d'un siège. Ce qui était parfait pour ce qu'il avait en tête.

Cass, immobile, le regardait avec des yeux de biche. N'y tenant plus, mourant d'envie de la toucher, Gage s'approcha d'elle.

Une cuisse entre ses jambes, il l'étreignit contre lui.

Enfin, ils étaient peau contre peau. Elle s'accrocha à lui, enroulant ses jambes autour de sa taille. Grâce au miroir accroché en face de la douche, il put se délecter de la vision de sa chevelure dorée oscillant dans son dos.

Son excitation était à son comble. Il était aux premières loges pour admirer cette superbe femme nue dans ses bras. Animé de sensations toutes plus enivrantes et ardentes que les autres, il sentit qu'il perdait pied.

Il ferma les yeux en poussant un long gémissement.

Mais pas question pour lui de rater une seule miette du spectacle.

En rouvrant les yeux, Gage vit de nouveau le reflet du corps de Cass en tenue d'Eve. Tiens, c'était la première fois qu'il la voyait entièrement nue !

Ils avaient fait l'amour dans des endroits et des positions loufoques et inventives, mais ils n'avaient jamais eu le temps de se déshabiller.

Bref, c'était la première fois, et il comptait en profiter pleinement. Avec révérence, il la contempla une dernière fois avant de l'embrasser et de savourer pleinement ce moment intense.

Il était tellement excité que seule Cass pouvait le libérer et le combler.

Ils ondulèrent ensemble, tandis que la vapeur qui s'accumulait autour d'eux donnait à leurs reflets une allure de créatures vaporeuses. C'était l'une des scènes les plus érotiques qu'il ait vécue.

Une fois arrivés au septième ciel tous les deux, ils se serrèrent l'un contre l'autre, immobiles, comblés.

Puis il se mit en tête de la laver, partout, en la caressant, en sculptant son corps de mousse, en la sentant vibrer à son contact. Puis il lui lava les cheveux, lentement, délicatement.

Il voulait lui procurer un plaisir immense et se sentir entièrement lié à elle. Et surtout, il voulait réduire à néant le bouclier qu'elle avait maintes fois essayé d'ériger contre lui, pour le repousser.

Pourvu que la nouvelle Cass ne se comporte plus jamais en reine des glaces avec lui.

Parce qu'il tenait à elle.

Bien plus qu'il n'aurait dû.

Et bien plus qu'à l'époque de l'université.

Cette fois, leur relation était complètement différente. Et hormis leur maturité, il n'arrivait pas à savoir quel autre changement s'était opéré entre eux.

Quand il la pénétrait, Gage sentait son cœur battre tellement fort qu'il avait l'impression qu'il était sur le point d'exploser. Quand il n'était pas avec Cass, il n'arrêtait pas de penser à elle.

Une fois sa mission terminée, il éteignit l'eau et sécha Cass tendrement. À la fin de ce véritable rituel, elle caressa sa joue puis lui donna un baiser chaste sur la bouche. Un baiser d'une simplicité et d'une tendresse inouïe.

Puis elle le contempla, immobile, avec des étoiles dans les yeux, l'air comblé.

— Habille-toi et mangeons quelque chose, suggéra-t-il.

— Tu en as déjà marre de me voir toute nue ? le taquina-t-elle.

— Non. J'ai besoin de manger pour reprendre des forces et te combler davantage.

Ils commandèrent des plats chinois qu'ils mangèrent assis sur des tabourets hauts, attablés au bar. Les jambes entrelacées, la tête à quelques centimètres l'un de l'autre, ils éclatèrent plusieurs fois de rire en essayant en vain de se servir des baguettes.

Plus tard, ce soir-là, ils se glissèrent nus dans le lit de Cass après avoir fait l'amour sur le canapé, dans le salon plongé dans la semi-obscurité.

Dans la chambre, le clair de lune entrait à travers les grandes fenêtres en face du lit. Cass n'avait pas fermé les rideaux pour qu'ils puissent admirer ce panorama splendide. Le lac avait des reflets argentés.

C'était un spectacle sublime, mais Gage n'avait d'yeux que pour la femme qui était dans ses bras.

Il caressa ses cheveux tout en s'imprégnant de sa présence, de son odeur, de son souffle calme.

Puis il se décida à lui poser une question.

— Cass, pourquoi as-tu accepté de demander à tes associées de me vendre votre formule ?

Elle se raidit instantanément, et il regretta aussitôt d'avoir abordé le sujet. Quel idiot, ce n'était pas le moment ! Pourtant, il avait envie d'être honnête envers elle : cela faisait longtemps qu'il voulait avoir une réponse.

— Pour l'instant, ça n'a pas d'importance puisque nous n'avons pas trouvé la fuite.

La neutralité de son ton le heurta profondément.

— Je te promets d'y consacrer toute la journée de demain.

— Oui. Il le faut, sinon je vais perdre mon poste, soupira-t-elle d'un air navré.

— Pourquoi dis-tu ça ? Elles ne peuvent pas de démettre de tes fonctions puisque tu possèdes un quart de la société.

— Oui. Mais si elles votent toutes les trois pour que je parte, je devrai partir.

Gage fronça les sourcils.

— Et alors, que feras-tu ?

— Je vendrai mes parts et j'envisagerai une reconversion professionnelle.

Il la fit rouler pour qu'elle soit face à lui, illuminée par le clair de lune.

— Cass, tu es trop dure envers toi-même. Tu as accompli des choses formidables en créant Fyra. Et comme tu l'as dit, c'est en formant une équipe que vous en êtes arrivées là.

Lui-même n'avait jamais fait partie d'une équipe.

Lui-même n'avait jamais ressenti de réelles affinités avec quelqu'un au point de vouloir passer davantage de temps en compagnie de cette personne.

Or avec Cass, c'était le cas.

Il y avait un lien fort entre eux, et pas uniquement sexuel.

Il n'avait jamais eu une relation stable avec une femme.

Qu'arriverait-il s'il tentait l'aventure ?

Qu'arriverait-il s'il restait avec Cass plus d'un week-end ? Éprouverait-il la même chose pour elle, jour après jour ? Aurait-il toujours envie d'elle ? Ne se lasserait-il jamais d'elle ? Auraient-ils toujours des sujets de conversation à aborder ?

Elle lui sourit alors timidement.

— Je suis fière de ce que j'ai fait, mais si je ne règle pas cette crise, la société pourrait couler. Mes associées sont aussi mes amies, et c'est la première fois que nous avons un obstacle de ce genre à surmonter. En tant que P-DG, je suis responsable, un point c'est tout.

Gage hocha la tête. Elle prenait l'entière responsabilité de la situation. C'était la marque d'une grande femme d'affaires. C'était à la fois touchant et stimulant. Difficile de ne pas être bouleversé par le flot d'émotions qui l'envahissait. Ou attendri par l'expression solennelle qu'arborait le joli visage de Cass.

Soudain, il eut comme un déclic.

Cassandra Claremont n'était pas qu'une passade. Il commençait à développer des sentiments profonds pour elle.

Comment était-ce possible ?

Qu'était-il censé faire ? Lui offrir son cœur ? Lui faire des promesses folles ?

Il tenta de revenir à la surface. Comment ne pas être paniqué à l'idée de sombrer dans un océan d'émotions trop profond pour lui ?

— On va trouver la fuite. Tu peux compter sur moi.

Ensuite, il pourrait acheter la formule, et reprendre le cours de sa vie.

Ces divagations émotionnelles n'avaient aucun fondement. C'était de la folie pure et simple. Un moment d'égarement.

Bien sûr qu'il n'avait rien à offrir à Cass.

Surtout pas son cœur.

— J'espère que tu as raison, soupira-t-elle.

— Oui, j'ai raison. Repose-toi, ma belle, demain on a une grosse journée devant nous, et je te promets qu'on va trouver le coupable, dit-il avant de l'embrasser sur le front.

— J'ai déjà entendu ça.

Gage secoua la tête.

— Je t'assure que tu peux compter sur moi.

Alors qu'elle sombrait dans un sommeil profond, il la prit dans ses bras. Cela paraissait si naturel de jouer au sauveur avec Cass et de rester à ses côtés jusqu'à ce que l'affaire soit résolue. Mais il valait mieux l'oublier.

Pouvait-il rester à ses côtés, tout simplement ?

En couple ?

Amoureux ?

Vivant sous le même toit ?

Partageant le même lit ?

Et le même compte en banque ?

Non, c'était impossible.

Il n'était pas fait pour vivre avec une femme.

Même si ces derniers temps, Cass faisait naître en lui les scénarios les plus fous.

10

Cass fut réveillée par un grand cri. Elle cligna les yeux. La lumière du soleil filtrait à travers les fenêtres et le bras de Gage la retenait prisonnière dans le lit.

D'où venait ce bruit ? Une minute. C'était sûrement Arwen.

La chienne avait tout simplement envie de leur faire savoir qu'elle était réveillée. Sauf qu'elle n'avait pas réussi à réveiller son maître.

De fait, Gage avait toujours beaucoup aimé dormir. Et rien ne le dérangeait dans son sommeil. Pas même les hurlements de sa chienne.

À la réflexion, en plus d'aimer dormir, il était aussi insensible au stress. Ce qui était très impressionnant. Si seulement elle pouvait obtenir son secret !

Comment arrivait-il à fermer les écoutilles aussi facilement quand il sentait que le monde extérieur empiétait trop sur son bien-être ?

Cass observa le beau visage détendu et endormi de Gage. Comment se coupait-il du reste de la vie avec autant d'aisance ? Ou bien était-ce parce que rien ne l'atteignait ? Il était peut-être insensible aux choses et aux gens…

Même si elle en avait été persuadée à une époque, à présent, elle avait du mal à le croire. Un homme qui aimait autant sa chienne ne pouvait pas être insensible. Et la veille, quand il était venu la chercher sur le parking de Fyra, il s'était montré adorable, attentionné. Il lui avait fait vivre des moments d'une beauté inouïe. Dans le Hummer, mais aussi chez elle.

Elle secoua la tête.

C'était exactement là que se situait le danger.

Il s'était immiscé dans sa vie, il avait pris tout ce qu'il voulait et, ce faisant, il avait réussi à la persuader qu'il avait changé, qu'elle pouvait compter sur lui.

Naïvement, elle aurait presque pu croire qu'il était prêt à s'engager, à faire sa vie avec elle.

Elle en avait tellement envie ! Et même si ce n'était qu'un rêve, il y avait une possibilité infime que cela soit possible. Cela valait le coup d'espérer.

Au même moment, Gage remua, se réveilla puis lui sourit dès qu'il ouvrit les yeux.

— Salut, beauté. Arrête de me regarder comme ça ou on ne réussira pas à se mettre au travail. Et tu sais que c'est notre priorité.

— Oh ! c'est dommage. Parce que j'avais une autre priorité en tête.

Très vite, sans comprendre ce qui lui arrivait, Cass se retrouva sous lui, en train de gémir de plaisir…

Finalement, ils se levèrent à 9 heures.

Elle ne s'était pas levée aussi tard depuis… l'université. Décidément, Gage avait une très mauvaise influence sur elle.

Mais pour le petit déjeuner, c'est lui qui se chargea du café. Il lui prépara une grande tasse ; c'était comme ça qu'elle avait toujours aimé prendre son café.

Comment s'en était-il souvenu ?

Ensuite, il prépara des œufs brouillés et du bacon.

Gage donna de la nourriture à Arwen, puis ils s'installèrent dehors, sur sa terrasse, où ils étrennèrent la table bistrot et les chaises assorties qu'elle avait achetées cinq ans plus tôt mais qu'elle n'avait jamais eu l'occasion d'utiliser.

Cass savoura ce moment. C'était une matinée splendide, avec de gros nuages cotonneux dans un ciel bleu éclatant. Mais elle n'avait d'yeux que pour l'homme qui était en face d'elle. Il envoyait une balle de tennis à sa chienne, tout en continuant leur conversation et en mangeant son petit déjeuner.

Tout semblait très naturel… Et pourtant, elle sentit son cœur se serrer.

Un an auparavant, elle avait eu une aventure avec Tyler Matheson, mais jamais elle n'avait eu envie de l'inviter chez elle pour le week-end. Quand ils avaient rompu, il l'avait accusée d'être froide et distante, et elle avait réfuté ses accusations en mettant cela sous le coup de la rupture qu'il n'arrivait pas à accepter.

Pas opposition, la présence de Gage chez elle semblait tout à fait naturelle. Comme s'ils étaient faits l'un pour l'autre.

Oui, elle avait mis son cœur entre parenthèses pendant dix ans mais à présent, il battait de nouveau. Pour Gage.

Chaque fois qu'elle levait les yeux vers lui, c'était comme si elle le voyait pour la première fois.

Soudain, Cassandra eut une révélation.

Elle ne s'était jamais remise de Gage Branson.

Pour la simple et bonne raison qu'elle n'avait jamais cessé d'être amoureuse de lui.

Elle ferma les yeux un instant. Ce n'était pas une bonne chose. C'était même une catastrophe. Et le moment de cette révélation n'aurait pas pu être plus mal choisi.

Que faire ? Continuer l'enquête ? Que ferait-elle si elle découvrait qu'il était lié de près ou de loin à la fuite ?

Tout arrêter ? Se voiler la face ? Pour combien de temps ? Était-elle prête à mettre en danger sa société pour un homme à qui elle ne pouvait peut-être pas faire confiance ?

Au prix d'un effort douloureux, elle laissa de côté ce questionnement qui ne faisait que la troubler un peu plus. L'important, c'était de ne pas dévoiler ses sentiments à Gage. Sinon, elle serait perdue.

Après avoir pris une grande inspiration, elle lança :

— Tu es prêt ?

Il la regarda, la balle dans la main, alors qu'Arwen aboyait pour manifester son impatience.

— Oui, je suis prêt à me mettre au travail, répondit-il en

lançant la balle en direction de la chienne. On a jusqu'à demain soir pour régler le problème.

Demain soir. Cass sentit un frisson parcourir tout son corps. C'était aussi sa date butoir pour gérer ses émotions et régler son propre problème.

— Dis-moi, je suis curieuse. Hier, quand on a parlé de criminologie numérique, tu avais l'air d'en connaître un rayon. Je peux savoir où tu as appris ça ?

— Je lis beaucoup, je me documente, j'aime apprendre, répondit-il. Dans ton cas, c'est inutile d'avoir recours à la criminologie numérique car ça prend du temps. Or tu n'as pas le temps. De plus, tu ne connais pas la méthode de la personne responsable de la fuite. Est-ce qu'elle prend des notes écrites ou des photos, par exemple ? Il y a un tas de façons de procéder, surtout si cette personne a le droit d'être sur les lieux.

Alors qu'il parlait, tout en continuant de jeter la balle à Arwen, Cass scrutait son expression, étudiant ses mots, à la recherche de la moindre faille. Mais jusqu'à présent il n'y avait rien de suspect.

— Tu ferais ça, toi ?

— Quoi donc ? demanda-t-il.

— Tu prendrais des photos ?

Gage la remarqua avec un petit sourire :

— Pour voler un brevet ou une formule secrète ? Non. Si je veux quelque chose, je l'achète.

Cass se mordit la lèvre. Était-ce un écran de fumée pour la détourner de son but ou la pure et simple vérité ?

Comment pouvait-elle en avoir le cœur net ?

Et si elle lui posait directement la question ? C'était peut-être la meilleure façon de procéder…

Elle ouvrit la bouche, prête à passer à l'acte, mais le téléphone portable de Gage en profita pour sonner.

Il regarda l'écran.

— Excuse-moi, je dois prendre cet appel. La personne a déjà appelé plusieurs fois sans laisser de message et j'aimerais savoir de quoi il s'agit. Tu permets ?

Cass acquiesça en silence alors qu'il s'éloignait de la table. Ses oreilles bourdonnaient encore à l'idée de la question qu'elle était sur le point de lui poser.

Retrouverait-elle le courage de la lui poser plus tard ?

En le voyant avec son téléphone, elle se rappela une chose. Elle avait eu dans l'idée de le lui subtiliser pour y trouver peut-être des preuves incriminantes. Mais elle s'était ravisée : pourquoi fouiller dans la vie privée de Gage ?

Celui-ci ne tarda pas à la rejoindre, mais on aurait dit que ce n'était plus le même homme ! Le visage fermé, les traits tendus, le regard assombri, il semblait terriblement contrarié.

— Je dois partir. Désolé de mettre fin prématurément à ce week-end. Je sais que tu comptais sur moi, mais je n'ai pas le choix.

Cass eut du mal à en croire ses oreilles ? Il n'allait pas partir maintenant ?

— Qu'y a-t-il ?

— Un problème, répondit-il d'un ton morne.

Sans réfléchir, elle lui prit la main. Oui, elle se sentait prise d'un élan de compassion pour cet homme qu'elle connaissait à peine. Pour le réconforter, le rassurer ou se montrer solidaire. Elle éprouvait le besoin de le toucher, voilà tout.

Manifestement, il avait appris une mauvaise nouvelle.

— Quel genre de problème ? osa-t-elle demander.

— C'est compliqué. Je dois rentrer à Austin.

— Je vois…, murmura-t-elle.

Seulement, elle ne voyait rien du tout.

Un silence maladroit s'installa entre eux.

Elle n'osait plus parler.

Finalement, Gage expliqua :

— En fait… C'était la sœur d'une ex-petite amie à moi. Elle s'appelait Briana. Elle m'appelait pour me faire part de son décès.

— Je suis désolée.

Cassandra se mordit la lèvre. Cette jeune femme avait dû beaucoup compter pour Gage. Il semblait si ému !

L'idée qu'il puisse avoir eu des sentiments profonds pour

une femme était assez troublante. S'était-elle trompée sur lui ? Peut-être était-il capable d'aimer, après tout ?

— Je n'avais pas parlé à Briana depuis environ un an et demi.

— Pourquoi sa sœur t'a appelé ? s'enquit-elle aussitôt.

Avant de regretter sa question.

Après tout, cela ne la regardait pas.

Mais elle était trop curieuse pour ne pas demander.

Peut-être que cette femme avait rompu avec lui et qu'il avait eu le cœur brisé ?

— Elle m'a appelé pour me dire que Briana avait un fils. Et que ce fils est le mien, a priori.

Gage habitait dans une maison juste au-dessus du lac Travis, à l'extérieur d'Austin. Il adorait l'eau et cette demeure à deux étages lui avait plu dès la première visite.

Après être rentré chez lui en moins de trois heures, il était à présent sur la terrasse, les mains accrochées à la balustrade, scrutant l'eau du lac sans la voir.

Tout lui rappelait Cass.

En ce moment, il aurait dû être près d'elle, mais sa vie venait de prendre un virage des plus inattendus.

Seigneur…

La femme qui l'avait appelé était en route pour venir discuter avec lui de la suite des événements. C'était étrange. Si c'était vrai, il était père d'un garçon d'un peu plus d'un an.

La mère, Briana Miles, avait été serveuse dans un bar où il avait eu l'habitude d'aller à cette époque. Une très belle femme. Elle était revenue à Austin après avoir passé cinq ans à Los Angeles et avait pris cet emploi de serveuse pour payer ses études.

Ils s'étaient vus quelques fois, puis leur histoire avait pris fin, sans drame, sans émotion. Depuis, il n'avait plus eu de nouvelles d'elle.

Au même instant, la sonnette de l'entrée retentit dans la maison.

Gage alla ouvrir la porte à Lauren Miles, une femme brune aux yeux gonflés de pleurs et aux cheveux en bataille. Elle était plus petite que Briana, mais on n'avait pas de mal à sentir l'air de ressemblance.

— Entrez.

Elle obtempéra, visiblement intimidée par la taille du hall.

— J'ai apporté les résultats du test de paternité que vous avez passé en arrivant à Austin tout à l'heure, expliqua-t-elle. Grâce à vous, je sais que c'est vrai.

— Quoi donc ?

— Quand on a de l'argent, les choses vont plus vite.

Il déchira l'enveloppe, déplia la feuille, puis sa vision se troubla.

Le fils de Briana était bien le sien.

Puis il posa la question qui lui brûlait les lèvres.

— Pourquoi ? Pourquoi ne m'a-t-elle rien dit ? Je l'aurais aidée. J'aurais pu payer les frais d'hôpitaux. J'aurais…

Gage sentit sa gorge se serrer.

Il aurait aimé prendre ses responsabilités et assumer la paternité de son fils. Mais il ne termina pas sa phrase, le cœur trop noué par les émotions.

Impossible de respirer. Cette idée le rendait fou.

Pendant tout ce temps, Briana avait élevé un enfant seule, sans lui demander d'aide, sans même prendre la peine de lui dire qu'il avait un fils.

Désormais, c'était trop tard.

— Je n'arrêtais pas de la pousser à vous contacter. Mais au début, elle avait peur que vous lui demandiez d'avorter.

Gage vacilla.

Il n'en croyait pas ses oreilles.

Comment avait-elle pu penser une chose pareille ? Si une femme voulait un enfant, jamais il ne lui demanderait d'avorter, même s'ils n'étaient pas en couple.

La vie était précieuse, tellement précieuse.

Il était donc furieux. Mais ces craintes étaient compréhensibles. Leur liaison était purement sexuelle, ce n'était pas étonnant que Briana ait pensé à un tel scénario.

Petit à petit, il parvint à se calmer et à retrouver une respiration normale. Enfin, il retrouva l'usage de la parole.

— On ne peut pas revenir en arrière, alors occupons-nous du présent. Merci mille fois de m'avoir contacté. Je veux prendre mes responsabilités et faire le nécessaire pour mon fils.

Gage sentit aussitôt son esprit se brouiller de nouveau alors qu'il réfléchissait aux conséquences de cette nouvelle. Faire le nécessaire pour son fils impliquerait de grands changements dans sa vie.

Pour quelqu'un qui avait toujours refusé de s'engager avec une femme, il allait être projeté dans une réalité qu'il n'avait pas envisagée.

Il était père.

Un père célibataire, qui plus est.

La mère de son enfant était décédée, et il devait prendre le relais, en sautant quelques étapes. Des étapes cruciales. On ne lui avait pas demandé son avis, il n'avait pas eu voix au chapitre mais, maintenant, il devait assumer parce qu'il n'était pas du genre à se soustraire à ses responsabilités.

Sa vie d'homme libre célibataire venait de prendre fin de manière brutale.

Il ne connaissait pas son fils.

Il ne l'avait jamais tenu dans ses bras.

Qu'allait-il se passer ?

Il y avait tant de bouleversements en perspective !

En cet instant, Gage aurait aimé que Cass soit près de lui. Ce n'était pas logique car elle n'était en rien liée à cette situation. Mais il aurait eu envie de lui tenir la main.

C'est à cet instant que la sœur de Briana intervint :

— Justement, pour ce qui est de faire le nécessaire pour votre fils, j'aimerais officiellement adopter Robbie.

Gage ouvrit de grands yeux.

— Vous voulez l'adopter ?

— C'est pour ça que je vous ai contacté, répondit-elle. Pour discuter des papiers que mon avocat a préparés. Vous devrez les signer car vous êtes le père biologique. Je ne vous demande pas de pension alimentaire ou de garde partagée. Il serait entièrement à moi, et vous pourriez reprendre le cours de votre vie.

Gage fronça les sourcils. En théorie, cette proposition aurait dû le soulager. Il pouvait signer des papiers, donner Robbie en adoption à Lauren et reprendre le cours de sa vie.

Mais en pratique, cette idée ne lui plaisait pas du tout. Maintenant qu'il connaissait l'existence de son fils, sa vie ne serait plus jamais comme avant.

— Donc vous voulez que j'abandonne mes droits de paternité ?

— Vous ne connaissez pas Robbie et, d'après Briana, vous n'étiez pas du genre à vouloir fonder une famille. J'ai toujours été là depuis la naissance de Robbie et je l'aime comme mon fils. Il me rappelle ma sœur et je ne pourrai pas me séparer de lui, dit-elle avec des larmes dans les yeux. C'est mieux qu'il reste avec moi.

Gage resta muet. Il aurait dû aller dans son sens et accepter de signer les papiers. Mais au fond de lui, quelque chose l'en empêchait.

Avant de penser à signer ces papiers, il devait voir son fils, en chair et en os. C'était devenu comme une obsession.

— Je viens d'apprendre que j'avais un fils, finit-il par répondre. Et vous débarquez chez moi comme si tout avait déjà été décidé. Comment savoir ce qu'il y a de mieux pour lui ? Pour commencer, j'aimerais le voir.

Lauren hocha la tête avant de répondre :

— Entendu.

— Quand ?

— Le plus tôt sera le mieux. L'avenir de Robbie en dépend.

Il n'y avait pas que l'avenir de Robbie qui en dépendait.

Lauren prit congé peu après.

Une fois seul, Gage s'effondra dans un fauteuil, la tête entre les mains. C'était la première fois qu'il était confronté à une situation aussi impossible. Une situation qu'il ne pouvait pas ignorer et qu'il se devait de démêler, qu'il le veuille ou non. Et sans tarder.

Sans réfléchir plus longtemps, il attrapa son téléphone portable et appela Cass.

En quittant Dallas, il avait promis de l'appeler, mais il n'imaginait pas qu'il le ferait dans ces conditions, loin de là.

Ce départ précipité aurait pu être le moyen idéal de mettre fin à cette liaison qui n'avait pas véritablement d'avenir. Ils auraient pu s'en tenir à des rapports professionnels et taire leur attirance mutuelle.

En réalité, sa relation avec Cass était loin d'être finie. Ou du moins, la fin de leur relation n'était pas aussi facilement envisageable.

Il avait besoin d'une personne pragmatique pour voir plus clair dans cette nébuleuse.

Une personne de confiance pour l'accompagner auprès de son fils pour la première fois.

Une personne qui tenait assez à lui pour l'aider à prendre la bonne décision.

Bref, il avait besoin de quelqu'un comme Cass.

Rectification.

Il avait besoin de Cass.

Cette pensée l'effraya, mais c'était la vérité.

La formule n'avait plus d'importance à ses yeux.

C'est Cass qui avait le plus d'importance à ses yeux.

Elle répondit dès la première sonnerie.

Gage ne chercha pas à savoir si elle attendait qu'il appelle, si elle était surprise, si elle n'avait pas compris son départ précipité ou si elle comprenait l'importance de cet appel.

Autant aller droit au but.

— J'ai besoin de toi. C'est important. Tu peux venir me retrouver à Austin ?

11

Cass n'avait pas réfléchi un seul instant. En entendant la détresse de Gage au téléphone, elle avait décidé de se rendre sur-le-champ à Austin.

C'était une évidence. Gage avait besoin d'elle, et c'était une raison suffisante pour le rejoindre.

Pour le moment, du moins.

Plus tard, elle examinerait les raisons qui l'avaient poussée à prendre le volant dix minutes après la fin de cette conversation téléphonique. Bien plus tard.

Pour l'instant, tout était trop confus.

Il était parti précipitamment après lui avoir raconté une histoire abracadabrante. Maintenant qu'il l'appelait à la rescousse, elle était curieuse de connaître la suite.

S'il y en avait une.

Si ça se trouve, Gage avait inventé cette histoire pour s'éclipser sans explication !

Une fois seule, elle avait décidé de se concentrer sur son enquête. C'était la meilleure façon de ne pas perdre un temps précieux.

Après plusieurs recoupements, la liste des coupables potentiels n'était plus très longue. Elle était près du but, c'était certain !

Pourtant, quand Gage l'avait appelée pour lui demander de l'accompagner chez Lauren et faire la connaissance de son fils, elle avait accepté.

Il lui avait expliqué qu'il avait besoin qu'elle soit à ses côtés pour ce moment sans précédent dans sa vie.

C'est la sincérité dans sa voix qui l'avait convaincue.

Désormais, Cass tenait Gage par la main. Ils montaient tous les deux les marches menant à la maison de Lauren Miles. Elle sentait toute sa fragilité et son anxiété dans la façon dont il s'accrochait à elle, comme s'il en allait de sa vie.

C'était impressionnant de voir à quel point il avait changé depuis qu'ils s'étaient quittés, le matin même.

Elle aussi avait changé.

Au réveil, elle s'était persuadé qu'elle devait chasser Gage de sa vie et tourner la page une bonne fois pour toutes.

À présent, elle prenait conscience d'une chose. Il lui était impossible tourner la page car Gage faisait partie de sa vie.

Mais quelle place pouvait-il y avoir ?

Pour le moment, elle n'avait pas la réponse.

Gage était sur le point d'entrer dans une nouvelle phase de sa vie. Rien ne serait jamais plus pareil.

Alors qu'il venait de sonner à la porte, Cass en profita pour lui dire :

— Je suis fière de toi et j'admire ce que tu es en train de faire.

Pour être honnête, elle était très émue qu'il lui ait demandé de l'accompagner. Même si elle ignorait encore la signification de son appel à l'aide.

— Merci d'être venue, Cass, répondit-il. J'ai l'impression d'avancer sur des sables mouvants. Tu seras là pour me rattraper si je sens que je m'enfonce, dit-il en serrant sa main plus fort.

Cass fut touchée en plein cœur par cet aveu. Il l'avait appelée parce qu'il avait besoin d'elle.

C'est elle qu'il avait choisie pour le guider et le soutenir. Cette pensée la combla et calma son inquiétude.

Gage savait qu'il pouvait compter sur elle.

C'était un sentiment difficile à expliquer mais cela avait une grande signification pour elle. Même si au plus profond de son âme, elle était consciente des dangers qui l'attendaient au tournant.

Au bout de quelques secondes, Lauren Miles vint leur ouvrir la porte. Elle avait un bébé dans les bras.

— Vous êtes très ponctuels ! lança-t-elle.

Gage posa aussitôt son regard sur le bébé, attiré comme un aimant vers ce fils qu'il découvrait pour la première fois.

Ses yeux noisette s'illuminèrent instantanément alors qu'il contemplait la bouille ronde du petit garçon en grenouillère.

Comment rester insensible devant pareil spectacle ?

Cass vit alors la jeune femme lui tendre la main.

— Moi, c'est Lauren, dit la jeune femme.

— Enchantée. Cassandra Claremont, répondit-elle simplement.

Inutile de rentrer dans les détails.

— C'est Robbie ? s'enquit Gage d'un ait subjugué.

— C'est bien lui.

Laurent recula pour les laisser entrer, tout en s'excusant du désordre.

Il y avait un parc à côté du vieux canapé, ainsi qu'une infinité d'objets pour bébé disséminés sur le sol du salon. Cass prit peur : elle ne connaissait rien au monde des bébés !

Dans la voiture, Gage lui avait expliqué que Lauren était la sœur de Briana et qu'elle voulait adopter le bébé.

Bizarrement, Gage n'avait pas signé les papiers d'adoption sur-le-champ. C'était une solution idéale pour ce P-DG milliardaire qui n'avait jamais eu l'intention de s'installer avec une femme et encore moins de fonder un foyer. Il aurait pu sauter sur cette occasion : donner son fils en adoption à la tante du petit et reprendre le cours de sa vie.

Seulement, il avait refusé de signer sans avoir vu son fils et manifesté l'envie de le rencontrer. Bref, la psychologie de Gage Branson était pour le moins insaisissable.

Lauren posa le bébé par terre au milieu d'un tapis coloré et fit un geste pour que Gage s'approche.

— Venez vous asseoir avec lui. Je ne vais pas vous dire qu'il ne mord pas, ce serait un mensonge, mais ses morsures ne sont pas dangereuses, ajouta-t-elle.

Sûrement pour détendre l'atmosphère.

Gage s'agenouilla sur le tapis et tendit une main vers son fils.

Le bébé regarda l'inconnu, l'air interrogateur, puis lui attrapa un doigt en gazouillant.

Immobile, Cass assista à la scène sans oser respirer de peur que sa respiration ne vienne rompre la magie du moment. C'était si attendrissant ! De multiples émotions l'envahirent alors qu'elle voyait le visage de Gage se transformer, s'illuminer, et exprimer le bouleversement qu'il traversait.

Difficile de garder son calme tellement le spectacle était déchirant de beauté et de sincérité.

Elle retint ses larmes.

Jamais plus elle ne pourrait dire que Gage Branson était un homme sans cœur. Enfin, elle voyait comment Gage aimait. Et elle en voulait encore, et plus.

Une demi-heure durant, le nouveau père fit connaissance avec son fils, le prenant dans ses bras, lui parlant et riant quand son fils insistait pour tirer sur ses cheveux. Il posa mille et une questions à Lauren sur ce que mangeait Robbie, s'il marchait, ce qu'il faisait dans la journée, comment il dormait.

Cependant, petit à petit, l'atmosphère se fit plus pesante.

Certes, cette visite était placée sous le signe de la rencontre entre Gage et son fils, mais il allait devoir prendre une décision. Et vite, afin que Robbie puisse prendre ses marques dans son nouveau foyer.

Lauren annonça que c'était l'heure de la sieste de Robbie.

Elle disparut avec lui puis revint au bout de dix minutes, les yeux rougis de pleurs.

— C'est un petit être tellement précieux. Je suis triste qu'il ait perdu sa maman. C'est injuste.

Gage hocha la tête puis répondit :

— Je comprends. Vous savez, c'est dur pour moi aussi. D'un côté, je regrette que Robbie ait perdu sa maman, mais d'un autre côté, si Briana n'était pas décédée, je n'aurais peut-être jamais appris l'existence de mon fils. En tout cas, merci de l'avoir recueilli chez vous, je vous en serai éternellement reconnaissant.

— C'est normal, je me devais de m'occuper de lui.

— Encore merci, dit-il en lui serrant la main.

Tout à coup, Laurie le regarda droit dans les yeux.

— Vous savez, Robbie est mon neveu. Il le sera toujours, et je l'aime du fond du cœur. Mais vous êtes son père, et je respecterai votre décision. J'attends votre réponse définitive d'ici vingt-quatre heures. Surtout, n'oubliez pas que vous devrez assumer votre décision toute votre vie.

Au moment de prendre congé, Cass sortit la première. Gage posa alors une main ferme et chaude dans le creux de son dos. Un geste simple, mais si réconfortant. Elle en avait tellement besoin !

Bizarrement, au lieu de passer le week-end à tirer un trait sur Gage, c'était l'inverse qui se produisait. Où cela la mènerait-il ?

Ils rentrèrent chez lui en silence.

Une fois garé, il l'aida à descendre du Hummer avant de la guider vers les marches de l'entrée principale. Tout cela sans lui demander si elle prévoyait de rester avec lui.

Pour sa part, elle voulait rester là, du moins pour le moment.

Au dîner, ils mangèrent une pizza surgelée qu'il réchauffa au four avec un verre de vin.

Depuis qu'ils avaient quitté la maison de Lauren, Gage était d'humeur plus sombre.

Ils s'installèrent au bar, perchés sur des tabourets hauts.

Cass mangea mais Gage ne toucha pas à sa pizza.

— Je pourrais te demander si ça va mais ce serait une perte de temps, finit-elle par dire. Alors je te demande simplement si tu as envie d'en parler.

Il leva les yeux vers elle, le regard vague, le visage décomposé.

— Robbie ressemble à Nicolas. C'est le portrait craché de mon frère au même âge. Quand j'ai vu Robbie, j'ai cru voir un fantôme.

— Oh ! Gage, c'est…

Que dire ?

C'est horrible ? C'est malheureux ?

À l'université, Gage lui avait parlé de son frère disparu dans des circonstances tragiques : elle connaissait la situation.

Finalement, elle trouva quelque chose de positif à dire :

— C'est un miracle.

Il sourit.

— Tu as raison. Jamais je n'aurais imaginé une chose pareille. Mon fils est un cadeau du ciel. Un mélange de moi et de mon frère, sous la forme d'un petit être qui s'appelle Robbie.

L'amour et la tendresse qu'elle avait vus quelques heures plus tôt sur le visage de Gage refirent surface. Cette vision la toucha en plein cœur : jusqu'à ce jour, elle aurait juré que Gage était incapable d'éprouver de tels sentiments.

Le fait de voir ce nouveau visage changeait la donne.

— Tu ne veux pas abandonner Robbie.

— Je ne peux pas, tu veux dire, répliqua-t-il. Depuis que je l'ai vu… Je n'ai pas besoin de vingt-quatre heures pour me décider. Je sais ce que je dois faire. Il a besoin de moi.

— Tu as raison. Je suis vraiment fière de toi.

Là-dessus, il se mit à parler de Robbie et de sa paternité.

Cassandra sentait son cœur fondre. C'était émouvant de voir un homme devenir père. Il y avait quelque chose d'attendrissant, de beau et de divin à la fois.

Plus tard, ils allèrent se coucher, allongés l'un en face de l'autre, dans l'obscurité. Gage continuait à parler de son fils et de son avenir.

Elle sourit, amusée. Certains sujets étaient prématurés, comme la couleur de la voiture qu'il lui offrirait pour ses seize ans. Mais pourquoi l'interrompre ?

Pour le moment, elle se contentait d'écouter. C'était agréable qu'il ait fait appel à elle, lui qui n'avait jamais eu besoin d'elle. C'était même un sentiment vertigineux.

— Merci, dit-il subitement.

— Merci de quoi ?

— D'être venue au pied levé. De m'avoir donné la main. De ne pas m'avoir fait la morale. J'avais besoin que tu sois près de moi sinon je n'aurais pas réussi à surmonter cette épreuve.

Cass secoua la tête.

— Tu exagères. Je n'ai rien fait. Tu m'as appelée. Je suis venue. C'est toi qui as trouvé la solution à ton problème.

— Oui. Mais figure-toi que j'ai un autre problème, dit-il d'un ton lourd de sous-entendus.

— Ah bon ? Quel genre de problème ? répliqua-t-elle d'une voix amusée.

— Je suis sérieux. Tu sais, quand nous nous sommes revus, j'ai insisté pour qu'on ne résiste pas à notre attirance mutuelle. Parce qu'il serait ensuite plus facile de se concentrer sur notre mission.

Cass hocha la tête. Oui, c'était ce qu'il avait avancé.

— En effet.

— Pour moi, l'idée était d'assouvir mon désir, de prendre du plaisir, puis de passer à autre chose, de tourner la page. Mais je ne pensais pas qu'en tournant la page, on ouvrirait un autre chapitre de notre relation. Tu comprends ?

Elle ouvrit de grands yeux.

— Non, je ne vois pas où tu veux en venir.

— Au début, notre relation était purement sexuelle, n'est-ce pas ? demanda Gage.

— Oui.

— Eh bien, j'aimerais qu'elle ne soit plus uniquement sexuelle. J'aimerais qu'on aille plus loin, et qu'on explore ce nouveau chapitre, dit-il d'une voix chaude et sincère.

C'était troublant. Quel aveu…

Mais autant rester prudente.

— C'est-à-dire ? demanda-t-elle.

Il prit alors sa main, et ils entrelacèrent leurs doigts. Le plus naturellement du monde.

C'était si bon d'être aux côtés de Gage, dans son lit. Ils étaient plongés tous les deux dans un cocon d'intimité. Si elle n'avait pas pris sa voiture sur un coup de tête, elle n'aurait peut-être jamais eu l'honneur de voir ce changement phénoménal chez Gage.

Elle l'entendit alors ajouter :

— Tout a changé, Cass. C'est vrai, quand je suis venu te

voir à Dallas, je n'avais que la formule en tête. Mais au fil des jours, ma priorité a changé.

Les paroles de Gage la firent frissonner. Ces quelques mots venaient de chambouler son monde, son corps, son âme. Elle était en train de perdre pied avec la réalité. À quoi se raccrocher alors que même le sol sous le lit semblait céder, prêt à l'engouffrer ?

Elle avait besoin d'éclaircir la situation.

— Gage, tu voudrais qu'on continue à se voir, c'est ça ?

Il rit nerveusement.

— Oui. Pourquoi pas ? J'aime passer du temps avec toi et je suis quasiment sûr que ce sentiment est mutuel.

— Tu viens d'avoir une nouvelle qui va changer ta vie, fit-elle prudemment remarquer. Ce n'est peut-être pas le moment pour parler de ça.

Ni une, ni deux, Gage secoua vigoureusement la tête et répondit :

— Tu ne comprends pas. Je suis sérieux, même avec l'arrivée de Robbie. Je veux continuer à te voir. Voyons où ça nous mènera. Je viendrai à Dallas. Tu viendras à Austin. On pourra se parler au téléphone pendant la semaine. Peut-être qu'on aura envie de faire un appel vidéo le soir, pour se murmurer des mots d'amour, voire plus. Je ne sais pas, je n'ai jamais fait ça.

Cass imaginait tout à fait le scénario. Des e-mails un peu coquins, des SMS tendres, un sac de week-end préparé à la va-vite et jeté dans le coffre de sa Jaguar en vue d'un week-end en amoureux avec Gage.

C'était tout à fait possible. Mais pour combien de temps ? Et qu'arriverait-il quand il la quitterait, comme il l'avait déjà fait auparavant ?

— Je ne sais pas. Moi non plus, je n'ai jamais fait ça.

Il soupira.

— C'est à cause de Robbie ?

— Si tu penses que mes hésitations sont liées à Robbie, tu te trompes.

— Pourtant, ce serait normal, répondit-il. Ma vie ne sera plus jamais comme avant, et je serai responsable de lui. Toute sa vie. Jusqu'à ses dix-huit ans, du moins.

L'arrivée de Robbie ne lui faisait pas peur. Elle voyait les choses différemment. Si Gage était prêt à s'engager envers Robbie, peut-être serait-il prêt à s'engager envers elle ?

— Je comprends ta situation, Gage.

— Et moi je comprends que tu n'aies pas forcément envie de tenter l'aventure. Les choses vont mettre du temps à se stabiliser.

— J'en suis consciente.

Cass était même consciente que toute discussion concernant leur avenir inclurait Robbie. Et plus elle y pensait, plus cela la perturbait.

Allons, pour l'heure, il était inutile de chercher à statuer sur la question, ce serait prématuré. Pas question de lui faire des reproches ou de se montrer exigeante alors qu'il essayait d'agir pour le bien de son fils. Gage faisait face à une montagne d'incertitudes !

D'ailleurs, elle était impressionnée par la façon dont il relevait le défi.

Surtout, elle n'en revenait pas de voir à quel point il avait changé, et à quel point elle s'était trompée à son sujet.

Et si elle pouvait de nouveau lui confier son cœur ?

Alors, une infinité de possibilités s'offriraient à elle.

À eux.

Le lendemain matin, Cassandra se réveilla avant Gage.

Il était tout près d'elle mais elle n'osa pas le toucher, de peur de le réveiller.

Ils n'avaient dormi que quelques heures.

Ils avaient parlé de tout et de rien jusque tard dans la nuit, comme au bon vieux temps, en passant en revue leurs vies passées et présentes.

À aucun moment ils ne s'étaient embrassés. La situation ne s'y prêtait pas, à vrai dire.

Il n'empêche. Elle avait beau tâcher de se raisonner, elle ne pouvait pas s'empêcher de vouloir mettre un mot sur ce que cette nuit lui avait inspiré.

Un tournant, peut-être ?

12

Cass se lança dans la nouvelle phase de sa relation avec Gage à la fois prudente et grisée.

Chaque fois qu'elle allait le voir, ils allaient rendre visite à Robbie chez Lauren, et elle l'aidait à installer la chambre du petit chez lui. Elle le guidait pour choisir les appareils et objets essentiels au bien-être de l'enfant.

Autant le dire tout net : elle était prête à tout pour qu'il se sente prêt le jour où il aurait officiellement la charge de Robbie. Seulement, une chose la tracassait. Ils n'avaient jamais reparlé de leur avenir à eux deux.

Avaient-ils réellement une chance ou était-elle une béquille pour aider Gage à faire la transition avec sa vie de père de famille ? Difficile de le savoir. Dans tous les cas, cette question méritait une réponse.

Mais pour l'heure, elle était satisfaite de la situation. Inutile d'être impatiente.

Pendant ce temps, elle continuait à s'occuper de Fyra. Pour faire avancer les choses plus rapidement, elle avait fait appel à un détective privé, ce qu'elle aurait dû faire dès le début. Cette solution permit de calmer ses associées qui lui donnèrent un peu de répit.

Un vendredi, alors qu'elle s'apprêtait à rejoindre Gage à Dallas, Cassandra entendit son téléphone sonner. C'était justement lui.

— Salut, beau gosse.

— C'est fait, répondit-il aussitôt. Robbie est officiellement mon fils aux yeux de la loi.

— Super, parvint-elle à dire.

Malgré sa gorge serrée et son estomac noué.

Lauren avait tout fait pour accélérer le processus. Sur ce point, elle avait tenu parole. Elle avait accepté la décision de Gage sans rechigner et n'avait pas cherché à lui mettre des bâtons dans les roues.

Maintenant, c'était une réalité. Gage était père de famille. Robbie allait venir habiter chez lui, pour de bon. Lauren aurait encore un grand rôle dans la vie de son neveu, et ils trouveraient un terrain d'entente pour le partage des vacances.

Les parents de Gage, eux, avaient mis en vente leur maison à Houston et comptaient venir habiter à Austin pour pouvoir profiter de leur petit-fils.

Cass était la seule dont l'avenir n'était pas tout tracé.

— Donc Lauren va t'amener Robbie ce soir ?

Elle s'était réjouie à l'idée d'aller rejoindre Gage pour le week-end. Un week-end en amoureux. Mais le scénario ne ressemblerait pas à celui des week-ends précédents.

Jamais elle n'avait eu une relation avec un père célibataire. C'était nouveau pour elle aussi. Et si les choses évoluaient, était-elle prête à jouer à la maman ?

Oh ! Seigneur...

Elle avait une occupation professionnelle très prenante. C'était trop pour elle d'envisager de s'occuper patiemment d'un bébé. Décidément, la situation était loin d'être idéale.

Allons, allons. Une chose à la fois.

Elle devait passer du temps avec Gage et Robbie pour voir si les choses pouvaient fonctionner entre eux.

Au même moment, elle entendit Gage lui répondre :

— Non. Lauren a demandé si elle pouvait garder Robbie ce week-end pour lui dire au revoir. J'ai accepté. Comme ça, tu n'as pas besoin de faire la route. C'est moi qui vais venir. Je serai là dans trois heures.

Cassandra raccrocha, un large sourire aux lèvres, puis rentra chez elle. Gage serait bientôt près d'elle !

Tiens, et si elle en profitait pour passer en revue les informations envoyées par l'agence de détectives privés ? Ils avaient enfin terminé leur enquête sur tous les employés de Fyra.

Installée dans son canapé avec son ordinateur portable, elle se mit à éplucher le rapport. Les vérifications qu'elle avait demandées portaient sur les arrestations, les casiers judiciaires, les comptes bancaires, les dettes, etc.

Tout en lisant le profil de chaque employé, elle repensa aux soupçons qu'elle avait eus au sujet de Gage quand il était venu la voir pour acheter la formule.

À présent, ces soupçons lui semblaient infondés. Pourquoi lui aurait-il fait une offre s'il avait l'intention d'acheter la formule au marché noir ? Pourtant, elle en avait été tellement persuadée…

Bon sang, tout était si confus dans son esprit ! Et ce qui venait d'arriver à Gage ne l'aidait pas, loin de là.

Cass se concentra de nouveau sur les dossiers. Tiens, tiens… Deux employés remboursaient un crédit très important par rapport au salaire qu'ils touchaient. Aucun d'eux n'était marié. Cela ne faisait pas d'eux des coupables, mais c'était un facteur intéressant.

Là-dessus, elle décida de s'intéresser aux postes qu'avaient occupés ses employés avant d'entrer chez Fyra.

Le dossier de Rebecca Moon attira son attention. Elle avait été employée chez GB Skin. Et elle avait travaillé avec Harper en tant que laborantine. Ce n'était pas inhabituel, bien sûr, et cela ne faisait pas d'elle une criminelle.

Seulement, le tableau n'était pas reluisant. Cette femme avait une dette d'environ cent mille dollars, essentiellement liée aux frais d'hôpitaux de son ex-mari. Malgré le divorce, les dettes étaient encore à son nom.

Quand elle passa aux connaissances de Rebecca, Cass vit son sentiment de malaise s'accentuer. Tous les gens que connaissait cette femme étaient domiciliés à Austin. En soi, ce n'était pas étonnant puisqu'elle avait travaillé là-bas. Mais ce qui était étrange, c'est que Rebecca Moon ne s'était pas fait un seul ami à Dallas depuis son entrée chez Fyra, sept mois auparavant.

Personne ne l'avait invitée à déjeuner par SMS ou ne lui avait demandé de rejoindre un groupe d'amis sur Facebook.

Si Gage avait découvert que Rebecca Moon était partie travailler chez Fyra, avait-il cherché à recontacter son ex-employée pour lui confier une mission bien payée ?

Cassandra repensa à la façon dont Gage lui avait présenté la chose, au début. Il avait parlé d'une dette qu'elle avait envers lui. Mais par la suite, il n'en avait jamais reparlé.

Pourquoi ?

Et pourquoi s'était-il finalement désintéressé de la formule ? Était-ce vraiment parce que ses priorités avaient changé ou parce que Rebecca Moon était en train de la voler pour lui ?

C'était un scénario tiré par les cheveux, et pourtant Cass n'arrivait pas à se l'ôter de l'esprit.

Il n'y avait qu'une solution pour en avoir le cœur net : poser la question à Gage.

Après tout, elle pouvait très bien lui faire part de ses soupçons, lui montrer le dossier de Rebecca et en parler ouvertement avec lui. Il lui dirait sûrement qu'elle extrapolait trop. Elle en profiterait peut-être pour lui avouer qu'elle avait engagé un détective privé pour s'occuper de cette affaire.

Ensuite, une fois la situation clarifiée, ils pourraient s'occuper de leur relation personnelle et construire un avenir en commun.

Et pour cause. Si elle ne pouvait pas faire confiance Gage en affaires, comment lui faire confiance dans d'autres domaines de la vie ?

Alors qu'elle continuait d'éplucher les dossiers, Cassandra entendit sonner à la porte.

C'était Gage.

Elle le fit entrer. Seigneur, c'était toujours une joie de voir cet Apollon avec qui elle avait fait l'amour ici même, dans cette entrée.

Sans bouger, elle le regarda avancer vers elle, envahie par un tourbillon d'émotions. Elle aurait voulu être plus forte, résister à cette attirance, garder ses distances, protéger son cœur. Mais en le voyant, là, devant elle, elle ne pouvait que capituler.

Aussitôt, elle repensa à ces images de Gage en train de l'embrasser, de la faire rire, de tenir Robbie tendrement dans ses bras, de lui faire l'amour…

L'arrivée de ce bébé avait changé les choses. Profondément. Maintenant que Gage était papa, envisageait-il de s'engager envers une femme ?

Voilà la question qu'elle se posait.

Dès qu'elle essayait de lancer la conversation sur leur avenir en commun, il disait des choses comme « On verra », « Laissons les choses venir », « Ne nous précipitons pas », « Pour l'instant, on est bien comme ça »

Mais pour l'heure, la question qui lui brûlait les lèvres concernait Rebecca Moon. Arriverait-elle à la lui poser ?

La porte à peine refermée, Gage la prit dans ses bras et l'embrassa avec fougue.

— Dis donc, tu as fait vite, dit-elle après avoir mis fin à leur étreinte.

C'était la meilleure chose à faire : elle avait une mission à accomplir, pas question de se laisser manipuler.

Il la regarda d'un air perplexe.

— Oui, j'ai fait vite, mais on dirait que tu n'es pas contente de me voir. Qu'y a-t-il ?

— J'ai faim, je t'ai attendu, mentit-elle.

Gage avait remarqué son changement d'humeur. Il fallait s'y attendre…

— Ah mince, je pensais que tu aurais dîné alors j'ai mangé en route. Je vais te tenir compagnie.

— D'accord.

Ensuite, ils parleraient.

Mais comment enchaîner sur : « Au fait, as-tu demandé à l'une de tes anciennes employées de nous espionner pour nous voler notre formule ? »

Gage s'installa sur un tabouret au bar et lui raconta les dernières nouvelles de Robbie, tout en sirotant un verre de whisky.

Cass picora son sandwich sans grand appétit puis décida de percer l'abcès. Il était temps de le faire.

— Quand est-ce qu'on va pouvoir parler de nous ? dit-elle en profitant d'un blanc dans la conversation de Gage.

— Maintenant ? C'est ça qui te gêne ? C'est pour ça que tu étais un peu distante quand je suis arrivé ? Tu n'as pas besoin de tourner autour du pot. Parle-moi. Je t'écoute.

C'était plutôt à lui de parler, pourtant…

Avait-il demandé à Rebecca Moon de travailler pour lui ?

Avait-il provoqué leur relation pour mettre la main sur la formule ?

Pouvait-elle lui faire confiance ?

Avait-il vraiment changé ?

— Non, en fait, j'avais plutôt envie d'avoir ton avis sur ta nouvelle situation, répondit-elle un peu sèchement.

— Robbie va jouer un grand rôle dans ma vie à partir de lundi, donc je vais voir comment ça se passe.

Bizarrement, cette réponse, tout à fait légitime, la mit presque en colère.

— Qu'est-ce que ça veut dire ? rétorqua-t-elle aussitôt. Tu préfères te concentrer sur ta relation avec Robbie pour le moment ? Deux, ça suffit, c'est ça ?

Était-il sur le point de lui dire que leur relation avait assez duré ? En tout cas, elle était prête à l'entendre.

Gage fronça les sourcils, visiblement perplexe.

— Non, ça veut dire que c'est un élément supplémentaire dans une équation déjà complexe.

— Complexe ? Il y a quelque chose que tu ne me dis pas ?

Que ferait-elle s'il lui avouait tout ? Il dirait sûrement que Rebecca l'avait aidé à rassembler des informations mais que techniquement, il n'avait rien fait d'illégal.

— Cass, je te trouve étrange. Tu es sûre que ça va ?

Il tenta de lui prendre la main mais elle la retira brusquement du comptoir, en renversant son verre de vin au passage. Gage réagit aussitôt et empêcha le verre de se casser, mais du vin s'était renversé.

À présent, il fallait nettoyer le comptoir. Cette diversion lui permettrait de reprendre le contrôle de ses émotions. Surtout, elle ne voulait pas perdre son self-control ni montrer à Gage ce qu'elle éprouvait.

— Tu n'as pas répondu à ma question, dit-elle.

Cass pouvait s'estimer satisfaite. Elle avait réussi à garder son calme.

— Quelle question ? demanda-t-il.

— Tu as dit que c'était une situation complexe. Tu peux préciser ?

— C'est difficile à expliquer… Disons que notre relation n'est pas bien définie. Par exemple, quand je t'ai appelée au sujet de Robbie, tu aurais pu m'envoyer sur les roses.

Gage avait les yeux fixés sur elle, mais elle refusait de croiser son regard. Il devinerait ce qu'elle pensait, c'était certain.

Jamais elle ne l'aurait envoyé sur les roses. Comment avait-il pu penser cela ? Il avait eu besoin d'elle. Et elle avait répondu à l'appel. Sans doute parce qu'elle avait trop eu envie de croire en lui.

Cass baissa la tête. À la réflexion, elle était retombée dans le panneau. Elle était allée à sa rencontre, touchée par le fait qu'il ait besoin d'elle. Et certaine qu'il voudrait la garder, continuer cette aventure.

Pendant tout ce temps, elle avait naïvement souhaité et attendu qu'il tombe amoureux d'elle.

Comme la fois précédente.

Même s'il ne lui avait donné aucune raison de lui faire confiance, de croire en ce scénario.

Devenir père, pour Gage Branson, ne signifiait pas forcément qu'il était un autre homme. C'est pour cela qu'il évitait de faire des promesses qu'il ne tiendrait pas.

De toute évidence, la situation actuelle le satisfaisait. Mais le moment venu il n'hésiterait pas à y mettre un terme pour aller vers de nouveaux horizons.

Finalement, c'était lui le maître du jeu. Il arrivait parfaitement à faire la part des choses entre les affaires et le plaisir. Il le démontrait à chaque instant. Et depuis le début.

Avant de pouvoir monter au créneau, Cassandra se sentit

clouée sur place par le regard noisette de Gage. Chaque fois qu'il la regardait, il l'envahissait au plus profond de son âme, en s'immisçant dans son cœur. Et tant pis si elle faisait des pieds et des mains pour l'empêcher d'y entrer.

Autant se rendre à l'évidence : c'est elle qui avait échoué. Malgré tout, elle avait commencé à lui faire confiance. Et elle n'aurait pas dû.

Il la scruta intensément. C'était comme s'il la retenait prisonnière.

— Tu es venue quand j'avais besoin de toi, répondit-il. Et j'ai eu envie de continuer cette aventure car je ne voulais pas qu'elle prenne fin.

La sincérité de son ton la toucha profondément.

Cela lui donna davantage envie de croire en lui.

Ces dernières semaines, ils avaient partagé des moments formidables, surprenants, profonds. Elle avait perdu pied au moment où Gage l'avait appelée à la rescousse. C'est à ce moment précis que tout s'était mélangé. Dans son esprit et dans sa vie.

Quoi qu'elle fasse, quoi qu'elle dise, quoi qu'elle pense, Gage Branson était l'homme de sa vie, et jamais elle ne pourrait aimer un autre homme.

À présent, elle en était pleinement consciente.

Et c'est pour cela qu'elle devait savoir si elle pouvait lui faire confiance.

— Rebecca Moon, bredouilla-t-elle enfin.

Comment avait-elle trouvé la force de prononcer ces mots ? Impossible à dire.

Le visage de Gage s'assombrit aussitôt.

— Pourquoi me parles-tu de Rebecca Moon ?

— Donc tu sais qui c'est ?

— Bien sûr. Elle travaillait pour moi. J'ai beaucoup d'employés, mais je sais quand même qui travaille pour moi. C'est la moindre des choses. Surtout ceux qui travaillent dans le département Recherche et Développement.

— Elle travaillait pour toi ? Elle ne travaille plus pour toi ?

À ces mots, Gage se leva.

Debout, il faisait au moins dix centimètres de plus qu'elle.

Les bras croisés, il s'appuya contre le bar, le corps visiblement tendu.

— Tu sais très bien qu'elle ne travaille plus pour moi. Alors je ne comprends pas le but de ton interrogatoire.

Cass prit une grande inspiration. Il était temps de se lancer. Ses associées comptaient sur elle, il fallait résoudre cette histoire sans y mêler les sentiments qu'elle éprouvait pour Gage.

— Je suis sûre qu'il y a une explication logique à tout ça. Mais en épluchant le dossier de Rebecca Moon, j'ai découvert qu'elle avait beaucoup de dettes. Quasiment tous ses contacts sont des gens d'Austin. Pourtant, voilà plus de six mois qu'elle habite Dallas. Tu comprends que ça puisse paraître suspect, non ?

Gage n'avait pas l'air de comprendre.

— Suspect ? Où veux-tu en venir, exactement ?

— Ne fais pas l'innocent, s'il te plaît ! s'exclama-t-elle. Tu as promis de m'aider et ensuite, tu as passé ton temps à me détourner du droit chemin. Je n'ai pas pu enquêter sur cette fuite et résoudre la crise que traverse ma société. Comme si tu voulais m'empêcher de trouver le coupable.

— Tu oublies que j'avais tout intérêt à trouver la fuite, rétorqua-t-il. Sinon, la formule ne vaut rien.

Cass leva les yeux au plafond. À quoi bon continuer cette conversation ?

— Sauf si tu avais un autre moyen de l'obtenir, lâcha-t-elle.

À ces mots, il poussa un profond soupir de frustration.

— Cass ! On s'était mis d'accord. Tu étais censée demander aux autres si elles voulaient bien me vendre la formule une fois cette affaire réglée. On n'a pas encore trouvé le responsable. Quel autre moyen aurais-je de me procurer cette formule ?

Elle secoua la tête. Il la croyait née de la dernière pluie ou quoi ?

— Tu es arrivée sur le parking de Fyra vingt-quatre heures après la fuite. Dis-moi que c'est une coïncidence.

— Bien sûr que c'est une coïncidence ! s'exclama-t-il. Quoi ? Tu ne me crois pas, c'est ça ? Tu penses que Rebecca vous espionne pour moi ? Que je l'ai payée pour voler la formule ? C'est ça ? cria-t-il les poings serrés.

— Oui, en résumé.

Sauf qu'à présent, elle n'était plus du tout sûre de ses soupçons. Gage n'avait pas l'air coupable pour un sou. Il avait surtout l'air furieux. Mais elle devait rebondir car il était trop tard pour faire machine arrière.

— Tu nies tout en bloc ? demanda-t-elle.

— Et comment ! Mais je ne comprends pas pourquoi tu as eu besoin de me poser la question pour en avoir le cœur net.

Cass fronça les sourcils. Comment osait-il réagir de cette façon ?

— Ah bon ? Tu ne comprends pas ? Tu ne comprends pas pourquoi j'ai du mal à te faire confiance ?

Étant donné l'air ahuri qu'il affichait, Gage n'avait pas l'air de comprendre. Visiblement, il trouvait cela tout à fait normal d'être en sa compagnie, de la distraire, de se montrer attentionné, fort, merveilleux… Et de tout lui enlever sans crier gare.

Comme il l'avait fait à l'université.

— Il y a dix ans, tu m'as quittée du jour au lendemain, sans explications. Je ne peux pas…

Mince. Elle n'aurait pas dû reparler de leur passé. Ce n'était pas le moment.

À présent, il la scrutait, le regard noir, les traits tendus.

— Sans explications ? Notre relation est l'un des souvenirs qui me tient le plus à cœur. Mais à l'époque, je ne concevais pas mon avenir avec toi. C'est pour ça que j'ai préféré arrêter avant que les choses se dégradent. C'est ce que je t'ai dit.

Cass hocha la tête :

— Oui, c'est ce que tu m'as dit. Tu aurais pu aussi dire « Ce n'est pas toi, c'est moi ». Le résultat aurait été le même. Dans tous les cas, c'était une façon de se débarrasser de quelqu'un dont on ne veut plus.

Elle avait gardé tout cela en elle pendant trop longtemps. Résultat : cela finissait par ressortir de façon totalement désordonnée. Un vrai torrent d'émotions.

— Je ne comprends pas, avoua-t-il.

— Tu ne comprends pas que ta raison n'était pas valable ?

— Attends un peu. À l'université, on a passé de très bons moments à deux. C'était sympa, on s'amusait bien. Mais ça n'allait pas plus loin. Du moins, de mon point de vue. Maintenant, à t'écouter, j'ai l'impression que tu n'avais pas le même point de vue. Quand j'ai dit qu'il était temps qu'on passe à autre chose, tu n'étais pas prête à ce que ça s'arrête, c'est bien ça ?

— En effet, je n'étais pas prête, répondit-elle. Je pensais que tu m'aimais autant que je t'aimais. Et que tu allais me demander en mariage.

C'est encore ce qu'elle attendait, même si c'était un rêve impossible.

Cass posa les yeux sur Gage. Ses aveux semblaient avoir eu raison de lui.

Il était blême, l'air ahuri.

— En mariage ? Tu voulais te marier ? Avec moi ?

À l'époque, il n'avait jamais pensé à jurer fidélité à Cass devant l'autel d'une église. Jamais. Cela ne lui avait tout simplement pas effleuré l'esprit.

D'ailleurs, il n'avait jamais voulu s'unir solennellement à qui que ce soit. Et surtout pas à l'université : il commençait tout juste à prendre son envol !

Il s'était juré, en partie pour rendre hommage à son frère Nicolas, de profiter de tout ce que lui offrirait cet endroit, à savoir : boire beaucoup de bières, faire l'amour avec les plus jolies filles du campus et refaire le monde avec des étudiants étrangers autour d'un café.

Qui se mariait à l'université ?

Une chose était sûre : Cass et lui avaient des points de vue complètement différents quant à leur relation passée.

Pourquoi ne le découvrait-il que maintenant ? Et au beau milieu d'une conversation où elle l'accusait d'espionnage industriel, par-dessus le marché ?

Bon sang, il était hors de lui.

C'était mauvais signe. D'habitude, il ne laissait jamais libre cours à ses émotions.

— Tu ne t'en es jamais douté ?

Cass ne pleurait pas, mais il voyait à quel point elle était contrariée que leur relation ait pris fin de manière aussi abrupte, à l'époque. Et elle était encore contrariée, des années après. Son amertume était palpable. Comment ne pas être touché en plein cœur ?

Autant se montrer honnête avec elle :

— Non, pour tout t'avouer, je ne m'en suis pas douté. Pas un seul instant. Bon sang, Cass, on était des gamins. On avait encore tout à apprendre, on ne savait pas ce qu'on allait devenir ni ce qu'on voulait vraiment dans la vie !

Désormais, ce n'était plus vrai, les choses avaient changé. Ils avaient chacun une situation. Ils avaient mûri.

En revanche, une question le taraudait.

Si c'est ce qu'elle avait voulu à l'époque, que voulait-elle maintenant ? La même chose ? Lui comptait prendre du bon temps et mélanger affaires et plaisir, mais avait-elle attendu qu'il la demande en mariage ?

Ce constat était ô combien troublant.

En levant les yeux vers elle, Gage vit que Cassandra le défiait du regard, les bras croisés, comme pour se protéger.

— Et aujourd'hui ? lança-t-elle. Qu'est-ce qui t'a donné envie de retenter l'aventure dix ans plus tard ? Le fait que je sois riche ? Le fait que je sois P-DG ? Le fait que tu me trouves attirante ? Ou le fait de pouvoir t'assurer l'achat de la formule tout en prenant du bon temps ?

À ces mots, il sentit sa fureur monter d'un cran.

Comment osait-elle l'accuser d'avoir voulu voler la formule, et d'avoir en plus voulu profiter d'elle ? Comme s'il avait feint d'être attiré par elle dans le seul but de dérober cette formule secrète ?

— Ma proposition concernant l'achat de la formule est tout à fait légale et légitime, répliqua-t-il froidement. Je n'ai pas voulu t'attirer dans un lit pour faciliter le processus.

Et c'était la vérité.

— Alors pourquoi ? demanda-t-elle, sèchement, le regard noir et l'air maussade. Pourquoi as-tu continué à me voir ? Pourquoi n'as-tu pas mis fin à cette histoire, comme la dernière fois ?

Gage se mordit la lèvre. Parce que… Parce qu'il éprouvait une multitude de sentiments dont il ne savait que faire. Parce qu'il aimait être en sa compagnie. Parce qu'il n'avait pas envie de la quitter.

Hélas, impossible de faire part à Cass de ce flot d'émotions. Il avait le cœur trop lourd. Il ne voulait pas que cela se termine entre eux, mais il n'était pas prêt pour le mariage.

Alors il garda le silence.

— C'est bien ce que je pensais, finit-elle par soupirer amèrement. Tu n'as pas changé. Avec toi, je devais m'attendre à avoir le cœur brisé de nouveau.

De nouveau ?

À présent, Gage prenait conscience d'une chose : il lui avait brisé le cœur en la quittant alors qu'il ne lui avait rien promis. Pas étonnant qu'elle ait été aussi distante le jour de leurs retrouvailles sur le parking de Fyra. Et pas étonnant qu'elle ait gardé une mauvaise image de lui depuis leur séparation.

Cela expliquait aussi son comportement glacial, et le fait qu'il n'arrivait pas à comprendre ses réactions, ni à trouver un équilibre satisfaisant entre eux.

— Tu es encore amoureuse de moi ? osa-t-il demander.

Elle éclata de rire. Un rire forcé et vide.

— À ton avis ?

Cette apparence froide et fermée n'était qu'un masque mais il connaissait la vraie Cass qui se cachait derrière. Il la connaissait très bien, même. Ce ton sarcastique signifiait qu'il avait vu juste.

— Je ne me prononce pas, mais je constate que tu n'as pas nié les faits, dit-il plongeant le regard au fond du sien.

Cette question resterait en suspens. Cela le rendait d'autant plus furieux qu'il n'arrivait pas à oublier ses accusations concernant Rebecca Moon.

— Tu as raison, j'aurais dû arrêter notre relation plus tôt, voire ne jamais recommencer. Surtout maintenant que je sais que tu me prends pour un voleur, dit-il d'un ton furieux.

Cassandra leva alors la main et lâcha :

— C'est bon, arrête ton cinéma. On sait tous les deux que si tu t'es intéressé à moi, c'était uniquement pour la formule. Alors je vais te simplifier la tâche. C'est fini entre nous.

Gage encaissa le coup. Elle préférait le croire coupable et ne pas l'écouter ? Tout ça parce qu'elle se laissait guider par un ressentiment vieux de dix ans ? Elle refusait de lui donner une chance d'explorer ce qu'ils pouvaient faire ensemble maintenant ?

C'était un comportement déplorable et immature.

Pas question de la laisser s'en tirer aussi facilement !

— Et si je te disais que j'ai envie de poursuivre notre relation pour voir où ça nous mène ? C'est injuste de ta part de vouloir tout arrêter alors que j'essaie justement de voir ce qu'il est possible de faire à deux. Et c'est tout aussi injuste de m'accuser d'être responsable de la fuite sans aucune preuve.

À ces mots, Cassandra le fixa, les yeux écarquillés, le regard troublé.

— Je vais te dire ce que tu m'as dit le premier jour où tu m'as revue. Donnant donnant.

13

Gage repartit pour Austin l'esprit embrouillé. Il était partagé entre la colère et la frustration. Cass avait trouvé un moyen de se venger de lui car il lui avait brisé le cœur dix ans auparavant. En l'accusant de l'avoir trahie.

Donnant donnant.

Il sentait son cœur battre anormalement fort, meurtri par un flot d'émotions contradictoires. Malgré tous ses efforts, il n'arrivait pas à comprendre ce qui venait de se passer entre Cass et lui. Impossible de calmer la fureur qui l'animait. Elle ne l'avait même pas cru quand il avait clamé son innocence.

Parce qu'elle ne lui faisait pas confiance.

C'était ce qui lui avait déchiré le cœur. D'ailleurs, cela continuait de le faire atrocement souffrir. Comme si elle lui avait assené plusieurs coups de poignards dans la poitrine.

Aux yeux de Cass, il était coupable parce qu'il ne s'était pas mis à genoux pour la demander en mariage en lui jurant un amour éternel. C'était une logique ridicule !

Il tenait à Cass. Beaucoup, même.

Qui avait proposé qu'ils continuent à se voir ? Lui.

Qui l'avait appelé à la rescousse ? Lui.

Ce qu'il ressentait pour elle avait grandi mais il n'avait pas su comment le gérer et le partager. Comment faisait-elle pour ne pas le voir ?

Il avait fait de son mieux, d'après lui, mais cela n'avait pas suffi aux yeux de Cass.

Soit. C'était sûrement mieux ainsi. De toute façon, il n'était pas fait pour une liaison de longue durée avec une femme.

Mais qu'en était-il de son statut de père ? Était-il capable de relever le défi ? Serait-il à la hauteur ? Et si la paternité n'était pas non plus faite pour lui ?

Gage passa le reste du trajet à panser ses blessures, puis vida la moitié d'une bouteille de whisky une fois chez lui. En se couchant, il sentit l'odeur de Cass. Ce parfum féminin lui rappela tous les moments merveilleux qu'ils avaient passés ensemble.

C'est à ce moment précis qu'il eut un déclic.

Il bondit hors du lit, ce qui fit sursauter Arwen qui dormait paisiblement aux pieds du lit. La tête inclinée sur le côté, elle le regarda enfiler un jean et un T-shirt à la va-vite, mais décida de ne pas bouger quand il sortit en trombe de la chambre.

Il sortit la bouteille de whisky du bar et l'ouvrit. Boire était la seule façon d'oublier le regard blessé de Cass quand elle lui avait dit que tout était fini entre eux.

Pourquoi n'était-elle pas prête à pardonner ?

Pourquoi ressassait-elle encore le passé ?

Il poussa un profond soupir de frustration et laissa tomber sa tête entre ses mains. À quoi bon se voiler la face ? Il avait aussi sa part de responsabilités.

Que ce soit juste ou injuste, qu'il ait péché par orgueil, convoitise ou désir, que sa vie ait été compliquée par l'arrivée de Robbie, rien de tout cela n'importait.

Il avait perdu quelque chose de précieux.

Cass.

Et elle lui manquait terriblement.

En ce moment même, Cass aurait dû être dans ses bras, mais elle n'y était pas. Et ce n'était pas normal.

Avant de se perdre en d'interminables regrets, Gage attrapa son téléphone et regarda des photos de Robbie. Le visage du petit lui rappelait tellement son frère, c'en était presque effrayant. C'était les mystères de la génétique, voilà tout. Et pas un message de l'au-delà.

Le fait de penser à son frère lui fit comprendre comment il avait envie d'élever Robbie. Sans limites. En profitant de l'instant présent. Il ne ferait pas comme ses parents qui avaient toujours dit non à tout, par peur de ceci ou de cela. Il donnerait le maximum de liberté à Robbie. Si Robbie voulait grimper aux arbres, il l'encouragerait mais serait toujours là derrière lui pour le rattraper.

Il dirait oui dès que Robbie lui demanderait : « Papa, est-ce que je peux… ? » Il lui laisserait tout faire, mais il l'aimerait de tout son cœur. Ce qu'il avait fait dès l'instant où il avait posé les yeux sur lui.

Bon sang, cet amour profond qu'il éprouvait pour son fils était si troublant… Toute sa vie, il avait fui les situations nécessitant un engagement de sa part, même superficiel. Et voilà que du jour au lendemain, il se retrouvait papa, pour la vie.

Aussitôt, Gage laissa ses pensées voler vers Cass.

Cass était l'exception à la règle.

Elle était pleine d'énergie. Avec elle, il se sentait plus vivant que jamais. C'était la première femme avec qui il avait eu envie de partager davantage de moments de complicité ou d'intimité.

Mais l'idée de s'engager le bloquait.

Pourquoi ?

Parce qu'il avait peur de la perdre, tout simplement.

Avec Robbie, c'était facile. Finalement, la situation s'était imposée à lui : il n'avait donc pas eu à faire de choix. C'était comme être mis devant le fait accompli. Il avait à peine pris le temps de peser le pour et le contre. Robbie avait besoin de lui, et il avait sauté à pieds joints, sans réfléchir.

Avec Cass, c'était plus compliqué. Il devait faire un choix, et son choix avait été de garder le contrôle de la situation. Résultat : il avait accepté le verdict de Cass plutôt que de se battre pour ce qu'il voulait.

Gage leva les yeux au plafond. Allait-il continuer sa vie en père célibataire et refuser de s'engager sous prétexte qu'il avait peur de perdre un être cher, comme ses parents et lui avaient perdu Nicolas, le frère et fils chéri ?

Envisageait-il de ne jamais avoir le bonheur de se réveiller avec une femme près de lui ? Une femme qui serait là pour partager les bons et les mauvais moments de la vie. Une femme qui pourrait le guider dans l'éducation de Robbie.

Certes, sa mère pourrait lui donner des conseils, mais ce serait tellement plus grisant de partager l'éducation de Robbie avec Cass ! Elle comprenait qui il était, derrière son masque de P-DG milliardaire. C'était son alter ego, en quelque sorte.

Au lieu d'essayer de résoudre son différend avec Cass, il lui avait tourné le dos.

Mais avait-il une chance de le résoudre ?

Le refus glacial de Cass avait été sa façon de se protéger de lui. Et pour cause : au départ, il avait voulu la séduire pour la convaincre de lui vendre la formule, et elle avait vu clair dans son jeu. Tant et si bien qu'à présent, il récoltait ce qu'il avait semé.

Inutile de se mentir : il était tout aussi responsable que Cass du différend qui les opposait.

Au fur et à mesure, il s'était mis à en vouloir plus, sans oser se l'avouer. Finalement, il en avait assez de jouer au cador effrayé à l'idée de tomber amoureux, de se sacrifier pour quelqu'un, d'avoir une vie stable.

Oui, il avait fait le tour de ce personnage et il n'avait plus envie de cela.

Avec l'arrivée de Robbie dans sa vie, il ne pouvait pas non plus continuer à voler de conquête en conquête, sans stabilité, sans but. Cela n'avait pas de sens. Même si Arwen était une compagne fidèle, cela ne suffirait pas à compléter le tableau. Ou à l'équilibrer.

Gage sentit sa poitrine se serrer.

Il devait apprendre à s'engager, à ne pas avoir peur du permanent et d'un avenir en commun.

Il comprenait enfin à quel point il tenait à Cass et comment il allait pouvoir arranger la situation entre eux. Car il savait ce que Cass attendait de lui.

Pour avoir le droit de retenter sa chance avec elle, il devait lui prouver qu'elle pouvait avoir confiance en lui. Et qu'il n'était pas responsable de la fuite.

En cet instant, il n'avait jamais été aussi sûr de ce qu'il voulait dans la vie.

Cassandra Claremont.

Oui. Il la voulait à ses côtés, pour le meilleur et pour le pire.

Restait à trouver un moyen de la convaincre de lui donner une dernière chance.

Après une nuit agitée à se retourner dans ses draps, Gage s'assit d'un bond dans son lit.

Il avait la réponse.

Phillip Edgewood.

Cass poussa un soupir. Elle n'était pas satisfaite du rapport que le détective privé était en train de lui faire au téléphone. L'enquête suivait son cours, certes, mais il n'avait rien trouvé de concret. C'était tellement frustrant !

Finalement, Rebecca Moon n'était pas coupable. C'était agaçant d'avoir perdu autant de temps et d'énergie.

Mais ce qu'elle regrettait encore plus, c'était d'être en manque de Gage. Et de penser à lui à chaque instant.

Ce n'était pas faute d'avoir tout fait pour laisser ses émotions en dehors de cette liaison sans lendemain.

Elle avait échoué.

Elle était retombée follement amoureuse de lui pendant les moments intimes qu'ils avaient partagés : il s'était comporté comme l'homme dont elle rêvait. Un homme qui croyait en elle, conscient de ses faiblesses mais capable d'assumer sa paternité.

Pourtant, à présent, plus rien de tout cela n'importait.

Faute de pouvoir lui faire confiance, elle avait mis fin à cette relation insatisfaisante et sans avenir.

Que ferait-elle du trou béant dans son cœur ?

Il serait là pour toujours.

Si Gage avait été responsable de la fuite, elle aurait au moins eu une bonne raison de le détester. Hélas, si elle avait dû rompre, c'était parce qu'il ne voulait rien d'autre que la formule.

Quand elle lui avait dit que c'était terminé entre eux, Gage n'avait pas cherché à la contredire. Parce qu'il aurait rompu tôt ou tard. Alors pourquoi ne pas en profiter pour s'esquiver ?

Cass faillit sursauter quand on frappa à sa porte.

C'était Alex.

Le téléphone toujours coincé à l'oreille, elle lui fit signe d'entrer. Après avoir demandé au détective de continuer l'enquête, elle raccrocha et rassembla son courage.

Vu l'air tendu d'Alex, ce n'était pas une visite de courtoisie.

— On doit parler. Les chiffres ne sont pas bons, dit d'emblée son amie.

Il fallait s'y attendre, une mauvaise nouvelle ne venait jamais seule.

— Tu penses que c'est lié à la fuite ?

L'air d'Alex se rembrunit.

— Je ne crois pas qu'on puisse attribuer la chute des chiffres uniquement à ça. Mais il est vrai que cela n'aide pas.

Cass crut recevoir un coup de poignard en plein cœur. Son associée lui reprochait ouvertement de ne pas avoir réussi à résoudre la crise.

Seigneur, quel cauchemar…

Après avoir mis fin à sa liaison avec Gage, elle s'était dit que les choses ne pouvaient pas aller plus mal dans sa vie.

Elle s'était trompée.

— J'en suis consciente et je fais tout pour résoudre le problème, parvint-elle à bredouiller.

— Tu dis ça depuis des semaines. Je commence à me demander si tu ne nous caches pas quelque chose.

Cass baissa les yeux. Décidément, tout s'écroulait autour d'elle. Elle revivait la même situation qu'avec Gage, sauf qu'elle était au centre des soupçons.

Alex, son amie depuis des années, était en train de l'accuser ouvertement de jouer un double jeu. C'était très désagréable.

Certes, elle avait le droit de demander des comptes, mais pas de l'accuser à tort !

— Je ne cache rien, ne sois pas ridicule.

— Pourquoi ne prends-tu pas mes questions au sérieux, Cass ? Je te rappelle que je dirige cette compagnie à tes côtés. Je ne suis pas à tes ordres.

Ahurie par ces propos, Cass secoua la tête.

Les choses allaient plus loin que ce qu'elle pensait.

— Qu'est-ce que tu racontes ? Je prends tes interrogations très au sérieux mais…

Au même moment, quelqu'un frappa à la porte et la coupa dans sa phrase. En levant les yeux, elle vit Melinda, la réceptionniste, passer la tête.

— Désolée de vous interrompre. Vous avez un visiteur, et ce n'est pas le genre de personne qu'on fait attendre.

— Qui est ce visiteur, Melinda ? s'enquit Cass en tâchant de rester calme.

Ce n'était pas le moment d'avoir de la visite : le fameux visiteur attendrait. Elle voulait d'abord aller jusqu'au bout de sa conversation avec Alex.

— Phillip Edgewood.

Cass écarquilla les yeux. Non, elle avait dû mal entendre…

— Phillip Edgewood ?

— Oui, le sénateur ! Il est encore plus beau en vrai qu'à la télé. M. Branson l'accompagne.

Cass se leva tellement brusquement que son fauteuil alla heurter le mur.

— Vous auriez pu me le dire avant !

Son poudrier. Où était son poudrier ?

Le cœur battant à vive allure, elle fouilla dans le tiroir de son bureau. Elle trouva trois tubes de rouge à lèvres, un échantillon de parfum, et un pinceau avant de trouver son poudrier.

Elle s'empressa de mettre un trait de rouge à lèvres, sans grand succès. Ses mains tremblaient tellement !

Gage était ici. Dans ce bâtiment. Il était venu s'excuser, se mettre à genoux pour lui déclarer sa flamme…

Non, c'était ridicule.

Gage ne serait pas venu accompagné d'un sénateur s'il avait eu dans l'idée de se racheter.

Il était là au sujet de la formule.

Les affaires, bien sûr.

Pas de doute : Gage Branson savait parfaitement faire la part des choses entre le plaisir et les affaires.

— Tu as un rendez-vous galant ? s'enquit alors Alex.

— Non, il n'y a plus rien entre Gage et moi…

Elle n'eut malheureusement pas le temps de continuer car l'instant d'après, Gage entra dans la pièce.

Cassandra fut instantanément subjuguée.

Il était beau à couper le souffle.

Le costume bleu marine qu'il portait était des plus élégants. Ses cheveux longs coiffés en arrière mettaient davantage en valeur son magnifique visage. Et son air majestueux inspirait le respect.

Elle fit à peine attention au séduisant homme brun qui l'accompagnait. À côté de Gage, les autres hommes n'existaient pas à ses yeux.

Alex se leva.

— Ah, mademoiselle Meer, lança Gage. Je vous présente Phillip Edgewood, mon cousin. Phillip, voici Alexandra Meer, la responsable finances de Fyra.

Alex serra la main du sénateur puis ils se lancèrent dans un échange amical.

Pendant ce temps, Cass lançait un regard noir à Gage. Il n'empêche : elle n'en revenait pas !

— Le sénateur Phillip Edgewood est ton cousin ? murmura-t-elle Depuis quand ?

— Depuis que je suis né. Sa mère et ma mère sont sœurs depuis environ soixante ans, dit-il d'un ton pince-sans-rire.

Vraiment ? Eh bien, pour une surprise, c'était une surprise !

— Tu ne me l'as jamais dit, fit-elle remarquer.

— Il y a beaucoup de choses que je ne t'ai jamais dites. C'est d'ailleurs pour ça que je suis là.

Après avoir laissé en suspens cette déclaration mystérieuse, Gage la présenta à Phillip puis reporta son attention sur elle.

— Phillip a gentiment accepté d'aider Fyra à mettre la formule sur le marché au plus vite. Plus vite ce sera fait, plus vite cette histoire de fuite appartiendra au passé.

Cass resta bouche bée.

— On ne… Je… Quoi ?

La seconde d'après, elle sentit Alex lui jeter un regard noir avant de s'exclamer :

— C'est super, Gage !

Puis elle se tourna vers le sénateur.

— Merci. Nous sommes honorées de profiter de votre expertise.

— Oui, merci, nous sommes vraiment honorées, répéta Cass.

Un vrai perroquet.

La présence de Gage lui faisait perdre la tête, il n'y avait pas d'autre explication.

Le sénateur offrit un sourire radieux à Alex.

Cass se retint de pouffer de rire. Les gens disaient toujours à quel point Phillip Edgewood était un homme charismatique et charmant : elle comprenait mieux pourquoi !

— Aucun problème, répondit-il à Alex exclusivement. Peut-on aller parler quelque part ? Nous devrions aussi inclure le responsable des recherches.

— Bien sûr. Allons chercher le Dr Harper Livingstone, dit-elle en quittant le bureau accompagnée du sénateur.

Décidément, le courant avait l'air de passer entre ces deux-là !

Une fois qu'ils furent partis, Cass se retrouva seule avec Gage dans son bureau. Il était temps d'avoir quelques explications…

— Je peux savoir quelles sont tes intentions ? Je trouve ça étrange que tu débarques ici avec un sénateur en signe de réconciliation.

Gage haussa les épaules :

— À t'entendre, on dirait que ce n'était pas une bonne idée. Mais en effet c'était mon intention.

— C'est donc ça ?

Elle s'effondra dans son siège.

Et dire qu'elle était sur le point de mettre en doute les intentions de Gage alors qu'il était on ne peut plus sincère.

— Oui, insista-t-il. J'avais besoin d'un laissez-passer, au cas où tu aurais refusé de me voir ou de m'écouter. Phillip était mon joker.

Il lui adressa un sourire malicieux, mais elle se garda bien de lui sourire en retour. Pour l'heure, trop de questions restaient sans réponse. Pas question de baisser sa garde.

— Pourquoi lui as-tu demandé de nous aider ? Si on obtient le brevet, on ne vendra pas la formule. Ni à toi, ni à personne d'autre.

— Justement, je ne veux plus de ta formule. J'avais l'impression que c'était la seule façon pour que tu me croies. Maintenant, ce n'est plus un élément de discorde entre nous. On peut tourner la page.

À ces mots, Gage se contenta d'attraper sa main : ce geste suffisait à les unir. À les réunir.

Cass sentit un frisson parcourir tout son corps.

— J'ai une dette envers toi, ajouta-t-il.

— Ah bon ? Je pensais que c'était moi qui avais une dette envers toi.

— C'était avant que je tombe amoureux de toi.

Amoureux ?

Le souffle coupé, le cœur battant à peine, elle savoura la multitude d'émotions qui animait le visage de Gage en cet instant.

On pouvait lire de l'amour, de la tendresse, de l'attention… Tout ce qu'il exprimait en regardant son fils. Ces émotions qu'elle avait toujours rêvé de le voir éprouver pour elle.

À présent, c'était le cas.

Mais elle n'osait pas en croire ses oreilles.

— Je… Quoi ?

— Je n'ai pas été clair ? Attends.

Ni une, ni deux, il la prit dans ses bras et posa la bouche sur la sienne.

Cassandra sentit une vague de chaleur l'envahir. Comme

si son corps était en train de revivre alors qu'il l'embrassait à en perdre haleine.

Tous ses sentiments pour cet homme remontèrent à la surface, débordant de son cœur en un flot ininterrompu.

Il était amoureux d'elle !

Toute la douleur qui la tenaillait s'évanouit alors qu'elle s'unissait à lui, corps et âme.

Vacillante, mourant d'envie de rester dans la chaleur de ces bras virils et désireuse d'oublier le cauchemar des dernières semaines, elle trouva néanmoins le courage de se détacher de cette douce étreinte.

— Attends. Quand as-tu décidé ça ?

Elle aurait aimé avoir une réponse mais il la reprit dans ses bras, sans lui demander son avis.

— Pour une femme intelligente, je te trouve un peu lente, lui murmura-t-il à l'oreille.

— Gage…

— Dorénavant, je ne te lâcherai plus. Et j'abattrai tous les murs que tu tenteras d'ériger entre toi et moi. Et ce jusqu'à ce que tu avoues que tu m'aimes aussi.

Cass haussa un sourcil étonné. Il ne manquait pas de certitude !

— Pourquoi je ferais ça ? demanda-t-elle.

— Parce que je compte rester à tes côtés pour toujours. Alors tu n'auras pas le choix, dit-il avant de la contempler avec une sincérité désarmante.

— Ah bon ? s'enquit-elle en sentant l'excitation monter en elle.

Gage hocha la tête avant de répondre sans hésiter :

— Oui. Et cette fois, je veux savoir où on en est tous les deux. Vraiment. Sans tourner autour du pot. Je ne veux pas voir comment ça va évoluer, ou nous laisser le temps avant qu'on se décide. Je veux qu'on embarque tous les deux sur le même bateau et qu'on lève l'ancre.

Une nouvelle fois, elle voulut s'arracher à son emprise, croiser les bras, se protéger, mais il ne la laissa pas faire.

— Tu mens, rétorqua-t-elle. Ce n'est pas ce que tu veux. Ce que tu veux, c'est mettre la main sur la formule. N'est-ce pas ?

Il l'observa quelques instants en silence, les lèvres serrées, l'air impénétrable.

— Écoute-moi bien. Le plus gros problème pour toi, c'était que tu ne me faisais pas confiance. Alors j'ai tout fait pour convaincre Phillip de libérer du temps dans son planning chargé. Et j'en ai fait autant. J'ai envie que tu commercialises cette formule et qu'on se fasse concurrence sur un pied d'égalité. Que le meilleur P-DG gagne !

Cass leva les yeux au plafond. Elle n'en croyait pas ses oreilles !

— Tu dis n'importe quoi. Tu as perdu la tête.

— Non, au contraire, rétorqua-t-il. Je suis ultra-lucide. Grâce à toi.

Tendrement, il glissa une mèche de ses cheveux derrière son oreille.

— Je n'arrive pas à te croire.

— Tu devrais. Je n'ai jamais été aussi sincère. Je me suis trompé sur toi. Je pensais que j'avais encore des choses à t'apprendre, que je pouvais te guider, mais c'était faux. L'élève a dépassé le maître. Je veux voir de quoi tu es capable. Et je suis sûr que tu peux gagner.

Cass devait bien l'avouer : elle n'y comprenait plus rien. D'où provenait ce changement chez Gage ?

Où s'arrêterait-il ?

S'il continuait comme ça, elle n'allait pas tarder à perdre pied, prête à commettre l'irréparable.

À moins que l'irréparable ait déjà été commis…

La réponse était claire et nette : oui.

— Je vois, dit-elle.

En réalité, elle ne voyait rien du tout.

Mais elle ne pouvait pas encore dévoiler toutes ses cartes, ni toutes ses émotions.

— C'est vrai ? lança-t-il d'un ton plein d'espoir.

— Je vois que tu as décidé d'annuler la dette que j'avais envers toi par pure générosité. C'est ça ?

Il la regarda avec un sourire timide mais malicieux.

— Cette dette n'a jamais existé. C'est même plutôt moi qui ai une dette envers toi.

— Comment ça ?

— Jusqu'à récemment, j'ignorais que j'avais la fâcheuse habitude de mettre des œillères et de me fermer à ce qui se passait autour de moi. Briana a eu un bébé de moi sans que je le sache. Tu étais amoureuse de moi sans que je le sache. Tu ne m'as rien dit car je t'ai rejetée. Et quand tu m'as tout avoué, je n'ai pas su m'y prendre. J'aurais dû te faire part des sentiments forts que j'éprouvais pour toi. Mais je me suis accroché à ma liberté, sans comprendre qu'elle était vide de sens. Disons que je suis un idiot en série.

Était-ce un rêve ?

C'était impossible. Gage pouvait-il soudainement répondre à toutes ses attentes et devenir l'homme parfait dont elle avait toujours rêvé ?

Elle secoua la tête. Non, il devait se moquer d'elle…

— Tu veux dire que tu as décidé de t'engager ? Comme ça, du jour au lendemain ? Excuse-moi. J'ai du mal à y croire.

— Alors tu vas être bien embêtée par ce qui suit.

À ces mots, Gage sortit un petit écrin de la poche de sa veste puis l'ouvrit pour lui montrer ce qu'il y avait à l'intérieur. Si elle n'avait pas eu les yeux brouillés de larmes, elle aurait pu voir clairement qu'il s'agissait d'une bague surmontée d'un magnifique diamant.

Cass regarda Gage lâcher sa main pour retirer le bijou de son écrin. Là-dessus, délicatement, il lui passa la bague au doigt.

— Voilà. Cass, je t'aime et je veux t'épouser.

Elle se sentit frissonner. Seigneur, elle n'osait pas en croire ses yeux !

— Tu sais que tu devras renoncer à cette formule pour toujours ?

En réponse, Gage lui offrit le plus charmant des sourires.

— Et tu sais que tu devras me faire confiance après m'avoir dit oui ? Entièrement confiance ? Plus question de m'interroger comme si j'étais le suspect numéro un, ou de me faire jouer à des jeux d'adolescents pour savoir si je cache quelque chose. Si tu as une question à me poser, tu devras me la poser sans détour, et on se comportera en adultes responsables. Et quand on passera du temps ensemble, c'est parce que ce sera notre vœu le plus cher.

Cass se mordit la lèvre. La culpabilité lui donna envie de disparaître mille pieds sous terre.

— Tu as vu clair dans mon jeu dès le début ?

— Non, j'ai compris sur le tard que toutes tes questions avaient pour seul but de déterminer si j'étais coupable ou non. Et je ne t'en veux pas. C'était une façon de te protéger. J'espère qu'à présent ces doutes se sont envolés.

Enfin, elle commençait à saisir la situation. Il avait mis la barre très haut pour lui prouver son amour et pour qu'elle ait confiance en lui. Entièrement confiance en lui.

Gage lui offrait son cœur en demandant son pardon, le plus simplement du monde. Mieux : il lui offrait sans aucun chantage, sans aucun marché, sans aucun contrat. Hormis un contrat de mariage. Pour la vie.

Elle se laissa envahir par un flot d'émotions inouïes. Gage était arrivé à faire ce qu'il lui avait promis : abattre les murs qu'elle érigerait contre lui pour la faire céder.

Mais elle avait tout de même quelque chose à lui demander :

— Puisque tu me demandes de te poser les questions sans détour, en voilà une. Pourquoi veux-tu soudain m'épouser ? La dernière fois, tu as fui quand nous avons évoqué le sujet ?

— C'est une bonne question, admit-il. J'ai passé des années à fuir toute sorte d'engagement. C'était une façon de rester libre et de profiter pleinement de la vie, sans attache. Seulement, je me suis aperçu d'une chose en te retrouvant : je ne peux pas vivre sans toi. Tout est mieux à tes côtés. Alors pourquoi continuer à fuir et me priver de ces moments extraordinaires avec toi ?

— Tu l'as dit. Parce que tu es un idiot en série, lança-t-elle d'une voix taquine.

C'était du Gage tout craché. Elle osait mettre en doute le bien-fondé de sa demande en mariage, mais il restait digne.

Il réussissait même à lui prouver qu'elle avait tort, sans pour autant la froisser.

— Je suis un idiot en série, en effet, et je crois qu'on est fait pour s'entendre, dit-il la voix animée de vives émotions.

— Ah oui ? s'enquit-elle d'une voix rieuse.

— Oui, car il faut vraiment être une vraie tête brûlée pour me redonner une chance, d'autant que je t'impose d'emblée un bébé qui n'est pas de toi. C'est beaucoup te demander, j'en suis conscient. Mais sache que si tu me rendais la bague, je continuerais à demander ta main jusqu'à ce que tu acceptes.

Cass sentit des larmes de bonheur lui monter aux yeux. C'était bel et bien vrai. L'homme qu'elle aimait venait de la demander en mariage.

— Oui, tu as raison, moi aussi je suis une idiote en série. La preuve. J'ai eu le coup de foudre pour toi dès l'instant où je t'ai vu et je n'ai jamais cessé de t'aimer.

Elle avait perdu la tête, clairement : jamais elle ne se serait crue capable d'avouer une chose pareille. Jamais elle ne se serait crue capable de devenir maman d'un petit garçon qui n'était pas le sien. Et jamais elle n'aurait cru que le bonheur existait.

Oui, la demande en mariage de Gage la comblait de bonheur, et il avait réussi à obtenir toute sa confiance. Mais pas seulement. Une chose était sûre : il était capable d'aimer et capable de rendre l'amour qu'on lui donnait. Elle pouvait compter sur lui, toute sa vie, et c'était le sentiment le plus réconfortant du monde.

Un sourire radieux éclairait son beau visage. Et quand il l'embrassa, il lui fit fondre le cœur de bonheur.

C'était même trop. Trop d'émotions animaient son cœur. Mais elle les chérirait toute sa vie.

Épilogue

Phillip Edgewood organisa une fête gigantesque.

Gage n'avait pas eu l'occasion de fréquenter son cousin depuis des années, mais ils rattrapaient le temps perdu depuis que Phillip avait accepté de se rendre chez Fyra avec lui. Ils s'étaient revus à plusieurs reprises pour des déjeuners informels et ils s'entendaient aussi bien que dans leur enfance.

Pourtant, ce soir-là, malgré les stars de Hollywood, les célébrités du show-business et les politiciens les plus en vue du pays, Gage n'avait d'yeux que pour Cassandra Claremont, sa fiancée.

Justement, Cass était au bar avec Alex en train de rire de ce que son amie venait de lui dire. Cela faisait vraiment plaisir à voir. Elles avaient réussi à régler leur différend et à renouer leurs liens d'amitié. Cass devait être soulagée. Et il l'était aussi.

— Mesdames, dit-il en s'approchant des deux amies.

À ces mots, il attrapa Cass par la taille. Il ne se lassait pas de la prendre dans ses bras.

Parfois, il le faisait uniquement pour s'assurer qu'il ne rêvait pas, qu'il n'avait pas inventé cette histoire d'amour abracadabrante. Et chaque fois qu'il lui tendait la main, elle lui tendait la sienne en retour.

— Alex, tu es superbe. Tu as changé quelque chose ? s'enquit-il.

De fait, la jeune femme n'était plus la même, et il était curieux de savoir pourquoi.

— Quel tact ! Bien sûr qu'elle est différente. Nous avons passé deux jours à nous préparer, dit Cass sur un ton enjoué.

Les deux jeunes femmes échangèrent des sourires complices.

— En tout cas, j'ai l'impression que vous faites des cachotteries et qu'on ne me dit pas tout, lança-t-il d'un ton amusé.

— Mais non, pas de cachotteries, répondit Alex. Cass a gentiment accepté de me métamorphoser pour la soirée. C'est tout.

— C'est tout ? s'enquit Gage.

Allons, il était loin d'être dupe.

— Disons que je trouvais ça incroyable qu'Alex travaille pour une société de cosmétiques et qu'elle ne sache pas en utiliser les produits, expliqua Cassandra. Alors je lui ai appris. Et voilà !

— J'avais envie d'essayer de me maquiller depuis longtemps mais j'avais besoin d'un mentor, avoua l'intéressée en rougissant.

L'instant d'après, Phillip vint les rejoindre.

Gage vit qu'Alex rougissait davantage.

Ils formaient un beau couple même s'ils se voyaient uniquement dans le cadre du travail. En tout cas, c'est ce qu'ils faisaient croire. Alex était différente depuis sa rencontre avec son cousin. D'ailleurs, il avait tout à fait le droit d'être heureux après avoir été veuf si jeune…

Alors que Phillip emmenait Alex sur la piste de danse, Gage se rapprocha de sa fiancée.

— Je vois que vous êtes de nouveau amies, Alex et toi ?

— Oui. On a eu une longue conversation, chacune a pu vider son sac. Alex se trouvait un peu sur la touche, elle avait l'impression que je voulais trop gérer les choses seule. Elle me trouvait aussi assez… froide.

— Ah bon ? intervint-il d'un ton pince-sans-rire.

— Moque-toi, va. En retour, j'ai avoué que j'avais voulu jouer à la P-DG infaillible, capable de tout gérer. Mais maintenant, nous sommes de nouveau sur la même longueur d'onde et plus unies que jamais. C'est grâce à toi, et je t'en remercie.

Gage haussa un sourcil étonné.

— Grâce à moi ?

— Oui, grâce à toi. Et c'est aussi grâce à tes encouragements que je me sens capable d'assumer mon rôle de maman. Tu m'as appris que se servir de son cerveau et de son cœur n'avait rien d'incompatible, en affaires comme dans la vie privée. Sans toi, je n'en serais pas là aujourd'hui.

Il est vrai que Cass avait merveilleusement réussi à apprivoiser Robbie. Le petit était tombé en admiration devant sa nouvelle maman. Résultat : il ne supportait pas de voir partir Cass quand elle devait rentrer à Dallas, le dimanche soir.

Pour l'instant, c'était un arrangement temporaire : il restait quelques problèmes de logistique à régler. Un bras de fer amical était en cours entre eux… Le perdant devrait céder et accepter de déménager.

— Moi, je dirais que si nous en sommes là aujourd'hui, c'est grâce à nous deux, finit-il par répondre. Je suis fier de toi, Cass. Et tu peux être fière de toi.

— Merci, c'est gentil.

— Non, merci à toi, et à tout ce que tu nous apportes, à Robbie et à moi.

Finalement, ce n'était pas difficile de s'engager auprès d'une femme et de continuer à vivre une vie palpitante avec un quotidien plein de surprises.

Gage sourit : il était aux anges.

Cass était la femme de sa vie, et il avait hâte qu'elle soit officiellement son épouse.

Pour une vie de partage et d'amour.

Pour toujours.

KAT CANTRELL

L'enfant du scandale

INTÉGRALE

ENCEINTES DE LEUR RIVAL

Traduction française de
MURIEL LEVET

SAGAS

HARLEQUIN

Titre original :
A PREGNANCY SCANDAL

Ce roman a déjà été publié en 2017

1

La troisième fois qu'Alex se faufila derrière la statue grecque, le sénateur Philipp Edgewood braqua les yeux dans sa direction. C'était plus fort que lui. Tout en discutant dans la pièce bondée avec ses amis et collègues, il n'avait cessé de l'observer. Comment aurait-il pu s'en empêcher ?

Alexandra Meer était la plus belle femme de l'assemblée.

Ce qui était assez surprenant.

À vrai dire, il pensait qu'elle se serait présentée à sa soirée de collecte de fonds en jean, ce qui ne l'aurait pas dérangé : il la trouvait belle dans n'importe quelle tenue. Mais cette version élégante et sophistiquée de la femme dont il avait fait la connaissance deux semaines plus tôt dans les bureaux de Fyra Cosmetics était tout simplement époustouflante.

Le toussotement de la sénatrice Galindo le ramena brutalement à la conversation. Ramona et lui avaient beaucoup de choses en commun, ils se côtoyaient régulièrement au Texas. Mais il avait toutes les peines du monde à se concentrer sur ce qu'elle lui disait. Comme il avait organisé cette soirée pour entretenir ses relations à Dallas, il fit néanmoins mine de l'écouter. Mais c'était vers Alex que son attention était tournée.

Que faisait-elle derrière cette statue ? Essayait-elle de cacher les amuse-bouches pour que personne ne s'aperçoive qu'elle ne les mangeait pas ? Ou espérait-elle rencontrer quelqu'un d'intéressant dans ce recoin sombre ?

Si c'était la première hypothèse, il la comprenait : ces amuse-bouches n'étaient pas très bons. Et si c'était la deuxième, eh bien… Il était de son devoir d'exaucer le souhait d'Alex.

De toute façon, il avait besoin de se distraire. C'était l'anniversaire de Gina. Ou du moins, cela aurait dû l'être. Si sa femme avait été encore en vie, elle aurait eu trente-deux ans. On pourrait penser que, après deux années de veuvage, on finit par accepter la situation. Ce n'était pas le cas pour lui. Il avait toujours autant de mal à s'y faire.

Voilà pourquoi Philipp devait prendre une décision. Il pouvait passer la soirée à se morfondre. Ou attiser le feu qui brûlait en lui à chaque fois qu'il se trouvait en présence d'Alex. Quand il avait accepté d'aider Fyra Cosmetics à présenter un dossier en vue de la commercialisation d'un nouveau produit, il n'avait pas pensé rencontrer quelqu'un d'aussi fascinant.

Le fait est qu'il y avait quelque chose entre eux. Chacun de leurs entretiens et déjeuners d'affaires les avait rapprochés. Alex riait à ses plaisanteries. Avec elle, il avait l'impression d'être un homme plutôt qu'un simple politicien. Par ailleurs, elle avait accepté de se rendre à sa réception, ce qui était une petite surprise pour lui. Bref, leur relation pouvait dépasser le cadre professionnel : il ne fallait pas être grand clerc pour s'en apercevoir…

— Excusez-moi, murmura-t-il courtoisement à la sénatrice Galindo avant de traverser la pièce.

Il comptait bien découvrir que cachait la femme la plus intéressante de la soirée…

En passant derrière la statue, il se retrouva comme enveloppé par l'enivrant parfum d'Alex. Léger, fruité…

Elle était désormais devant lui. Et elle était vraiment ravissante.

— Qu'est-ce que tu fais ici ? demanda-t-il. J'espère que ce n'est pas moi que tu cherches à éviter.

L'air surpris, elle ouvrit grand les yeux. Mais très vite, une lueur de désir sembla danser en eux. Les yeux d'Alex étaient d'un vert fascinant, avec une petite tache brune sur l'iris gauche. C'était la femme la plus exceptionnelle qu'il avait jamais rencontrée. Ce qui n'était pas peu dire, dans la mesure où il avait l'habitude de fréquenter l'élite de Washington et de Dallas…

— Bien sûr que non. Si je cherchais à éviter quelqu'un, ce serait plutôt le maire, répondit-elle.

Et comme si elle regrettait ces propos maladroits, elle poussa aussitôt un petit grognement absolument charmant.

— Mais je n'ai rien contre lui, se hâta-t-elle d'ajouter. Ni contre toi, d'ailleurs. Je ne cherche à éviter personne.

Philipp sourit. Était-il normal qu'il aime tant la déstabiliser ? En tout cas, c'était assez facile. Alex était craquante quand elle essayait vainement de rattraper ses bourdes. En un sens, elle était jusqu'ici la seule personne de l'assemblée à avoir réussi à le faire sourire pendant cette soirée. Ce qui tenait de l'exploit.

Mais ce n'était pas tout. Elle était aussi la seule personne qui ne semblait pas impressionnée par son poste prestigieux. Et cela voulait dire beaucoup.

— Mais si tu envisageais d'éviter quelqu'un, ce serait l'endroit idéal, dit-il en s'adossant nonchalamment au mur. Personne ne pourrait deviner que tu es allée te cacher là. À moins que tu aies été observée, bien sûr…

L'ombre n'était pas assez prononcée pour dissimuler le rouge qui colora les joues d'Alex.

— Tu m'as espionnée ? répliqua-t-elle.

— Voyons, voyons… Quand une femme porte ce genre de robe, on ne peut pas reprocher à un homme de passer du temps à l'admirer.

Baissant les yeux, elle haussa les épaules.

— C'est juste une robe, marmonna-t-elle.

Oh ! c'était bien plus que cela. Le décolleté de la robe ivoire d'Alex était décoré de paillettes dorées qui reflétaient la lumière à chacun de ses gracieux mouvements. Et la coupe impeccable soulignait ses courbes splendides.

Bref, il la trouvait plus belle que jamais dans cette tenue de soirée.

Et puis il y avait autre chose. Si elle avait fait cet effort vestimentaire, c'était qu'elle n'était pas totalement opposée aux soirées habillées. Or, en tant que politicien, il était obligé de courir ce genre de réceptions. Et en tant que veuf, il était obligé de le faire seul. Un problème qu'il envisageait de régler prochainement…

Venait-il de trouver une candidate potentielle ?

— Mais je ne t'avais jamais vue en robe. Chaque fois que je me suis rendu dans les locaux de Fyra, tu semblais avoir totalement réinventé le concept de tenue décontractée. Cass, Trinity et Harper sont toujours en tailleur mais, toi, je ne t'ai jamais vue qu'en jean.

Les trois autres cofondatrices de Fyra étaient en effet très élégantes. Il avait toujours apprécié les femmes ayant du style, et il aurait plutôt eu tendance à dire qu'il préférait les femmes sophistiquées. Gina était accro au shopping, et les quelques femmes qu'il avait rencontrées après son décès ne semblaient ne s'intéresser qu'à cela. C'était sans doute pour cela qu'il avait de son côté très vite cessé de s'intéresser à elles.

Mais Alex… Alex éveillait sa curiosité. Quand son cousin Gage l'avait présenté aux fondatrices de Fyra, Philipp avait eu le sentiment de ne plus voir qu'elle.

Comment aurait-il pu ignorer cette ravissante brune en T-shirt aux cheveux attachés en queue-de-cheval ? C'est à peine si elle était maquillée. Un comble pour une cadre d'une entreprise de cosmétiques ! C'était un peu comme s'il s'était présenté comme sénateur avant de dire qu'il ne s'intéressait absolument pas aux lois des États-Unis.

Bref, il était fasciné. Il avait envie d'en savoir davantage. De comprendre pourquoi il ne pensait plus qu'à elle. Pourquoi elle était si différente de toutes les femmes qu'il connaissait. Seulement, il valait mieux se montrer prudent : un scandale est toujours vite arrivé… Et puis il y avait autre chose : il était à la recherche d'une femme capable de partager sa vie à tous les niveaux. Une femme qui devrait répondre à des critères bien spécifiques.

Alex pouvait-elle correspondre à sa vision de l'épouse parfaite ? Difficile à dire. Mais il comptait bien le découvrir.

— Tu n'as pas des invités ? lui demanda-t-elle en regardant par-dessus son épaule. Je t'empêche de t'occuper d'eux.

— J'en ai soixante-dix-huit, si je me souviens bien.

Elle avait raison, il aurait dû s'occuper de toutes ces personnes qui s'étaient rassemblées ici pour lui. Mais maintenant qu'il était avec elle, comment la laisser ?

— Et tu en fais partie, ajouta-t-il aussitôt. Ce serait vraiment impoli de ma part de ne pas m'intéresser à toi. D'autant que tu n'arrêtes pas te cacher derrière cette grande statue.

— J'ai des problèmes avec… ma robe, dit-elle en désignant son buste. Elle ne tient pas comme il faut.

Naturellement, Philipp jeta un œil vers la zone indiquée.

— Ça m'a l'air de bien tenir.

— C'est parce que je viens de l'ajuster, dit-elle d'un air agacé.

Brusquement, il s'imagina Alex se faufilant derrière la statue pour glisser ses mains fines sous sa robe. Et resta pétrifié. Impossible de penser à autre chose. Il était complètement obsédé par ça. Et tout à coup, on aurait dit que ce coin de la maison n'était pas assez grand pour abriter un sénateur, une directrice financière et la brûlante attirance qu'il y avait entre eux.

Philipp dut se faire violence pour ne pas demander à Alex si elle avait besoin d'aide. Les sénateurs ne se laissent pas aller à parler de leurs envies, quelle que soit la force de leur désir. Sa vie ne lui appartenait pas, elle ne lui avait jamais appartenu et cela n'était pas près de changer. Il était un Edgewood, issu d'une longue lignée d'hommes d'État et d'une lignée plus longue encore de pétroliers texans. Sa famille comptait d'ailleurs sur lui pour être le premier à intégrer la Maison Blanche.

Mais pour accomplir cet exploit, il avait besoin d'une femme à son côté. Aucun célibataire n'avait jamais été élu à la présidence depuis le XVIIIe siècle. Le problème, c'était que son cœur appartenait toujours à Gina. Et qu'il n'avait jamais rencontré de femme prête à prendre cette place vide.

Il était face à un choix délicat : conclure un mariage arrangé et accepter de vivre dans la solitude pour les cinquante prochaines années ou garder espoir de tomber sur une femme disposée à accepter ses règles. Ils pourraient être amis, amants, mais certainement pas amoureux.

Non, il ne pouvait pas tomber amoureux. Ce serait une trahison.

Ce n'était pas juste, il le savait. Mais il ne croyait pas aux secondes chances. Personne n'avait assez de chance pour tomber deux fois sur la bonne personne. Mais si Alex était la femme qu'il lui fallait, elle comprendrait.

Alors autant se concentrer sur elle plutôt que sur les dizaines de sujets qu'il avait à traiter avec ses invités.

— Que dirais-tu d'une coupe de champagne ?

— J'ai tellement l'air d'avoir besoin d'un verre ? demanda-t-elle ironiquement. Ou tu es devin ?

— Ni l'un ni l'autre, répondit-il en souriant. Mais c'est dommage que tu restes cachée dans un coin avec tes problèmes de robe et que tu ne puisses pas profiter de la fête.

Tout en repoussant une mèche de cheveux qui s'était échappée de son chignon, Alex leva les yeux au ciel.

— Il faudrait bien plus qu'une coupe de champagne pour me faire apprécier ce genre de soirée.

Encore une fois, Philipp sourit de ce manque de tact.

— Dois-je en conclure que ma soirée n'est pas assez bien pour toi ?

Commc il s'y attendait, elle rougit jusqu'aux oreilles.

— Pas du tout ! Ta soirée est parfaite. Tu es très bien, ta maison est magnifique et tes invités sont super. C'est juste que… Je ne suis pas à l'aise en société. Comme tu l'auras sans doute remarqué.

Elle le regarda en battant vivement des cils. Chez n'importe quelle autre femme, cette mimique aurait paru étudiée. De son côté, il l'aurait perçue comme une invitation peu subtile et il serait parti sans regret. Mais chez Alex, cela avait l'air d'un signe parfaitement naturel d'incertitude et de vulnérabilité.

Des sentiments qui le touchaient droit au cœur.

Il n'aurait pas cru cela possible. En un regard, l'attirance qu'il avait pour elle s'était encore renforcée.

— Non, tu es seulement honnête et sincère, dit-il d'une voix rassurante. C'est si rare.

— Contente que quelqu'un pense ça, dit-elle en plissant un peu le nez. Les gens comme moi ne sont généralement pas les bienvenus dans des soirées comme celle-ci. Ils se cachent derrière les statues et se ridiculisent avec des problèmes vestimentaires.

— Pourquoi es-tu venue si tu n'aimes pas ce genre de soirées ?

C'était vraiment dommage qu'elle n'aime pas les événements de ce type. Tout bien réfléchi, elle n'était peut-être pas la candidate idéale. Malheureusement, plus il passait de temps en sa compagnie, plus il avait envie d'oublier toutes les règles qu'il s'était fixées.

— Tu sais bien pourquoi, finit-elle par répondre.

Leurs regards se rencontrèrent. Soudain, c'était comme si la tension qu'il y avait entre eux devenait plus brûlante encore. Il était assez près pour voir la petite tache brune dans l'iris d'Alex. Impossible de s'éloigner d'elle. Inutile de se voiler la face : l'attirance qu'il avait pour elle était extrêmement forte et extrêmement problématique.

— C'est pour moi que tu es venue ?

Philipp interpréta le sourire d'Alex comme une réponse affirmative.

— Alors je suis très flatté que tu aies fait l'effort de mettre cette robe inconfortable et du maquillage.

— Mets ça sur le compte d'un rare élan de spontanéité. Ça ne me ressemble pas du tout. Mais j'espère que mes efforts seront récompensés.

Il faillit laisser échapper un grognement de désir. Elle le torturait. Pourquoi ne pouvaient-ils pas se comporter comme deux personnes normales qui se rencontraient à une fête ?

— J'adore les femmes spontanées.

D'autant qu'il n'avait lui-même quasiment aucune occasion de se montrer un tant soit peu naturel. La spontanéité était l'ennemie de ses ambitions présidentielles. Sa vie consistait en une série de déclarations prudentes et d'apparitions planifiées, de rendez-vous avec des personnes triées sur le volet et de séances photo parfaitement mises en scène. Ses chances de tomber sur une femme fascinante dans un recoin sombre étaient… quasi nulles.

Et pourtant il était là. Le temps de cette soirée, il avait très envie de se laisser aller à se montrer naturel avec Alex. De profiter de l'instant présent, pour une fois.

Cette idée le fit sourire de plus belle. C'était sans doute la première fois qu'il souriait autant sans y être obligé depuis… bien longtemps.

— Faisons quelque chose de totalement fou, alors. Danse avec moi.

L'air horrifié, elle secoua la tête si vigoureusement que de nouvelles mèches s'échappèrent de son chignon et se mirent à virevolter autour de son beau visage.

— Je ne peux pas danser avec toi devant tous ces gens ! s'écria-t-elle.

— Bien sûr que si. Ta robe est bien d'aplomb. Tu as plus de dix-huit ans et tu n'es pas mariée.

C'était là les trois grandes causes de scandale, les trois choses qu'il vérifiait automatiquement à la seconde même où une femme s'approchait de lui. Quand son oncle avait perdu son titre de sénateur se faisant photographier en compagnie d'une femme qui n'était pas la sienne, Philipp s'était juré de toujours se montrer irréprochable sur le sujet.

À vrai dire, son ambition n'était pas simplement d'être élu. Il voulait laisser une trace. Changer le monde. Voilà pourquoi il n'était pas question qu'on le prive de sa bonne étoile, et surtout pas à cause d'une histoire de femme. Il bénéficiait de certains privilèges, c'était vrai, mais ces privilèges étaient synonymes de grandes responsabilités.

La jolie voix d'Alex le ramena doucement à la réalité :

— Cette robe n'a pas de pouvoirs magiques, Philipp. Je suis maladroite quand je parle. Et quand je danse.

— Qu'est-ce que tu racontes ? Tu es la cofondatrice d'une société multimillionnaire, mais on dirait que tu ne t'en rends pas compte. Tu devrais être sur la piste de danse, en train d'intimider tous ces gens. Parce que tu es Alexandra Meer et que tu te fiches de ce qu'ils pensent.

D'un geste déterminé, Philipp la prit alors par la main. Hors de question de la laisser passer toute la soirée dans l'ombre. Il fallait qu'ils honorent l'élan de spontanéité qui l'avait poussée à assister à la réception.

C'était ce qu'il se disait. Même s'il savait que ce n'était qu'une excuse pour grappiller quelques minutes de plus en compagnie de cette femme merveilleuse.

Le regard rivé sur la main tendue de Philipp, Alex hésitait.

Si elle s'était cachée derrière cette statue, ce n'était pas sans raison. Les autres femmes n'avaient peut-être aucune difficulté à porter des robes bustier. Mais pas elle. Et si elle se mettait à danser, tout le monde risquait de s'en rendre compte.

Inutile de se mentir : elle ne se sentait pas à sa place. Cass l'avait harcelée pour la maquiller et lui avait littéralement volé sa carte de crédit pour aller lui acheter cette robe. C'était comme si on lui avait forcé la main, en quelque sorte. Mais quand elle avait vu son reflet dans le miroir, elle avait été satisfaite du résultat. C'était déjà ça.

— Viens, lui dit-il de sa belle voix grave qui l'avait tant fait frissonner le jour de leur rencontre. Je ne peux pas te laisser là. Si tu ne viens pas danser avec moi, mes invités auront l'impression que je boude ma propre réception. Nous sommes chez moi. Ça paraîtrait bizarre.

Elle tourna son regard vers la très grande et très laide statue derrière laquelle elle s'était réfugiée.

— Tu n'étais pas censé me voir.

Personne, d'ailleurs, n'était supposé la voir. Cette statue lui fournissait une bonne cachette tout en lui permettant d'être, en quelque sorte, au milieu de la fête. Pour être honnête, elle n'aimait pas les événements de ce genre. La vie sociale semblait obéir à un certain nombre de règles complexes et subtiles qu'elle n'avait jamais su suivre. Elle aimait pourtant les règles. Mais seulement quand elles avaient une logique propre, comme dans la finance.

Les chiffres d'hier sont les mêmes qu'aujourd'hui et seront toujours les mêmes demain : voilà ce qu'elle aimait se répéter.

D'ordinaire, elle suivait les règles à la lettre. Elle aurait dû rester dans l'ombre. Mais elle avait développé une forte attirance pour Philipp. Lui semblait parfaitement dans son élément. Et il venait de lui proposer de danser.

Et si cette robe avait bel et bien des pouvoirs magiques ?

Allez, elle pouvait peut-être danser avec lui. Juste une fois. Elle retournerait ensuite dans sa cachette avant que quelqu'un d'autre essaie de lui parler. Quelqu'un qui ne serait pas aussi compréhensif que Philipp.

Lentement, elle finit par attraper la main qu'il lui avait tendue. Un acte presque aussi difficile que de franchir les immenses portes de cette imposante demeure. À bien y réfléchir, tout ce qu'elle avait fait dans le but d'approfondir leur relation avait nécessité beaucoup de courage de sa part.

Peut-être la roue avait-elle tourné. Peut-être allait-elle enfin pouvoir tourner la page de la solitude dans laquelle elle se trouvait. Tout ça par la faute de sa maladresse et de sa ferme conviction que l'amour était un mythe !

Pour être honnête, il lui arrivait rarement de sortir avec des hommes, même si elle aimait leur compagnie. En tous les cas, Philipp était le premier à qui elle ne pouvait pas s'empêcher de penser.

Ce soir, elle était déterminée à découvrir jusqu'où les choses pourraient aller entre eux.

Hélas, cette immense demeure centenaire était intimidante, avec son séjour de la taille d'une bibliothèque et ses deux immenses escaliers. Pas de doute : Philipp faisait bel et bien partie de l'élite. Les hommes comme lui vivaient une existence totalement différente de la sienne. Rien de tout ceci n'était fait pour une femme discrète comme elle.

Mais quand leurs peaux se frôlèrent, ce fut un véritable

choc. Alex sentit un élan de désir parcourir son corps. Fort. Brûlant. Irrésistible.

Leurs regards se croisèrent et les yeux bleus intenses de Philipp lui dirent ce qu'elle voulait savoir. Il avait envie d'elle, lui aussi.

N'ayant pas l'habitude que les hommes la regardent, elle prit le temps de savourer cette idée. Elle était devenue experte dans l'art de se fondre dans le décor, et pourtant, il semblait complètement captivé par elle.

— Alex, murmura-t-il en serrant plus fort sa main. Il faut qu'on danse maintenant. Sinon, quelque chose de terrible pourrait arriver.

— Comme quoi ?

Le beau regard bleu de Philipp était fixé sur ses lèvres comme s'il pouvait à tout moment se pencher pour l'embrasser.

Ce qui ne l'aurait pas dérangée.

Peut-être l'attirerait-il dans l'ombre pour faire les choses comme il faut. Il avait des mains lisses et puissantes sur lesquelles elle n'avait cessé de fantasmer pendant les longs entretiens qu'ils avaient eus ensemble.

Ce n'était pas un crime. Ce n'est pas parce qu'on ne croit pas à l'amour qu'on n'aime pas le sexe.

Cela faisait des semaines qu'elle rêvait de l'embrasser, depuis la toute première fois qu'il était entré dans les locaux de Fyra. L'osmose qu'il y avait eue entre eux avait été immédiate et délicieusement sensuelle. Mais cette attirance n'était pas exclusivement physique. Philipp était réfléchi, bon orateur, il écoutait ses idées et avait un sens de l'humour aiguisé. Elle l'appréciait vraiment. Son physique de dieu grec n'était qu'un atout parmi d'autres.

Sa voix grave et sensuelle la ramena brusquement sur terre :

— Je pourrais par exemple demander à tous mes invités de partir pour ne plus m'occuper que de toi.

À ces mots, Alex sentit une vague de chaleur parcourir son corps avant de venir se nicher au creux de son ventre. Elle avait très envie de recevoir toute cette délicieuse attention. D'autant qu'il savait lui donner l'impression d'être seule dans la pièce. Alors que près de cent personnes les entouraient !

Il venait de formuler une invitation. Et de poser une question.

Où voulait-il que cette soirée les mène ?

Leur relation risquait de changer. Mais étaient-ils sur la même longueur d'onde ? Ils travaillaient tout de même ensemble. Ils ne pouvaient pas trop s'impliquer. Dès qu'il est question de sentiments, les choses ont toujours tendance à se compliquer. Les relations humaines étaient simples à condition d'éviter les émotions trop fortes.

Elle-même parlait en connaissance de cause. Le divorce de ses parents avait été assez horrible pour lui prouver que l'amour est la pire illusion jamais inventée.

Il fallait sans doute qu'elle parle de tout cela à Philipp avant que leur relation aille plus loin. Et puis s'il avait organisé cette soirée, c'était pour un but précis. Pas question de le laisser mettre tout le monde dehors. Elle n'allait quand même pas le contraindre à prendre une décision aussi radicale parce qu'elle se sentait incapable de danser en public.

Il fallait, une fois encore, qu'elle se montre courageuse.

— Allons danser, finit-elle par dire.

— Par ici, mademoiselle Meer, répondit-il d'un air ravi en la prenant dans ses bras.

Une fois sur la piste de danse, Alex sentit l'ambiance changer. On aurait dit que tous les invités s'étaient tournés vers eux pour savoir qui était la femme qui dansait avec le sénateur. Elle pouvait sentir leurs regards sur elle. Les seuls visages amicaux étaient ceux de sa collègue et amie Cass, ainsi que celui de son fiancé Gage, le cousin de Philipp.

La pression était telle qu'elle avait l'impression d'avoir deux blocs de marbre à la place des jambes.

— Là, Alex, lui dit alors Philipp en plongeant les yeux au fond des siens. Regarde-moi. Ne t'occupe pas d'eux. Ils n'existent pas.

Si seulement c'était vrai…

Hélas, elle avait laissé passer sa chance de voir ce souhait exaucé. Si elle avait accepté la précédente proposition de son cavalier, les invités seraient déjà en train de rentrer chez eux.

Pourquoi n'avait-elle pas saisi cette occasion au vol ?

En désespoir de cause, Alex s'exécuta. Aussitôt, Philipp se mit à la faire tournoyer sur le plancher de chêne au son d'une valse entraînante. La foule disparut peu à peu et elle savoura la chaleur de ces mains viriles sur son corps. Même si, dans ses rêves, ils étaient tous deux nus.

Seigneur, son corps était devenu un véritable brasier.

— Tu vois ? murmura-t-il. C'est mieux.

C'était même merveilleux. Cette soirée, cet homme qui la tenait dans ses bras puissants… Ce n'était pas la robe, c'était lui qui avait des pouvoirs magiques. Elle était une autre femme avec lui, une femme qui n'avait pas à se fondre dans le décor pour éviter de se ridiculiser. Une femme qui pouvait être avec un sénateur, même si elle n'appartenait pas au même milieu que lui.

Quoi qu'il en soit, elle était bien disposée à profiter de cette ambiance magique. Même si ce n'était que pour une soirée.

2

Philipp ne l'avait pas quittée de la soirée.

C'était à la fois attendrissant et enivrant. De son côté, Alex avait perdu la notion du temps et de l'espace, oublié les autres comme il le lui avait demandé. C'était un homme formidable, décidément. Il lui donnait l'impression d'être unique. Et elle savourait chacune des marques d'attention qu'il lui prodiguait.

Elle avait d'ailleurs très envie de devenir le centre de son attention. De passer davantage de temps à contempler cette lueur de passion qui brûlait dans ses yeux chaque fois qu'il la regardait. D'avoir l'impression de s'envoler quand il…

Au même moment, une petite tape sur son épaule la ramena brutalement à la réalité.

Cass.

Elle en avait presque oublié son amie.

— Mademoiselle Claremont, la salua Philipp. Mille excuses, j'ai oublié de vous dire à quel point vous étiez belle ce soir. Gage a beaucoup de chance.

— Vous étiez trop occupé pour me remarquer, répondit Cass d'un air pince-sans-rire. Il faudrait que je vous emprunte Alex une minute.

Quand le bras de Philipp se détacha son épaule, Alex dut se retenir de grimacer. C'était comme si un vide s'était creusé en elle !

Tout en se laissant traîner vers les toilettes, Alex vit Cass saluer un couple qui croisait leur chemin. Le genre de personnes qui vivaient dans un monde auquel elle n'appartenait pas. Son amie, pour sa part, connaissait leurs prénoms : elle faisait partie de ces personnes chanceuses qui ne commettent jamais de bourdes.

Oh ! elle-même n'était pas jalouse. C'était juste un constat. Elle aimait Cass comme une sœur. En tant que P-DG de la société, celle-ci avait insisté pour lui confier la gestion de Fyra. Alors même qu'elle était parfaitement au courant de sa rébellion d'adolescence. Celle qui l'avait conduite devant un juge. Et qui aurait pu l'envoyer tout droit en prison.

Jamais elle ne pourrait oublier ce geste. Elle se sentait infiniment reconnaissante envers Cass de lui avoir laissé une chance. Et si cela s'avérait nécessaire, elle passerait sa vie entière enfouie dans les chiffres de Fyra.

Ce qui ne signifiait pas pour autant qu'elle était contente d'avoir été dérangée alors qu'en aussi bonne compagnie !

Une seconde plus tard, la porte des toilettes se referma sur elles.

— Qu'est-ce qu'il y a de si important ? demanda-t-elle. Tu n'as pas vu que j'étais en train de danser ?

Cass haussa ses sourcils parfaitement épilés.

— Si. Mais Gage et moi comptons partir.

— Déjà !

Alex baissa la tête. C'était Gage qui avait insisté pour la conduire à la fête. À l'aller, elle s'était demandé comment elle allait pouvoir rentrer si elle décidait de s'éclipser en début de soirée. À ce moment-là, elle était certaine d'avoir commis la pire erreur de sa vie en acceptant l'invitation de Philipp. Mais curieusement, le scénario catastrophe qu'elle s'était imaginé n'avait pas eu lieu.

Bien au contraire.

— Il est minuit, dit Cassandra en pointant du doigt une horloge murale. Et nous avons un fils qui ne se réveille jamais après 6 heures du matin.

Alex regarda fixement l'horloge. Mais les aiguilles ne bougèrent pas. Quelle déception… Elle aurait voulu que cette nuit ne se termine jamais. Et pour cause : le matin venu, elle redeviendrait invisible. Pourquoi fallait-il qu'il soit déjà minuit ?

— Tu viens d'embaucher une nourrice, finit-elle par dire à Cass. Elle ne peut pas s'occuper de Robbie demain matin ?

Cette conversation lui paraissait étrange. Robbie était le fils que Gage Branson avait eu d'une précédente relation. Étrangement, Cass n'avait pas hésité à se lancer dans une relation avec un père célibataire. Mais ils semblaient au comble du bonheur. En tous les cas, c'était très optimiste de leur part d'être tombés amoureux en dépit de ces difficultés. Pourvu qu'ils contredisent les statistiques et soient heureux jusqu'à ce que la mort les sépare.

Alors qu'elle se faisait ces réflexions, Alex vit Cass secouer la tête en riant.

— J'aime bien me réveiller avec lui quand j'en ai l'occasion. Je te rappelle que Gage et moi habitons toujours dans deux villes différentes, pour le moment. Mais passons. Si tu veux rester, tu n'as qu'à le faire et prendre un taxi plus tard.

C'était tout Cassandra. Elle semblait avoir un véritable don pour résoudre les problèmes, mais…

— Je ne peux pas rester, avoua Alex.

Tout en se tournant vers le miroir, Cass sortit de son sac le dernier rouge à lèvres de Fyra qu'elle appliqua méticuleusement sur sa bouche avant de se tourner à nouveau vers elle.

— Et pourquoi pas ?

Parce que l'idée de rester seule, sans le filet de sécurité que représentait Cass, venait d'éveiller en elle un vague sentiment d'angoisse. Une angoisse qui pouvait très rapidement se changer en véritable panique. C'était une fête. Le genre de rassemblement où elle était le moins à son aise.

Danser avec Philipp ne l'avait pas aidée à savoir comment elle souhaitait que la soirée se termine. Et si elle avait mal interprété les signaux qu'il lui avait envoyés ? Après tout, on ne pouvait pas dire qu'elle avait une grande expérience en ce domaine…

Seulement, il y avait cette douce sensation de chaleur qu'elle éprouvait chaque fois qu'il riait à l'une de ses plaisanteries ou quand il se comportait en vrai gentleman. C'étaient là des choses dont elle aurait d'ores et déjà du mal à se passer. Et c'était précisément pour toutes ces raisons qu'elle aurait dû prendre ses distances avec lui. Quand on se prend de passion pour un homme, on ne peut que s'attirer des ennuis.

Finalement, Alex baissa la tête et dit dans un souffle :

— Philipp et moi n'avons aucun intérêt à développer une relation.

— Vous avez déjà développé une relation, ma chérie, répondit Cass d'une voix ferme. Que tu le veuilles ou non. C'est pour lui, et uniquement pour lui, que tu es ici. Tu l'apprécies et tu as envie de voir où cela pourrait te mener, je me trompe ? Non, je ne pense pas. Dans le cas contraire, tu n'aurais jamais accepté de porter cette robe.

Alex leva les yeux au plafond. Cass avait marqué un point.

— J'apprécie Philipp, mais…

— C'est parce que tu penses à ta maman, c'est ça ? Écoute, ma chérie, ta maman, ce n'est pas toi. Et ce n'est pas parce que ton père était un sale type que tous les hommes le sont aussi.

Alex serra les dents. Cass ne semblait pas comprendre à quel point le divorce de ses parents l'avait blessée. L'impact que cela avait eu sur un grand nombre des décisions qu'elle avait prises. Si, dans sa jeunesse, elle était passée devant un juge, c'était pour se faire remarquer après ce triste événement. Plus tard, quand sa mère l'avait patiemment remise sur le droit chemin, elle avait fini par comprendre que rien n'était tout blanc ou tout noir. Mais elle restait persuadée qu'il ne fallait jamais trop s'impliquer émotionnellement. L'amour était beaucoup trop irrationnel et compliqué.

Mieux valait se fondre dans le décor et se concentrer sur les chiffres des bilans de Fyra.

Alors qu'elle se faisait cette réflexion, Alex sentit son estomac se contracter.

La panique. Elle était bien là.

— Tu as envie de rester ? demanda Cass.

Rester reviendrait à donner le feu vert à Philipp. Il avait

veillé sur elle toute la soirée, comme un vrai gentleman, sans jamais se montrer trop pressant, mais il n'y avait pas besoin d'être docteur en psychologie pour comprendre qu'une simple danse ne lui suffirait pas. À bien y regarder, les signaux qu'il lui avait envoyés étaient parfaitement clairs.

Si la question lui avait été posée par quelqu'un d'autre, elle aurait sans doute menti. Mais Cass était son amie : elle ne pouvait pas lui faire ça !

— C'est vrai que j'ai envie de rester, mais je ne suis pas…

— Si !

Fermement, Cass la prit par les épaules.

— Tu te prends trop la tête. Personne ne te demande de l'épouser. L'important, c'est ce qui se passe ici et maintenant. Cet homme et ce dont tu as envie. Tu as envie de le séduire, séduis-le.

Ces paroles eurent le mérite d'apaiser un peu Alex.

Vu sous cet angle, cela avait l'air tellement simple. Ne pas se soucier des choses impossibles à contrôler et profiter de la compagnie de cet homme qui la faisait rêver depuis des semaines. Ne pas tirer de plans sur la comète. Pourquoi ne pas s'offrir une brève aventure avec un homme qui l'attirait tant ? Le rêve ne devait pas nécessairement prendre fin à minuit.

Alex sentit un délicieux frisson parcourir son dos. Cela faisait longtemps qu'elle n'avait pas eu de relation sexuelle et Philipp semblait être le candidat idéal pour lui faire redécouvrir les plaisirs de la chair.

— Dis bonsoir à Gage pour moi, lança-t-elle alors d'une voix affirmée. J'ai un sénateur à séduire.

Alex était à peine partie depuis cinq minutes quand Philipp vit une file de personnes se former devant lui. Parmi elles, son père, qu'il n'avait pas vu depuis sa visite à Washington, la semaine passée. Ils avaient rarement l'occasion de se croiser. Pourtant, il ne l'écoutait même pas. Son esprit était totalement concentré sur la femme qu'il espérait bien garder près de lui quelques heures encore.

Au bout de quelques minutes, la robe scintillante d'Alex réapparut dans un coin de son champ de vision. Enfin. Un délicieux sentiment d'impatience s'empara de lui. Il pensait que cette soirée lui donnerait l'occasion de faire davantage connaissance avec elle. Mais il n'aurait jamais pensé que les choses deviendraient aussi torrides entre eux ! Et pour tout dire, il avait hâte d'explorer ce nouvel aspect de leur relation.

Le temps de s'excuser poliment, Philipp s'éloigna de son père.

Il était désormais tout près d'Alex, beaucoup trop près. Tous les autres invités avaient disparu. Et quand il inclina la tête vers son cou délicat, son parfum de pêche lui mit l'eau à la bouche. Comme il aurait aimé pouvoir la goûter !

Il fallait néanmoins qu'il se contienne. Mais cette femme avait été dans ses bras toute la soirée, c'était exactement ce qu'il lui fallait pour oublier Gina. Désormais, il voulait de nouveau la tenir tout contre son corps, ne serait-ce que pour danser. Oui, il aimait être avec elle, il aimait les sentiments qu'elle éveillait en lui. Pourquoi le nier ?

— Tu avais raison au sujet du maire, chuchota-t-il. Il déprimerait toute une bande de clowns.

Elle se mit à rire doucement en se penchant vers lui.

— Je te l'avais bien dit.

— Viens. Je voudrais te montrer quelque chose.

Ni une, ni deux, Philipp monta l'escalier pour la conduire jusqu'à la galerie qui surplombait le séjour. Son grand-père lui avait offert en cadeau de mariage la demeure ancestrale des Edgewood, avec la plupart des meubles anciens qu'elle contenait. À commencer par un confortable canapé en cuir ancien qui avait été installé contre le mur, suffisamment loin de la rambarde en fer forgé pour protéger ses occupants du regard des personnes qui pouvaient se trouver en contrebas.

Il n'avait jamais autant apprécié le décor qu'en ce moment. La main dans le creux du dos d'Alex, il s'installa à côté d'elle sur le canapé.

— On voit tout le rez-de-chaussée d'ici. Mais eux, ils ne nous voient pas.

— Parfait.

L'air soudain gênée, elle s'éclaircit la gorge avant de reprendre :

— Cass et Gage s'en vont. Ce sont eux qui m'ont conduite.

À ces mots, il sentit la déception l'envahir. Oh non… Cela sonnait comme un au revoir. Avait-il mal interprété les longs regards brûlants qu'elle lui avait jetés ? Avait-il pris ses désirs pour des réalités ?

— Tu me laisses déjà ? demanda-t-il en essayant de prendre un ton léger.

Allons, c'était sans doute mieux ainsi. Que pouvait-il se passer entre eux ? Une petite aventure à laquelle il devrait tôt ou tard mettre un terme ? Non, Alex méritait mieux que cela. Elle méritait des promesses qu'il ne pouvait hélas pas faire. Quand une femme développe une relation avec un homme, elle finit toujours par vouloir tomber amoureuse, se marier et gagner le cœur de son partenaire. Or le sien était déjà pris.

Inutile de se leurrer : il n'avait pas oublié Gina. Parfois, le chagrin le submergeait totalement. Alex, d'ailleurs, l'avait distrait de cette douleur et il lui en était reconnaissant. Mais, une fois la soirée terminée, l'immense demeure lui semblerait plus vide encore. Et il appréhendait ce moment.

Alors qu'il songeait à tout cela, Philipp vit qu'elle avait levé les yeux vers lui et légèrement écarté les lèvres.

— En fait, je me demandais si tu accepterais de me raccompagner. Plus tard.

Plus tard… Voilà une expression qu'il aimait beaucoup. Elle laissait entrevoir d'intéressantes possibilités. Des possibilités dont la perspective le fit sourire.

— Quand tu voudras, répondit-il.

— On dirait que la fête se termine.

Il lui fallut une seconde pour arracher son regard du beau visage d'Alex et tenter de comprendre ce qu'elle voulait dire. Il jeta un œil en contrebas.

Le séjour était devenu étonnamment vide. Quelle heure

était-il ? Bon sang, il avait perdu toute notion du temps, oublié ses invités, ses relations professionnelles. Et désormais, comme un très mauvais hôte, il envisageait de pousser dehors les traînards. Pire : il allait demander à son maître d'hôtel de le faire à sa place.

Il fit alors un signe à George, déjà en train de raccompagner un groupe de personnes. Quelle perle ! S'il travaillait pour la famille Edgewood depuis plus de quarante ans, c'était sans doute grâce à son étonnant talent pour lire dans les pensées. L'air grave, George hocha la tête et s'approcha des quelques groupes restants pour leur indiquer poliment la sortie. Parfait.

Philipp se tourna à nouveau vers elle.

— Tant mieux pour nous, dirais-je.

— Je suis d'accord, répondit aussitôt Alex. Je vais enfin pouvoir t'avoir pour moi toute seule.

Ces mots eurent pour effet de raviver en lui cette délicieuse sensation d'excitation.

— À moins que tu préfères me voir partir moi aussi, ajouta-t-elle.

— Qu'est-ce qui te fait penser ça ? demanda-t-il d'une voix un peu trop forte.

Alex se mordit la lèvre. Comme à chaque fois qu'elle essayait de décider de ce qu'elle allait dire. Il l'avait remarqué. Sans doute parce qu'il passait un peu trop de temps à regarder sa bouche. Ou beaucoup trop de temps. À sa décharge, les entretiens professionnels qu'ils avaient eus jusqu'ici avaient été interminables. Et elle se trouvait toujours juste en face ou juste à côté de lui.

— Je voulais simplement en être sûre. Je ne suis pas très douée pour deviner ce que pensent les gens.

Lentement, Philipp attrapa son beau visage. Dans les yeux verts d'Alex s'alluma une lueur d'espoir et de quelque chose qui ressemblait à du désir. La petite tache brune semblait s'être embrasée. Curieusement, cette idée déclencha en lui un nouvel élan de passion brûlant.

— Ce soir, c'est la soirée de la spontanéité. Aucun d'entre nous n'est doué pour cela. Alors inutile d'avoir des arrière-pensées. Ce qui compte, c'est ce que toi tu veux. Ici et maintenant.

Et c'était la pure vérité.

Si Alex voulait passer toute la nuit à bavarder, il ne s'y opposerait pas. Il aurait naturellement préféré l'avoir dans son lit, prétendre le contraire aurait été mentir. Il n'empêche : passer du temps avec elle lui convenait très bien.

Même s'il savait que c'était égoïste.

Même s'il savait qu'il ne pourrait pas lui proposer plus.

Même s'il savait qu'il allait devoir reprendre ses recherches pour trouver l'épouse parfaite.

Non, allons, pas question de penser à tout cela. Pas d'arrière-pensées. Pas ce soir.

— Pas d'arrière-pensées, répéta-t-elle tandis que son sourire s'élargissait. Ça me plaît. Heureusement, tu as compris que j'avais du mal à me montrer spontanée. Mais ce qui compte, c'est ce dont nous avons envie, tous les deux. Enfin, en espérant que nous ayons envie de la même chose…

— Je l'espère, murmura-t-il en souriant de plus belle.

Une merveilleuse soirée passée avec elle sans conséquence sur l'avenir. Voilà ce dont il avait envie. Quelle que soit la forme que cette soirée prendrait.

— Cela dit… Est-ce qu'on ne risque pas d'être mal à l'aise, demain ? demanda-t-elle. Nous travaillons toujours ensemble. Certaines personnes ont du mal à se retrouver autour d'une table de réunion après s'être vues nues.

Philipp écarquilla les yeux. Nues ? Il n'y avait donc plus aucun doute : ils étaient sur la même longueur d'onde. Parfait. La douce chaleur qu'il éprouvait se fit plus brûlante encore lorsqu'il passa la main sur la nuque d'Alex pour l'attirer plus près de lui.

Impossible de résister plus longtemps !

La seconde d'après, il ôta une épingle de ses cheveux et la laissa tomber. Il avait envie de cela depuis qu'il l'avait conduite sur la piste de danse.

— Je ne pense pas qu'on sera mal à l'aise, non, murmura-t-il. Ce qui se passe chez Philipp reste chez Philipp.

Avec un frisson, Alex secoua la tête pour l'aider à libérer les épingles. Il les retira une à une. Là-dessus, elle releva le menton pour plonger le regard au fond du sien.

Il contempla le spectacle de ses beaux cheveux bruns retombant en cascade sur ses fines épaules.

— Puis-je te confier un secret ? dit-elle d'une voix sensuelle.

— Je t'écoute, susurra-t-il.

— Au cours de tous ces entretiens, il m'est parfois arrivé de perdre le fil de la discussion. J'avais envie de tout plaquer et de te laisser m'embrasser. Pourquoi pas contre le bureau ?

Philipp laissa cette image se dessiner dans son esprit et il poussa un grognement de désir. Il n'avait aucun mal à comprendre ce qu'elle voulait dire.

— Il m'arrivait également de perdre le fil, répondit-il. Parce que je pensais au goût que pouvait avoir ta peau. Ici.

D'un geste sensuel, il fit courir le bout de ses doigts sur la gorge d'Alex, avant d'y déposer doucement ses lèvres. Le parfum qu'elle portait enivra ses sens. Ça y est, il pouvait accomplir son rêve : le savourer. Elle poussa un doux gémissement de plaisir qui le fit frissonner.

Mais il voulait davantage. Davantage de contact. De plaisir. D'elle. Ivre de désir, il l'attira contre lui, faisant au passage remonter sa jupe tandis qu'elle se cambrait contre lui.

Un instant plus tard, Alex était à califourchon sur ses genoux. Sans un mot, il posa les mains sur ses somptueuses fesses pour l'attirer plus près encore. Au même moment, leurs lèvres s'unirent. Et le baiser qu'elle lui donna transforma son corps en véritable brasier. Ce qui déclencha en lui une violente poussée d'adrénaline, un sentiment d'euphorie qui l'électrisa.

Plus. Il voulait plus.

D'une façon ou d'une autre, le message était passé car Alex écarta davantage les lèvres et se mit à onduler sensuellement.

Philipp se sentit chavirer. Des vagues de chaleur parcouraient son corps, toujours plus brûlantes, en se concentrant à l'endroit où leurs deux corps se rejoignaient. Bon sang, elle allait le faire craquer avant même qu'ils aient commencé !

Le souffle court, il finit par se détacher de sa bouche pulpeuse.

— Attends, murmura-t-il en se levant sans détacher les bras de son corps.

Pour toute réponse, elle enroula ses longues jambes fuselées autour de lui et il la conduisit ainsi jusqu'à sa chambre. Elle gardait les lèvres collées contre son cou. Ses baisers menaçaient de le rendre fou.

— Ce n'est pas l'idée que je me fais du verbe « attendre », dit-il d'une voix rauque en la reposant délicatement par terre tandis qu'il refermait la porte d'un coup de pied.

— Je ne suis pas très patiente, répondit-elle.

Et comme pour le prouver une fois pour toutes, elle se retourna et il se retrouva face à la fermeture Éclair de sa robe.

Il n'hésita pas une seule seconde. Le tissu scintillant glissa le long du corps d'Alex avant de s'écraser en cercle autour de ses gracieuses chevilles. Elle était désormais nue devant lui et ses seins fermes semblaient réclamer ses caresses.

— Tu essaies de me rendre fou…

— J'essaie simplement de t'emmener dans un lit. Mais apparemment, je m'y prends mal, puisque tu es toujours habillé.

Avec un grand éclat de rire, il retira ses vêtements avant de la prendre dans ses bras pour la déposer doucement sur le lit. Et quand il se pencha sur le corps splendide d'Alex, il se trouva totalement enivré par son parfum fruité et sensuel.

— Ça fait longtemps que j'en rêve, confia-t-elle.

Cet aveu déclencha en lui une douce émotion.

Une agréable chaleur envahit sa poitrine tandis qu'il la regardait intensément. Il n'était pas censé y avoir d'arrière-pensées entre eux. Mais c'était sans doute impossible avec une femme aussi exceptionnelle qu'elle. Elle éveillait en lui des choses qu'il pensait avoir définitivement abandonnées. Des choses qu'il ne voulait pas ressentir pour une autre.

Elle lui plaisait. Elle était intelligente, brillante, avec une petite touche de fragilité qui la distinguait des autres femmes qu'il avait pu rencontrer. Il l'avait admirée et désirée dès la première fois qu'il l'avait rencontrée.

— Moi aussi, finit-il par avouer.

Philipp embrassa Alex tandis qu'elle glissait ses longues jambes douces autour de sa taille. Elle était excitante, tentante, et chacun de ses mouvements était une délicieuse torture. Ils ne pourraient pas faire les choses lentement. Il avait envie d'elle autant qu'elle semblait avoir envie de lui.

Dans un éclair de lucidité, il fouilla dans sa table de chevet pour en sortir les préservatifs. Il était presque sûr d'en avoir laissé là la dernière fois qu'il avait fait venir une femme chez lui. C'est-à-dire plus de huit mois plus tôt. Ou peut-être un an ?

Les premières secondes, il ne trouva rien du tout. Mince, mince… Heureusement, ses doigts finirent par en attraper un.

Il se hâta d'ouvrir l'emballage et de l'enfiler. Un instant plus tard, Alex avait repris sa place, son corps doux et chaud allongé contre lui. Sans plus attendre, il entra en elle. La sensation de plaisir fut si forte que c'en était presque insoutenable. Elle était incroyablement désirable et sensuelle.

Ils se lancèrent dans une danse sensuelle et frénétique. C'était terriblement voluptueux. Elle lui offrait autant de plaisir qu'elle en prenait, et il ne pensait qu'à lui rendre la pareille. Au son de ses doux gémissements, il sentait l'extase se rapprocher. Enfin, dans une explosion de sensations aussi intenses que douces, ils atteignirent ensemble le septième ciel.

Philipp garda le corps tremblant d'Alex contre lui tandis qu'il savourait cette libération. Elle sentait l'amour et la pêche, et il avait encore envie de sa chaleur. D'ordinaire, il préférait se reposer un peu après le sexe, mais cette femme était si merveilleuse qu'il avait l'impression de ne jamais pouvoir s'en lasser.

Il avait envie d'elle, certes. Mais le sexe n'était pas une fin en soi. Il avait eu envie d'explorer le lien qu'ils avaient ressenti entre eux dès le départ. Cela avait été aussi formidable qu'il l'avait espéré. Mais il avait eu tort de croire que leur attirance réciproque disparaîtrait passé ce moment de plaisir et que son intérêt se porterait sur autre chose. Il s'en rendait compte. Pire : il pensait tout le contraire. Ce qui était un problème.

Vite, il fallait qu'il se lève avant de se mettre à rechercher des arguments pour la convaincre de passer la nuit ici. Il ne pouvait pas faire ça. Il n'avait jamais dormi avec une autre femme que Gina. Et ce n'était pas ce soir qu'il allait commencer.

Un peu plus tard, donc, Philipp prit soin de raccompagner Alex. Cela valait mieux que de la confier à son chauffeur, comme il l'avait prévu au départ. Car au fond de lui il n'avait pas envie de se séparer d'elle. La soirée s'était terminée beaucoup trop vite à son goût.

Mais de son côté, qu'attendait-elle de cette relation ? Impossible à dire. Du coup, comment pouvait-il affirmer que ce qu'il avait à lui offrir n'était pas suffisant ? Ils n'en avaient pas discuté auparavant !

Devant la porte de sa maison, située tout près du parc de l'université, Philipp embrassa longuement Alex avant de reculer pour prendre le temps de l'admirer. Le lendemain, elle retournerait à ses habituels jeans et T-shirts.

Mais il avait envie de la revoir, quoi qu'elle puisse porter.

— Puis-je te rappeler ? demanda-t-il d'une voix tendue. Pour t'inviter à dîner ?

Elle lui sourit.

— Avec plaisir.

Vraiment ? Rien ne pouvait davantage le réjouir !

Hélas, après avoir mentalement passé en revue son agenda, Philipp retint un juron. Il devait partir pour Washington le lendemain et n'avait pas prévu de revenir à Dallas avant quelque temps.

— Je ne peux pas te donner de date précise, mais ne va surtout pas penser que je n'en ai pas envie. Il faut que je retourne à Washington. Le devoir m'appelle.

— Pas d'arrière-pensées, dit-elle en attrapant tendrement son visage. Je serais ravie de passer du temps avec toi. Mais je ne vais pas rester devant mon téléphone à attendre que tu m'appelles. J'ai une société à diriger. Je suis très occupée, moi aussi. Appelle-moi quand tu seras disponible.

Il resta quelques instants à la regarder. En voilà, une drôle de réponse. La plupart des femmes — toutes les femmes qu'il avait rencontrées — n'auraient jamais envisagé de lui donner un tel signal. Pas de doute : Alex était vraiment différente.

— J'apprécie beaucoup.

— Tu vaux bien la peine d'attendre un peu, répondit-elle en haussant les épaules.

À ces mots, il sentit son cœur palpiter dans sa poitrine. C'était complètement fou. Au lieu de passer à autre chose comme il l'avait prévu, il cherchait un moyen de jongler avec son emploi du temps pour la voir à nouveau. Il aurait dû partir en courant. Et se remettre à la recherche d'une personne bien plus à même de devenir l'épouse dont il avait besoin.

Celle-ci devrait comprendre qu'il ne pouvait pas se montrer déloyal envers Gina. Elle se tiendrait à ses côtés tandis qu'il tracerait sa route dans les hautes sphères de Washington, très apprêtée et très à son aise dans des robes haute couture. Elle comprendrait qu'il lui faudrait faire des sacrifices professionnels pour l'aider dans sa carrière politique.

Mais surtout, elle ne ferait pas naître en lui des émotions si fortes.

Bref, Alex n'était pas l'épouse dont il avait besoin.

Il avait consacré toute sa vie à sa carrière. C'était son travail qui l'avait sauvé de la dépression après le décès de sa femme. S'il voulait arriver un jour à la Maison Blanche, Alex ne ferait que lui compliquer la tâche.

Non, elle n'était pas ce dont il avait besoin. Mais elle était tout ce dont il avait envie.

Ce qui la rendait extrêmement dangereuse.

3

Quatre semaines plus tard…

L'emballage du test de grossesse lui paraissait trop mince pour ses mains tremblantes. Quand elle parvint enfin à l'ouvrir, Alex le vit tomber dans les toilettes. Naturellement !

Cela lui semblait complètement irréel. Elle était dans les locaux de Fyra. Depuis le jour de la création de l'entreprise, chaque dollar dépensé et gagné était passé entre ses doigts. Elle était responsable des salaires de centaines d'employés.

Et elle était incapable d'ouvrir un emballage en plastique !

— Qu'est-ce qui se passe ? fit la voix de Cass de l'autre côté de la porte.

— J'ai des nausées et j'ai deux mains gauches. Cette saleté de test est tombée dans les toilettes.

Seigneur… Elle n'avait aucune envie de passer sa pause déjeuner de cette façon.

De toute façon, ce test ne ferait que confirmer ce qu'elle savait déjà au fond d'elle, c'était certain. Les haut-le-cœur contre lesquels elle luttait depuis plus d'une semaine n'avaient rien à voir avec les fruits de mer qu'elle avait mangés le vendredi passé. Ils étaient dus à la nuit qu'elle avait passée avec Philipp.

— Tu ne peux pas le récupérer ?

— J'essaie, mentit-elle.

Ce n'était pas en regardant le bâtonnet blanc flotter dans l'eau qu'elle allait résoudre le problème. Comment tout cela avait-il pu arriver ? Philipp et elle avaient pris leurs précautions, pourtant !

Avec un soupir, Alex finit tout de même par accepter l'inévitable. Et s'exécuter.

— Bien. C'est fait, lança-t-elle à Cass. Combien de temps faut-il attendre ?

De l'autre côté de la porte, elle entendit un bruissement de papier.

— Je ne sais pas… Trois minutes !

Autant dire une éternité.

Alex passa la minute qui suivit à se ronger les ongles. De toute façon, personne ne les regardait. Philipp était parti à Washington le lendemain de la réception. Depuis, ils avaient discuté plusieurs fois par mail. Il l'avait appelée à deux occasions pour prendre de ses nouvelles, mais jusqu'ici il ne lui avait pas proposé de date pour la revoir. Ce qui ne l'avait nullement vexée. Ils s'étaient mis d'accord pour se voir quand il serait disponible. Ce qui n'était pas encore le cas, à l'évidence.

C'était exactement ce qu'elle avait voulu. Une nuit de passion avec un homme merveilleux et attentionné. Elle rêvait encore de sa bouche partout sur elle, de son corps si bien bâti. Naturellement, elle aurait aimé le revoir, mais ils auraient alors été obligés d'avoir une conversation sur la nature de leur relation. Or il n'était pas question de briser cette osmose entre eux avec des craintes et des inquiétudes de la vraie vie.

Seulement voilà. Si le test se révélait positif, des conversations de ce genre, ils en auraient beaucoup, c'était certain. Au sujet de la date du terme, des anniversaires, des week-ends sur deux et des jours fériés…

Alex baissa les yeux vers le test. Rien. Ou peut-être quelque chose. La fenêtre des résultats n'était-elle pas devenue un peu rose ? Les yeux rivés sur le test, elle eut un nouveau haut-le-cœur.

— C'est toi qui as la notice, Cass, bredouilla-t-elle. Qu'est-ce que ça veut dire si ça devient un peu rose ?

Elle avait lu tout cela mais, sous le coup de la panique, elle n'arrivait plus à se souvenir de rien.

— S'il n'y a qu'un trait rose, tu n'es pas enceinte. Mais

s'il y en a deux, oui. Tu n'as jamais fait de test de grossesse ? demanda son amie d'une voix incrédule. Même pas au lycée ?

— Non. Sûrement parce que je n'avais pas de relations sexuelles.

Elle était encore tout aussi timide et maladroite qu'à l'époque du lycée. Les hommes ne la regardaient pas. Philipp était une rare exception.

S'il vous plaît, faites que cette exception n'ait pas d'irréversibles conséquences...

La fenêtre était devenue plus rose encore. Une ligne était distinctement apparue. Une seule ligne. Pas enceinte. Mais le rose continuait d'apparaître. Comment un message aussi impersonnel pouvait-il annoncer un événement si bouleversant ?

Alex leva les yeux au plafond et lança à travers la porte :

— Pourquoi m'obliges-tu à faire ça ?

— Parce qu'à ce que je sais tu ne l'aurais jamais fait toute seule. Ça fait quatre semaines, Alex. Si tu es enceinte, tu l'es déjà d'un mois. Le déni n'est pas une bonne solution. Ni pour toi ni pour le bébé.

Le bébé.

Elle avait soigneusement évité de penser à ça. Car...

Une deuxième ligne venait d'apparaître sur la fenêtre. Rose, nette et définitive. Oh non...

— Donne-moi l'autre test, demanda-t-elle d'une voix brisée.

Si la boîte en contenait deux, c'était certainement pour que les femmes dans sa position n'aient aucun doute sur leur situation.

Sans faire de commentaire, Cass ouvrit la porte et lui passa le test et elles attendirent en silence la confirmation.

Comme il fallait s'y attendre, une seconde ligne rose se dessinait sur le second test.

— Tu crois que ces trucs sont fiables ? demanda Alex.

— Je crois, oui. Parfois, ça dit qu'on n'est pas enceinte alors qu'on l'est, mais c'est parce qu'on les fait trop tôt. Seulement, quand ils disent qu'on est enceinte, c'est sûr à cent pour cent. Si je comprends bien, le résultat a été positif ? Les deux fois ?

Alex hocha la tête mécaniquement.

C'était désormais une réalité. Une indéniable réalité.

Elle portait l'enfant du sénateur Philipp Edgewood.

Elle réussit à ouvrir le verrou. Pourtant, tout en elle paraissait engourdi. Tout sauf son esprit qui fonctionnait à cent à l'heure. Son esprit où se bousculaient des émotions contradictoires.

Elle allait devenir maman. Un petit être grandissait en elle grâce au miracle de la vie. Cela lui semblait tellement étrange…

En sortant des toilettes, Cass la prit dans ses bras et la serra fort contre elle, comme si elle craignait de la voir s'effondrer…

— Ça va aller, affirma-t-elle.

— Je ne vois pas comment…

Alex baissa la tête. Elle allait devenir maman. Et cette idée la terrifiait. Au fond d'elle, elle savait qu'elle pouvait le faire. Sa mère serait là pour l'aider et la conseiller. Et puis elle était intelligente. Elle gagnait sa vie, avait un toit. Il était possible que cela se passe bien, mais…

Philipp.

Il fallait qu'elle le voie. L'espace d'une brève seconde, elle l'imagina ouvrir la porte et lui adresser ce large sourire qui la faisait toujours fondre.

Il lui dirait qu'elle lui avait manqué, qu'il avait pensé à elle et qu'il était ravi de la voir. Elle lui rendrait son sourire et quelque chose de fort passerait entre eux. Elle lui avouerait qu'elle avait pensé à lui, elle aussi. Qu'elle aurait aimé qu'il l'appelle davantage même si elle comprenait parfaitement pourquoi il ne l'avait pas fait.

Puis elle lui dirait qu'il allait être papa.

Mais comment allait-il réagir ? Elle le connaissait si peu !

— C'est horrible, finit-elle par dire en se laissant aller dans les bras de son amie.

— C'est un merveilleux événement qu'il nous faut fêter entre amies, corrigea Cass d'une voix radieuse. Tu es la première d'entre nous à tomber enceinte. Harper et Trinity vont être vraiment surprises.

— Pourquoi ?

C'était la voix de Harper.

Alex vit apparaître le joli visage de la directrice scientifique de Fyra. Harper avait fait couper ses cheveux roux, mais elle était trop bouleversée pour faire le moindre commentaire.

Trinity ne tarda pas à apparaître à son tour. Les bras croisés sur son élégant tailleur bleu vif assorti à la barrette qu'elle portait dans ses cheveux noirs, elle s'était mise à les regarder à tour de rôle, Cass et elle.

— Qu'est-ce qui se passe ? C'est au sujet des dossiers d'homologation ? Qu'est-ce qu'a dit Philipp ?

Alex se mordit la lèvre. Ce nom lui fit l'effet d'un coup de poignard en plein cœur, d'autant qu'elle n'avait pas pensé une seule fois à ces dossiers pendant toute la semaine passée. C'était sur cela qu'elle aurait dû se concentrer plutôt que sur sa stupide attirance pour lui !

Le moment n'aurait pas pu être plus mal choisi. Fyra était sur le point de devenir une société milliardaire grâce à la nouvelle crème hydratante révolutionnaire de Harper.

Or elle n'était même pas capable de travailler avec le sénateur sur l'homologation du produit !

— Philipp n'a pas appelé, répondit-elle. Je suis enceinte.

À ces mots, Harper et Trinity se mirent à pousser des cris de joie avant de se jeter sur elle pour la prendre dans leurs bras.

Alex sentit son cœur se serrer. Au moins, elle avait ses amies. À cette idée, elle eut l'impression de respirer un peu plus paisiblement.

Tout en lui caressant le dos, Cass sourit.

— Tu vois ? On sera toujours là pour te soutenir. Tu ne seras pas la première maman célibataire, tu sais !

Maman célibataire.

Elle n'y avait presque pas songé. Il n'y avait pas que la grossesse, il y avait aussi un enfant qui avait besoin de soins et d'amour.

Cette idée lui donna littéralement le vertige. Elle n'avait jamais envisagé d'avoir un enfant, de livrer un être innocent à la méchanceté du monde. Le divorce de ses parents l'avait changée, endurcie, poussée à la consommation de drogue. Tout cela avait failli l'envoyer en prison. Or elle venait de faire ce qu'elle s'était juré de ne jamais faire : forcer un enfant à vivre avec les erreurs de ses parents.

Manifestement, Cass présumait qu'elle comptait faire face à la situation sans Philipp. Mais comment était-ce possible ? Les enfants ont besoin d'une famille. D'un père. Elle n'avait pas eu la chance d'en avoir et ne connaissait que trop bien cette souffrance. Son enfant en aurait un. C'était non négociable.

Mais Philipp ? Avait-il envisagé d'avoir des enfants ? Et s'il décidait de s'en laver les mains et de ne plus jamais la voir ? Comment allait-elle le convaincre de s'occuper de cet enfant s'il ne supportait pas l'idée d'être père ?

Et quel type de relation allaient-ils avoir, elle et lui ? Comment pouvaient-ils devenir parents alors qu'ils n'étaient même pas en couple ?

Alex sentit la panique la gagner, ce qui redoubla la force de sa nausée.

— Depuis quand es-tu une experte en maternité ? demanda-t-elle à Cass d'une voix un peu trop agressive.

— Depuis que Gage a obtenu la garde de Robbie. Ce n'est pas parce que ce n'est pas moi qui lui ai donné naissance que je ne le considère pas comme mon enfant. J'ai déjà appris beaucoup de choses.

Cass était tombée amoureuse d'un papa célibataire : elle avait été contrainte de devenir maman en très peu de temps. Sans doute allait-elle devoir en faire autant.

Soudain, une idée horrible lui traversa l'esprit.

Et si Philipp décidait en fait d'élever le bébé… Mais sans elle ? Et s'il décidait d'utiliser son pouvoir et son influence pour lui retirer son enfant ? D'instinct, elle posa les mains sur son ventre. Il ne pouvait pas faire cela, c'était impossible. Mais d'un autre côté, elle le connaissait si peu…

Non. Personne ne lui prendrait son bébé. Cet enfant était tout autant à elle qu'à lui, et ils joueraient tous deux un rôle dans sa vie. Point.

Pas question que son enfant grandisse sans un père aimant.

Il allait donc falloir qu'elle discute avec Philipp de ce qu'ils allaient faire au cours des dix-huit prochaines années. Elle n'avait pas besoin de son argent mais de son courage et de son engagement. Tout simplement.

Finalement, Alex dit à Cass :

— Il va falloir que je voie un médecin. Pour confirmer. Et ensuite, j'irai à Washington. Je sais que le moment est mal choisi pour partir, mais…

— Ne t'inquiète pas. Vas-y. Et prends ton temps pour réfléchir. Quoi que tu puisses décider ensuite, nous serons là pour te soutenir.

Cass avait raison. Si elle prenait le temps de réfléchir de façon logique, les choses se passeraient bien.

Trinity et Harper hochèrent la tête avant de lui adresser à leur tour des paroles d'encouragement.

— Merci, finit-elle par balbutier d'une voix tremblante.

Sous le coup de l'émotion, elle ne savait pas quoi dire d'autre. Mais c'était aussi bien comme ça. Autant économiser sa salive pour la longue conversation qu'elle allait avoir avec le père de son enfant.

Philipp signa et envoya son mail.

Les cerisiers, de l'autre côté de la fenêtre de son bureau, s'étaient couverts de fleurs au cours de la semaine passée. À Washington, le printemps était sa saison préférée, même s'il appréciait également les hivers enneigés. Sauf ceux de Dallas. Les températures changeaient trop vite.

Son grand-père n'était sans doute pas du même avis que lui. Max Edgewood avait passé des années à Washington, mais quand sa santé avait commencé à décliner, il était retourné s'installer à Dallas. C'était d'ailleurs la seule et unique raison pour laquelle Philipp partageait son temps entre les deux villes : il adorait son grand-père et aimait passer du temps avec lui.

Cela faisait d'ailleurs longtemps qu'il ne l'avait pas vu. Hélas, depuis quelques semaines, il préférait éviter Dallas.

Brusquement, la voix de Linda, son assistante, résonna dans la pièce :

— Monsieur le sénateur, Mlle Meer voudrait vous voir.

Philipp ne put s'empêcher de sursauter.

Alex. La femme qu'il cherchait à fuir. Elle était là.

Au même moment, il sentit une foule d'émotions contradictoires se bousculer en lui.

Il avait essayé de l'oublier et il avait lamentablement échoué. Mais il avait au moins réussi à se tenir à l'écart d'elle. Certes, il avait eu très envie d'organiser ce dîner dont il avait parlé, mais autant se rendre à l'évidence : ils n'étaient pas faits l'un pour l'autre. Par ailleurs, elle lui avait dit de l'appeler quand il serait disponible. Or s'il était au Capitole, il n'était pas disponible.

Que faisait-elle à Washington ? Se doutait-elle qu'il ne parvenait pas à oublier la nuit qu'ils avaient passée ensemble ? Sans doute pas. Cette visite concernait sûrement cette histoire d'homologation. Après tout, ils travaillaient toujours ensemble.

Ce n'était pas la première fois qu'elle venait à son bureau. En revanche, c'était la première fois qu'elle venait sans y avoir été invitée. Heureusement que son assistante avait eu la finesse de ne pas la renvoyer.

— Faites-la entrer, lui dit-il.

Philipp se leva au moment où la porte s'ouvrait sur Alex. Le maquillage et la robe de cocktail avaient disparu. Elle avait retrouvé son jean et sa queue-de-cheval habituels.

Voir son visage rayonnant le fit frissonner. Elle était encore plus belle que lors de la soirée. Époustouflante, même. On aurait dit que quelque chose en elle s'était soudain illuminé.

— Bonjour, murmura-t-il après un long moment de silence.

Il n'arrivait même plus à penser. Ce qui n'aurait pas dû arriver. Il aurait dû l'oublier, se lasser d'elle après avoir découvert son corps magnifique.

— Bonjour, répéta-t-elle en se mettant à s'agiter nerveusement. Merci de m'avoir reçue. Et excuse-moi d'avoir débarqué sans prévenir.

Parfait. Il était revenu en terrain connu.

— Tu n'as pas à t'excuser, répondit-il en souriant. Je suis ravi de te voir.

— Je ne suis pas sûre que tu sois toujours de cet avis dans une minute.

Les yeux d'Alex brillaient d'un étrange éclat. À force de les contempler, Philipp sentit le malaise revenir. De toute évidence, ce n'était pas une simple visite de courtoisie.

— Quelque chose ne va pas ?

— Je ne sais pas, répondit-elle en se mordant la lèvre.

Exactement comme à chaque fois qu'elle cherchait ses mots.

— J'attends encore que tu m'invites à dîner, ajouta-t-elle.

Elle n'était donc pas venue pour parler affaires…

Philipp baissa la tête. Plus il regardait ses yeux incertains, plus il sentait son corps se crisper. Quel mufle, bon sang !

— Je suis désolé. Écoute, je n'ai aucune excuse. La vérité, c'est que j'aurais été injuste en poursuivant ma relation avec toi. C'est pour cela que je ne l'ai pas fait.

Pourtant, il aurait aimé que les choses se passent de façon différente. Très différente. Si seulement il avait pu la prendre dans ses bras et l'embrasser avec toute la passion qu'elle lui inspirait…

— Tu as eu ce que tu voulais, et maintenant tu veux passer à autre chose, c'est ça ? murmura-t-elle.

Philipp eut aussitôt envie de se gifler. Il avait blessé Alex avec ses règles stupides qui l'avaient amené à se comporter de façon égoïste.

— Non, ce n'est pas du tout ça.

En réalité, c'était en partie vrai. Il voulait passer à autre chose, mais pas pour les raisons qu'elle semblait croire.

Bon sang, cette conversation était un supplice.

— Je t'aime beaucoup, Alex, finit-il par dire dans un soupir, mais je ne pense pas qu'on doive poursuivre notre relation. C'est compliqué. Et ce n'est pas de ta faute. J'aurais aimé que les choses soient différentes. Et moins compliquées.

Elle eut un petit rire qui ressemblait presque à un sanglot.

— J'aurais aimé, moi aussi. Malheureusement, les choses sont bien plus compliquées encore que tu ne le penses.

Hein ? Comment ça ?

— Qu'est-ce que… ?

— Je suis enceinte.

Philipp figea les traits de son visage. Une technique très étudiée qui lui permettait de cacher ses pensées avant qu'il soit prêt à les exprimer.

Enceinte.

Ce mot continuait de résonner en lui. *Enceinte.* L'écho se propageait douloureusement dans son cœur. Alex avait l'air certaine qu'il était le père. Alors à quoi bon poser la question ? Si cela n'avait pas été le cas, elle ne serait pas venue jusqu'ici.

Il fallait néanmoins qu'il dise quelque chose.

— Eh bien… Pour une surprise, c'est une surprise.

Histoire de réagir, il appuya sur le bouton de l'Interphone.

— Linda, pourriez-vous apporter un verre d'eau à Mlle Meer ?

Là-dessus, il contourna son grand bureau Louis XVI pour l'inviter à s'asseoir sur le canapé où il dormait parfois quand il ne supportait pas l'idée de se retrouver seul dans son duplex de la 2e Rue.

— Assieds-toi, je t'en prie.

Elle s'exécuta et se laissa tomber sur le siège comme si ses jambes ne pouvaient plus supporter le maigre poids de son corps. Mais il n'avait pas de mal à comprendre ce qu'elle ressentait. Linda apporta le verre d'eau, qu'elle tendit poliment à Alex, avant de disparaître discrètement.

— Je suis désolée d'avoir lâché ça de cette façon, dit Alex après en avoir bu une gorgée. Tu sais comment je suis : pas très douée pour exprimer les choses. Et l'état dans lequel je me trouve n'arrange rien.

— J'imagine que tu es sous le choc.

Pour essayer de se donner un peu de force, Philipp prit une profonde inspiration. Mais cela ne servit à rien.

— Comment te sens-tu ? Bien ? Il est de moi, hein ?

Le faible sourire d'Alex disparut aussitôt et elle répondit :

— Oui. Je ne suis pas très douée pour attirer des hommes dans mon lit. Tu as vu combien de temps il m'a fallu pour toi ? Mais si tu veux, on peut faire un test de paternité tant que je suis là ?

Oui. Le plus tôt serait le mieux. Il avait confiance en elle, mais il ne pouvait pas se permettre la moindre erreur.

C'était impossible. Il avait passé les vingt années qui venaient de s'écouler dans la plus grande prudence. Dès l'adolescence, il avait été conscient que les rêves politiques pouvaient être anéantis par de mauvaises décisions. D'autres achetaient le silence de leurs maîtresses ou employaient des conseillers en communication pour les sortir de mauvaises passes. Lui avait toujours préféré l'honnêteté. Quand on n'a rien à se reprocher, on n'a rien à cacher.

Philipp baissa la tête. Tout était de sa faute. Les préservatifs étaient sans doute périmés. Et désormais, ils payaient tous les deux pour son erreur.

Enceinte.

Alex était enceinte.

Il avait beau se le répéter, il n'arrivait pas à prendre la mesure de la chose. Alex était une femme d'affaires qu'il aidait à naviguer dans le labyrinthe de l'administration fédérale. Mais c'était également une femme sexy, avec qui il avait eu de torrides ébats un mois plus tôt.

Et désormais, c'était aussi la mère de son enfant.

Cela changeait tout.

Il fallait qu'ils se marient. Il sentit son cœur se serrer de douleur mais il fit de son mieux pour ignorer la souffrance. Il valait mieux oublier le projet qu'il avait fait avec Gina d'avoir des enfants. Oublier la maladresse sociale et les ambitions professionnelles d'Alex. Celles qui l'empêchaient d'être l'épouse idéale pour lui.

S'il voulait être fidèle à lui-même, il ne voyait pas d'autre solution que d'offrir la protection du mariage à Alex, à leur enfant et à sa carrière. Aucun homme ne pourrait jamais arriver au bureau ovale avec un enfant illégitime ou même en étant célibataire. La presse n'en ferait qu'une bouchée, elle se hâterait de qualifier d'hypocrites ses prétendues valeurs familiales.

Sauf qu'il n'arrivait pas à penser à Alex autrement qu'étendue sur un lit. À son corps nu et splendide tandis qu'il lui faisait l'amour. Que ressentirait-il en se réveillant à ses côtés tous les matins ? Il ne pouvait pas plus se mentir à lui-même qu'à ses électeurs : en l'épousant, il pourrait poursuivre cette partie de leur relation.

Grâce à cette grossesse, il allait pouvoir garder Alex et préserver sa loyauté envers Gina. Elle ne lui demanderait pas de tomber amoureux d'elle. Ils pourraient élever le bébé ensemble. Le reste des complications nécessiterait une bonne dose de compromis, mais il en tirerait parti.

Allait-elle accepter de l'épouser dans ces conditions ? Mystère. Mais il était bien décidé à la convaincre.

Alors qu'il réfléchissait à tout cela, Philipp l'entendit s'éclaircir la gorge.

— Il faut qu'on discute de ce qu'on va faire.

— Tout à fait.

Il passa mentalement en revue son agenda pour les jours à venir. Il fallait qu'il trouve un peu de temps pour ce qui allait devenir leur réalité. C'était la seule solution.

— Ma mère voudra sûrement organiser une grande cérémonie, mais je pourrai sans doute l'en dissuader si tu préfères quelque chose de plus simple.

Ses parents seraient ravis d'apprendre qu'il avait enfin fait son deuil. Sa mère se plaignait régulièrement de ne pas avoir de petits-enfants. Cette nouvelle aurait au moins le mérite de la rendre heureuse.

Alex le regarda brusquement d'un air ébahi.

— Ta mère va vouloir organiser une cérémonie pour annoncer la grossesse ? C'est un peu bizarre, tu ne trouves pas ?

Philipp secoua la tête. Il s'était mal exprimé.

Quand il avait fait sa demande à Gina, il avait sorti le grand jeu : voyage surprise à Venise, violoniste et diamant dix carats. Mais il avait eu bien plus de dix minutes pour élaborer son plan. Et il avait dans sa vie un immense vide que seule Gina pouvait combler.

Et pourtant c'était avec Alex qu'il s'apprêtait à fonder une famille. Certes, il l'aimait beaucoup, mais jusqu'ici la plus grande décision qu'il avait dû faire la concernant avait été de déterminer s'il devait rompre sa promesse de rester en contact avec elle. Ce qui expliquait sans doute pourquoi il avait tant de mal à se remettre de ce brusque retournement de situation.

Inutile d'y aller par quatre chemins. Cette femme allait devenir son épouse. Et il fallait qu'il trouve un moyen de le lui faire comprendre.

— Excuse-moi, je me suis mal exprimé, dit-il en lui prenant la main. Alex, il faut qu'on se marie.

C'était sans doute maladroit, mais il était trop bouleversé pour trouver mieux.

L'air horrifié, elle retira vivement sa main.

— Qu'on se marie ? Mais pourquoi ? C'est absurde. On ne se connaît pas.

— On ne se connaît pas suffisamment pour devenir parents non plus, mais les faits sont là. En tant que père du bébé, je veux ce qu'il y a de mieux pour lui. À moins que le test de paternité ne fournisse une autre raison à ton refus…

Quelque chose sembla se briser en lui lorsqu'il imagina Alex avec un autre homme. Oh ! c'était totalement irrationnel, d'autant qu'il avait refusé de la revoir. Elle ne lui appartenait pas, enfin !

Seulement, il n'avait jamais cessé de penser à elle et au feu qui brûlait dans ses yeux et dans son corps quand ils avaient fait l'amour. Comment regretter d'être attiré par la femme qui venait de lui annoncer qu'elle portait son enfant ? D'ailleurs, il avait toujours envie d'elle.

— Bien sûr que non, répondit-elle. C'est ton enfant.

Philipp hocha la tête. L'expérience lui avait appris à reconnaître les menteurs. Alex n'en faisait pas partie. Mais il fallait qu'il en soit sûr à cent pour cent. Le test serait réalisé relativement rapidement, mais il ne ferait que confirmer ce que son instinct lui avait déjà dit.

— Voilà ce qu'on va faire, déclara-t-il. Je vais me libérer pour la journée et nous allons effectuer le test. Ensuite, j'aimerais que tu acceptes de discuter avec moi de l'avenir.

Il plongea alors son regard au fond de celui d'Alex, hésitant, empreint de peur et de fragilité. Comme il aurait voulu pouvoir régler tous leurs problèmes pour le voir pétiller à nouveau de joie ! D'instinct, il la prit dans ses bras. Par pure tendresse. Alors qu'une minute plus tôt il pensait que la seule chose qui les unissait était la passion.

C'était bien plus que cela, inutile de se mentir.

L'impact qu'elle avait sur lui empiétait sur la partie de son cœur qui appartenait à Gina. Ce qui le déstabilisait tout autant que de savoir Alex enceinte. Mais s'il voulait fonder une famille, et il le voulait, il devrait convaincre Alex que le mariage était la meilleure solution. Mais aussi se convaincre lui-même de ne pas succomber aux nombreuses émotions qu'elle faisait naître en lui.

Il ne croyait pas aux secondes chances, ni dans la vie ni en amour. Il n'aurait donc jamais de sentiments pour une autre femme. Mais ce compromis s'avérerait sans doute très dur à tenir.

— D'accord, finit-elle par murmurer. Je veux bien qu'on parle. Mais tu vas devoir revenir sur ton idée de mariage. Je ne crois pas en l'amour, et moins encore aux idées romantiques qui vont avec.

Philipp haussa un sourcil. Intéressant. Si elle ne croyait pas en l'amour, la situation serait bien plus facile pour lui.

Mais il fallait tout de même qu'il la persuade de l'épouser.

4

Les résultats du test de paternité ne se firent pas attendre. Grâce à ses relations, Philipp eut les papiers en main avant l'heure du déjeuner. Le résultat était sûr à cent pour cent : l'enfant était bien le sien.

À vrai dire Alex était un peu vexée qu'il ait pu mettre en doute sa parole et se demander si elle ne cherchait pas à lui mettre sur le dos l'enfant d'un autre. Comment aurait-elle pu faire une chose pareille ?

Elle était même très vexée. Mais elle essaya de ne pas trop le montrer tandis que le chauffeur de Philipp leur faisait traverser Washington. Les résultats du test pratiqué dans une clinique privée toujours à la main, le père de l'enfant qu'elle portait était assis à côté d'elle sur la longue banquette.

— Tu as faim ? lui demanda-t-il soudain d'une voix polie mais distante.

Philipp semblait si froid depuis qu'elle avait prononcé le mot « enceinte » ! Elle l'avait déjà vu sur la réserve pendant des réunions ou au cours de la réception qu'il avait organisée. Mais jamais quand il s'adressait à elle. Elle n'aurait jamais pensé qu'il se comporterait ainsi envers elle !

— Je ne vais rien pouvoir avaler, non.

Son estomac ne lui paraissait pas en état d'accepter quoi que ce soit. Et pas seulement à cause des nausées matinales, qui auraient d'ailleurs dû être rebaptisées « nausées quotidiennes ».

— Mais si tu connais un restaurant discret où on pourrait

discuter, je ne t'empêcherai pas de manger. D'ailleurs, je n'aurais rien contre une tasse de thé.

Le temps était venu de prendre des décisions. Malheureusement, personne n'était ravi par cette perspective. Ni lui, ni elle. Et cette question de mariage allait être de nouveau soulevée, c'était certain.

Or il n'était pas question qu'ils se marient, quelles que soient les circonstances. Le mariage, c'était pour les autres, pour les naïfs qui pensaient que l'amour pouvait durer toujours. Qu'on pouvait être heureux éternellement. Non, il ne réussirait pas à la convaincre de se lancer là-dedans.

Alex haussa alors les épaules et dit :

— On pourrait peut-être continuer de se promener en voiture. Je ne vois pas d'endroit plus discret…

Après lui avoir adressé un vague sourire, Philipp appuya sur le bouton permettant de communiquer avec le chauffeur.

— Randy, pourriez-vous vous arrêter au prochain Starbucks pour acheter une tasse de thé à Mlle Meer ?

En le regardant, elle sentit quelque chose se serrer dans sa poitrine. Il était vraiment très à l'écoute et attentionné. Instinctivement, elle lui rendit son sourire, même si celui qu'il lui avait adressé n'était pas le sourire sincère auquel elle s'était habituée. Comment cette grossesse avait-elle pu creuser un tel fossé entre eux ? Ils étaient pourtant les mêmes que le soir de la réception. Ce soir où ils avaient ri en échangeant des plaisanteries. Ce soir où il la regardait comme s'il n'y avait qu'elle dans la pièce.

Mais comme c'était précisément ces marques d'attention qui l'avaient mise dans cette situation, peut-être valait-il mieux qu'il ne flirte pas avec elle. Même si cela lui manquait…

Le chauffeur s'arrêta dans un parking et ne tarda pas à ouvrir sa portière pour lui tendre un grand gobelet. Après l'avoir remercié, Alex se tourna vers la vitre pour observer la ville où résidait le père de son enfant à venir, une grande partie de l'année.

La voiture avait déjà redémarré.

Mieux valait en venir directement au fait :

— Avant que tu te remettes à parler mariage, sache que c'est hors de question. Le mariage ne fonctionne pas dans les meilleures circonstances. Alors je ne te parle pas des pires…

Tout en la regardant, Philipp sortit une bouteille d'eau d'un petit compartiment dissimulé sur sa gauche. Il portait un costume hors de prix. C'était un homme habitué au luxe, on le sentait. Pour sa part, elle touchait un bon salaire, mais s'était toujours contentée du strict nécessaire. En qualité d'héritier de l'industrie pétrolière, il vivait avec des moyens bien supérieurs aux siens. Ce déséquilibre ne lui avait jamais paru important, mais le fossé qui les séparait semblait s'être élargi maintenant qu'ils devaient prendre des décisions concernant leur enfant.

— Si tu es d'humeur à partager ton point de vue, répondit-il, permets-moi de te donner le mien.

Philipp ne regardait pas les rues qui défilaient. Ses beaux yeux bleu clair étaient intensément fixés sur elle.

— Je t'écoute, répondit-elle.

— J'ai toujours eu conscience que ma famille avait quelque chose d'exceptionnel. Quand j'étais petit, les adultes discutaient de sujets importants au dîner. On suivait les campagnes électorales et on discutait avec des agriculteurs, des ouvriers, des banquiers, des industriels, des mères de famille. Tout cela me fascinait. J'en ai plus appris sur la vie quotidienne de l'Américain moyen avant mes dix ans que la plupart des gens au cours de leur vie entière.

— Tu es issu d'une lignée d'hommes politiques, commenta-t-elle. Je l'ai bien compris.

Il hocha la tête.

— Tu as rencontré mon père qui est au Congrès. Mon grand-père était sénateur, tout comme mon oncle. Servir notre pays, on a ça dans le sang.

Curieusement, plus il parlait de son métier, plus son espèce de masque de sénateur semblait tomber. Il redevenait l'homme qui l'avait tant charmée dès leur première rencontre.

Alex n'osait plus l'interrompre. C'était le Philipp dont elle rêvait. L'homme pour qui elle avait accepté de porter une robe de cocktail et du maquillage. Malgré sa grossesse, l'attirance qu'elle éprouvait pour lui ne s'était en rien atténuée.

— Désormais, reprit-il, c'est moi qui vais avoir un fils ou une fille. Or j'ai toujours rêvé que mes enfants aient une enfance similaire à celle qui m'a aidé à tracer mon propre chemin.

Ce qui signifiait qu'il avait envisagé d'avoir des enfants. C'était sans doute un bon point. Malheureusement, cela ne résolvait pas les problèmes.

— Je suis désolée, mais…

— Attends, l'interrompit-il gentiment. Je n'ai pas terminé. Quand j'ai épousé Gina, j'étais plein d'espoirs. Je voulais que nous ayons cette existence-là, mais elle a perdu la vie dans un accident de voiture. Un poteau télégraphique posé au mauvais endroit… Ça a été un déchirement. Je… Je ne peux pas revivre ça. Je ne suis donc pas un grand partisan du mariage, moi non plus. En tout cas pas du genre de mariage que j'ai eu avec elle.

— Parce qu'il en existe un autre ? s'entendit-elle dire.

Elle avait observé le visage de Philipp pendant qu'il parlait de sa première femme. Et les émotions qu'elle y avait vues passer lui avaient littéralement coupé le souffle. Que ressent-on quand on partage l'existence d'un homme qui vous aime autant ? Deux années de deuil n'avaient pas suffi à effacer totalement la douleur de la perte. Jusqu'à cet instant, elle n'aurait jamais pensé qu'il était possible d'aimer quelqu'un à ce point.

L'amour ne dure pas. Mais, manifestement, Philipp était une exception à la règle.

— Il existe toutes sortes de mariages, répondit-il. Et c'est pour ça qu'on ne peut pas affirmer qu'aucun mariage ne fonctionne.

Alex se rembrunit. C'était donc là qu'il voulait en venir…

— Bien sûr que si, répliqua-t-elle. Je n'ai pas eu une enfance de conte de fées, contrairement à toi. Mes parents ont eu un divorce très difficile et leur union a pris fin. Tout comme ton mariage. C'est pour ça que les gens souffrent autant. Et c'est pour ça qu'il est hors de question qu'on se marie.

— Pas si nous le faisons différemment, dit-il d'une voix bien plus calme que la sienne. Écoute-moi.

Cette fois, la curiosité prit le dessus. Si Philipp s'était montré romantique ou autoritaire, elle lui aurait demandé d'arrêter la voiture et de la déposer à l'aéroport. Mais c'était de logique qu'il parlait. C'était le meilleur moyen d'attirer son attention.

— Très bien, je t'écoute. Quelle sorte de mariage pourrions-nous avoir, alors ?

— Mieux qu'un mariage, ce serait un partenariat, répondit-il. Nous allons devenir des partenaires. J'aimerais qu'on élève notre enfant ensemble. Qu'on soit sur la même longueur d'onde sur des sujets comme la discipline. Qu'on passe les fêtes ensemble. Qu'on parte en vacances ensemble. Le meilleur moyen d'y parvenir, c'est de jouer collectif, si j'ose dire.

Alex retint un frisson. La voix grave de Philipp semblait glisser langoureusement sur sa peau tandis qu'il brossait ce portrait de famille. Un portrait qui ne manquait pas de lui rappeler la déception et la souffrance qu'elle avait ressenties au moment du divorce de ses parents.

Pas question de se faire d'illusions. Toutes les choses dont il parlait dépendaient de leur engagement mutuel. Si l'un d'eux changeait d'avis à un moment ou à un autre, tout volerait en éclats.

— Mais nous ne sommes pas obligés d'être mariés pour prendre des décisions ensemble, affirma-t-elle. Et si nous ne sommes pas mariés, nous n'aurons jamais à divorcer.

Pas de mariage, pas de souffrance. Jamais son enfant ne serait le fruit d'un foyer brisé.

Hélas, s'ils choisissaient cette solution, leur enfant connaîtrait sans doute peu son père. Il y avait donc des avantages et des inconvénients des deux côtés.

Si Philipp et elle ne vivaient pas ensemble, comment feraient-ils le jour de Noël ? Il faudrait partager la garde, expliquer que le Père Noël passe parfois dans deux maisons. Ce serait une explication convaincante, mais pas forcément satisfaisante.

Mais ce n'était pas tout. Et si elle n'était pas là pour ses premiers pas ? Ou son premier jour d'école ? Ou au moment d'apprendre à faire du vélo ? La liste défilait dans son esprit, elle semblait interminable.

Oui, il y avait des centaines de choses qu'elle pourrait manquer si Philipp et elle se partageaient la garde de l'enfant. Des centaines de choses qu'il pourrait manquer. Car le bébé était tout autant à lui qu'à elle. Et elle voulait qu'il ait un père. Un père présent. Pas un père qu'il ne verrait qu'un week-end sur deux.

Alex sentit brusquement la panique la gagner. Comment avait-elle pu en arriver là ? Au même moment, il lui prit la main. Doucement. Comme s'il devinait son angoisse.

— Nous allons faire un mariage sans arrière-pensées. Et avec une seule règle : pas question de divorcer.

Alex leva les yeux au plafond.

Sans arrière-pensées.

Cela ressemblait à un écho de la nuit qu'ils avaient passée ensemble. Cette nuit où seule la passion comptait.

Elle chercha le regard de Philipp, le trouva, le soutint. Ses yeux bleus la captivèrent quand il pencha la tête sur le côté pour lui adresser ce doux sourire. Et quand il se mit à caresser ses doigts, elle eut peine à respirer.

— Qu'entends-tu par mariage sans arrière-pensées ? dit-elle d'une voix brisée.

— J'entends par là que l'amour ne fera pas partie des possibilités. C'est l'amour qui fait souffrir et qui conduit les gens à rompre leur engagement quand il disparaît. Mais si nous nous unissons en amis et partenaires, sans arrière-pensées, notre mariage durera. Le divorce ne sera même pas envisageable.

Alex hocha la tête. Cette logique lui mettait du baume au cœur. Elle n'avait jamais compris les histoires de clair de lune et de chandelles. Tout ce qui était rationnel, en revanche, avait plutôt tendance à la convaincre.

— Je t'apprécie, poursuivit-il sans cesser de sourire. Et je pense que tu m'apprécies aussi. Nous sommes vraiment sur la même longueur d'onde physiquement parlant. Et tous les couples ne peuvent pas en dire autant, même ceux qui sont amoureux.

Si nous établissons des règles dès le départ, personne ne souffrira. Ni toi, ni moi. Nous serons juste deux personnes élevant un enfant et vivant leur vie ensemble.

Des règles ? Cela lui semblait tellement… sûr. Et clair. Elle avait toujours aimé les règles.

Eh bien… Jamais elle n'aurait imaginé que Philipp la convaincrait d'envisager cette idée folle. Mais force lui était de constater qu'elle… commençait à y songer. Ces arguments tenaient la route. Son bébé aurait un père. Et personne ne manquerait quoi que ce soit.

Elle avait donc trouvé un homme qui n'avait aucune exigence émotionnelle. Elle aurait quelqu'un à ses côtés pour l'aider à élever son enfant. Le pacte qu'ils concluraient leur permettrait de rester ensemble. Personne ne ferait de promesses impossibles à tenir.

— Donc, pas d'arrière-pensées, murmura-t-elle. Tu ne seras pas déçu si nous ne tombons jamais amoureux ? Car, disons les choses franchement : je ne sais même pas si j'ai cette capacité en moi. Et je suis certaine de ne pas en avoir le désir.

Comme aucun homme ne lui avait jamais inspiré de sentiments romantiques, elle avait toujours pensé qu'elle n'avait pas le bon tempérament pour ça.

L'espace de quelques secondes, Philipp garda le silence.

— Je ne serai pas déçu, au contraire. Je ne veux pas tomber amoureux d'une autre femme que Gina. La plupart des femmes ne pourraient jamais accepter cela. Mais heureusement pour moi, tu n'es pas comme la plupart des femmes.

Alex fronça les sourcils. Cela aurait dû être l'argument décisif qui achèverait de la convaincre. Puisque le cœur de Philipp appartenait à une autre, elle n'aurait jamais à se demander si l'amour pouvait entrer en jeu dans leur relation. Mais quelque chose venait de lui traverser l'esprit.

— Pourquoi se marier alors ? Pourquoi ne pas simplement vivre ensemble ?

— Pour bien des raisons. Je te rappelle que je suis sénateur. Certains de mes électeurs n'accepteraient sans doute pas que je sois en union libre. D'autre part, je crois aux valeurs familiales, elles seront un point central de mon programme quand je briguerai le mandat de président.

Quoi ? Non, elle avait dû mal comprendre…

— De président… des États-Unis ? s'exclama-t-elle. Et tu comptais m'en parler ?

Allons, elle ne pouvait pas devenir première dame ! Elle n'était pas faite pour ça. Elle préférait encore se nourrir d'insectes plutôt que d'être sous le feu des projecteurs jusqu'à la fin de sa vie.

— Je viens de t'en parler, répondit-il calmement. Parce que c'est un aspect important de cette discussion. J'envisage de me présenter à la présidentielle dans les années à venir et j'aurai beaucoup plus de chances de parvenir à mes fins si je suis marié. De toute façon, mon enfant sera sous le feu des projecteurs. Et sa mère aussi. Si tu préfères affronter cette épreuve toute seule, je ne pourrai pas aller à l'encontre de ta décision. Mais le mariage te procurerait une forme de protection.

Encore de la logique. Cela paraissait sensé. Mais pas suffisamment pour apaiser la panique qui s'était emparée d'elle.

— Je ne peux pas devenir la femme d'un homme politique, s'écria-t-il. Je ne sais pas m'exprimer en public ! Tu m'imagines m'adresser à des journalistes ?

Si elle l'épousait, elle ne pourrait pas se cacher derrière une statue pour le reste de sa vie. À cette idée, elle sentit son estomac se retourner une nouvelle fois alors que la limousine s'engageait dans une autre avenue.

— Je connais des personnes qui pourront t'aider, Alex. Des conseillers en communication, des professeurs de diction.

Tendrement, Philipp attrapa son visage et se mit à le caresser de ses pouces tandis qu'il la regardait intensément.

— Je te trouve très bien comme tu es, mais si tu penses que tu serais plus à l'aise en étant plus sophistiquée, pas de problème. Je t'aiderai.

Alex se contenta de le regarder. Que répondre à ça ? Il ne souhaitait pas la voir se transformer en épouse parfaite ? Curieusement, cela lui donnait envie d'accepter le service qu'il lui proposait si gracieusement. D'un autre côté, elle restait quelque peu dubitative.

— Je ne serai pas obligée de m'endimancher si je n'en ai pas envie ?

— Demande-toi si tu veux te lancer dans cette aventure avec moi. Si tu veux que notre enfant ait la vie que je viens de te décrire. C'est tout ce qui compte.

Ce n'était pas vrai. Il y avait tellement de choses à considérer. Serait-elle obligée de vivre à Washington si elle acceptait de l'épouser, par exemple ? Et sa carrière à elle ?

— Et mon entreprise ? fit-elle remarquer J'ai un emploi. Je ne peux pas tout plaquer du jour au lendemain.

Fyra était toute sa vie. Philipp ne pouvait tout de même pas lui demander de faire une croix dessus. Pas question de laisser tomber Cass qui lui avait offert cette formidable opportunité. Et de toute façon, elle adorait son travail.

— Ça ne va pas être simple, je ne vais pas te mentir. Mais nous trouverons une solution. Nous n'avons pas le choix. Tout cela nous dépasse. Il faudra faire des efforts. Mais ce sera pour le bien du bébé et de notre famille. On va réussir tous les deux. En tant que partenaires, mais aussi en tant qu'amis.

Les mots de Philipp résonnèrent dans sa tête. Oui, elle devrait sûrement faire certaines choses qui lui déplaisaient, mais les avantages qu'en tirerait le bébé en vaudraient sûrement la peine.

Et puis il y aurait certainement d'autres aspects positifs…

— Est-ce qu'on dormira dans la même chambre ? demanda-t-elle.

La température sembla aussitôt grimper de quelques degrés dans l'espace confiné de la voiture.

— Voilà la partie de la discussion que j'attendais, dit-il en se penchant vers elle.

Seigneur… Philipp était désormais si près qu'elle aurait presque pu l'embrasser.

— C'est à toi de faire ce choix. Quelle que soit ta décision, je l'accepterai. Mais j'aurai beaucoup de mal à te résister si nous vivons sous le même toit. Même si on ne dort pas dans le même lit.

— Ah oui ?

Alex ne put s'empêcher de sourire. Pour être honnête, cette idée lui paraissait très plaisante. C'était donc qu'il la trouvait attirante. Il y avait quelque chose de délicieux à être désirée, notamment par un homme comme lui…

— Ça te gêne ? demanda-t-il.

Ce qui coupa court à ses pensées.

La seconde d'après, sans comprendre ce qui lui arrivait, elle se laissa attirer sur ses genoux. Philipp l'embrassa avec une force indescriptible. C'était un baiser passionné.

Quand il s'arrêta, elle faillit en pleurer.

— J'aimerais que notre mariage soit intime dans tous les sens du terme, dit-il d'une voix rauque.

Sans doute avait-il été aussi affecté qu'elle par ce baiser…

Quoi qu'il en soit, cela faisait longtemps qu'elle rêvait de combler le vide de sa vie. Peut-être avait-elle enfin trouvé la solution ? Hélas, il restait cette vague et désagréable impression d'avoir visé un peu trop haut.

— Mais sans amour, lui rappela-t-elle.

— Tout à fait. J'ai connu ça jadis, mais je ne crois pas aux secondes chances.

Eh bien, quelle affirmation radicale ! La deuxième chance est parfois la seule chose qui aide quelqu'un à reprendre le cours de sa vie. Sans deuxième chance, elle-même n'aurait pas pu prendre un nouveau départ après ses erreurs d'adolescence.

Et si Philipp n'appréciait pas l'idée qu'elle ait eu besoin de repartir de zéro ?

Il valait mieux en parler dès maintenant…

Après avoir pris une profonde inspiration, Alex se lança :

— Avant que tu décides de m'épouser, il y a quelque chose que tu dois savoir. Avec tes relations, tu n'aurais pas tardé à le découvrir, mais je préfère que tu l'apprennes de moi. Voilà, quand j'avais quinze ans, j'ai été arrêtée et condamnée pour vol à l'étalage. On m'a accordé une peine avec sursis. Comme j'étais mineure, cette infraction n'a pas été mentionnée dans mon casier judiciaire. Mais j'imagine que si mon mari briguait le mandat de président, les médias pourraient essayer de déterrer cette affaire. Je préfère que tu le saches.

C'était dit. Mais cela ne sembla pas affecter Philipp outre mesure.

— Rien d'autre sur le plan judiciaire ?

— Rien d'autre, confirma-t-elle.

C'était le seul délit pour lequel on l'avait jugée. Mais ce n'était pas la seule chose illégale qu'elle avait faite.

— Je vais en informer immédiatement mon attaché de presse. Si nous en parlons directement et ouvertement, nous pourrons présenter ça comme une erreur de jeunesse. Tu comprends pourquoi ce mariage est aussi important pour toi. Si je peux pardonner ça, le reste du monde le pourra également.

Alex leva les yeux au plafond. Présenté de cette manière, tout paraissait tellement facile. Elle avait le sentiment qu'il contrerait chacun de ses arguments. De toute évidence, Philipp avait pris sa décision et il était déterminé à se battre jusqu'à ce qu'elle accepte l'inévitable.

— En définitive, je n'ai pas d'autre choix que de t'épouser, je me trompe ? finit-elle par demander.

— Évidemment que tu as le choix, répondit-il en souriant. Tu veux un peu de temps pour réfléchir ?

Non. Y réfléchir ne changerait rien. Elle s'était décidée, elle aussi.

— Où dois-je signer ?

L'air soudain plus détendu, il éclata de rire.

— On va laisser nos avocats respectifs s'occuper de ça. En attendant, on a un mariage à organiser.

Le simple fait d'y penser la fatiguait déjà. Les autres femmes aimaient peut-être ce genre de choses, mais pas elle. Loin de là.

— Je préférerais manger un toast et faire une petite sieste. Tu n'as pas des gens qui pourraient s'occuper de ça pour nous ?

Les yeux de Philipp brillèrent et il sourit.

— Certainement. Je vais m'occuper de tout. Tu n'auras qu'à acheter ta robe et te présenter à l'heure.

Pas de décorations ou de fleurs à choisir, pas de rendez-vous avec le traiteur ? Parfait ! La vie semblait vraiment simple avec le sénateur Edgewood.

Malheureusement, les choses allaient-elles durer ? Sans doute pas. Philipp avait sûrement contré chacune de ses objections pour une raison qui restait encore à déterminer. Il avait besoin d'elle.

Et Alex n'avait plus qu'à savoir pourquoi.

La musique se mit à résonner dans l'église, marquant le début de la cérémonie.

Philipp tourna son regard vers les grandes portes de ce lieu de culte de Dallas que ses parents avaient fréquenté pendant plus de trente ans. Il n'avait pas vu Alex depuis plus d'une semaine et cela l'avait rendu nerveux. Pourquoi ? Mystère.

Allons, il ne devait pas se laisser aller. Ce mariage n'était pas censé être un moment d'émotion. C'était un compromis. Alex et lui s'étaient mis d'accord pour être partenaires dans l'éducation de leur enfant. Elle avait accepté sa volonté de rester loyal à Gina. Et lui avait accepté de la voir si peu à l'aise en société.

Il n'aurait pas dû se sentir nerveux. Mais il l'était, inutile de se leurrer.

Dans quelques minutes à peine, Alexandra Meer allait devenir Mme Edgewood. Et dans sept mois environ, elle deviendrait la mère de son enfant. C'était tout de même un bouleversement extraordinaire.

La porte finit par s'ouvrir sur la première demoiselle d'honneur, vêtue d'une robe couleur lilas, qui marcha solennellement vers lui. C'était le Dr Harper Livingston, la grande scientifique de la société Fyra. Elle était suivie de deux autres femmes en robes lilas : Trinity Forrester, la directrice marketing, et Cassandra Claremont, la P-DG, dont le regard était fermement fixé sur l'homme qui se trouvait à côté de lui. En l'occurrence son fiancé, Gage.

Philipp eut un sourire. Comme il lui avait présenté Alex, Gage était le mieux placé pour être son garçon d'honneur.

Dans un mariage fondé sur les apparences, aucun détail ne devait être négligé.

Soudain, Alex apparut. Et il crut que son cœur allait s'arrêter. La simplicité de la robe blanche qu'elle avait choisie lui permettait de briller de tout son éclat. Impossible de détacher le regard de son visage, dont la beauté naturelle avait été parfaitement mise en valeur par un maquillage léger.

Oui, il était… fier de cette femme qui avait accepté de l'épouser malgré ses réticences.

Peut-être pouvait-il enfin respirer. Et pour cause : quelque part, dans un coin de son esprit, il avait eu peur qu'Alex change d'avis au dernier moment. Cela aurait eu des conséquences désastreuses.

Cinq cents invités, allant du secrétaire d'État au Trésor à un grand magnat français de l'hôtellerie en passant par la mère d'Alex, regardèrent sa promise avancer gracieusement vers lui. Quand elle arriva à son côté, il la prit par la main.

Elle tremblait.

Philipp sentit brutalement tous ses projets de carrière s'évanouir. Il n'y avait plus qu'elle qui comptait.

— Ça va ? murmura-t-il alors que le pasteur commençait la cérémonie.

Le visage d'Alex était devenu aussi blanc que sa robe.

— Non, répondit-elle d'une toute petite voix. Tu m'en voudras si je vomis sur ton costume ?

La pauvre. Les nausées matinales continuaient de lui mener la vie dure, et c'était en partie pour cette raison qu'ils ne s'étaient pas vus depuis plus d'une semaine : elle se sentait trop fatiguée pour prendre l'avion et il avait lui-même dû travailler d'arrache-pied à Washington afin de se libérer quelques jours pour le mariage.

— Eh bien, ce n'est pas vraiment comme ça que j'imaginais notre échange de vœux, répondit-il ironiquement.

— Ne me fais pas rire, chuchota-t-elle en souriant. Je lutte pour ne pas rendre les quatre bouchées de toast que j'ai mangées au petit déjeuner. Où est la sortie de secours ?

Le pasteur s'était mis à lire un poème que la mère de Philipp avait choisi avec enthousiasme. Leurs familles respectives et leurs amis proches étaient au courant de la grande nouvelle, mais tous les autres l'ignoraient. Comme les dix semaines de grossesse d'Alex ne se voyaient pas encore, il leur avait semblé inutile d'éclipser le mariage avec l'annonce de l'heureux événement.

— Hors de question de s'en aller en douce, murmura-t-il. Les apparences sont importantes. Nous avons un accord.

— On voit que ce n'est pas toi qui dois à la fois porter le bébé et sourire aux invités.

— Je te propose quelque chose : après sa naissance, c'est moi qui porterai le bébé. Ça te va ?

Le pasteur venait de se racler la gorge. Philipp releva les yeux vers lui. Mince, il avait complètement perdu le fil de la cérémonie.

— Oui, lança-t-il.

Après avoir hoché la tête, le pasteur répéta la question à Alex, qui répondit également par l'affirmative. Il y eut l'échange des alliances et tout fut terminé.

Voilà. Il s'était marié sans les émotions de la première fois.

Ce fut un soulagement. Dès le moment où elle était apparue, Alex l'avait empêché de penser à Gina. Et elle avait héroïquement tenu le choc malgré son état.

Pas d'arrière-pensées. C'était un étrange credo pour un mariage, mais pour un accord officieux tel que le leur, cela pouvait fonctionner.

— Je peux t'embrasser ? lui chuchota-t-il.

— Bien sûr. Ça paraîtrait bizarre, sinon.

Mais ce serait de toute façon bizarre. Après tout, cinq cents personnes les observaient. Devineraient-elles en les regardant que cette union n'était pas un mariage d'amour ? C'était un aspect dont elle et lui n'avaient pas discuté : devaient-ils se conduire devant les autres comme un couple marié traditionnel ?

Comme ils n'avaient pas le temps d'évoquer ce sujet, Philipp détourna Alex de la foule pour leur donner un peu d'intimité.

Seulement, quand il attrapa son beau visage, elle lui sourit et il sentit quelque chose se réchauffer en lui. Tant pis si des gens le regardaient ! La seconde d'après, il posait les lèvres sur les siennes. C'était un moment parfait.

Il la serra plus fort contre lui et se laissa totalement submerger par cet instant de pur bonheur. Mais il finit par la libérer à contrecœur, au son des applaudissements.

Dommage…

Le souffle court, elle le regarda longuement. Bon sang, Mme Philipp Edgewood était magnifique.

Il prit alors la main de sa femme et commença à remonter l'allée. Le mariage était passé. Le pire était derrière eux, désormais.

5

Philipp devait le reconnaître : il n'arrivait pas à se concentrer sur les invités de la réception.

Il avait bien sûr convié sa famille et ses amis, mais la majorité des personnes présentes étaient des grands de ce monde : des hommes et des femmes qui soutiendraient sa future campagne présidentielle, des gens à qui il devait des services, des collègues du Congrès, de vieux amis de ses parents qui possédaient la moitié de Dallas… Quasiment tous les invités étaient des gens d'influence.

Ce mariage n'était pas la célébration joyeuse de l'union de deux amoureux, comme cela avait été le cas avec Gina, mais un événement méticuleusement mis en scène pour aider son avenir politique. C'était en tout cas comme ça qu'il avait envisagé les choses.

Malgré tout, il ne pensait qu'à sa femme. Elle avait disparu aux toilettes quasiment une demi-heure plus tôt, accompagnée par ses trois amies de Fyra. Elle était donc entre de bonnes mains. Mais comment se faisait-il qu'aucune d'entre elles ne se soit donné la peine de venir l'informer qu'Alex allait bien ?

Il était inquiet pour elle. Il ne pouvait naturellement pas l'aider à porter le bébé, mais il pouvait au moins se rendre utile. En lui apportant de l'eau, par exemple. Pourquoi ne lui avait-elle rien demandé ?

Philipp tourna la tête et vit la sénatrice Galindo s'approcher de lui avec son mari, P-DG d'une société de télécommunications.

Ils bavardèrent quelques instants. Tout à coup, Alex finit par les rejoindre, avec un faible sourire.

Enfin il allait pouvoir juger par lui-même de l'état dans lequel elle se trouvait ! S'assurer qu'elle n'ait pas besoin de rentrer pour s'allonger. Elle semblait si faible qu'il sentit son cœur se serrer. Il était furieux qu'elle aille si mal en ce jour qui aurait dû marquer le début de leur union.

Mais il fallait pourtant qu'il la présente à ses connaissances. Impossible de se montrer impoli. De toute façon, elle devait aller un peu mieux. Sans quoi, elle ne serait pas sortie des toilettes.

— Alex, je ne pense pas t'avoir présenté la sénatrice Ramona Galindo.

Maladroitement, Alex serra la main de la sénatrice et de son mari.

— Merci d'être venus.

— La cérémonie était magnifique, complimenta Ramona.

— Je n'ai pas fait attention, répondit Alex. J'étais complètement devant, je n'avais pas une très bonne place.

Comme si elle ne savait manifestement pas comment prendre cette réponse, la sénatrice eut un petit rire nerveux.

— Je vois ce que vous voulez dire. Moi-même, je me souviens très mal de mon propre mariage. Tout est resté très flou dans mon esprit.

Son mari sourit et Philipp en fit de même, ce qui dissipa un peu le malaise. La prochaine fois, il faudrait peut-être intervenir directement pour apaiser les choses. Ou peut-être pas. Alex allait devoir apprendre à évoluer dans ce monde.

Discrètement, il se pencha vers elle pour chuchoter à son oreille :

— Tu te sens mieux ?

Les cheveux d'Alex avaient été ramenés en un chignon haut. Une coiffure qui lui donnait beaucoup d'élégance. Elle était tout simplement époustouflante de beauté.

— Pas vraiment, répondit-elle. Tu crois qu'on va pouvoir s'en aller bientôt ?

Philipp fronça les sourcils. Ils avaient déjà longuement parlé de l'importance de cette réception et elle avait accepté l'idée d'une grande fête guindée. En un sens, c'était un événement professionnel comme un autre. Mais il ne pouvait pas l'obliger à rester si elle ne se sentait pas bien.

— C'est vraiment insupportable ? Moi qui espérais te présenter à quelques personnes…

— J'ai bu du soda et je suis restée allongée sur un canapé pendant que Cass me passait de l'eau froide sur la nuque. Peine perdue. Je suis tout de même revenue parce que je ne pouvais pas m'absenter trop longtemps. Je comprends bien le rôle que je dois jouer. Mais c'est beaucoup plus difficile que prévu.

Cette dernière remarque ne tomba pas dans l'oreille d'un sourd. Elle faisait des efforts et ce n'était pas sa faute si cette grossesse la faisait tant souffrir.

— Je suis désolé, répondit-il. Si je pouvais, j'échangerais ma place avec toi. Mais j'imagine que ces nausées passeront bientôt, non ?

Au même moment, l'orchestre se mit à jouer le morceau sur lequel ils avaient prévu de faire leur première danse. Un moment populaire et propice aux photos. Elle avait commencé par dire non, n'étant pas très favorable à l'idée de se retrouver seule avec lui sous les projecteurs. Mais au final, il avait réussi à la convaincre.

— J'espère aussi, répondit-elle en jetant un coup d'œil à l'orchestre. On n'était pas supposés danser ?

— On n'est pas obligés.

— Mais c'est notre mariage, dit-elle avant de se mordre la lèvre.

Comme à chaque fois qu'elle était mal à l'aise…

— J'aimerais tout de même essayer, si tu n'as rien contre, ajouta-t-elle.

Elle voulait le faire, et uniquement pour lui.

Cet élan de bravoure le toucha droit au cœur. Il n'aurait pas pensé pouvoir être aussi affecté par de simples paroles. Comment Alex avait-elle pu dépasser les barrières qu'il avait érigées autour de son cœur ? Aucune autre femme ne lui avait jamais fait ça…

La solennité de cette journée l'avait peut-être vraiment touché, finalement. Oui, c'était sans doute ça. Il n'était pas dans son état normal parce qu'il avait du mal à refouler ses émotions. Mais tout cela n'était guère étonnant : il ne pouvait pas passer la journée à penser à Gina, voilà tout.

Philipp finit par répondre :

— Bien sûr. Mais si tu veux qu'on s'arrête, n'hésite pas à me le dire. Je ne voudrais pas que les gens se souviennent de notre mariage pour de mauvaises raisons.

Apparemment, il allait tout de même danser avec sa femme. Cela n'aurait pas dû avoir beaucoup d'importance pour lui. Et pourtant… Cette danse représentait un moment particulier à ses yeux. Et cela n'avait rien à voir avec Gina.

Fendant la foule des invités où il ne reconnut aucun visage, Philipp attira Alex vers la piste de danse. Et quand il prit sa femme dans ses bras et se mit à se mouvoir lentement au rythme de la musique, tous les visages se fondirent dans le décor.

Elle avait eu peur de ne pas être capable de danser, mais il l'avait rassurée. Et à ce moment précis, il se moquait complètement de ce que les autres pouvaient penser de ses talents de danseuse. C'était leur mariage. Et ils devaient en profiter sans se soucier des compromis qui les avaient menés jusque-là.

Tout en appuyant un peu plus fort ses mains sur le satin de la robe d'Alex, il respira profondément son parfum de pêche sucrée. C'était ce même parfum fruité qu'elle portait le soir de la réception. Sentir son corps magnifique tout contre lui réveilla les souvenirs de cette nuit-là. Pourquoi essayer de se leurrer ? S'ils se retrouvaient dans cette situation, c'était à cause d'une attirance totalement incompréhensible.

Pour mieux la regarder, il écarta un peu le visage du sien. Elle avait repris des couleurs, ses joues avaient une teinte délicatement rosée. Et le voile légèrement brumeux qui lui couvrait les yeux depuis le début de la cérémonie avait lui aussi disparu.

Une lueur brûlait désormais dans les yeux d'Alex. Une lueur chaude et sensuelle.

Tout en continuant de tournoyer gracieusement, elle le serra plus fort contre son corps doux et chaud. Son regard de braise, sa respiration rapide, tout cela ne laissait aucune place au doute. Vu le désir qu'il éprouvait pour elle à cet instant précis, elle devait elle-même avoir parfaitement compris ses intentions.

— Tu es magnifique, dit-il d'une voix rauque.

Le sourire qu'elle lui adressa fit courir un délicieux frisson de plaisir dans son dos.

— Merci. J'avais envie d'être belle. Pour toi. Il m'a fallu du temps pour trouver une robe simple qui soit suffisamment élégante pour tes invités.

— Dans cette robe, ma chérie, tu ferais passer n'importe quelle princesse pour une paysanne.

Elle se mit à rire doucement.

— Vous me flattez, monsieur le sénateur.

— Je ne fais que dire la vérité, madame Edgewood.

Philipp leva les yeux au plafond. C'est vrai, il fallait qu'il s'habitue à l'appeler de cette façon, sans que cela lui paraisse étrange. Il fut une époque où il était certain qu'il n'y aurait jamais d'autre Mme Edgewood dans sa vie. Une époque où il était certain de ne jamais parvenir à trouver une femme faite pour lui.

Mais il avait fini par trouver la perle rare. Non, il n'aurait pas pu se marier avec quelqu'un qui avait des rêves romantiques. Ou, pire encore, avec une femme qui aurait répondu à chacun de ses critères de recherche mais sans aucune personnalité.

Une question demeurait pourtant : pourrait-il, ce soir-là, profiter à nouveau de ce corps si splendide qui s'offrait à ses yeux ?

La journée avait été longue. Une véritable nuit de noces serait le couronnement de tous ces efforts. Et scellerait leur union pas comme les autres.

Le morceau se termina, la foule applaudit et d'autres couples avancèrent vers la piste de danse.

— Je crois qu'on va enfin pouvoir partir, glissa-t-il alors à l'oreille d'Alex. J'ai très envie d'être seule avec toi.

Le danger était revenu. Cinq minutes plus tôt, il était concentré sur ses affaires professionnelles. Et désormais, il ne pensait plus qu'à l'emmener chez lui pour consommer leur mariage.

Elle était sa femme et il voulait l'honorer de toutes les façons possibles et imaginables.

Son visage était redevenu radieux, lumineux.

— C'est l'avantage quand on est les mariés. On a le droit de partir tôt ! lança-t-elle.

Il leur fallut malheureusement une bonne demi-heure pour dire au revoir et remercier leurs invités. Mais ils se retrouvèrent enfin à l'arrière de la limousine qui devait les reconduire chez lui. Ou plutôt, chez eux.

À peine étaient-ils installés que Philipp se tourna vers Alex dans l'intention de la prendre dans ses bras. Il avait hâte de voir se réaliser les promesses qu'il avait perçues quand ils avaient dansé.

C'est vrai, sa femme manquait de sophistication, de relations et d'aisance en société. Elle détestait les réceptions habillées. Les quelques mois à venir allaient à l'évidence constituer une période d'adaptation, pour elle comme pour lui. Mais à cet instant précis, cela n'avait aucune importance. Quand ils n'étaient que tous les deux, seule la passion comptait. Comme le soir qui avait scellé leur destin.

Au moins, il allait l'avoir à nouveau dans son lit. Le seul endroit où leur couple méritait ce nom. Et il avait hâte de retrouver ce lien avec elle.

Mais quand son regard tomba sur elle, Philipp comprit aussitôt qu'il pouvait faire une croix sur cette idée.

— Désolée, balbutia-t-elle. Attends une minute. Je…

Le visage crispé, elle serra les lèvres.

Apparemment, l'état de santé d'Alex ne leur permettrait pas de pratiquer l'activité dont il avait rêvé.

Un douloureux sentiment de déception s'empara de lui. Il valait sans doute mieux qu'il ne se couche pas tout de suite.

Jusqu'ici, l'intimité ne leur avait apporté que des complications. Pourquoi ce soir-là aurait-il été différent ? Quel idiot ! Il avait baissé la garde et oublié à quel point il se devait de rester détaché.

Il soupira profondément. Enfin, il y aurait peut-être un match des Rangers à la télé ?

Au fur et à mesure de la cérémonie, Alex avait senti une forme de déception grandir en elle.

Contrairement à la plupart des femmes, elle n'avait jamais rêvé à ce grand jour. Philipp avait certes une patience d'ange, mais il n'avait certainement pas manqué de remarquer qu'elle tenait bien mal son rôle de femme d'homme politique.

C'était à elle-même qu'elle en voulait.

Une fois de retour, Philipp l'avait portée pour lui faire passer le seuil de sa maison. C'était adorable de sa part. Mais il n'avait apparemment pas compris à quel point le moindre mouvement pouvait nuire à la paix de son estomac.

Enfin seule dans la gigantesque salle de bains adjacente à la chambre qu'ils partageaient désormais, Alex s'essuya les yeux avec une lingette. Cass aurait sans doute eu une crise cardiaque si elle l'avait surprise en train de maltraiter sa peau de cette façon, mais elle n'avait qu'une envie : se coucher. Et vite.

Philipp l'avait déposée sur le lit même où ils avaient conçu leur enfant, le soir de la réception, avant de s'éclipser sous le prétexte de lui donner « un peu d'intimité ».

L'avait-elle totalement dégoûté de l'idée de dormir avec elle ? N'ayant pas la réponse à cette question, elle se laissa tomber sur le lit. De toute évidence, il ne lui ferait pas l'amour ce soir, mais il y avait de fortes chances pour qu'il vienne dormir dans son lit…

Les secondes passèrent. Alex sentait ses paupières devenir lourdes. Ils s'étaient mis d'accord sur le fait qu'ils partageraient une chambre, et elle avait pensé qu'ils commenceraient dès ce soir. Elle s'était préparée pour cela. Il y aurait nécessairement une période d'adaptation…

Seulement, où était passé Philipp ? Pourquoi n'était-il pas avec elle ?

Pensait-il qu'elle avait déjà anéanti toutes ses chances de briguer un jour le mandat de président ? Était-il en colère contre elle à cause de cela ?

Alex finit certainement par s'endormir car lorsqu'elle rouvrit les yeux, tout était noir. La chambre, pourtant, était toujours silencieuse. Et elle était seule. On était manifestement au milieu de la nuit. Et naturellement, elle se sentait nettement mieux que la veille au soir.

Naturellement.

Les déménageurs avaient apporté l'essentiel de ses affaires la veille, mais c'était la toute première nuit qu'elle passait ici. Sa maison avait été mise en vente. Sur les conseils de l'agent immobilier, elle y avait laissé tous ses meubles afin de lui donner davantage d'attrait. C'était troublant de laisser sa maison derrière elle, presque totalement intacte, comme si elle allait y revenir après de longues vacances. Mais au fond de son cœur, elle savait qu'elle ne reviendrait pas.

Sa place était ici, désormais. C'était là qu'elle élèverait le bébé avec Philipp. La demeure en elle-même, vieille de plus d'un siècle, était de style colonial et contenait des œuvres d'art qui auraient très certainement pu figurer dans un musée. Personnellement, ce n'était pas le style qu'elle aurait choisi. Par ailleurs, Philipp avait trois employés qui vivaient dans une maison au bout du vaste jardin. Une autre chose à laquelle elle n'était pas habituée.

Alex regarda le réveil. 1 heure du matin. Philipp s'était-il endormi ailleurs ? Pourquoi ne pas partir à sa recherche ? Puisqu'il s'agissait désormais de sa maison à elle aussi, elle avait parfaitement le droit de se lever pour aller chercher son mari. Sans éveiller les soupçons d'éventuels employés de maison qui pourraient rôder dans les couloirs.

Elle se mordit la lèvre.

Si elle se sentait aussi perdue, apeurée, abandonnée, et cela n'avait rien à voir avec son déménagement. C'était parce que

Philipp lui manquait. Certes, la situation était nouvelle. Mais si tout cela lui paraissait si problématique, c'était parce qu'elle se sentait trop seule pour affronter ces changements.

Après avoir enfilé un peignoir, elle descendit le grand escalier qui menait au vaste hall d'entrée pavé de marbre. Une douce lumière qui semblait dissimulée dans les contremarches guida ses pas. Mais le reste de la maison était plongé dans la pénombre.

Néanmoins, il y avait dans un coin une porte entrouverte par laquelle filtrait une pâle lueur. Après une seconde d'hésitation, elle la poussa et aperçut aussitôt Philipp sur le canapé face à la fenêtre. Toujours vêtu de son costume de marié, il s'était assoupi sur les confortables coussins.

La journée avait été difficile pour elle. Mis à part sa maman et ses demoiselles d'honneur, les personnes présentes à la réception avaient toutes été invitées par Philipp. Tous les regards avaient été tournés vers elle. Et elle avait trouvé extrêmement fatigant de discuter, même quelques instants.

Mais si elle avait fait tout cela, c'était pour lui. Était-il fâché contre elle ? Impossible à dire, mais elle avait besoin d'être en contact avec lui. Il repartait le lendemain pour Washington : il leur restait donc très peu de temps ensemble.

Doucement, Alex finit par toucher l'épaule de Philipp.

— Viens te coucher.

Après un léger sursaut, il cligna plusieurs fois des paupières.

— Qu'est-ce que tu fais là ? finit-il par demander.

Elle fit une petite grimace qu'elle essaya aussitôt de réprimer. Mais elle n'avait jamais été très douée pour dissimuler ses sentiments. Elle ne s'attendait pas à être accueillie si durement.

— Je suis venue te chercher. Je me suis réveillée toute seule. Tu n'étais pas dans le lit.

— Et j'ai mes raisons, marmonna-t-il. Tu ferais mieux de retourner te coucher. Tu es enceinte.

Les mains sur les hanches, elle baissa les yeux vers cet homme grognon qu'elle avait du mal à reconnaître ! Où était passé l'adorable Philipp Edgewood ?

— Enceinte ? répéta-t-elle d'un air ironique. Heureusement que tu es là pour m'en informer.

Un léger sourire se dessina sur les lèvres de Philipp, mais il reprit aussitôt un air sérieux.

— Ce que je veux dire, c'est que tu as besoin de repos et que je ne veux pas te déranger. Tu dois dormir pour deux maintenant.

— C'est pour ça que tu n'es pas venu te coucher ?

Alex ouvrit grand les yeux. Une petite lueur d'espoir était revenue en elle. Si Philipp ne l'avait pas rejointe, c'était peut-être pour prendre soin d'elle.

— Entre autres, répondit-il. Comme tu ne te sentais pas bien, je me suis dit qu'il valait mieux ne pas te déranger.

Le regard qu'il lui adressait désormais était sensuel, mais il semblait cacher quelque chose. C'était troublant.

L'instant d'après, elle se laissa tomber à côté de lui sur le canapé.

— Tu trouverais ça bizarre de partager ton lit avec moi ?

— Pas bizarre, mais différent, répliqua-t-il sans la regarder.

Alex baissa la tête. Comment avait-elle pu se montrer si égoïste ? Elle n'avait pensé qu'à ses propres peurs et blocages sans jamais imaginer une seconde qu'il pouvait aussi avoir les siens.

— Nous ne sommes pas obligés de le faire, se hâta-t-elle de dire. Inutile de précipiter les choses.

Peut-être valait-il mieux qu'ils aient chacun un peu d'espace pour respirer, en effet. Elle pourrait ainsi réfléchir à un moyen de lutter contre cette sensation d'avoir été jetée en pleine mer sans bouée de sauvetage. Et Philipp pourrait de son côté réfléchir à un moyen de régler ses problèmes, dont elle ignorait la nature exacte.

Un silence tomba sur la pièce. Ils n'avaient jamais eu de difficultés à communiquer, jusqu'ici. Elle avait même souvenir de discussions profondes sur des sujets aussi intéressants que variés.

Philipp était non seulement devenu grognon, mais aussi distant, ce qui était très désagréable.

Tout à coup, Alex se redressa brusquement.

— Hé ! s'exclama-t-elle soudain en attrapant les mains de son mari. On est censés être des partenaires. Si quelque chose te chiffonne, tu dois m'en parler.

Elle voulait tellement que les choses redeviennent comme avant ! Était-ce trop demander ? Ce mariage avait-il creusé un fossé entre eux ? Si c'était le cas, elle regrettait amèrement, cela ne valait pas la peine d'avoir dit « oui ».

Mais elle avait pris un engagement, et elle devait s'y tenir.

Philipp resta si longtemps à regarder en silence leurs mains jointes qu'elle faillit se résigner à ne pas avoir de réponse. Mais il ne chercha pas à se dégager, ce qui prouvait tout de même quelque chose.

— Tu sais que c'était là que je vivais avec Gina, hein ? finit-il par lui demander.

Alex hocha la tête. Gina. La première femme de Philipp. Il en parlait rarement, si ce n'est pour dire qu'il en était très amoureux. Elle savait donc très peu de choses sur elle. Mais elle était aussi très curieuse d'en apprendre davantage, surtout si cela tenait Philipp éloigné de leur chambre.

— Oui, répondit-elle. Mais ça ne me gêne pas. Nous avions tous les deux nos vies avant de nous rencontrer.

— Ça ne te fait pas bizarre à toi ?

Maintenant qu'il le disait…

Aurait-elle dû s'inquiéter d'une éventuelle comparaison avec le fantôme de sa défunte épouse ?

— Nous en avons parlé la semaine dernière. C'est la maison de tes ancêtres et je ne suis pas particulièrement attachée à la mienne. Nous nous sommes donc mis d'accord pour que je vienne ici. Je ne dirais pas que ça me fait bizarre, non, mais c'est… différent.

Alex avait intentionnellement repris les mots de Philipp. À l'évidence, ils avaient tous les deux beaucoup de chemin à faire pour s'adapter à cette situation inédite. Mais pour le bien du bébé, ils devaient l'affronter ensemble, pour le meilleur et pour le pire.

— Et je te remercie d'avoir accepté d'emménager ici, répondit-il. Et de m'avoir proposé d'attendre un peu pour partager la chambre. Il faut sans doute laisser un peu de temps au temps. Mais ce que je ne voudrais pas, c'est te donner l'impression de te traiter de façon injuste.

Injuste ? Il ne l'avait pas forcée à élever son enfant seule, et leur mariage avait toutes les chances de durer puisqu'ils avaient établi des règles simples dès le départ. Que pouvait-il y avoir d'injuste là-dedans ?

— Tout cela est encore un peu nouveau, admit-il, mais je n'ai pas du tout l'impression que tu abuses de moi.

— Tant mieux. Certaines femmes auraient sans doute eu du mal à accepter de se marier sans espoir de voir leur mari tomber amoureux d'elle.

Ah, ça… Ils en avaient parlé auparavant, mais c'était avant qu'ils n'échangent leurs vœux. Les propos de Philipp avaient désormais quelque chose de définitif. Et c'était la première fois. Elle vivait dans sa maison, portait son nom et attendait son enfant, mais elle n'aurait jamais de place dans son cœur.

Cela n'aurait pas dû la gêner. À ses yeux, l'amour n'existait pas. Ou du moins ne *durait* pas. À part peut-être pour certaines personnes. À commencer par Philipp et sa défunte épouse, mais il y en avait certainement d'autres. Cass et Gage, par exemple. Leur couple allait durer, c'était une certitude.

Alex fronça les sourcils. C'était assez troublant. Si l'amour pouvait durer pour certaines personnes, pourquoi pas pour elle ? Le problème, c'était qu'elle n'aurait jamais la chance de le savoir. C'était d'ailleurs le sens profond de cette question. Et si elle se réveillait un jour déçue de n'avoir aucun espoir d'être aimée un jour ?

— Je me suis engagée à ne pas avoir d'arrière-pensées, dit-elle en faisant de son mieux pour paraître déterminée. Je ne m'attends donc à rien d'autre que ce sur quoi nous nous sommes mis d'accord.

Mais cela ne signifiait pas qu'elle ne pouvait pas espérer autre chose. S'il avait aimé Gina, c'était qu'il avait en lui cette capacité. Cette règle était peut-être un moyen d'explorer ce qui pouvait se passer entre eux dans le cadre d'un pacte sûr. Pas de pression. Pas de précipitation. Aucun rêve d'avenir. Juste deux personnes prenant leur temps pour que personne n'en souffre.

Peut-être était-ce là la clé pour que leur relation redevienne comme avant cette grossesse et ce mariage.

En tout cas, elle avait très envie de retrouver cette complicité sensuelle.

Et si l'amour entrait en jeu… Ce ne serait que du bonus.

6

Le dimanche soir, Alex sentait toujours la même distance entre elle et Philipp.

Il parlait. Il écoutait. Parfois il souriait. Mais il avait souhaité déménager certaines de ses affaires dans une autre chambre située au rez-de-chaussée. Il ne la touchait pas, même amicalement, et toutes les conversations qu'ils avaient tournaient autour de sujets purement techniques. Certes, il fallait bien qu'ils parlent des modalités pratiques de leur vie commune. Mais fallait-il vraiment qu'il se montre si… froid et clinique ?

Il avait changé du tout au tout.

Alors qu'il faisait ses bagages pour son retour à Washington, elle s'était assise dans la cuisine. Franka, la cuisinière allemande, l'avait très bien accueillie et s'était montrée très chaleureuse avec elle les deux fois où elles avaient discuté.

Tant mieux. Elle avait besoin d'une présence dans cette gigantesque maison, d'autant que Philipp ne serait pas de retour avant le vendredi suivant. Il envisageait pour l'instant de faire de fréquents allers-retours entre les deux villes. Plus tard, une fois débarrassée des nausées matinales, elle comptait bien travailler à distance depuis Washington et revenir une semaine par mois à Dallas pour les entretiens et autres rendez-vous. Elle n'en avait pas encore parlé à Cass, Trinity et Harper, mais son idée ne se heurterait pas à trop de résistance de leur part, c'était certain. Cass avait d'ailleurs adopté un planning similaire depuis que Gage et elle vivaient à Austin.

Mais contrairement à Cass, elle n'aurait pas besoin de faire des kilomètres en voiture. Philipp avait un jet privé, et elle comptait bien en profiter. Il fallait tout de même qu'elle tire des avantages de la situation…

À l'heure actuelle, quasiment n'importe quel travail pouvait être effectué à distance avec un téléphone, un ordinateur et une connexion Internet, non ? C'était sûrement vrai pour beaucoup de professions, sauf celle de sénateur. Quand Philipp lui avait dit qu'ils trouveraient des solutions, elle n'avait pas compris que ce serait à elle de faire la plupart des sacrifices.

Mais cela en valait la peine. Le bébé aurait ses deux parents avec lui et c'était l'essentiel.

En tout cas, c'était ce qu'elle pensait. Jusqu'au moment où Philipp finit par s'en aller pour l'aéroport. Avant de quitter la maison, il déposa un bref baiser sur sa joue et la gratifia d'un glacial « au revoir ».

Alors cela en valait-il vraiment la peine ? Dire qu'elle était restée seule toute la matinée dans la salle de bains à se tordre de douleur !

D'un autre côté, elle avait toujours été seule. Elle aimait la solitude. Mais quelque chose avait changé. Elle voulait qu'il soit avec elle. C'était tout l'intérêt de ce mariage : passer du temps ensemble, sans pression.

Quand elle se rendit à son bureau le lendemain matin, Alex consulta son agenda. Elle avait rendez-vous chez le médecin le jeudi suivant. Oh non… Elle allait donc devoir attendre plusieurs jours avant de pouvoir demander à un professionnel un remède plus efficace contre ces nausées.

Elle était en train de se faire cette réflexion quand Harper entra dans son bureau, ses beaux cheveux roux flottant sur ses épaules. Curieux. D'ordinaire, leur éminente scientifique se faisait un chignon strict pour les tenir à distance des instruments et autres produits de son laboratoire.

Quoi qu'il en soit, c'était bon que son amie vienne la distraire des sautes d'humeur et de l'imprévisibilité de Philipp. Pourvu que cela l'empêche de penser à lui ! Et notamment au sourire qu'il avait le soir du mariage, sur la piste de danse.

Elle n'arrivait pas à le chasser de ses pensées. Pourtant, impossible de dire pourquoi…

— Vous sortez, docteur Livingstone ? dit-elle en désignant d'un mouvement de tête les cheveux de son amie.

— Dante est en ville, répondit Harper en souriant. Il m'a invitée à déjeuner.

À demi ironique, Alex leva les yeux au ciel.

— Pourquoi sortir avec un homme dont tu n'as aucune chance de t'éprendre ?

Harper et Dante étaient amis depuis le lycée. Une amitié sincère et platonique, qui rangeait Harper dans la très faible minorité de femmes qui ne remarquaient pas la beauté indescriptible de Dante.

— Ce n'est pas moi, la jeune mariée. Tout le monde ne recherche pas l'amour. D'ailleurs, en parlant de ça, tu n'aurais pas des choses à me raconter ?

Tout en l'invitant du regard à se confier, Harper vint prendre place en face d'elle.

Alex se mordit la lèvre. Oh ! elle aurait voulu lui expliquer sèchement qu'elle ne recherchait pas l'amour non plus. Au demeurant, Harper le savait très bien puisqu'elle comptait parmi les rares personnes qui étaient au courant de ce fameux accord. Au lieu de quoi Alex éclata en sanglots.

Aussitôt, son amie contourna le bureau pour venir la prendre dans ses bras.

— Désolée, balbutia-t-elle. Ça doit être les hormones.

Harper ne se laisserait sans doute pas berner, mais qu'importe. Le comportement distant de Philipp lui était devenu totalement insupportable. Ce qui était ridicule. Si elle avait accepté ce pacte, c'était parce qu'il faisait sens. Il n'y avait pas de place pour les émotions.

Elle avait bien espéré qu'ils pourraient reprendre les choses là où ils les avaient laissées juste après la réception. Même s'ils avaient décidé de ne pas faire de voyage, pour ne pas tomber dans le romantisme de bas étage, le week-end passé aurait dû être une sorte de lune de miel pour eux.

Hélas, cela n'avait pas été le cas. Pour plusieurs raisons, à commencer par ces nausées qui avaient gâché la plupart de ses journées et de ses nuits.

Pour autant, ils auraient pu passer du temps ensemble, non ? En amis. Philipp devait se rendre à Washington pour le travail, c'était bien compréhensible. Mais tant qu'il était là, elle aurait été contente d'aller au cinéma ou au restaurant avec lui. Elle n'aurait pas mangé, mais les conversations auraient certainement été intéressantes. Cela lui aurait permis de tenir jusqu'à son retour.

Malheureusement, tous ces espoirs avaient été vains. Que fallait-il en conclure ? Que Philipp ne pensait pas à leur nuit de passion comme elle y pensait ? Pour sa part, elle avait envie qu'ils retrouvent leur proximité, leurs tendres baisers et cette parfaite communication entre leurs deux corps.

Alex laissait ses larmes couler sur son visage, encore et encore.

Après tout, si on ne pouvait pas pleurer sur l'épaule de ses amis, vers qui se tourner ? Harper et elle étaient amies depuis le lycée. Elles se connaissaient et s'appréciaient bien avant de devenir associées et collègues.

Quand les larmes finirent par se tarir, elle vit Harper s'écarter un peu d'elle, sans néanmoins lâcher ses mains.

— Je ne suis pas sûre que ce soit une question d'hormones, tu sais, dit cette dernière d'un air compatissant.

— Je pense que si, répondit-elle mollement.

— Écoute, je suis une scientifique. Ce que j'aime, ce sont les faits. Comme je n'ai jamais été enceinte, je ne peux pas parler d'expérience, et je n'ai jamais fait de recherches sur la question. Je sais par contre qu'une grossesse peut…

Ah non, pas question de s'infliger un long discours sur les effets secondaires de la grossesse !

— Ce sont les hormones, je te dis, l'interrompit-elle vivement. Tu as bien vu dans quel état j'étais au mariage. Les choses ne se sont pas améliorées depuis et ce n'est pas comme ça que j'envisageais de passer le premier week-end de mon mariage. Philipp est retourné hier à Washington.

— Alors tu n'as vraiment rien à me raconter, dit Harper d'un air compatissant. Je pleurerais aussi, à ta place, tu sais !

Alex laissa une dernière larme couler sur son visage.

— Les hormones, répéta-t-elle entre ses dents serrées. Et c'est vrai que je suis triste qu'il soit parti. Mais ce n'est pas la peine d'en tirer des conclusions trop hâtives.

Le fait d'en parler à son amie avait rendu les choses plus nettes dans son esprit. Ce mariage lui paraissait aussi dénué de vie que la feuille de papier qu'elle avait signée. Peut-être était-ce conforme à l'accord qu'elle avait passé avec Philipp. Il n'empêche : à la froide lumière de ce lundi matin, cela lui paraissait bien peu attrayant.

Elle avait pour mari un homme d'une beauté à couper le souffle. Il avait été l'un des célibataires les plus sexy du pays, d'après certains magazines où sa photo apparaissait souvent. Il était à elle, désormais. Mais pas complètement. Dire qu'ils auraient pu faire l'amour passionnément. Philipp l'aurait ensuite appelée le lendemain pour lui dire à quel point il regrettait d'être si loin d'elle…

— Je ne vois rien de mal à ce que ton mari te manque. Ça me paraît même tout à fait normal, même si tu t'es mariée pour des raisons assez particulières. Que je ne connais pas précisément, d'ailleurs.

Comme pour l'encourager à se confier davantage, Harper lui sourit.

Alex secoua la tête.

— Écoute, Harper, Philipp et moi nous sommes mariés à cause du bébé, tu le sais très bien.

Du bébé. Et d'une multitude d'autres raisons.

— Mais tout finira par s'arranger, reprit-elle. J'étais seule la semaine dernière, et je suis à nouveau seule aujourd'hui. En fin de compte, rien n'a changé.

Oh non. Tout avait changé. C'était là le problème. Et elle ne savait pas comment réagir face à cela.

— Tu crois que je pourrais t'aider ? lui demanda son amie.

— Et si tu me distrayais de mes douleurs en me parlant de ta nouvelle recette révolutionnaire pour les microbilles de notre gel exfoliant ?

Plus vite elles laisseraient de côté le sujet Philipp, mieux ce serait.

— Tu es si mal que ça ? Tu devrais appeler ta gynéco…, dit gentiment Harper en se penchant vers elle.

Alex se retint de soupirer. Son amie n'était manifestement pas décidée à parler travail.

— J'ai rendez-vous jeudi. Je pourrai souffrir en silence d'ici là. Mais pour en revenir aux microbi…

— Laisse-moi t'accompagner. Je te conduirai.

— Je peux très bien y aller seule…

À ces mots, Alex s'interrompit. Si elle passait tant de temps toute seule, c'était peut-être parce qu'elle se montrait trop distante avec les autres. Elle n'avait même pas parlé à Philipp de son désir de passer du temps avec lui, après tout. Si ça se trouve, il ne savait même pas qu'elle en avait envie.

— Tu sais quoi ? finit-elle par lancer. En fin de compte, je crois que ce serait sympa.

— Marché conclu, alors ! Au fait, tu savais que Cass avait organisé une réunion cet après-midi pour discuter de l'avancée des recherches concernant la fuite ? Regarde ton agenda. Elle vient juste de la programmer.

Alex poussa un petit grognement agacé. Quelqu'un de Fyra avait laissé fuiter une information concernant la « formule 47 », ce qui avait failli provoquer une véritable catastrophe. Faute d'avoir trouvé le coupable, ils avaient essayé de commercialiser le produit avant que Harper soit totalement prête, essentiellement pour limiter les effets négatifs de cette fuite.

Encore une réunion qui n'aboutirait pas à grand-chose. C'était énervant.

— OK. Merci de m'avoir prévenue.

Retour aux affaires. C'était un bon stratagème pour ne pas penser à Philipp. Mais serait-il efficace ? Peut-être pas…

Alex ne souffrit pas en silence jusqu'au jeudi. Cela aurait été difficile : Harper venait la voir dix fois par jour pour lui demander de ses nouvelles. Impossible d'échapper à ses questions précises mais amicales, d'autant qu'elle avait vraiment besoin de compagnie. Elle se montrait donc honnête quant à ce qu'elle ressentait. Sur le plan physique, en tout cas, car l'angoisse que lui inspirait sa relation avec Philipp aurait été trop difficile à expliquer.

Le jeudi matin, comme promis, Harper se présenta à son bureau, clés à la main, pour la conduire chez le médecin.

— Allons-y, lui dit-elle d'une voix radieuse en lui ouvrant la porte du petit coupé Mercedes qu'elle avait récemment acheté.

Une odeur de cuir et de voiture neuve enveloppa aussitôt Alex.

— Merci. Je ne m'étais pas rendu compte que j'avais autant besoin de soutien.

— C'est fait pour ça, les amies.

Les boucles rousses de Harper avaient de nouveau été domptées en un chignon strict qui lui conférait un air sérieux.

Alex regarda son amie. De ses trois associées, c'était avec Harper qu'elle avait toujours eu le plus d'affinités. Sans doute parce qu'elles avaient toutes les deux une approche assez analytique de la vie.

Enfin, heureusement qu'elle avait ses amies pour l'aider à traverser cette période difficile. Cela ne réglait cependant pas le problème de la grande maison vide, mais elle avait trouvé une parade : elle arrivait très tôt le matin au bureau et y restait jusqu'à 22 heures. Les chiffres avaient toujours été son refuge.

Philipp l'avait appelée tous les soirs vers 22 h 30 pour lui demander de ses nouvelles, comme convenu. Oh ! elle était contente qu'il prenne le temps de le faire, mais elle était généralement épuisée : leurs conversations étaient donc très brèves. Elle sombrait ensuite dans un sommeil rempli de rêves où il la serrait contre son corps brûlant et lui caressait sensuellement les cheveux puis la peau. De ses lèvres charnues, il l'effleurait fiévreusement et la passion grimpait entre eux jusqu'à ce qu'ils se retrouvent nus et haletants de désir.

Les hormones. Elles étaient en train de la tuer.

Une fois dans la salle de consultation, Alex exposa longuement ses inquiétudes à sa gynécologue, le Dr Dean.

— Je vais vous faire une échographie.

Lors de sa première visite, la doctoresse lui avait dit que la première échographie se faisait généralement autour de la dix-huitième semaine afin de vérifier si le bébé grandissait bien, et éventuellement de déterminer son sexe.

Ce qu'elle avait très envie de savoir à l'avance !

— Une échographie ? Mais je ne suis qu'à onze semaines ! s'exclama-t-elle sans chercher à dissimuler son angoisse. Quelque chose ne va pas, c'est ça ?

Tout en faisant signe à l'infirmière d'approcher l'appareil, le Dr Deon sourit.

— Tout dépend comment vous voyez les choses. Les nausées très prononcées sont souvent le signe d'une grossesse gémellaire. Si vous portez des jumeaux, l'échographie nous le dira. Et plus on le saura tôt, mieux ce sera.

De son côté, Alex n'en revenait pas.

— Des jumeaux, répéta-t-elle d'un ton sidéré tandis que Harper tapait joyeusement dans ses mains à l'autre bout de la pièce. Oh mon Dieu…

Un bébé était déjà une énorme responsabilité. Mais deux…

Après lui avoir passé un gel sur le ventre, la doctoresse fit glisser son appareil sur sa peau. Au-dessus d'elle, sur un écran noir et vert, une image floue ne tarda pas à apparaître.

Alex sentit son cœur s'arrêter. Et quand il se remit à battre, on aurait dit qu'il était trop grand pour sa poitrine.

— C'est le bébé ? demanda-t-elle en ouvrant grand les yeux pour ne pas en perdre une miette.

Philipp aurait dû être là. Il aurait dû lui tenir la main pour regarder ce miracle avec elle. Elle avait la gorge serrée par des émotions qu'elle n'aurait pas pu nommer. Comme elle aurait aimé qu'il se soucie suffisamment d'elle pour être ici à ses côtés !

— Oui, confirma le médecin en souriant. Et voici le deuxième.

Des jumeaux dizygotes, ou faux jumeaux en langage courant. Vous voyez, il y a deux placentas distincts.

Des jumeaux.

Alex sentit ses paupières se fermer, mais elle se força à les rouvrir pour regarder l'écran. Des lignes en pointillé apparurent soudain.

— Nous mesurons leur taille pour pouvoir évaluer ensuite leur développement. Il faudra faire beaucoup d'échographies pour déterminer s'il n'y a pas de déséquilibre.

Incapable de parler, Alex se contenta de hocher la tête. Deux bébés. Elle avait deux bébés qui grandissaient dans son ventre. Rien d'étonnant, après tout, si elle avait l'estomac sens dessus dessous.

— Voilà qui explique l'importance de vos nausées, reprit la spécialiste. C'est une bonne nouvelle. Rien de grave. Votre état s'améliorera certainement à la douzième ou treizième semaine. Ce ne sera pas long.

Après lui avoir donné d'autres conseils et instructions, la doctoresse répondit consciencieusement à toutes ses questions.

Quand elle put enfin se rasseoir dans la Mercedes de Harper, Alex s'appuya lourdement au dossier de son siège. Eh bien, c'était à peine croyable…

Pendant tout le trajet, son amie ne cessa de s'extasier sur cette bonne nouvelle. Alex la laissa parler. Elle avait de toute façon la gorge trop serrée pour répondre. Que penser de tout cela ?

De retour dans son bureau, elle se demanda comment annoncer la nouvelle à Philipp. Impossible de savoir comment il allait réagir. C'était un scénario qu'ils n'avaient jamais envisagé. Allaient-ils devoir embaucher deux nourrices ? Devraient-ils prévoir deux chambres ?

De toute manière, cela n'avait pas grande importance. Car il ne répondit pas à ses nombreux appels. Au bout du compte, elle décida de lui envoyer un message.

Je suis allée chez le médecin aujourd'hui. Devine quoi ? Ce sont des jumeaux.

Il aurait la famille de ses rêves bien plus vite que prévu !

Quand il finit par sortir de sa réunion de trois heures, Philipp n'avait qu'une envie, ou plutôt deux : manger quelque chose de chaud et boire quelque chose de froid. Après avoir salué Linda, sa secrétaire, il prit son téléphone, sa sacoche, et quitta le bâtiment.

La semaine lui avait paru interminable. Pas une heure ne s'était écoulée sans qu'il ne pense à Alex. Il aurait voulu savoir ce qu'elle faisait, si elle se sentait mieux, si elle s'habituait à vivre chez lui. À plusieurs occasions, il avait été tenté de prendre son téléphone pour lui envoyer un message tendre ou amusant. Comme à l'époque où il cherchait à la séduire.

Mais il finissait toujours par se raviser : ils étaient désormais mariés. Finie, l'époque du flirt. Elle avait accepté cet arrangement et semblait se satisfaire de la situation. C'était du moins ce que laissaient penser les conversations qu'ils avaient le soir et qu'il s'efforçait toujours d'écourter. Leur relation avait besoin de distance pour marcher.

Mais cette stratégie ne fonctionnait pas très bien pour lui.

Le soir, après avoir raccroché, il restait dans son lit à fixer le plafond en luttant de toutes ses forces contre le désir de la rappeler. Il avait tellement envie d'entendre à nouveau le son de sa voix. Mais Alex avait besoin de dormir, pas de passer des heures au téléphone avec lui. Tout ça parce qu'il s'était soudain mis à détester le vide de son duplex de Washington, qui lui avait pourtant toujours convenu !

Allons, il ne lui restait plus qu'une journée avant de rentrer. Hélas, il allait devoir trouver un moyen de maintenir cette distance une fois rentré. À quoi bon le nier ? Il se sentait complètement déchiré entre le besoin de passer du temps avec Alex et sa conscience qui l'empêchait d'oublier Gina.

La culpabilité l'écrasait tellement que, certains jours, il avait du mal à sortir du lit.

Une fois installé à l'arrière de sa berline, Philippe consulta son téléphone. Tiens, Alex lui avait écrit. Et il avait apparemment manqué plusieurs de ses appels.

Pourvu que tout aille bien !

Tout à coup, le mot « jumeaux » apparut sur l'écran.

Bon sang !

— Randy, changement de programme, dit-il à son chauffeur en relevant brusquement la tête. Conduisez-moi à l'aéroport. Il faut que j'aille à Dallas.

Des jumeaux.

Le trajet du retour lui sembla interminable. Il ne cessait de remettre en cause les décisions qu'il avait prises depuis le jour où il était entré dans les locaux de Fyra. Ce jour où il avait vu cette femme en jean sans maquillage.

Ils allaient avoir des jumeaux…

Et elle l'avait appris lors d'une consultation médicale à laquelle elle ne lui avait même pas demandé de l'accompagner.

Ça n'allait pas.

C'étaient ses enfants. Alex était sa femme. Il avait envie de s'impliquer dans tout ce qui allait se passer. Mais on l'en avait empêché, pour Dieu sait quelle raison. Il voulait comprendre. Pourquoi ne lui avait-elle pas dit qu'elle avait un rendez-vous médical ? Pourquoi n'avait-elle pas voulu qu'il vienne ?

Philipp ruminait encore ces questions quand le pilote annonça leur descente vers Dallas.

Enfin.

Quelques instants plus tard, l'avion s'immobilisait sur la piste. Suivi de près par Randy, Philipp sortit presque en courant.

— Où allons-nous ? demanda son chauffeur alors qu'ils se précipitaient vers le parking privé où ils avaient laissé la voiture.

Philipp regarda sa montre. Quasiment 21 heures.

— À la maison.

À cette heure, Alex devait y être, sans doute en train de savourer les bons petits plats de Frieda. Il avait demandé à la cuisinière de lui préparer tout ce qui lui ferait plaisir. Mais il était loin de penser qu'elle devrait désormais manger pour trois, c'était le moins qu'on puisse dire !

Randy conduisit vite et bien, comme à son habitude. Une fois à la maison, George les accueillit avec un air décontenancé.

— Monsieur… Nous ne vous attendions pas…

— Où est Alex ? le coupa Philipp en regardant l'escalier. Elle n'est pas déjà couchée ?

— Mlle Alexandra est toujours à son bureau, monsieur.

Philipp sentit la colère s'emparer de lui. Non, il avait dû mal entendre.

— Quoi ?

— Elle est à son bureau, répéta calmement le majordome.

Mais Philipp ne l'écoutait plus. Il était déjà reparti vers la voiture.

Alex attendait non pas un mais deux enfants… et elle était encore au travail ? Elle aurait dû se ménager, réduire ses horaires. Si cela ne tenait qu'à lui, elle aurait été dans un fauteuil en train de lire un livre. Et elle l'aurait laissé prendre soin d'elle. Car il avait envie de ça.

Au moment où il arriva devant l'immeuble en verre et en brique qui abritait les bureaux de Fyra, sa colère avait atteint des sommets. Il fallait vraiment qu'il ait une discussion avec sa femme.

Après avoir traversé le hall à grandes enjambées, sans même jeter un regard à la réceptionniste, Philipp se dirigea vers les portes vitrées qui donnaient sur l'espace réservé aux cadres.

Ces portes s'ouvrirent devant lui.

Sur Alex.

Manifestement surprise, elle releva les yeux vers lui. Quand il croisa son beau regard, il y trouva quelque chose de si tendre et chaleureux qu'il en eut littéralement le souffle coupé. Le large sourire qu'elle lui adressa était si troublant ! Il ne savait même plus de quoi il voulait lui parler.

Autant le dire tout net : sa femme était magnifique. Et elle portait ses enfants. Cette seule idée suffisait à faire déborder son cœur de bonheur.

— Philipp ! s'exclama-t-elle en tendant les bras vers lui.

Mais soudain, elle sembla se reprendre.

— Je ne t'attendais pas, reprit-elle d'une voix froide en remettant ses bras le long de son corps.

— Je vois ça, grommela-t-il en faisant de son mieux pour cacher sa déception.

On aurait dit qu'elle avait décidé de changer d'attitude.

Il la prit alors dans ses bras pour ce qu'il pensait être une brève étreinte entre… amis… époux… En fait, il ne savait pas trop.

Quoi qu'il en soit, c'était plus fort que lui.

Alex se laissa faire et blottit son corps chaud contre lui.

— J'imagine que tu as eu mon message, murmura-t-elle. J'ai essayé de t'appeler.

— Je sais. J'étais en réunion.

Un argument qui sonnait faux, inutile de se leurrer.

— Pourquoi ne m'as-tu pas dit que tu avais un rendez-vous médical ? demanda-t-il.

— Euh…, fit-elle d'un air désorienté. Je ne pensais pas que ça t'intéressait. Je vais en avoir beaucoup, tu sais. C'est dans l'ordre des choses.

— Bien sûr que ça m'intéresse ! s'écria-t-il. Surtout si tu passes une échographie. Tu aurais dû m'en parler.

— J'ignorais qu'il y en aurait une. Ce devait être un examen de routine, mais quand j'ai parlé au docteur de mes nausées, elle a voulu vérifier si je ne portais pas de jumeaux.

— Alors c'est vrai, murmura-t-il.

D'instinct, Philipp posa la main sur le ventre d'Alex, comme pour sentir les deux petits cœurs qui battaient en elle.

Elle posa à son tour la main sur la sienne. Quand leurs regards se croisèrent, un ange passa. Ce n'était pas seulement les bébés qu'il touchait, c'était aussi elle. Et elle était merveilleuse. Le monde pouvait disparaître à partir du moment où elle était là, avec lui.

— C'est vrai, oui. J'ai vu les images, murmura-t-elle en lui adressant un regard doux.

Lentement, elle revint sur ses pas pour entrer dans son bureau, où il la suivit. Après avoir fouillé quelques secondes dans un tiroir, elle sortit triomphalement une feuille de papier qu'elle lui tendit.

Des images de l'échographie. Sur lesquelles il pouvait nettement discerner deux formes dont les contours blancs se détachaient sur le fond noir. Des bébés. Ses bébés.

Philipp sentit ses yeux piquer. Comme s'il était sur le point de verser des larmes. Comment se faisait-il que personne ne l'ait préparé à ce moment où il verrait ses enfants pour la première fois ? Mais à bien y réfléchir, comment quelqu'un aurait-il pu le préparer à cela ? Son cœur battait à tout rompre, gonflé d'amour. De pur bonheur.

— C'est étonnant, hein ? dit-elle d'une voix douce.

Oh oui. Elle n'imaginait pas à quel point…

— J'aurais vraiment aimé que tu puisses être là pour les voir bouger.

— Moi aussi, dit-il malgré sa gorge serrée. Mais je serai là la prochaine fois. À partir de maintenant, je veux que tu me préviennes assez tôt de tous tes rendez-vous médicaux.

— Très bien, d'accord, répondit-elle. Je suis ravie que tu souhaites t'impliquer. Je pensais…

Brusquement, Alex s'interrompit et se mordit la lèvre.

— Tu sais, quand tu es parti dimanche, j'ai eu l'impression que tu ne voulais rien partager avec moi. J'avais envie de te parler, mais à chaque fois que j'essayais tu semblais… distrait. On aurait presque dit que tu cherchais à m'éviter.

Philipp se rembrunit. Rien d'étonnant à ce qu'elle ait pensé cela. Il avait tenté de prendre de la distance mais cela s'était soldé par un échec retentissant. Résultat : cela lui avait fait manquer une étape déterminante de la grossesse de sa femme. Doucement, il reposa les images de l'échographie sur son bureau. Il sentait ses poings se serrer, il avait peur de les froisser.

— Je suis navré de t'avoir laissée penser ça. Je n'essayais pas de t'éviter.

En réalité, si, mais cela lui paraissait désormais absurde. S'ils n'étaient pas partenaires et amis, ils n'avaient aucune raison d'être mariés. Il voulait qu'elle se sente en confiance pour lui confier des choses. Sur sa grossesse, bien sûr, mais aussi sur elle-même.

Et la réciproque était vraie.

Autant se rendre à l'évidence : il devait inventer un nouveau plan pour que son mariage réussisse. Sans quoi, ils seraient tous les deux malheureux.

— Mais tu aurais eu du mal à m'accompagner chez le médecin alors que tu étais à Washington…, fit-elle très justement remarquer.

Philipp hocha la tête. Cela aurait été, certes, difficile, mais peu lui importait. Il ne supportait plus l'idée de manquer ne serait-ce qu'une seule seconde de la grossesse de sa femme. Et de la savoir si loin de lui.

Comment avait-il pu en arriver là ?

Bah, il y réfléchirait plus tard. Il avait d'autres sujets à traiter.

— Ne t'en fais pas, je vais m'en occuper. Je voudrais maintenant en venir à l'heure qu'il est. Pourquoi es-tu encore au bureau ?

Alex eut le bon goût de prendre un air penaud.

— Je ne m'attendais pas à ta venue.

— Tu reconnais donc que c'est un problème pour une femme dans ton état que de travailler si tardivement ? lança-t-il.

— Mais pas du tout, non, répondit-elle en secouant la tête. De quel état est-ce que tu parles, Philipp ? Je suis enceinte, pas handicapée. Je connais mes limites.

— Alors pourquoi prends-tu cet air coupable ?

— Parce que je…

Tout en détournant le regard de lui, elle se mordit la lèvre. Signe évident qu'elle avait une chose en tête dont elle ne voulait pas lui parler.

— Parce que je n'avais pas envie de rentrer, finit-elle par avouer.

Philipp fronça les sourcils. Il ne s'attendait pas à cette réponse…

— Tu n'aimes pas ma maison ? Tu n'arrives pas à dormir ? Qu'est-ce qu'il y a ? Dis-moi.

Alex hésitait. Mais parce qu'elle était consciente d'être en tort. Elle aurait dû être à la maison, les pieds sous la table, à le laisser s'occuper de tout. Elle méritait d'être traitée comme une reine et d'avoir avec elle un mari attentionné. Ce qu'il aurait néanmoins eu beaucoup de mal à faire en étant à Washington.

Comment les choses avaient-elles pu devenir si compliquées ?

— C'est trop vide, murmura-t-elle. Je n'aime pas être là-bas toute seule.

— Tu n'es pas toute seule. Il y a les employ…

— Mais tu n'es pas là, Philipp ! s'exclama-t-elle brusquement. Je n'aime pas être seule à la maison sans toi. Si je rentre tous les soirs à 22 heures, c'est pour me coucher tout de suite en rentrant, trop fatiguée pour penser que tu es parti dimanche en me disant à peine au revoir. Tu me manques. Toi, tel que tu étais avant ça, dit-elle en désignant son ventre. Je ne comprends pas pourquoi cette grossesse ne nous a pas rapprochés.

Une larme se mit à couler sur la joue d'Alex. En la voyant, Philipp sentit son cœur se serrer. Si elle travaillait si tard, c'était parce qu'il ne la considérait pas comme la future mère de ses enfants.

Bon sang, tout était de sa faute. Il fallait qu'il se rattrape, et vite, avant que la situation devienne désastreuse.

D'ailleurs, admettre qu'il avait envie d'être avec elle n'était pas si grave. Pourquoi se priver de la prendre dans ses bras chaque fois qu'il en ressentait le besoin ? Pourquoi ne pas la laisser en faire autant ? La distance qu'il avait créée n'avait de toute façon pas eu l'effet escompté. Il pensait toujours à elle, il avait toujours envie d'elle.

Alex devait être heureuse de l'avoir épousé. Pour qu'ils reviennent là où ils en étaient avant l'arrivée des bébés. Pour qu'ils deviennent amis et partenaires. Ils devaient revenir aux fondamentaux. Oui, cela lui semblait être un excellent plan. Restait maintenant à savoir comment se rapprocher d'Alex sans être déloyal envers Gina.

Quoi qu'il en soit, il était obligé de trouver un moyen.

7

La première chose que Philipp fit en rentrant fut de lui faire couler un bain.

La seconde fut d'insister pour qu'elle le prenne tandis qu'il irait lui chercher du thé et quelques biscuits.

Après cette crise de nerfs, Alex s'attendait presque à ce qu'il reparte pour Washington. Leur mariage n'était pas fondé sur de véritables sentiments, mais sur des règles. Elle le savait parfaitement. Chaque fois qu'elle admettait combien il lui manquait, elle se disait qu'elle n'avait pas le droit d'éprouver un sentiment pareil, que c'était trop risqué. Hélas, elle n'arrivait pas à revenir en arrière, surtout maintenant qu'il était là. Elle était encore bouleversée par son apparition soudaine, et la façon dont il l'avait prise dans ses bras.

Mais il ne s'était pas enfui. Il était toujours là, dans la maison, et il n'envisageait apparemment pas de partir. Peut-être devait-elle en profiter pour changer les choses ? Mais comment ? Elle n'avait jamais été du genre à se laisser emporter par ses passions. Sauf le soir de la réception. Et voilà où cela l'avait menée.

Avec de la mousse jusqu'au cou, Alex essaya de se détendre dans l'immense baignoire ovale. En tout cas autant que les circonstances le lui permettaient. La salle de bains était sans doute sa pièce préférée de la maison. La baignoire était surélevée et entourée de fenêtres qui surplombaient un adorable petit jardin. C'était si reposant, au milieu de tout ce stress !

Philipp finit par arriver, un plateau à la main. Il était magnifique, sûr de lui et tellement sexy avec ses manches de chemise remontées sur ses muscles saillants. Sans compter ses beaux cheveux légèrement en bataille.

— Je… Je ne pensais pas que tu viendrais me rejoindre, balbutia-t-elle.

Elle était nue sous la mousse. Mais il ne parut pas s'en soucier quand il s'approcha de l'immense baignoire pour poser le plateau sur une tablette en marbre.

— Moi non plus, mais je crois que je vais changer d'avis, répondit-il avec un sourire espiègle en baissant les yeux vers la mousse qui couvrait l'eau.

Alex sentit son cœur s'emballer. Pouvait-il voir son corps ? Vu la lueur qui s'était allumée dans son regard, on aurait dit que oui.

Mais de toute façon… Il l'avait déjà vue nue. Alors de quoi avait-elle peur ? Cela faisait des jours qu'elle rêvait de cet instant d'intimité.

— Tu comptes vraiment me rejoindre dans le bain ? demanda-t-elle en essayant de cacher son excitation. Je croyais que les hommes n'aimaient pas les bains.

— Certains, peut-être. Mais c'est parce qu'ils ne t'ont pas dans leur baignoire, répondit-il en passant nonchalamment l'un de ses doigts dans la mousse.

Eh bien ! On aurait dit qu'il envisageait sérieusement de venir la rejoindre.

— Il y a assez de place pour deux, se risqua-t-elle à dire.

Elle sentit le feu lui monter aux joues alors qu'elle l'imaginait en train de se déshabiller sensuellement pour entrer dans la baignoire, sa peau brûlante glissant contre elle. Il se mettrait alors à la caresser et ils en reviendraient à ce qu'ils avaient connu le soir de la réception. La passion. La volupté. Un lien fort.

C'était tout ce qu'elle voulait.

Le sourire de Philipp fit naître quelque chose au fond d'elle.

— Je trouve cette invitation très tentante, admit-il. Mais pas maintenant. C'est ta soirée à toi et rien qu'à toi. Je veux prendre soin de toi. Si je rentre dans cette baignoire, toutes mes bonnes intentions vont aussitôt s'envoler.

Était-elle déçue ou intriguée par cette réponse ? Les deux, sans doute.

— Ça m'a l'air intéressant. Tu peux développer ?

— Tu veux que je te parle de la facilité avec laquelle tu pourrais anéantir toutes mes bonnes intentions ? J'ignorais que vous aimiez les histoires osées, madame Edgewood.

— Moi ? s'exclama-t-elle en prenant un air faussement choqué. Je n'en ai jamais entendu de ma vie !

Alex posa un regard intense sur Philipp. Elle avait épousé cet homme pour procurer une famille et un avenir à ses enfants. Mais ce n'était pas pour cela qu'elle était obligée de vivre seule et de faire comme si elle n'avait pas envie de lui. Avaient-ils édicté une règle contre cela, d'ailleurs ? Non.

— Tu sais, murmura-t-il tout à coup, j'aimerais te masser les pieds…

La main plongée dans l'eau, il attrapa l'une de ses chevilles et se mit à lui masser sensuellement la plante des pieds avec le pouce.

— Comme ça. Je suis sûr que ça te fera du bien.

Elle était trop occupée à soupirer et à savourer les délicieuses sensations qu'il lui procurait pour répondre. Comment avait-il fait pour se rendre compte qu'elle avait si mal aux pieds ?

— Alors comme ça, reprit-il, tu aimerais que je te raconte toutes les caresses que je te donnerais si je rentrais dans cette baignoire ?

Alex sentit une délicieuse vague de chaleur grandir dans le creux de son ventre tandis qu'elle fermait les yeux pour mieux imaginer cette scène.

— Tu as l'esprit mal tourné, murmura-t-elle en souriant. Ce que je voulais savoir, c'était comment tu envisageais de prendre soin de moi.

— Ça revient au même, répondit-il d'une voix basse et sensuelle. En tout cas, pour le moment. Parce que si je veille à ton confort, mes mains seront toujours sur ton corps. Partout sur ton corps.

Pas de doute, quelque chose avait changé. On aurait dit que

Philipp était redevenu lui-même. Et c'était tant mieux, car elle se languissait de ses caresses. Autant le dire tout net.

— J'ai très envie d'en entendre davantage.

— Tu ne préfères pas que je te montre ?

Sans rien ajouter, il lui prit la main pour l'encourager à se lever. Un instant plus tard, elle était nue devant lui tandis que des gouttes d'eau coulaient sur sa peau. Le regard brûlant de Philipp suivait leur trajectoire.

Ce qui avait le don de la faire frissonner.

Tout en lui murmurant de charmants compliments, il prit une serviette pour l'essuyer sensuellement.

Alex savoura cet instant. Son cœur solitaire buvait ces paroles, son corps esseulé se fondait dans ces caresses. Tout lui semblait plus beau, plus grand, plus fort que la dernière fois où elle s'était trouvée nue devant lui.

C'étaient sûrement les hormones. Mais peut-être pas seulement.

— Philipp, murmura-t-elle, amène-moi au lit.

— Tu es sûre ? Pas de nausées, ce soir ?

La question resta suspendue entre eux quelques instants. Il lui laissait une chance de faire machine arrière. Une chance de savoir où cette étape de leur relation allait les mener. Et il ne semblait pas gêné à l'idée qu'elle se serve de ses nausées comme d'une excuse. Ce qui était très gentil à lui, vraiment. Il comprenait qu'elle n'avait pas l'habitude de se montrer si insouciante.

Elle finit pourtant par répondre d'une voix décidée :

— Non. Finissons ce que nous n'avons pas pu commencer le soir de nos noces.

Avec un sourire, Philipp la prit dans ses bras pour la soulever de la baignoire.

— Tu es sûre que tu ne veux pas de ce massage ?

Complètement aux anges, elle se nicha dans ses bras. Forts. Puissants.

— Je pensais que je pouvais avoir les deux…

— Alors tu auras les deux.

Quelques instants plus tard, ils étaient dans la chambre.

Après l'avoir doucement déposée sur le lit, il posa sur elle un regard viril et admiratif.

Même s'il ne l'avait pas encore touchée, elle se prit à frissonner. La lueur qui brûlait dans les yeux de Philipp suffisait à attiser son excitation.

Elle avait oublié à quel point cela était agréable. Avec lui, elle se sentait belle, même sans maquillage. Chez Fyra, on pensait qu'une femme a besoin d'être apprêtée pour être séduisante et attirer l'attention d'un homme. Personnellement, elle n'avait jamais adhéré à cette idée. Si un homme a envie de vous, il doit vous vouloir telle que vous êtes, et non telle que vous prétendez être.

Cela dit, elle s'était toujours bien gardée d'exposer cette opinion devant Cass, Trinity et Harper. Ses amies avaient été tellement gentilles de l'avoir engagée malgré son passé judiciaire. Comment aurait-elle pu leur expliquer que les cosmétiques étaient des absurdités pour elle ?

Là, sous le regard fiévreux de Philipp, Alex n'avait pas à faire semblant. Il savait qu'elle n'aimait pas être trop apprêtée et cela ne le gênait pas. Et à la façon dont son regard continuait de glisser langoureusement sur son corps, elle croyait pouvoir dire sans se tromper qu'il appréciait le spectacle qui s'offrait à lui. Ce qui était vraiment merveilleux.

— J'espère que tu envisages de venir me rejoindre dans le lit, dit-elle. Ce bain était une chose, mais cette fois-ci je pense que c'est toi qui vas devoir te mouiller.

Les sourcils froncés, il prit un air faussement choqué.

— Madame Edgewood ! Quand j'ai parlé d'histoires osées, tout à l'heure, je ne pensais pas que c'était vous qui alliez commencer. Notez cependant que je n'ai rien contre, bien au contraire.

— Et ce n'est que le début.

Chaque fois qu'il l'appelait Mme Edgewood, Alex sentait un doux et agréable frisson la parcourir. Curieux. Comment ces deux mots pouvaient-ils avoir un tel effet ? Cela devait être la façon dont il le prononçait, sur ce ton légèrement espiègle.

À vrai dire, elle ne savait pas ce qui avait changé entre eux, mais c'était bien mieux comme ça. Elle aurait néanmoins aimé mieux comprendre ce qui s'était passé. Afin de rétablir la situation si celle-ci basculait à nouveau.

Tout en riant doucement, Philipp avait commencé à se déshabiller. Elle le regardait, sans la moindre honte. Naturellement, elle l'avait déjà vu nu, mais c'était des semaines plus tôt, avant ce déchaînement d'hormones. En tout cas, elle ne se souvenait pas que voir ses doigts agiles défaire un bouton de chemise était si érotique.

Au moment où le deuxième bouton s'ouvrit, Alex sentit une vague de chaleur l'envahir, irradiant dans son corps tout entier, jusque dans ses recoins les plus intimes. Au troisième et quatrième, elle avait l'impression qu'un véritable brasier venait de s'allumer en elle.

Il la regardait franchement, comme elle, et ses yeux étaient devenus plus sombres.

— Tu aimes les strip-teases, toi aussi, hein ? demanda-t-il d'une voix sensuelle.

La chemise de Philipp était désormais totalement ouverte, dévoilant son torse puissant. Lentement, sensuellement, il s'en débarrassa, en commençant par une épaule puis par l'autre. Seigneur ! Cela n'aurait pas dû être aussi… excitant.

— C'est nouveau pour moi, répondit-elle en se cambrant involontairement. Mais je t'interdis de t'arrêter.

— Loin de moi cette idée. Même si j'ai hâte d'explorer toutes les choses intéressantes qui se passent dans ton corps.

Il avait désormais les mains sur sa braguette, qu'il ouvrit rapidement. Et quand il finit par retirer son boxer et son pantalon, elle eut pleinement conscience de l'effet qu'elle lui faisait.

Ah, comme elle avait envie de ce sexe dur et long ! Maintenant. Le plaisir qu'il laissait présager avait déjà commencé à se faire ressentir en elle. Vite, elle avait hâte qu'il continue.

Sans rien dire, Alex lui tendit les mains et il tomba sur le lit à côté d'elle avant de fondre sur elle. Son corps viril était insistant, dur, chaud. Quand il glissa le pouce entre ses cuisses, elle laissa échapper un gémissement de volupté.

Alors il prit sa bouche, déposant sur ses lèvres un baiser passionné qui devenait plus chaud encore à chaque seconde. Leurs langues se cherchèrent, se mêlèrent, et elle faillit tomber du lit au moment où elle sentit les mains expertes de Philipp se poser sur ses seins. Sensuellement, il les caressa et la chaleur qu'elle ressentait au plus profond d'elle-même devint presque douloureuse. Elle avait terriblement envie de lui. C'était la première fois qu'elle éprouvait une chose pareille !

— Dépêche-toi, dit-elle contre ses lèvres tout en ondulant voluptueusement.

— Je ne vois pas ce que je pourrais faire d'autre.

Avec un grognement de désir, Philipp la fit rouler sur le dos. Puis il déposa mille baisers ardents sur sa poitrine et, après lui avoir écarté les cuisses, posa une bouche brûlante au cœur de la chaleur de son corps.

Au premier contact de cette langue sur son sexe humide et brûlant de désir, Alex crut bien qu'elle allait s'évanouir de plaisir. Elle hurla son bonheur tandis que les sensations emportaient son corps. Ses hanches étaient cambrées contre la bouche de Philipp et le plaisir grandit rapidement en elle jusqu'à exploser littéralement.

Il la serra contre lui tandis que les dernières vagues de plaisir passaient sur elle. Et après avoir tendrement caressé ses cheveux, il attrapa son visage et effleura sensuellement sa bouche puis sa gorge. Elle sentit le désir monter à nouveau.

Cette fois-ci, il lui murmura d'autres mots doux tandis qu'il l'embrassait. Une fois installé entre ses cuisses, il plongea les yeux au fond des siens en la regardant intensément tandis qu'il la pénétrait lentement.

Alex tâcha de reprendre son souffle. Ce contact, ces yeux bleus qui devenaient brûlants ne faisaient qu'attiser son excitation. Ils étaient unis, et c'était merveilleux. C'était encore plus fort que la première fois ! Il lui fallut moins d'une minute pour atteindre l'extase à nouveau. Philipp la rejoignit au septième ciel et ils exultèrent ensemble, corps, cœurs et souffles mêlés. À cet instant, il empoigna ses fesses en la serrant plus fort contre lui. Elle sentit alors quelque chose de bestial et d'instinctif s'éveiller en elle.

C'était une sensation similaire à celle qu'elle avait ressentie en lui montrant les photos des échographies. Le voir aussi ému avait touché quelque chose de profond en elle. Le regard qu'il avait eu l'avait emplie de bonheur, réveillant en Alex des choses dont elle ne soupçonnait même pas l'existence. Un peu comme c'était le cas désormais.

Sur le coup, Alex avait cherché à ignorer tout cela. Mais à ce moment précis, il lui aurait été impossible de le faire. Elle s'était pleinement engagée dans cette relation, malgré ses efforts pour s'en tenir à la logique, et elle avait envie de beaucoup de choses, tellement de choses. Des choses qu'elle ne savait pas comment exprimer. Des choses dont elle avait peur car elle était jusqu'alors convaincue qu'aucune d'entre elles n'existait vraiment.

Et pourtant, désormais, elles lui paraissaient toutes tellement réelles…

Non, elle ne pouvait pas s'éloigner de Philipp. Elle ne voulait pas s'éloigner de lui. Mais elle devait le faire.

Pour sa part, il semblait satisfait d'être étendu à ses côtés à murmurer de jolies paroles à son oreille tout en lui caressant les cheveux. Peut-être avait-il évolué, lui aussi. Mais il était inutile de paniquer. Mieux valait se concentrer sur le bonheur qu'ils pouvaient s'apporter l'un à l'autre et oublier ces choses inexplicables.

Ce mariage allait fonctionner parce qu'ils s'étaient tous les deux mis d'accord pour ne pas s'y impliquer émotionnellement. S'il y avait des règles, c'était pour une bonne raison. Eradiquer toute souffrance. Eradiquer toute possibilité de divorce.

D'autre part, Philipp ne croyait pas aux secondes chances. Il avait épousé l'amour de sa vie et il n'y avait pas de place dans son cœur pour elle. Si seulement… Non. Formuler ce genre d'hypothèse, c'était ouvrir la voie à la folie.

Mais alors qu'elle était étendue dans les bras de ce mari qu'elle n'aurait jamais pensé avoir, avec en elle ces enfants qu'elle n'aurait jamais imaginé concevoir, Alex ne put s'empêcher d'aller au bout du rêve qu'elle avait commencé à élaborer.

Si seulement…

Philipp devait bien l'avouer : le plan du retour aux fondamentaux était sans doute le meilleur qu'il ait jamais conçu.

Quand l'aube se mit à filtrer à travers les rideaux, il était déjà réveillé depuis un moment, à écouter Alex respirer doucement contre son cou. Ce simple spectacle était déjà très excitant.

Si seulement il pouvait la réveiller avec un baiser et se donner de nouveau à elle.

Il résista à cette envie, cependant. À contrecœur. Elle avait besoin de sommeil, d'autant qu'elle avait travaillé jusqu'à 22 heures la veille. Elle avait besoin de repos.

Mais cela ne l'empêchait pas d'imaginer les caresses qu'il aurait aimé lui offrir.

D'ailleurs, il sentait à nouveau le désir l'envahir.

Il n'aurait pas dû être là, mais à Washington. Seulement, il était venu ici sur un coup de tête, dans le but de faire des reproches à sa femme. La confrontation, cependant, n'avait jamais eu lieu. Et avait laissé place à quelque chose de bien plus nécessaire.

Ce mariage avait désormais des bases plus saines. Et heureusement. Certaines choses méritent des sacrifices, et Alex, la future mère de ses enfants, en faisait partie.

Après avoir envoyé un message à Linda pour lui demander de l'excuser au Sénat, Philipp replaça son téléphone sur la table de chevet. Et en coupa le son.

Le gouvernement pouvait bien se passer d'un sénateur pour la journée.

Tout en soupirant, Alex se tourna sur le côté pour lui faire face. Ses yeux étaient toujours fermés, sa respiration lente et régulière. Dans la pâle lumière de l'aube, il pouvait discerner la gracieuse courbe de ses hanches et le tracé élancé de ses jambes fuselées.

Gina dormait toujours en position fœtale, une main sur le visage, comme pour se protéger de l'obscurité. Philippe sentit son cœur se serrer à cette idée. Encore maintenant, il lui arrivait souvent de se réveiller la nuit et de ressentir la présence de sa première femme dans ce lit. Cela paraissait toujours si réel qu'il traversait un véritable moment de panique quand il ne la trouvait pas.

Alors, la dure réalité le frappait dans toute son horreur. Gina était partie. Pour toujours. Et chaque fois qu'il en prenait conscience, c'était comme si on lui arrachait le cœur.

Pour éviter cette expérience cauchemardesque, il aurait pu amener une nouvelle femme dans son lit chaque soir, bien sûr. Mais cela aussi aurait été trop difficile. Alex était la toute première à être restée jusqu'au matin.

Il avait tout fait pour repousser la première nuit qu'il passerait avec elle. C'était tout ce qu'il avait trouvé pour atténuer sa culpabilité avant qu'elle n'affecte l'amitié qu'ils avaient développée.

Maintenant que le cap était passé, Philipp se sentait bien, mais il s'interrogeait. Alex avait-elle comblé ce vide ? Il sentait des émotions contradictoires se bousculer dans sa poitrine douloureuse. Il avait envie de s'impliquer dans cette relation avec elle, mais ce n'était pas possible. Parce que cela aurait été un manque de loyauté envers Gina.

Alors qu'il se faisait ces réflexions, Philipp vit Alex ouvrir les paupières en souriant.

— Tu me dois quelque chose. Je n'ai eu ni mon thé ni mon massage, hier soir.

Malgré le trouble qui l'agitait, il ne put s'empêcher de rire.

— Je pensais t'avoir offert quelque chose de bien mieux.

Avec un hochement de tête, elle se remit à sourire.

— Tu as raison. C'était bien mieux qu'un thé ou un massage.

D'un geste gracieux, elle leva le bras au-dessus de sa tête, se libérant au passage du drap qui la couvrait, ce qui dévoila ainsi la pointe de ses seins roses. Sa poitrine était plus pleine et plus voluptueuse que le soir de la réception, et il se sentit frémir à l'idée de la goûter à nouveau.

Sans plus attendre, Philipp attira Alex contre lui. Le sexe était une bonne chose, une chose qu'ils pouvaient faire ensemble. Du pur plaisir. Sans émotion, et donc sans infidélité sentimentale.

— On verra plus tard pour le thé. Quant au massage… Je pense que ça peut se faire maintenant.

Il sentit son regard devenir brûlant au moment où elle tendit les jambes, les hanches collées contre son sexe déjà durci de désir. De délicieuses sensations s'emparèrent de lui. La veille au soir, il avait été tellement concentré sur son plaisir à elle qu'il en avait presque oublié le sien.

Mais ce matin, il comptait en profiter davantage. À condition, naturellement, que cela soit possible.

Lentement, il se pencha vers elle.

— Tu te sens en forme ?

— Très, ronronna-t-elle en posant les lèvres sur les siennes pour l'embrasser fiévreusement.

Philipp était conscient que son corps était en train de s'enflammer. Il ne se souvenait pas d'avoir ressenti cela depuis son mariage. De la passion, oui. Mais il y avait autre chose, un sentiment d'urgence qu'il ne pouvait pas réprimer.

Après avoir détaché la bouche de celle d'Alex, il se pencha sur ses magnifiques seins qu'il se mit à lécher. Mais elle se cambra contre sa bouche en poussant de petits soupirs qui ne tardèrent pas à le rendre fou de désir. Et soudain, elle se mit à onduler sensuellement des hanches sous lui.

Alors il déplaça légèrement son corps et entra en elle.

Leur union fut parfaite. Splendide. Ils allaient si bien ensemble que, pour mieux savourer cette sensation de pur bonheur, il resta quelques instants immobile. Alex était dans ses bras, les cheveux étalés sur l'oreiller, et elle était tellement plus que l'épouse dont il pensait avoir besoin.

De nouveau, elle se mit à onduler impatiemment sous son corps. Même s'il comptait initialement penser davantage à son propre plaisir, il la laissa prendre le contrôle, imprimer son rythme : au final, ils y gagneraient l'un comme l'autre.

Très vite, ils se retrouvèrent tous les deux haletants, transportés par une véritable explosion de sensations.

Philipp devait l'avouer : il était le premier surpris. Ce qui ne fit que renforcer encore son plaisir.

Ivre de bonheur, il la serra fort contre lui. Après tout, le sexe était le seul aspect normal de leur relation. Alors pourquoi ne pas passer un maximum de temps au lit ? Là, il pouvait prétendre que rien n'avait changé dans ladite relation.

Tout cela n'était que mensonge, et au fond de lui, il le savait. Mais il n'arrivait pas à affronter la vérité.

Quelques instants après ce moment d'extase, il entendit Alex soupirer :

— Il faut que j'aille travailler. C'est vendredi.

Cette idée ne l'enthousiasmait guère, manifestement.

Elle essaya mollement de se dégager de son étreinte. Mais il ne la laissa pas partir.

Tendrement, il l'embrassa sur la tempe.

— Tu n'as qu'à dire que tu es malade. Tu as quand même le droit de prendre un peu de temps. D'autant que, si j'ai bien compris, tu as dû travailler plus de soixante heures, cette semaine.

— Je n'ai jamais compté mes heures. Je ne suis pas comme ça. Fyra est ma société, je l'ai fondée avec mes amies. Et j'aime mon travail.

— Bon, fit-il en levant les deux mains.

Même s'il n'avait aucune envie de se montrer conciliant, ce n'était apparemment pas le moment d'insister. Autant laisser à Alex l'impression d'avoir gagné cette bataille.

Gentiment, Philipp l'aida à descendre du lit.

— Je passerai ce matin pour te tenir informée des avancées du dossier, lança-t-il alors qu'elle se dirigeait vers la salle de bains.

— D'accord, répondit-elle par-dessus son épaule. Je serai libre vers 11 heures.

Parfait. Cela lui laissait le temps d'échafauder un plan pour la faire sortir de son bureau en l'invitant à déjeuner. S'il jouait les bonnes cartes, elle ne retournerait pas travailler avant le lundi suivant.

Allons, sa femme avait besoin de se reposer et de se détendre. Et sa mission consistait à s'assurer qu'elle le fasse. En attendant, tous les autres aspects de leur relation pouvaient être laissés de côté.

8

Après avoir passé les portes vitrées de Fyra, Philipp fut accueilli par Melinda, la réceptionniste.

— Monsieur Edgewood, c'est toujours un plaisir. Je ne savais pas que vous étiez à Dallas.

— Je viens d'arriver, répondit-il aimablement. Alex m'a donné rendez-vous à 11 heures.

L'air perplexe, Melinda baissa les yeux vers son ordinateur.

— Elle a dû se tromper. Elle est en réunion avec l'informaticien qui s'occupe de la maintenance.

— Pas de problème, répondit-il en lui faisant le sourire qu'il réservait généralement aux journalistes et aux financiers. Je vais l'attendre dans son bureau.

Une fois seul dans le repaire de sa femme, il prit le temps de réfléchir. Mais pas une seule fois il ne pensa au dossier d'homologation. Il y avait eu des avancées de ce côté, mais il était exclusivement focalisé sur la santé de son épouse et celle de ses bébés. Et quand celle-ci finit par arriver dans son bureau, trois quarts d'heure plus tard, il avait élaboré sa stratégie pour l'obliger à quitter les lieux.

Sans surprise, Alex avait l'air méfiante. À lui de jouer !

— Tu arrives à pic, dit-il d'une voix radieuse. J'ai réservé au Crescent pour le déjeuner. On pourra parler de l'évolution du dossier. Et cet après-midi, on est invités à l'inauguration du nouvel hôpital pour enfants. On aura juste assez de temps pour faire un aller-retour à la maison pour se changer.

— Bonjour, dit-elle d'une voix insistante et ironique. J'ai

une barre protéinée pour le déjeuner et trois rendez-vous cet après-midi. Je serais ravie de participer à cette inauguration, mais aujourd'hui c'est impossible.

Ce qu'elle ignorait, c'était qu'il avait déjà convaincu Melinda de réorganiser son planning. Il y était arrivé avec une étonnante facilité en insistant sur le fait qu'Alex avait besoin de faire une petite pause. Ce qui en disait long sur les heures de travail qu'elle avait dû accomplir au cours de la semaine.

— Tu m'as déjà posé un lapin. Tu me dois bien ça, lança-t-il en fronçant les sourcils pour souligner son propos.

S'il fallait s'abaisser à jouer sur la culpabilité pour l'obliger à sortir de son bureau, eh bien soit !

— Tu as raison, répondit-elle en soupirant. Cet entretien avec l'informaticien était important : nous avons des problèmes avec notre logiciel de comptabilité. Mais j'avoue que j'aurais pu l'organiser à un autre moment. Ceci étant, je ne pensais pas tu serais vexé…

Philipp retint un sourire. Il n'avait pas été vexé. Mais mieux valait ne pas insister sur ce point.

— Ce n'est pas grave, se contenta-t-il de répondre. Je te pardonne. À partir du moment où tu acceptes de m'accompagner à l'inauguration. C'est aussi pour ça qu'on s'est mariés, non ? Pour pouvoir faire des choses de ce genre ensemble ?

— Je vais chercher mon sac à main.

Victoire !

Alex accepta même de monter dans sa voiture. Elle eut cependant un bref mouvement d'humeur quand il lui reparla de la nécessité de changer de tenue, mais elle retrouva le sourire quand il lui expliqua que l'hôtel-restaurant Crescent avait des codes vestimentaires très stricts.

Une fois à la maison, Philipp lui tendit une robe Ralph Lauren verte qu'elle regarda d'un air ébahi.

— Cette robe n'est pas à moi !

— Je l'ai achetée pour toi, expliqua-t-il. J'ai hâte de te voir dedans. C'est la bonne taille, hein ?

Il avait dû dire ce qu'il fallait car Alex entreprit aussitôt d'ôter son jean. Encore un avantage auquel il n'avait pas pensé : il allait pouvoir l'admirer tandis qu'elle se changerait.

Quand elle se retrouva en sous-vêtements, Philipp sentit son corps réagir au spectacle si voluptueux qui s'offrait à lui. Et l'espace d'une seconde, il envisagea sérieusement de changer son programme de la journée. Après tout, il n'était pas obligé d'assister à cette inauguration. Mais quand le maire l'avait appelé pour le lui proposer, cette invitation avait semblé être la parfaite solution à son problème avec Alex. Elle avait besoin de faire une pause, et cette inauguration n'était rien d'autre qu'une grande réception où sa femme et lui seraient les invités d'honneur. Un événement tranquille qui lui permettrait de passer du temps avec elle. Gagnant-gagnant.

Un instant plus tard, Alex avait enfilé sa robe. Et le tissu moulait sa poitrine et ses hanches parfaites…

— Qu'est-ce que tu en penses ? lui demanda-t-elle en se tournant vers lui.

Philipp prit une grande inspiration. Elle était si belle qu'il avait du mal à respirer. La petite tache brune dans ses yeux, qui la rendait si unique, ressortait plus encore que d'habitude : elle était mise en valeur par le vert de la robe, qui avait aussi pour effet d'illuminer son teint radieux de femme enceinte. D'un geste gracieux, elle retira l'élastique de ses cheveux, qui retombèrent en cascade sur ses fines épaules.

Divine. Absolument divine…

— Magnifique, prononça-t-il dans un souffle. Mais il faut vraiment qu'on parte d'ici avant que je te la retire.

Elle lui adressa un sourire espiègle.

— Ah oui ? Alors tu devrais peut-être m'acheter des vêtements plus souvent.

— C'est bien mon intention, grommela-t-il.

De la lingerie fine. Des petites nuisettes en soie. Ce genre de choses.

— Mais plus tard. Allons manger, avant que je perde la tête.

Avec un grand éclat de rire, Alex le suivit jusqu'à la voiture.

Au cours du trajet, elle bavarda gaiement avec lui, et l'interrogea notamment sur l'évolution du dossier pour le compte de Fyra. Comme c'était lui qui avait évoqué le sujet, il lui exposa les progrès : une réunion allait être organisée le lundi de la semaine suivante avec les autorités compétentes.

Elle demanda des détails, mais il lui fut bien difficile de les lui donner. Il avait l'esprit ailleurs, submergé d'images sensuelles de ce corps sublime qu'il trouvait si désirable. Il ne pensait qu'à une chose : ce qu'il ferait avec elle une fois seuls à la maison, après l'inauguration.

Le déjeuner fut également une torture.

S'il avait su l'effet que lui ferait Alex dans sa robe, Philipp aurait choisi autre chose. Quand il l'avait vue en vitrine, il n'avait pas hésité une seule seconde : il était entré et l'avait achetée.

C'était comme cela qu'il aurait aimé que les choses fonctionnent. On offre un cadeau à sa femme : elle le porte. Simple. Malheureusement pour lui, la situation était plus compliquée. Car offrir des vêtements à Alex lui donnait envie de les lui retirer. Ah, si seulement il pouvait la débarrasser de cette robe, pour regarder sa peau de satin se révéler à lui lentement dans toute sa sensualité. Il avait envie de l'embrasser et d'admirer son visage tandis qu'il entrerait en elle encore et encore.

Non, cette robe était beaucoup trop tentante. Et sa femme aussi.

Soudain, Alex se mit à rire à une plaisanterie qu'il venait de faire. Elle était radieuse.

Allez, sa décision était prise. Il allait lui acheter des dizaines d'autres robes du même genre. Qu'y avait-il de mal, après tout, à avoir envie de sa femme ? C'était parfaitement normal.

Normal. Mais aussi dangereux pour leur relation pas comme les autres. Comment pouvait-il rester fidèle à la mémoire de Gina s'il s'autorisait à ressentir toutes ces choses pour sa nouvelle femme ?

À la sortie du restaurant, Philipp se risqua à poser la main dans le creux du dos d'Alex pour la guider vers la voiture que Randy venait d'avancer vers eux. Pas parce qu'elle avait besoin d'aide pour marcher, mais simplement parce qu'il avait envie de la toucher. Bien vite, hélas, elle disparut dans la voiture et il ne lui resta qu'un vide froid et douloureux.

Le parking de l'hôpital étant déjà bondé, Randy dut les déposer un peu plus loin.

Parfait. Il pourrait ainsi passer le bras autour de la taille d'Alex pour la conduire jusqu'à l'entrée. Des centaines de personnes s'étaient amassées devant le bâtiment dont les portes de verre étaient barrées d'un ruban rouge sur lequel on pouvait lire « Hôpital pour enfants Wharton ».

Philipp avait fait don d'une grosse somme d'argent pour la construction de cet établissement. C'était une chance que son emploi du temps lui ait permis de participer à la cérémonie d'ouverture. Ou plutôt que l'entêtement de sa femme l'ait amené à y participer.

— Il y a beaucoup de monde, chuchota-t-elle soudain à son oreille tout en se serrant contre lui.

— Ça va bien se passer, lui dit-il d'une voix rassurante avant de déposer un léger baiser sur sa tempe.

Quand Alex releva le menton pour prolonger ce contact, il sentit son cœur palpiter dans sa poitrine. Ce qui ne manqua pas de l'étonner. Comment cet instant si fugace, ce tout petit mouvement, avait-il pu le toucher autant ?

Du coin de l'œil, Philipp aperçut un flash d'appareil photo. Manifestement, un journaliste avait immortalisé la scène. Il aurait dû s'en réjouir. C'était pour cela qu'ils étaient là. Apparaître sur de jolies photos touchantes qui lui permettraient de gagner en popularité.

Mais cette photo volée lui parut intrusive. Ce bref moment qu'il avait partagé avec sa femme n'était pas destiné à être partagé avec des milliers de personnes. Pourquoi avait-il fallu que cette joie soit gâchée ? Mais c'était oublier un peu vite que sa vie ne lui appartenait pas. Il était un personnage public, après tout.

— Viens, dit-il en conduisant Alex vers les hommes en costume qui se trouvaient devant l'entrée de l'hôpital.

Pour la plupart, c'étaient des membres du conseil d'administration.

Il leur présenta Alex, qui serra généreusement des mains, limitant ses commentaires au minimum. Bien. Elle apprenait. À cette idée, de nouveau, il sentit son cœur palpiter dans sa poitrine. Mais qu'était-il en train de lui arriver ?

La cérémonie commença et le président du conseil d'administration prit la parole pour dire quelques mots sur la générosité de la famille Wharton, qui avait donné son nom à l'hôpital. Puis il remercia quelques hommes d'affaires locaux qui avaient également fait des donations.

Quand son nom résonna, Philipp vit Alex se pencher vers lui :

— Je ne savais pas que tu avais fait ça, murmura-t-elle. C'est un beau combat. Et je suis très fière d'être ici avec toi. Pourquoi ne m'en as-tu pas parlé ?

— Parce que ce n'est pas venu dans la conversation, répondit-il d'un ton soudain gêné. Et puis ce n'est pas grand-chose. Je donne de l'argent pour beaucoup d'autres œuvres.

Mais l'admiration et la fierté qu'il vit briller dans les yeux d'Alex lui laissèrent penser qu'elle y accordait beaucoup d'importance. Ce qui renforça aussitôt l'étrange sensation qu'il le tenaillait. Cette sensation était d'ailleurs toujours là quand le président du conseil d'administration lui demanda, ainsi qu'à d'autres, de venir l'aider à couper le ruban. Il avait fait cela des dizaines de fois auparavant. Mais jamais sous le regard d'Alex. Alex, dont le sourire semblait exprimer une admiration sans bornes.

La femme du maire s'approcha d'elle. Il était trop loin pour entendre ce qu'elles disaient, mais elles se serrèrent la main et bavardèrent un moment. L'épouse du maire ne cessa de sourire et éclata même de rire à un moment. Aucune trace du regard perplexe et vaguement amusé que prenaient si souvent les personnes de son entourage après avoir discuté quelques minutes avec sa femme.

Sa mission achevée, Philipp s'empressa de rejoindre Alex.

— Que t'a dit la femme du maire ?

— Qu'elle avait des photos de toi nu dans son téléphone. Elle m'a demandé si je voulais les voir…

Il se prit à rire. Il avait bien failli la croire !

— Qu'est-ce que tu veux qu'elle me dise ? finit-elle par répondre. Elle s'est présentée et s'est excusée de ne pas avoir pu assister au mariage.

— En tout cas, elle avait l'air charmée. C'est bon signe.

— Je fais des efforts, Philipp. Comme je te l'ai promis. Je veux être un atout pour toi. Si ce n'était pas le cas, je ne serais pas là.

Manifestement vexée, Alex croisa ses bras devant elle, ce qui l'attrista un peu.

La conversation fut brusquement interrompue par une sonnerie de téléphone portable. Cela semblait venir du sac à main d'Alex. Elle en sortit l'appareil, le consulta. Quand elle releva la tête vers lui, son regard était brumeux.

— Nous avons des problèmes avec notre logiciel de comptabilité. L'informaticien est revenu. Il faut absolument que je retourne au bureau. Je suis désolée.

Philipp sentit une intense déception s'abattre sur lui. Oh non, pas maintenant !

— Fyra pourra survivre sans toi jusqu'à lundi. J'ai besoin de toi.

Bien plus, en réalité, qu'elle l'imaginait. Il pouvait terminer cette inauguration seul. Il s'était bien débrouillé au cours de ses deux années de veuvage, après tout.

Le problème, c'était qu'il avait envie de rentrer avec elle après cela. De refermer sur eux la porte de leur chambre et d'oublier totalement le monde extérieur. Passer le week-end à profiter de son corps, de son sourire, des sensations qu'elle lui inspirait.

Ce n'était pas comme cela que les choses étaient censées se passer entre eux. Comment se faisait-il qu'elle soit devenue aussi indispensable à sa vie ?

La panique l'envahit brusquement, se mêlant à cette déception qu'il n'aurait jamais dû ressentir.

— Je ne peux pas rester, finit-elle par répondre avant de désigner d'un vague geste de la main les personnes qui s'étaient rassemblées pour l'inauguration. C'est ton boulot. Pas le mien.

Il faut que j'aille résoudre les problèmes de comptabilité de Fyra avant qu'il ne soit trop tard.

Feignant l'indifférence, il haussa les épaules.

— Ta société n'a pas de problèmes financiers. Ce n'est pas comme si vous risquiez de faire faillite en cas de défaillance d'un logiciel de comptabilité.

À ces mots, Alex s'immobilisa brutalement.

— Tu ne te rends pas compte ? Si des données disparaissaient, ce serait une véritable catastrophe.

Les bras croisés, elle le regardait désormais avec un certain mépris. Elle avait raison, il aurait dû la laisser partir. Mais il ne pouvait pas. À cause de la panique que lui inspirait ce constat simple mais terrible. Elle était devenue si importante à ses yeux qu'il n'aimait pas être séparé d'Alex.

— Tu travailles trop, insista-t-il. Ce n'est pas bon pour les bébés. Il faudrait peut-être que tu penses un peu plus à eux qu'à tes chiffres.

— Quoi ? siffla-t-elle. Tu veux que j'arrête de travailler simplement parce que je suis enceinte ? Ça n'a jamais fait partie de notre accord.

— Les jumeaux non plus, Alex.

Le ton commençant à monter, il l'attira vers un coin plus calme tout en essayant de se calmer. Allons, la colère ne l'aiderait pas à parvenir à ses fins.

— Écoute, Alex, il n'y aura pas de deuxième chance. Qu'est-ce qui se passera si tu fais du mal aux bébés à cause de ton égoïsme ?

À ces mots, Philipp se mordit la lèvre. Il était allé trop loin, quel idiot. Mais il n'eut pas le temps de s'excuser, elle réagit aussitôt :

— Alors c'est comme ça que tu considères mon travail ? Comme de l'égoïsme ?

Les yeux d'Alex étaient désormais remplis de colère et de larmes. Et en les voyant, il sentit sa propre colère disparaître. Il l'avait fait souffrir avec ce commentaire perfide. Il était incapable d'avoir une conversation normale avec elle. Pourquoi ?

Parce qu'il l'avait dans la peau. Bref, c'était sa faute à lui, et non pas à elle.

— Écoute, finit-il par dire, je ne te demande pas de faire une croix sur ta carrière. Juste de te reposer jusqu'à ce que les bébés soient nés puis de t'occuper d'eux pendant environ six mois. Qu'est-ce que tu en penses ?

À ses yeux, cette proposition était un compromis. Il aurait nettement préféré qu'elle devienne mère au foyer. Des jumeaux, c'est une énorme responsabilité. Et puis il se faisait du souci pour elle. Il fallait qu'elle se repose, elle ne devait surtout pas repousser trop loin ses limites.

Avec Gina, cette conversation n'aurait jamais eu lieu. Sa première femme était intarissable sur le sujet : elle avait hâte de devenir maman, d'élever ses enfants. Sans compter qu'elle ne travaillait pas, ce qui avait évité des sujets de dispute.

Et il y avait autre chose. Il n'avait pas d'expérience dans la résolution des différends conjugaux parce que Gina et lui n'en avaient jamais eu un seul !

— Je vais y penser, finit-elle par répondre tandis qu'une larme coulait sur son visage. Mais en attendant, je vais travailler. On se verra peut-être plus tard. Ne t'inquiète pas pour moi. Je prenais soin de moi toute seule avant que tu n'arrives dans ma vie. Je peux donc très bien appeler un taxi sans qu'on m'aide.

À ces mots, tout en essuyant rageusement son visage, Alex s'en alla d'un pas précipité.

Philipp se retrouva donc seul avec une étrange douleur à la poitrine et une envie brutale de donner des coups de poing contre un mur. Mais peut-être était-ce lui-même qu'il aurait dû frapper ? Cela lui aurait en tout cas certainement fait moins de mal que de la voir pleurer.

Philipp monta dans sa voiture, mais plutôt que de dire à Randy de le raccompagner chez lui, il lui demanda de le conduire chez son grand-père. Max Edgewood était la seule personne sur terre capable de l'accueillir à bras ouverts quoi qu'il ait pu faire. Et en ce moment, voir un visage amical pouvait lui faire le plus grand bien.

Ce fut Amelia, la gouvernante de son grand-père, qui lui ouvrit. Randy avait appelé en cours de route pour annoncer leur visite. Plus le vieil homme prenait de l'âge, moins il sortait de son lit. Mais il refusait de recevoir dans sa chambre. Il fallait donc toujours le prévenir assez tôt pour lui permettre de s'habiller, s'installer dans son fauteuil roulant et descendre au rez-de-chaussée par l'ascenseur.

Comme prévu, Philipp trouva son grand-père dans le grand séjour, un large sourire aux lèvres.

— Voilà mon petit-fils préféré !

— Tu dis ça parce que tu n'en as pas d'autre, s'esclaffa-t-il. À moins, bien sûr, que tu ne m'aies caché quelque chose.

C'était leur éternelle façon de se saluer, et cette légèreté n'était pas désagréable. Il se sentait si mal depuis tout à l'heure. Pour la seule et unique raison qu'il éprouvait des émotions contradictoires à l'égard d'Alex.

— Jamais, répondit impérieusement son grand-père. À mon époque, on ne perdait jamais de vue les membres de sa famille. Et pourtant, on n'avait pas Facebook et tous ces trucs qui bipent, vibrent et font Dieu sait quoi.

— Tu es toujours braqué contre les téléphones portables ? demanda Philipp en feignant la déception. Dommage. Je t'en avais acheté un pour ton anniversaire.

— Ah, mais dans ce cas, c'est différent. Un cadeau, ça ne se refuse pas. Donne-le-moi.

— Mais je te rappelle qu'il reste deux mois avant ton anniversaire. Ton cadeau, tu ne l'auras qu'à ce moment-là. En revanche, j'ai peut-être une chose…

Philipp fit exprès de faire traîner sa voix, car il connaissait bien son grand-père : il ne supportait pas d'attendre. Chaque fois qu'on le laissait dans l'expectative, Max Edgewood se battait pour obtenir ce qu'il souhaitait. C'était l'une des qualités qui avaient fait de lui un si grand sénateur.

— Ne joue pas à ça avec moi ! s'exclama très sérieusement le vieil homme. Ce jeu-là, c'est moi qui t'en ai appris les règles.

Tout en souriant, Philipp sortit lentement de sa poche son portefeuille, dont il tira la photo de l'échographie. Son grand-père la lui arracha presque des mains et y jeta un bref coup d'œil, l'air perplexe.

Mais tout d'un coup, il sembla saisir de quoi il retournait. Car son regard s'illumina.

— Deux ? Tu vas me donner deux arrière-petits-enfants ?

— Parce que tu es le meilleur grand-père du monde.

À ces mots, le vieil homme éclata d'un rire sonore et joyeux qui attira apparemment l'attention d'Amelia et de Nancy, son infirmière à domicile. Comme si elles se demandaient ce qui se passait, les deux femmes accoururent dans le séjour.

— Écoutez ça, les filles ! Je vais être arrière-grand-père deux fois !

Après avoir pris quelques minutes pour regarder le cliché et le féliciter, Philipp laissa les deux femmes repartir vaquer à leurs occupations.

— Tu aurais dû venir avec ta charmante épouse, dit son grand-père quand ils furent seuls à nouveau. Tu ne me l'as même pas présentée.

Philipp sentit la culpabilité l'envahir. Ce sentiment amer s'ajoutait à toutes les autres choses qu'il avait sur le cœur. Max, qui ne pouvait pas se déplacer, n'avait pas pu assister au mariage. Et les jours qui avaient suivi, il avait été trop occupé pour organiser cette rencontre.

Ou plutôt… Non, tout cela n'était que de vaines excuses. La vérité était bien différente. Si quelqu'un pouvait comprendre qu'il s'agissait d'un mariage arrangé, cela aurait été son grand-père. Or il n'avait aucune envie de répondre à des questions sur la nature de l'arrangement qu'il avait fait avec sa femme. Notamment si ces questions provenaient de la seule et unique personne capable de comprendre que, contrairement aux apparences, il n'avait pas réussi à surmonter son deuil.

— La prochaine fois, répondit-il après réflexion.

S'il y avait une prochaine fois, naturellement...

Cette idée le ramena à la dispute qu'il venait d'avoir avec Alex. Il dut avoir l'air troublé car son grand-père se mit à le regarder en étrécissant les yeux.

— Des problèmes, déjà ?

Nerveusement, Philipp se passa une main sur le visage.

— Elle travaille douze, voire quatorze heures par jour. Je pense que ce n'est pas bon pour les bébés. Mais je pense aussi que j'ai eu tort d'essayer de la dissuader. Nous nous sommes disputés et elle est partie fâchée.

— Écoute bien ce que je vais te dire, mon grand. Je suis un vieux veuf, mais le mariage n'a pas changé en soixante ans. Quoi que tu puisses en penser, tu as tort. Excuse-toi et arrange les choses.

L'air pensif, le vieil homme s'interrompit quelques secondes avant de reprendre :

— Tu as tort, j'insiste.

Philipp fronça les sourcils. Quelle était la solution, dans ce cas ?

— Alors je devrais la laisser s'épuiser au travail ? demanda-t-il. Non, je ne peux pas accepter ça...

— Je n'ai pas dit que j'étais d'accord avec elle. J'ai dit que tu avais tort. Tu pourras régler ça avec elle comme bon te semblera. Mais tu as mal affronté la situation. Tu as eu tort de te fâcher. Tu as mal compris la question et tu lui as apporté une réponse erronée. L'important, c'est qu'elle ait l'impression d'être comprise et entendue. C'est ça que les femmes veulent.

Sans chercher à dissimuler son étonnement, Philipp se mit à le dévisager.

— Tu ne m'as jamais donné ce conseil quand j'étais marié à Gina...

— Gina était une femme adorable et tu étais amoureux d[illegible] Mais tu étais tout son univers. Elle n'avait pas de vie en [illegible] de toi. Ce mariage est différent. Il faut que tu donnes davantage de toi-même, parce que Alexandra est plus âgée que ne l'était Gina quand elle t'a épousé. Il faut que tu te montres arrange les choses s'il ne voulait pas perdre sa première dame à cause de sa propre bêtise. Sans parler de ses enfants.

— Qu'est-ce qu'il faut que je fasse ? murmura-t-il.

— Tu connais déjà la réponse, répondit son grand-père en hochant vivement la tête avant de se mettre à tousser.

Le vieil homme était manifestement fatigué. Fatigué par tant de bêtise sans doute.

Philipp baissa la tête. Il était vraiment temps qu'il parte. De toute façon, son grand-père avait raison. Il n'y avait pas de mystère. Il devait admettre qu'il avait eu tort et commencer à faire des efforts, tout comme Alex en avait fait. Si naturellement. Elle s'était d'ailleurs montrée parfaite lors de l'inauguration. L'avait-il remerciée pour cela ? Il n'en avait pas souvenir…

Ni une, ni deux, il se leva et caressa tendrement l'épaule de son grand-père. Allez, en route !

— Je vais y aller. Il faut que je parle à ma femme et que je te laisse te reposer. Je peux venir avec elle, la prochaine fois ?

— Bien sûr. Sinon, comment veux-tu que je te la pique ?

— Tu peux toujours essayer, mon vieux, répondit Philipp en souriant.

— On en reparlera, répondit son grand-père.

Mais Philipp, déjà occupé à échafauder son nouveau plan, n'écoutait plus.

Le retour aux fondamentaux avait été une bonne idée, mais il avait besoin de quelque chose de plus fort. Il allait s'assurer qu'elle ait bien tout ce dont elle avait besoin. Ce serait un bon moyen de se rapprocher d'elle.

9

Alex fit un demi-tour sur elle-même, mais son ventre ne paraissait pas moins plat de ce côté-ci que de l'autre. Quand sa grossesse allait-elle commencer à se voir ? Elle était désormais enceinte de trois mois…

Elle avait envie d'observer un changement physique, d'avoir une preuve du miracle qui se produisait en elle. Une preuve qu'elle n'avait pas fait de mal à ses bébés en s'occupant de sa carrière tout autant qu'elle s'occupait d'eux.

À vrai dire, si elle était toujours en colère après Philipp à cause de leur dispute de la veille, c'était en partie parce que la culpabilité la rongeait. Et s'il avait raison ? Et s'il se passait quelque chose d'horrible parce qu'elle avait refusé de l'écouter ? Les nausées matinales étaient une sorte d'avertissement, un moyen que son corps avait trouvé pour lui dire de ralentir le rythme. Mais elle faisait semblant de ne pas comprendre le message.

Le point positif, c'était que ses vêtements lui allaient toujours. N'ayant jamais aimé le shopping, elle comptait vraiment sur Trinity et Cass pour l'aider à choisir des vêtements de maternité quand le moment serait venu.

Au même moment, Alex vit une forme apparaître dans le miroir derrière elle, ce qui interrompit brusquement ses réflexions.

C'était Philipp.

— Prête ? lui demanda-t-il.

La veille au soir, il était rentré à la maison avec une douzaine de roses et s'était platement excusé. Elle avait accepté les excuses et les fleurs. Mais n'avait pas oublié les raisons de leur dispute.

arrange les choses s'il ne voulait pas perdre sa première dame à cause de sa propre bêtise. Sans parler de ses enfants.

— Qu'est-ce qu'il faut que je fasse ? murmura-t-il.

— Tu connais déjà la réponse, répondit son grand-père en hochant vivement la tête avant de se mettre à tousser.

Le vieil homme était manifestement fatigué. Fatigué par tant de bêtise sans doute.

Philipp baissa la tête. Il était vraiment temps qu'il parte. De toute façon, son grand-père avait raison. Il n'y avait pas de mystère. Il devait admettre qu'il avait eu tort et commencer à faire des efforts, tout comme Alex en avait fait. Si naturellement. Elle s'était d'ailleurs montrée parfaite lors de l'inauguration. L'avait-il remerciée pour cela ? Il n'en avait pas souvenir…

Ni une, ni deux, il se leva et caressa tendrement l'épaule de son grand-père. Allez, en route !

— Je vais y aller. Il faut que je parle à ma femme et que je te laisse te reposer. Je peux venir avec elle, la prochaine fois ?

— Bien sûr. Sinon, comment veux-tu que je te la pique ?

— Tu peux toujours essayer, mon vieux, répondit Philipp en souriant.

— On en reparlera, répondit son grand-père.

Mais Philipp, déjà occupé à échafauder son nouveau plan, n'écoutait plus.

Le retour aux fondamentaux avait été une bonne idée, mais il avait besoin de quelque chose de plus fort. Il allait s'assurer qu'elle ait bien tout ce dont elle avait besoin. Ce serait un bon moyen de se rapprocher d'elle.

9

Alex fit un demi-tour sur elle-même, mais son ventre ne paraissait pas moins plat de ce côté-ci que de l'autre. Quand sa grossesse allait-elle commencer à se voir ? Elle était désormais enceinte de trois mois…

Elle avait envie d'observer un changement physique, d'avoir une preuve du miracle qui se produisait en elle. Une preuve qu'elle n'avait pas fait de mal à ses bébés en s'occupant de sa carrière tout autant qu'elle s'occupait d'eux.

À vrai dire, si elle était toujours en colère après Philipp à cause de leur dispute de la veille, c'était en partie parce que la culpabilité la rongeait. Et s'il avait raison ? Et s'il se passait quelque chose d'horrible parce qu'elle avait refusé de l'écouter ? Les nausées matinales étaient une sorte d'avertissement, un moyen que son corps avait trouvé pour lui dire de ralentir le rythme. Mais elle faisait semblant de ne pas comprendre le message.

Le point positif, c'était que ses vêtements lui allaient toujours. N'ayant jamais aimé le shopping, elle comptait vraiment sur Trinity et Cass pour l'aider à choisir des vêtements de maternité quand le moment serait venu.

Au même moment, Alex vit une forme apparaître dans le miroir derrière elle, ce qui interrompit brusquement ses réflexions.

C'était Philipp.

— Prête ? lui demanda-t-il.

La veille au soir, il était rentré à la maison avec une douzaine de roses et s'était platement excusé. Elle avait accepté les excuses et les fleurs. Mais n'avait pas oublié les raisons de leur dispute.

verre à la main, il ne s'arrêta pas une seule fois pour bavarder. De plus en plus étrange !

— Y a-t-il autre chose qui te ferait plaisir ? Tu as faim ?

— Pourquoi sommes-nous venus si tu n'envisages pas de soigner tes relations ?

Sans répondre, Philipp s'assit sur la chaise longue à côté de la sienne. Son regard était rivé sur elle ; il ne cherchait pas à discerner dans la foule quelqu'un à qui il devait parler. Son attention semblait exclusivement concentrée sur elle. Et elle devait l'admettre : elle aimait ça.

— Parce que c'est une fête et c'est important que nous passions de bons moments. Ensemble. On ne fait jamais ça.

— C'est vrai… Mais, par curiosité, qu'est-ce que tu entends exactement par « passer de bons moments » ?

Il lui sourit. Un sourire qui la toucha au plus profond d'elle-même. Comme un autre sourire. À une autre réception.

— Prendre un verre ensemble. Je pourrais peut-être te raconter une blague et te faire rire ? Parler de nos séries préférées quand on était au collège. Avec un peu de chance, quelques personnes intéressantes viendront se joindre à la conversation. J'aimerais savoir si tes parents te laissaient regarder *Beverly Hills* ou s'ils pensaient que tu étais trop jeune.

À ces mots, Alex éclata de rire. C'était plus fort qu'elle.

— Hé ! protesta-t-il. Je ne t'ai pas encore raconté ma blague.

— Je n'avais même pas sept ans quand *Beverly Hills* était diffusé. Je ne m'intéressais qu'aux poupées, aux chatons et aux poneys, si mes souvenirs sont bons.

Le sourire de Philipp s'élargit encore et elle oublia totalement la fête qui continuait de battre son plein autour d'eux.

— Alors tu étais vraiment trop jeune. Nos enfants n'auront pas le droit de regarder des séries de ce genre avant d'avoir atteint leur majorité.

Nos enfants. Cette formule semblait tellement… intime. Elle avait envie de conserver ce sentiment, de se raccrocher à lui. Mais ce n'était pas une raison pour baisser sa garde, il fallait qu'elle lutte contre sa faiblesse.

— Tu sais, tu n'es pas obligé de rester ici avec moi. J'imagine que tu as des relations à entretenir, fit-elle remarquer.

— Je peux m'en occuper à un autre moment, répondit-il avec un geste méprisant de la main. Il faut que je retourne à Washington dimanche soir, mais en attendant je veux passer le plus de temps possible avec toi.

Le visage de Philipp exprimait désormais une immense tendresse. C'était si beau qu'elle en oublia les raisons pour lesquelles elle ne devait pas laisser son cœur palpiter de cette façon quand il la regardait comme cela.

Un bruit, derrière eux, attira soudain son attention. À contrecœur, Alex détacha le regard de celui de son mari pour se retourner. C'était sa belle-mère.

— C'est là que vous vous cachez, tous les deux ! s'exclama-t-elle en souriant avant de prendre place sur une chaise longue. Eh bien ! J'ai cru que je ne pourrais jamais m'asseoir. Merci d'avoir trouvé une si bonne cachette.

Soudain prise de remords, Alex se tourna vers elle.

— On ne se cachait p…

— De rien, coupa-t-il. C'est le meilleur endroit de la maison pour voir sans être vu.

Alex jeta un regard en coin à Philipp. Venait-il d'admettre devant sa mère qu'il cherchait à éviter les invités ? C'était le genre de bourde qu'elle était elle-même capable de faire. Mais lui ?

Sa belle-mère se mit alors à rire gaiement.

— Tu venais toujours là pendant les réceptions quand tu étais petit. Tu t'en souviens ? Les fêtes d'adultes auxquelles tu ne devais normalement pas assister car elles se prolongeaient trop tard dans la soirée. Tu ne savais peut-être pas que j'étais au courant, mais Nana me tenait toujours informée.

— Nana était ma nourrice, expliqua-t-il sans cesser de sourire tendrement à sa mère. Elle avait un nom, mais comme il était imprononçable, je l'ai toujours appelée Nana. Par contre, je ne savais pas que c'était une petite rapporteuse.

— Elle s'appelait Siobhan. Et elle était adorable. Elle s'occupait de tout, des genoux écorchés jusqu'aux trajets vers l'école.

Alex observa l'échange entre Philipp et sa mère. C'était fascinant. Il y avait entre eux un lien qui lui rappelait un peu celui qui l'unissait à sa propre mère. Mais il y avait une différence notable. Certes, elle aimait sa mère, mais leur relation ne se limitait malheureusement pas à cet amour. Il y avait également de la culpabilité et de la honte. Elle avait fait endurer des choses terribles à sa mère. Mais celle-ci l'avait aidée à sortir du tourbillon de l'autodestruction. Sans cette femme extraordinaire, elle serait probablement morte ou en prison. Il était donc normal qu'elle se sente reconnaissante et redevable envers elle.

La relation entre Philipp et sa mère paraissait différente. Ils semblaient s'aimer d'un amour inconditionnel, sincère et fort. Chacun de leurs gestes, de leurs mots semblait le prouver.

Alex sentit son cœur se serrer. Ce n'était pas à cela que l'amour ressemblait dans son monde à elle. Jamais. Son père avait quitté leur famille sans même regarder derrière lui. Rien d'étonnant, donc, à ce qu'elle n'ait jamais cru en l'existence de l'amour.

Mais d'un autre côté, est-ce que ce n'était pas une explication qu'elle avait inventée pour éviter de se demander pourquoi personne ne l'avait jamais aimée d'un amour inconditionnel ?

La voix de sa belle-mère la ramena doucement à la réalité :

— Quand vous commencerez les entretiens pour les nourrices, si vous avez besoin de mon aide pour choisir, Alex, n'hésitez pas à m'appeler, dit-elle en lui tapotant doucement le bras.

Alex tourna son regard vers elle. Mince, effectivement, elle n'avait pas encore pensé à cela, mais elle allait avoir besoin d'une nourrice, oui. Impossible de travailler soixante heures par semaine et élever deux enfants, surtout avec un mari qui devait régulièrement se rendre à Washington.

— C'est très gentil à vous, madame Edgewood, répondit-elle.

— Ne m'appelez pas comme ça. J'ai l'impression d'avoir vingt ans de plus. Dans la famille, je suis Connie. Et vous en faites partie.

À ces mots, Alex sentit les larmes lui monter aux yeux. Ah, ces hormones ! Pourquoi Mme Edgewood avait-elle dit cela ? Elle ne faisait pas vraiment partie de la famille, après tout. La preuve : elle n'était pas aimée d'un amour inconditionnel. En tout cas pas par son fils.

Pourtant Philipp semblait avoir en lui la capacité de le faire. Il avait aimé Gina. Alors qu'est-ce que cela signifiait ? Qu'il y avait quelque chose chez elle qui empêchait les autres de l'aimer ?

Une larme se mit à couler sur son visage. Elle l'essuya nerveusement d'un revers de main. Ah non, pas maintenant !

— Merci, Connie, parvint-elle à articuler. Je crois que c'est la chose la plus gentille qu'on m'ait dite depuis bien longtemps.

— Tu ne fréquentes pas les bonnes personnes, répondit Connie en lançant à son fils un regard appuyé. Tu es la seule fille que j'aie. J'aimerais que notre relation se fonde là-dessus.

Alex se mordit la lèvre. Si on lui avait dit qu'elle entendrait une chose pareille ! Cet aveu paraissait si sincère et naturel qu'elle sentit aussitôt son cœur fondre. Certes, sa relation avec Philipp n'était peut-être pas fondée sur l'amour, mais sa relation avec Connie pouvait l'être. Il n'y aurait pas de règles pour la définir. Si elle avait besoin de conseils pour embaucher une nourrice, personne n'était mieux placé pour lui en donner que cette femme qui avait épousé un homme politique, tout comme elle.

Oui, elles pouvaient être amies dans le monde des Edgewood, ce monde qui lui paraissait si déconcertant, pourtant.

Alex se sentait dans une bulle de confiance, et maintenant qu'elle était à l'intérieur, tout ce qu'elle redoutait, c'était de la voir éclater.

— D'accord, finit-elle par dire en hochant la tête alors qu'une autre larme coulait de ses yeux.

Depuis quand avait-elle envie de vivre sans règles ? Les règles étaient les seules choses logiques qui ne changeaient jamais. C'était une sécurité.

Depuis quand avait-elle envie d'être aimée ?

Le bras si chaud et fort de Philipp vint lui apporter le réconfort dont elle avait besoin. Elle se sentait désormais beaucoup mieux. Bien. À sa place. Autant prendre le temps de savourer ce moment d'émotion.

— Tu devrais tout le temps dire des choses gentilles à ta femme, affirma Connie à son fils. Alex est la mère de tes enfants. Ce qui la rend automatiquement digne de toutes sortes de compliments.

— Je suis d'accord, répondit-il. Mais le compliment que j'ai en tête est… plutôt intime, si tu vois ce que je veux dire.

— Bon, alors je vais vous laisser à vos conversations d'amoureux…, répliqua sa mère en rougissant légèrement.

Alex regarda Connie se lever. Avant de partir, elle se tourna vers elle.

— Merci d'avoir ramené de la lumière dans la vie de mon fils. Son père et moi, nous avions peur qu'il ne se remette jamais de la mort de Gina. Tu es un véritable don du ciel, Alex.

Et sur ces mots, elle s'en alla.

Alex resta bouche bée. Avait-elle vraiment fait ce que Connie venait de dire ? À savoir ramener de la joie dans la vie d'un veuf éploré ? Elle n'avait jamais vraiment perçu le chagrin de Philipp, jusqu'ici. Et pourtant, maintenant qu'elle songeait à la question, cette douleur lui paraissait immense. Comment avait-elle pu l'ignorer ?

La voix de Philipp la ramena doucement à la réalité.

— Excuse-la. Son intention n'était pas de te mettre mal à l'aise.

En clignant des yeux, elle se tourna vers lui. Tout était désormais beaucoup plus clair dans son esprit.

— Elle ne m'a pas mise mal à l'aise, répondit-elle en se serrant un peu plus contre lui. Mais toi, peut-être… Tu ne parles pas beaucoup de Gina.

À ces mots, il se mit à se tortiller nerveusement.

Touché !

— Il n'y a pas grand-chose à dire. Elle n'est plus là.

Pas de doute, Philipp était bien mal à l'aise quand ce sujet était évoqué. Mais s'il ne parlait pas de Gina, comment pouvait-il faire son deuil de cette femme ?

— Mais tu l'aimais. Et c'est un sentiment très noble et digne d'être honoré.

Alex sentit le corps de son mari se crisper contre le sien.

Était-elle allée trop loin ? C'était exactement le genre de bourde qu'elle devait éviter. D'un autre côté, elle voulait aller au fond du problème. Les besoins physiques de Philipp ne posaient pas problème, elle savait comment les combler. Et il avait un véritable don pour lui rendre la pareille. Mais les besoins émotionnels ? Leurs besoins émotionnels à tous les deux ? Pourquoi cet aspect était-il absent de leur accord ?

Dans un élan de courage, elle décida de poursuivre sur sa lancée :

— Je n'ai jamais été amoureuse. Qu'est-ce que ça fait ?

Comme pour évacuer une partie de la tension accumulée en lui, il poussa un profond soupir.

— C'est un miracle. Une chanson que ton esprit ne cesse de chanter. De l'énergie. De la lumière. De la motivation. Quand on a ça, on a l'impression qu'on peut tout faire, tout réaliser. L'impossible devient possible.

Elle écouta son mari ouvrir poétiquement son cœur et sentit le sien se serrer. Elle était partagée entre émerveillement et douleur. C'était comme si elle avait eu un aperçu du paradis, mais que de noirs nuages s'étaient mis à passer dans le ciel, lui masquant ce beau spectacle, le rendant inaccessible.

Car il venait de lui faire comprendre ce que signifiait l'amour à ses yeux. Et maintenant qu'elle le savait, elle voulait être l'objet de cet amour. Philipp pouvait à nouveau connaître ce bonheur. Avec elle. Il fallait qu'il y croie.

Or cela allait à l'encontre des règles qu'ils s'étaient fixées.

Tout en se mordant la lèvre, Alex fit de son mieux pour retenir ses larmes.

— Je comprends que tu croies que ça n'arrivera plus. Ça a l'air tellement exceptionnel.

Mais était-on obligé de connaître cette joie une seule fois dans sa vie ? Non, car il n'y a pas de règles quand il s'agit du cœur.

L'air surpris, il hocha la tête.

— Tu me donnes beaucoup de bonheur, et je t'en remercie. J'ai toujours peur que tu me demandes des choses que je ne sois pas en mesure de te donner, mais tu ne le fais jamais. J'ai commis des erreurs à cause de ça, et je te demande pardon. Je vais essayer d'arrêter d'agir en m'appuyant sur des préjugés.

C'était une allusion à ses reproches des derniers jours. Et à la distance qu'il avait cherché à mettre entre eux. Des écrans de fumée pour l'empêcher de trop espérer. Philipp pensait qu'il n'avait rien à offrir en dehors de ce qu'il avait proposé au début de leur relation.

Et soudain, Alex comprit pourquoi il n'avait jamais évoqué ces besoins-là. Il ignorait leur nature ! Mais elle pensait l'avoir comprise.

De quoi avait-il besoin ? De croire aux secondes chances, tout simplement.

Et pour l'aider, elle ne voyait personne de mieux placé qu'elle. Apprendre à se rattraper, c'était ce qu'elle faisait depuis toujours.

Alex garda ce secret en elle tout au long du week-end.

Quand ils rentrèrent à la maison après la réception, Philipp ne chercha pas à s'éloigner d'elle, ni physiquement, ni mentalement. Il continuait de tenir la promesse du début de journée : passer du bon temps avec elle.

Ils regardèrent un film sur la télé à écran géant et il lui tint la main du début à la fin, ne la lâchant que pour aller lui chercher un verre. Ils dormirent dans le même lit, dans les bras l'un de l'autre. Comme des amants.

Des amants qui, elle l'espérait, deviendraient bientôt des amoureux.

Au petit déjeuner, le lendemain matin, il lui adressa un sourire doux-amer.

— Je n'ai aucune envie de retourner à Washington ce soir.

— Ce n'est pas l'idéal. Je pensais pouvoir t'accompagner. Mais avec les problèmes du logiciel, ce sera impossible cette semaine.

— En parlant de ton travail, dans une semaine, il y aura l'entretien préliminaire pour l'homologation de votre produit. À Washington. Je pensais te représenter.

— Ce serait super.

Afin de pouvoir renseigner ses amies de Fyra, Alex posa quelques questions à Philipp, auxquelles il répondit patiemment et consciencieusement. Fyra avait vraiment de la chance de pouvoir compter sur quelqu'un comme lui !

À la fin de son exposé, il la regarda d'un air pensif.

— On se connaît depuis un bout de temps maintenant, finit-il par dire, mais je ne pense pas t'avoir déjà posé la question : pourquoi les cosmétiques ?

Alex écarquilla les yeux. Cette question était si inattendue qu'il lui fallut un certain temps pour comprendre de quoi il voulait parler.

— Tu veux dire pourquoi Cass, Trinity, Harper et moi nous avons décidé de vendre du mascara plutôt qu'autre chose ?

— C'est ça. Pour ma part, je savais que je voulais devenir sénateur dès l'époque du lycée. En tout cas, c'est à ce moment-là que j'ai choisi le Sénat. J'ai toujours su que je voulais faire de la politique. Mais toi ? Tu avais le monde à tes pieds et tu as choisi le mascara. Je suis curieux de savoir pourquoi.

Oh ! elle aurait pu mentir. Elle le faisait tout le temps. Mais quelque chose dans la façon dont il avait posé sa question, sans la juger, comme un homme curieux d'en savoir davantage sur le passé de sa femme, la poussa à répondre honnêtement. Si elle voulait l'amener à changer d'avis sur les deuxièmes chances, quel meilleur moyen de remporter cet objectif que de lui expliquer comment elle avait elle-même eu la sienne ?

— Les cosmétiques, c'est leur truc à elles. J'ai juste pris le train en marche, finit-elle par admettre. Je n'ai jamais envisagé d'aller à l'université. Je ne pensais qu'à m'amuser et à traîner avec mes amis. Qui n'étaient d'ailleurs pas des personnes très fréquentables. Mais comment dire ? Ils m'aimaient et se souciaient de moi, contrairement à mes parents, qui étaient très occupés à se déchirer, à l'époque.

Philipp hocha la tête, mais ne l'interrompit pas.

— La première fois qu'on s'est fait arrêter, on s'en est tirés avec un simple avertissement. On se croyait invincibles et on faisait des tas de choses qu'on n'aurait pas dû faire : drogue, tags, vol à l'étalage. Tout et n'importe quoi.

Alex se contentait d'exposer les faits, mais la rancœur qu'elle ressentait parfois à l'égard de son passé devait transparaître dans sa voix, c'était certain. Ce qu'elle lisait sur le visage de son mari, en revanche, c'était de l'inquiétude, et non pas du mépris. Et c'était déjà beaucoup.

— Tu avais besoin de tes parents et ils n'étaient pas là, dit-il simplement. Alors tu t'es trouvé une nouvelle famille.

— Oui. Mais tout s'est arrêté quand j'avais quinze ans. J'ai fini par tomber sur quelqu'un qui a anticipé la catastrophe qui menaçait d'arriver. Et qui a compris comment l'éviter. La juge Miller. C'était une femme compatissante, juste et qui aimait vraiment son travail.

C'était avec le recul qu'elle voyait les choses ainsi. Sur le moment, elle avait été furieuse d'avoir été prise sur le fait. Furieuse et morte de peur, même si elle avait tout fait pour cacher aux autres cet aspect peu reluisant de sa réaction. La juge Miller lui avait seriné qu'elle ne pouvait pas gâcher sa vie de cette manière. Ça avait été la première d'une longue liste de deuxièmes chances. Des deuxièmes chances qu'elle avait saisies, respectueusement, en les considérant comme des miracles. Ce qu'elles étaient.

Or, d'après Philipp, l'amour était un miracle. Tout bien réfléchi, peut-être avait-elle reçu plus d'amour qu'elle ne l'avait pensé. Le concept, en tout cas, ne lui semblait plus si étranger que cela.

— Et comment a-t-elle fait pour éviter cette catastrophe ? demanda-t-il.

— Après m'avoir fait la leçon, elle nous a convoquées dans son bureau, ma mère et moi, et elle a passé un véritable savon à ma mère. Pour la juge, il n'y avait qu'elle qui pouvait changer les choses. C'était elle, la responsable de ma condamnation. Ça a été un véritable tournant pour moi.

Alex prit une grande inspiration. Sa mère avait pris ce conseil au pied de la lettre, l'avait inscrite dans un centre de désintoxication et poussée à se montrer plus assidue dans ses études. À force de travail, elle avait fini par être acceptée à l'université du Texas.

Elle raconta à Philipp son premier cours d'algèbre, où elle s'était assise à côté d'une jolie rousse qui lui avait tout de suite paru sympathique. À la fin de l'heure, elle avait appris que la jeune fille en question se prénommait Harper, qu'elle était plutôt timide et qu'elle voulait devenir chimiste.

Alex sourit en repensant à ce souvenir. Pour sa part, elle n'avait aucune idée de ce qu'elle voulait faire, ne serait-ce que le lendemain. Comme tous ses anciens amis étaient des délinquants, Harper lui était apparue comme une sorte d'extraterrestre.

Elle avait fait de gros efforts pour égaler les compétences scientifiques impressionnantes de sa nouvelle amie. Plus tard, lorsque l'un de ses professeurs lui avait demandé de devenir la tutrice d'une autre étudiante, elle s'était rendu compte qu'elle possédait un véritable talent pour les chiffres.

— Et sais-tu qui était cette autre étudiante ? Cass ! C'était déjà une fille super. Elle a tout de suite cru en moi. Quand elle m'a présentée à Trinity, la première chose qu'elle a dite, c'était : « J'ai trouvé notre gourou de la finance. » Tu te rends compte ? Moi, Alex Meer. Je sortais d'une petite ville paumée et j'étais toujours en période de probation. Je n'aurais jamais obtenu mon diplôme d'économie sans Cass. Et je n'aurais jamais su que j'aimais les chiffres si je ne m'étais pas assise à côté de Harper le premier jour.

— C'est une belle histoire, commenta-t-il en serrant sa main.

Ce geste de réconfort apaisa l'afflux d'émotion qu'avait provoqué en elle ce récit.

— C'est pour ça que je ne pourrai jamais quitter Fyra. Les cosmétiques ne signifient rien à mes yeux, mais l'amitié… C'est tout pour moi. Je me peindrais tout le corps avec du mascara si l'une de mes associées me le demandait.

— Je vois.

Philipp garda le silence quelques instants.

— Pas étonnant que tu te sois mise en colère contre moi quand je t'ai parlé de tes heures de travail.

Alex sourit avec reconnaissance. Savoir qu'il avait compris la toucha au plus profond de son cœur. Comment pouvait-il l'affecter autant avec de simples mots ? C'était sans doute parce qu'elle avait commencé à imaginer ce qui était possible entre eux. Chaque moment passé en présence de Philipp ne faisait que renforcer ses espoirs. Elle avait envie d'être affectée. Ces vagues d'émotions étaient enivrantes. Nécessaires. Merveilleuses.

— Je ne méritais pas de seconde chance mais, ce qui est sûr, c'est que je crois en elles.

— Je crois que je commence à comprendre…

Sur cette mystérieuse remarque, Philipp se mit à embrasser le bout de ses doigts avant de déposer mille baisers le long de son bras, si passionnément qu'elle en oublia totalement le petit déjeuner.

Au moment où il partit, ce soir-là, Alex était pour ainsi dire dans l'impasse. Comment allait-elle faire passer leur relation à l'étape suivante ? Mystère. Elle ne savait d'ailleurs même pas quelle serait cette étape. Les desseins du cœur ne sont jamais logiques et elle était sans doute la personne la plus mal placée au monde pour essayer de les comprendre.

Mais la dernière phrase que Philipp avait prononcée au petit déjeuner lui avait laissé un peu d'espoir. L'amour qu'il avait eu pour Gina était fort. Mais il refusait de croire que cela pouvait se produire à nouveau. La foudre ne frappe jamais deux fois au même endroit, certes. Mais si on reste debout dans l'orage et qu'on lui tend une perche ?

Qu'avait-il dit, chez ses parents, déjà ? « L'impossible devient possible. » Elle comprenait totalement ce qu'il entendait par là, désormais. Parce qu'elle était presque sûre d'être tombée amoureuse de son mari. Cette révélation était si bouleversante qu'elle en avait le souffle coupé. Seigneur, la semaine à venir sans lui allait être un véritable calvaire !

Le lundi, Melinda l'appela au bureau de la réception. Une douzaine de roses venaient d'être livrées pour elle. Sur la petite carte qui y était attachée, ce mot : « Un bouquet pour commémorer le jour de notre mariage. »

Alex sentit son cœur fondre ! Cette attention était tellement adorable et inattendue qu'elle eut l'impression de flotter sur un petit nuage toute la journée.

Le mardi, elle reçut à son bureau deux douzaines de lys. « Deux bouquets en l'honneur de nos bébés », pouvait-on cette fois lire sur la petite carte.

Plutôt que de se concentrer sur les rapports qu'elle devait étudier, elle passa une bonne heure à contempler rêveusement ces fleurs magnifiques. De toute évidence, Philipp pensait à elle. Peut-être lui manquait-elle tout autant qu'il lui manquait. Leur grande maison semblait si vide sans lui. Tout comme son cœur. Pourtant rempli par lui.

Le mercredi, quasiment tous les cadres se rassemblèrent à la réception pour voir ce qu'il lui avait envoyé. Trois douzaines de dahlias. « Trois bouquets. Un pour chacun des mois où tu as porté mes enfants. »

Sous le coup de l'émotion, Alex se laissa aller à pleurer, comme quelques autres personnes présentes. Philipp était heureux à l'idée de devenir père et il voulait qu'elle le sache. C'était adorable. D'un autre côté, elle aurait vraiment aimé que ces fleurs aient été envoyées pour des raisons plus personnelles.

Le jeudi, elle reçut quatre douzaines de pivoines. « Quatre. C'est le nombre d'orgasmes que je t'ai donnés le week-end dernier. »

Alex se hâta de le ranger dans l'un des tiroirs de son bureau. Et si quelqu'un lisait ce mot ? Ce serait terriblement gênant ! Elle passa quelques minutes à réfléchir. Ces fleurs n'étaient donc pas uniquement pour les bébés, comme elle avait cherché à s'en convaincre dans le seul et unique but de ne pas être déçue. Alors pour quelle raison Philipp les avait-il envoyées ?

Le vendredi, le bureau de la réception se trouva illuminé de cinq douzaines de tulipes rouges, orange et jaunes. « Cinq jours avant de te voir à nouveau. C'est beaucoup trop. »

En lisant cela, elle sentit une douce sensation de chaleur se diffuser dans ses veines. Philipp cherchait-il à lui dire que ses sentiments pour elle avaient changé ? Il était du genre à suivre les règles, lui aussi. C'était l'une des choses qu'ils avaient en commun. Peut-être attendait-il qu'elle fasse le premier pas, de crainte qu'elle ne soit pas sur la même longueur d'onde que lui... Impossible à dire. Elle n'avait aucun moyen de le savoir.

Ou plutôt si. Elle pouvait lui poser la question, naturellement. Mais s'il s'avérait qu'elle s'était trompée ? Cette simple idée la fit rougir.

Seulement, si elle voulait être plus pour lui qu'une simple amie et partenaire, il fallait bien qu'elle saute le pas. Ils s'étaient mis d'accord pour ne pas divorcer : elle n'avait donc pas à craindre les conséquences de ses actions.

Le week-end précédent, c'était lui qui était venu à elle. Cette fois, c'était elle qui allait venir à lui. En apparence, elle pourrait toujours faire comme si elle avait décidé d'assister personnellement à la grande réunion prévue le lundi.

En apparence seulement.

Car en réalité, pour la première fois depuis son adolescence, elle avait la ferme intention d'enfreindre les règles.

10

La semaine précédente, Philipp était rentré en avion sans même s'arrêter à son appartement. Quand arriva le vendredi soir, il envisagea de recommencer.

L'opposition au projet de loi qu'il présentait avec la sénatrice Galindo avait été farouche et il avait passé toute la semaine à argumenter à la tribune. Malheureusement, il n'avait pas réussi à obtenir de majorité et sa proposition avait été écartée.

À quoi bon le nier ? Il avait envie de rentrer à Dallas et de retrouver la douce chaleur du corps d'Alex. Elle lui ferait tout oublier avec son sourire et ses beaux cheveux soyeux. Mais les trois heures de vol qui la séparaient d'elle lui apparaissaient aussi longues qu'ennuyeuses. Et il n'avait même pas encore quitté le Capitole !

Décidément, ces allers-retours étaient pénibles. Mais pour l'heure, il n'avait pas d'autre solution. Pour l'heure, il essayait de se montrer patient face aux complexités de sa relation avec sa femme mais, à un moment ou à un autre, il faudrait bien que les choses changent.

Une fois dans sa voiture, Philipp demanda à Randy de le déposer à son appartement pour qu'il puisse au moins y laisser sa sacoche. Quelques minutes plus tard, quand il poussa la porte, il remarqua que la lumière de la cuisine était allumée. Bon sang, un cambriolage ! Ni une, ni deux, il sortit son téléphone pour appeler la police.

C'est à ce moment-là qu'Alex sortit de la chambre.

Elle portait un peignoir en satin et… rien d'autre, apparemment.

Philipp laissa tomber son téléphone par terre. Pas possible, il devait avoir une hallucination !

— Qu'est-ce que tu…

— Chut. Je voulais te faire une surprise. Considère ça comme ma façon à moi de te remercier pour les fleurs.

Lentement, elle avança dans sa direction.

Lui ne pouvait rien faire d'autre qu'admirer le spectacle sensuel qui s'offrait à lui. Il était cloué sur place !

— Je vois que tu as trouvé le peignoir que je t'ai acheté, dit-il d'une voix rauque.

Sans répondre, Alex prit sa cravate et l'attira doucement vers lui pour l'embrasser.

À ce moment-là, Philipp oublia tout et s'abandonna totalement à la passion. À l'instant même où ses lèvres se joignirent à celles de son épouse, il sentit son corps devenir un véritable brasier. Il n'y avait plus qu'elle, ses lèvres douces, son corps chaud et voluptueux…

Parfait.

Elle était venue à Washington. Pour être avec lui. Il avait fait un effort pour essayer de stabiliser leur relation et elle lui avait rendu la pareille. Elle avait à son tour fait un pas vers lui. Un grand pas.

C'était lui qui aurait dû la remercier. Elle était exactement ce dont il avait besoin, ce dont il avait envie. Et apparemment, il n'aurait pas à attendre une seule seconde pour profiter de ce qu'elle pouvait lui apporter. On aurait dit qu'elle avait lu dans ses pensées.

De vives émotions s'éveillèrent en lui et il sentit son cœur palpiter dans sa poitrine. Tôt ou tard, il allait vraiment falloir qu'il examine de plus près les sentiments qu'Alex lui inspirait.

Tout en pressant son corps chaud et sensuel contre lui, elle le fit reculer jusqu'à l'un des piliers qui séparaient le séjour de la cuisine. Au contact de ses seins opulents, il laissa échapper un grognement de désir. Malgré le tissu de sa veste et de sa chemise, il pouvait parfaitement sentir les tétons durcis d'Alex. À leur contact, il sentit tout son corps se tendre vers elle. De ses mains devenues brûlantes, il se mit à la caresser. Il avait envie d'explorer chaque centimètre carré de son corps si voluptueux.

— Trop de vêtements, murmura-t-elle alors en lui retirant sa veste.

Avec un empressement passionné, Philipp l'aida à retirer cette fichue chemise. Chaque fois que le peignoir en soie de sa femme effleurait sa peau, il sentait déferler sur lui une vague de sensations aussi intenses que voluptueuses.

— Pour moi peut-être, s'efforça-t-il de répondre d'une voix étranglée. Mais toi, tu portes juste ce qu'il faut.

À condition bien sûr qu'elle soit nue sous le peignoir. Autant vérifier directement. Délicatement, il passa la main en dessous pour caresser les fesses d'Alex. Elle avait la peau brûlante et il sentit son sexe devenir plus dur encore.

Plus. Maintenant. Vite.

Joignant de nouveau ses lèvres à celles d'Alex, Philipp la prit dans ses bras pour l'amener jusqu'au grand canapé du séjour. Lorsqu'elle fut allongée, il écarta brutalement les pans du peignoir, ce qui offrit ces seins parfaits à son regard avide. Ivre de désir, il attrapa l'un de ses tétons durcis de désir tout en caressant sensuellement ses cuisses. Puis, n'y tenant plus, il plongea deux doigts dans son sexe humide et brûlant, ce qui lui arracha un voluptueux gémissement.

Mais ce n'était pas assez. Il voulait tout.

Impatiemment, il ouvrit sa braguette, libéra son sexe et entra en elle avec un grognement. La perfection. Au même moment, elle cambra les hanches, pour l'accueillir plus profondément en elle avant de se mettre à onduler sensuellement. Elle l'encouragea en poussant de petits cris de plaisir jusqu'à ce qu'ils viennent ensemble dans un véritable feu d'artifice de sensations.

Alors que les dernières vagues de plaisir déferlaient sur lui, Philipp resta immobile sur elle, en elle. Les yeux fermés, il posa la tête dans le creux de son cou tandis qu'une douce sensation de chaleur l'envahissait.

C'était étrange. Mais il savait ce que c'était. Une chose qui n'était pas supposée être là, mais qui l'était pourtant depuis un bon moment. Une chose puissante, qui était devenue plus puissante encore depuis qu'il avait fait l'amour avec sa femme.

Comment cela avait-il pu se produire ?

Cela faisait bien longtemps qu'il avait refermé cette porte. Volontairement. Pas d'émotion, donc pas de douleur.

Naturellement, il avait des sentiments pour Alex. Elle portait ses enfants. Ils étaient mariés. Cette sensation de chaleur était donc naturelle.

Non, allons, pourquoi essayer de se rassurer vainement ?

Au même moment, Philipp sentit un élan de panique lui traverser le corps.

Tout en soupirant contre lui, Alex serra plus fort son corps. S'ils avaient pu faire l'amour, c'était uniquement parce qu'elle avait écourté sa journée de travail pour venir le rejoindre. C'était une énorme concession pour elle.

À cette idée, la sensation de chaleur qu'il essayait de nier se fit plus présente encore.

Du calme, ce n'était qu'une conséquence de leurs ébats. Qui avaient vraiment été exceptionnels. Oui, une conséquence de leurs ébats, rien de plus. C'était sûr et certain.

Philipp soupira discrètement. Après sa conversation avec son grand-père, il avait compris une chose. Sa relation avec Alex devait changer s'il ne voulait pas rompre le lien ténu qui l'unissait à elle et à ses enfants. Manifestement, cela avait fonctionné.

— De rien, murmura-t-il quand il se trouva enfin en mesure de parler. Je veux dire, pour les fleurs.

Il avait fait cela sur un coup de tête. Seul dans son lit après le week-end qu'ils avaient passé ensemble, il avait eu l'idée de faire quelque chose pour lui montrer qu'elle lui manquait.

— Les petites cartes étaient vraiment merveilleuses, dit-elle en le serrant plus fort encore contre elle. C'était comme des messages codés.

— Tu trouves ?

— Oui. Tu as pris les aspects les plus importants de notre relation et tu as consacré un mot à chacun d'entre eux. Nous sommes mariés. Nous formons une famille. Il y a une véritable alchimie sexuelle entre nous. Et nous aimons être ensemble. Partager des choses. Résultat : nous souffrons d'être séparés. Ce mariage se passe bien mieux qu'on ne l'avait imaginé au départ. C'est tout ça que tu voulais dire, je me trompe ?

Philipp leva les yeux au plafond. Non, ce n'était pas cela qu'il avait voulu dire. Mais c'était en quelque sorte ce qu'il ressentait au fond de lui. Curieux. Peut-être avait-il inconsciemment essayé de rendre hommage à ce qu'ils étaient parvenus à construire.

— Tu ne te trompes pas. C'est tout à fait ça.

Inconsciemment ? Peut-être n'était-ce pas aussi inconscient que cela. Ces petits mots, à bien y réfléchir, étaient des cadres. Ils définissaient les limites de leur relation. *Voilà ce qu'est notre relation. Tout ce qui n'est pas évoqué n'en fait pas partie.*

C'était au sein de ces cadres qu'il se sentait en sécurité. Rien ne pouvait leur arriver s'ils s'en tenaient à leur accord. Sans émotion, il n'y aurait pas de culpabilité, ce qui signifiait qu'il n'aurait jamais à revivre ces heures et ces jours terribles qui avaient suivi la mort de l'être le plus important à ses yeux. Et il trouvait formidable qu'Alex ait compris cela. Formidable. Magique. Miraculeux.

Philipp fit soudain la grimace. La sensation de chaleur, dans sa poitrine, commençait à le gêner. Depuis le temps, il ne pouvait plus s'agir d'une répercussion de son orgasme. Pourquoi était-il toujours dans ses bras ? C'était dangereux.

Alors qu'il se faisait ces réflexions, Alex avait attrapé son visage pour l'embrasser tendrement. Et quand elle finit par s'écarter de lui pour le regarder, elle avait les yeux brillants. On aurait dit qu'elle était sur le point de pleurer.

— Tant mieux, murmura-t-elle. Parce que je crois que moi aussi je suis en train de tomber amoureuse de toi.

— Tu… ? Quoi ?

Il avait très bien entendu. Malheureusement, il avait beau répéter ces mots dans son esprit, il n'arrivait pas à leur donner un sens. Bon sang ! Pendant qu'il se mentait à lui-même sur ce qui était en train de se produire en lui, jamais il ne lui était venu à l'esprit qu'Alex puisse envisager de briser les règles.

Son sourire s'estompa tandis qu'elle inclinait sa tête sur le côté.

— Eh bien… C'est de ça que nous parlons, non ? Les sentiments que nous éprouvons l'un pour l'autre deviennent plus forts. Plus profonds. Quand nous avons conclu notre accord, nous n'avons pas parlé de ce que nous ferions si nous tombions amoureux. Alors, que faisons-nous ?

Naturellement, leurs sentiments étaient devenus plus profonds. Ils vivaient ensemble, ils étaient mariés. Mais ils n'étaient pas amoureux. Certes, parfois, il n'arrivait pas à dormir quand elle n'était pas là. Parfois, il ressentait dans sa poitrine une étrange sensation de chaleur quand il la regardait. Mais cela n'avait rien à voir avec ce qu'elle était en train de dire.

À moins que… Alex avait-elle perçu quelque chose qu'il ne voulait pas admettre, même pas à lui-même ?

— Nous ne sommes pas…

Philipp sentit sa voix se briser tandis qu'il fermait les yeux pour essayer de chasser la panique qui menaçait de prendre le dessus sur lui.

— Si nous n'en avons pas parlé, c'est parce qu'il est hors de question que ça se produise.

Oui, il fallait tuer cette rébellion dans l'œuf, ne pas la laisser changer quoi que ce soit.

S'il y avait des règles, c'était pour une bonne raison : qu'elle ne se mette pas à espérer l'impossible. Mais il était trop tard pour faire machine arrière. Il le voyait bien dans l'expression de son visage, qui s'était brutalement crispé.

— Tu n'as pas à me dire ce que je dois ressentir ou pas, Philipp. Et tu ne peux pas non plus nier tes propres sentiments.

Philipp n'en revenait pas. Son pire cauchemar était-il vraiment en train de devenir réalité ? Oui. Ils avaient une conversation sur la chose qu'il avait tout fait pour éviter. Et il se sentait complètement déchiré par des émotions violentes et contradictoires. D'un côté, la culpabilité que lui inspirait son manque de loyauté envers Gina. De l'autre, les espoirs qu'il ne pouvait s'empêcher d'avoir en imaginant son avenir avec Alex.

Aussitôt, il s'écarta brusquement d'elle et se mit à la recherche de ses vêtements. Il n'avait pas envie d'avoir cette conversation mais, s'il devait l'avoir, il ne voulait pas être nu.

Alex se leva à son tour et noua son peignoir autour de sa taille, avant de s'approcher de lui. Manifestement, elle n'avait pas compris qu'il avait besoin de distance. Une fois habillé, il se rassit sur le canapé. Elle prit place à côté de lui.

Mais il n'eut pas le courage de la regarder quand il se décida à lui dire ce qu'elle avait besoin d'entendre :

— Je ne nie pas mes sentiments. Et par là, je ne veux pas dire que je vais m'efforcer de les ignorer. Je veux dire que je n'en ai pas. Et que je n'en aurai jamais. Ce n'est même pas une possibilité.

Ce qui était en partie vrai, même si cela ne l'était pas tout à fait. Oui, il avait des sentiments pour elle, des sentiments qui étaient devenus dangereux depuis un bon moment déjà. Et il avait essayé, sans succès, de les refréner.

Hélas, son cœur appartenait à Gina, et aucune autre femme ne pourrait jamais percer les murailles qu'il avait érigées autour de lui. Jamais.

Et pourtant…

Pourtant, il se sentait un peu moins déterminé à se protéger. Et c'était la pire de toutes les révélations. S'il s'autorisait à aimer Alex, il aurait peut-être le cœur brisé à nouveau. Non, il ne pouvait pas faire ça.

Philipp avait pourtant conscience d'une chose : il faisait souffrir Alex. Sa douleur se lisait sur son visage. C'était d'ailleurs pour cela qu'il avait jusqu'ici soigneusement évité les femmes qui recherchaient l'amour. Mais pour l'heure, il était perdu. Qu'était-il arrivé à son parfait mariage sans amour ? Des émotions étaient entrées en jeu. Des deux côtés. C'était un véritable désastre.

Oh non ! Son univers était en train de s'écrouler et il ne savait pas comment limiter la casse.

— Tu dis que ce n'est pas une possibilité. Mais quand tu cherchais à me convaincre de t'épouser, tu voulais que tes enfants grandissent dans un foyer similaire à celui où tu avais grandi.

Alex tâchait de parler d'une voix calme. Même si elle était littéralement folle de rage.

La situation était en train de lui échapper. Ce n'était pas du tout prévu. Philipp n'était pas tombé dans ses bras et ne l'avait pas du tout remerciée d'avoir lu entre les lignes des petites cartes qu'il lui avait envoyées. Non, ils n'étaient pas du tout sur la même longueur d'onde. Après l'empressement qu'il avait mis à se rhabiller, il suffisait de regarder son expression légèrement paniquée pour le comprendre.

La magie qu'elle avait cru percevoir entre eux quelques instants plus tôt s'était brutalement évaporée. Comment avait-elle pu penser qu'elle parviendrait à ses fins en mettant son cœur à nu ?

— C'était l'une des raisons de ma proposition, en effet, finit-il par répondre.

Même le ton de sa voix était devenu froid.

Alex secoua la tête. La boîte de Pandore avait été ouverte. Oh ! elle avait envie d'en refermer violemment le couvercle, mais il lui semblait qu'elle devait continuer sur sa lancée. C'était le moment ou jamais. Si elle en voulait davantage, c'était maintenant qu'elle devait le signifier à Philipp. Si elle voulait être aimée, c'était maintenant qu'elle devait le lui dire.

— Tes parents sont toujours très amoureux. Ça se voit tout de suite. Et je pense que c'est un facteur déterminant. C'est l'amour qui crée cet environnement si propice pour les enfants. Et si on s'en tient à notre accord, nos enfants en souffriront certainement. Alors pourquoi ne pas explorer toutes les possibilités ?

Voilà, elle avait visé juste. Trouvé le meilleur argument pour que leur relation franchisse un cap qu'ils n'avaient jamais envisagé. Un argument logique. Si elle voulait convaincre son mari de la possibilité d'une relation amoureuse, elle y parviendrait par la logique uniquement.

Pleine d'espoir, Alex retint son souffle.

— Ce n'est pas une possibilité, répéta-t-il avec visage crispé. On en a déjà parlé. Tu sais ce que je suis disposé à offrir et ce que je ne peux pas offrir.

Alex baissa la tête. Tout cela parce que la première femme

de Philipp avait été une déesse, mais elle ne lui arriverait jamais à la cheville. Être la mère de ses enfants ne lui donnait pas de droit d'accès à son cœur. Il avait été très clair sur ce point depuis le départ.

Elle sentit une étrange amertume remonter le long de sa gorge.

— Gina est partie, Philipp. Il faut que tu fasses une croix dessus et que tu vives ta vie pour toi et tes enfants.

À ces mots, il se figea et son regard devint glacial.

— Ce ne sont pas tes affaires.

Le ton de la voix de Philipp, sec et blessant, ne fit que renforcer la vague de douleur et de panique qui menaçait déjà de la submerger depuis qu'elle lui avait avoué son amour.

Bon sang, elle avait tout gâché. Elle n'aurait jamais dû parler. Elle n'aurait jamais dû essayer de changer. Oser croire qu'il pourrait l'aimer d'un amour inconditionnel, semblable à celui qu'il avait éprouvé pour sa première femme. Seulement, elle pensait vraiment que... Que les sentiments qu'elle lui inspirait allaient au-delà de la simple gratitude. Les petits mots qu'il lui avait envoyés étaient tellement adorables et la façon dont il la regardait parfois...

Face à l'expression implacable de Philipp, elle sentit son cœur se serrer.

Non. Ce n'était pas sa faute à elle. Les sentiments qu'elle éprouvait pour lui avaient changé, mais il ne pouvait pas lui reprocher cela.

Elle voulait le mari qu'il était en train de devenir. Cela ne faisait pas partie de leur accord ou de ce qu'ils avaient envisagé, mais elle allait se battre pour que ses rêves se réalisent.

— Cet accord ne me convient plus, affirma-t-elle.

Philipp la regarda en fronçant les sourcils.

— Qu'est-ce que tu racontes ?

— Je veux plus qu'un partenariat. Je ne veux pas qu'on soit simplement deux amis qui se marient à cause d'un bébé. Les choses ont d'ailleurs beaucoup changé entre nous depuis que nous avons conclu cet accord.

Alex eut un petit rire dépourvu de gaieté.

— D'ailleurs, reprit-elle, ce n'est pas un bébé mais toute une famille que nous allons avoir dans six mois. La situation n'est plus la même qu'au moment où nous avons conclu notre pacte. Je ne suis plus la même.

— Nous étions d'accord pour…

— Je sais ! l'interrompit-elle.

Au prix d'un effort surhumain, Alex se força à poursuivre. La nausée était en train de revenir. Son estomac semblait sens dessus dessous.

— Mais à ce moment-là, je ne savais pas que nous aurions des jumeaux. Et je ne savais pas ce qu'était l'amour. Et je ne savais pas que j'éprouverais des sentiments si profonds pour toi. Les émotions ne sont pas mon fort. Tu n'as pas compris ? C'est difficile pour moi, et j'avais peur de t'en parler parce que je ne savais pas vraiment ce que c'était.

Elle peinait désormais à retenir les larmes qui grossissaient dans ses yeux. Que c'était dur !

Philipp, de son côté, cherchait à éviter son regard, de toute évidence.

— Alors tu n'aurais pas dû en parler, répondit-il. Nous avions fixé une limite et tu l'as franchie.

— C'est vrai, murmura-t-elle en baissant la tête alors qu'une sourde douleur commençait à poindre dans sa poitrine. Mais je ne peux pas me contenter de ça, Philipp. Si tu n'es pas disposé à m'en donner davantage, je vais devoir m'en aller.

L'air surpris, il tourna brutalement la tête vers elle.

— Comment ça ?

— Eh bien, je vais aller habiter chez Harper le temps de décider de ce que je veux faire.

Alex se massa les tempes. Une minute. Venait-elle vraiment de rompre avec Philipp ? Difficile à dire, elle n'avait jamais fait ce genre de chose jusqu'ici. Qu'allait-il se passer ensuite ? Aucune idée, tout lui paraissait extrêmement confus. Et douloureux.

— Je vois, dit-il en fronçant encore les sourcils. Nous nous étions mis d'accord sur deux points : pas d'amour et pas de divorce. Mais apparemment, tu es prête à jeter tout ça aux ordures si je ne me plie pas à ta volonté. C'est bien ça ? Je n'ai pas mon mot à dire ?

Divorce. Le mot résonna et sembla briser quelque chose. Non, ce n'était pas du tout ce dont elle avait envie. Mais quelle était l'alternative ? Ils avaient essayé de ne pas trop s'impliquer et ils avaient échoué…

— Pour l'instant, je n'ai pas la force de poursuivre cette conversation, dit-elle sincèrement. Il faut que je pense aux bébés. Je suis à deux doigts de m'effondrer, et si ça ne te gêne pas, je préférerais le faire en ton absence.

L'air toujours aussi froid, Philipp hocha la tête.

— Randy va te raccompagner à l'aéroport. Prends mon avion. Et surtout, prends soin de toi.

Trop déstabilisée pour pleurer, Alex reprit son sac et le laissa la raccompagner jusqu'à la voiture qui allait l'éloigner de lui. Lui, l'homme qui lui avait brisé le cœur.

11

Le lendemain matin, Alex alla frapper à la porte du vaste loft de Harper.

— Oh ! ma chérie ! lui dit son amie en lui ouvrant. Quand tu m'as appelée, je ne pensais pas que c'était si grave.

Oui, la situation était grave. Et apparemment, cela se lisait sur son visage. Elle ne savait pas si elle pouvait ou non rester mariée à Philipp. Il n'avait pas cherché à la retenir quand elle était partie. Et surtout, envers et contre tout, elle avait fini par tomber amoureuse de son mari. Alors qu'elle s'était engagée à ne jamais le faire. C'était absurde. Et horrible.

Tout en serrant son amie contre elle, elle essuya le coin de ses yeux.

— C'est grave. Et le pire, c'est que je ne sais même pas pourquoi je pleure.

Harper la conduisit jusqu'à un grand canapé en cuir qui faisait face à une baie vitrée. Douze étages plus bas, la rue grouillait de voitures et d'activité. Mais derrière les vitres, elles semblaient isolées du reste du monde. Pourvu que le calme l'aide à apaiser les émotions qui se bousculaient en elle !

— Tu pleures parce que les hommes sont tous des ordures qui devraient être pendues haut et court. Sauf Dante.

Alex trouva la force de rire à cette blague.

— Les amis font exception à la règle ?

Les amis… Philipp et elle avaient été amis, justement, à une époque. Désormais, ils ne l'étaient même plus. Elle aurait dû réfléchir davantage avant de lui avouer ses sentiments.

Désormais, elle n'avait plus ni d'ami, ni de partenaire, ni de père pour ses enfants.

Alors qu'elle se faisait ces réflexions, Harper s'était mise à sourire tendrement.

— Dante fait exception à la règle parce qu'il est génial et parce que ce serait une véritable perte pour l'humanité s'il venait à disparaître. Sans parler du fait qu'il compte parmi les rares personnes au monde qui seraient prêtes à tout laisser tomber pour moi.

Alex sentit son cœur fondre. Cela semblait tellement beau. Comme elle aurait aimé que Philipp l'aime de cette façon !

Comme une nouvelle douleur lui tenaillait le ventre, elle se laissa tomber sur le canapé. Elle était rentrée à Dallas au cours de la nuit, mais elle s'était sentie si mal en arrivant chez Philipp qu'elle n'avait pas eu le courage de faire ses bagages. Elle s'était recroquevillée sur le sol de la salle de bains, dans l'espoir que le marbre rafraîchirait son visage ravagé par les larmes et apaiserait ses douleurs.

Elle s'était trompée sur toute la ligne.

— Je pleure à cause des hormones, c'est tout, mentit-elle. Si tu veux mon avis, je suis bien partie pour avoir la grossesse la plus difficile de l'histoire de l'humanité.

Comme pour lui faire comprendre que l'excuse des hormones ne prendrait pas avec elle, Harper fit une petite moue.

— C'est ce que disent toutes les femmes qui sont dans ta situation. Mais qu'est-ce que ça fait exactement d'être enceinte ?

— C'est comme si tu avais bu quatre verres de vin, deux shots de vodka et une pinte de bière en moins d'une minute. Le tout sur un estomac vide.

Pour être honnête, les hormones n'avaient rien à voir là-dedans. Ce n'était pas pour cette raison qu'elle souffrait le martyre à l'idée de ne plus jamais revoir Philipp, de ne plus jamais se retrouver dans la douce chaleur de ses bras. Ne pas pouvoir aller nager le dimanche matin dans la piscine de ses parents, déjeuner avec eux puis leur laisser les enfants pour l'après-midi. Elle n'avait aucun mal à imaginer le sourire de Philipp au moment où il baisserait la vitre de sécurité de la limousine et…

Au même moment, la voix de Harper coupa court à ses pensées.

— Beurk. Mais ce n'est pas de ça que je te parlais. Je veux dire qu'est-ce que ça fait d'avoir des petits êtres dans son ventre ? Ça doit faire bizarre, tout de même…

À ces mots, Alex sentit son cœur s'emballer. Peut-être n'était-il pas si brisé que ça, après tout. En tout cas, il fonctionnait toujours…

— C'est miraculeux. Ce sont mes enfants. Je suis la seule personne au monde qui aura la chance de les porter dans son ventre. Quand je les aurai mis au monde, ce seront mes enfants pour toujours et jamais personne ne pourra me les prendre.

— Tu es rayonnante quand tu dis ça, commenta son amie qui paraissait vraiment fascinée.

— C'est ça, l'amour.

Le miracle, l'énergie dont Philipp lui avait parlé. C'était cela qu'elle ressentait pour ses bébés. S'il ne lui avait pas donné son amour, il lui avait donné ses enfants, et c'était là un immense cadeau.

— J'avoue que je suis un peu jalouse, murmura Harper dont le sourire était devenu légèrement moins éclatant. Cass et toi, vous êtes passées à une nouvelle étape de votre vie, et je me sens un peu à la traîne. Trinity non plus n'en est pas là. Mais je ne pense pas que ça la gêne.

Alex fronça les sourcils. Harper était-elle sérieuse ou cherchait-elle simplement à alimenter la conversation ? C'était très difficile à déterminer.

— Mais toi si ? Depuis quand envisages-tu de devenir maman ?

Avec un haussement d'épaules, Harper lui adressa un petit sourire triste.

— Depuis peu. Mais ce n'est pas un crime.

Non. Seulement, Alex n'arrivait même pas à imaginer son

amie prendre un peu de son temps pour fréquenter un homme. Et moins encore pour faire l'amour avec un homme.

— Je rêve ou il y a deux minutes tu étais en train de me dire que tous les hommes étaient des ordures qui devaient être pendues haut et court.

— Qui a parlé d'un homme ? s'exclama-t-elle. Pas besoin. Aujourd'hui, il existe toutes sortes de moyens de devenir mère sans passer par tous les problèmes que peut engendrer une relation. Tu vas élever tes enfants seule, je me trompe ? Si tu peux le faire, je ne vois pas pourquoi moi je ne pourrais pas. On le fera ensemble.

Alex écarquilla les yeux. Seule ? C'est-à-dire sans Philipp ? Non ! Les choses ne pouvaient pas se passer comme ça. Elle avait besoin d'un peu d'espace pour respirer, rien de plus. Tout était désormais plus clair dans son esprit. Si elle n'avait pas réussi à faire ses bagages, c'était parce que ce n'était pas la bonne solution. Philipp et elle étaient mariés. C'était le nœud du problème, mais elle avait pris un engagement. Hors de question que ses enfants grandissent sans père. Or Philipp était le seul homme qui pouvait mériter ce titre.

— Oui, mais la différence c'est que, moi, je n'ai pas envie de faire ça seule, affirma-t-elle. Ce n'est pas ce que j'envisage, ni pour moi, ni pour mes bébés.

Il allait donc falloir qu'ils trouvent un moyen de faire fonctionner les choses. Mais lequel ? Devait-elle revenir à leur accord originel et s'y tenir, sans jamais plus évoquer les désirs de son cœur ?

La douce voix de Harper la ramena à la réalité.

— C'était juste une idée comme ça, de toute façon, dit-elle en lui tapotant le bras. Mais si tu ne veux pas le faire seule, pourquoi es-tu ici ? Retourne à Washington et essaie d'arranger les choses avec Philipp. De revenir à votre accord.

— Ce n'est pas si simple, répondit Alex d'une voix à nouveau brisée par l'émotion. Tout semblait très logique et rationnel, mais au bout d'un moment je me suis mise à avoir envie de plus, à avoir envie de choses que je ne comprenais même pas. Et quand je l'ai évoqué devant lui, il s'est braqué.

Naturellement qu'il s'était braqué. Elle avait enfreint les règles. Elle s'était comportée comme une enfant gâtée, en véritable égoïste.

— Alors je ne suis probablement pas la personne la mieux placée pour t'aider à résoudre tes problèmes, répondit Harper d'un air attristé. Tu es comme une sœur pour moi, mais l'amour et les sentiments, à mon sens, c'est une perte de temps. Quand tu m'as dit que tu t'étais disputée avec Philipp, j'ai cru que c'était parce qu'il t'avait à nouveau demandé d'arrêter de travailler.

— Non, il a fini par laisser tomber cette idée.

En était-elle sûre ? Ils n'en avaient pas reparlé. À vrai dire, cela avait plutôt été balayé sous le tapis. Avec tout le reste.

— Si nous nous sommes disputés, expliqua-t-elle, c'est à cause de notre accord, et parce que je ne sais pas si je peux continuer de le respecter.

Philipp avait besoin d'elle, c'était certain. Mais pour des raisons purement pratiques. Il avait une image et une réputation à maintenir.

— Alors il faut que tu réfléchisses à ce que tu veux faire, murmura Harper. Tu peux bien sûr rester ici tout le temps qu'il te faudra pour le déterminer.

L'air radieux, Harper se leva d'un bond et lui tendit la main pour l'encourager à faire de même.

— Tu as faim ? On va prendre le petit déjeuner. Pendant ce temps, j'aimerais bien que tu me dises ce que tu sais de l'évolution de notre fameux dossier. J'ai vraiment hâte que la formule 47 sorte sur le marché. Deux ans que je travaille dessus… Si vous êtes en froid avec Philipp, veux-tu que je te remplace pour faire office d'intermédiaire ?

Alex soupira. L'entretien devait avoir lieu ce lundi. Elle l'avait complètement oublié ! Si elle ne pouvait pas se défaire de sa relation avec Philipp si rapidement et si facilement, ce n'était pas uniquement à cause des bébés.

— Le rendez-vous doit avoir lieu lundi. Je suis allée à

Washington hier dans le but de passer le week-end avec Philipp et d'assister à cet entretien. Mais je suis partie comme une voleuse…

Comment avait-elle pu en arriver là ? Fyra était toute sa vie, pourtant ! Ou du moins était-ce le cas pour le temps présent. Car à un moment ou à un autre, deux petits bébés viendraient s'ajouter à l'équation et elle serait aussi bien mère que directrice financière. Et si elle voulait arranger les choses avec Philipp, il faudrait également qu'elle soit épouse, d'une manière ou d'une autre.

De toute façon, c'était à elle de s'occuper de cet entretien si crucial. Et elle allait le faire, quoi qu'il lui en coûte.

Et il lui en coûterait sans doute beaucoup. Sans surprise, les nausées matinales étaient revenues. Tant et si bien, d'ailleurs, qu'elle ne voyait pas comment elle pourrait avaler quoi que ce soit.

— Je demanderai un rapport à Philipp lundi soir et je te tiendrai informée. Ne t'inquiète pas.

Alex passa le week-end dans un état second. Son ventre la faisait terriblement souffrir. Le lundi matin, elle était tellement fatiguée qu'elle hésita à aller travailler. Elle avait eu le temps de s'occuper de beaucoup de choses au cours des semaines passées, c'était le meilleur moment pour faire une pause ! Mais elle n'avait pas pris un seul jour de congé maladie depuis le lancement de Fyra. Ce n'était tout de même pas maintenant qu'elle allait commencer.

Vers 15 heures, elle reçut un e-mail du bureau du sénateur Edgewood. Il concernait certainement l'entretien avec la FDA, mais elle sentit quand même son cœur s'emballer.

> Le comité est prêt à passer à l'étape suivante : visite du laboratoire de recherches. Ils aimeraient prélever des échantillons et avoir accès à toutes les données sur le projet. Pourrais-tu demander à Harper ses disponibilités ? J'accompagnerai le comité lors de cette visite.

Et c'était tout. Pas d'évocation de leur dispute, pas d'interrogations sur sa santé. Les choses allaient-elles demeurer ainsi ? Si c'était le cas, ce serait horrible. Mais une promesse était une promesse, et elle appela Harper pour fixer avec elle une date dans la semaine. Puis elle répondit à Philipp, sur le même ton froid et professionnel qu'il avait employé.

Si cela vous convient, Harper vous recevra jeudi dans la journée.

Plus la semaine avançait, plus les nausées devenaient violentes. Elle pouvait à peine avaler un morceau de pain, et si elle le faisait, c'était parce que Harper l'y obligeait. Le soir venu, assise sur le canapé, elle faisait semblant de regarder la télé, submergée par les malheurs qui s'étaient abattus sur elle.

Pourquoi se mentir ? Philipp lui manquait et elle ne supportait pas que la situation soit devenue si difficile. C'était pour cette raison qu'elle avait de nouveau si mal au ventre ! Était-ce la punition qu'elle méritait pour avoir osé échanger des mails aussi froids avec son mari ?

Le jeudi matin fut pire encore. Alex s'extirpa difficilement du joli lit de la chambre d'amis de Harper et se força à enfiler un jean qu'elle eut du mal à fermer sur son ventre qui commençait à s'arrondir. Allez, courage.

Mais quand les membres du comité arrivèrent à Fyra, elle fut prête à les accueillir. Malgré tout, son regard fut irrésistiblement attiré par le grand homme brun qui se trouvait parmi eux. Philipp paraissait fatigué. On aurait dit qu'il n'avait pas beaucoup dormi. Le pauvre, elle n'avait pas envie qu'il perde le sommeil à cause d'elle. Elle avait envie… Elle avait envie de choses qui n'étaient pas possibles.

Mais, d'un autre côté, pouvait-elle accepter de vivre avec lui pour le bien de leurs enfants uniquement ? Elle était certaine qu'il accepterait de revenir à leur accord originel. Car c'était sa volonté de devenir un jour président qui guidait toutes ses pensées et actions. C'était pour cela qu'ils s'étaient mariés. Mais si elle voulait un père pour ses enfants, pouvait-elle oublier le fait qu'elle était tombée amoureuse de lui et qu'il refusait de lui donner son amour en retour ?

De toute façon, les réponses à ces questions ne lui viendraient pas subitement à l'esprit pour la simple et bonne raison qu'il se trouvait tout à coup devant elle. Les deux hommes qui accompagnaient Philipp se présentèrent et la visite commença aussitôt après. Harper les accueillit devant la porte de son laboratoire et prit le relais pour expliquer avec enthousiasme la nature de ses recherches. Heureusement. Car elle était sur le point de rendre le petit morceau de toast qu'elle s'était forcée à avaler un peu plus tôt.

Mais alors que les deux hommes commençaient à s'enfoncer avec Harper dans le laboratoire, Alex vit Philipp s'approcher d'elle.

— Comment vas-tu ? lui demanda-t-il en fixant sur elle son beau regard d'azur.

Au simple son de sa voix grave, elle sentit ses yeux s'emplir de larmes.

— Mal. Et toi ?

— Pareil, répondit-il en haussant les épaules. Je me fais du souci pour toi.

— C'est donc pour ça que tu n'arrêtes pas de m'appeler, répondit-elle ironiquement.

Mais son élan de bravoure fut brutalement interrompu. Car elle sentit brusquement ses genoux se dérober sous elle. Avant de perdre connaissance, elle s'accrocha instinctivement à lui.

— Alex ! s'exclama-t-il en la prenant aussitôt dans ses bras. Qu'est-ce qui se passe ? Parle-moi, ma chérie.

— Je… Je ne peux pas.

Sa vision était devenue floue. S'il ne l'avait pas tenue dans ses bras, elle se serait incontestablement effondrée sur le sol. Une vive douleur se fit sentir dans son ventre. Elle n'arrivait plus à respirer, à réfléchir, à se tenir debout.

— Les bébés, murmura-t-elle alors qu'un voile noir semblait descendre sur elle.

Philipp n'avait jamais vraiment saisi le sens du mot terreur avant que sa femme ne s'évanouisse entre ses bras.

Ni une, ni deux, il la conduisit à l'hôpital en un temps record. Il fallait qu'il fasse vite. C'était tout ce qui comptait pour lui qui était en jeu.

Aux urgences, il fut assailli de questions auxquelles il s'efforça de répondre du mieux possible.

Oui, elle était enceinte de quatorze semaines. Non, il n'avait rien observé d'anormal avant cet incident. Oui, elle se plaignait de douleurs abdominales. Non, elle n'avait pris ni alcool ni médicament, il en était certain. Même s'il n'avait pas été là pour le constater de visu.

Mais il aurait dû être là, prendre soin de la femme qui portait ses enfants, plutôt que de panser ses propres plaies.

Alors qu'il se faisait cette réflexion, l'une des infirmières était venue le trouver pour lui demander de sortir de la chambre. Les autres avaient commencé à rattacher des machines effrayantes au corps d'Alex, qui gisait désormais sur un lit, le visage aussi blanc que les draps qui la couvraient. Et si en se réveillant elle ne se souvenait plus de ce qui s'était passé ? Qui allait le lui expliquer ? Qui allait lui tenir la main ?

— Monsieur le sénateur, il faut que vous sortiez pour nous laisser faire notre travail, lui dit fermement l'infirmière.

Philipp essaya de se rassurer. Allons, ces machines aideraient les médecins compétents à trouver le problème de sa femme et à s'assurer que les bébés allaient bien.

Car ils allaient bien. Il ne pouvait en être autrement.

Le temps sembla s'écouler avec une extrême lenteur tandis qu'il patientait dans la salle d'attente, la tête entre les mains, en partie parce qu'il était déprimé et en partie parce qu'il ne voulait pas qu'on le reconnaisse. En temps normal, la célébrité ne le gênait pas, mais à cet instant précis, il n'avait aucune envie qu'on l'interroge sur les raisons de sa présence ici. D'autant qu'il ne les connaissait pas lui-même. Quel était le problème d'Alex ? Impossible de répondre, ils n'étaient plus « ensemble » !

Mais qu'étaient-ils exactement ? Il ne savait pas. Elle ne l'avait pas appelé, ne lui avait pas dit ce qu'elle envisageait de faire. Rien. Pour sa part, il avait fait de son mieux pour respecter sa promesse de lui laisser un peu d'espace.

Quand il l'avait revue chez Fyra, cela avait été comme un retour à la lumière. Il était malheureux depuis le week-end passé. Malheureux et incapable de savoir ce qu'il devait faire pour obtenir ce qu'il souhaitait. Il n'avait aucune idée de ce qu'elle représentait pour lui avant de la revoir.

Alex.

Elle était là, tout près, et pourtant, il ne pouvait pas la serrer contre lui…

Et tout à coup, elle s'était retrouvée dans ses bras, mais pas du tout comme il l'aurait voulu. Comme dans un cauchemar, elle s'était brutalement évanouie.

Un bruit de talons heurtant le sol le ramena brutalement à la réalité. Cassandra, Trinity et Harper venaient d'entrer dans la salle d'attente. La visite était sûrement terminée. Il allait vraiment falloir qu'il les remercie d'avoir comblé le vide que son absence et celle d'Alex avaient causé.

— Qu'est-ce qui se passe ? demanda Cassandra en s'approchant de lui.

— Je ne sais pas encore, répondit-il en secouant la tête. Ils ne m'ont rien dit.

— Et tu restes assis là les bras croisés ? intervint Trinity en tournant aussitôt les talons pour gagner le bureau de la réception.

L'infirmière et elle eurent une conversation qui parut assez houleuse. Mais au bout de quelques instants, la directrice marketing sembla admettre sa défaite. Elle retourna vers lui et se mit à faire les cent pas dans la pièce.

Au bout de ce qui lui parut être une éternité, Philipp vit une autre infirmière s'approcher de lui. Le cœur battant à tout rompre, il se leva d'un bond. Il s'attendait déjà au pire. Avec Gina, les choses s'étaient passées de façon différente. La nouvelle lui avait été annoncée brutalement par un policier venu le trouver dans son bureau. Cela avait été un choc.

Mais à cet instant la situation, la peur et l'appréhension lui paraissaient pires. Bien pires encore.

— Mme Edgewood est réveillée, elle vous demande, lui dit l'infirmière sans préambule.

Son soulagement fut tel qu'il eut un léger vertige.

— Qu'est-ce qu'elle a ? Elle va bien ?

Les trois amies d'Alex les avaient rejoints et s'étaient mises à assaillir l'infirmière de questions.

La dame, qui semblait habituée à ce genre de situation, se contenta de hocher la tête.

— Son état est stable. Mais elle était déshydratée et sa tension était très basse quand elle est arrivée.

À ces mots, Philipp sentit son sang se glacer. Il restait un point crucial à éclaircir…

— Et les bébés ? Ils vont bien, n'est-ce pas ?

L'infirmière pinça les lèvres.

— Il est possible qu'il y ait des… complications. Nous allons faire d'autres examens dans les heures qui viennent. Je ne peux rien vous dire d'autre pour le moment. Mais vous pouvez aller voir votre femme. Naturellement, elle est bouleversée. Si vous pouviez l'encourager à se détendre un peu, ce serait bien.

Après avoir adressé un bref regard aux dirigeantes de Fyra, Philipp s'engagea dans le couloir avec l'infirmière qui finit par ouvrir une porte. Alex était alitée, le regard fixe et tourmenté. Au moment de poser les yeux sur elle, il crut que son cœur s'était un instant arrêté de battre. Et une horrible sensation s'empara de lui.

Il aurait pu la perdre. Et il savait la douleur qu'il aurait ressentie si cela était arrivé. Pas question de connaître cela à nouveau. Mais le fait est qu'il était là, à souffrir, malgré tous les efforts qu'il avait faits pour éviter le pire.

Si je la perdais, la douleur serait atroce.

Tout comme il était atroce d'être séparé d'elle ou d'imaginer une vie sans elle. Il avait passé tellement de temps à la repousser pour rester fidèle à une promesse qu'il avait faite jadis à une autre qu'il ne s'était même pas rendu compte qu'il était trop tard.

Son problème, ce n'était pas qu'il ignorait comment obtenir ce qu'il souhaitait. C'était qu'il n'avait pas compris ce qu'il souhaitait jusqu'à ce moment.

Alex.

Oui, il était amoureux d'Alexandra Edgewood. La laisser partir le vendredi précédent avait été la plus grosse erreur de sa vie. S'il l'avait retenue, il aurait été avec elle toute la semaine et aurait ainsi pu veiller sur sa santé. Et peut-être arranger les choses. En tout cas, aucun d'entre eux n'aurait été si malheureux.

Tout était sa faute.

Alors qu'il songeait à tout cela, Philipp sentit qu'elle avait posé une main tremblante sur la sienne.

— Qu'est-ce que j'ai, Philipp ?

La pauvre, elle avait besoin de réconfort. Et elle en cherchait auprès de lui. À bien y réfléchir, il n'était peut-être pas trop tard.

Tout en luttant pour ne pas trembler, il entrelaça les doigts aux siens et s'efforça de sourire.

— Tout va bien, mentit-il.

Hélas, à en juger par la façon dont son front se plissa aussitôt, Alex refusa d'y croire.

— Ils ne m'ont pas dit comment allaient les bébés. Mais le docteur Dean doit venir me voir. C'est mauvais signe.

— Ça doit être la procédure normale. Ils attendent probablement qu'un obstétricien qualifié donne son opinion.

— Sur quoi ? demanda-t-elle d'une voix tendue. Si tout allait bien, n'importe quel médecin serait venu me le dire. Je me suis sentie tellement mal cette semaine. Mais je pensais que c'était à cause de… Tu sais, ce qui s'est passé entre nous.

Des larmes s'étaient mises à couler de ses beaux yeux verts. Philipp crut que son cœur allait exploser devant ce spectacle terrible.

— J'aurais dû me douter que quelque chose n'allait pas, parvint-elle à articuler.

Le sentiment de culpabilité était devenu plus pesant encore sur ses épaules.

— Chut. Tu ne pouvais pas le savoir. Quant à ce qui s'est passé entre nous, on en reparlera plus tard.

— Mais je ne peux pas m'empêcher d'y repenser, murmura-t-elle. On avait fixé des limites, et je les ai franchies. Et au cours de la semaine, je me suis efforcée d'ignorer tous ces problèmes. Manifestement, je n'aurais pas dû. Il faut qu'on trouve un moyen de régler la situation.

Son regard était fixé sur lui, comme pour essayer de le convaincre.

Il était sur le point de perdre sa femme.

Le moment était peut-être venu de reconnaître qu'il s'était comporté comme un imbécile…

— Je suis d'accord avec toi.

— Il faut qu'on envisage la possibilité que je perde les bébés… Je sais qu'on s'est mis d'accord pour ne pas divorcer. Mais j'ai besoin de savoir… Si le docteur Dean nous apporte de mauvaises nouvelles, tu essaierais de m'en dissuader ?

— De te dissuader de quoi ?

Philipp ouvrit de grands yeux. Où voulait-elle en venir ? Il n'arrivait pas à donner un sens à ces mots si horribles. Mais tout à coup, il comprit.

— De te dissuader de divorcer ? Bien sûr que j'essaierais. Pas de divorce.

Non, il ne pouvait pas la perdre, et moins encore si l'impensable arrivait. Il n'avait pas envie de faire son deuil seul. Et il n'avait pas envie qu'elle le fasse seule. C'était une chose qu'ils devaient faire à deux. Il fallait qu'ils soient ensemble. Pour le meilleur et pour le pire. Pour toujours.

— Philipp, murmura-t-elle en serrant un peu plus sa main. C'est suffisamment difficile comme ça. Ne me force pas à rester mariée avec toi s'il n'y a pas de raison pour que je le sois. Si nous nous sommes mariés, c'est uniquement pour les bébés.

Philipp secoua la tête. C'était le moment de tout lui avouer !

— Ce n'est pas uniquement pour ça. Je…

— Je sais, dit-elle d'une voix amère. Il faut que tu penses à tes électeurs. Mais il faut que je pense à ma vie, moi aussi. J'ai pris conscience de certaines choses, récemment, et les électeurs ne sont pas ma priorité numéro un. Je suis désolée. J'aurais aimé pouvoir m'en tenir à notre accord, mais les choses ont changé. Ce sera difficile pour moi de rester mariée avec toi si les bébés ne sont plus là.

L'air profondément attristé, Alex avait baissé les yeux. Il dut lutter pour ne pas fermer les siens.

— Alex, rien de tout ça n'a à voir avec ma carrière. Ce que j'essaie de te dire, c'est que je suis amoureux de toi. Electeurs ou pas. Si je veux rester marié avec toi, c'est pour toi.

— Arrête ! répliqua-t-elle d'une voix dure. Tu dis ça parce que je suis à l'hôpital. Mais que se passera-t-il demain quand mes jours ne seront plus en danger ? Je redeviendrai l'épouse de convenance qui ne sera jamais aussi bien que ta première femme.

Philipp sentit sa gorge se nouer. Comment avait-il pu lui laisser penser cela ? Lui qui était pourtant un si bon orateur, si doué pour communiquer ses opinions et ses sentiments.

— Je ne t'ai jamais considérée comme un deuxième choix. Tu es d'ailleurs bien mieux pour moi que ma première épouse.

Il ne s'était pas imaginé qu'il aurait à lui dire ça. Pas une seule seconde. Mais les mots semblaient sortir tout seuls de sa bouche. Par ailleurs, c'était la vérité. Gina avait été merveilleuse, mais elle ne lui avait jamais posé le moindre défi. Alex, pour sa part, le tirait vers le haut. Gina était l'épouse idéale pour l'homme qu'il était jadis. Alex était l'épouse idéale pour l'homme qu'il était devenu. Un homme qu'il était devenu grâce à elle. Un homme qui croyait aux deuxièmes chances.

— Tu n'es pas du tout comme elle, reprit-il d'une voix plus assurée. Et si je t'ai choisie, c'est aussi pour ça. Je voulais une femme différente de Gina, pour être certain que je ne tomberais jamais amoureux d'elle. Mais ce n'est pas comme ça que ça s'est passé. La seule chose qui découle de cette différence, c'est que je ne pourrai jamais vous comparer. Et ce qui est sûr, c'est que je ne pourrai jamais te trouver de défauts, parce que tu es parfaite. Tu te distingues partout où tu te trouves. Et c'est pour ça que je t'aime.

Il avait eu un déclic le jour de l'inauguration de l'hôpital. Elle avait fait tellement d'efforts pour parler aux invités alors qu'elle était mal à l'aise, qu'elle avait peur, qu'elle n'avait pas envie d'être là… Oui, c'était sans doute à ce moment-là qu'il était tombé amoureux d'elle.

Ce qui avait commencé par une attirance, si forte qu'il sentait encore son parfum de pêche des semaines après leur rencontre, lui avait fait vivre quelque chose d'extraordinaire. Il était retombé amoureux.

Les promesses qu'il avait faites à Gina avaient perdu de leur sens, chaque jour un peu plus. Et il avait fini par les oublier, totalement. Son mariage avec Gina s'était achevé, mais il avait obtenu quelque chose de merveilleux à la place. Alors autant en profiter !

Alors qu'il songeait à tout cela, Philipp s'aperçut qu'Alex s'était mise à regarder le mur.

— C'est trop tard. Tu as raté l'occasion de me dire toutes ces belles paroles. Non, notre seule façon de nous en sortir, c'est de nous séparer.

— Tu veux dire que tu envisages de divorcer, quoi que je puisse faire ? s'écria-t-il. Je ne peux pas accepter ça.

— Ah oui ? Eh bien je vais te dire une chose. Je viens de me convertir à ta philosophie. Pas de deuxième chance.

Philipp resta muet. Cette remarque lui avait fait l'effet d'une gifle. Une gifle qu'il méritait totalement.

Au même moment, une infirmière entra dans la chambre, interrompant la conversation. De toute évidence, Alex ignorait que son univers venait de s'effondrer. Pas de doute : s'il voulait garder la femme qu'il aimait, il allait devoir se démener.

Le docteur Dean pratiqua de nombreux examens qui durèrent une éternité, mais au bout du compte elle affirma que les bébés étaient en bonne santé. Pour la première fois depuis qu'elle s'était réveillée à l'hôpital, Alex eut l'impression de respirer normalement. Quel soulagement !

Enfin, tout était terminé, et elle avait toujours deux petits cœurs qui battaient dans son ventre. Le reste de sa vie avait beau être brisé, elle ne pouvait empêcher les larmes de soulagement de couler sur son visage.

Même si elle lui avait demandé de partir plusieurs fois, Philipp était resté dans la chambre. Comme elle comprenait qu'il soit inquiet pour les bébés, elle avait fini par accepter cette idée. Pourtant, l'écho de sa belle voix grave, et cet aveu d'amour, ne cessait de résonner en elle.

Mais elle ne se laisserait pas toucher. Même si, au fond d'elle, elle en avait très envie.

S'il lui faisait toutes ces belles déclarations, c'était pour sauver la face devant ses électeurs. Il ne s'était jamais tant soucié de la vérité que des apparences. Elle avait compris depuis longtemps qu'il avait besoin d'elle plus qu'elle n'avait besoin de lui, mais ils étaient allés bien au-delà de la raison et de la logique. Résultat : ils avaient plongé dans quelque chose de totalement différent.

De toute façon, comment Philipp pouvait-il utiliser ses émotions contre elle ? C'était cruel. Une forme de chantage émotionnel.

Quoi qu'il en soit, il pouvait d'ores et déjà commencer à se chercher une autre épouse pour s'afficher devant ses électeurs. Pas question de revivre l'enfer des semaines passées : il l'avait laissée croire qu'il pourrait être ouvert à autre chose pour au final lui briser le cœur.

Quand on lui permit de quitter l'hôpital, Alex se laissa raccompagner par Randy. Mais au bout de quelques minutes, elle se rendit compte que le chauffeur prenait la direction de la maison de Philipp, et non de l'appartement de Harper.

— Randy ! s'exclama-t-elle en commençant à taper sur la vitre de séparation.

Mais d'un geste rapide comme l'éclair, Philipp la retint.

— Tu essaies de me kidnapper ? demanda-t-elle en se tournant vers lui, sans chercher à dissimuler sa colère.

— Non. Mais tu viens d'avoir un grave problème de santé.

Tu as besoin de quelqu'un qui soit là pour toi vingt-quatre heures sur vingt-quatre. Je peux le faire. Harper, elle, va être prise avec votre dossier, elle ne pourra pas s'occuper de toi.

Alex secoua la tête : elle avait déjà entendu ça. Philipp voulait « prendre soin » d'elle ? Quelle blague ! Décidément, la séduction était sa méthode favorite pour parvenir à ses fins. Mais, il devait repartir pour Washington dès que la réunion serait terminée. Ce qui, à cette heure, devait être le cas.

— Je ne vois pas comment tu pourrais faire ça en étant dans un autre État, fit-elle remarquer. Je peux prendre soin de moi toute seule.

Croisant les bras, elle se laissa retomber contre le dossier. Seigneur, elle était vraiment fatiguée. Physiquement, mentalement, émotionnellement.

— C'est là que tu te trompes, répondit-il en sortant son téléphone de sa poche.

Après l'avoir manipulé quelques instants, il le lui tendit.

Tout en soupirant d'agacement, elle baissa les yeux vers l'appareil. Puis se tourna vers lui. Non, impossible, elle avait mal lu !

— Tu prends un congé ? Jusqu'à nouvel ordre ? Tu ne peux pas faire ça, si ?

— Si. Et je vais le faire.

À ces mots, Philipp attrapa ses mains, délicatement, comme s'il s'agissait de petites choses fragiles. C'était troublant mais elle le laissa faire. De toute façon, elle avait beau essayer de le nier, elle se languissait du contact de sa peau.

— Mais tu es un élu, lui rappela-t-elle. Que va-t-il advenir de ton siège ?

— J'ai le droit à quatre semaines de congé. Et je compte bien les prendre. On me le reprochera peut-être quand je lancerai ma campagne pour la présidentielle mais ça m'est égal. Tu es beaucoup plus importante à mes yeux. Je veux prendre soin de toi, te bichonner. Partager mes repas avec toi.

Alex n'en revenait pas. Philipp avait délibérément pris un congé qui pourrait nuire à sa campagne pour la présidence. Or c'était son objectif ultime. La chose la plus importante de sa vie. Ou du moins ça l'était jusqu'à tout récemment. Car il avait visiblement mis tout cela de côté pour elle.

Pourquoi le nier ? Elle avait envie d'être au centre de son univers. Très envie. Mais pouvait-elle se laisser aller à croire que c'était possible ?

— Qu'est-ce que tu veux me dire ? parvint-elle à bredouiller. Que tu vas rester à Dallas ? Pendant quatre semaines ? Pour quelle raison ? Me pousser à arrêter de travailler ?

C'était cela, oui. Il voulait contrôler sa vie afin de s'assurer que les bébés soient en sécurité. Cela n'avait rien à voir avec elle.

— Alex !

Elle releva les yeux vers lui. Il paraissait furieux.

— N'essaie pas de me prêter de fausses intentions. Tu portes mes enfants. Je veux prendre soin de toi. Quand tu te sentiras mieux, tu pourras retourner travailler. Ou pas. Ça m'est égal. Je te fais confiance pour prendre les bonnes décisions te concernant, parce que tu es une femme intelligente. Point.

— Tu penses vraiment ça ? s'exclama-t-elle. Nous n'avons jamais parlé de la façon dont tu voyais mon avenir professionnel. Alors si j'ai bien compris… Ça ne te gêne pas si j'embauche une nourrice et que je ne prends pas six mois de congés comme tu me l'avais demandé ?

Qu'est-ce que cela pouvait bien lui faire, de toute façon ? Tout était fini entre eux. Mais alors, pourquoi était-elle si réticente à l'idée d'abandonner ?

— Totalement. C'est ton choix.

Incroyable. Philipp paraissait tellement sincère. Et si son « si seulement » était devenu réalité et qu'elle refusait de lui donner sa chance ? Ce serait tout de même un comble si elle refusait de lui accorder une seconde chance. Mais d'un autre côté, si elle succombait à nouveau à son charme, ne risquait-elle pas de se rendre de nouveau vulnérable ?

Autant en avoir le cœur net.

— Tu dis ça juste pour me faire changer d'avis concernant le divorce.

— Donc, tu me perçois comme quelqu'un qui te dit ce que tu veux entendre pour parvenir à ses fins ? répliqua-t-il d'un air blessé avant de lui serrer la main plus fort. C'est précisément pour cette raison que nous sommes actuellement séparés. Parce que je ne suis pas comme ça. J'ai toujours été très honnête avec toi. Si j'avais voulu te mentir pour te garder, pourquoi ne l'aurais-je pas fait le soir où tu es venue me voir à Washington ? Je t'aurais dit que j'étais amoureux de toi, ce qui nous aurait épargné tout cela. Mais je ne l'ai pas fait, parce que je ne suis pas ce genre d'homme.

Alex le regarda quelques instants. Elle était sidérée, c'était le moins qu'on puisse dire.

— Alors, qu'est-ce que tu essaies de me dire ?

Tendrement, Philipp sourit en attrapant son visage.

— Que je suis idiot d'avoir laissé des règles troubler ce qui se passait entre nous. Je ne voulais pas souffrir à nouveau. J'ai perdu la femme que j'aimais, et j'avais peur de revivre ça. J'ai donc inventé une parfaite mise en scène pour que l'amour ne revienne jamais dans ma vie. Mais c'était compter sans toi.

— Comment ça ? murmura-t-elle.

— Grâce à toi, j'ai enfreint ces règles et pris conscience que notre accord ne valait même pas le papier sur lequel il était écrit.

— Nous ne l'avons pas écrit, s'efforça-t-elle de dire malgré sa gorge serrée.

Alex n'en revenait pas. Philipp avait-il vraiment dit ce qu'il venait de dire ? Qu'il avait brisé les règles et qu'il trouvait cela très bien ?

— Alors il n'y aura rien à déchirer pour conclure un nouvel accord.

Était-ce une plaisanterie ?

— Quel nouvel accord ? bredouilla-t-elle.

— Un mariage d'amour. Pour le meilleur et pour le pire. Je jure solennellement que je passerai les cinquante ou soixante prochaines années à nous donner une deuxième, une troisième voire une quatrième chance. Autant qu'il nous en faudra.

Seigneur, pouvait-elle y croire ? Peut-être était-ce vraiment aussi simple que cela. Peut-être avait-elle eu raison d'ouvrir son cœur à cet homme !

Elle sentit son cœur se gonfler d'amour.

— Et le divorce ? Est-ce que ce sera une possibilité ?

— Jamais, répondit-il en la prenant dans ses bras avant de la regarder.

Avec des yeux pleins… d'amour ? Était-ce bien cela ? C'était sans doute le cas, oui.

— Notre mariage durera, j'en suis certain, poursuivit-il, parce que j'ai eu la chance de rencontrer mon âme sœur une deuxième fois. Pas question de divorcer.

Alors c'était vrai.

Voilà à quoi ressemblait l'amour pour elle. C'était différent des films romantiques, et même différent de ce qui semblait unir Cass et Gage.

Alex ne s'était jamais sentie subjuguée par un homme, elle n'était pas comme ça. Mais ce qu'elle ressentait pour Philipp était profond et vraiment puissant. C'était un véritable miracle, que l'idée de le savoir amoureux d'elle rendait plus merveilleux encore.

— C'est une offre que je ne peux pas refuser, murmura-t-elle alors que des larmes de joie commençaient à couler de ses yeux.

Tout en souriant, il secoua la tête.

— Normalement, c'est là que tu aurais dû me dire : « Je t'aime aussi, Philipp. Tu es le meilleur mari du monde. Je ne pourrais pas vivre sans toi. »

— N'exagérons rien, dit-elle en riant. Mais je t'aime. Contre toute attente. Alors que je n'ai jamais cru en l'amour. Je ne comprends pas pourquoi, mais c'est comme ça.

— Je suis quelqu'un d'adorable, c'est tout, répondit-il en riant.

Et il l'embrassa tandis que Randy s'engageait dans l'allée de la maison vide, qui semblait attendre les rires de la famille qui viendrait bientôt l'animer et l'égayer.

Épilogue

Harper posa les deux mains sur la table de conférence et prit un air courroucé.

— Comment ça, le comité a des questions concernant les échantillons ?

Posant instinctivement une main sur son ventre rond, Alex se tourna vers Philipp.

— Comme vous le savez, dit-il doucement, ils ont prélevé des échantillons lors de leur visite, le mois dernier. Je suis certain qu'il s'agit d'une simple formalité. Mais ils veulent avoir d'autres échantillons car ils se demandent si ceux qu'ils ont prélevés n'auraient pas été souillés.

— Qu'est-ce que ça veut dire ? intervint Trinity, qui venait tout juste de relever la tête.

— Ça veut dire qu'ils ont des soupçons concernant l'hygiène de mon laboratoire, répondit Harper. Ou bien encore sur mes méthodes.

— Personne n'a dit ça, intervint doucement Alex tandis que Philipp attrapait sa main sous la table. Ils veulent simplement être sûrs du produit avant de l'approuver. Je ne vois pas ce qu'il y a de mal là-dedans.

— Le problème, c'est qu'on n'a toujours pas découvert qui était à l'origine de la fuite, intervint Cass. Et ça risque de poser un gros problème s'il faut reporter le lancement du produit. Cette demande d'échantillons supplémentaires est-elle négociable, Philipp ?

Pour toute réponse, celui-ci haussa les épaules, l'air navré.

— Je suis désolé, mais je ne pense pas, non.

— Alors il faut s'y plier. Nous n'avons pas le choix.

L'air plus furieux encore, Harper frappa du poing sur la table. Cass leva la main devant elle.

— Je crois qu'on ferait bien de prendre quelques minutes pour nous calmer. Pour des raisons différentes, ce produit nous tient à cœur à tous.

Alex sourit. C'était en tout cas vrai pour elle. C'était cette formule 47 qui lui avait apporté Philipp et les deux petits êtres qui continuaient de grandir dans son ventre. Qui aurait cru qu'un produit de Fyra pourrait être à l'origine de toutes ces merveilleuses choses qui s'étaient produites dans sa vie ?

Dans le couloir, juste après la réunion, Philipp la prit dans ses bras et posa la main sur l'arrondi de son ventre. Aussitôt, l'un des deux bébés se mit à bouger.

— Tu as senti ? s'exclama-t-elle.

Elle releva les yeux vers lui. L'expression de Philipp était le reflet de son propre émerveillement.

— C'est la première fois que je les sens bouger. Et tu étais présent. C'est formidable, non ?

Son congé de quatre semaines était presque terminé et ils s'étaient mis d'accord pour qu'elle travaille à distance depuis Washington une fois qu'il aurait repris son poste de sénateur. Hors de question d'être séparés. Et après la naissance des bébés, elle avait décidé de prendre un congé de deux mois.

— Miraculeux, murmura-t-il. Comme toi.

La formule 47 n'était pas la seule raison pour laquelle Alex avait tout ce qu'elle avait toujours voulu avoir sans le savoir. Enfreindre les règles : voilà ce qu'il suffisait de faire.

KAT CANTRELL

Le choix idéal

INTÉGRALE

ENCEINTES DE LEUR RIVAL

Traduction française de
MARIEKE MERAND-SURTEL

SAGAS
HARLEQUIN

Titre original :
THE PREGNANCY PROJECT

Ce roman a déjà été publié en 2017

1

Par l'une de ces grandes ironies de la vie, Dante Gates, docteur ès sciences, avait un problème de chimie qu'il ne pouvait résoudre.

Aucune donnée tirée de sa thèse de troisième cycle ne lui avait fourni la moindre piste pour ce casse-tête. Rien, lors des recherches qu'il avait réalisées au nom de son émission télévisée à succès, La Science de la Séduction, n'avait révélé ne serait-ce que l'indice d'une réponse. Même le travail qu'il avait effectué pour prouver l'efficacité des modèles de chimie quantique en analyse protéique — qui lui avait presque valu le prix Nobel — n'avait pas aidé. Et il était on ne peut plus frustré par le manque d'avancement dans la résolution du problème chimique nommé Harper Livingston.

Dante et Harper étaient amis depuis une décennie. Elle lui servait de modèle pour juger toutes les autres femmes. Si bien qu'il dépensait beaucoup d'énergie à s'énerver de ne jamais pouvoir trouver de femme aussi belle et aussi intelligente que Harper. Elle incarnait son idéal à tous points de vue.

Enfin, pas tous. Car ils étaient amis. Sa relation avec elle était l'unique constante dans sa vie, la seule chose sur laquelle il pouvait compter. Un lien sacré les unissait, auquel il attachait une grande valeur, un lien qu'il refusait d'abîmer.

Dante était à peu près convaincu que la seule raison pour laquelle il avait un tel faible pour Harper, c'était purement et simplement parce qu'elle était indisponible. S'ils essayaient de donner une autre tournure à leur relation, ce serait à coup sûr un épouvantable échec. Une fois qu'il aurait goûté au fruit défendu, Harper perdrait instantanément de son charme. Il ne la considérerait plus jamais de la même manière.

L'ennui, c'était qu'une fois qu'il avait commencé à imaginer combien ce fruit serait délicieux, impossible d'arrêter…

Ce matin, Harper avait appelé pour dire qu'elle se trouvait à l'aéroport de Dallas, sur le point de monter dans un avion, et qu'elle serait à sa porte dans deux heures. Elle n'était pas venue lui rendre visite depuis qu'il avait emménagé à Los Angeles, trois ans plus tôt. Quelque chose se tramait. Peut-être le moment opportun de résoudre son problème de chimie, d'une manière ou d'une autre ?

Comme d'habitude, l'ambiance à l'aéroport était infernale. Seule Harper pouvait l'attirer à LAX alors qu'il n'avait pas l'intention de prendre un vol. Il consulta sa montre. Son avion avait atterri depuis dix minutes, mais aucun passager n'avait encore débarqué.

Enfin, un flot de personnes portant des sacs à dos et des bouteilles d'eau franchit la porte. Il s'adossa au pilier le plus proche, bras croisés, pour attendre la femme qu'il était venu chercher.

Harper était facile à repérer. Sa flamboyante chevelure rousse se détachait de la foule, et elle avançait d'une façon particulière, fonçant droit devant elle sans crainte. Dans le monde de Harper, l'hésitation était pour les perdants. C'était la qualité qu'il préférait parmi toutes celles qu'elle avait.

Elle l'aperçut et son visage s'éclaira aussitôt d'un immense sourire qui le frappa en plein ventre avec une chaleur inattendue. Avant qu'il puisse analyser ce phénomène, elle laissa tomber ses sacs et se jeta dans ses bras. Il la serra contre lui, car bon sang, c'était sacrément bon.

— Salut, murmura-t-il en humant ses cheveux.

Le parfum de Harper s'infiltra en lui, imprégnant son sang. Ce qui n'était pas la façon dont fonctionnait d'ordinaire un parfum. C'était censé sentir bon, pas lui donner envie de l'embrasser jusqu'à ce qu'elle en perde le souffle.

Il ignora cette fièvre soudaine. Pas facile mais, depuis le temps, il avait beaucoup d'entraînement.

Harper — Dieu merci — recula suffisamment pour qu'il ne se demande pas si elle allait remarquer la réaction inappropriée en dessous de sa ceinture.

— Qu'est-ce que tu fais là ? s'exclama-t-elle en l'enveloppant de son regard brillant. Personne n'est venu m'accueillir à la porte de débarquement depuis des lustres. J'avais oublié à quel point c'est agréable. Comment as-tu passé les contrôles de sécurité sans billet d'avion ?

Il gloussa.

— Simple. J'en ai acheté un. Surprise !

Il voyageait tellement pour son travail de présentateur télé qu'il pourrait toujours changer le billet plus tard, quand il aurait l'intention de l'utiliser vraiment. Et, sinon, quelle importance ? Harper valait bien la peine qu'il dépense quelques centaines de dollars.

Elle lui frappa gentiment le bras.

— Tu n'avais pas besoin de faire ça. Mais j'adore ton geste. Je croyais que tu tournais aujourd'hui. Je me préparais sincèrement à prendre un taxi.

Si elle avait été n'importe qui d'autre, il aurait envoyé une voiture. Il s'empara de son sac de voyage.

— On a terminé plus tôt, et maintenant, j'ai deux semaines de vacances, que je compte passer avec toi. Excellent timing pour une visite impromptue.

Timing parfait pour trouver le moyen de mettre fin à l'attirance qu'il ressentait pour elle. Un seul baiser suffirait sans aucun doute. Juste un baiser, ce serait bizarre et il serait débarrassé. Retour à la simple amitié.

— Ta petite amie ne voudra pas en profiter pour te voir un peu plus ? La top model. Comment elle s'appelle, déjà ?

— Selena, répondit-il. En fait, on n'est plus ensemble.

Il avait perdu tout intérêt pour Selena dès qu'il avait commencé à sortir avec elle, quoi, six mois plus tôt ? Mais c'était bon pour sa carrière d'être pris en photo avec elle, et ce n'était pas mauvais au lit, alors il avait tenu bien plus longtemps qu'il n'aurait dû. C'était une gentille fille dans une longue série de gentilles filles dont le regard se vidait quand il osait introduire la cristallographie aux rayons X ou les biomatériaux auto assemblés dans la conversation. Harper était la seule femme au monde avec qui il pouvait discuter de tout et de rien.

— Dommage. Navrée. Mais ce n'est pas plus mal, parce qu'elle n'était forcément pas assez bien pour toi, assura Harper, avant de sourire et de lancer : Oh ! J'ai oublié de te dire : Cass est enceinte.

— Génial, répliqua-t-il.

Et il le pensait. Les bébés étaient formidables. Pour les autres gens.

Harper et Cass étaient amies de longue date, depuis la fac, quand elles avaient échafaudé le projet de fonder une entreprise ensemble avec deux autres copines, Alex et Trinity. Fyra Cosmetics était donc né, et Harper y officiait en tant que directrice de la recherche scientifique. Il était extrêmement fier de ce qu'elle avait accompli depuis l'obtention de son doctorat en chimie analytique. Il connaissait les quatre femmes depuis dix ans, mais il était plus proche de la belle rousse.

— Gage en fait toute une montagne, reprit Harper en soupirant, les yeux au ciel. Comparé à d'autres maris, il est parfait pour Cass. Mais je le tuerais s'il me traitait de la manière dont il la traite. Il n'arrête pas de lui répéter qu'elle travaille trop, qu'il veut prendre soin d'elle. Et tu sais ce qu'il lui a sorti « Tu as peut-être des envies de frites, mais tu devrais avoir des envies de légumes. » Ah ! les hommes ! Comme s'ils y connaissaient quoi que ce soit en grossesse.

Il imaginait mal une femme aussi féroce que Cass laisser Gage la canaliser.

— Il ne lui veut que du bien. À propos de grossesse, comment va Alex ?

— Beaucoup mieux, maintenant qu'elle entame son deuxième trimestre. Finies, les nausées matinales.

Il n'avait pas saisi toute la mesure de ce qui se passait avec les amies de Harper, maintenant qu'elles étaient centrées sur les bébés. Le sujet le mettait vaguement mal à l'aise, sans doute en raison de sa propre histoire. Certes, les gens commençaient par vouloir des enfants, mais personne ne pouvait savoir s'ils en auraient toujours envie l'année suivante, ou celle d'après. En tant que gamin ballotté de famille d'accueil en foyer, il était bien placé pour savoir ce que signifiait le mot « versatilité ».

Il guida Harper vers la zone de retrait des bagages. Elle entrelaça leurs doigts et lui tint la main pendant qu'ils marchaient, papotant sur ses amies et associées.

C'était amical. Du moins, c'était probablement ainsi qu'elle considérait leur bavardage.

Lui ressentait intensément sa présence, décuplée par l'éclat qui irradiait de son visage. Cet éclat était nouveau. D'où provenait-il ? Il ajusta ses lunettes à monture d'écaille, mais le rayonnement ne disparut pas. Pourquoi, mais pourquoi diable était-elle tellement plus belle, justement aujourd'hui ?

Il allait sans doute devoir en venir à ce baiser au plus tôt, ou ce séjour tournerait au désastre.

— Tu as fait bon voyage ? demanda-t-il.

Harper poussa ses boucles rousses derrière ses épaules et hocha la tête.

— Pas mauvais. Mais le distributeur près de ma porte d'embarquement n'avait plus de barres chocolatées Reese au beurre de cacahuète, et c'est la seule chose dont j'avais envie. Je meurs de faim.

— Viens.

Il l'entraîna vers un kiosque, balaya les étagères des yeux jusqu'à ce qu'il trouve la friandise en question, s'empara de la boîte tout entière et la tendit à la caissière avec sa carte bancaire.

Harper éclata de rire.

— Dante, je n'en voulais qu'une, pas vingt. Je vais ressembler à une montgolfière, si je mange tout ça.

La caissière fixa attentivement Dante, puis jeta un bref regard à la carte de crédit, les yeux arrondis.

— Docteur Gates ! Je suis une méga fan de votre émission. S'il vous plaît, je peux avoir une photo avec vous ?

Elle brandit son téléphone car, bien entendu, la réponse était oui. Les fans faisaient partie du boulot, et puisque les producteurs de La Science de la Séduction déversaient des millions de dollars sur son compte bancaire pour qu'il l'anime, il pouvait difficilement se plaindre. Toutefois, en secret, il détestait presque tout de cette émission.

L'argent, c'était un avantage, inutile de le nier, mais la véritable science lui manquait. Celle qui changeait la manière dont les gens comprenaient l'univers connu. Aider un gars à séduire une fille n'ajoutait en fin de compte pas grand-chose aux grandes questions universelles. La science avait longtemps été son refuge, quand le reste du monde ne comptait pas, et pourtant, il avait abandonné ses racines pour un journalisme à sensation.

Il laissa la caissière s'extasier autant qu'elle le souhaitait parce que les fans avaient fait de lui une célébrité, et il leur devait du respect. Harper observait la scène, visiblement amusée.

Enfin, il s'extirpa du kiosque pour tendre à Harper le sac contenant les barres au beurre de cacahuète.

— Désolé de ce cirque. Les inconvénients du métier.

Elle lui offrit un large sourire.

— Tu rigoles ? C'était super. J'ai rarement eu l'occasion de te voir en Dr Sexy. Ça compensait le fait d'avoir perdu ton attention.

Il lui rendit son sourire.

— Je dois me montrer à la hauteur de mon slogan.

« Le Dr Dante Gates donne un goût sexy à la science. » Cette phrase avait orné des couvertures de magazines, servi de slogan publicitaire pour son émission, taillé sa réputation… Jamais il n'aurait imaginé qu'animer une émission sur la manière d'utiliser la science pour trouver l'amour ferait de lui un personnage emblématique. Certes, il s'était positionné lui-même comme un expert en la matière. Il aurait dû deviner que des femmes allaient le supplier de tester ses théories sur elles.

Leur attention le flattait. Au début. Il était humain, après tout. Ces femmes valaient le temps qu'il leur consacrait, et il avait admis depuis longtemps qu'avoir été abandonné par sa mère biologique avait créé chez lui un besoin insatiable de reconnaissance et de liens. Ce n'était pas un crime. Le plus caricatural, c'était qu'aucune de ces femmes, réellement ingénieuses et plutôt belles, n'avait éclipsé son attirance pour Harper.

Parce qu'elle était la seule qu'il ne pouvait pas avoir. Probablement.

Comme ils atteignaient la zone de retrait des bagages, Harper reprit avec une moue taquine :

— Tu n'as pas besoin d'apparaître torse nu dans une pub pour liquide vaisselle. C'est ton cerveau qui est la partie la plus affriolante chez toi.

Quelque chose dans son sourire l'arrêta presque. Il avait laissé passer sa référence au Dr Sexy car… Eh bien, cela faisait partie de son personnage de TV. Mais ça ? Elle flirtait avec lui, ou quoi ?

Intéressant. Ces infimes nuances existaient-elles avant, et les avait-il manquées en bataillant pour ne voir en Harper qu'une « bonne copine » ?

En somme, elle venait d'admettre qu'elle le trouvait attirant, ce qui lui plaisait bien plus que cela n'aurait dû. Si ça se trouvait, elle lui avait envoyé des signaux subtils depuis tout ce temps, en espérant qu'il lui fasse des avances. Elle devait penser qu'il était aveugle. Ce voyage impromptu à Los Angeles pourrait bien n'avoir pour seul but que de corriger son erreur de jugement.

Avec cette idée en tête, il la conduisit dans un coin très à l'écart du carrousel à bagages. Autour d'eux, les passagers se focalisaient sur le tapis roulant encore vide, ce qui signifiait qu'il allait avoir Harper pour lui seul quelques minutes. Au moins jusqu'à l'arrivée des bagages.

— Au cas où tu l'aurais oublié, les scientifiques ne sont pas réputés pour leurs tablettes de chocolat, murmura-t-il, éliminant l'espace entre eux. J'ai bossé dur pour prendre des muscles, après tant d'années penché sur des pages d'équations.

Si quelqu'un veut me payer pour enlever ma chemise, je ne vais pas dire « non ».

Tout ce blabla sur le déshabillage avait déclenché de sérieuses étincelles entre eux. Les sentait-elle, elle aussi ?

Elle leva les yeux vers lui, battit des cils. Son sourire s'effaça un brin. La pointe de sa langue jaillit pour passer sur ses lèvres, et il la suivit du regard, puis revint à ses yeux. Le feu sur les joues de Harper reflétait l'incendie dans son propre bas-ventre tandis qu'il laissait durer cet instant.

Ça alors ! Un vrai miracle. Elle ressentait la même chose que lui.

Peut-être savait-elle qu'il était un objet de convoitise. Non que le succès lui soit monté à la tête, mais oui, les femmes se ruaient sur lui. Quelque chose leur plaisait dans ses cheveux bruns en bataille, ses lunettes à monture d'écaille et son corps bien entretenu.

Il était plus que temps de tirer les choses au clair avec Harper. S'il s'était mépris sur elle, ils en riraient tous les deux, voilà tout. L'électricité dans l'air serait alors à considérer comme un pur produit de son imagination.

Sans détacher son regard du sien, il suivit du bout des doigts la ligne de sa mâchoire. Pas comme un ami. Pas de façon complice. Mais avec sensualité.

Elle fronça les sourcils.

— Qu'est-ce que tu fais ? demanda-t-elle. Ce n'est pas… Je veux dire… On n'est pas…

— Tu n'as jamais été curieuse ? la coupa-t-il d'une voix suave. De savoir comment ce serait entre nous ?

— C'est-à-dire ?

Les yeux de Harper s'agrandirent tandis qu'elle enregistrait ce qu'il sous-entendait.

Il était encore temps de faire machine, mais cette possibilité disparut rapidement à mesure qu'ils restaient là et prenaient conscience de ce qui se passait.

— J'y ai beaucoup réfléchi, poursuivit-il, puisqu'elle ne

l'avait pas repoussé avec un cri d'horreur. Autant le découvrir tout de suite.

Avant que la logique ne s'enclenche et lui rappelle toutes les raisons pour lesquelles cela risquait de tourner à la catastrophe, il plongea les mains dans les boucles soyeuses de Harper et l'obligea à lever la tête vers lui. Lentement, il s'empara des lèvres de Harper en un doux baiser.

Qui se fit aussitôt passionné. Une chaleur de lave en fusion se répandit dans tout son corps, réveillant son sang.

C'est alors qu'il se rendit compte de son erreur — tout ce qu'il avait prouvé, par ce baiser, c'était que cela ne lui suffirait pas. Loin s'en fallait, même.

Dante était en train de l'embrasser.

Sous le choc, Harper entrouvrit la bouche, et Dante le prit pour une invitation, glissant sa langue à la rencontre de la sienne et... *Oh ! Seigneur !*

Les sensations la submergèrent, et elle ne put rien faire d'autre que se cramponner à lui. Alors qu'elle avait eu l'intention de le repousser. Et voilà qu'elle ne le repoussait pas parce que...

Les réactions chimiques qui s'enchaînaient à l'intérieur de son corps étaient fascinantes, incroyables. Sans précédent. Elle voulait davantage. Ce qui était le plus choquant de tout car, normalement, elle évitait cette sorte de contact.

Ses lèvres la picotaient sous celles de Dante. De petits tiraillements dans son ventre la poussèrent contre lui, ses mains glissant de ses épaules à son dos. Dur. Fort. La sensation sous ses paumes était exquise et elle descendit encore, lui arrachant un gémissement rauque qui fit vibrer sa propre poitrine, émoustilla ses seins. Elle se rendit compte alors que leurs torses se touchaient.

Ce torse sculpté, puissant, était pressé contre elle. Dante l'embrassait, et elle embrassait Dante. Dans l'aéroport. C'était totalement déplacé. Qu'est-ce qu'elle était en train de faire ?

Elle recula d'un bond. Les mains plaquées contre le mur

derrière elle, les genoux tremblants, elle fixa l'homme qui était son meilleur ami depuis dix ans.

— Excuse-moi, bredouilla-t-elle.

Les grands yeux bruns de Dante l'observaient derrière ses lunettes en écaille, lesquelles étaient un peu de travers. Elle sentit ses doigts se tendre automatiquement pour les remettre en place, comme elle l'avait fait des milliers de fois. Mais elle s'abstint.

— T'excuser de quoi ? C'est moi qui t'ai embrassée.

Oui, en effet. Mais pourquoi, au nom du ciel ?

Il y avait de meilleures questions : pourquoi lui avait-elle rendu son baiser ? Pourquoi cela ne lui avait-il pas paru bizarre ? Pourquoi son corps lui donnait-il l'impression d'avoir été carbonisé ? Pourquoi Dante, plutôt que n'importe quel autre homme, avait-il avivé sa libido ?

En fait, elle savait parfaitement pourquoi. Sa réaction totalement excessive était due à un afflux d'hormones dont son corps ne savait quoi faire. Elle avait sauté dans un avion pour partager la nouvelle la plus excitante de sa vie avec son ami.

Mais elle n'envisageait pas pour autant de lâcher : « Je suis enceinte » en réponse à un baiser de l'homme dont elle était venue chercher l'appui.

— Oui, mais c'est moi qui ne t'ai pas arrêté, répliqua-t-elle.

— C'est vrai.

Il ne lui demanda pas pourquoi, ce qui n'empêcha pas Harper d'avouer :

— J'étais curieuse. Mais je t'en prie, ne l'interprète pas mal.

C'était pourtant le cas, elle le voyait bien. Contrairement à elle, Dante n'était pas un novice, et il avait remarqué à quel point elle avait adoré l'embrasser. Pour elle aussi, c'était une surprise — cela faisait des années qu'elle n'avait pas été embrassée, et son expérience en la matière s'était révélée horrible.

Tandis que ce baiser avait relevé de l'imaginaire adolescent et d'un film classé X, le tout amalgamé, car le corps du Dr Harper Livingston réagissait à la fécondation par une soudaine boulimie de contact masculin. Apparemment, en tout cas. Comment était-elle censée réagir à ça ? En lui demandant de l'embrasser encore ?

— Comment pourrais-je mal l'interpréter ? s'enquit-il.

Elle était en train de tout bousiller, et si elle ne rattrapait pas le coup, elle perdrait tout ce qui était important pour elle.

— Ça ne peut plus se reproduire, Dante. J'ai besoin de toi en tant qu'ami. Ne change rien, s'il te plaît.

Seigneur, tout allait de travers ! Les résultats positifs des quatre tests de grossesse qu'elle avait réalisés ce matin ne suffisaient pas à expliquer pourquoi elle avait sauté dans un avion pour Los Angeles. Sa carrière avait implosé après la décision de Fyra de développer un produit qui nécessitait l'approbation de la FDA, l'Agence des produits alimentaires et médicamenteux, et elle aurait vraiment aimé pouvoir prévoir toutes ces complications avant de se rendre dans une clinique de fertilité.

Confrontée à deux désastres — professionnel et personnel —, elle avait couru vers la seule personne qui avait toujours été là pour elle, et s'était jetée tête la première dans une situation encore plus compliquée.

Une expression étrange apparut sur le visage de Dante.

— Harper, je voulais t'embrasser. Tu te rends bien compte qu'il se passe quelque chose de nouveau entre nous.

— Non !

Sa respiration se bloqua et, sans qu'elle puisse la retenir, une larme jaillit, solitaire.

— J'ai besoin que tout soit exactement comme avant, reprit-elle. Tu comptes tellement pour moi. Comme ami.

Les amis se soutenaient mutuellement. Les amis étaient là, contre vents et marées, et il devait à tout prix lui promettre qu'elle pourrait compter sur lui. Qu'il serait celui qu'il avait été au cours des dix dernières années. Jusqu'à aujourd'hui. Elle s'était abandonnée si facilement à son baiser qu'il s'était mépris sur sa réaction.

Le regard de Dante se fit scrutateur. Elle connaissait ce regard. Il était sur le point de discuter, et elle ne pouvait pas le faire dans l'immédiat.

Avec un sourire las, elle lui toucha le bras, comme elle le faisait depuis des lustres, avant de se raviser.

— Oublions ça pour le moment. Tu veux bien m'aider à récupérer mes bagages ?

Toujours gentleman malgré la situation, Dante obtempéra, puis la fit monter dans une Ferrari rouge à la ligne racée. Un silence insolite tomba dans la voiture, presque étouffant, tandis qu'ils fonçaient sur l'autoroute en direction de sa maison sur Hollywood Hills. Ce fut à peine si elle profita de la vue de Los Angeles déployée sous ses yeux. Que pourrait-elle dire afin de tout ramener au point de départ ?

Dante ralentit devant un portail en fer forgé, l'ouvrit au moyen d'une télécommande, puis suivit la longue allée traversant sa propriété, avant de s'arrêter au pied d'une gigantesque villa de type espagnol. Sans ouvrir la bouche.

Ce qui ne dura que le temps de franchir le seuil. Une fois dans le vaste hall, il laissa tomber ses valises sur le sol en azulejos mexicains et se planta devant elle, sourcils froncés.

— On est amis depuis longtemps. Pourquoi cela changerait-il parce qu'on explore d'autres possibilités entre nous ?

— Parce que je ne veux rien faire de plus, lâcha-t-elle. Tout ça me terrifie.

Comment se sortirait-elle des problèmes à Fyra, de la grossesse, de la naissance — bon sang, et des dix-huit prochaines années avec un enfant — si elle ne bénéficiait pas de l'amitié qui l'avait portée au cours de la dernière décennie ?

— Viens là.

Avant qu'elle puisse protester, il la prit dans ses bras pour la serrer fort, le genre d'étreinte qu'elle avait accueillie si souvent par le passé. Pourtant, cette fois, son corps puissant collé au sien lui procurait une sensation différente.

Très différente. Son torse contre sa poitrine déclenchait des picotements à des endroits incongrus. Elle s'écarta, regrettant de ne pouvoir rester dans le cercle de ses bras et que les choses aient déjà changé sans son consentement.

Le regard peiné, Dante croisa les bras.

— Alors je ne peux plus te serrer contre moi ?

— Si. Mais je veux que les choses soient comme avant que tu te transformes en Dr Sexy.

Explication stupide, s'il en était. Il était Dr Sexy depuis belle lurette. Ce qu'elle avait voulu dire, en réalité, c'était « avant qu'elle n'en prenne conscience ». Mais il lui avait fait perdre les pédales.

Il esquissa un bref sourire.

— Je croyais que ce côté de moi te plaisait.

C'était le cas. Et en même temps la cause du problème.

Dante était l'un des rares amis qui lui restaient à n'avoir pas changé — du moins l'avait-elle cru. Elle ne se liait pas facilement d'amitié. Cass et Alex, deux des trois femmes avec qui elle avait monté Fyra Cosmetics, étaient passées à une nouvelle phase de leur existence, épousant des hommes formidables et fondant une famille. Ce qui était merveilleux, et elle n'était pas jalouse de leur bonheur. Mais elle se sentait… laissée pour compte.

Voilà pourquoi elle avait décidé d'avoir un bébé. Mais sans mari qui attendrait des choses qu'elle ne voulait pas donner. De l'intimité. Du contrôle. Une promesse d'amour éternel que personne ne pouvait être certain de tenir, puisqu'il ne s'agissait que d'une série de signaux chimiques confus, émis dans le cerveau.

Les hommes compliquaient tout.

— J'ai combien d'amis, Dante ? Ça devrait t'être facile de les compter. Pas besoin de diplôme de troisième cycle pour arriver à quatre. Cass. Alex. Trinity. Toi. Maintenant, deux de ces amis viennent de se marier et entreprennent de fonder une famille. Tout est en train de changer autour de moi et je n'y peux rien. J'ai besoin que tu restes le même.

D'autant qu'elle-même avait déjà changé la donne, en faisant le grand saut et tombant enceinte. Par défaut, Dante devait donc être la constante dans cette équation.

Les grands yeux bruns de son ami furent traversés d'une lueur de compréhension.

— Le changement te fait peur.

— C'est exactement ce que je viens de dire.

Au lieu de laisser tomber, il la saisit par les bras, pour l'immobiliser.

— Oui. Mais je commence juste à comprendre. Donc ce n'est pas l'idée de m'embrasser qui te dérange. Tu as simplement peur de perdre notre relation. Or, moi non plus, je ne veux pas la perdre.

Son regard chocolat harponnait le sien et, soudain, elle n'aima pas la manière dont il la fixait, comme si elle détenait les secrets de son univers. Sauf qu'il l'avait toujours regardée comme ça, et qu'elle y avait toujours vu le signe de l'affection qu'il lui portait. Mais à présent, après un baiser très éloigné d'une bise amicale, elle se sentait affreusement mal à l'aise.

— Tu pratiques l'écoute sélective, Dante.

Elle secoua la tête, tenta de reculer d'un pas afin de pouvoir respirer. Et ramasser ses bagages, pour pouvoir faire quelque chose, n'importe quoi.

— L'idée de t'embrasser me dérange, poursuivit-elle. Et tout ce qui va avec. Ou qui vient après.

— Tout ? murmura-t-il. Le sexe, tu veux dire ?

Une lueur intense brilla dans ses yeux, et ce fut encore pire car son corps s'échauffa à la perspective de ressentir la même chose que quand il l'avait embrassée. *Encore. Tout de suite.*

— Oui, grommela-t-elle. Enfin, non, je veux dire. Pas de sexe. Bon sang, c'est quoi, cette conversation ? Je suis venue rendre visite à mon ami. Comment on en est arrivés à parler de sexe ?

— C'est toi qui l'as évoqué, lui rappela-t-il. J'essayais juste de clarifier les choses.

— Le sexe ne fait pas partie de cette discussion.

— Et si j'y tiens, moi ? objecta-t-il doucement, tout en remontant les mains sur ses épaules. Ton écoute est presque aussi sélective que la mienne, si tu parviens à ignorer aussi aisément ce que je tentais de te dire.

Interloquée, elle le dévisagea, enregistrant l'image familière de ses lunettes en écaille et de ses cheveux en bataille, souhaitant désespérément revenir à un point où elle pourrait se sentir en sécurité avec lui.

— Qu'est-ce que tu tentes de me dire ?

— Notre amitié est ce qui compte le plus dans ma vie. C'est pour ça que j'essaie de la préserver. Je ne peux pas défaire ce baiser. Il y a là quelque chose qui ne disparaîtra pas tant qu'on ne l'aura pas exploré, Harper…

Il avait prononcé son prénom avec un respect infini, et elle en eut des frissons à travers tout le corps.

— Harper, embrasse-moi encore. Prends ça comme une expérience. Voyons jusqu'où cela nous mène.

Elle ferma les paupières.

— Sacré défi que tu nous lances là.

— Dis-moi « non », et je fais machine arrière.

— Non.

Aussitôt, il ôta les mains de ses épaules et leur brûlure se volatilisa. Elle rouvrit les yeux, le vit à quelques pas d'elle, le visage fermé, implacable.

— Je peux au moins savoir quelles sont tes principales objections ? Au cas où je puisse…

— Je suis enceinte, Dante, le coupa-t-elle, hésitant entre rire ou pleurer. Et ce n'est que la première d'une longue liste d'objections.

2

Tout le sang reflua du cerveau de Dante.

— Tu es… quoi ? chuchota-t-il.

— Enceinte, répéta-t-elle.

C'était donc bien ce qu'il avait entendu.

— D'un bébé ?

— La science n'a pas encore réussi à croiser l'ADN humain avec celui d'autres espèces, donc oui, confirma-t-elle. Je ne voulais pas te l'apprendre de cette manière, mais tu ne m'en as pas laissé le choix.

Ses genoux le trahissaient. À tâtons, il chercha une surface à laquelle s'appuyer. Qui s'avéra la table basse du salon adjacent. Mais il n'aurait pas tenu debout plus longtemps, tellement il était stupéfait.

— Je ne comprends pas. Tu sors avec quelqu'un ?

C'était impossible, vu sa réaction passionnée lorsqu'il l'avait embrassée. Ils étaient proches, il l'aurait juré. Et puis elle aurait évoqué l'existence d'un homme dans sa vie, non ? Il se remémora la dernière fois qu'elle avait mentionné un petit ami — ça remontait à la fac.

— Non, répondit-elle. Insémination artificielle.

— Pourquoi faire une chose pareille ? aboya-t-il, sans prendre la peine de masquer sa colère.

Un bébé avait besoin d'une famille. D'un père.

Le visage de Harper se figea devant son expression.

— Ça ne m'intéresse pas de partager l'autorité parentale

avec qui que ce soit, sur le long terme. Un donneur disposé à renoncer à ses droits me paraissait donc l'idéal.

De mieux en mieux. Ou de pire en pire, plutôt. Il lâcha un petit rire dépourvu de gaieté.

— La plupart des gens ont un conjoint avec qui ils décident d'avoir des enfants. Parce qu'ils s'aiment et désirent fonder une famille ensemble. Est-ce que tu as seulement intégré ça dans ton processus de décision ?

— Pas une seconde, admit-elle, tripotant ses cheveux roux. Une relation sentimentale ne ferait que tout compliquer.

— Un bébé a besoin d'une présence masculine, insista-t-il. Ce n'est pas une simple opinion. Les résultats de multiples études prouvent que…

Mains sur les hanches, elle se planta devant lui.

— Je sais ça, Dante ! Pourquoi crois-tu que je disais avoir besoin de toi ? C'est la raison de ma présence ici. Je veux que tu représentes la figure masculine pour cet enfant. Je pensais que notre amitié était assez forte pour y ajouter un bébé, et il a fallu que tu m'embrasses.

Abasourdi, il battit des paupières.

— Tu as pensé me demander ça avant de tomber enceinte ?

Car il l'en aurait dissuadée, bien entendu. C'était l'idée la plus ridicule qu'elle ait jamais eue.

— C'est ma vie et mon corps, protesta-t-elle, non sans une lueur coupable dans le regard.

Elle avait dû deviner qu'il réagirait ainsi, connaissant son histoire et son point de vue sur les enfants. Et elle l'avait fait quand même.

— Tu sais que les donneurs anonymes ne disent pas toujours la vérité sur leurs antécédents médicaux dans ces questionnaires. Va savoir quel genre de gâchis génétique tu as créé là-dedans.

Il désigna son ventre d'un geste du menton. Elle portait un bébé. Impossible désormais de pratiquer avec elle le genre d'activités qu'il avait à l'esprit quelques minutes plus tôt.

Car il avait en effet cherché une stratégie pour la reprendre dans ses bras et terminer ce baiser. Sinon, comment exorciser son attirance pour elle ? L'avant-goût de tout à l'heure lui avait juste ouvert l'appétit. Et celui de Harper également, à l'évidence, malgré son déni.

Mais elle secoua la tête, le ramenant à la réalité.

— C'est pour ça que mon donneur n'est pas anonyme. J'ai effectué de nombreuses recherches avant de me décider, et j'ai soigneusement sélectionné le père de mon bébé. Le Dr Cardoza est le parfait…

— Le Dr Cardoza ? Tomas Cardoza est le père de ton bébé ?

La vision de Dante s'emplit de rouge, ses poings se serrèrent tandis qu'il luttait contre l'envie de cogner le mur.

— C'est un chimiste renommé, expliqua-t-elle comme s'il ignorait la contribution de Cardoza à la science.

— Je sais, grinça-t-il entre ses dents serrées. Si tu te souviens bien, c'est à cause de lui que je n'ai pas reçu le Nobel.

Les yeux de Harper s'agrandirent.

— Ma foi, oui. Mais ça remonte à des siècles. Tu t'en es sûrement remis, d'autant que tu as changé de domaine.

Ce fut plus fort que lui. Il explosa de rire, et dut enlever ses lunettes pour s'essuyer les yeux. Parmi tous ceux avec qui elle aurait pu concevoir un bébé, elle avait choisi Cardoza, l'être humain le plus minable de la terre, et cela incluait les parents de Dante, qui qu'ils puissent être.

Non. Il ne s'en était pas remis. Cardoza était la raison pour laquelle il avait été obligé de faire de la télévision. Si Cardoza n'avait pas triché dans sa méthodologie, leurs chances de réussite auraient au moins été équitables. Après la victoire de Cardoza, Dante avait perdu tout intérêt pour la recherche et s'était retrouvé sans laboratoire, sans fonds, et quêtant désespérément une nouvelle opportunité.

La Science de la Séduction était née.

Certes, cela s'était révélé plus lucratif que prévu. Mais un compte bancaire à neuf chiffres ne compensait pas le vol de ses objectifs scientifiques.

Lorsqu'il pensa être en mesure de parler sans trahir l'émotion qui lui serrait la gorge, il demanda :

— Par simple curiosité, comment as-tu réussi à obtenir Cardoza ?

Justement lui, cette ordure, et pas un autre.

— Oh ! je suis tombée récemment sur lui à une convention ! Tu sais, le truc à Saint-Louis dont je t'ai parlé ? Tomas faisait un exposé, et j'ai adoré ses conclusions. Quand je l'ai vu plus tard dans le hall de l'hôtel, je me suis présentée à lui et on a commencé à bavarder.

— Vous êtes devenus copains, en somme ?

Il faillit ricaner. Elle avait dit « Tomas ». Comme s'ils étaient des amis, et non des concurrents.

— Bien sûr, c'est un homme brillant. Beau gosse, belles pommettes. Sa structure génétique a été la raison principale de mon intérêt pour lui.

Un gouffre noir s'ouvrit dans la poitrine de Dante.

— Il t'a draguée ?

— Non. Enfin, oui, si tu considères qu'il m'a « draguée » quand il m'a demandé si j'envisageais de tomber enceinte de manière traditionnelle, répliqua-t-elle, sans manifestement se douter du malaise qu'il éprouvait.

Une migraine se mit à lui vriller le crâne.

— Je t'en prie, pour l'amour du ciel, dis-moi que tu as refusé.

Elle se renfrogna.

— Évidemment que j'ai refusé ! Ce genre de relation ne m'intéresse pas.

Son soulagement fut immense. La pensée de Cardoza posant ses sales pattes sur Harper lui donnait un goût de bile dans la bouche. Heureusement, elle avait calmé les ardeurs de ce goujat.

— Aucun autre homme que moi ne t'intéresse, c'est ça que tu veux dire.

— Non. Je ne veux pas davantage ce genre de relation avec toi, corrigea-t-elle. Tu ne m'as pas écoutée, ou quoi ?

Si, il avait entendu chaque mot de son laïus, hélas !

— Tu mens, Harper. Ça t'intéresse tellement que tu n'en peux plus.

La façon dont elle s'était lovée contre lui lorsqu'il l'avait embrassée, l'excitation de sa langue avide autour de la sienne — il revivrait cela dans des rêves gorgés de désir, cette nuit. Bien sûr que ça l'intéressait. Et que ça la contrariait, manifestement, vu que sa réaction au baiser avait suscité ce petit jeu de confessions.

Enceinte. Dans le genre casseur d'ambiance, ce mot-là décrochait le pompon.

— Depuis quand ton ego est-il aussi surdimensionné ? riposta-t-elle d'un ton pincé. C'est n'importe quoi !

— Arrête, tu veux ? Tu peux te mentir à toi-même, mais pas à moi. Pas quand ma bouche était sur la tienne. Je te sentais vibrer tout contre mon corps.

Son ego n'avait rien à voir là-dedans. Bon, peut-être un peu, parce que même maintenant, il s'échauffait en se remémorant avec quelle ferveur elle y avait répondu. Elle s'était littéralement jetée dans ce baiser, sans retenue, comme elle le faisait pour tout, prête à se donner, à s'abandonner.

L'attirance entre eux était réciproque. Que cela lui plaise ou non.

Les joues de Harper s'empourprèrent.

— C'était juste une histoire d'hormones.

Il éclata de rire.

— Mais oui, c'est comme ça que ça marche en général, ou tu as oublié tout ce que tu as appris en fac ?

À sa grande surprise, elle s'effondra sur le canapé et enfouit la tête entre ses mains. Ses épaules commencèrent à trembler et Dante sentit sa mauvaise humeur l'abandonner au profit de l'état d'esprit qu'il aurait dû avoir depuis le début : de la sollicitude pour cette femme à laquelle il tenait tant.

Il la rejoignit sur le canapé et la reprit dans ses bras, sans un mot, car que dire ? Il avait déjà gâché l'annonce de sa grande nouvelle, en la poussant hors de sa zone de confort.

Elle se détendit sous son étreinte et tout parut de nouveau presque normal. Bien sûr, l'odeur de ses cheveux le fit chavirer, comme toujours, mais il s'efforçait d'ignorer cette attraction physique depuis très longtemps. Il pouvait se ressaisir pour son amie, qui avait exprimé son besoin de lui sans détour.

— Je suis désolé, murmura-t-il dans ses boucles rousses. Mais je ne comprends pas. Pourquoi un bébé ? Et pourquoi par insémination artificielle, par-dessus le marché ?

— Je te l'ai dit, marmonna-t-elle contre sa chemise. Les relations amoureuses, ce n'est pas mon truc. C'est juste une flopée de réactions chimiques que les gens prennent à tort pour un sentiment. Ensuite, ces réactions cessent, et qu'est-ce qui reste ? Rien. Ma manière de procéder est beaucoup plus raisonnable.

Des tas d'arguments contre cette théorie surgirent dans son esprit, et il faillit commencer à lui exposer des faits résultant d'innombrables heures de recherche ayant pour but d'expliquer l'alchimie entre deux personnes, mais il se retint au dernier moment. Elle n'avait pas besoin de son opinion, professionnelle ou personnelle. Pas à cet instant précis. Ni alors qu'elle avait déjà pris sa décision.

— Félicitations, quoi qu'il en soit.

Il s'abstint également de poursuivre sur le sujet. Grandir en foyer d'accueil avait modelé sa vision de la question : les gens avaient des enfants et s'arrangeaient en général pour faire de la vie de ces derniers un enfer. Pourtant il s'abstiendrait de développer sur ce thème, tant qu'il ne serait pas objectif au sujet du bébé de Harper.

— Pour mémoire, reprit-il, ces réactions chimiques permettent aussi de connaître un sacré plaisir.

— Je ne saurais dire, chuchota-t-elle, à peine audible.

Le sens implicite de cette phrase le heurta de plein fouet, et il comprit qu'elle ne parlait pas uniquement d'amour.

— Tu es encore vierge ?

Les pièces du puzzle se mirent rapidement en place. Elle lui avait avoué ça un soir, du temps de la fac, mais il avait tout de même supposé qu'à un moment donné, elle avait sauté le pas. Quel idiot ! Elle le lui aurait probablement dit !

Elle se figea.

— J'ai été très occupée par mon doctorat, puis par l'élaboration de la gamme de produits Fyra. Quand aurais-je trouvé le temps ?

Il rappuya sa tête contre le dossier et fixa le plafond. Bravo, l'expert en séduction ! Il avait complètement raté ce qui était en jeu ici.

Harper était effrayée par ce qu'il lui avait fait ressentir. Il avait fait perdre les pédales à une femme d'ordinaire sans peur, parce qu'elle n'avait jamais été initiée aux plaisirs de la chair. C'était une farce de premier ordre.

Et une aubaine. Il avait l'opportunité extraordinaire de devenir le premier amant de Harper. Il allait enfin marquer des points contre Cardoza, pas de doute là-dessus. Il savourait d'avance sa satisfaction. Harper et lui pourraient consumer leur attirance, puis retourner à leur amitié. Gagnant-gagnant, de son point de vue.

— Ça ne change rien, reprit-elle, sur la défensive. Je suis toujours enceinte et j'ai toujours besoin de ton soutien, quelle que soit ton opinion sur la manière dont j'ai choisi mon donneur ou la méthode de conception de cet enfant. Je ne peux pas faire ça seule. Est-ce que je peux compter sur toi pour être mon ami ? Pour être présent à mes côtés ?

La réalité de la situation s'abattit sur lui. Sa meilleure amie était enceinte de son rival le plus haï, et il n'avait qu'une idée en tête, une sorte de revendication territoriale de Harper, alimentée par la testostérone.

Elle le connaissait suffisamment bien pour savoir sur quoi portaient ses principaux désaccords, mais les citer ne modifierait pas son avis sur la procréation. S'il déclarait qu'il la soutenait, il devrait le faire. Tenir sa parole signifiait beaucoup pour lui. Et leur amitié encore plus. Il devait agir en conséquence.

— Bien sûr que tu peux compter sur moi.

Et c'était la vérité. Pas question toutefois de faire fi de leur attirance mutuelle. Au lieu de le décourager, Harper avait de façon inexpliquée créé un challenge qu'il ne pouvait ignorer. Il la désirait. Peut-être davantage encore qu'avant sa confession.

Il allait se livrer à une opération séduction de grande envergure et consacrer toute son énergie à vérifier que les stratégies qu'il promouvait dans son émission fonctionnaient réellement. Même sur une femme qui n'avait jamais eu d'amant. Même sur une amie. Une amie enceinte. Il était un expert, oui ou non ?

Il avait deux semaines devant lui pour le vérifier.

La vaste demeure de Dante, sur les Hollywood Hills, avait énormément de charme, Harper adorait ce style hacienda. Une gouvernante la conduisit jusqu'à la suite des invités, indiquant au passage la cuisine, la salle à manger, la terrasse surplombant la piscine à plusieurs niveaux.

Harper tendit le cou en passant devant la triple série de portes-fenêtres donnant sur le bassin. L'eau d'un bleu céruléen ondulait sous le soleil, et, au-delà des bougainvilliers et des palmiers nains qui camouflaient la clôture en fer forgé de la propriété, Los Angeles se déployait au pied des collines, trépidante mais magnifique malgré la pollution.

Le Dr Gates avait très bien réussi dans la vie.

De solides poutres d'un brun profond soutenaient le haut plafond de la galerie menant à l'arrière de la maison. La gouvernante ouvrit l'une des portes, puis recula pour que Harper puisse entrer dans le somptueux coin salon, équipé d'un téléviseur à écran plat. De l'autre côté de la pièce trônait un grand lit style Mission. Quelle chambre magnifique !

— Si vous avez besoin de quoi que ce soit, dit poliment la gouvernante, faites-le-moi savoir. Je suis Mme Ortiz, et ma fille, Ana Sophia, cuisine pour M. Dante. Mon mari, Juan, s'occupe du jardin. Nous habitons l'ancienne remise à calèche près du portail.

— C'est noté.

Dante avait donc des domestiques, maintenant. Plusieurs. L'un d'eux avait-il surpris leur discussion dans le hall un peu plus tôt ? Elle ferma les yeux un instant. Trop tard. Dante aurait été bien avisé de la prévenir qu'ils n'étaient pas forcément seuls quand elle avait déballé ses petites histoires personnelles.

En même temps, il avait manifestement décidé de se faire une habitude de la prendre au dépourvu. Elle n'appréciait pas particulièrement. Mais ce n'était pas la faute de cette gentille dame si son patron se comportait n'importe comment.

— Merci, madame Ortiz, dit-elle avec un sourire.

La gouvernante hocha la tête et referma la porte en partant. Harper passa quelques minutes à défaire ses bagages, mais cela ne lui prit pas assez de temps pour apaiser ses tremblements intérieurs.

Après que ce baiser catastrophique l'eut forcée à accélérer l'annonce de sa grossesse, Dante s'était évaporé, probablement pour la laisser s'installer, mais sans doute aussi pour leur laisser à tous deux un moment de répit. Ou bien était-elle la seule à en avoir besoin ?

Avant qu'elle prenne un avion pour L.A., sa relation avec Dante avait du sens. Les sentiments qu'elle éprouvait pour lui étaient simples, faciles et éternels, à l'inverse de ce qui arrivait inévitablement dans une relation amoureuse. Voilà pourquoi elle n'avait jamais eu la moindre intention de se rapprocher d'un homme, et encore moins d'un homme qu'elle aimait autant que Dante. L'amitié était un sentiment suffisamment exigeant.

Jusqu'à ce que Dante fiche tout en l'air en l'embrassant.

Que pouvait-elle faire pour revenir à la situation d'avant, avec Dante qui lui tiendrait la main tout au long de cette nouvelle aventure ?

Parce qu'elle avait terriblement besoin de lui.

La grossesse la terrifiait.

Elle avait peur d'avoir pris la mauvaise décision. Peur d'avoir choisi le mauvais moment, vu que sa carrière essuyait un grain. Peur de ne pas avoir été assez minutieuse en négociant le contrat qui la liait au donneur. N'ayant jamais eu à prendre une décision comme celle-ci, elle n'avait qu'une envie : se blottir sous une couverture et que Dante lui caresse les cheveux en lui assurant que tout irait bien.

Mais rien n'allait comme prévu. Pour elle, une grossesse était censée être une expérience heureuse, une manière de créer un lien nouveau avec Alex et Cass, elles aussi futures mamans, et renforcer celui qu'elle avait avec Dante car, bien entendu, il serait le… tonton préféré de son bébé.

Du moins elle l'espérait.

L'expression sur son visage quand elle lui avait annoncé la nouvelle, elle ne voulait plus jamais la revoir. Pourtant, le choc qu'il avait affiché ne cessait de repasser en boucle dans sa tête. Manifestement, elle avait mal anticipé sa réaction, mais elle n'arrivait pas à deviner s'il était contrarié parce qu'elle ne l'avait pas consulté ou parce qu'il gardait encore la rancœur d'avoir perdu le prix Nobel. Ou les deux.

Il y avait de fortes chances pour que Dante change d'avis, même s'il assurait qu'il serait là pour elle. Il risquait finalement de ne plus vouloir entendre parler de son bébé. Ce serait une catastrophe.

L'angoisse la tuait. Où étaient passés son bon sens et sa logique habituels ? Envolés. Ajoutez un bébé et, soudain, elle était en vrac.

Elle troqua sa tenue de voyage pour une robe d'été évasée à fines bretelles, qu'elle avait achetée en prévoyant que son tour de taille prendrait de l'ampleur. Une prévision un peu prématurée, puisqu'elle n'avait eu confirmation de sa grossesse que ce matin.

Rien dans cette introspection houleuse ne résoudrait la question en suspens : comment revenir à la normale ? Elle travaillait mieux avec des valeurs absolues et seul Dante pouvait les lui fournir.

Rassemble les données, formule le problème puis résous-le.

Sa relation avec Dante allait rester la même, ou elle mourrait en essayant de la conserver ainsi. Elle refusait de laisser le bébé ou le baiser devenir une source de dissension entre eux, alors que tant d'autres choses échappaient à son contrôle, le refus de la FDA pour commencer.

Résolue, elle se dirigea vers la cuisine dans l'espoir de trouver Dante et une tasse de thé, pas nécessairement dans cet ordre. Apercevant sa tête sombre penchée sur quelque chose, elle pénétra dans la pièce et longea l'îlot.

Dante leva les yeux. Son regard s'adoucit derrière ses lunettes, donnant aussitôt à ses somptueux iris la couleur du chocolat fondu. S'il regardait les autres femmes ainsi, pas étonnant qu'elles se bousculent à ses pieds.

Une pensée tout à coup horriblement désagréable. Est-ce qu'il regardait réellement d'autres femmes de cette manière, avec le même mélange de sollicitude et d'affection ? Qu'est-ce que ça pouvait lui faire, d'ailleurs ? Rien. Dante était son ami et il pouvait regarder les femmes comme ça lui chantait.

Sauf elle. Il ne devait pas la regarder ainsi.

— J'allais préparer du thé, dit-il, comme si rien n'avait changé.

Rien n'avait changé, se morigéna-t-elle. Il l'avait embrassée dans l'idée malencontreuse qu'il existait quelque chose entre eux. Elle l'avait détrompé, affaire classée.

— Voilà qui serait formidable, répliqua-t-elle.

Elle s'éclaircit la voix, regrettant de ne pouvoir dissiper la tension aussi aisément.

Le thé était une de leurs passions communes, et parmi celles qu'elle chérissait le plus. Lorsque Dante venait à Dallas, il achetait toujours un paquet de Gyokuro Imperial Green Tea — le préféré de Harper — à la boutique de l'aéroport, et ils le buvaient sur la terrasse de son appartement, qui donnait sur Victory Park. Elle adorait ce rituel davantage pour la conversation qui allait de pair avec le thé, même si une simple bouffée de sa senteur verte la faisait saliver.

Il lui tendit une théière à pression et indiqua du menton une boîte ornée de symboles chinois, posée sur le comptoir.

— Dose le thé, je fais bouillir l'eau.

La séquence familière l'apaisa, et elle se déplaça à la fois dans la cuisine et autour de l'homme avec plus d'aisance qu'elle ne l'aurait cru. Peut-être était-elle la seule à se sentir mal à l'aise. Si elle agissait comme si tout allait bien, cette impression de bizarrerie disparaîtrait.

Le thé prêt, ils emportèrent leurs mugs sous la véranda qui

surplombait la sublime piscine et une cuisine extérieure. Dante s'installa dans une causeuse douillette, tapota le coussin voisin, où elle s'enfonça avec gratitude.

— Ta maison est magnifique, fit-elle remarquer. Pourquoi est-ce que je ne viendrais pas plus souvent te rendre visite ?

— Bonne question. Et la réponse est ?

— Débordée. C'est la pagaille à Fyra, ces derniers temps, et Cass comme Alex ont eu des affaires personnelles à gérer. Ça ne laisse que Trinity et moi pour tenir la barre.

N'empêche, Dante, lui, avait toujours trouvé le temps de venir la voir. Elle s'était dit que passer par Dallas, dont l'aéroport était l'une des principales plaques tournantes du pays, était plus facile pour lui.

Là, à cet instant précis, en observant leur relation au microscope, cela semblait erroné. Déséquilibré.

— Pourquoi tu es venue, cette fois ? demanda-t-il tranquillement, lui fournissant l'ouverture qu'elle cherchait.

Elle s'efforça de répondre, en dépit du malaise que suscitait le sujet. Car malgré la promesse faite par Dante un peu plus tôt, elle sentait que ce n'était pas gagné.

— J'ai effectué mon premier test de grossesse ce matin. Puis les trois suivants.

À sa grande surprise, il sourit.

— Parce que quatre te donnent plus de chances d'obtenir un résultat exact.

— Tu me connais si bien, plaisanta-t-elle.

Ce qu'elle regretta aussitôt en le voyant serrer les mâchoires.

— J'espère en apprendre plus, répliqua-t-il. Qu'est-ce que tu as ressenti en constatant que c'était positif ?

Tant de choses l'avaient submergée alors ! Comment les définir pour quelqu'un d'autre, et surtout un homme ?

— De l'émerveillement. De la joie. Une impression de réussite.

Elle avait clairement élu le bon donneur, puisque ça avait marché du premier coup. Bien sûr, elle avait effectué de vastes recherches en génétique, formalités juridiques, probabilités — et Tomas Cardoza s'était imposé comme un choix évident. Il avait deux doctorats, une ascendance espagnole impressionnante et une peau mate qui, elle l'espérait, garantirait à leur enfant un usage plus modéré de crème solaire que sa mère irlandaise. Il avait accepté d'être son donneur, renoncé à tous ses droits paternels, et voilà.

Quelque part, elle doutait que Dante apprécie ces détails.

Elle posa son mug pour se tourner vers lui, une jambe repliée sous elle.

— C'est horrible, poursuivit-elle. J'ai l'impression de marcher sur des œufs, comme si je devais faire attention à ce que je dis sous peine de déclencher une nouvelle bagarre.

— Une nouvelle bagarre ? On ne s'est pas bagarrés, si ?

— Ben, tout à l'heure, quand je t'ai dit que j'étais enceinte, ça a un peu ressemblé à une bagarre, non ?

Il avait été tellement en colère, déçu par elle.

— C'était une discussion, rectifia-t-il, reposant son mug pour lui prendre la main et planter ses yeux dans les siens. À propos de quelque chose qui se passe dans ta vie. Je n'ai pas bien réagi. Tu m'as surpris, c'est tout. Mais je tiens à toi et je veux tout savoir. Tu n'as pas à penser que tu dois me cacher quoi que ce soit.

De la chaleur se répandit à travers sa paume. Elle observa Dante et, d'un coup, il redevint l'homme qu'elle aimait depuis dix ans. Puis la chaleur irradia jusqu'à sa poitrine tandis qu'il lui souriait. C'était si normal — et un tel soulagement — qu'elle faillit fondre en larmes.

Sauf qu'elle était en train de changer les choses. Voilà qui était sa plus grande crainte en réalité. Qu'elle ait irrévocablement endommagé leur relation en tombant enceinte. Dante et elle échangeaient des blagues sur la chimie et parlaient de mécanique quantique, pas de couches ou d'allaitement.

Elle se recentra au moyen d'une série de techniques de méditation. Tout irait bien.

— Alors je veux tout reprendre de zéro : Dante, je suis enceinte.

Il haussa un sourcil intrigué.

— Quelle nouvelle fantastique ! Félicitations. J'ai hâte de rencontrer la miniversion de toi qui nage là-dedans.

Et contre attente, cela rendit toute l'affaire réelle.

Une vie poussait dans son ventre. Un bébé. Un bébé qui serait à elle, à elle seule. Elle l'élèverait en le faisant bénéficier de la meilleure éducation, et elle serait tout pour ce bébé, puisqu'elle serait une mère célibataire.

La panique s'empara d'elle.

Il s'agissait d'un bébé. Une minuscule chose sans défense, incapable de lui communiquer ses besoins. Elle devrait les deviner. Toute seule. La palpitation devint presque audible derrière son sternum. Puis elle se rendit compte que c'était son pouls emballé qui grondait dans ses oreilles.

Respire. Encore. C'était elle qui l'avait voulu ainsi. L'amour entre une mère et son enfant était absolu. Prédestiné. Il n'y avait pas d'erreur potentielle, comme lors d'une idylle où tout s'embrouillait avec des signaux qu'un cerveau ne pouvait interpréter. Par conséquent, ce bébé comblerait un besoin dans sa vie qu'aucun homme ne pourrait jamais espérer remplir. Elle ne souffrirait plus jamais de solitude, aspirant à quelque chose qu'elle n'était pas en mesure de nommer.

En outre, il consoliderait sa place parmi ses associées qui attachaient de l'importance à la maternité. Du moins, Alex et Cass. Trinity était et resterait une non-conformiste, mais, quoi qu'il en soit, Harper et elle étaient depuis longtemps d'accord sur la valeur d'un homme permanent dans leur existence : zéro.

Sauf de celui-ci. Elle serra la main de Dante.

— J'ai peur, avoua-t-elle, la gorge nouée.

— De quoi ? Pourquoi ? Tu es la femme la plus compétente que j'aie jamais rencontrée. Tu vas assurer haut la main.

— Il y a… un autre truc. Fyra a des ennuis.

— Lesquels ? demanda-t-il doucement. Quoi que ce soit, on gérera.

L'étau autour de sa poitrine se desserra. Elle était venue à L.A. parce que Dante était la seule personne vers qui elle pouvait se tourner. Si elle parvenait à en parler avec lui, peut-être qu'un plan lui viendrait à l'esprit, un moyen de se sortir du gouffre professionnel dans lequel elle était tombée. Alors la décision de grossesse ne lui paraîtrait pas si… incongrue.

— Les autorités sanitaires rechignent à approuver le Formula-47, lâcha-t-elle.

La brûlure mortifiante des larmes surgit derrière ses yeux. Elle ne pleurait jamais, d'ordinaire. C'était ainsi que ça allait se passer désormais ? Des émotions qui affluaient à tire-larigot ?

— Quoi donc ? Dis-moi, insista Dante.

Le Formula-47 avait été le premier bébé de Harper, conçu et élaboré dans son labo avec un but exclusif — soigner les cicatrices et les rides mieux que la chirurgie plastique, car il utilisait une nanotechnologie révolutionnaire qu'elle avait développée. Or, ce produit pourtant génial risquait de rester à jamais dans les cartons.

Non. Elle réglerait cette affaire.

Après une grande inspiration, elle expliqua :

— Philipp, le mari d'Alex — autrement dit le sénateur Edgewood — tu te souviens, je t'ai dit qu'il nous donnait un coup de pouce auprès de la FDA ?

— Oui, parce que vous sortez votre premier produit qui requiert l'approbation de la Fédération.

— Eh bien, le comité a suspendu la requête.

Entendre ces mots de la bouche de Phillip avait presque été le pire moment de son existence. La procédure aurait dû se dérouler comme sur des roulettes. Soumettre une demande d'approbation pour le Formula-47, qu'elle avait consacré deux ans de sa vie à perfectionner, faire visiter le labo au comité, expliquer sa méthodologie, envoyer échantillons et étude. Terminé. L'accord pour vendre le produit paraissait dans la poche.

Rien n'avait fonctionné comme prévu.

— Hein ? Pourquoi ont-ils suspendu la requête ?

L'expression de Dante reflétait son indignation.

— Ils se posaient des questions sur mes échantillons. Et sur mon labo.

Le juron lâché par Dante la fit sourire.

— Tes méthodes sont irréprochables, gronda-t-il. Comment osent-ils remettre quoi que ce soit en cause dans ton labo ?

Elle ne put s'empêcher de savourer son soutien inconditionnel, ce qu'elle était précisément venue chercher. Aucune de ses associées ne comprenait ce que les allégations avaient signifié pour elle sur le plan professionnel. Et personnel.

Dante, si. Il saisissait aussitôt pourquoi tout cela lui donnait l'impression d'être passée sous un rouleau compresseur.

— Il y a plus. Je pense que les interrogations ont surgi parce que quelqu'un a délibérément saboté les échantillons.

Le simple fait d'énoncer cet odieux soupçon à voix haute faillit la faire vomir.

Car tel était l'essentiel à retenir. Elle avait un traître dans son labo. Son sanctuaire.

Tant qu'elle n'aurait pas résolu cette épineuse question, elle craignait de ne jamais vivre tranquille ou de ne pouvoir profiter pleinement des neuf prochains mois.

3

Dante recommença à caresser les cheveux de Harper car elle tremblait toujours et il fallait que ça cesse. Inutile qu'elle sache que ses cheveux ressemblaient à du satin sous ses doigts.

— Du sabotage ? répéta-t-il, sourcils froncés. C'est moche, ça. Qui en est l'auteur, à ton avis ?

— Je ne sais pas.

Il lui effleura la tempe du pouce. Un geste qui risquait de paraître trop intime alors qu'elle était en pleine crise. Mais la première étape de son plan de séduction impliquait que Harper se sente de nouveau détendue en sa présence.

Elle était bouleversée. Elle avait besoin de lui. Il la réconfortait. Et voilà. Ils étaient assis, main dans la main, sur une petite causeuse. Il jouait avec ses cheveux. Il la tenait pour ainsi dire dans ses bras. Il n'aurait qu'à se pencher un tout petit peu pour accéder à sa bouche exquise.

Mais il ne bougea pas. Pas encore. La première étape n'était pas achevée. Il ne pouvait passer à la deuxième avant que Harper soit totalement remise de l'affolement provoqué par son baiser. Son erreur était d'avoir supposé qu'un seul baiser suffirait, et que tout reviendrait ensuite à la normale entre eux, son attirance pour Harper une fois maîtrisée et résolue.

Il avait consacré le trente-sixième épisode de son émission à ce phénomène précis. Parfois, votre esprit vous joue des tours, vous incitant à croire qu'il existe une alchimie entre vous et un autre être, alors qu'en fait, dès que vos lèvres se joignent, il devient évident qu'il ne se passe rien. C'était pour cette raison qu'il avait décidé de commencer par là avec Harper, persuadé à soixante-quinze pour cent que l'attirance entre Harper et lui n'existait qu'en vertu d'un autre phénomène, clairement établi : le pouvoir de séduction de ce qu'« on ne touche qu'avec les yeux. »

Bon, son hypothèse n'avait pas été concluante.

Et la donne avait changé avec l'ajout de Cardoza au tableau, la grossesse de Harper et son statut de vierge. Un simple baiser n'allait pas suffire. Il voulait tout. Et comptait l'obtenir coûte que coûte.

Ils pourraient redevenir de simples amis plus tard. Après qu'il l'aurait initiée aux plaisirs qui l'attendaient lorsqu'un homme savait s'y prendre correctement. Après qu'ils auraient consumé ce brasier entre eux. Après qu'il aurait eu l'opportunité de prendre sa revanche sur Cardoza.

— Ce truc de la FDA, c'est vraiment sérieux, constata-t-il. Qu'est-ce que je peux faire ?

— Tu le fais déjà.

Elle soupira avec un petit sourire, sans prendre garde à la façon dont sa poitrine se soulevait et s'abaissait sous sa robe, soulignant ses seins de façon suggestive. Même pas si décolletée que ça, mais peu importait. Sur Harper, c'était sexy.

— Et si je faisais quelque chose qui résolve réellement le problème ? suggéra-t-il, la voix rendue rauque par l'excitation. Je vais rentrer avec toi à Dallas et on s'attaquera au problème ensemble.

C'était parfait. Tellement parfait qu'il n'arrivait pas à croire à l'aubaine qui s'offrait à lui. Il aurait toutes les excuses pour passer ses jours et ses nuits au côté de Harper, rien qu'eux deux dans un lieu qui les excitait autant l'un que l'autre — un laboratoire de chimie — et ensuite, il résoudrait tous ses problèmes. Il ferait figure de héros venu à son secours.

Harper étant à la fois une vierge et une scientifique, il ne pouvait user de stratégies banales pour la mettre dans son lit. Son plan de séduction était imparable.

Les yeux de Harper s'arrondirent.

— Je ne peux pas te demander une chose pareille.

— Tu ne l'as pas fait. Je me suis porté volontaire. J'ai deux semaines libres, sans tournage, et rien de prévu. Tu as la possibilité de faire parvenir de nouveaux échantillons à la FDA ?

Elle acquiesça en se mordillant pensivement la lèvre. Son esprit vif soupesait l'idée.

— Mais ça représente beaucoup de travail et c'est mon problème, pas le tien. Je dois régler ça moi-même.

Manifestement, elle ne comprenait pas assez vite. Il tenait à peine en place à la perspective de manier des éprouvettes. À quand remontait la dernière fois qu'il s'était amusé avec le tableau périodique ? Des siècles.

Harper et des expériences de chimie en même temps ? Il ne voyait pas ce qui pourrait le ravir davantage, hormis le fait qu'elle se retrouve nue sur la paillasse, tandis qu'il lui donnait du plaisir avec sa bouche, jusqu'à ce qu'elle crie son nom.

Bon, cette image devait disparaître, ou il allait flanquer en l'air son plan séduction si soigneusement élaboré.

— Tu es enceinte, effrayée, et tu as dit avoir besoin de mon soutien. Quel meilleur moyen de te soutenir que celui-ci ? Laisse-moi t'aider à réaliser de nouveaux échantillons. J'en ai envie. Ce sera amusant pour moi, rien à voir avec du boulot.

Pour toute réponse, elle se jeta dans ses bras, enthousiaste.

Le corps de Dante réagit aussi sec, durcissant à un endroit qu'elle ne manquerait pas de remarquer, vu qu'elle avait presque grimpé sur ses genoux. Impossible de cacher une érection aussi gigantesque.

— Je croyais que je n'avais plus le droit de te serrer contre moi, grommela-t-il d'un ton nostalgique.

Elle se figea, puis s'écarta. Quel idiot ! Voilà ce qu'il récoltait à pérorer, mais bon Dieu, qu'est-ce qu'il était supposé faire quand elle se collait à lui et diffusait le parfum d'un fruit dans lequel il brûlait de mordre ?

— Excuse-moi. Je me suis laissé emporter par la gratitude.

Jurant intérieurement, il tenta de chasser le flot de chaleur qui lui brûlait les reins et grimaça. Avec un peu de chance, ça passerait pour un sourire…

— J'aime bien te serrer contre moi. J'étais juste…

Excité comme une puce. Par la sensation de tes tétons sous ta robe. Par le souvenir de ce baiser incroyable.

Il ferait mieux d'arrêter. La première étape de son plan n'incluait pas de perturber Harper ou d'agir trop tôt. Elle avait besoin de temps et d'espace pour se réacclimater à lui, ou bien la deuxième étape capoterait *illico.*

La séduction était une science, pas un art. On n'avait pas droit aux faux pas.

Dante s'éclaircit la voix.

— Demain matin, j'appellerai mon assistante pour qu'elle me réserve une place sur ton vol de retour. Ne discute pas. On est solidaires, sur ce coup.

Le sourire hésitant de Harper contribua largement à estomper sa bourde.

— Merci. Tu n'as pas idée de ce que cela signifie pour moi. J'ai enfin le sentiment de remonter la pente.

Elle était bien la seule. Mais l'authentique soulagement émanant de son expression le réchauffa. Pas aussi bien que son corps quelques instants plus tôt, mais agréablement tout de même. Car il souhaitait l'aider. Une coïncidence inouïe que ses problèmes au labo concordent avec son propre agenda !

Elle applaudit comme une gamine de cinq ans devant son gâteau d'anniversaire.

— Je suis tout excitée ! On n'a pas passé deux semaines entières ensemble depuis… Une éternité.

— Depuis la fac.

Ils vivaient dans la même résidence universitaire, à l'époque. Mais la dynamique était totalement différente. Il effectuait ses études grâce à une bourse académique, et chaque note comptait. Il retrouvait le plus souvent Harper à la bibliothèque ou en salle informatique.

— Oh ! chouette, on va revivre notre âge d'or ! Ça sera exactement pareil qu'en ce temps-là.

— Tu veux dire, quand on subsistait avec des bols de nouilles instantanées et quatre heures de sommeil par nuit ? ironisa-t-il.

Parle pour toi, mais je préfère largement être en mesure de m'offrir un steak quand j'en ai envie.

Et aujourd'hui, il avait aussi une idée bien plus claire de la manière de mettre cette femme dans son lit. Il avait eu son content de petites amies à l'université, surtout grâce à des gestes simples qu'il n'aurait jamais imaginé être de tels pièges à filles : de bonnes manières, une insistance vieux jeu pour payer le dîner, et aucun intérêt pour les équipes de sport.

Harper lui avait toujours échappé, bien qu'il ait ressenti des étincelles dès la première fois qu'il l'avait vue.

— J'adorais la fac. Tu te souviens des vacances de printemps où aucun de nous deux n'avait pu rentrer à la maison parce qu'on avait sous-estimé la réaction de ce substrat au graphène ? s'exclama-t-elle en lui touchant le bras, plongée dans son histoire. On a dû recommencer toute l'expérience, et le projet devait être rendu genre dix jours plus tard. J'étais paniquée, mais toi, tu étais d'un calme olympien.

— Je me souviens, murmura-t-il.

Tout comme elle, à l'évidence.

Il ne rentrait jamais à la maison pour les vacances de printemps. Ou celles de Noël et d'été. Car son foyer d'accueil n'était pas sa « maison », juste le lieu où habitaient les gens qui avaient accepté de l'élever, et quand il en avait passé la porte à dix-huit ans, il n'y était jamais retourné. Lui aussi adorait la fac, mais uniquement parce que ça lui donnait un endroit où aller et où réussir. Un endroit où il se sentait à sa place.

Avec une amie comme Harper Livingston.

— C'était le bon temps. On n'avait pas grand-chose, mais on était là l'un pour l'autre.

Elle lui adressa un sourire affectueux, qu'il lui rendit.

Harper avait été la première personne à se soucier réellement de lui, de ce qu'il pensait. Dans le feu de l'action, il avait opportunément gommé tout ça, tant il était focalisé sur la manière de franchir la prochaine étape avec elle. Il avait oublié pourquoi Harper était restée son amie durant toutes ces années.

Il avait besoin d'elle car c'était la seule relation stable qu'il ait jamais eue. La seule personne qui lui ait jamais démontré ce que cela signifiait d'accorder de la valeur à quelqu'un d'autre. La seule à avoir fait naître en lui un sentiment proche de l'amour.

Est-ce qu'il confondait cela avec de l'attirance sexuelle ?

Un brin de culpabilité lui comprima la poitrine. On l'appelait Dr Sexy, pas Dr Psycho. S'il comprenait très bien l'alchimie physique, c'était beaucoup moins le cas des sentiments non quantifiables.

S'il réussissait à séduire Harper, à l'avoir nue dans son lit, est-ce que cela anéantirait leur relation ?

Non, sûrement pas. Ils étaient adultes et aucun d'eux ne se souciait de sentiments amoureux. C'était l'une des nombreuses raisons pour lesquelles ils étaient toujours amis, après toutes ces années. Ils avaient beaucoup en commun. Le petit nœud dans sa poitrine lui rappelait juste qu'il avait tout intérêt à s'assurer que rien ne viendrait jamais affecter leur amitié, pas même le sexe. Surtout pas le sexe. Il resterait attentif et cesserait sa campagne de séduction si la moindre trace de complication pointait son vilain nez.

La main fraîche de Harper remonta le long de son bras, lui pressa l'épaule. Elle se pencha et l'embrassa sur la joue. Sans savoir comment, il parvint à se retenir de tourner la tête pour capturer ses lèvres avec les siennes.

— Je suis si contente d'avoir sauté dans un avion ! déclara-t-elle gaiement.

Dieu merci, elle n'avait aucune idée du maelström intérieur qui l'agitait.

Il aurait dû être ravi. Elle était de nouveau à l'aise avec lui. La première étape pouvait être qualifiée de succès. Hélas ! la suivante promettait de ne pas être très confortable puisque l'objectif serait de lui faire admettre les étincelles qui crépitaient entre eux. Afin qu'elle agisse en fonction quand elle serait prête.

— Laisse-moi t'inviter à dîner, répliqua-t-il d'une voix rauque.

Il devait gagner un peu de terrain avant de perdre le peu de santé mentale qui lui restait.

Harper mit un temps inhabituel à se préparer, prenant une douche brûlante pour débarrasser sa peau de la crasse de l'aéroport, puis appliquant soigneusement, devant le grand miroir en triptyque, une série de produits cosmétiques qu'elle avait contribué à développer. Un peu de rouge Prague sur les lèvres compléta son apparence.

Le résultat se révéla à la hauteur.

Elle enfila une robe couleur barbe à papa. Elle possédait un don exceptionnel pour marier les teintes, ce qui la rendait si compétente dans son travail.

Elle avait une idée précise des améliorations que la chimie pouvait apporter aux atouts naturels d'une femme. Elle avait bâti sa carrière là-dessus, alors pas question de voir ses rêves anéantis à cause d'échantillons corrompus. Enfin, pour la première fois depuis un mois, elle se reprenait à espérer en l'avenir de Fyra. Dante allait l'aider à régler les problèmes et la FDA approuverait les nouveaux échantillons. Simple comme bonjour.

C'était cela qui avait dissipé l'étrange tension entre Dante et elle. Il s'était emballé à l'idée de l'aider et, honnêtement, ça lui semblait amusant à elle aussi.

Son estomac gronda. Elle n'avait pas déjeuné et, après l'incident lors du retrait des bagages, les barres Reese au beurre de cacahuète avaient perdu de leur attrait. Dîner tombait à pic.

Elle partit à la recherche de Dante à travers le labyrinthe des couloirs de son immense maison, se repérant au bruit d'une douche qui coulait. Parvenue devant la porte de sa chambre, elle levait une main pour frapper quand il sortit de la salle de bains adjacente, torse nu, une serviette drapée autour des reins. Si bas que cela frisait l'indécence. Mais le reste de son corps dénudé suffisait à déclencher toute une cacophonie dans sa tête.

Et à d'autres endroits.

Le tatouage d'un dragon vert éclatant s'étalait sur son épaule gauche, descendant en spirale autour de son biceps, soulignant des muscles sinueux qu'elle n'avait jamais vus auparavant, mais à coup sûr sentis sous ses mains. Le torse de Dante était devenu athlétique et bronzé, couvert de poils fins qui formaient une ligne descendant sous le tissu-éponge.

La bouche de Harper s'assécha, ses jambes se tétanisèrent. Son cerveau devait s'être figé aussi. Sinon elle ne serait pas restée plantée là, à le regarder tandis qu'il l'apercevait et souriait, sans paraître gêné de sa semi-nudité.

Certes elle l'avait vu des dizaines de fois dans cette tenue, surtout à la fac, quand ils vivaient dans la même résidence universitaire, mais c'était avant que son corps se soit autant fortifié. Avant qu'il ait orné sa peau d'un truc aussi sexy qu'un tatouage. Avant qu'elle-même ait délibérément introduit dans son propre corps une pléthore d'hormones qui la rendaient clairement stupide et sensible à la vision du torse nu de Dante.

Avant qu'il l'ait embrassée et qu'elle ait senti ses muscles pressés contre elle.

Ses joues s'empourprèrent et elle pivota sur ses talons, tournant le dos à l'homme demi-nu qu'elle n'arrivait pas à faire coïncider avec celui qu'elle connaissait depuis des années. Les choses étaient supposées être rentrées dans l'ordre, pourtant. Qu'était-il arrivé à ce paisible sentiment d'amitié qu'il éveillait en elle ?

Elle avait toujours considéré Dante comme sexy, mais avec détachement parce que, oui, il était séduisant. « Sexy », ce n'était qu'un mot, mais tout d'un coup, son sens profond devenait cruellement clair, car ce qui arrivait à son corps n'avait rien de détaché.

— Harper, ça va ?

La voix de Dante coula à travers sa peau. Il avait déjà prononcé son nom des milliers de fois. Avec cette même voix. Et pourtant, elle n'était plus du tout la même.

Elle était plus profonde, plus riche, plus colorée. Se rappelait-il lui aussi ce baiser qui devrait être oublié mais qu'elle ne parvenait manifestement pas à effacer de sa mémoire ? Est-ce qu'il pensait lui aussi à ce que ça ferait de retenter ce baiser tandis qu'il ne portait qu'une serviette ?

Oh ! bonté divine ! Il ne portait qu'une serviette. Cette prise de conscience provoqua des frissons sur ses bras nus et une violente crispation au creux de son ventre.

Bien fait pour elle. Ça lui apprendrait à débouler dans la chambre de Dante alors qu'il vaquait à ses occupations. Nu.

— Qu'est-ce qui se passe ?

Il s'était approché par-derrière et il posa une main sur son épaule. Elle faillit hurler quand sa paume lui brûla la peau. Pourquoi avait-elle choisi une robe sans bretelles ?

Si elle s'écartait, se dégageait de son contact, si elle faisait quoi que ce soit d'autre que demeurer immobile, elle lui indiquerait qu'elle brûlait de vérifier si leur deuxième baiser ressemblerait au premier.

Or, il était complètement idiot de penser à embrasser Dante.

Cela ne dissipait pas l'image de ce baiser pour autant.

— Rien. Je… ne savais pas que tu étais…

Nu. Dans ta chambre. Tatoué.

— Excuse-moi. Ta porte était ouverte et…

Sa gorge se bloqua. Qu'est-ce qui n'allait pas chez elle ? Il s'agissait de Dante. Leurs relations étaient revenues à la normale. Finis, les propos délirants sur ce « quelque chose entre eux », qui comportait un brin de vérité qu'elle avait bien l'intention de nier.

Les hormones, les hormones, rien que les hormones. Elle était plus forte que les réactions chimiques de son corps.

— Tu sais, si j'avais quoi que ce soit à cacher, j'aurais fermé la porte, riposta-t-il d'un ton amusé.

Amusé parce qu'elle se montrait stupide en refusant de le regarder

— Tu devais fermer ta porte, martela-t-elle de façon peu convaincante. Maintenant que tu ressembles à ça.

— À quoi ?

Oh ! Seigneur ! Elle était censée expliquer qu'il la troublait, lui faisait perdre ses moyens, maintenant ? C'était à peine si elle comprenait elle-même ce phénomène. Impossible de le lui expliquer, pas même avec l'aide des meilleurs manuels de sexologie.

— À ça.

Son cerveau était incapable de trouver la moindre expression pour décrire un homme que n'importe quelle femme aurait qualifié d'appétissant, de canon, voire de sublime. Mais il s'agissait de Dante. Ils étaient copains, amis, des égaux sur le plan intellectuel. Elle n'aurait pas dû le considérer comme un amant potentiel. Pourtant rien n'y faisait. C'était un homme magnifiquement bâti, personne ne pouvait le nier.

Elle ferma les paupières, de plus en plus mortifiée. Est-ce qu'il devinait à cet instant qu'elle s'était soudain rendu compte à quel point il était sexy ? Non, pitié, non…

— Tu… Tu as un tatouage, maintenant, expliqua-t-elle.

Voilà. Tiens-t'en aux faits. N'évoque pas l'émeute d'hormones qui a dynamité votre amitié.

— Je me le suis fait faire il y a quelque mois. J'essaie généralement de ne pas le montrer, parce que je l'ai surtout fait faire pour moi, pas pour les autres. Tu le détestes ?

Il tendit le bras pour qu'elle le voie mieux et ajouta :

— Ils l'ont effacé dans la pub que j'ai tournée pour du liquide vaisselle parce que c'était paraît-il trop violent pour la clientèle ciblée.

Du coin de l'œil, elle lorgna sur le dragon. Mauvaise idée. Le tatouage renforçait son côté sexy.

— Non, je ne le déteste pas, marmonna-t-elle.

— Alors qu'est-ce qui ne va pas ?

Elle avait besoin d'espace. D'air. De distance. Elle devait retrouver à tout prix son calme, sinon elle allait tout gâcher en admettant qu'il n'avait peut-être pas tort avec son idée de gérer ce… truc entre eux qui avait surgi de nulle part.

Elle ne voulait pas le gérer. Elle voulait que ça disparaisse afin d'être capable de travailler avec lui sans se rappeler constamment la sensation de sa bouche sur la sienne.

Et ça, c'était juste pour les deux prochaines semaines. Qu'en serait-il de tous les mois suivants, quand elle paniquerait au sujet du bébé, du fait d'être mère, ou pour toute autre cause inconnue qui se présenterait immanquablement ? Dante était son pivot, sa constante ; or, tout semblait aller de travers.

— Rien, coassa-t-elle. Le décalage horaire, peut-être. J'ai sans doute besoin d'aller au lit. Seule. Enfin, je ne veux pas que tu penses que…

Oh ! bon Dieu, ferme-la !

— Dîner, se reprit-elle en hâte. J'ai besoin de dîner. Fais-moi savoir quand tu te seras rhabillé.

Elle s'enfuit. La grossesse avait complètement liquéfié son cerveau de surdouée.

4

La première chose que fit Harper en retournant au travail le lundi fut de convoquer les cadres de Fyra à une réunion d'urgence. Puis elle passa vingt bonnes minutes à vomir tripes et boyaux dans les toilettes.

Son corps avait enfin compris qu'elle était enceinte. Mieux valait que cela se passe au bureau plutôt que dans l'antre de la tentation qu'était la maison de Dante. Le vol du retour vers Dallas ne lui avait guère offert de sursis non plus. Son siège de première classe aurait été assez confortable pour qu'elle se repose et rattrape un peu du sommeil qu'elle avait en retard, mais l'hôtesse avait reconnu Dante une demi-seconde après le décollage.

Elle s'était mise à glousser pour un oui ou pour un non, flirtant outrageusement avec lui qui s'était montré très réceptif. Écœurant !

Aucune importance. Enfin, cela était censé n'en avoir aucune. Sa contrariété — qui perdurait encore — était un problème supplémentaire qu'elle n'avait pas envie de gérer.

Son estomac finit par retrouver un peu de stabilité. Elle retoucha son maquillage tout en suçant un bonbon à la menthe. Un remède efficace, avait-elle appris lors de ses recherches sur la grossesse, afin de comprendre à quoi s'attendre au cours des mois à venir.

Contrairement à la suspension infligée par la FDA au Formula-47. Ses associées devaient savoir qu'elle maîtrisait pourtant la situation. Qu'elle avait un plan et un expert en renfort sous la main pour aider.

Elle lança un bref : « Je reviens » à Dante, puis elle s'échappa de son bureau avant qu'il ne réagisse, trottinant sur ses talons aiguilles à travers les locaux joliment aménagés de Fyra. La couleur violette du logo de la société se déclinait avec élégance sur presque toutes les surfaces, parfaitement assortie à leurs élégants packagings. Fyra, « quatre » en danois, avait été un rêve de longue date, et quelqu'un voulait saper leur dur labeur. Il n'en était pas question !

Lorsqu'elle arriva dans la salle de conférences, Cass Branson, la présidente ultra-chic de Fyra, était déjà en réunion virtuelle. Emplissant le large écran plat, le visage de la directrice financière, Alex Edgewood — ravissante même en T-shirt et sans maquillage — sourit quand Harper entra dans le champ de la webcam. Alex vivait à Washington avec son mari sénateur et ne venait au bureau que quelques jours par mois. Une seconde plus tard, la directrice du marketing, Trinity Forrester, se rua dans la pièce, un volcan en Versace qui ignorait totalement l'existence du mot « tranquille ».

— Je suis en retard ? lança-t-elle, le souffle court. J'étais au téléphone avec notre administrateur Facebook, en train de négocier la publication d'une publicité.

— Pas de problème, répondit Harper.

Puisqu'elle avait convoqué les autres et que les prochaines étapes du processus d'approbation par la FDA lui incombaient, c'était à elle de conduire la réunion.

Mais soudain, alors qu'elle dévisageait ses trois amies, sa gorge se serra et ses yeux se muèrent en fontaines.

— Qu'est-ce qui ne va pas ? s'alarma Cass, contournant la table au lieu de présider comme à son habitude.

— Désolée, bredouilla Harper, cherchant un mouchoir en papier. Je ne sais pas ce qui cloche chez moi.

— C'est lié au fiasco FDA ? suggéra doucement Trinity. Trop de travail ? Le décalage horaire ? Il y a le choix.

Harper pressa le mouchoir sur ses yeux, soulagée que le

mascara anticoulure qu'elle avait mis au point pour Fyra lui permette de pleurer sans craindre de ressembler à un panda. Petites victoires…

— Je ne pense pas, objecta Alex, vive et perspicace, même à des milliers de kilomètres de distance. Tu as quelque chose à nous dire ?

Seigneur ! Vraiment ? Le baiser de Dante se voyait dont tant que ça ? Tout le monde s'apercevait qu'elle avait les nerfs à fleur de peau à cause de l'homme qui était son ami depuis une décennie ? Son cerveau était officiellement grillé.

Mortifiée, elle s'enfonça dans son siège pivotant et lâcha la première diversion qui lui vint à l'esprit.

— Je suis enceinte.

— Je le savais ! s'écria Alex par-dessus les exclamations des deux autres. Je ne comprenais pas pourquoi ça t'intéressait brusquement de m'accompagner chez le médecin, de me poser toutes ces questions sur ce qu'on ressent quand on est enceinte. Félicitations !

Cass serra Harper dans ses bras, puis l'étudia d'un regard chaleureux.

— Tu en es à combien de mois ? Si tu as besoin d'une bonne obstétricienne, la mienne est géniale. C'est aussi celle d'Alex. Le Dr Dean. Je te donnerai son numéro.

— C'est trop récent pour que j'aie déjà choisi un médecin.

De façon un peu absurde, elle leur était reconnaissante de ne pas la soumettre à un interrogatoire serré, comme l'avait fait Dante. Et de se montrer aussi inconditionnellement affectueuses. Elle disposait d'une liste de médecins longue d'un kilomètre, évidemment, mais pourquoi perdre des heures à faire le tri parmi eux alors qu'elle pouvait se fier à la recommandation de ses amies ?

Trinity haussa un sourcil.

— Personne ne trépigne de curiosité, à part moi ? Allez, les filles. C'est un scoop. Avec qui l'as-tu fait, finalement, ma puce ? Parce que si tu cites quelqu'un d'autre que Dante, je vais être très, très déçue.

Harper battit des paupières. On aurait franchement dit que Trinity s'attendait à entendre non seulement qu'elle avait perdu sa virginité, mais que Dante était le père de son bébé.

— Qu'est-ce que tu racontes ? Dante et moi sommes amis, protesta-t-elle avec véhémence. Je suis passée par un donneur.

Trinity éclata d'un rire moqueur.

— Tu te fiches de moi ? Le seul aspect marrant dans le fait de tomber enceinte, c'est le sexe, et tu te refuses ce plaisir ? Tu es cinglée. Surtout quand tu as un homme comme le Dr Gates à ta disposition.

Harper se renfrogna. Dante n'était pas à sa disposition.

— Merci pour ton soutien. Certaines d'entre nous ne considèrent pas le sexe comme un sport récréatif, et jamais je ne compromettrais mon amitié avec Dante.

Voilà un mantra auquel elle ferait bien de se tenir. Si elle le répétait un millier de fois, peut-être ses stupides hormones finiraient-elles par comprendre que Dante se situait en zone interdite.

Comment avait-il osé la mettre dans une situation pareille, avec ce baiser idiot ? Tout ça était entièrement sa faute.

— Dommage, répliqua Trinity avec une petite moue amusée. Parce que je parie que Dr Sexy doit savoir y faire. S'il fallait que je choisisse de nouveau quelqu'un pour être mon premier homme, celui-là figurerait en tête de ma liste.

— On peut arrêter de parler de ma vie sexuelle ?

Ou de son absence, plutôt, dont ses amies savaient très bien qu'il s'agissait d'une position de principe. Elle sollicita l'aide de Cass :

— On a des questions bien plus importantes à discuter.

— Comme la raison de la présence du Dr Gates dans ton bureau, par exemple ? suggéra Cass d'un ton joyeux. Je ne m'attendais pas à ce que tu le ramènes chez toi, quand tu as annoncé la semaine dernière que tu prenais un jour de congé pour te rendre à L.A.

Soulagée de revenir au sujet qui la préoccupait, Harper s'éclaircit la voix.

— Exactement, oui. Quand je lui ai dit que je soupçonnais un sabotage, il s'est porté volontaire pour m'aider à créer de nouveaux échantillons. Franchement, c'est un plan génial. On ne sait pas comment les échantillons originaux ont été corrompus, mais il y a de fortes chances pour que notre coupable se trouve au sein du labo.

Elle n'en revenait toujours pas. Le laboratoire était un lieu sacré, où la magie opérait. Qui donc la haïssait au point de corrompre les échantillons destinés à faire passer Fyra au niveau supérieur ?

— Donc, le Dr Gates agira en qualité de consultant expert, résuma Alex, et Harper acquiesça avec gratitude. Je suis en faveur de l'implication d'un tiers indépendant. Je vais demander l'avis de Phillip, mais je pense que le comité de la FDA y verra une démarche positive pour résoudre nos problèmes au labo.

« Nos problèmes au labo. » L'idée même risquait de renvoyer Harper aux toilettes. Mais la réalité, aussi dure soit-elle, c'était que le comité de la FDA se moquait bien que les échantillons originaux n'aient pas été ceux que Harper comptait leur soumettre. Tout ce qu'ils savaient, c'était que Fyra avait présenté ces échantillons comme produits par le labo de Harper, et qu'ils n'étaient pas acceptables. Par conséquent, la compétence de Harper était sur la sellette puisqu'elle détenait le titre de directrice scientifique.

Tout le monde fixa Cass. Elles détenaient les actions à parts égales dans Fyra, mais en tant que P.-D.G., Cass avait le dernier mot. Elle hocha la tête.

— Fais-nous savoir si les qualifications du Dr Gates posent un problème à Phillip.

Harper faillit bondir de son siège.

— Quoi ? Qu'est-ce qui pourrait clocher avec les qualifications de Dante ? C'est un scientifique respecté qui a obtenu un doctorat dans la même université que moi. Et puis ce n'est pas le « Dr Gates », un type venu de nulle part ! Vous le connaissez toutes depuis des lustres.

— Il est certainement des plus qualifiés, mais il a une… célébrité qui pourrait tempérer l'enthousiasme de la FDA, expliqua Cass, souriant pour atténuer le message. Et bien entendu, cela ne reflète pas nos sentiments personnels à l'égard de Dante. Je suis ravie qu'il soit ici pour toi.

Harper se renfrogna, mais ayant vu de ses propres yeux combien les femmes se pâmaient devant le Dr Sexy, elle ne pouvait pas vraiment discuter.

— Bien. Mais puisqu'il est déjà là, je vais lui montrer le labo et le familiariser avec le matériel. Quoi qu'il en soit, je dois produire de nouveaux échantillons.

Trinity se pencha en avant, une lueur maligne dans le regard.

— Je vous trouve un peu trop à cheval sur les règles, mesdames. On n'est pas obligées de communiquer sur le fait que Harper soustraite la création de ses échantillons à un animateur d'émission télé. Après tout, qui se soucie de la manière dont ils sont produits ? Laissons Harper et Dante s'amuser au labo. Personne n'a besoin de le savoir.

— Moi, je dois le savoir, répliqua Cass. On n'a toujours pas attrapé la personne qui a divulgué l'existence du Formula-47 à l'industrie de la cosmétique.

Pénible rappel, d'autant que cette fuite, remontant à plusieurs mois, avait déclenché une cascade de problèmes qui s'était terminée par l'épisode des échantillons sabotés. Harper avait l'intuition qu'il s'agissait d'un seul et même coupable.

Et qu'il s'agissait de quelqu'un qui se trouvait sous son nez.

— Voilà pourquoi la présence de Dante est si essentielle, plaida Harper. Car je ne laisserai personne d'autre poser ses mains sur les échantillons. Il reste, quoi qu'il arrive.

De toute façon, elle avait besoin de lui pour la soutenir moralement. Ses amies avaient leur propre vie — d'où sa décision de faire un bébé, pour commencer. Dès que Cass éteindrait la télévision, l'image d'Alex disparaîtrait, et elle deviendrait inaccessible. Oh ! bien sûr, elles pouvaient se téléphoner, s'envoyer des textos, des e-mails ! Mais ce n'était pas pareil.

Gage vivait à Austin, et Cass faisait de constants aller et retour depuis Dallas pour passer du temps avec son mari et le fils qu'il avait eu d'une relation précédente. Trinity — eh bien, Harper et elle n'avaient jamais aimé les mêmes choses, et maintenant que Harper était enceinte, elle ne s'attendait pas à ce que leur amitié se renforce.

Dante était sa constante, et elle n'aurait su dire l'importance qu'elle accordait au fait qu'il se soit porté volontaire pour ce projet. La colère provoquée par son baiser s'estompait. Un peu. Un peu beaucoup. Il tentait juste une expérience. C'était elle qui en avait fait tout un plat.

Tant qu'elle parvenait à ignorer ce baiser et à se concentrer sur le travail à accomplir, tout irait très bien.

— C'est légitime, décréta Cass avant de se lever, mettant un terme à la réunion. Garde juste à l'esprit que la taupe pourrait tout aussi bien révéler la présence de Dante ici. On doit être absolument irréprochables. En tout. Surtout maintenant. Mais lui donner un accès temporaire au labo ne me pose aucun problème. Demande à Melinda de lui préparer un badge.

Harper fonça vers la réceptionniste avant que ne débute l'interrogatoire auquel elle avait miraculeusement échappé. La dernière chose dont elle avait envie, c'était de discuter de sa grossesse, ou plutôt des raisons qui l'avaient incitée à tomber enceinte.

Mais alors qu'elle pénétrait dans son bureau, badge en main, Dante leva les yeux de son ordinateur, et son regard, se muant en chocolat fondu, menaça de la faire fondre à son tour. Mais qu'est-ce qui clochait donc chez elle ?

Rectificatif. La dernière chose dont elle avait envie, c'était de discuter de la raison pour laquelle Trinity avait désigné Dante comme l'homme le plus susceptible de prendre sa virginité. Avait-elle trahi le feu dont brûlait son corps ?

Et si elle ne pouvait pas le cacher à Trinity, elle serait sûrement incapable de le dissimuler à Dante. Encore moins en étant confinée avec lui dans un petit labo de chimie. Eh bien, il faudrait qu'elle trouve une solution. Ils avaient du pain sur la planche.

Le laboratoire de Harper reflétait la rigueur et l'organisation que Dante avait toujours associées à cette femme. Paillasses impeccables, meubles de rangement modernes, équipements de pointe l'invitaient à œuvrer.

La science, la vraie, se passait ici, et son cœur aurait dû sauter de joie rien qu'à cette idée.

Dommage qu'il puisse à peine garder son attention sur la visite guidée dans laquelle l'entraînait Harper. Il se fichait de savoir où elle rangeait les pipettes jetables alors qu'il n'avait qu'une idée en tête : quand passeraient-ils à l'étape suivante de sa campagne de séduction ?

La seule expérience qu'il concevait de mener en cet instant même impliquait sa bouche, le corps de Harper, et l'hypothèse qu'elle ait encore meilleur goût que la pêche mûre dont elle avait le parfum. Seule une série de tests rigoureux pourrait lui permettre de vérifier cette supposition, et il était tout prêt à aller jusqu'au bout. Au nom de la science, bien sûr.

Un sourcil arqué, Harper interrompit son descriptif des matières premières contenues dans le placard devant lequel ils se tenaient.

— Dante, je vais trop vite ? Tu as l'air un peu distrait.

— C'est l'excitation de me retrouver dans un labo, éluda-t-il.

Car il était occupé à peaufiner les arguments par lesquels il allait amener Harper à la conclusion qu'elle souhaitait passer à la vitesse supérieure.

Or, il ne voulait pas discuter. Il voulait de l'action. Progresser — alors que Harper lui montrait où Fyra stockait le talc et l'eau déminéralisée. « Distrait » était un euphémisme.

Harper sourit.

— Je suis contente que ça t'excite. Je ne savais pas bien si tu t'étais proposé uniquement pour m'aider, ou parce que tu brûlais d'envie de faire à nouveau de la chimie.

— Les deux.

Il lui rendit son sourire, se demandant s'il serait déplacé d'avouer qu'il l'adorait en blouse blanche. Le long vêtement cachait ses formes mais lui donnait envie de l'arracher.

— Passer du temps avec toi dans un labo est mon idée du nirvana, ajouta-t-il.

— Je ne plaisante pas en parlant de chimie. J'ai presque honte de te révéler à quel point certaines formules sont simplistes. Quelqu'un doté de compétences aussi avancées que toi risque de trouver tout ça… rudimentaire, ennuyeux.

Cela fit mouche. À quand remontait la dernière fois qu'on l'avait considéré comme un scientifique sérieux ? Une vague de chaleur se répandit dans sa poitrine.

Comme chaque nerf de son corps était prêt à exécuter le moindre de ses ordres — tant que l'action impliquait prendre Harper dans ses bras —, « ennuyeux » n'était pas le terme qu'il aurait employé.

— Ça fait un moment que je n'ai pas tripoté de tubes à essai. La chimie rudimentaire, c'est pile ce dont j'ai envie.

Harper aussi en était à la chimie rudimentaire. Le parallèle ne manqua pas de lui sauter aux yeux. Elle avait du chemin à faire avant d'être à l'aise avec les mains d'un homme sur sa peau.

Il voulait que l'expérience lui plaise, l'amuse. Qu'elle en profite. Qu'elle n'ait pas peur de faire tout ce qu'elle désirait. Perdre sa virginité n'était pas rien, et il adorait l'idée d'être celui qui rendrait la chose formidable pour elle.

Des membres de l'équipe firent biper leurs badges et entrèrent dans le labo en bavardant. Les trois femmes pilèrent net en voyant Harper et son invité.

— Bonjour, docteur Livingston, lancèrent-elles en chœur.

Mais leurs yeux étaient fixés sur lui, pas sur leur supérieure qui leur lança, avec un petit clin d'œil :

— Le Dr Gates adore les selfies, donc ne soyez pas timides.

N'importe quel autre jour, il aurait accueilli avec joie un brin de causette avec des passionnées. Mais pas en ce moment, quand il avait par-dessus le marché une demi-érection. Heureusement que les blouses de labo étaient longues et larges.

Les trois laborantines prirent tout leur temps pour lui expliquer avec enthousiasme à quel point elles aimaient La Science de la Séduction, lui faisant comprendre à mots choisis qu'elles appréciaient l'émission autant sur le plan intellectuel que sur le plan pratique. S'il appréciait que ses fans glanent des tuyaux dans son émission, il ne saisissait toujours pas ce qu'ils trouvaient de si percutant en lui.

Pourquoi toutes les autres femmes tombaient-elles à ses pieds alors que Harper se tenait hors de sa portée, même si elle avait été aussi affectée que lui par la scène de semi-nudité sur le seuil de sa chambre ? Il avait presque pensé qu'ils pourraient passer directement à l'étape suivante de son plan, mais elle avait fui au lieu de répondre à ce moment chargé d'électricité.

La patience était une vertu, se remémora-t-il.

Lorsque les laborantines eurent fini de poster des photos d'elles et de lui sur les réseaux sociaux, il était à bout.

Appuyée à l'une de ses paillasses immaculées, Harper lui lança un sourire amusé.

— Tu es sûr de vouloir remettre un pied au labo ? On dirait que la psychologie est ton domaine, après tout.

Il se renfrogna, et pas seulement parce que Harper avait pointé du doigt le problème que lui posait son nouvel emploi : il s'agissait de psychologie, pas de science pure. Et de vulgarisation psychologique, qui plus était.

— Cette émission ne relève pas de mon domaine de compétence. C'est un divertissement. S'il voulait bien s'en donner la peine, n'importe quel homme doté d'une moitié de cerveau serait capable de lire sans mon aide les signaux subtils émis par une femme.

Croisant les bras, elle pencha la tête.

— Vraiment ? Alors à quoi je pense, en ce moment même ?

Une transition idéale ! Et il comptait en profiter à fond.

— L'expérience n'est pas honnête, riposta-t-il. Je te connais depuis longtemps. J'ai l'habitude de te prêter attention.

Son expression se teinta de curiosité, et elle esquissa un nouveau sourire moqueur.

— Pourtant, tu es planté là, et non devant une paillasse à préparer des échantillons.

C'était vrai, ils étaient là pour résoudre son problème

d'échantillons. Compris. Et ils le feraient. Plus tard. Pour l'heure, il voulait étudier encore cette femme, savoir ce qui la ferait soupirer. Rire. Gémir. Il voulait tout savoir. Les échantillons pouvaient attendre un jour de plus, quand il serait plus en mesure de se concentrer.

Car tel était bien son enjeu. Éteindre le feu qui couvait entre eux et aller de l'avant. Affaire classée. Ils redeviendraient des amis et des scientifiques, capables de parler des heures de tout et de rien, de plaisanter, d'échanger des blagues.

Nonchalamment, il s'appuya à la paillasse, réduisant l'espace entre eux sans que sa manœuvre soit flagrante.

— Des échantillons, Harper ? C'est vraiment à ça que tu pensais ? Parce que ce n'est pas ce que proclament tes signaux.

Elle jeta un bref coup d'œil à sa main, posée à quelques centimètres de l'endroit où se trouvait sa propre hanche.

— Mes signaux subtils crient peut-être : « Nourris-moi », répliqua-t-elle avec un petit rire qui ne leurra aucun d'eux. Il est presque l'heure du déjeuner.

— Il est 10 h 30, objecta-t-il, s'emparant de son regard. En réalité, tu penses toujours à ce baiser. Tu n'arrives pas à oublier comment c'était. Ou toute cette électricité dans l'air quand tu examinais mon tatouage. Tu penses que ça te fait un peu paniquer.

Un éclair de culpabilité traversa les yeux de Harper. Bon sang, il n'avait dit ça que pour cesser de parler des échantillons. Il ne s'était pas attendu à une réaction immédiate.

Intrigué, il tenta une rapide évaluation. À quel point paniquait-elle ? Voulait-elle qu'il l'embrasse à nouveau mais sans savoir comment demander ? Ou parce qu'elle se considérait encore comme une bonne copine, en ignorant comment changer de statut ?

Elle rejeta ses cheveux bouclés derrière son épaule.

— Pas du tout. On en a discuté et les choses ne sont plus bizarres. Pourquoi je paniquerais ?

Cette réplique le fit jubiler. Si elle ne pensait pas à recommencer, elle aurait répété son excuse : « On est amis et rien de plus. »

— Ma foi, très bonne question. J'y répondrai par une autre. Pourquoi tu n'as pas accepté l'invitation de Cardoza à faire le bébé de manière traditionnelle ?

— Quoi ?

Elle décroisa les bras, en profitant s'écarter de lui.

— Comment en est-on revenus à ce sujet ? reprit-elle.

— Facile. Tu veux savoir pourquoi tu paniquerais à l'idée que je t'embrasse. Je vais te le dire. Pour la raison qui t'a amenée à repousser Cardoza alors que le pauvre homme en pinçait manifestement pour toi.

Imaginer la déception de cette ordure le remplissait d'allégresse.

— Eh bien, dommage pour lui, riposta-t-elle. Je n'ai pas répondu aux avances de Tomas parce qu'il n'est pas l'homme avec qui j'ai envie de perdre ma virginité.

Ah oui ? Voilà une déclaration aussi imprudente qu'émoustillante. Elle avait un nom en tête, alors ?

— Et quel est cet homme, dans ce cas ?

Harper tressaillit, les joues en feu.

— Personne ! Je me suis mal exprimée. Ce que je voulais dire, c'est que le sexe ne m'intéresse pas. Pas du tout. Ce n'est qu'une série de réactions chimiques auxquelles les gens accorderaient beaucoup moins de crédit s'ils comprenaient vraiment comment ça fonctionne.

Quelle était la réplique dans *Hamlet*, déjà ? La dame protestait trop vigoureusement. Quelque chose de ce genre.

— Fais comme si j'étais quelqu'un qui ne comprend pas comment ça fonctionne, murmura Dante, luttant pour ne pas caresser ses traits délicats teintés de rose. Explique-moi.

— Ne sois pas ridicule. On est dans un laboratoire cosmétique. C'est-à-dire mon lieu de travail.

Elle parlait si bas qu'il dut se pencher vers elle afin de l'entendre. Qu'est-ce qu'elle portait pour sentir la pêche ? C'était époustouflant. Elle pensait vraiment pouvoir diffuser une odeur pareille sans qu'il le remarque ? Qu'il ne veuille enfouir le nez juste à la jointure de son cou et de son épaule ?

Reste concentré, et bientôt tu pourras goûter autant de Harper parfum pêche que tu le voudras.

D'un signe de tête, il indiqua la salle derrière lui. Les laborantines étaient allées dans une autre pièce, les laissant seuls.

— Mais ton lieu de travail est désert. Quel meilleur endroit pour discuter qu'un labo de chimie ?

— Mais on ne discute pas de chimie, répliqua-t-elle. Tu cherches juste des infos sur Tomas. Par jalousie ou je ne sais quoi.

Cette fois, son utilisation désinvolte du prénom de Cardoza le laissa de marbre, ce qui lui permit de ricaner.

— Pour quelle raison je serais jaloux de ce type ? Tu ne l'as même pas embrassé.

— Je n'aurais pas dû t'embrasser non plus, maugréa-t-elle.

— Je ne suis pas de ton avis. Comment pourras-tu m'apprendre que tes conclusions sont fausses si tu ne m'embrasses pas ?

Il lui accorda une minute puis insista :

— Voilà pourquoi tu continues à y penser. Voilà pourquoi tu paniques. Parce que tu es curieuse et que tu ne peux pas t'empêcher de te poser la question. De quoi il retourne, en fin de compte ?

Ses bras, de nouveau croisés, disaient qu'elle ne cédait pas d'un pouce.

— Je sais de quoi il retourne. Les gens confondent une connexion de synapses avec quelque chose de mythique et d'éthéré qui, en retour, fausse l'expérience. La réaction sexuelle ne diffère pas de la sensation de faim.

Oh ! quelle comparaison appropriée ! Il était temps d'aider Harper à comprendre à quel point il était affamé.

5

— Ravi que tu ne démentes pas ta curiosité. Alors, parlons-en, d'accord ? suggéra Dante d'un ton doucereux que Harper n'apprécia guère.

Jusqu'ici, elle avait annoncé sa grossesse à ses amies, évoqué le sujet brûlant de sa virginité avec Trinity, puis entamé une discussion sur le sexe avec un homme à qui elle ne voulait pas parler sexe.

Est-ce que l'univers pouvait la laisser un peu tranquille, par pitié ? Le cauchemar du problème FDA suffisait déjà. Et la façon dont Dante ne cessait de déformer ses propos à sa convenance l'agaçait au plus haut point.

— Je préférerais ne pas parler du tout, objecta-t-elle d'une voix où pointait le désespoir. Les échantillons ne vont pas se faire tout seuls.

Dante se pencha un peu plus près et elle frémit sous son regard qui la balayait des pieds à la tête avec une pointe de… quelque chose dont elle ne savait pas du tout quoi faire.

— Hum, fit-il, je te propose un marché. Donne-moi dix minutes pour plaider ma cause. Ensuite, on attaquera tes échantillons et je me tairai. Parole de scout.

— Bon. Le compte à rebours est lancé.

Mauvaise idée. La pire de toutes les mauvaises idées. Mais plus tenace que lui, ça n'existait pas. Elle lui accorderait ses dix minutes, puis basta. Ils avaient du travail.

— Tu sais très bien que je gagne toujours, plaisanta-t-il. Tu dois avoir sacrément besoin de ces échantillons.

Il avait sans doute oublié la fois, en dernière année de fac, où ils avaient choisi deux techniques opposées pour catalyser la réfraction de la lumière dans l'eau. La méthode photo électrochimique — celle de Harper — l'avait remporté haut la main.

— Je ne crois même pas que tu saches quelle cause tu tentes de plaider. Par conséquent, je prends un risque calculé.

À la réflexion, sa phrase était ambiguë... Muette, tandis que l'espace entre eux s'effaçait, elle le dévisagea, se noyant dans les grands yeux bruns de Dante. Ses lunettes mettaient en valeur la profusion de nuances qui créaient cette délicieuse couleur chocolat qu'elle avait vue plusieurs fois en rêve.

— Mon hypothèse, commença-t-il, baissant le ton à un niveau troublant, c'est qu'avant, tu croyais que le sexe n'était qu'une série de réactions chimiques et que ça ne t'intéressait pas. Mais ça a changé récemment. Et maintenant, tu es curieuse de savoir. Tu es une scientifique, Harper, et ne pas comprendre te rend dingue. Bien sûr que tu veux plus de données. Je t'offre une chance d'en obtenir. C'est une expérience.

— Attends une seconde. On continue bien de parler de s'embrasser. Rien d'autre ?

Le regard torride de Dante répondit à la question, et il secoua la tête.

— Tu sais bien que ce n'est pas ça que je propose.

Oh ! Mon Dieu ! Elle voulait déjà à peine parler de s'embrasser. Quand le sexe était-il entré dans l'équation ? Son corps s'éveilla instantanément, et son sang bouillonna si vite qu'elle en fut pétrifiée. *Oui, c'est exactement ce que je veux.*

Non ! Elle fronça les sourcils. C'étaient ses hormones qui parlaient, et depuis quand lui donnaient-elles des ordres ?

— C'est une sacrée expérience. Et si ton hypothèse se révèle fausse ?

Le sourire qu'il lui adressa provoqua toutes sortes de réactions intéressantes dans son bas-ventre. Car oui, elle était curieuse.

Pourquoi maintenant ? Pourquoi Dante ? De quoi retournait-il exactement ? Le commentaire de Trinity sur le fait qu'elle se refusait le seul aspect plaisant dans le processus de tomber enceinte lui trottait à l'esprit, aussi obsédant qu'une rengaine.

Et si c'était elle qui manquait quelque chose ?

— Je ne me trompe pas, Harper.

Il affirma cela sans quitter sa bouche des yeux. Ses lèvres picotèrent comme s'il les avait réellement touchées, et, Seigneur, elle avait envie qu'il le fasse.

N'importe quoi ! Son esprit lui jouait des tours.

— Ce que tu proposes peut dégénérer de toutes sortes de manières, murmura-t-elle d'une voix qu'elle ne reconnut pas.

Subitement très bas également, ce timbre nouveau alluma une étincelle dans les yeux de Dante. Inspirant à fond, elle reprit :

— Je ne peux pas perdre notre amitié. Et si ça ne me plaît pas du tout ? Ou à toi ?

Car c'était bien le problème. S'embrasser était une chose — énorme, et qui, d'ailleurs, avait déjà modifié leur relation contre sa volonté — mais coucher ensemble ? Voilà une inconnue qui comportait un risque géant. Beaucoup trop.

Il répondit en tendant la main, et elle faillit sauter au plafond, mais il se contenta de prendre la sienne, la caressant du pouce comme il l'avait fait un million de fois. Sauf que la sensation la traversait d'un feu brûlant. Les hormones, se remémora-t-elle. Les hormones.

Oh ! et puis zut ! C'était si bon ! Elle aimait ça. Et c'était bien ce que voulait démontrer Dante, non ?

Ses genoux devinrent aussi mous que du coton tandis qu'elle l'observait, et elle eut le sentiment que sa petite capitulation ne lui avait pas échappé. C'était une erreur qu'elle ne devait pas répéter.

— Tu as raison, concéda-t-il. On ne peut pas perdre notre amitié. Voilà pourquoi cette expérience est si importante. Si ça ne plaît à aucun de nous deux, parfait. On en rit, on le met sur le compte de la logique erronée du Dr Gates et on continue comme avant.

— Et si ça déplaît à un seul d'entre nous ?

Tais-toi ! Ce n'était pas la discussion qu'ils devaient avoir, et elle ne devait pas révéler que les arguments de Dante l'ébranlaient. Parce que ce n'était pas le cas.

— Ce n'est pas ainsi que ça marche, répondit-il.

Ah bon ? Maintenant il l'intriguait sincèrement.

— Pourquoi ?

— Ma foi, c'est la question la plus intéressante, reconnut-il.

Puis le pouce de Dante trouva un point particulièrement sensible sur sa main, un endroit, elle l'aurait juré, qu'il avait déjà touché des milliards de fois sans que cela provoque la moindre décharge électrique.

Elle réprima à grand-peine un gémissement.

— Explique-moi, demanda-t-elle d'une voix étranglée.

Le sourire de Dante exprimait sans conteste qu'il savait parfaitement quel effet il lui faisait.

— C'est plutôt quelque chose qu'on montre.

Eh bien, cela semblait étrangement inéluctable.

Son regard la brûlait, pareil à un laser, ce qui était tout à fait ridicule. Il n'était pas un super-héros doté de pouvoirs surnaturels. Un homme qui la regardait n'était pas censé lui causer une réaction physique. Ni le fait de penser à lui, d'entendre sa voix, de s'énerver quand il avait l'audace de parler à une autre femme ou encore de se rappeler son torse nu et la ligne de poils qui disparaissait sous une serviette lâchement nouée.

Pourtant, tout ça lui procurait bel et bien des sensations physiques.

Lasse de lutter contre elle-même, elle ferma les yeux et attendit le frôlement des lèvres de Dante sur les siennes. Son corps se tendit vers lui, prêt à sentir ces muscles de rêve frotter à nouveau contre ses seins.

Parce que oui, il avait raison, même si elle ne le lui avouerait jamais. Sa curiosité allait manifestement causer sa perte.

Elle attendit.

Rien. Pas de lèvres. Pas de déferlement. Pas de Dante.

Elle entrouvrit un œil. Il n'avait pas bougé, et l'embarras remplaça une partie du désir qu'elle avait savouré.

— Euh, quand commence la démonstration ? couina-t-elle.

L'avait-il manipulée au point qu'elle finissait par l'implorer ?

Nonchalamment, il haussa les épaules.

— Je n'en sais rien.

La déception l'étouffa presque, et elle arracha sa main de la sienne, ce qui ne brisa pas la vague de confusion qui la submergea brutalement.

— Alors, tu ne vas pas m'embrasser ?

— Oh ! on va s'embrasser, entre autres choses ! répliqua-t-il tandis qu'un sourire espiègle se dessinait lentement sur son visage. Mais c'est toi qui vas le faire. C'est ton expérience, pas la mienne. Dis-moi ce que tu attends de moi, Harper. Tes désirs sont des ordres.

Un méli-mélo de scénarios classés X se déploya dans son esprit, comme si une dizaine de fenêtres s'étaient ouvertes d'un coup dans son navigateur. D'où lui venait cette soudaine propension à concevoir des images torrides impliquant Dante ? Il n'était pas question qu'elle se lance là-dedans.

Et encore moins que Dante trouve le moyen de la convaincre de l'embrasser, lui. C'était son marché, pas le sien. Elle ne faisait que suivre le mouvement, en quelque sorte.

— Ça ne rime à rien. Tu m'as embrassée le premier. C'est toi qui as introduit tout ça dans notre relation, s'insurgea-t-elle. Je fais une immense concession en admettant qu'il existe peut-être quelque chose entre nous qu'on doit régler, et tu me forces à prendre la tête de cette expérience ?

Elle le foudroya du regard et il n'eut pas même l'élégance de paraître ennuyé. De son autre main, il lui effleura la joue, renversa son visage vers lui et, brusquement, le temps se suspendit en un chatoiement flou. Elle cessa de respirer. Sa vision périphérique s'estompa, et les infimes détails du visage de Dante s'imprimèrent dans son âme. Les quelques taches de rousseur éparpillées sur son nez. La cicatrice d'une petite coupure qu'il s'était faite à quinze ans au menton, en se rasant. L'empreinte sur sa pommette qui se creusait comme une fossette quand il souriait. Des détails qu'elle avait remarqués au moins des dizaines de fois, mais jamais comme un tout, et qui appartenaient à l'homme qu'elle aurait pourtant juré connaître sur le bout des doigts.

Eh bien, non. Son visage comportait des milliers de nuances qu'elle n'avait jamais explorées. Par exemple, quelle sensation ferait cette quasi-fossette sous ses lèvres ?

Il la harponnait de son regard, envoyant des faisceaux brûlants à travers tout son corps.

— Personne ne te force à quoi que ce soit. Je veux que tu sois consciente de ce dans quoi nous nous lançons, de ce qui va t'arriver. Des choix que tu fais. Des limites que tu as fixées et des lignes que tu ne franchiras pas. Si tu es aux commandes, rien n'arrivera à moins que tu le dises. C'est de cette façon que tu t'assures que ça ne déplaît pas à l'autre.

Ah, ça lui convenait parfaitement. Et comme il la connaissait bien, il le savait. Mais cela soulevait une autre question évidente :

— Comment savoir si je ne te force pas, alors ?

Cette question lui valut un sourire sublime, et elle ne parvint pas à arracher ses yeux de cette ridicule fossette qui ne lui avait jamais posé problème auparavant.

— Ça ira. Je sais dans quoi je m'engage.

— Je déteste être en position d'infériorité intellectuelle.

Elle détestait aussi son insistance à ce qu'elle fasse le premier pas. C'était quoi, un stratagème machiste destiné à alimenter son ego ? Si toutes les autres femmes tombaient à ses pieds, ce n'était pas son cas à elle.

En outre, elle n'avait aucune idée de ce qu'elle était en train de faire. Pour quelqu'un d'habitué à être compétent vingt-quatre heures sur vingt-quatre, sept jours sur sept, c'était une pilule difficile à avaler.

— Mais c'est facile à résoudre. Jette-toi à l'eau, conseilla-t-il. À partir de là, tu ne peux qu'acquérir de l'expérience, et avec qui mieux expérimenter qu'avec quelqu'un en qui tu as toute confiance ? Je ne te ferai jamais de mal, et tu sais déjà que je tiens à toi. Si j'ai raison, l'intimité rendra juste notre relation encore meilleure.

Évidemment qu'elle lui faisait confiance ! Il n'était pas

n'importe quel type cherchant à la convaincre de coucher avec lui contre son gré. C'était tout l'intérêt. Il voulait qu'elle prenne la décision sans lui forcer la main.

— Au moins, poursuivit-il, assouvis ta curiosité maintenant. Avec moi. Le bébé une fois né, tu seras une mère célibataire débordée. Les mamans n'ont pas beaucoup d'occasions comme celle que je t'offre.

— Donc je suis juste supposée t'embrasser ? Là, tout de suite ?

— Quand tu seras prête.

Il lui caressa de nouveau la joue, puis sa main retomba.

— Le temps est écoulé, conclut-il.

— Hein ? Quoi ?

Elle battit des paupières, puis comprit.

« Donne-moi dix minutes. »

Il avait plaidé sa cause, et à présent, il avait terminé. Aussitôt, la chaleur de sa main s'éloignant de sa peau lui manqua douloureusement. Ah ! il voulait la jouer comme ça ! Exposer en prélude qu'elle pourrait expérimenter ce qui lui plairait, établir des limites, être aux commandes. Il sollicitait son esprit logique et raisonnable, en somme. Eh bien, c'était déloyal. Elle secoua la tête.

— Ça ne fait pas dix minutes.

— Non ? demanda-t-il, goguenard.

— Non. Et moi, je n'ai pas fini.

Dante croisa les bras en une attitude nonchalante qui mit son sang d'Irlandaise en ébullition. C'était lui qui avait provoqué tout cela, et il ne s'en tirerait pas à si bon compte.

— Au cas où tu l'aurais oublié, je ne sais absolument pas embrasser un homme. Je devrais trouver quelqu'un avec qui m'entraîner. Tomas sera peut-être disponible.

Dante se raidit instantanément, et une expression féroce traversa son visage.

— Tu peux peut-être oublier cette idée.

Ah, on n'est plus aussi calme à présent, hein, docteur Gates ?

D'accord, elle le provoquait, mais ce n'était que justice.

Lui-même ne faisait que ça depuis qu'elle était descendue de l'avion à Los Angeles.

— C'est toi qui as établi ces règles de base en laissant entendre que je devais prendre l'initiative de ce baiser. Toi, tu aurais juste à faire le joli cœur.

Il encaissa sa tirade avec un air estomaqué qui stimula son esprit de compétition. Quitte à ne rien réussir d'autre aujourd'hui, elle lui prouverait qu'il se trompait. Qu'elle n'était pas curieuse, pas paniquée, et qu'elle n'avait aucune envie d'expérimenter quoi que ce soit, ni avec lui ni avec personne d'autre.

— Je t'ai expliqué les raisons pour lesquelles je te permettais de faire le premier pas, grogna-t-il. Pour ton propre bien-être. Qu'est-ce que tu veux de moi ?

— Que tu m'embrasses, cria-t-elle presque.

Un sourire narquois se dessina sur ses lèvres.

— Tiens donc ? Alors approche.

Un voile rouge passa devant les yeux de Harper. Il ne l'en croyait pas capable. Quel toupet ! Eh bien, il avait tort. Une fois de plus. Et ce sourire suffisant devait disparaître.

Elle le saisit par le col de sa blouse et tira.

La bouche de Dante atterrit sur la sienne avec assez de force pour la repousser contre la paillasse, et il agrippa ses cheveux. En gémissant, elle accueillit le baiser avec un mélange bouillonnant de frustration refoulée et de désir lancinant.

Seigneur, c'était époustouflant ! Sa bouche. Ses mains. Une passion fiévreuse monta ; elle se crut sur le point d'exploser.

Quelque chose cassa net en elle. Plus de pensées. Ceci était censé prouver quelque chose, mais son cerveau s'était liquéfié, elle ne parvenait qu'à se cramponner aux épaules de Dante, s'émerveillant de la sensation de solidité sous ses doigts. Tête inclinée, il la buvait littéralement, aspirant toutes les forces de son corps. Les genoux en coton, elle faillit s'écrouler, mais il la retint de ses bras vigoureux, la serrant contre son torse. Les creux et les reliefs délicieux de son corps puissant s'ajustèrent aux siens et… Des sensations merveilleuses l'envahirent. *Encore,*

encore, encore. Et il le lui donna, intensifiant le tourbillon vertigineux, au point qu'elle craignit de se calciner entre ses bras.

Il enflammait sa peau, la rendait hyper sensible, et elle ressentait le besoin de… quelque chose au plus profond de son ventre.

Ses hanches s'inclinant de leur propre chef, elle rencontra la proéminence dure comme de l'acier de ce qui devait être l'érection de Dante. Mortifiée, elle se figea, mais la main de Dante serpenta dans son dos, en y laissant une traînée de feu, puis lui empoigna les fesses, pour la plaquer contre lui.

Il s'appropriait sa bouche avec une fièvre, une voracité qui le fit grogner, et l'endroit avide tapi au fond de son corps s'embrasa. C'était trop. Il était trop.

Elle s'arracha à ses bras et, le souffle court, ferma les yeux. Son corps, mécontent de cette soudaine distance, chancelait vers Dante dans l'espoir de retrouver ces exquises sensations.

— Excuse-moi, murmura-t-elle, je ne peux pas.

Son petit jeu s'avérait une entière et totale erreur, car maintenant, elle ne pouvait plus prétendre qu'embrasser Dante la laissait de marbre.

Sauf qu'elle n'avait pas prévu qu'il allait lui faire ressentir ça. Ou la toucher à des endroits qui ne l'avaient jamais été.

La honte s'insinua partout. Maintenant, tout était redevenu bizarre. Avait-elle réellement cru qu'ils en riraient, puis reprendraient le cours normal de leur amitié ?

— Hé !

Soudain, Dante fut là, sa grande main chaude sur son épaule, familière et réconfortante.

— C'est moi qui suis en tort. Je t'ai poussée là-dedans avant que tu ne sois prête. C'est à moi de m'excuser.

— Je l'ai choisi. Comme tu me l'as demandé.

Il l'avait menée par le bout du nez. Elle n'en était pas ravie, d'autant qu'elle ne pouvait même pas le lui reprocher.

— Tu te prêtais juste à mon expérience, ajouta-t-elle.

Il poussa un soupir de frustration, jura et ôta ses lunettes pour se frotter les yeux.

— Enfin, Harper, sérieusement ? Tu n'as pas senti l'effet

que tu me fais ? Je t'ai poussée là-dedans parce que tu me rends fou et que je te voulais dans mes bras. Et je ne vais pas cesser de vouloir plus.

De sexe. Il voulait parler de sexe. « Plus », c'était du sexe.

Le cœur de Harper se figea, refusant de battre, et elle batailla pour emplir ses poumons. Si telles étaient les répercussions d'un simple baiser, qu'est-ce que ce serait s'ils faisaient… d'autres choses ? Se caressaient ? Posaient leurs bouches sur de la peau nue ? Ses stupides hormones l'avaient poussée hors de sa zone de confort, là où elle ne voulait pas aller. Son pouls redémarra, s'emballant pour rattraper son retard.

Secouant la tête, elle fit machine arrière.

— Non. Ce n'est pas ce que je veux. Je… n'ai pas aimé du tout. Au contraire. J'essayais de trouver comment te le dire.

Il rajusta ses lunettes et haussa un sourcil, clairement sceptique.

— Arrête ça. Si tu as peur, ce n'est pas grave.

Je n'ai pas peur.

Mais elle ne pouvait continuer à lui mentir. Oui, elle avait une peur folle que leur amitié se désintègre s'ils s'engageaient dans cette voie, qu'elle fasse encore plus de choses honteuses dans le feu de la passion, qu'elle soit incapable de regarder Dante sans penser à ses mains sur elle. Sans imaginer toutes les extravagances qu'elle aimerait faire.

Surtout, elle avait peur de la facilité avec laquelle il arrivait à la faire cesser de penser. C'était ça, le réel danger, car que se passerait-il ensuite ? Elle avait toujours compté sur son cerveau pour la guider.

Dante prit son visage entre ses mains, la forçant à croiser son regard.

— Harper, je comprends que ce soit étrange et que tu te sentes nerveuse. Je jure de te laisser avancer à ton rythme, désormais. Si tu veux m'embrasser, fais-le. Si tu veux m'arracher mes vêtements, n'hésite pas. Si tu n'en as pas envie, alors abstiens-toi. Mais ne nie pas ce qui se passe entre nous sous prétexte que ça risque d'abîmer notre amitié.

Cette mise en garde délivrée, il parcourut le laboratoire des yeux.

— Je commence par quoi ?

En fin de compte, la chimie requise pour fabriquer des cosmétiques était relativement simpliste, mais Dante peinait à percer le halo d'alchimie sexuelle qui obscurcissait sa vision. Heureusement que Harper ne lui réclamait rien de vraiment difficile, sans quoi il serait fichu.

Qui pensait-il leurrer ? Il était fichu depuis que les mots « Je veux que tu m'embrasses » avaient franchi les lèvres de Harper. L'exquise requête l'avait survolté, tellement émoustillé qu'il avait entièrement ruiné tous les progrès réalisés jusque-là.

Si Harper n'avait pas été assez paniquée pour prendre ses jambes à son cou, elle l'était à présent. Cela le contrariait beaucoup. Il détestait l'idée de l'avoir perturbée, car il tenait à elle plus qu'à n'importe qui.

Le problème, c'était qu'il s'y prenait très mal pour l'aider à voir que les choses ne pouvaient être que meilleures entre eux.

Il tenait l'éprouvette entre ses doigts tremblants, priant pour qu'elle ne se retourne pas. Elle avait pris place à une paillasse près de la fenêtre, tandis qu'il avait choisi le siège le plus éloigné d'elle. Pas question de laisser paraître combien l'interruption de ce baiser lui avait coûté. Combien il brûlait de la reprendre dans ses bras.

Mais il ne pouvait pas la forcer — il l'avait promis —, même s'il brûlait de rompre cette promesse. Harper était son amie, et ce n'était pas ainsi qu'on traitait une amie.

— Tu contrôles bien ta réaction ? le héla Harper par-dessus son épaule.

Pas du tout.

Secouant le tube à essai entre ses doigts soudain glissants, il se demanda si elle lisait dans ses pensées.

— C'est bon, répondit-il.

— Super. Ces nanoparticules ont tendance à être volatiles. Autant éviter les accidents.

Il tenta de ressaisir. Il se trouvait dans un labo de qualité, équipé d'une technologie de pointe entièrement à sa disposition. Il avait carte blanche sur tout le matériel, et pouvait même exiger un autre microscope s'il en avait besoin. Harper lui avait généreusement assuré que sa responsable de labo le lui fournirait en vingt-quatre heures.

De la science pure. Tout ce dont il rêvait. Et qu'est-ce qu'il faisait de cette opportunité en or ? Pas grand-chose hormis observer la directrice scientifique de Fyra concentrée sur sa tâche.

Tout à l'heure, ses fesses étaient fermes et douces sous ses paumes. Il avait eu une telle envie de la pénétrer. Elle était tout excitée. Puis il avait commis une sacrée bourde en passant à l'étape suivante.

D'accord, il ne pensait pas avec ses neurones à ce moment-là, mais comment reprocher à un homme de perdre la tête quand une rousse sublime pressait les hanches contre le feu de son érection ? Ensuite, elle avait eu le culot de lui mentir, affirmant qu'elle avait détesté ce baiser, alors qu'elle avait été à un cheveu de l'orgasme qu'il lui aurait donné avec joie si elle n'avait pas arrêté.

Il respecterait les limites de Harper, même s'il savait que se forcer encore à se refréner ainsi lui demanderait un effort surhumain. En outre, il avait dû apaiser sa panique. L'expression affolée de Harper l'avait fait souffrir.

Sans compter qu'elle devait rester calme de manière à ce qu'ils puissent effectuer un travail correct, ici. Elle, du moins. Car son attention à lui était focalisée sur la nouvelle étape de son entreprise de séduction : habituer Harper à ses mains sur elle. Sans rompre sa promesse.

Elle aurait besoin d'un peu plus d'encouragements, d'un peu plus d'espace et de beaucoup d'autres rappels de l'intensité hors normes de l'alchimie entre eux. Et il allait devoir consentir un sacrifice énorme, comme en témoignait le désir lancinant qui le taraudait.

Tout d'un coup, il ne se sentait plus si expert que ça. Séduire était bien plus facile quand la femme concernée s'intéressait au sexe dès le départ.

Harper s'écarta de sa balance, déposa les fioles sur lesquelles elle travaillait et vint jeter un œil par-dessus l'épaule de Dante. Ses seins lui frôlèrent le dos et il faillit lâcher son éprouvette, tandis que l'air se raréfiait dans le labo. Tant mieux. S'il respirait à cet instant, ça sentirait la pêche et il doutait d'être capable de tenir bon.

Évidemment, elle s'approchait de lui en toute innocence. Car il avait fait son possible pour remettre les choses d'aplomb entre eux après cette expérience désastreuse.

— Tu avais dit que tu contrôlais cette réaction, le gronda-t-elle. Les particules ont presque entièrement absorbé le colorant. Tu étais censé les garder séparées.

— Oh ! Oui, répliqua-t-il d'une voix enrouée. Mais j'étais curieux de voir si ça changerait la consistance du produit.

Elle fronça les sourcils.

— Ça fait deux ans que je travaille sur cette formule. Elle est béton.

Zut, il n'avait pas eu l'intention de la vexer. Peut-être que le destin l'avait éloigné de la science pure pour une raison valable — il avait perdu sa dextérité. Ou bien Harper le privait-elle lentement de toute son intelligence.

— Bien sûr qu'elle l'est. C'était davantage pour ma propre curiosité.

Le mot résonna désagréablement, lui rappelant la dernière fois qu'il l'avait prononcé : quand il avait poussé Harper à assouvir la sienne. Dans ses bras.

D'un coup, il comprit pourquoi son talent de séducteur ne fonctionnait pas comme il l'espérait. Il se trompait depuis le début dans cette affaire.

Harper était une scientifique, certes. Mais aussi une femme. Or, il ne lui avait absolument pas fait la cour. Le douzième épisode de son émission avait traité de ce sujet en long et en large, détaillant les choses qu'appréciaient les femmes normales : fleurs, clairs de lune, vins fins.

La femme qu'il convoitait ne serait jamais impressionnée par ce genre d'artifices. S'il espérait avoir le Dr Livingston dans son lit avant la fin du siècle prochain, il avait intérêt à se démener et à trouver comment la courtiser correctement.

6

À l'aube, le lendemain du baiser du labo, Harper avait peut-être dormi deux heures en tout.

En invitant Dante à loger chez elle — car les hôtels étaient pour les étrangers, pas pour les meilleurs amis — elle ne s'était pas rendu compte qu'elle allait développer un sixième sens qui lui permettait de l'entendre respirer à travers les murs.

Elle n'avait pas prévu non plus que sa présence susciterait une agitation fébrile impossible à calmer, quel que soit le nombre de fois où elle se récitait le tableau périodique. Le problème était qu'elle n'arrivait pas à oublier la flèche du Parthe décochée par Dante : à savoir qu'ignorer les étincelles entre eux affecterait leur amitié.

Elle comprenait. Dès qu'ils commenceraient à se mentir, leur confiance mutuelle n'existerait plus. Cela la terrifiait plus que tout. Et il ne lui était jamais venu à l'esprit que ce serait elle qui gâcherait ce qu'ils avaient.

Alors elle s'était accordé la permission de tester l'idée que Dante l'attirait. Que le trouver sexy dans tous les sens du terme n'avait rien de mal. Que sa réaction vis-à-vis de lui n'avait rien à voir avec son cerveau, mais tout avec la façon dont la bouche de Dante électrisait son bas-ventre.

Elle était la proie d'une fébrilité lancinante sans perspective de soulagement. Oh ! elle saisissait assez bien la manière dont ce soulagement pourrait s'accomplir ! Ce n'était pas comme si elle avait séché les cours de sexualité. Elle avait même partagé un seau de pop-corn avec Dante en regardant plusieurs films parmi les plus explicites.

Ce qu'elle ne saisissait pas, c'était ses propres réactions. Parce qu'elle ne pensait plus qu'au sexe : quel effet ça ferait ? À quoi ressemblerait Dante sans sa serviette ? Elle ne manquait pas d'imagination, sinon elle n'aurait jamais inventé un produit aussi révolutionnaire que le Formula-47, mais *a priori*, les probabilités pour que son esprit lui suggère quoi que ce soit d'authentiquement sexuel frisaient le zéro.

Bien sûr, dès qu'elle déciderait de voir le corps nu du Dr Gates, elle pourrait le déshabiller à tout moment. Ça aussi, elle n'arrivait pas à se le figurer.

Ce qui la ramenait à la case départ. Dante avait juré de ne plus la toucher dorénavant. La balle était dans son camp à elle, et il n'avait exigé qu'une chose : qu'elle soit honnête à propos dans ses sentiments, quels qu'ils soient.

Plus facile à dire qu'à faire.

Le réveil bipa. 6 h 30. Elle quitta son lit en grommelant et gagna d'un pas traînant la grande salle de bains qui avait été l'une des principales raisons pour lesquelles elle avait acheté cet appartement sur Victory Park. Une longue douche dissipa la fatigue due au manque de sommeil, mais ne suffit pas à éclaircir son cerveau.

Pourquoi tout était-il si difficile ?

Puis elle se planta nue devant le grand miroir de son immense dressing, procédant à un examen scrupuleux de son corps. Bientôt, son ventre s'arrondirait, gros de l'enfant qu'elle désirait si fort. Elle avait espéré que les changements seraient déjà visibles, mais tout paraissait exactement semblable au mois précédent et à celui d'avant.

Les tensions avec la FDA l'avaient privée d'une soirée entre filles en compagnie de ses autres copines enceintes, où elles auraient pu confronter leurs impressions, parler de méthodes d'accouchement, manger des tonnes de crème glacée puisque de toute façon elles allaient toutes grossir — ou grossissaient déjà, comme c'était le cas pour Alex. Elle attendait des jumeaux et avait gonflé comme un ballon quelques semaines plus tôt.

Bien entendu, Harper ne l'avait constaté que sur écran *via* Skype, car Phillip ne voulait plus qu'Alex voyage sauf en cas d'absolue nécessité. Et du point de vue de son mari, rien n'entrait dans la catégorie d'« absolue nécessité. »

La soirée entre filles était devenue une utopie. De toute façon, Harper serait incapable de se détendre avec ses amies tant qu'elle n'aurait pas réglé le problème qu'elle avait causé à ses associées en ne détectant pas l'échange d'échantillons.

Hier, elle n'avait guère avancé. Aujourd'hui, elle devrait faire mieux.

Dans la cuisine, Dante tenait une théière de Gyokuro Imperial Green. Il lui sourit lorsqu'elle entra, comme si rien ne s'était passé entre eux, sauf que ses yeux brillaient d'un nouvel éclat, à moins qu'elle n'ait simplement jamais prêté attention à sa beauté renversante. Son cœur s'emballa.

Génial ! Voilà qu'elle développait une arythmie en se retrouvant face à Dante.

— Bonjour, lança-t-il avec entrain.

Évidemment qu'il était plein d'énergie. Il avait sans doute dormi toute la nuit, satisfait qu'elle se soit comportée en marionnette entre ses mains. Sa propre humeur empira.

— Ce sera une bonne journée si j'arrive à obtenir quelques échantillons exploitables, riposta-t-elle sèchement.

Elle regretta aussitôt son attitude minable quand Dante acquiesça, tout en lui versant une tasse de thé, puis lui fit signe de s'installer dans le coin petit déjeuner.

— Alors considère que c'est fait, déclara-t-il.

Et il lui adressa un nouveau sourire qu'elle trouva un peu suspect.

— Ça veut dire que tu vas enfin retrousser tes manches au lieu d'inventer de nouvelles manières de me distraire ?

Elle tressaillit en s'entendant. Il se montrait d'une gentillesse exquise avec elle, même après qu'elle lui avait aboyé dessus. C'était quoi, son problème ?

Il s'assit en face d'elle avec son mug de thé.

— Oui. Je te l'ai dit, à toi de faire le premier pas. Entre-temps, tu demandes des échantillons exploitables avant ce soir. Je vais te les fournir, quitte à suer sang et eau.

— Pas de sang dans mon labo. C'est une violation des normes sanitaires.

Le rire intense et éclatant de Dante se répandit en elle comme du miel, et son corps vorace, chamboulé par des hormones en pagaille, l'absorba jusqu'à la dernière goutte, l'implorant de trouver cent autres manières de le faire rire ainsi de nouveau.

Ce n'était qu'un rire, bon sang. Il avait déjà ri à ses plaisanteries par le passé. Rien de neuf sous le soleil.

Dante leva vivement les mains.

— Pas de sang, promis, m'dame. J'utilisais juste un langage figuré pour démontrer mon engagement dans ce projet. Je note que la patronne n'en raffole pas. Alors on s'en tiendra au langage littéral pour le reste de la journée.

Elle leva les yeux au plafond.

— Je ne suis pas ta patronne. Donc je n'ai pas d'ordres à te donner.

Quelque chose pétilla dans le regard de Dante, attisant encore son corps déjà surexcité.

— Oh ! mais si ! Je suis fin prêt et d'attaque pour répondre à tous tes ordres sur-le-champ.

Hum. Il lui restait assez de neurones en état de marche pour être consciente qu'ils ne parlaient plus d'échantillons.

— Merci. Je garderai ça à l'esprit.

Ce qui, elle le soupçonnait, avait été précisément le but recherché par Dante. Et, bien entendu, son cerveau créatif suivait sans problème ! Elle avait intérêt à ne pas lâcher accidentellement des propos qu'il interpréterait à sa guise.

Dante conduisit la Mercedes de Harper pour se rendre à Fyra, car, insista-t-il, autant qu'elle profite de la présence d'un esclave pour se relaxer. Mais qui pouvait se relaxer avec toute cette électricité crépitante dans l'habitacle ?

— Samedi, je t'emmène faire des courses, d'accord ? lança-t-il de but en blanc.

— Des courses ? Quelles courses ?

Il haussa les épaules.

— Des trucs de bébé. Une nouvelle voiture. Des provisions. Tout ce dont tu as besoin ou envie. Je suis là pour t'aider.

— Qu'est-ce qui ne va pas avec ma voiture ?

Elle raffolait de l'adorable deux-portes achetée moins de six mois plus tôt. Un modèle sportif et… Flûte ! sans banquette arrière. Elle n'avait pas encore réfléchi à ce genre de détails parce que sa grossesse débutait tout juste et qu'il lui restait largement le temps. Mais elle n'aurait pas Dante à sa disposition plus de deux semaines.

Dans quelques mois, elle se chargerait seule de tout ce fourbi de bébé, avec une nouvelle voiture plus adaptée.

Son humeur s'assombrit encore. Non parce qu'elle devrait troquer sa jolie voiture pour une berline plus importante, mais elle était contrariée que ce soit Dante qui y ait pensé avant elle. Et qu'il ait préparé son thé, comme s'il était à son service personnel.

S'enfonçant dans son siège, elle croisa les bras. Ce n'était pas la faute de Dante si ses hormones de grossesse la perturbaient. Au lieu de fraises, comme les femmes normales, elle avait envie de Dante. Quelle injustice !

Le labo, son refuge habituel, lui rappela le baiser de la veille, et aussi qu'à tout moment, si elle en souhaitait un autre, l'homme assis à côté d'elle serait totalement partant.

Mais dans ce cas, elle devrait admettre qu'elle désirait Dante. Car dans le monde chamboulé où elle vivait désormais, leur amitié dépendait de son honnêteté à ce sujet.

Au début, elle hésita à baisser la garde afin d'être à l'aise avec Dante. Puis, surmontant sa méfiance, elle réussit à se concentrer et à trouver un rythme de travail. Bientôt, ils se trouvèrent côte à côte, plongés dans les ingrédients, les tubes à essai et une pure félicité.

— Tu as vérifié le caséinate de calcium ? lui demanda-t-elle à un moment. Il est temps qu'il sorte du processus d'homogénéisation.

— Je l'ai fait il y a une minute. C'est bon.

Voilà ce qui était fabuleux dans le fait de travailler avec lui. Sa méthode analytique reflétait la sienne, et ils avaient rarement à se parler au cours d'une manipulation. Les choses étaient faciles entre eux, comme elles l'avaient été à l'université, et quand Dante regarda sa montre, s'étonnant qu'il soit déjà midi, elle fut surtout surprise de constater qu'elle s'était en effet détendue.

En outre, ils avaient considérablement avancé dans la préparation des échantillons, bien plus qu'elle ne l'aurait fait toute seule.

— Cette matinée a été très productive. Je suis plutôt épatée.

Dante lui donna une petite tape sur l'épaule.

— Tu dis ça comme si tu n'en revenais pas. J'ai reçu un coffret de chimie à l'âge de dix ans, sache-le. Ce truc de maquillage est hyper fastoche.

Elle éclata de rire et c'était bon, surtout vu son humeur maussade de tout à l'heure. Dante se leva, lui tendit la main pour l'aider à descendre de son tabouret et annonça qu'il l'emmenait déjeuner.

Elle acquiesça avec gratitude et saisit sa main sans crainte. Miraculeusement, il s'abstint de tout commentaire et lui tint la main tandis qu'ils quittaient le bâtiment. Comme cela avait toujours été entre eux. Et elle faillit fondre en larmes. Bon sang, elle en avait tellement besoin, avec tous les chamboulements dans son existence.

— Merci, dit-elle, la gorge nouée, en s'asseyant dans la voiture. Merci d'être là.

Au lieu de démarrer, il se tourna vers elle et posa une main sur sa joue.

— Je serai toujours là. On a besoin tous les deux de cette constante.

Quelque chose passa entre eux alors qu'elle goûtait le contact de cette paume sur sa peau. Pas le courant brûlant, précurseur d'un baiser, mais quelque chose d'autre, de réconfortant, sécurisant et tendre, et elle s'en délecta.

La main de Dante retomba trop vite. Il démarra et se mit à parler. Le son de sa voix glissa sur elle, l'enveloppa, et elle cessa d'écouter au bout de quelques instants. Sa tête dériva sur le dossier du siège. Sa longue nuit sans sommeil avait enfin raison d'elle.

La voiture s'arrêta, la réveillant en sursaut.

Désorientée, elle cligna des yeux.

— Je me suis endormie ?

— Oui, répondit Dante en lui ébouriffant les cheveux. Au beau milieu de ma brillante tirade, en plus. Si je ne savais pas que les femmes enceintes avaient plus besoin de dormir que la normale, j'aurais été vexé.

— Et comment tu sais ça ?

— Bah, j'ai lu un tas de trucs sur le sujet. Autant se préparer quand votre meilleure amie est enceinte et que vous n'avez jamais tenu un bébé dans vos bras. Je sais aussi que tu n'es pas censée manger de sushis, certaines sortes de poisson, et qu'il faut éviter les aliments trop sucrés parce que la grossesse favorise l'intolérance au glucose.

Zut, voilà que son arythmie cardiaque la reprenait. Discrètement, elle massa son cœur, un brin abasourdie. Dante s'était documenté sur son état ? Incroyable !

Sa surprise s'accrut encore en voyant où il s'était garé.

— Tu m'emmènes déjeuner au Perot Museum ?

— Ça te convient ? Le café est dirigé par Wolfgang Puck et le menu paraissait plutôt chouette quand j'ai regardé ce matin. Ils offrent un masque de dinosaure pour tout achat d'un menu enfant. Je te donnerai le mien, puisque vous êtes deux, en quelque sorte.

Il lui prit alors la main et ne la lâcha plus, estimant manifestement que puisqu'elle l'avait laissé faire tout à l'heure, c'était désormais acquis.

Rien de tel pour vous remonter le moral que des masques

de dinosaures. Surtout quand Dante s'en mit un sur le visage, puis rechaussa ses lunettes par-dessus. Elle fut prise d'un fou rire incontrôlable qui ne s'arrangea pas lorsque Dante lui noua l'autre masque autour du ventre. Puis il sortit son portable pour prendre des photos, et elle éprouva un réel contentement car ce selfie avec le Dr Sexy prouvait qu'il acceptait sa grossesse avec bonne humeur. Et qu'ils n'avaient pas perdu la capacité de s'amuser ensemble.

Une photo précieuse à plus d'un égard.

Après le déjeuner, Dante l'entraîna vers la mezzanine où l'on vendait les billets pour le musée lui-même.

— Prends une demi-heure et visite l'expo avec moi. Je ne suis encore jamais venu ici et tu sais que les musées des Sciences sont mon péché mignon.

Elle sourit, heureuse qu'il se permette n'importe quelle ânerie avec elle. Et elle aimait aussi ce musée. Compte tenu de leur avancement sur les échantillons, et afin de prolonger cet état de grâce entre eux, elle accepta.

— D'accord, mais je paie les entrées, vu que tu as offert le repas.

— Pas question. J'ai organisé le rendez-vous. Tu organiseras le prochain et je te permettrai de payer.

Perplexe, elle fixa son dos tandis qu'il tendait sa carte de crédit à la caissière. Un « rendez-vous » ? Comme dans « rendez-vous galant » ? Elle avait manqué un épisode ?

Non, il ne le voyait sûrement pas ainsi. Ce n'était qu'un mot, qu'ils utilisaient autrefois : « J'ai des billets pour le nouveau *Star Wars*. Tu veux être mon rendez-vous ? »

Mais ça, c'était avant qu'il l'embrasse. Avant qu'elle l'embrasse. Bien avant qu'elle laisse s'exprimer son attirance pour lui.

Autant qu'elle fasse avec et cesse d'être aussi névrosée.

— Prête ?

Dante posa une main au creux de ses reins pour la guider vers l'escalator, puis ne la retira pas tandis qu'ils se déplaçaient à travers la foule. Cette connexion physique aurait dû lui sembler bizarre, elle en avait conscience, mais au lieu de se convaincre que c'était amical, ou de s'inquiéter que les gens l'interprètent à tort, elle se coula dans son étreinte.

Dante ne parut pas se rendre compte qu'elle était pratiquement collée à lui. Ils commentèrent le squelette du dinosaure, repérèrent leurs oiseaux préférés dans la volière puis firent la queue pour le simulateur de tremblement de terre, sans cesser de rire et plaisanter.

Après que Dante se fut assuré que le simulateur ne présentait aucun risque pour une femme enceinte, ils se calèrent dans un angle de la plate-forme, près de la rambarde. Une vingtaine de personnes se massaient autour d'eux, les obligeant à se tenir face à face. Ou plutôt, sa face à elle contre son épaule à lui, ce qui ne la dérangeait pas, même quand il l'entoura de ses bras.

Surtout à ce moment-là, en fait.

— Au cas où, murmura-t-il à son oreille.

Et ses lèvres la titillèrent d'une façon extrêmement suggestive.

— Au cas où quoi ? murmura-t-elle à son tour.

Au cas où elle s'enflammerait ? Car la probabilité augmentait à mesure qu'elle restait entre ses bras et qu'un brasier s'allumait au creux de son ventre.

Puis le simulateur démarra, secouant la plate-forme. Elle faillit perdre l'équilibre, mais les bras vigoureux de Dante la retinrent. D'une manière ou d'une autre, sa jambe se retrouva pressée entre les siennes, suscitant un frottement intime.

Seigneur, que c'était bon !

— Au cas où ça, répondit-il par-dessus les sons virtuels du séisme. Je vis à Los Angeles. Les tremblements de terre sont fréquents. Je soupçonnais que tu ne t'attendais peut-être pas à ce qui allait arriver.

C'était peu dire.

— En effet, admit-elle bien volontiers.

Elle se demanda ce qu'elle ressentirait si elle se frottait un peu plus fort contre sa jambe. Ou mieux, si elle lui avouait que ça lui plaisait et lui demandait de la toucher là.

Le désir la foudroya si violemment que sa vision se brouilla. Quand elle releva les yeux vers lui, la passion qu'elle lut en réponse dans les siens faillit défaire les fragiles coutures qui la gardaient entière.

Mais il ne réduisit pas l'infime espace entre eux, ne s'empara pas de ses lèvres pour un long, délicieux baiser qui serait tellement, tellement extraordinaire puisque la terre tremblait déjà sous ses pieds.

Il ne le fit pas parce qu'il avait promis de s'en abstenir.

Or, la preuve indiscutable qu'il était aussi excité qu'elle s'écrasait contre son ventre. La volonté de fer qu'il déployait jusqu'à présent méritait une médaille.

Ou peut-être que tous les deux méritaient quelque chose. Mais elle avait besoin d'un petit coup de pouce pour en arriver là. Sinon, la terreur qui courait dans ses veines l'emporterait une fois de plus.

Quand ils regagnèrent Fyra, elle confia à Dante quelques tâches qu'il pourrait réaliser sans sa supervision, puis quitta le labo en prétextant une réunion. Ce qui n'était pas réellement un mensonge. Elle frappa à la porte du bureau de Trinity, non sans une certaine appréhension. Mais qui mieux qu'une femme réputée pour ses « sex-capades » pourrait répondre aux questions urgentes qu'elle se posait ?

— Madame Forrester, vous êtes là ? demanda-t-elle.

Trinity détestait qu'on l'appelle ainsi parce que ça lui donnait l'impression d'être vieille, alors, bien entendu, c'était devenu un jeu récurrent pour ses amies.

La chevelure noire de Trinity balaya sa joue gauche tandis qu'elle relevait la tête. Le côté droit était presque rasé, le tout formant une coupe tranchante et décalée qui lui seyait à merveille. La semaine précédente, elle s'était teinte en violet mais s'en était vite lassée. Voilà une chose que Harper admirait chez son amie : elle ne restait pas les bras croisés, à attendre que les choses se passent.

En outre, elle n'avait peur de rien.

— Hé, la môme, riposta Trinity avec un large sourire, tu trouves que je ressemble à une rombière de la cosmétique ?

— Plutôt à une directrice marketing désespérée, fixant le puits de sa trentaine, et pas plus ravie que ça.

Fronçant les sourcils, Trinity exhiba son poignet orné d'un magnifique papillon qu'elle s'était fait tatouer quelques semaines auparavant.

— Je te signale que ce truc me catalogue comme super cool quand je participe à la journée des métiers de Hockaday.

— Hockaday est une école privée qui coûte encore plus cher que l'université où je suis allée, répliqua Harper en se laissant tomber sur un siège. Je doute que les filles scolarisées là-bas te donnent le point de vue le plus objectif sur ce qui est branché parmi les adolescentes.

Trinity tira la langue, arborant un piercing, évidemment.

— Bon, tu voulais quelque chose, ou juste regarder mon estime de moi-même s'effondrer comme une ruine ?

— Comme si ça pouvait t'arriver ! C'est d'ailleurs un peu pour ça que je suis ici.

Et à présent qu'elle y était, elle n'arrivait pas à mettre le sujet dont elle voulait discuter sur le tapis. Elles avaient beau être amies depuis longtemps, elles avaient très peu en commun. En général, Harper se tournait vers Trinity pour des conseils de mode. Ensemble, elles avaient conçu certaines des gammes Fyra les plus appréciées.

Exposer un problème personnel s'avérait un peu plus compliqué. D'autant que Trinity risquait de se moquer d'elle.

Cette dernière planta les coudes sur son bureau, croisa les doigts et y posa le menton.

— Tu es ici parce que tu as besoin de conseils sexuels.

Estomaquée, Harper s'enfonça davantage dans son siège.

— Je suis transparente à ce point ?

— Mon chou, je ne suis pas aveugle. Je vois ce qui se passe entre ton laborantin sexy et toi. La vraie question est de savoir si tu le vois, toi aussi.

Oh oui, Harper ne le voyait que trop bien. En couleurs. Dans ses rêves. Quand elle observait Dante du coin de l'œil pendant qu'il mesurait de l'acrylate dans un bécher.

Est-ce que tout le monde savait que Dante l'avait embrassée et réciproquement ? Est-ce qu'elle se baladait avec un grand néon dans le dos indiquant « Femme enceinte en déséquilibre hormonal découvre enfin sa libido » ?

— Peut-être, marmonna-t-elle. C'est... déroutant.

Et intime. Embarrassant. Ridicule. Aucune autre femme n'avait la moindre difficulté à faire comprendre à un homme qu'elle attendait quelque chose de lui. Mais si elle laissait ses hormones commander et que ça tournait au désastre ? Hors de question !

— Vas-y, déballe ton sac. Non, attends une minute !

Trinity bondit pour fermer la porte de son bureau, puis elle s'installa dans l'autre siège visiteur, pour lui frotter gentiment le bras.

— Bon, le discours sur la contraception, on peut zapper. Qu'est-ce que tu veux savoir ?

Son ironie affectueuse fit sourire Harper. Elle avait frappé à la bonne porte.

— C'est une partie du problème. Je pense que mon corps réagit un peu différemment à la fécondation que celui d'Alex ou de Cass.

— Tu subis un afflux d'hormones, pas vrai ? gloussa Trinity. C'est classique. Voire ironique, dans ton cas.

— Ouais, hilarant. Dante ne m'est pas d'un grand secours.

— Quel mensonge éhonté ! s'insurgea son amie. Il ne demande qu'à t'aider. Je repère les mâles à des kilomètres, et celui-là est dingue de toi. Depuis toujours. Ce qui est affligeant, parce que sinon, ça fait des années que je lui aurais mis le grappin dessus.

L'image de Trinity avec Dante fit monter un peu de bile dans l'estomac de Harper. Sauf qu'il avait couché avec des tas de femmes et continuerait vraisemblablement à l'avenir. Ce qui ne la regardait en aucune manière, non ?

— Il ne m'appartient pas, tu sais.

— Oh ! je t'en prie, Harper ! Ça ne change rien à l'affaire. Il ne me voit même pas, surtout quand ses beaux yeux sont fixés sur toi. Alors j'aimerais bien savoir en quoi il ne t'est pas d'un grand secours ?

En étant sexy, compréhensif, logique et sympa. Ça ne faisait que lui compliquer la tâche, car cela lui donnait des envies folles de choses dont elle n'aurait jamais cru avoir envie et qu'elle ne savait pas comment réclamer.

— Il insiste pour que je fasse le premier pas.

— Oh ! le vilain ! Quel culot !

— Ce n'est pas drôle ! Tout est tellement déstabilisant. Comment puis-je opérer un choix rationnel dans un état hormonal si peu fiable ?

Trinity croisa les bras et plaça Harper sous le microscope de ses yeux bleus perçants.

— Chérie, si tu penses que le but c'est d'être rationnel, tu te trompes. Qu'est-ce qu'il te fait ressentir ?

— Je me sens excitée, dévergondée, perverse, répondit-elle sans la moindre hésitation.

Un sourire béat étira les lèvres de Trinity.

— Ah ! génial ! C'est comme ça que c'est le meilleur. Alors fais le premier pas. Qu'est-ce qui t'arrête ?

— Je ne veux pas gâcher notre amitié.

C'était là l'essentiel. Une fois cette ligne franchie, ils ne pourraient plus revenir en arrière.

Trinity haussa les épaules.

— Alors ne la gâche pas. Tu sais ce qui fiche en l'air les relations ? Les sentiments. Engager ton cœur est le moyen le plus sûr d'arriver au malheur. Les sentiments ne font pas partie du sexe. Jamais. Donc sors cette variable de l'équation et laisse cet homme te faire du bien. Les femmes ont le droit d'avoir autant d'orgasmes qu'il est humainement possible d'en avoir avant de mourir.

Les sentiments. Oui, ça semblait assez logique. Harper avait craint de perdre leur amitié parce que… Elle ne savait pas pourquoi, en fait. Mais les gens qui mettaient du sentiment dans leurs relations finissaient toujours par pleurer quand ça se terminait. Car ça se terminait toujours.

Comment n'avait-elle pas vu que la clé était précisément de séparer le corps du cœur et de l'esprit ? Il ne s'agissait pas d'une histoire d'amour, qui laisserait des cœurs brisés dans son sillage. Dante et elle n'étaient pas impliqués amoureusement et ne le seraient jamais.

Elle pouvait aimer Dante en tant qu'amie et coucher avec lui en tant que femme — car leurs cœurs resteraient à la porte.

C'était juste brillant. Et humiliant. Tu parles d'une scientifique ! L'analyse du Dr Livingston avait été foireuse.

Mais son amie n'en avait pas fini avec ses révélations.

— Je vais te dire un secret que m'ont confié Cass et Alex, reprit Trinity en baissant le ton. Quand tu es enceinte, le flux sanguin est beaucoup plus important dans tes parties intimes. Il semblerait que le sexe soit carrément fabuleux.

Non que Harper ait la moindre base de comparaison. Mais cela paraissait sensé aussi. Elle s'était souvent demandé si quelque chose clochait chez elle puisqu'elle n'avait jamais été tentée de « voir de quoi il retournait », comme le résumait si bien Dante, jusqu'à ce qu'elle tombe enceinte.

Elle était presque soulagée d'apprendre que la grossesse affectait son corps de manière tout à fait normale. Du coup, ça rendait acceptable la recherche du plaisir, non ? Pas juste acceptable. Presque obligatoire.

— Tu m'en diras tant.

— Je le tiens de source sûre. Quel dommage que je ne puisse jamais expérimenter ça !

— Tu n'as pas l'intention de tomber enceinte à ton tour ?

Harper ne blâmait pas Trinity. Chaque femme était libre de ses choix.

L'expression de son amie aurait tétanisé n'importe qui.

— Tu es folle ? Tu m'imagines mère, moi ? En plus, je défie n'importe quel spermatozoïde de franchir la barrière de mes trois méthodes de contraception. Bon, ça y est ? J'ai répondu à toutes tes questions ?

Harper secoua la tête, animée d'une détermination renouvelée.

— Oh non, je commence à peine. Dis-moi comment attirer Dante dans mon lit.

Une lueur espiègle traversa le visage de Trinity.

— Je pensais que tu ne me le demanderais jamais.

7

Lorsque Harper revint enfin au labo après une « réunion » de deux heures, elle annonça d'emblée à Dante :

— J'ai une idée pour notre prochain rendez-vous. Toi, moi et un dîner. Chez moi.

Il perdit aussitôt toute sa concentration.

L'heure du dîner mit des siècles à arriver, mais quand la vieille horloge sur le mur de Harper sonna enfin 19 heures, il avait perdu tout son appétit. Pour la nourriture.

Apparemment, Harper avait aimé l'idée des rendez-vous. Mieux qu'il ne l'aurait jamais espéré, d'autant que telle n'avait pas été son intention. La sortie au musée des Sciences avait été improvisée sur un coup de tête, dans le but de quitter le labo avant qu'il ne casse quelque chose, tant la tension érotique était forte.

— Tu es sûre que je ne peux rien faire ? cria-t-il à Harper qui était dans la cuisine.

Elle lui avait ordonné sans ménagement de rester en dehors de ses pattes, parce que c'était son tour d'organiser leur rendez-vous. Et qu'elle lui devait le musée. Non qu'il ressente le besoin d'être remboursé alors qu'il avait eu la chance de la tenir dans ses bras pendant la simulation du tremblement de terre. Elle avait littéralement fondu contre lui.

Était-ce le fruit du hasard ? Non. Il avait travaillé trop dur à ce qu'il espérait être l'aboutissement de la soirée pour s'en remettre à la fatalité.

Il voulait cette femme, et il comptait l'avoir.

— Ça y est ! clama Harper en pénétrant dans la salle à manger, une assiette dans chaque main. Tu vois ? C'est prêt.

— Je vois, oui.

Mais c'était elle qu'il regardait.

Comment de la nourriture pourrait-elle attirer son attention quand Harper avait troqué son tailleur-pantalon pour une longue robe fluide couleur coucher de soleil qui dansait autour de ses chevilles ? Elle avait également lâché ses cheveux, qui tombaient en boucles folles dans son dos.

Il sentit son corps réagir au quart de tour et la soirée commença — enfin, la partie torture, surtout.

Avant qu'elle ne s'asseye, il s'empressa de lui tirer sa chaise : une érection n'était pas une excuse pour oublier ses manières. Il réussit à l'installer sans la toucher. Elle sentait divinement bon, la pêche avec une note épicée.

— Pardon de ne pas avoir eu le temps de cuisiner, s'excusa-t-elle inutilement. On a quitté Fyra trop tard.

Elle se mordilla la lèvre inférieure, sans se douter du côté incroyablement sexy que ça lui donnait. Ou peut-être savait-elle exactement ce qu'elle faisait. Durant cette formidable simulation sismique, il lui avait écrasé son pénis durci contre le ventre, et elle n'avait pas pu le rater. Sa réponse ? Un dîner à deux.

Il considérait ça comme un immense pas en avant.

— Je n'attends pas que tu me fasses la cuisine, lui assura-t-il. On avait des tâches bien plus importantes au labo. À propos, si je ne te l'ai pas assez répété aujourd'hui, le Formula-47 est un produit absolument génial. Et je ne dis pas ça pour m'attirer tes bonnes grâces.

Ils étaient passés prendre des plats à emporter dans un restaurant thaïlandais. La préparation du dîner s'était donc résumée à les faire réchauffer puis à les disposer sur une assiette. Mais cette simplicité convenait fort bien à Dante, même s'il avait désormais les moyens de s'offrir un restaurant cinq étoiles.

Harper prit sa fourchette et éclata de rire.

— Merci. Venant de toi, ce compliment compte beaucoup.

— Oui. Parce que l'opinion scientifique de Dr Sexy est mondialement recherchée.

Hou là ! Il n'avait pas eu l'intention d'y mettre autant d'amertume. Mais les faits restaient les faits. Il avait changé de domaine — merci Cardoza —, et peu de gens se souciaient de ses connaissances scientifiques.

Or, la psychologie, bien que fascinante en soi, n'était pas sa première passion. En grandissant, il avait trouvé une échappatoire dans la chimie alors qu'aucune famille ne semblait vouloir de lui à long terme, pas même la sienne. Les formules avaient du sens, elles étaient identiques aujourd'hui à ce qu'elles seraient demain, et les éléments de base réagissaient précisément selon ses intentions, quand il introduisait le bon catalyseur.

Travailler de nouveau au labo ne faisait qu'aiguiser son désir de revenir à la vraie science. Avant le déjeuner, il aurait dit que cela avait constitué le temps fort de sa journée. Mais comme la soirée s'annonçait merveilleuse, il réservait son jugement jusqu'au lendemain.

— Arrête, le tança Harper. Tu es toujours toi-même.

Elle lui sourit avec une tendresse qui se propagea dans sa poitrine, se mêlant aux réactions physiques qu'il maîtrisait si mal en sa présence.

— Tu sais, je me suis bien amusé aujourd'hui, admit-il. Ça m'a rappelé pourquoi on est toujours amis après toutes ces années.

Les yeux de Harper étincelèrent. Elle posa sa fourchette.

— Je pensais pareil. Sauf que j'ai compris quelque chose. Peut-être que notre relation a évolué et que j'essayais trop de m'accrocher au passé. Peut-être qu'une petite expérimentation ne serait pas mauvaise. Comment pourra-t-on décrypter ce qui nous arrive si on ne s'ouvre pas aux changements ?

Il sentit son cœur s'emballer, pompant tout le sang dans ses veines.

— Qu'est-ce que tu dis ? demanda-t-il avec prudence, au cas où il aurait mal compris son propos.

Elle haussa les épaules, mais son regard ne dévia pas du sien.

Ça, c'était la femme intrépide et déterminée qu'il connaissait et aimait.

— On est amis depuis longtemps parce qu'on a beaucoup en commun, et qu'on donne la priorité à notre relation. On tient l'un à l'autre. J'avais peur de perdre ça. Mais ces derniers jours, je n'ai rien constaté qui prouve que ce soit en train de changer, juste parce que ta bouche est électrique contre ma peau.

L'atmosphère devint instantanément torride quand elle passa la langue sur sa lèvre inférieure, ce qu'il ne put s'empêcher de suivre des yeux. L'électricité était des deux côtés. Il répliqua d'une voix enrouée :

— C'est ce que je répète depuis le début.

La phrase avait un goût de victoire. Harper se rangeait enfin à son avis. Pourquoi n'avait-il pas commencé par le musée des Sciences ?

— Tu dois me promettre que ça ne sera pas bizarre. Rien ne va changer, d'accord ? insista-t-elle.

— Rien. Promis.

Qu'est-ce qu'il voudrait changer, de toute façon ? Tout était parfait entre eux. Ou le serait très bientôt.

— Il y a juste un problème, ajouta-t-elle.

Son cœur s'arrêta.

— Quoi ?

Il avait déjà passé assez de temps à démêler leurs problèmes. Son corps adhérait au postulat original : évolution, expérimentation, bouches, électricité.

Il voulait le tout. Maintenant.

— Je suis sérieuse, Dante. J'ai l'habitude d'avoir au moins une théorie de travail avant de commencer une expérience, mais là, je ne suis pas experte. Alors que toi, oui.

— Je crois bien l'avoir mentionné une ou deux fois, en effet, murmura-t-il, un peu déconcerté.

— Oui, mais tu insistes pour que j'aille à mon propre rythme. Or, je ne sais pas du tout quel est mon rythme. Quoi faire, comment le faire, par où commencer ? Montre-moi.

Ces deux mots magnifiques dessinèrent un petit arc parfait

sur sa bouche, et il perdit tout intérêt pour le dîner, la salle à manger, et ce qui s'apparentait à du respect envers l'effort accompli par son hôtesse pour le nourrir.

Pourvu qu'elle lui pardonne.

Si ce n'était pas un feu vert, ça, il avait besoin de travailler sa capacité à lire une femme.

Se levant de table, il tendit sans un mot la main à Harper et l'entraîna vers la terrasse qui donnait sur Victory Park. Le centre de Dallas scintillait dans le crépuscule et, au loin, les différentes villes de banlieue jaillissaient de la plaine du Texas, pour se succéder jusqu'à Fort Worth.

Il focalisa toutefois son attention sur Harper, qui avait besoin de lui pour l'instruire, la guider, la rassurer.

Et il allait se montrer à la hauteur.

La terrasse était l'endroit que Harper préférait chez elle. Cette vue la fascinait toujours. Mais ce soir, ce fut à peine si elle remarqua la ligne d'horizon teintée de rouge flamboyant. Le cœur dans la gorge, tendue comme une corde de guitare, elle observait Dante. Elle avait joué cartes sur table mais, à présent, qu'est-ce qui l'attendait ?

Avait-il pitié d'elle, parce qu'elle voulait quelque chose de lui mais ne savait comment le formuler ?

Tel avait été le conseil capital de Trinity : « Dis à Dante de prendre l'initiative. » Comme cela collait avec son inexpérience, elle avait approuvé de bon cœur.

— Alors, voilà comment ça va se passer, commença Dante en la prenant dans ses bras, puis glissant une mèche de cheveux derrière son oreille. D'abord, souviens-toi qu'on tient l'un à l'autre. Et puis, tu vas rester là avec moi, et te laisser aller jusqu'à ce que je te dise que tu peux bouger.

Il la prit dans ses bras comme au musée, et elle se plaqua contre lui avec gourmandise. Elle sentait son cœur à lui battre contre sa poitrine à elle, et éprouva une impression de connexion extraordinaire.

— Et ensuite ?

— Je te dirai, murmura-t-il. Le but de cette partie de l'expérience, c'est de ressentir. Rien d'autre. Ce qui va se passer après dépend de toi. Mais ne t'inquiète pas, je vais te donner plusieurs choix.

— Ah oui ? Comme un test ?

Malgré sa nervosité, son inexpérience, ses doutes, elle s'esclaffa. Au moins, admettre son désir d'explorer l'alchimie entre eux n'avait pas tout gâché. Ils pouvaient encore s'amuser ensemble. Car Dante était toujours Dante, quoi qu'il arrive.

Ça allait marcher. À l'intérieur d'elle-même, tout se crispa dans l'attente du plaisir à venir.

— Oui, comme un test, mais le meilleur parce qu'il n'y a pas de mauvaises réponses. C'est un questionnaire à choix multiple, avec une option « toutes les propositions » à laquelle tu as le droit de faire appel n'importe quand.

— Voilà qui me plaît bien. Quelle est la première question ?

Sa voix avait baissé de quelques tons et les yeux de Dante s'étaient assombris. Délicieusement. Pourquoi tremblait-elle autant sous ce regard irrésistible ?

— Tu veux que je continue à te tenir comme ça ?

— Oui.

Facile…

— Tu vois, tu es douée, assura-t-il, approchant sa bouche de son oreille. Ensuite, je voudrais te toucher. Désigne-moi un endroit.

— Tu me touches déjà, objecta-t-elle, le souffle court.

Avant de se morigéner. Il voulait dire, un autre endroit de son corps et lui demandait la permission parce qu'elle avait l'habitude de paniquer. Seigneur, il était d'une patience infinie. C'était un peu vertigineux, cette capacité à trouver le moyen de dissiper ses craintes. Et ce n'était pas la première fois.

Cela méritait bien une récompense, non ? L'audace la gagna.

— J'aime tes mains dans mon dos, chuchota-t-elle. Je crois que j'aimerais que tu me touches ailleurs. Mais j'ai aussi des questions. Par exemple, je voudrais savoir où tu veux que moi je te touche.

Il aspira une goulée d'air, le regard brûlant.

— Plus tard, grogna-t-il, la voix rauque. C'est peut-être encore un peu trop difficile pour le moment.

Parce que le simple fait qu'elle parle de le toucher le rendait fou ? Quelle sensation grisante…

— Et si je veux essayer tout de suite, justement ? Montre-moi, d'accord ?

Il céda avec un soupir presque douloureux.

— Bon. Pose tes mains sur ma poitrine. Palpe, explore tout ton soûl. Mais après, ce sera mon tour.

Un frisson la traversa à la pensée de Dante glissant les mains sous sa robe.

— Mais…

Il posa ses mains par-dessus les siennes, et les guida langoureusement, lentement, sur son torse.

— Chut. Touche-moi comme ça. Voilà. Il n'y a pas de mauvaise manière de le faire.

Elle s'abandonna, laissa ses doigts vagabonder. Étonnant. Tout en lui était dur, musclé, et elle savoura l'excitation qui accompagnait sa prospection. De petits feux d'artifice éclatèrent tandis qu'il se laissait aller sous ses paumes, cherchant un contact plus intense. Mais il y avait trop de tissu entre elle et lui. Alors autant se jeter à l'eau…

— Je peux déboutonner ta chemise ? demanda-t-elle, un peu étonnée de son propre culot.

Mais elle mourait d'envie de revoir le dragon, de le toucher, de le lécher même, s'il lui permettait.

— Non, croassa-t-il, fermant brièvement les yeux. C'est pour ça qu'on est dehors, pour que rien n'aille trop loin.

— Pourquoi se soucier que les choses aillent trop loin ? Je n'ai pas été assez claire sur le fait que j'étais prête ?

Là encore, il pensait à elle, il la respectait.

— Prête ? En l'espace de quelques heures ? Vu nos expériences passées, je préfère vérifier, parce que je n'aurais pas la force de te lâcher à nouveau.

La frustration dans la voix de Dante n'était pas dirigée contre elle, mais contre la situation, et elle en fut encore plus touchée. Décidément, il se montrait d'une extrême prévenance. Mais n'était-elle pas en train d'oublier la mise en garde de Trinity contre l'intrusion des sentiments dans tout cela ?

Pourtant, comment écarter le fait que Dante occupait une grande place dans son cœur depuis dix ans ? Il lui démontrait juste à quel point il tenait à elle. C'était ce que faisaient des amis, non ? D'ailleurs, coucher ensemble pourrait bien renforcer leur amitié, après tout ?

— Alors ne me lâche pas, murmura-t-elle. J'ai entendu dire que le sexe est encore meilleur quand on est enceinte, donc tu n'as même pas à être très bon…

Il l'interrompit d'un grognement, la souleva dans ses bras à la façon d'un homme des cavernes. Elle en resta bouche bée.

Il la porta à l'intérieur et, une fois dans le salon, il la reposa sans cesser de la plaquer contre lui.

Puis il l'embrassa, prenant possession de sa bouche avec sauvagerie. Elle se cramponna à lui, la peau brûlante sous ses mains qui parcouraient son dos, fébriles cette fois, caressant chaque surface à sa portée.

Les sensations fusèrent vers ses fesses, ses cuisses. Il empoigna une de ses jambes, l'enroula autour de sa taille, ajustant leurs corps au plus près.

— Maintenant, tu peux déboutonner ma chemise.

Sans attendre, il s'y attaqua lui-même. La moitié des boutons vola sur le sol, suivis de la chemise, dévoilant ce torse magnifique, bronzé et sublimé par le dragon dont elle avait rêvé chaque nuit depuis qu'elle l'avait découvert.

Hypnotisée, elle le but des yeux, le ventre en feu, puis ne put s'empêcher de faire courir des doigts hésitants sur la queue verte enroulée autour du biceps de Dante. Ce dernier suivit le geste d'un regard torride, son muscle se contractant le long du dessin qu'elle traçait.

— Est-ce que… ? commença-t-elle d'une voix rauque de désir. Est-ce que je peux… te goûter ?

—À condition de te dépêcher, grogna-t-il.

Mais elle prit son temps, posant les lèvres sur le dragon, puis remontant avec sa langue le long de son dos jusqu'à l'épaule de Dante où il s'étalait. La saveur de Dante explosa dans sa bouche, excitante, salée, terriblement virile.

Il avait les jambes qui tremblaient. À cause de sa bouche sur sa peau ? Comme c'était grisant ! Encouragée, elle lécha le creux de sa clavicule, semant de petits baisers partout, car elle aimait l'effet que ça lui procurait.

Soudain, il grogna son nom, et la reprit dans ses bras, le nez enfoui sous son oreille.

— Ça suffit. Tu continueras plus tard.

— Comment puis-je aller à mon propre rythme si tu ne me laisses pas expérimenter ? protesta-t-elle. Et puis, tu m'avais promis que je garderais le contrôle.

Ignorant sa remarque pourtant justifiée, il la fit reculer jusqu'au canapé, l'assit et s'agenouilla entre ses jambes, caressant ses cuisses et lui écartant les genoux.

— Ça, c'était avant. Quand je voulais être certain que tu sois d'accord. Mais j'ai imaginé une nouvelle méthode.

La lueur malicieuse dans ses yeux la piqua au vif.

— Laquelle ?

— Je vais te montrer. Comme tu me l'as demandé.

Sans plus de cérémonie, il remonta l'ourlet de sa robe à deux mains, dénudant ses jambes. Il les observa d'un regard prédateur tout en effleurant sa peau, et elle sentit une décharge électrique la traverser, puis se rassembler au creux de son ventre à mesure qu'il remontait le long de ses chevilles, de ses mollets.

Pourtant, il avait déjà vu ses jambes. Des centaines de fois, mais jamais avec cette admiration-là. Elle en frissonna.

Il poursuivit, et c'était à la fois excitant, agaçant, suave. Lent. Trop lent. Ses nerfs se tendirent quand il parvint aux genoux, puis à ses cuisses qui se mirent à trembler sous la caresse. Alors il arrêta et releva les yeux vers elle, l'étudiant par-dessus ses lunettes. Le voir ainsi à ses pieds, vérifiant si elle allait bien alors qu'il mourait visiblement d'envie de continuer, l'emplit d'une chaleur différente.

— Tout va bien, murmura-t-elle. Je suis excitée, c'est tout.

Il lui adressa un sourire qui creusa sa fossette puis reprit son ascension le long de ses cuisses. Ensuite, il se pencha, posa les lèvres à l'intérieur de son genou et l'embrassa longuement. Sous ses lèvres, la brûlure devint intense.

Et il remonta, tout aussi lentement, à l'intérieur de sa cuisse, se frayant paresseusement un chemin jusqu'au tissu froissé de sa robe, au-dessus de sa culotte. Sa barbe de fin de journée râpait contre sa peau, allumant des étincelles.

Elle hoqueta, faillit bondir du canapé, mais, ayant anticipé son mouvement, Dante plaqua les mains sur sa taille, ses hanches, tandis que sa langue s'ajoutait à ses lèvres le long de ses cuisses. Elle sentit sa culotte se mouiller pendant qu'elle le regardait qui la léchait et s'approchait de plus en plus de son sexe.

Il allait arrêter avant d'y arriver, non ? Ce serait bizarre qu'il…

Son souffle se bloqua quand il rassembla sa robe d'une main et la repoussa sur son ventre, dévoilant sa minuscule culotte rose.

Dante lécha la bordure de dentelle, juste à la jonction de sa cuisse, et releva les yeux vers elle.

— J'aime bien le rose, murmura-t-il.

Les poings serrés, elle aspira de l'air à pleins poumons.

— Tu ne vas pas… Enfin, tu sais. Hein ?

Sa bouche sublime fit la moue et toucha presque son entrejambe trempé. Cela ne l'aida pas à mieux respirer. Car elle voulait ses lèvres à cet endroit, elle voulait que sa bouche magique apaise le désir que cette situation attisait.

Mais la toucher là, avec sa langue ? Jamais elle ne parviendrait à chasser cette image de sa tête. Jamais.

— Ça dépend, murmura-t-il.

Le souffle de Dante caressa ses cuisses hypersensibles, déclenchant une tornade en elle. Mais, une fois de plus, il l'immobilisa de sa main libre.

— C'est quoi précisément, ce « tu sais » ?

— Ne te moque pas de moi, riposta-t-elle. Je ne connais rien à ce jargon et le terme clinique n'est pas très sexy.

— Je ne me moque pas. Je rassemble juste assez d'infos pour répondre à ta question. Parce qu'il y a plusieurs choses que je peux te faire là. Par exemple, te toucher.

Aussitôt dit, aussitôt fait : il fit courir un index sur son ventre jusqu'au milieu de sa culotte humide. Ses cuisses tremblèrent de nouveau et se resserrèrent par réflexe, mais il les écarta d'une main ferme. La laissant ouverte, pour ainsi dire. C'était totalement indécent. Érotique. Bouleversant.

— Ou je peux te lécher.

Avant qu'elle ait le temps de bouger, il suivit la ligne que son doigt avait tracée, mais avec la langue, cette fois, léchant sa culotte à petites poussées qui l'embrasèrent. Ses hanches se cambrèrent automatiquement vers sa bouche, et elle gémit.

— Et je peux aussi faire les deux en même temps.

Il glissa un pouce sous l'ourlet de la culotte, repoussant le tissu. De l'air frais brûla son sexe exposé et bouillonnant, juste avant que la bouche de Dante le recouvre. Elle perdit toute retenue. Les lèvres de Dante titillaient son bouton gonflé de désir, et un de ses doigts joua avec les replis intimes de sa chair, puis plongea dedans.

Oh ! Seigneur !

Son corps s'arqua à mesure que le doigt plongeait et poussait plus loin, la projetant vers la jouissance, jusqu'à ce que des pointes de lumière explosent devant ses yeux. Ses hanches s'enroulaient presque autour de ses doigts, les accueillant toujours plus profond. Après quoi, la pression la précipita par-dessus bord, et une immense sensation de soulagement et de libération irradia en elle tandis que ses muscles se crispaient et ondulaient.

Son premier orgasme. Elle cria, bredouilla sans doute le nom de Dante, marmonna sûrement des mots sans queue ni tête. Ensuite, elle s'écroula, vidée, épuisée, incapable de former la moindre pensée. Le moindre mot. Rien.

Dante rabaissa doucement sa robe et lui embrassa les cuisses, de part et d'autre de son sexe encore palpitant.

— Est-ce que c'était une formule « toutes options » ? bafouilla-t-elle, émerveillée. Parce que c'est ma réponse à ta question : à partir de maintenant, c'est ça que je veux.

8

Jamais Dante n'avait rien vu de plus sublime que Harper après un orgasme. Dire qu'elle était encore tout habillée… Son corps tremblait déjà à l'idée de passer à la phase suivante. Mais il ne se lassait pas de la regarder.

Joues rosies, mains relâchées, paupières mi-closes. Exactement telle qu'il l'avait imaginée des millions de fois. Il n'allait pas se mentir : être l'homme qu'elle avait accueilli entre ses jambes, celui qui lui avait donné tant de plaisir avec sa bouche, le seul à ce jour, c'était renversant.

Et le mieux, c'était qu'une nuit complète de premières fois l'attendait. Il se sentait presque vierge lui-même, avec une sorte d'impatience à fleur de peau qu'il ne se souvenait pas d'avoir jamais éprouvée.

La saveur miellée de Harper sur la langue, il se leva, lui tendit une main. Depuis dix ans, il l'avait ainsi invitée un nombre incalculable de fois à le suivre, et elle avait toujours répondu présent.

Cette fois ne dérogea pas à la règle. Sans la moindre crainte, elle lui saisit la main et se laissa conduire vers sa chambre. La grande baie vitrée donnait sur une vue exceptionnelle de Dallas brillant de mille feux. Aussi n'alluma-t-il pas les lumières de la pièce. Celles qui provenaient de l'extérieur suffisaient.

Il embrassa ses doigts et elle le fixa, les yeux encore un peu hagards.

— Harper, gronda-t-il.

Elle était si belle…

— Dante.

Sa voix rauque fit vibrer son sexe douloureusement tendu. Elle frissonna et il s'en servit comme excuse pour l'embrasser : elle avait besoin de son réconfort. La bouche de Harper s'ouvrit sous la sienne, avide, déterminée.

— Je vais t'enlever ta robe, lâcha-t-il. Je veux te voir.

Elle acquiesça et, cette fois, il n'eut pas la patience de s'exécuter lentement. Il remonta la robe le long de ses cuisses crémeuses et affolantes, sur la petite culotte rose, témoin de son premier orgasme, puis par-dessus sa poitrine, sa tête, ses bras. La robe tomba en corolle sur le sol.

Harper se tenait nue devant lui, exception faite de sa culotte, juste illuminée par le crépuscule urbain. Les doigts tremblants, la tête vidée de son sang, il admira la perfection de ses seins. Leurs mamelons érigés semblaient supplier sa bouche, mais il voulait encore la regarder.

Les bras le long du corps, elle le laissait faire sans broncher. Quelle chance inouïe d'avoir mérité une femme aussi extraordinaire ! Certes, il avait mené campagne depuis des années. N'empêche. Maintenant qu'il arrivait à ses fins, ce n'était pas parce qu'il avait réussi à inverser le cours des choses, non. C'était entièrement le choix de Harper, et cela le rendait humble.

— J'ai besoin de te toucher, murmura-t-il d'une voix qui semblait sortir de cordes vocales hors d'usage.

Pas grave. Le reste fonctionnait à merveille. Son érection palpitait, impatiente d'être enfin libérée. Il sortit vivement des préservatifs de sa poche. Inutile de prétendre qu'il n'avait pas espéré devoir s'en servir. Harper leur décocha un regard interrogateur lorsqu'il les jeta sur le lit.

— L'équipement de protection est la première règle de toute expérimentation, pas vrai ? précisa-t-il.

C'était aussi la première règle pour éviter les grossesses accidentelles.

— Mais je suis déjà enceinte, lui rappela-elle en souriant.

Comme il n'était pas question d'entamer une discussion

sur toutes les bonnes raisons d'utiliser un préservatif à chaque rapport sexuel, il laissa tomber.

Son pantalon glissa par terre, et Harper ne perdit pas de temps à contempler son caleçon, plus assez grand pour contenir son sexe, surtout quand elle en suivit l'élastique du doigt. Elle effleura l'extrémité de sa verge et il recula involontairement, le souffle coupé.

— Évitons ça, grinça-t-il entre ses dents serrées.

Elle abaissa ses longs cils, les yeux rivés sur son entrejambe protubérant.

— Pourquoi ? Tu n'arrêtes pas de répéter ça, mais c'est ma première fois. Je veux tout faire.

— Peut-être, sauf que tout sera terminé si tu continues. Je fais ce que je peux pour me retenir, mais c'est dur.

— Tu ne m'as pas laissée me retenir. Pourquoi tu devrais le faire, toi ?

La scientifique, toujours. Il éclata de rire. Il fallait qu'elle pose des questions, qu'elle cherche à comprendre. Même dans ces circonstances. Peu importait. C'était sa curiosité insatiable qui l'avait enfin conduite ici, dans cette situation qu'il avait souhaitée si fort.

Il céda sans la moindre honte.

— Très bien. Fais ce que tu veux.

Impatiente, elle posa les doigts sur son torse avant de descendre, ses ongles laissant un sillage de feu sur sa peau. Il gémit lorsqu'elle glissa les mains à l'intérieur de son caleçon, puis autour de ses fesses.

Ensuite, sans crier gare, elle baissa le sous-vêtement. Le pouls de Dante s'accéléra tandis qu'elle contemplait son érection avec une expression d'émerveillement fasciné.

Il faillit craquer. Sa santé mentale ne tenait qu'à un fil ténu, et s'il ne ralentissait pas les choses, la première fois de Harper serait terriblement décevante.

Avant qu'elle ne mette à exécution ce qu'annonçait sa posture — sa bouche s'inclinait dangereusement vers son bas-ventre

—, il la souleva dans ses bras et la déposa sur le lit, que cela lui plaise ou non.

À lui, ça lui plaisait. Surtout quand elle roula sur le dos et que ses genoux retombèrent, écartant ses cuisses. Mais pas assez. Et cette culotte rose devait disparaître.

Ce qui ne tarda pas. Puis il la reprit dans ses bras, enfouit le nez dans la chair tendre près de son oreille, là où ça sentait le plus la pêche. Enivrante sensation.

— Je sais que c'est ta première fois. Fais-moi confiance, murmura-t-il. Laisse-moi te satisfaire, et ensuite, tu pourras me faire tout ce que tu voudras. Toute la nuit. Je me soumettrai à tes fantasmes. Mais attends un peu.

Elle hocha la tête contre son cou, les lèvres sur sa peau.

— J'ai confiance en toi.

Désormais, cette femme lui appartenait.

Il l'embrassa avec tout le désir qu'il refoulait depuis une décennie. Le corps ferme de Harper vibrait d'excitation sous le sien, elle lui caressait le dos, les fesses, les cuisses, comme si ses doigts n'en auraient jamais assez.

Il posa ses lunettes sur la table de chevet. Sa myopie lui permettait de voir Harper tandis que le reste demeurait flou. Parfait.

Il enfila un préservatif. Leurs lèvres, leurs langues s'unirent à nouveau, fébriles, avides. Il brûlait de se glisser dans son fourreau qu'aucun autre homme n'avait défloré. Elle avait été si brûlante tout à l'heure…

Prenant un sein dans sa bouche, il suça le mamelon qui avait le goût du paradis, puis l'autre, enhardi par l'exquis gémissement de Harper. Dommage qu'il n'ait pas la force de continuer ainsi pendant des heures. Ces petits cris étaient sexy en diable et lui faisaient perdre la tête. Il embrassa ensuite son ventre, atteignit le nirvana entre ses cuisses, titilla de la langue le petit bouton érectile puis plongea dans son nectar. Elle était moite, offerte. Prête.

Tremblant de désir, il la prit dans ses bras et enfin, s'accorda le plaisir le plus longtemps refusé de sa vie. Il se plaça à l'entrée du sexe de Harper, emprisonna son regard afin de guetter son expression pendant qu'il poussait lentement, délicatement en elle.

L'extase submergea ses sens. Elle était étroite, mais si emplie de désir pour lui qu'il entra jusqu'à la garde avant de comprendre que la résistance qu'il avait sentie était sa virginité. Elle se figea, et il maudit son impatience à la posséder.

— Tout va bien ? chuchota-t-il.

Harper souffla doucement, lentement, profondément, et son corps se détendit sous le sien. Puis elle acquiesça, et le cœur de Dante recommença à battre.

Il voulait laisser crépiter le brasier entre eux. Mais il ne put que lui caresser la tempe avec tendresse, leurs regards noués, intimement ancrés dans un moment intemporel qui s'imprima à jamais dans sa mémoire tandis qu'il faisait l'amour à Harper pour première fois.

Mais certainement pas la dernière. Oh non ! Il avait gravement sous-estimé le nombre de fois où ils devraient répéter cette expérimentation avant de pouvoir prétendre que l'alchimie entre eux était éteinte.

Les profondeurs limpides de son regard l'enveloppèrent, le tinrent captif aussi sûrement que le faisait son corps.

— Dante, lâcha-t-elle d'une voix à peine audible. Pardon d'avoir résisté si longtemps. Je... J'avais tellement envie de ça. Envie de toi.

Il hocha la tête, trop envahi par les émotions qui déferlaient dans son sang pour les mettre en mots.

Alors il lui montra.

Lentement, il commença à aller et venir, sans la quitter des yeux, surveillant la moindre nuance de son expression afin d'adapter son rythme. N'ayant jamais couché avec une femme enceinte, il ignorait s'il devait changer quoi que ce soit. Mais il devait faire attention, se montrer prudent.

Elle lâcha un petit hoquet, ferma les paupières, et l'accueillit en elle avec un adorable sourire, la bouche entrouverte. C'était si bon, si doux, si juste, si parfait, qu'il faillit fondre en larmes.

Les hanches de Harper avancèrent à sa rencontre, l'enfonçant davantage en elle, lui arrachant un petit gémissement. Oh ! elle aimait ça, et il était heureux de le lui donner ! Plus vite à présent. Ils s'accordaient à merveille, ondulaient ensemble, et il allait un peu plus loin à chaque coup de reins, repoussant ses limites. Elle le suivait pourtant, les ongles plantés dans son dos, exquise brûlure qui l'aiguillonnait.

Du pouce, il caressa son clitoris, jusqu'à ce que les yeux de Harper deviennent fous. Elle bougea ses hanches plus vite, finit par se resserrer autour de lui, et il perdit sa prise fragile sur la délivrance qu'il combattait depuis une éternité.

Ils atteignirent l'orgasme en même temps, et il se força à garder les yeux ouverts pour la regarder jouir. L'instant fut si beau qu'il frisa la fusion spirituelle.

Il caressa son visage en feu, s'attirant un sourire qui le transperça en plein cœur.

— Je peux désormais dire que je sais maintenant de quoi il retourne, déclara-t-elle avec un soupir satisfait.

Il éclata de rire et, soudain, son cœur se crispa alors qu'il était toujours en elle, enveloppé de ses bras. Baignant dans l'ivresse que cette étreinte avait provoquée.

Et c'était vraiment… *Pas bien du tout.*

Il ferma les yeux mais l'impression perdura.

Cette expérience se révélait un fiasco absolu. Car son hypothèse de départ — coucher avec Harper Livingston dissiperait leur attirance latente — était erronée. Ce ne serait pas un essai unique, et ce n'était en aucun cas « que du sexe ». Ils ne se réveilleraient pas demain, redevenus de simples amis comme si rien ne s'était passé.

Et il se moquait bien de sa guéguerre contre Cardoza ou de revendiquer Harper comme sienne. En réalité, il avait souhaité obtenir plus de Harper, plus de leur relation, et utilisé tous les moyens à sa disposition pour l'obtenir.

Parce qu'il était désespérément amoureux d'elle.

Quand il lui avait pris sa virginité, elle lui avait en retour pris quelque chose d'infiniment précieux. Son cœur. Il avait besoin d'elle comme il avait besoin d'oxygène. Elle n'était pas ce qui se rapprochait le plus d'une femme à aimer ; elle était cette femme.

Il aimait Harper. Évidemment, et ce, depuis dix ans. Mais il n'avait pas compris qu'il en était amoureux avant cet instant. Un sentiment de catastrophe l'envahit, altérant le glorieux moment de lucidité.

Pour la première fois de sa vie, il avait dans les bras une femme avec laquelle il pouvait concevoir un avenir. Peut-être même en passant un jour une bague à son doigt — demain, par exemple. Pourquoi attendre ? Cela faisait longtemps qu'ils allaient dans cette direction, en somme.

Sauf qu'il n'y avait aucun bonheur sans nuages à l'horizon.

Au lieu de rendre leur relation encore meilleure, il l'avait ruinée. Mais comment aurait-il pu le deviner ?

Son cœur récemment perdu se serra tandis que Harper lui caressait le visage, se blottissait contre lui en arquant le dos et soulevant ses seins. Il devrait lui refaire l'amour, puisque cette nuit de plaisir était la seule chose qu'il pouvait espérer.

Demain matin, elle serait toujours enceinte d'un enfant dont il ne voulait pas, conçu par un homme qu'il haïssait. Et Harper ne croyait pas à l'amour. Comment l'avait-elle qualifié, un jour ? « Une émotion nébuleuse pervertie par les éditeurs de cartes de vœux. »

Jusqu'à aujourd'hui, il avait été tout à fait d'accord. Maintenant, il comprenait à quel point ce raisonnement était faux.

D'une manière ou d'une autre, il était censé faire comme si rien de tout ça n'était arrivé, et trouver un moyen de revenir à leur amitié d'avant. Il l'avait promis. À maintes reprises. Et après avoir été déçu encore et toujours par des tas de gens durant son enfance, il accordait un prix énorme à la parole donnée. Tout comme son amitié comptait pour Harper.

Comment la simple décision d'embrasser Harper à l'aéroport avait-elle tourné au cauchemar ?

Suivant le conseil de Dante, Harper fila immerger son corps endolori dans un bain chaud. Elle avait vaguement espéré qu'il l'y rejoindrait, mais il s'était contenté de sourire et de dire qu'ils auraient tout le temps pour ça plus tard.

Toujours plus tard. Dante l'avait fait jouir deux fois, et cela avait été sublime. Franchement, cette expérience s'avérait un succès phénoménal, et maintenant qu'elle avait franchi le pas, elle voulait aller encore plus loin.

Car elle avait beau manquer d'expérience, elle n'était pas totalement ignorante. Il y avait un tas de trucs qu'ils n'avaient pas encore expérimentés et qu'elle voulait essayer.

Les vannes étaient ouvertes.

Allongée dans sa baignoire de marbre, tandis que l'eau chaude apaisait des endroits un peu à vif de son corps, elle ferma les yeux, laissant les images et les souvenirs l'assaillir. « L'assaillir » dans tous les sens du terme parce que… Waouh !

Les incroyables sensations suscitées par Dante rejaillirent dans son esprit, et elle trouva fascinant que le revoir agenouillé entre ses jambes, sa langue brûlante sur son sexe, déclenche une réaction physique similaire. Un éclair électrique lui traversa le bas-ventre et elle se cambra.

Seigneur, il n'était même pas dans la pièce et, cependant, penser à lui la rendait toute chose.

Mais le plus beau, c'était qu'elle n'avait plus peur de ses sentiments. Grâce à son exquise patience, il avait brisé toutes ses barrières, puis l'avait emmenée dans des lieux dont elle n'aurait jamais soupçonné l'existence. Un véritable expert, oui.

Et elle avait hâte d'explorer à son tour son magnifique corps quasi inconnu. De trouver comment lui donner du plaisir ainsi qu'il l'avait fait pour elle. Il avait encore tant à lui apprendre, et elle était une élève enthousiaste !

Quand l'eau eut refroidi, Harper enfila un peignoir et partit en quête de l'homme avec qui elle espérait passer une très longue nuit. Quel bonheur de se balader à moitié nue…

Dante était dans la cuisine, devant leurs assiettes oubliées.

Il lui adressa un sourire, mais sans la fossette, laquelle manqua soudain terriblement à Harper.

— Tu as faim ? demanda-t-il. On n'a pas fini de dîner. J'allais réchauffer nos assiettes.

— Tu as raison. Il faut qu'on reprenne des forces.

Elle lui adressa un clin d'œil, mais il s'était déjà retourné pour enfourner une assiette dans le micro-ondes.

Le derrière du Dr Gates moulé dans un pantalon cargo relevait de l'œuvre d'art. Et ses épaules… Ce dragon s'étalait à l'endroit exact de son corps qui avait le meilleur goût. Enhardie par les activités de la soirée, elle posa les mains à plat dans son dos et les promena sur la surface musclée. Parce qu'elle le pouvait. Parce qu'elle voulait mieux comprendre ce corps, mieux le satisfaire. Il était ferme, délicieux et viril sous ses doigts.

Peu importait qu'il soit habillé. Rien ne leur interdisait un petit préliminaire pendant que le dîner réchauffait, si ?

Sauf que Dante se figea sous ses mains. Elle avait pensé que le toucher lui serait agréable. Qu'il aurait fondu sous ses paumes et indiqué par de petits gémissements qu'elle s'y prenait bien.

— Dante ?

Il ne répondit pas, ne se retourna pas non plus.

— Tout va bien ? Je n'ai pas le droit de te toucher de cette manière dans la cuisine ? S'il y a des règles, apprends-les-moi. Je ne voudrais pas commettre de faux pas comme ôter ce peignoir pour te montrer que je suis n…

Le gloussement de Dante lui parut forcé, et elle aurait voulu qu'il se retourne vers elle.

— Pas de souci, tu peux faire ce que tu veux. Tu es chez toi. À toi d'établir tes propres règles.

Déconcertée, elle laissa retomber ses mains.

— Eh bien, dans ce cas, il n'y a aucune règle. Si tu veux te balader tout nu, je suis complètement pour.

— Noté.

Le micro-ondes bipa et il remplaça la première assiette par la seconde, avec force manipulations. Dès qu'il pressa la touche de départ, elle attendit qu'il lui suggère de se promener nue, elle aussi, mais rien ne vint. Sa gorge se mit à la picoter bizarrement.

Elle faisait de grosses concessions, il ne s'en rendait pas compte ? Il y avait peu, elle aurait été mortifiée à l'idée d'être à moitié déshabillée dans sa cuisine. Tout cela était nouveau pour elle, mais elle était disposée à apprendre, à tenter de nouvelles choses, et il lui avait offert de la guider.

Peut-être qu'un changement de sujet disperserait l'étrange tension qu'elle avait occasionnée en le touchant.

— On pourrait aller au musée Kimball, ce week-end, proposa-t-elle. Il y a une expo temporaire sur l'Égypte antique. Cela dit, c'est ton tour de choisir le rendez-vous.

— Non, ça paraît chouette.

Après quoi ils se turent, et plus le silence se prolongeait, plus sa gorge la picotait. C'était une sorte de réaction post-coïtale masculine ? Comme une rétractation biologiquement nécessaire pour régénérer ses forces ?

N'empêche que sa brusque réserve, au regard de l'expérience inouïe qu'ils avaient partagée, lui faisait un drôle d'effet.

Elle décida de laisser tomber pour le moment. De toute façon, que faire d'autre ? En outre, l'odeur de nourriture lui mettait l'eau à la bouche, et cette physiologie-là, au moins, elle la comprenait. Elle avait faim.

Dante apporta les deux assiettes de pad thaï sur la table de la salle à manger et entama son repas sans un mot. Elle avala nouilles et poulet aussi vite que possible, et laissa le silence s'étirer jusqu'à ce qu'elle puisse plus le supporter.

— Ça a été le meilleur rendez-vous de ma vie, déclara-t-elle.

Il lui décocha un coup d'œil et, derrière ses lunettes, son regard s'adoucit, virant au chocolat fondu.

— Tant mieux. J'en suis ravi.

— Tu ne m'as pas posé la question. Mais c'était fabuleux.

Il battit des cils, déglutit, visiblement mal à l'aise. Mais ensuite, il la fixa vraiment, pour la première fois depuis qu'ils avaient quitté le lit.

— Excuse-moi. J'aurais dû faire le point avec toi. C'était

fabuleux, oui, et bien plus extraordinaire que je ne m'y attendais. Pourtant j'avais placé la barre très haut.

Voilà qui la réconforta. Une douce chaleur envahit sa poitrine. Et d'autres endroits. Ce qu'elle apprécia, peut-être un peu trop. Surtout au creux de son ventre.

— Comme je n'avais placé la mienne nulle part, tu as largement dépassé mes espérances.

Le sourire qu'il lui adressa n'était pas le rictus fripon qu'il avait récemment adopté, celui auquel elle avait toujours réagi tout en le niant. Et la tension ne s'était pas dissipée d'un iota malgré la rupture du silence.

Le cœur de Harper cognait violemment, et mal.

— Je suis l'expert, après tout, chantonna-t-il.

C'était supposé être une plaisanterie, mais cela tomba à plat. Cette étrange ambiance entre eux commençait à l'effrayer. Elle posa sa fourchette. Son appétit s'était envolé.

— Dante, tu te souviens quand on était sur la terrasse ? Je t'ai demandé de me promettre que les choses ne deviendraient pas bizarres entre nous, si nous couchions ensemble. Je n'ai peut-être pas de grandes connaissances dans ce domaine, mais je te connais, toi. Et tu rends les choses bizarres.

Du moins, elle pensait que c'était lui. Ou bien était-ce sa faute à elle ? Avait-elle tout gâché en succombant à sa séduction ? Tous ses doutes, ses appréhensions, son hésitation, elle aurait dû écouter son cerveau, pas son corps.

Mais il avait promis. Elle ne pouvait pas le perdre, pas maintenant. Pas après tout ça, son aide formidable avec les échantillons, son soutien dans sa grossesse bien qu'il ne soit pas d'accord avec son projet.

Pas après avoir fait l'amour de manière aussi divine.

— Ce n'est pas mon intention, objecta-t-il, livide.

La panique la gagna entièrement.

— Eh bien, le résultat est là. J'étais impatiente que mon tour arrive. Ça aussi, tu me l'as promis.

Il repoussa sa chaise et se leva, rassemblant leurs assiettes.

— Oui, c'est possible, marmonna-t-il.

Alors, c'était fini ? La phase en costume d'Adam et Eve était terminée ? Cela n'augurait rien de bon pour leur amitié, car il semblait bien que ça ne roulait pas fort non plus de ce côté-là, puisqu'il ne pouvait ni lui parler ni même la regarder.

Dire que tout ce temps, elle avait cru que ce serait elle qui serait incapable de le regarder droit dans les yeux après avoir fait l'amour avec lui !

Le picotement le long de son échine se mua en colère tandis qu'elle suivait Dante dans la cuisine. Comment osait-il rendre les choses aussi bizarres ? Comment osait-il mettre un terme au côté ami-amants de leur relation avant qu'elle ne soit prête ?

Elle avait besoin de lui pour comprendre les sensations étranges et merveilleuses, le flot de tendresse qu'elle ressentait quand il la touchait. Elle avait besoin de lui.

— Et si je veux mon tour maintenant ? insista-t-elle, le suivant jusque devant l'évier, de plus en plus furieuse. Ici, tout de suite, dans la cuisine ? Et si je voulais me défaire de ce peignoir et me frotter contre toi ?

Les assiettes claquèrent dans l'évier avec plus de force que nécessaire. Dante agrippa le plan de travail à deux mains, comme pour tenir le coup. Ses jointures blanchirent.

— Pourquoi ce serait ton tour ?

Espèce de mâle stupide, têtu, exaspérant !

— Parce que je veux expérimenter, Dante. Savoir ce qui t'excite, voir si je peux te donner autant de plaisir que tu m'en as donné. Or, comment savoir si je n'essaie pas ? Je veux que tu m'expliques, que tu m'apprennes.

Il jura, mais continua à lui tourner le dos.

— Le problème, c'est que c'était l'affaire d'une seule fois, afin qu'on consume cette attirance entre nous, tu te souviens ? On l'a fait et c'est bon, maintenant.

Elle fronça les sourcils. Qu'est-ce qu'il racontait ? S'il pensait vraiment que l'attirance entre eux était éteinte, elle avait manqué un élément crucial dans son éducation sur ce sujet. Or, la seule personne qui pouvait justement combler cette lacune la repoussait. Un frisson la parcourut.

— Retourne-toi et dis-moi ça en face.

— Hein ? grogna-t-il. Pourquoi ?

Parce que j'ai besoin de toi.

Elle avait toujours eu besoin de lui pour le soutien moral, le challenge intellectuel, ou juste pour pouvoir rire, et ensuite il y avait ajouté ce besoin cent pour cent physique — lequel était peut-être le plus fort de tous. Pour la première fois de son existence, elle avait le sentiment de ne pas pouvoir exprimer son désarroi, et c'était ce qui la terrifiait le plus.

Alors elle se rabattit sur la logique.

— Je suis chez moi, j'établis mes règles.

Lentement, il se retourna, s'adossa au plan de travail, bras croisés, le regard à la rencontre du sien. Au lieu d'être vide comme elle s'y attendait, son expression reflétait une dizaine de sentiments différents, qui tous le qualifiaient de menteur.

Car non, ils n'en avaient pas terminé. L'attirance n'était pas dissipée. Loin de là. Et à cet instant, elle se rendit compte que ses yeux de chocolat fondu pouvaient trahir toute l'affection qu'il avait pour elle.

— Dante…

Il déglutit péniblement et, soudain, elle se moqua des règles. Son cœur était plus endolori que son corps ne le serait jamais et elle ne voulait qu'une chose, qu'il cesse de se comporter étrangement. Aussi elle avança entre ses jambes, s'enroula autour de lui, malgré ses bras croisés.

Aussitôt, il laissa tomber sa posture défensive et la plaqua contre son torse, la serrant si fort qu'elle pouvait à peine respirer, mais ce n'était pas grave. Encouragée, elle enfouit le visage au creux de son épaule, là où son odeur à lui était la plus forte.

— Excuse-moi, dit-il simplement. Plus de bizarreries.

L'univers de Harper revint en place tandis qu'il posait la joue sur sa tête. Le soulagement chassa sa peur et sa mauvaise humeur. Tout allait bien.

Dieu qu'elle avait besoin de la force de Dante, de son esprit, et de son approche de la vie en général ! Il était divin sous ses paumes. Elle étira les doigts pour sentir plus de muscles contre sa chair.

Il embrassa sa tempe, et cette proximité réveilla son corps.

Elle tourna la tête, cherchant une connexion plus puissante et, en retour, sentit un renflement très proéminent dans son pantalon. Elle frotta langoureusement ses hanches dessus, et le cœur de Dante battit plus fort contre ses seins.

C'était absolument délicieux.

Le nez dans son cou, elle laissa l'excitation monter. Elle voulait qu'il l'embrasse, qu'il la ramène au lit, qu'il l'enflamme de nouveau. Il leur restait tant de choses à explorer.

Alors elle se lança. De la pointe de la langue, elle suivit sa clavicule. Dante grogna, et cela vibra contre ses seins émoustillés. Elle adorait ça.

— Je peux ? demanda-t-elle.

Sans répondre, il posa les mains sur ses reins, la collant à lui, à son érection, et compte tenu de son étrange humeur de tout à l'heure, c'était meilleur que jamais. Elle savoura la sensation de sécurité retrouvée dans leur relation. Ils étaient capables de gérer les difficultés de leur amitié.

— Qu'est-ce que je peux faire pour te donner du plaisir ?

— Tout, murmura-t-il d'une voix enrouée. Tout me procure du plaisir quand tu es dans mes bras.

Leurs bouches se joignirent, et il l'embrassa, mais c'était beaucoup plus qu'un baiser. Enlacés, ils regagnèrent la chambre où, avec un sourire, elle enleva son peignoir.

Il ne la fit pas attendre longtemps. Déposant ses lunettes sur la table de chevet, il ôta ses propres vêtements puis l'entraîna sur le lit. Elle plongea dans ses beaux yeux, toucha son visage à découvert. Étrange intimité.

Puis il entreprit de la faire jouir une troisième, une quatrième fois, évitant soigneusement les endroits les plus endoloris de son corps, comme s'il la connaissait mieux qu'elle-même.

Son âme chanta de plaisir. Mais une fois l'extase retombée, la bizarrerie du comportement de Dante à la cuisine revint la hanter, et malgré son épuisement physique et l'homme sublime qui la tenait dans ses bras, le sommeil n'arriva jamais.

9

Dante se réveilla au matin, toujours enlacé à Harper, et c'était affreusement doux-amer. Il aurait voulu pouvoir la serrer toujours contre lui et murmurer tout ce qu'il avait sur le cœur. Jamais il n'aurait imaginé vouloir cela en passant le seuil de la chambre de Harper.

Et il doutait qu'elle aimerait entendre ça, de toute façon, Non, cela ne pouvait pas continuer. Et c'était ça aussi qu'il allait devoir lui dire.

Il cligna des yeux, contemplant le plafond, en quête d'ordre dans le chaos.

Sans résultat. Puis Harper s'étira contre lui, visiblement réveillée et pleine d'envies. Le deuxième round de la nuit avait été une concession de la pire sorte, contre laquelle il s'était armé avant d'être trop faible pour résister. Il avait intérêt à faire mieux aujourd'hui, car il n'était pas certain de pouvoir encaisser un deuxième coup en pleine poitrine.

Il embrassa Harper sur la tempe pour s'excuser, même s'il brûlait de tout autre chose.

— On devrait y aller, marmonna-t-il. On a bien avancé hier sur la formule, mais il nous reste du travail.

— C'est le monde à l'envers, ironisa-t-elle. D'habitude, c'est moi qui dis ça.

Elle roula sur le flanc pour le regarder, les cheveux dans la figure, et il ne put s'empêcher de caresser ses boucles rousses. Elle était si belle, si parfaite, si réactive. Son corps ne se gêna d'ailleurs pas pour lui compliquer la tâche, et une belle érection répondit à la cuisse que Harper glissa contre sa jambe.

Oh ! Qui croyait-il leurrer ? S'agissant de Harper, il n'avait aucune volonté, et de toute façon, il ne quitterait pas ce lit sans un cœur écartelé, alors pourquoi ne pas profiter de son joli corps étroit pendant qu'il le pouvait ?

Il s'empara de sa bouche, et bientôt elle gémit à mesure que montait l'orgasme, manquant de le faire basculer lui aussi.

Il ferait bien d'en rester là et de filer au labo, même dans cet état. Ces derniers temps, c'était constant, il avait donc l'habitude de dissimuler la faim qui le dévorait.

Mais Harper referma les doigts sur lui. Il étouffa un juron tandis qu'elle l'explorait, le cajolait, caresses agiles telles de petites flammes de plus en plus brûlantes. N'y tenant plus, il enfila un préservatif et glissa en elle. Il faillit jouir aussitôt, mais lutta pour reculer le moment. C'était si doux, si intime, d'être dans Harper. Il laissa son cœur voler sans honte, puisque c'était la dernière fois qu'il le pouvait.

Elle lui enroula les jambes autour de la taille, l'attirant plus profondément, ses yeux étincelants fixés sur lui. Le pouls de Dante rata un battement. Il était hors de question qu'il renonce à ça. Pas de sitôt. Il en était incapable.

Une vague d'émotions puissantes le submergea tandis qu'il envisageait quels compromis faire pour garder Harper dans ses bras. Peut-être pourraient-ils passer un accord, rester amants jusqu'à la naissance du bébé. Cela lui donnerait du temps. Il finirait par se rassasier assez pour accepter de revenir à une relation platonique. C'était possible.

Sur ce, il atteignit enfin l'orgasme et explosa, les yeux clos, laissant le physique et l'émotionnel s'allier en un tourbillon qu'il n'aurait pu stopper même sous la menace.

Au bout du compte, ils quittèrent le lit, puis partirent pour Fyra, où ils passèrent plusieurs heures à pratiquer sa deuxième occupation favorite — la chimie.

Après le déjeuner, Harper s'approcha de sa paillasse, la mine sérieuse.

— J'ai un immense service à te demander, commença-t-elle, avant d'hésiter.

De toute façon, après la scène de la veille dans la cuisine, il avait perdu toute capacité à lui refuser quoi que ce soit — tout comme à lui-même, d'ailleurs.

— Je suis presque sûr que la réponse sera oui.

— Tu m'accompagnerais chez la gynéco ?

Les bras lui en tombèrent.

— Ce n'est pas quelque chose que tu ferais plutôt avec Cass ? Vous pourriez confronter vos impressions.

Rien ne lui déplairait davantage que d'assister à un rendez-vous médical dont le sujet de discussion principal serait le plus gros obstacle entre la félicité et lui.

Harper secoua la tête.

— Elle se trouve à Austin jusqu'à la fin de la semaine. C'est l'anniversaire de Robbie.

Le mari de Cass et son fils vivaient à Austin, et Dante savait que la jeune femme se partageait entre les deux villes. Ça tombait mal. Quant à Alex, elle habitait Washington.

— Et Trinity ?

— Pfff. Autant lui proposer d'aller se faire arracher une dent. S'il te plaît, Dante. Je sais que ce n'est pas un truc de garçon, mais c'est précisément de ça dont je te parlais quand je suis venue te dire à L.A. que j'avais besoin de toi. Je ne veux pas y aller seule.

Doux Jésus, si seulement ses objections avaient quelque chose à voir avec sa virilité !

— Un tas de gars accompagnent leur femme chez le médecin quand ils attendent un enfant. Mais on n'est pas mariés et je ne suis pas ce gars-là.

— C'est parce que… On couche ensemble ?

Elle avait baissé le ton, jetant un bref coup d'œil aux deux laborantines qui travaillaient à l'autre bout de la pièce.

Ridicule. Il était prêt à parier que tout Fyra savait ce qui s'était passé entre eux la nuit dernière. Et ce matin. Trinity l'avait gratifié d'une tape dans le dos et d'un chaleureux : « Félicitations. Tu en as mis du temps ! ».

— Bien sûr que non.

Bien sûr que si. Sans compter que le commentaire de Trinity lui restait en travers de la gorge. Si seulement il s'était décidé plus vite, il aurait rendu Harper assez heureuse pour oublier toute idée de bébé.

— Très bien. J'irai seule, décréta-t-elle avec une moue dépitée. Tu sais, j'ai conduit Alex chez le médecin et elle ne peut pas me rendre la pareille à cause de sa grossesse compliquée. Je suis tombée enceinte au pire moment, semble-t-il.

Le désarroi qui transparaissait dans ces paroles le transperça. Et zut ! Il aurait dû accepter tout de suite. Inutile de faire comme s'il ne lui mangeait pas dans la main.

— Oublie ce que je t'ai dit. Je t'emmènerai.

Voir son visage s'éclairer le frappa en plein plexus solaire.

— Merci, je te dois une fière chandelle.

Et la lueur dans ses yeux lui donna une assez bonne idée de la manière dont elle comptait le rétribuer. Ce qui rendit le trajet vers le cabinet médical particulièrement inconfortable.

La salle d'attente regorgeait de fans du Dr Sexy, à en juger par les chuchotements et les regards furtifs, suivis de textos frénétiques. Personne ne l'approcha pour autant, ce que Dante apprécia, compte tenu des circonstances. Encore qu'il ne serait pas surpris de recevoir un coup de fil de son agent lui demandant s'il avait quelque chose à déclarer sur l'état de sa nouvelle petite amie.

La réalité était moins intéressante que les spéculations, il le savait bien. Mais pas Harper, et il nota mentalement de s'assurer qu'elle comprenait les inconvénients de la célébrité, car graviter autour de lui l'exposerait inévitablement à la lumière.

Pour l'instant, il tenait sa main tandis qu'elle martelait nerveusement le pied de la chaise avec sa sandale. Il tenta de la distraire par des anecdotes amusantes sur l'équipe de son émission, mais cela ne fonctionna qu'à moitié. À un moment donné, son agent chercha à le joindre. Voilà qui était rapide. Et un message vocal facile à ignorer.

Enfin, une infirmière appela Harper et il la suivit dans le dédale des couloirs, jusqu'à une salle d'auscultation.

Le décor lui rappela pourquoi il avait choisi chimie et non biologie. Il n'aimait pas l'idée de travailler sur de l'humain, et encore moins celle de voir des étrangers examiner Harper. Son instinct de protection pointa le bout du nez et, soudain, il fut content qu'elle lui ait demandé de venir.

Surtout quand l'infirmière ordonna à la future maman d'enfiler une blouse d'examen, puis quitta la pièce afin que Dante puisse regarder Harper se déshabiller.

La gynécologue entra d'un pas vif, se présenta et demanda des nouvelles de Cass. Tiens, Harper ne lui avait pas dit qu'elle voyait l'obstétricienne de Cass, mais bien entendu, entre femmes, on s'échangeait des recommandations.

— Je suis le Dr Dean. Et vous devez être le…

Elle tendit la main, sourcils levés pour attendre qu'il remplisse le blanc indiquant son rôle dans l'histoire.

La question à un million de dollars…

— Je suis le mal à l'aise qui en sait bien moins qu'il ne le voudrait. Mais vous pouvez m'appeler Dante. Ou Dr Gates si vous préférez vous en tenir au protocole.

Le Dr Dean sourit.

— Il me semblait bien vous reconnaître. Comme je suis sûre qu'on se verra souvent au cours des prochains mois, j'opte pour Dante. Bienvenue dans la paternité.

Il ne la corrigea pas, car d'un coup, il se rendit compte qu'il risquait fort d'être en effet ce qui ressemblerait le plus à un père pour cet enfant à naître.

Seigneur, que fichait-il dans cette salle stérile ? L'image des organes reproducteurs d'une femme occupait le mur face à lui.

Les choses empirèrent encore lorsque le médecin annonça qu'elle souhaitait pratiquer une échographie afin de déterminer le terme de Harper. Pas certain de tenir le coup durant toute la consultation, Dante serra les dents pendant que l'assistante approchait l'appareil et tartinait de gel le ventre de Harper.

Puis le Dr Dean passa la sonde dessus, et un son étrange émana de la machine.

— C'est le cœur du bébé, expliqua-t-elle en souriant avant de désigner l'écran tacheté. Et voici votre petit bout de chou.

Subjugué, il agrippa la main de Harper et fixa l'écran. Incroyable ! Ça existait vraiment dans son ventre. Le fœtus ressemblait à un haricot, ou plutôt à une amibe, surtout quand le médecin fit rouler la sonde tout autour pour prendre ses mensurations.

Du coin de l'œil, il vit Harper tressaillir. Des larmes silencieuses coulaient sur ses joues, et son cœur à lui se serra au point de faire mal.

Sans un mot, il essuya ses larmes et lui embrassa la tempe. Mais elle ne détacha pas les yeux de l'écran.

— Regarde, murmura-t-elle. C'est mon bébé.

L'émotion brute dans sa voix lui égratigna l'âme.

— Je sais, chérie. Je le vois.

Et tout à coup, cela fut réel. Harper allait avoir un bébé. Elle aurait besoin de quelqu'un pour prendre soin d'elle pendant qu'elle s'arrondirait, pour l'aider à décider de certaines choses, pour lui tenir la main quand l'accouchement commencerait. Ensuite, elle aurait un enfant, qui aurait lui aussi besoin de beaucoup de soins.

D'où lui venait cette soudaine envie de lever la main et de se porter volontaire ?

Quel désastre ce serait ! Il ne pouvait être le père de personne. Sa propre enfance l'avait marqué, rendu incapable d'être père. Et quand bien même il aurait la plus petite intention de trouver comment surmonter ce handicap — parce que Harper en valait le coup à tous points de vue — qu'est-ce qui lui garantissait qu'il n'allait pas transférer sa haine de Cardoza sur le bébé ?

Beaucoup, beaucoup trop risqué.

Harper méritait bien mieux. Il lui fallait quelqu'un sur le long terme et lui ne constituerait qu'un obstacle. C'était dur à avaler, mais cela ne changeait rien aux faits. Il devait encourager Harper à trouver quelqu'un d'autre pour jouer le rôle de figure masculine auprès de cet enfant, parce qu'il n'était pas l'homme de la situation.

En fait, il fallait qu'ils reviennent à une amitié sans « à-côtés », et bien plus vite que prévu. Cette idée lui fit si mal qu'il craignit de sentir sa poitrine exploser.

Tant pis. Il devait persévérer malgré tout. Et tenir le coup ici parce que Harper lui avait demandé de venir à ce rendez-vous médical. Pas question qu'il la déçoive.

Harper laissa Dante poursuivre la réalisation des échantillons. Comme ils avaient presque terminé, elle pouvait se concentrer sur les échantillons originaux corrompus. Ou du moins essayer. L'échographie la bouleversait encore, bien qu'elle remonte à plusieurs jours.

Jusque-là, la grossesse n'avait été qu'un simple état, et dans sa tête, elle n'avait pas vraiment fait le lien avec le bébé physique. Le voir en 3D avait été un moment d'une rare intensité, au même titre que l'obtention de son doctorat, le jour où Cass, Alex et elle avaient fondé Fyra, et la nuit où elle avait perdu sa virginité avec son meilleur ami.

Tous ces événements avaient un élément commun — ils représentaient le début de quelque chose de merveilleux. Et, à l'instar des autres, la vision de son bébé lui avait procuré une joie immense.

Elle avait pris la bonne décision. Le timing était parfait, surtout avec Dante à ses côtés. Tous ses doutes s'étaient envolés sur-le-champ.

Harper ne s'était pas attendue à une échographie dès la première consultation, mais elle en était ravie. Cela l'incitait à penser à l'avenir bien plus tôt qu'elle n'en avait eu l'intention. Par conséquent, elle tentait désespérément d'imaginer ce qu'elle allait faire quand Dante retournerait à Los Angeles, soit dans quelques jours. Bien sûr, ils continueraient de se voir, comme avant. Mais tout était différent, à présent qu'ils couchaient ensemble.

Elle allait au lit avec lui chaque soir et se réveillait chaque matin sous ses yeux de chocolat fondu, ce qu'elle n'aurait jamais imaginé adorer à ce point. Hélas ! la date approchait où il devrait rentrer en Californie.

Cette perspective ne l'emballait guère.

Les semaines, les mois à venir s'annonçaient longs et tristes, puisqu'elle affronterait sûrement le reste de sa grossesse seule. Quelle ironie que l'une des raisons qui l'avaient poussée à faire un bébé maintenant, c'était la perspective de pouvoir partager quelque chose de plus avec ses amies ! Or, ces dernières étaient si occupées par leur propre vie que la seule copine qui avait du temps à lui consacrer était justement celle qui n'était pas enceinte.

Tout cela la déprimait tant qu'elle devait cesser d'y penser. Pour se distraire, elle allait procéder à la décomposition des échantillons originaux. S'ils avaient été altérés ou substitués, elle pourrait le prouver en analysant leur structure moléculaire et en l'analysant afin de la comparer à ce qu'elle était censée contenir. Une tâche fastidieuse et difficile.

Mais qu'elle ne pouvait confier à personne.

Elle avait déjà procédé à une analyse initiale lorsque la FDA avait annoncé la suspension du processus d'approbation. C'était à ce moment-là qu'elle avait échafaudé la théorie selon laquelle les échantillons soumis n'étaient pas les siens, car sa formule était solide. Et elle le prouverait.

Des heures plus tard, elle tenait la réponse. Stupéfaite devant la preuve du sabotage, elle fixa les données sur son écran d'ordinateur, prise de nausée.

Dante dut sentir sa détresse car il lui jeta un coup d'œil depuis sa paillasse et abandonna aussitôt ce qu'il faisait pour traverser le labo. La chaleur de la main qu'il posa sur son épaule se communiqua à son corps tout entier.

— Qu'est-ce que tu as trouvé ? demanda-t-il calmement.

La réponse était si énorme, si accablante qu'elle put seulement faire pivoter son tabouret et enfouir le visage dans sa poitrine.

Les bras de Dante l'encerclèrent étroitement. La familiarité de ce geste fut la seule chose qui l'empêcha de s'effondrer.

— Les échantillons sont différents, expliqua-t-elle, tandis que les larmes lui montaient aux yeux. Du sabotage, incontestablement. Dans mon labo. C'est toute ma carrière qui est en jeu. Et quelqu'un sape deux ans de ma vie de cette manière.

— Je suis désolé, ma chérie.

Il lui caressa les cheveux, la laissa pleurer contre lui parce qu'il était comme ça. C'était son roc, son point de repère, sa référence pour tout. Miraculeusement, leur relation s'était améliorée et approfondie avec l'ajout du sexe. Elle le connaissait bien plus intimement désormais, et cette intensité nouvelle se mêlait à leur histoire d'une manière formidable. Contre toute attente.

Heureusement qu'il était là pour combler ce brusque gouffre intérieur. Non sans peine, elle inspira à fond.

— Je dois faire le ménage. Il n'y a plus personne en qui je puisse avoir confiance désormais.

C'était bien le plus dur. Son équipe se composait de douze employés, tous des scientifiques ou des laborantins hautement qualifiés, qu'elle avait elle-même triés sur le volet à l'époque du démarrage de Fyra. Tous travaillaient avec elle depuis le début, et l'un d'entre eux l'avait trahie et du même coup trahi toute l'entreprise, y compris celles qui étaient ses amies et associées. C'était impardonnable.

— Rentrons à la maison, suggéra Dante avec une telle tendresse dans le regard qu'elle faillit craquer. Tu ne peux plus rien faire aujourd'hui. Il faut que tu sortes d'ici et que tu fasses une pause, le temps d'encaisser. Laisse-moi te faire couler un bain, ensuite je m'occuperai du dîner.

Elle ferma les yeux, envahie de gratitude. Oui, c'était exactement ce dont elle avait besoin. Dante était son roc parce qu'il lui accordait de l'attention, savait avant elle ce qu'il lui fallait. Il avait toujours été comme ça, mais elle ne l'avait jamais apprécié à sa juste valeur. Jusqu'à maintenant. Pourquoi avait-elle mis autant de temps pour se rendre compte à quel point c'était important ?

Elle acquiesça.

— Ce serait parfait. Sauf que je dois prévenir les autres.

Elle se devait d'informer les dirigeantes de Fyra de sa découverte. Ne serait-ce que par honnêteté professionnelle. Mais aussi personnelle. Étant la cause de cette catastrophe, elle avait la responsabilité de réparer les dégâts.

Elle demanda à Melinda de convoquer tout le monde en urgence. Trinity fut la première à franchir la porte de la salle de conférences, une barrette rose fluo dans ses cheveux noir corbeau.

— Salut, mon chou. Vu l'expression de ton visage, je suppose que ce n'est pas à cette réunion que tu vas nous annoncer ton mariage avec Dante.

Harper se figea, estomaquée.

— Mon mariage ? Pourquoi dis-tu un truc aussi ridicule ?

Le mariage n'avait jamais figuré dans ses projets, et elle n'avait jamais entendu Dante ne serait-ce que prononcer le mot.

Trinity afficha une mine roublarde tandis que Cass entrait d'un pas vif et allumait l'écran pour appeler Alex à Washington. Le visage de cette dernière apparut peu après.

— Cass, lança Trinity d'une voix chantante, pourquoi je m'attendais à ce que Dante et Harper nous annoncent leur mariage ?

Cass jeta un sourire narquois à Harper.

— Parce qu'ils sont amoureux depuis dix mille ans.

Alex applaudit.

— Oh ! Ça y est ? Harper l'a enfin compris ? C'est une annonce officielle ?

Ses amies étaient devenues cinglées, de toute évidence.

— Je pourrais me demander si les hormones de grossesse ne vous ont pas bousillé le cerveau, mais Trinity n'a pas cette excuse. Alors, à la place, je vais vous répondre : je ne suis pas amoureuse de Dan…

Mais brusquement, sa gorge se bloqua. L'amour était une réaction chimique au mieux très détraquée. Le moyen qu'avait trouvé la psyché pour donner un cadre à la pulsion sexuelle. Elle l'aurait juré sous serment.

Mais en regardant Cass et Alex, toutes deux heureuses en ménage avec des hommes formidables qui remueraient ciel et terre pour elles, Harper en venait à se demander si les choses étaient vraiment aussi tranchées qu'elle le croyait. N'empêche...

— C'est bon, mon chou. Arrête-toi un instant là-dessus, lui intima Trinity d'un ton apaisant.

Pourquoi cette discussion dérapait-elle ? Après tout, c'était Trinity qui l'avait convaincue de mettre ses émotions de côté afin de se sentir plus libre.

— Tu as dit que les sentiments n'avaient pas leur place dans le sexe. Je ne l'ai pas rêvé ! protesta-t-elle.

Son amie haussa les épaules.

— Je t'ai dit ce que tu avais envie d'entendre. Tu laissais tes sentiments pour Dante te déboussoler complètement.

— Il n'y a rien de tel entre nous ! s'exclama Harper. J'adore Dante, mais pas de la façon dont vous le dites. En plus, si vous pensiez réellement que c'était le cas, pourquoi aucune de vous ne m'a rien dit avant ?

De toute façon, c'était absurde. D'autant que Dante n'était pas amoureux d'elle en retour. Ce type croulait sous les petites amies. Des mannequins hyper sexy qui savaient sûrement mille fois mieux qu'elle comment faire plaisir à un homme, au lit et en dehors, et si un jour il devait épouser quelqu'un, ce serait sans doute l'une d'elles.

Tout à trac, elle sentit ses yeux la piquer à la pensée de Dante enlacé à une autre femme.

Les hormones. Elles finiraient par avoir sa peau.

Alex leva les yeux au ciel.

— Si on te l'avait dit, tu ne nous aurais pas crues. Tu dois t'en rendre compte par toi-même.

S'enfonçant dans son siège, elle envisagea de se frapper la tête contre la table.

— Dante n'est pas la raison de cette réunion. On peut revenir au sujet qui nous préoccupe, s'il vous plaît ?

D'une voix tremblante, elle raconta à ses amies ce qu'elle avait découvert au labo, et leur présenta les démarches qu'elle envisageait par la suite. La mine sombre, elles acceptèrent de soumettre à la FDA les nouveaux échantillons qu'elle gardait sous clé. Puis elles procéderaient à une analyse minutieuse du personnel. Cass n'était pas tout à fait d'accord pour licencier tout le département scientifique, en raison des indemnités à verser, mais elle en parlerait à Mike, leur avocat, dès que possible.

Quittant enfin la salle de conférences, Harper alla retrouver Dante au laboratoire et le supplia de la ramener chez elle, car son projet de la mettre dans un bain et de s'occuper du dîner était la seule idée réconfortante qu'elle ait entendue depuis une heure et demie.

Grâce au bain, elle se sentit revivre, ainsi qu'avec le massage du dos et le steak à point que Dante avait fait livrer de chez Perry's. Mais bien sûr, le clou de la journée, ce fut quand Dante la prit par la main et l'emmena dans la chambre. Lorsqu'il l'embrassa avec passion et délicatesse, elle faillit pleurer.

Dante la prit dans ses bras et roula avec elle sur le lit, soudant leurs corps si étroitement qu'ils ne savaient plus où commençait l'un et finissait l'autre.

Son corps si magnifique… Elle ne se lassait pas de le toucher, de s'en émerveiller, de s'imprégner de la chaleur de sa peau qui décuplait son désir. Puis arriva le moment qu'elle préférait, quand il la pénétra enfin, comme s'il avait toujours été là. À mesure que la pression montait, que la passion les consumait, elle plongea les yeux dans les siens, fouilla les profondeurs de son regard. L'immensité de ce qu'il lui faisait ressentir la submergea et, d'un coup, la discussion qu'elle avait eue avec ses amies lui revint à l'esprit.

Si elles voyaient là plus que de l'amitié, pourquoi pas elle ? Ou bien, est-ce que cette merveilleuse et profonde intensité était justement ce dont elles parlaient ?

Dante l'embrassa à nouveau, et caressa son point sensible d'une manière qui ne manquait jamais de la faire exploser en un millier d'ondes mais, cette fois, les spasmes se propagèrent jusqu'à son cœur, le comprimant si fort qu'elle craignit qu'il n'éclate. Dante jouit à son tour — elle adorait le regarder, savoir qu'elle contribuait à amener cette expression sublime sur son visage au moment de l'orgasme.

Peut-être devrait-elle commencer à appeler son arythmie cardiaque par son nom correct, et cesser de prétendre qu'elle ignorait pourquoi elle avait envie de pleurer à l'idée que Dante allait bientôt partir. Elle avait mis cela sur le compte des hormones, mais il s'agissait peut-être d'autre chose qu'elle avait eu peur d'examiner de près.

Elle aimait Dante. Depuis toujours, sans réserve, ni crainte. En tant qu'ami, son rôle dans sa vie était logique. Jusqu'à ce qu'il soit encore plus logique d'être avec lui de cette manière, et la transition avait largement dépassé ses attentes. Mais elle n'avait jamais analysé si le sentiment qu'elle avait toujours qualifié d'amour platonique pour un ami masculin pouvait être ce même amour romantique dont elle avait catégoriquement nié l'existence.

Elle était tombée enceinte uniquement parce qu'elle pensait qu'un bébé comblerait un vide qu'aucun homme ne pourrait remplir, alors qu'en réalité, aucun autre homme ne pourrait jamais espérer rivaliser avec celui qui possédait déjà son cœur.

Pour une femme aussi intelligente, elle se sentait franchement bête.

Elle ne pouvait pas plus décrypter ses sentiments que devenir invisible.

10

L'agent de Dante finit par obtenir son attention l'après-midi suivant avec un message l'avertissant que quelqu'un se prétendant son père biologique l'avait contacté *via* les réseaux sociaux. Dante ne s'en préoccupait jamais. C'était le rôle de son attaché de presse.

Un bref texto en réponse régla le problème :

Je n'ai pas de père biologique.

Encore un stratagème pour mettre une main avide sur son argent, vraisemblablement. Cela avait commencé à se produire à une fréquence alarmante, dès le succès foudroyant de son émission, et c'était l'un des nombreux aspects de la célébrité qu'il détestait. Les gens ne manquaient pas de culot, en tout cas. Comme s'il devait de l'argent à toute personne susceptible d'en faire la demande ! Pourtant, l'histoire en question lui pesait. Car elle pouvait se révéler vraie.

Alors il donnait à des œuvres caritatives. Les avantages du succès contrebalançaient ses inconvénients. Pour l'instant.

Désœuvré, il tournait en rond dans l'appartement de Harper, seul et mécontent de l'être.

Ils avaient terminé les échantillons la veille, et Harper s'était envolée pour Washington afin de les remettre en personne à Alex. Le mari de cette dernière les présenterait au comité d'approbation de la FDA. Le tournage de La Science de la Séduction reprenait dans trois jours, et son rôle dans la vie de Harper redeviendrait ce qu'il avait toujours été. Ils seraient des amis séparés par deux mille kilomètres de distance et réunis par un déjeuner de temps à autre, quand il passerait par l'aéroport de Dallas pour aller Dieu savait où…À condition que leurs plannings coïncident.

Or, il n'était pas prêt pour que tout ce qui était arrivé à Dallas prenne fin.

Abandonner de nouveau le travail en labo était déjà une perspective assez déprimante. Mais devoir laisser Harper, enceinte, probablement terrifiée, carrément belle, drôle et incroyablement sexy le tuait.

Il n'était pas prêt non plus à parler des raisons pour lesquelles il devait monter dans un avion pour L.A. Il devait se séparer de Harper et du bébé avant que ne surviennent des ennuis plus graves.

Parce qu'il ne pouvait s'en empêcher, il sortit de son porte-feuille l'échographie pliée en quatre qu'il avait extorquée à l'assistante du Dr Dean pendant que cette dernière parlait à Harper. La petite forme indistincte n'avait pas encore de visage. Ce n'étaient que cellules et battements de cœur. Mais la moitié de son ADN provenait d'un homme qui avait détruit l'histoire d'amour à long terme de Dante avec la chimie.

Facile d'imaginer Harper donnant naissance à un bébé brun aux traits hispaniques. Car l'ascendance de Cardoza était puissante, sinon Harper ne l'aurait pas choisi.

Une petite voix qui avait commencé à chuchoter dans le bureau de l'obstétricienne le harcelait à présent : pourquoi Harper ne lui avait-elle pas demandé d'être son donneur ?

Pure folie. Si elle l'avait fait — et s'il avait accepté —, il n'aurait pas en cet instant l'impression que son âme était déchirée en deux.

De toute façon, il aurait dit non. Pas juste « non », mais « non, sûrement pas. » Il n'aurait pas apprécié d'être assigné au rôle « d'influence masculine ».

Les bébés étaient à mille lieues de son domaine de compétence. Être père ne l'intéressait pas. Les gens qui se précipitaient pour avoir des enfants ne pouvaient être tout à fait certains qu'ils continueraient à vouloir d'eux, et le temps qu'ils s'en rendent compte, il était trop tard. Le gosse existait. La souffrance de sa propre expérience ne le quittait jamais, même s'il avait envie de trouver un moyen d'être présent pour Harper et son bébé. Il s'en apercevait désormais.

Cardoza n'était plus la principale cause de ses réticences. Peut-être que cela n'avait jamais été le cas, et qu'il s'était servi de son vieux rival comme excuse pour ignorer le vrai problème : il était incapable de surmonter son enfance.

Il n'avait rien à offrir à Harper ou à son bébé — aucune compétence parentale, ni exemple auprès de qui récolter des conseils. Imaginons qu'il essaie et échoue ? Il gâcherait la vie de ce pauvre enfant.

Plus il étudiait cette échographie, plus l'afflux d'émotions devenait ingérable. C'était un cercle vicieux. Il ne pouvait rester à Dallas, mais il ne voulait pas retourner à Hollywood.

Et s'il trouvait une troisième option ? Quel intérêt d'avoir un compte en banque bien fourni s'il ne pouvait pas acheter ce qu'il voulait ? Autrefois, il aurait donné un bras pour qu'un bienfaiteur surgisse et l'aide à fonder son laboratoire, et ça ne l'aurait pas dérangé le moins du monde que le bienfaiteur en question se mêle à l'occasion du fonctionnement interne.

Avant de changer d'avis, il s'installa devant son ordinateur portable et passa deux heures à interroger tous ceux qu'il connaissait dans l'espoir de trouver des pistes de projets, hors du système universitaire, qui soient en quête de financements. Les propositions de subventions étaient trop compliquées à gérer. Il préférait passer par le secteur privé.

En une demi-heure, quatre réponses différentes tombèrent dans sa boîte électronique. Il décrocha son téléphone et discuta avec des gens formidables qu'il n'avait pas recontactés depuis des années. La communauté scientifique dans son ensemble ne l'avait pas rejeté, et il restait des labos espérant changer le monde par le biais d'une avancée capitale. Il ne leur manquait que des fonds.

Son troisième appel le mit en communication avec Val

Gochnauer, avec qui il avait travaillé durant son doctorat. Val avait monté un laboratoire d'idées dans sa Suisse natale et avait un besoin urgent de financement, sans quoi il risquait de mettre la clé sous la porte.

Harper rentra sur ces entrefaites et elle franchit la porte en trombe au moment où Dante concluait avec Val. Il écourta la discussion plus vite qu'il ne l'aurait souhaité, car il pressentait que cet arrangement était exactement ce qu'il recherchait. Certes, il devait se rendre en Suisse pour être fixé. Aujourd'hui même. On l'attendait lundi pour le tournage de l'émission, donc le timing était parfait.

Sauf qu'il devait annoncer son départ à Harper. Sa poitrine le brûlait déjà. Jamais il ne tiendrait jusqu'au bout.

Alors qu'elle posait ses valises et se jetait dans ses bras, son parfum de pêche faillit le mettre à genoux. Au lieu de la repousser, comme il l'aurait dû, il la serra contre lui et la respira pour ce qui était sans doute la dernière fois.

S'il finançait le labo de Val, il finirait probablement par passer tout son temps libre en Suisse. Une situation sur mesure. En vivant sur un autre continent, il ne serait pas tenté de faire de rapides aller et retour à Dallas pour passer le week-end dans le lit de Harper.

— Je ne t'attendais pas si tôt, sinon je serais allé te chercher, grommela-t-il dans ses cheveux. Je croyais que ton vol arrivait ce soir. Tu ne devais pas dîner avec Alex et son mari ?

— Si, mais Phillip a eu un imprévu. La vie débordée de sénateur, vois-tu. Je ne sais pas comment Alex supporte ça.

Zut ! Ça aurait été plus facile s'il avait pu partir avant qu'elle rentre. Mais une lâcheté pareille n'était pas son genre, de toute manière. Il avait désormais une chance de tout lui avouer, y compris qu'il décidait de ne pas être présent durant sa grossesse et au moment de la naissance.

— Je suis content. Tu m'as manqué.

Ce n'était pourtant pas du tout ce qu'il avait l'intention de dire.

— Toi aussi, tu m'as manqué.

Elle sourit, et cela le déchira.

Arrivait à présent la partie la plus difficile. Seigneur, il ne voulait pas la décevoir. Mais qu'était-il censé faire ? Plutôt comique de constater que Harper avait craint de perdre leur amitié, et que c'était lui qui l'avait convaincue que cela n'arriverait pas parce qu'elle comptait énormément pour lui.

Il aurait dû prévoir cette issue. Mais comment imaginer qu'il finirait par décider de s'écarter de la vie de Harper justement parce qu'elle comptait trop pour lui ? Il ne voulait à aucun prix ternir leur relation à cause de tout ce qui entourait son enfant. Mieux valait disparaître, perdre peu à peu le contact, comme tant d'amis le faisaient.

— J'ai quelque chose à te dire, annonça-t-il d'une voix étouffée, baissant les bras un peu trop vite.

— Marrant, répliqua-t-elle gaiement. Moi aussi, j'ai quelque chose à te dire. J'ai un peu triché sur l'imprévu de Phillip. En fait, ils m'ont invitée à les accompagner, mais je voulais rentrer. J'ai eu plein de temps pour penser à nous pendant le vol et…

— « Nous » ? Il existe un « nous » ?

L'espoir gagna avidement son cœur et, en deux secondes, il envisagea une série de compromis qui paraissaient de plus en plus égoïstes à mesure qu'il les examinait.

L'expression de Harper se figea. Elle se dirigea à pas lents vers le grand canapé où il l'avait goûtée pour la première fois, puis se laissa tomber sur les coussins.

— Eh bien, évidemment qu'il existe un « nous. » On est amis, tout de même.

Elle ne l'avait pas sous-entendu de la même manière que lui. Harper ne recherchait rien de plus que de l'amitié.

— Oui, on l'est toujours. Raison pour laquelle je dois te parler en premier, d'ailleurs. Je… m'en vais.

Elle fronça les sourcils.

— Je sais. Dimanche. C'est de ça dont je voulais te parler. J'ai un autre rendez-vous chez la gynéco dans deux semaines, et j'espérais plus ou moins que tu…

— Aujourd'hui. Dans quelques heures.

Il ferma les yeux tandis que la réalité de ses propos le

submergeait. Elle avait été sur le point de lui demander de l'accompagner à tous ses rendez-vous médicaux, sans doute jusqu'à la fin de sa grossesse. Et il devait refuser.

— Je pars en Suisse. Il y a là-bas une opportunité exceptionnelle pour moi de retrouver le labo. Alors pendant un moment, je vais partager mon temps entre Los Angeles et Zurich. Je ne pense donc pas pouvoir revenir à Dallas pour ton rendez-vous.

Le regard de Harper s'assombrit légèrement.

— Qu'est-ce que tu racontes ? Je ne savais pas que tu cherchais un labo. Et ton émission ?

— Je peux faire les deux. Il existe un vol direct entre LAX et Zurich. Sauf que j'aurai moins le temps de revenir ici. Je suis désolé.

Cette fois, elle se renfrogna carrément.

— Dante, qu'est-ce qui te prend ? Tu m'as promis d'être là pendant cette grossesse. Tu ne pouvais pas tout simplement refuser la proposition suisse ?

Il allait devoir remuer le couteau dans la plaie car, manifestement, elle ne saisissait pas toute la brutalité de la situation.

— Ça fait longtemps que je voulais retourner en laboratoire, et travailler sur tes échantillons a conforté cette envie. Je ne peux pas refuser cette proposition parce que c'est moi qui l'ai échafaudée.

Harper devint blanche comme un linge.

— Tu as fait ça volontairement ? Aide-moi à comprendre. Je veux bien soutenir ta carrière, mais ça, ça surgit de nulle part. Et nous, alors ? Qu'est-ce qu'on devient là-dedans ?

— Il n'y a pas de « nous », Harper, c'est tout le problème, rétorqua-t-il d'un ton un peu plus acide qu'il n'en avait l'intention. Je sais que tu attendais de moi que je m'implique dans ta grossesse et auprès du bébé, mais c'est... Ça ne va pas marcher.

Elle vacilla comme s'il l'avait giflée.

— Tu ne prévois même pas d'être là plus tard ? Quand le bébé sera né ? La Suisse est un projet à long terme ?

— Je le crains.

Il croisa les bras, dans l'espoir que ce geste l'empêche d'éclater en mille morceaux.

— Et… Et si les choses étaient différentes entre nous ? murmura-t-elle, fixant une tache imaginaire sur sa jupe. Si on était un couple ?

Un couple de quoi ? D'idiots qui pensaient que le sexe ne compliquerait pas tout jusqu'au gâchis ?

— Mais on ne l'est pas. D'ailleurs, ce n'est même pas quelque chose que tu souhaites, si ?

Imbécile ! Triple imbécile ! Pourquoi ajouter cette question, comme si la réponse allait changer quelque chose ?

Mais elle leva alors vers lui des yeux pleins de larmes.

— Je pense que je suis amoureuse de toi.

Oh ! Bon Dieu ! Il se fracassa en dedans, laissant un gouffre sombre là où devaient se trouver ses organes vitaux, pendant que son âme assimilait les mots qu'il n'aurait jamais imaginé tomber de la bouche de Harper. Des mots qui auraient pu tout arranger — qui auraient dû tout arranger — mais ce ne fut pas le cas. C'était même bien pire. Maintenant, il devait briser leurs deux cœurs. La repousser, la blesser, et suffisamment bien pour qu'elle renonce à tout espoir de voir sa confession arranger quoi que ce soit.

Quelle ironie ! Harper admettait enfin ce qu'il savait depuis longtemps, à savoir ils étaient parfaits l'un pour l'autre.

Sauf qu'ils ne pouvaient pas être ensemble.

Voilà. Harper s'était montrée aussi franche et honnête qu'elle le pouvait envers un autre être humain, et la seule réaction de Dante à sa déclaration d'amour avait été de s'asseoir par terre, la tête entre les mains.

— Tu as entendu ce que j'ai dit ? demanda-t-elle doucement.

Admettre qu'elle était amoureuse de lui était une énorme concession, qu'elle n'avait pas faite à la légère, mais parce que son univers tout entier lui échappait.

— J'ai entendu, marmonna-t-il. Tu n'as peut-être pas entendu ce que tu as dit. Tu penses que tu es amoureuse de moi ? Tu « penses » ? Et je suis censé suspendre ma vie à l'espoir que tu en sois finalement sûre à quoi, au moins soixante-quinze pour cent ?

— Je ne sais pas. J'essaie de…

Muette, elle le dévisagea. Il était furieux. Contre elle. Pour avoir osé dire quelque chose d'aussi osé et énorme que « Je t'aime ».

— Tu peux arrêter d'essayer. Ça n'a aucune importance parce que de toute façon, je ne te crois pas.

Elle chancela. Est-ce que Dante venait de lui renvoyer son aveu en pleine figure tout en la traitant de menteuse ?

— Tu ne… Tu penses que je lance ce genre de chose comme ça, au hasard ? Pour voir ? Tu ne manques pas d'air !

Dante se leva d'un bond, le regard noir.

— Harper, je te conseille de ne pas me pousser à bout.

— Moi, je te pousse à bout ?

Son sang irlandais ne fit qu'un tour, et elle se leva elle aussi, frémissant d'une colère terrible.

— Je rentre après trois heures de vol depuis Washington où je n'ai passé qu'une heure et demie. Parce que j'avais envie de te voir, de te parler, de te dire combien tout est formidable entre nous. Devenir ta maîtresse est la meilleure chose qui me soit arrivée. Et ça te rend fou furieux ? S'il te plaît, dis-moi comment je pourrais bien te pousser à bout.

D'un coup, il lâcha prise, visiblement las. Il ôta ses lunettes, se massa l'arête du nez.

— Je ne suis pas furieux. Je… Je ne sais pas ce que je suis.

La vision de son visage dénudé faillit la faire craquer. Elle s'enveloppa de ses bras, espérant endiguer la soudaine nausée qui montait alors qu'elle comprenait qu'elle risquait de ne plus jamais le voir de façon intime.

— Tu es mon ami. Toujours. Que je sois amoureuse de toi n'y change rien. Ce n'est pas ce qu'on a dit depuis le début ? Devenir plus que des amis enrichissait encore ce qu'on avait déjà. Je ne comprends pas comment tout s'est effondré en l'espace d'un après-midi.

Il secoua la tête d'un air désolé.

— Pas en un après-midi. Ça s'effondre depuis que tu m'as annoncé être enceinte, à L.A. J'ai essayé, Harper. Mais je ne peux pas jouer le rôle de la figure masculine auprès de ton bébé.

La gravité de son expression lui fit l'effet d'un couperet. Depuis L.A. Depuis qu'elle s'était rendue à Los Angeles ? Ça, c'était un coup dont elle ne se remettrait pas. Non seulement il rejetait son amour, mais il rejetait sa grossesse. Et depuis le début. Alors c'était quoi, tout ça ? Juste un moyen de la mettre dans son lit ? Non. Jamais elle ne pourrait le croire aussi calculateur.

— Qu'est-ce que tu es en train de me dire ? Que tu faisais semblant pendant tout ce temps-là ?

— Oui. Je faisais comme s'il existait une solution, mais en réalité, je suis la dernière personne sur qui tu peux compter.

— C'est ça, le mensonge, Dante, murmura-t-elle. Tu as toujours été là pour moi. Il n'y a personne d'autre dans ma vie sur qui je puisse compter plus que toi.

— Pas pour ça. Pas avec un bébé en route. Pour un tas de raisons. Mais surtout à cause de son père.

Son regard brûlait tel du charbon, méconnaissable. Inflexible. Parce qu'elle avait demandé à Tomas d'être son donneur de sperme.

Sa colère se brisa net. La réaction de Dante ne résumait à une rivalité professionnelle, rien de plus.

Ah, vraiment ?

— C'est un coup bas, Dante. Tant pis pour l'échec de notre relation passée à la vitesse supérieure. Mais on ne peut même plus rester amis ? Parce que tu n'arrives pas à digérer le fait qu'il y a cent mille ans, un type t'a doublé pour un prix ?

Zut ! C'était maladroit. Trop dur. Trop vrai.

Mais elle était submergée par le chagrin, la déception, et une dizaine d'autres émotions impossibles à nommer. Elle n'avait jamais rien vécu de tel auparavant, n'avait aucune idée de la manière de gérer cette noirceur au fond de sa poitrine. Dante était son roc. Il était supposé rendre tout meilleur, supportable. Pas la mettre en pièces à l'aide de quelques mots.

Il serra et desserra les poings, mais il se tint là, immobile, et quand il soupira, sa colère ne semblait pas avoir diminué d'un iota.

Son expression la terrifia. Elle avait franchi la ligne jaune.

— Je ne peux pas, finit-il par gronder, la mâchoire crispée. Mais j'ai essayé, hein. Tu ne vois pas à quel point j'ai essayé ? J'aurais même continué d'essayer mais…

La voix de Dante se brisa et brisa son cœur à elle en même temps. Elle mourait d'envie de franchir la petite surface de moquette entre eux, car, quoi qu'il en soit, il restait Dante, précieux, spécial, et il l'avait toujours réconfortée. Hélas ! il n'accepterait certainement pas qu'elle lui rende la pareille.

— Mais quoi ? Tomas ? C'est vraiment un élément aussi rédhibitoire que ça ?

Si seulement… Mais il n'y avait pas de « si seulement » dans ce scénario. Elle avait pris la décision d'avoir un bébé et, à présent, elle en devait assumer les conséquences.

Le hochement de tête de Dante fut si imperceptible qu'il était difficile de concevoir que ce mouvement infime puisse réduire son univers à néant.

Abasourdie, elle retomba sur le canapé.

— Donc voilà. Tu en as terminé ici. Et avec moi, avec notre amitié dans son ensemble, je suppose.

— Non parce que je le souhaite, croassa-t-il. Parce que c'est le seul moyen. J'ai choisi la Suisse exprès, pour qu'il n'y ait pas de retour en arrière possible.

— Je ne savais pas que j'allais tomber amoureuse de toi quand j'ai demandé à un autre homme d'engendrer mon bébé. Ça compte pour rien, ça ?

Les yeux de Dante se fermèrent un instant, et ce fut comme si la lumière s'éteignait dans la pièce. Lorsqu'il les rouvrit, elle devina la réponse avant qu'il l'énonce.

— Parfois, comme on fait son lit, on se couche, peu importe qu'il soit froid et solitaire.

Puis Dante quitta son appartement, le lieu où il lui avait ouvert le monde, où il l'avait initiée aux plaisirs physiques, une expérience devenue encore plus extraordinaire car elle avait fait grandir ses sentiments pour lui. Tout ça pour finalement lui faire éprouver un immense chagrin d'amour.

11

La Suisse avait comblé tous les espoirs de Dante. Il pouvait cocher chaque case de son cahier des charges :

Laboratoire : OK.

Des milliers de kilomètres de distance avec Harper et son bébé : OK.

Un vaste projet sur plusieurs années : OK.

En outre, Val était un type formidable, qui méritait amplement le financement que fournirait Dante. Toute l'équipe l'avait accueilli à bras ouverts, et l'absence flagrante de fans l'avait poussé à conclure l'accord. Personne ne s'était seulement retourné sur son passage alors qu'il déambulait dans les couloirs de l'immeuble abritant le laboratoire d'idées, sis en plein cœur d'une zone industrielle au nord de Zurich. Le temps estival lui rappelait L.A., donc ça aussi, ça lui plaisait. Il se préoccuperait de la neige quand elle serait là.

Cerise sur le gâteau, les producteurs de La Science de la Séduction avaient adoré sa proposition de filmer une série en Europe. Rien n'évoquait plus la romance que les villages pittoresques et les montagnes époustouflantes de Suisse.

Dommage que l'enthousiasme de Dante soit entièrement feint. À croire que passer trois ans devant une caméra lui avait appris à devenir un acteur plutôt convenable. Personne n'aurait deviné qu'il avait laissé son cœur chez Harper, quand il lui avait tourné le dos, alors qu'elle pleurait à chaudes larmes. Un départ nécessaire car il ne pouvait être l'homme dont elle avait besoin. Et peu importait à quel point il aurait aimé le pouvoir.

Partir était incontestablement la chose la plus difficile qu'il ait jamais faite. Même deux semaines plus tard, cela continuait de le hanter, alors que son attention aurait dû être fixée sur mille autres sujets. Car, comme Harper l'avait souligné de manière éloquente, tomber amoureuse n'ôtait rien au fait qu'elle restait sa meilleure amie. Il avait perdu beaucoup plus que la femme avec laquelle il couchait.

Dix fois par jour, il prenait son portable pour lui envoyer un texto, lui répéter une histoire drôle racontée par Val ou se plaindre de son ennui sur le plateau, alors qu'il attendait un changement de costume ou de maquillage. Mais finalement, il remettait toujours le téléphone dans sa poche.

Il ne savait pas comment vivre sans Harper.

Deux semaines après son retour à Los Angeles pour terminer le tournage de la série en cours, il restait à Dante un week-end pour faire ses bagages et donner ses dernières instructions à Mme Ortiz. La production déménageait dans un local que le studio avait trouvé à proximité du laboratoire d'idées et lundi matin à la même heure, il serait établi à Zurich pour les six prochains mois, voire plus s'il y arrivait.

Harper serait dans le dernier trimestre de sa grossesse à ce moment-là, et il n'avait aucune intention de se trouver à proximité des États-Unis pendant ce temps. Parce qu'il avait bien trop peur de se précipiter à Dallas, mourant d'envie de revoir Harper, de la toucher, de regarder son ventre s'arrondir pendant que les traits du bébé se dessinaient, que ses doigts, ses orteils se formaient…

Mais comment être assez égoïste pour s'immiscer dans la vie de Harper et, en fin de compte, dans celle de son bébé, alors qu'il ne saurait pas quel mauvais père il ferait avant qu'il ne soit trop tard ? Le risque était trop grand. Rien n'avait changé sous prétexte qu'il était malheureux.

Le téléphone de Dante sonna alors que Mme Ortiz et lui achevaient une discussion sur la liste des tâches dont il la chargeait durant son absence. C'était curieux, il vivait depuis trois ans dans cette maison, mais pas grand-chose ne changerait avec son départ.

C'était Howie, son agent. Encore lui. Il harcelait Dante depuis une bonne semaine pour qu'il contacte l'homme qui se prétendait son père.

— Oui ?

— C'est au sujet de ce type, Edgar Gates, répondit Howie. Il a traversé tout le pays pour venir te voir à L.A. Je sais que tu ne veux pas l'entendre, mais à mon avis, tu devrais vraiment lui parler avant ton départ pour la Suisse.

Dante grimaça. À force d'être ainsi sollicité, il avait demandé à son avocat de se renseigner discrètement, et il y avait de fortes chances pour qu'Edgar Gates soit en effet son père biologique. Mais pourquoi cet homme croyait-il que Dante accepterait de le rencontrer ?

De toute évidence, le problème n'allait pas disparaître de lui-même, et ce n'était pas juste pour les membres de son équipe de leur infliger perpétuellement ce casse-pieds. Une injonction d'éloignement semblait le moyen le plus efficace. Mais il ressentit soudain un besoin inexplicable d'affronter l'homme responsable de son enfance calamiteuse.

— Je vais lui parler. Dis-lui de me retrouver au Tango, sur Santa Monica.

Il raccrocha. C'était idiot. Pourquoi choisir un lieu aussi public, en plein cœur de L.A., pour rencontrer son père supposé ? En un rien de temps, il y aurait des photos dans tous les tabloïds. Trop tard, maintenant. Et ce n'était probablement pas plus mal. Comme ça, il y réfléchirait à deux fois avant de faire une scène.

C'était le moment où, normalement, il aurait appelé Harper. Elle lui aurait dit tout ce qu'il avait besoin d'entendre, que peu importaient les propos de cet homme, Dante était toujours extraordinaire et elle était de son côté.

Mais il avait renoncé à son amitié. Pour son bien à elle. Et celui du bébé.

Il arriva avec dix minutes d'avance parce qu'il croyait à l'avantage d'être préparé. Pourtant, son pouls lui martelait les tempes sans perspective de soulagement, surtout lorsqu'un homme brun au visage buriné franchit la porte. Dante le reconnut sur-le-champ. Non parce qu'il l'avait déjà rencontré, mais les traits de l'homme avaient un aspect familier indéniable. Son maintien aussi. La façon dont son regard parcourut la foule puis accrocha celui de Dante. Il en fut secoué de la tête aux pieds.

Edgar Gates. Dante n'avait pas besoin de test ADN pour savoir que tous deux avaient du sang en commun. Toutefois, il ne se leva pas quand l'homme atteignit la table, ne lui tendit pas la main.

— Merci d'être venu, lâcha-t-il pourtant, car il tenait aux bonnes manières qu'il s'était enseignées à lui-même.

Edgar Gates le fixait comme s'il voyait un fantôme.

— Tu es exactement comme à la télé. Je te regarde tout le temps. Je pensais que ta ressemblance avec ta mère était le fruit de mon imagination.

Sa voix emplit l'estomac de Dante d'une bile épaisse. Il secoua la tête, ravala les années de colère, de haine et de déception en entendant ce type évoquer des choses dont il n'avait pas le droit de parler. Mais franchement, qu'est-ce qu'il avait attendu de cette rencontre, au juste ?

Il s'était préparé à la possibilité d'un canular. D'une tentative pour lui extorquer de l'argent. Il avait cru s'être également préparé à la possibilité que ce soit vrai, mais il s'était fait des illusions.

Luttant contre sa nausée, il lui désigna le siège en face de lui.

— Bon, asseyez-vous et par pitié, faisons vite.

Tout en se laissant lourdement tomber dans le fauteuil, Edgar Gates le dévisagea avec attention, comme pour assimiler ses traits, mais qu'y cherchait-il ? Mystère.

— Tu as très bien réussi. J'aimerais en être fier.

— Mais vous ne le pouvez pas, riposta Dante d'un ton sec. Parce que vous n'y êtes absolument pour rien. Qu'est-ce que vous voulez ? Je vous donne cinq minutes pour me l'exposer et ensuite, je m'en vais.

La réussite. Comment la mesurait-on dans l'univers d'Edgar Gates ? Par l'argent ? La célébrité ? Un prix Nobel ? En aimant une femme jusqu'à ce que la mort vous sépare et en fondant une famille avec elle ?

Edgar opina du chef en se tordant les mains.

— J'ai des problèmes médicaux…

— Et vous voulez de l'argent, compléta sombrement Dante. Combien ? Je vais vous faire un chèque et après, oubliez-moi.

Ça, c'était la partie facile. Son « père » oublierait sans doute jusqu'à son existence dès qu'il aurait passé la porte. Tandis que Dante resterait éveillé toute la nuit, à se demander pourquoi il avait été indigne de grandir et d'être aimé au sein d'une famille banale.

— Non, fit Edgar, dont les lèvres se mirent à trembler, et le visage devint blême. J'aimerais que ce soit aussi simple. Tu dois comprendre que je suis venu parce que je suis dans une situation désespérée. Je n'ai aucun droit d'être ici, ni de te demander quoi que ce soit.

— On est d'accord. Alors pourquoi êtes-vous là ?

Bon sang, ses bras ne cessaient de s'agiter. Il les croisa, coinçant les mains sous ses biceps pour les immobiliser.

— J'ai besoin d'un rein. Sinon je vais mourir. Bientôt.

— C'est presque trop beau pour être vrai. Vous êtes ici parce que vous vous êtes tout à coup rappelé que vous avez un donneur potentiellement compatible quelque part dans le monde. Qu'est-ce qu'un homme mourant est censé faire d'autre que de chercher le fils qu'il a abandonné ? Ça fait trente ans. Qu'est-ce qu'une petite balade à travers les foyers d'accueil entre parents du même sang, hein ?

Edgar ne broncha pas, acceptant chaque parole sévère comme son dû, mais il n'allait pas gagner son respect pour autant.

— C'est ça qui est arrivé ? Ta mère t'a confié au système social ?

L'incrédulité balaya le peu de civilité que conservait Dante.

— Vous ne le saviez pas ? D'après mon assistante sociale, vous êtes parti et elle n'a pas assumé d'être une mère célibataire. Alors oui, j'ai grandi en foyers d'accueil. Jusqu'à mes dix-huit ans.

Pourquoi ressasser ça ? Cela n'amènerait ni changement ni pardon. Dante se leva et Edgar le suivit des yeux, tentant de le retenir d'un geste de la main. Cela n'aurait pas dû marcher, mais Dante s'arrêta net malgré tout.

— C'est vrai, admit tristement Edgar. Je n'ai pas bien agi envers ta mère et toi. J'ai pris la tangente. Être père ne me disait rien, mais cela n'avait rien à voir avec toi. C'était entièrement ma faute. Et je l'ai payé cher, très cher.

— Ah oui ? Parce que votre idée de l'absolution et la mienne diffèrent du tout au tout.

Sa colère flambait, ce qui lui permit de poursuivre, en dépit de l'émotion qui lui nouait la poitrine.

— Pas envie d'être père ? Eh bien, vous savez quoi, ça ne marche pas dans ce sens-là. On ne décide pas si on veut être père ou pas une fois que le gosse existe déjà. On se prend en main et on assume.

C'était là que le bât blessait, la rancœur qu'il avait alimentée depuis des siècles. Et à présent, il l'avait enfin exprimée à l'homme qui devait l'entendre. Cela le soulagea à un point qu'il n'aurait jamais imaginé.

Une impression de calme l'envahit, et il se rassit, afin de régler cette situation une bonne fois pour toutes.

— En fait, je vais vous dire : je suis plutôt attaché à mes reins, et je n'en ai certainement pas un à la disposition du type qui est une moitié de la raison pour laquelle je n'ai jamais eu de foyer.

D'ailleurs, il n'en avait toujours pas. L'hacienda espagnole sur Hollywood Hills avait été très facile à quitter parce qu'elle ne constituait pas son chez-lui.

Harper avait été difficile à quitter parce qu'elle l'était.

Les tempes de Dante palpitaient tandis qu'il observait l'homme qui lui avait donné la vie mais n'avait rien à voir avec ce qu'il était devenu. Il ne devait sa réussite qu'à lui-même. Il avait fait des choix compliqués, relevé des challenges impossibles, afin de créer sa propre version de la réussite. Il avait assez étudié la psychologie pour accepter que les circonstances de son enfance aient pu le pousser à réussir. Peut-être même que cela en avait été l'unique raison.

Mais il n'était pas certain d'être de taille à admettre qu'il avait fui l'unique foyer qu'il ait jamais connu parce qu'il ne savait pas comment réussir à aimer Harper et à être un vrai père pour son enfant. Non à cause de Cardoza — un souci qu'il avait presque surmonté — mais parce qu'il avait très peu confiance en sa capacité à être un bon père.

Il avait choisi de laisser sa fierté et la peur de l'inconnu primer sur tout au lieu de tirer un trait sur son passé. Ça aussi, c'était lui, et lui seul.

Edgar hocha la tête et se leva.

— Il fallait que j'essaie. Merci de m'avoir accordé un peu de ton temps. Je ne te dérangerai plus jamais.

— C'est tout ? Vous faites tout ce trajet, je refuse, et vous partez ? Pas de : « Buvons un coup en souvenir du passé » ou : « Tu pourrais me dépanner de vingt dollars » ?

— Je n'attends rien de toi. Je ne le mérite pas. Mais j'ai suffisamment peur de mourir pour que cela ait valu le coup d'essayer.

Cet homme était un lâche. Viscéralement. La révélation heurta Dante de plein fouet. C'était la seule chose qu'ils avaient en commun — et il n'aimait pas penser à lui en ces termes.

Mais comment qualifier autrement un homme qui tournait le dos à une femme enceinte, l'obligeant à être une mère célibataire ? Les différences entre la situation d'Edgar et la sienne n'étaient pas aussi grandes qu'il l'aurait affirmé cinq minutes plus tôt, et ce que Dante avait fait était même bien pire, en réalité… Parce qu'il avait infligé ça à sa meilleure amie. Une femme qu'il aimait plus que quiconque au monde. Une femme qui n'avait personne d'autre que lui sur qui compter quand elle élèverait son enfant.

Il allait vraiment choisir la peur au détriment du bonheur ? Peut-être pourrait-il appliquer son propre conseil et assumer.

Certes, le bébé de Harper n'était biologiquement pas le sien. Mais s'il faisait le choix d'être père, cela changerait tout.

Qui se souciait que le bébé ait l'ADN de Cardoza ? La preuve que l'ADN ne faisait pas l'homme habitait le corps même de Dante, et il se souviendrait qu'Edgar et lui n'avaient en fait rien en commun chaque fois qu'il se regarderait dans le miroir.

Parce que Dante Gates, docteur ès-sciences, n'était pas un lâche.

Par l'une de ces grandes ironies de la vie, le Dr Harper Livingston ne pouvait entrer dans le labo de Fyra, le lieu qu'elle avait bâti de A à Z, également connu comme son refuge. Elle était incapable d'en franchir le seuil.

Trop de souvenirs. Trop d'associations.

La chimie et Dante s'étaient entremêlés au point qu'elle n'arrivait plus à séparer l'un de l'autre. Son corps réclamait le contact de Dante autant que sa voix manquait à son âme. Jamais ils n'avaient laissé passer plus de quelques jours entre deux discussions au téléphone.

Il lui manquait d'une manière épouvantable qu'elle n'avait jamais ressentie auparavant.

Les nausées matinales l'avaient terrassée le lendemain du départ de Dante. Ou plutôt le « mal au cœur », comme elle aimait l'appeler. Car chacune de ses fibres lui donnait l'impression d'être poisseuse de chagrin. Alors pourquoi ne pas ajouter un estomac en vrac par-dessus, comme la cerise du malheur sur le gâteau du désespoir ?

Les crackers et la *ginger ale* recommandés par Alex étaient restés intacts sur son bureau. Lorsque cette dernière avait souffert de nausées matinales, c'était Harper qui avait foncé au supermarché pour chercher ce dont son amie avait besoin. Mais Alex était alitée, et avait déjà prévu de prendre un congé maternité de six mois. Elle ne serait donc pas là pour rapporter des crackers à Harper. En réalité, elle ne serait pas là du tout.

Non que Harper ait besoin de qui que ce soit à sa disposition — elle se débrouillait seule depuis longtemps. C'était un soutien moral qu'elle avait espéré. De longues pauses déjeuner shopping pour acheter des vêtements de bébé avec ses amies. Des réceptions prénatales. Bref, une intégration au sérail de la maternité.

Sauf que Cass passait de plus en plus de temps à Austin et qu'elle était en pourparlers avec un agent immobilier près de Round Rock. Bien entendu, les quatre fondatrices de Fyra prendraient la décision ensemble, mais tout le monde savait que Cass espérait déplacer le siège social de Fyra à Austin avant son accouchement. Harper n'avait pas de liens particuliers à Dallas, et Austin la rapprocherait de ses parents. Même si cela importait peu dans la mesure où ils n'avaient jamais formé une famille hyper unie.

Normalement, quand elle se trouvait dans ce genre d'humeur, elle appelait Dante et vidait son cœur en se plaignant de sa solitude. Il lui racontait une blague et lui assurait qu'il serait toujours là, qu'elle pourrait toujours compter sur lui. Ce petit encouragement ne manquait jamais de la faire sourire.

C'était désormais impossible, hélas…

Déprimée et totalement impuissante à y changer quoi que ce soit, elle passa ses e-mails en revue sans le moindre enthousiasme. La commission FDA ne s'était toujours pas manifestée au sujet de ses nouveaux échantillons, et l'attrait de créer quelque chose de neuf pour le labo s'était évaporé.

Elle créait déjà du nouveau dans son ventre, cela suffisait.

Cette pensée la dérida un peu. Tant pis si ses amies étaient absentes. Ce bébé constituerait sa famille pour la vie. Il serait entièrement à elle et ne se détournerait pas vers d'autres relations, d'autres carrières, d'autres villes.

Une crise de larmes se profilait. La grossesse l'anéantissait. Ou peut-être qu'elle amplifiait juste la perte de son meilleur ami à cause d'un bébé conçu avec les meilleures intentions. En dépit de son esprit analytique, elle était incapable de comprendre ses propres sentiments.

Harper renifla dans un mouchoir en papier et quand elle releva la tête, l'homme qu'elle avait cru ne jamais revoir se tenait dans l'encadrement de la porte.

— Dante.

Prononcer son nom était douloureux, râpait ses cordes vocales à vif après des pleurs jusque tard dans la nuit suivis de nausées matinales. Elle cligna les yeux, mais il était toujours là, l'observant derrière ses lunettes, le regard doux et tendre. L'exact opposé de la dernière fois qu'elle l'avait vu.

— Je peux entrer ? demanda-t-il.

Elle acquiesça, et il pénétra dans la pièce dont il referma la porte à laquelle il s'adossa.

D'un regard avide, elle assimila les petits détails. De nouvelles lignes autour de sa bouche et ses yeux soulevaient la question : décalage horaire ? Ou bien il était malheureux lui aussi, incapable de dormir, incapable de fonctionner sans une ancre dans sa vie ?

— Parmi toutes les villes où tu étais susceptible de te trouver, ce n'est pas à celle-ci que je me serais attendue, dit-elle.

Il hocha la tête, les cheveux en bataille.

— J'ai vendu ma maison de Los Angeles.

— Pourquoi ? Tu as arrêté l'émission ?

Il croisa les bras, lui renvoyant son regard scrutateur.

— Non. On filme à Zurich maintenant. Comment ça va ? Comment va le bébé ?

Le rire qu'elle réussit à lâcher n'était pas amusé du tout.

— Toujours là-dedans. Toujours sans père acceptable.

— Et si il ou elle en avait un ? suggéra-t-il. Si je disais que je veux être son père ?

Les mots restèrent suspendus en l'air, chargés d'une promesse qui semblait hors de portée.

— Qu'est-ce que tu racontes ? Tu es un scientifique extraordinaire, mais la thérapie de remplacement génique est expérimentale, et encore, seulement pour traiter des maladies. Tu ne peux pas enlever Tomas Cardoza de mon bébé.

Pas plus qu'elle ne le ferait si c'était possible. Elle aimait déjà cet enfant tel qu'il était. Cette décision, elle l'avait prise seule, Dante ne pouvait pas l'accepter et ils devaient vivre avec. Peu importait si cela s'avérait difficile de le revoir ici même.

— Ce n'est pas du tout ce que je disais, Harper, objecta-t-il. Je ne veux rien corriger à la situation. Je veux m'y rallier.

Stupéfaite, elle croisa son regard qui la brûla, trop plein d'implications pour qu'elle puisse les interpréter. Pourtant son souffle se bloqua, car quelque chose avait changé. Quoi, elle n'aurait su le dire, mais elle n'avait plus l'impression que Dante avait aspiré tout l'oxygène de la pièce en y entrant.

— T'y rallier ? Comment cela ?

Il avait l'air de sous-entendre qu'il s'était ravisé et qu'il était revenu pour lui annoncer qu'il avait changé d'avis à leur sujet. Mais dans quelle finalité ? Celle de redevenir amis ? Ou amants jusqu'à ce qu'il reparte en Suisse ?

Il traversa le bureau en un éclair, puis s'arrêta net devant elle, comme s'il n'était pas certain qu'elle accepte son étreinte. En réalité, elle mourait d'envie qu'il la prenne dans ses bras et efface ainsi le vide abyssal qu'il avait laissé en elle en partant.

— À cent pour cent, répondit-il d'une voix rauque. Je te veux. Je veux le bébé. Nous. L'amour. Il s'agit d'un de ces contrats toutes options, au cas où ce ne serait pas clair.

Dans la poitrine de Harper, quelque chose revint à la vie, éclipsant presque tout le reste. Mais pas tout à fait. Parce que ce n'était jamais aussi simple que ça, pas quand il s'agissait des sentiments non quantifiables. Une méfiance tenace la freinait désormais.

— Tu es parti, Dante. Je t'ai dit que je t'aimais et tu me l'as renvoyé en pleine figure. Tu n'as pas idée à quel point ça me coûtait de t'avouer une chose pareille alors que je le comprends à peine moi-même.

Dante accepta le reproche sans sourciller et, d'une certaine manière, cela brisa la barrière. Il tendit la main, entrelaça leurs doigts, puis posa l'autre main sur sa cuisse. Que c'était bon, cette sensation si chaude !

— Je pensais faire ce qu'il fallait, avoua-t-il. Pour tous les deux. J'ai essayé de le mettre sur le dos de Cardoza, mais en réalité, le vrai problème, c'était mes failles, mes angoisses. Mon passé. Et aussi le fait que je ne comprends pas l'amour moi non plus. Tu veux bien que je t'explique ? ajouta-t-il en étudiant son regard.

Elle acquiesça et il lui raconta que son père biologique l'avait contacté, et comment leur rencontre avait fait remonter à la surface toute sa colère à propos de son enfance. Elle connaissait une partie de l'histoire, bien entendu, mais elle ne s'était jamais rendu compte à quel point grandir en foyers d'accueil l'avait empoisonné. Sa réaction quand elle lui avait appris qu'elle était enceinte prenait beaucoup plus de sens dans ce contexte. Et son cœur saignait pour le petit garçon qui n'avait jamais été aimé.

Ce qui lui faisait aimer deux fois plus l'homme qu'il était devenu.

Dante conclut sa confession :

— J'aurais dû rester et insister pour qu'on trouve comment analyser nos sentiments ensemble. Au lieu de quoi, je t'ai quittée. Parce que j'avais peur d'être un mauvais père pour ton bébé. C'était égoïste de ma part, et je te demande pardon de toute mon âme, murmura-t-il en embrassant la paume de sa main avec une telle tendresse que ses yeux s'emplirent de larmes.

— Je te pardonne, Dante.

La question ne se posait même pas. Jamais elle n'avait été rancunière, et encore moins vis-à-vis de lui.

— Mais je ne comprends toujours pas, poursuivit-elle. Pourquoi tu es revenu ? Si c'était si facile de se rallier à tout ça, pourquoi être parti, pour commencer ?

Le petit rire de Dante laissa transparaître de l'amertume.

— Rien n'est facile. La seule chose qui a changé, c'est que j'ai compris une chose : tu vaux la peine que je laisse mon passé derrière moi, là où il doit rester. Être père me terrorise. Mais vivre sans toi, c'est pire. J'ai essayé. Ça ne marche pas.

Cette fois, les larmes jaillirent, ruisselèrent sur ses joues tandis qu'il souriait doucement, lui essuyant le visage avec le pouce. La méthode était tout à fait inefficace, puisque ses hormones menaient le bal. De plus, c'étaient des larmes de joie.

— Pour moi non plus, ça ne marche pas. Il s'avère que je

n'aime pas dormir seule. Qui sait ? C'est ce qui arrive quand on expérimente. Parfois, on obtient des résultats inattendus.

Avec un grognement, il tira sur sa main, pour l'obliger à se lever de son siège et à tomber entre ses bras.

— Je ne plaisantais pas en parlant de me rallier. Je prévois de passer une bonne partie des six prochains mois au lit avec toi. Quand le bébé sera né, on n'aura pas beaucoup de temps juste pour nous.

— C'est bon à entendre, soupira-t-elle, béate, tout en se plaquant contre lui.

— Quelle partie de ce que j'ai dit ? murmura-t-il à son oreille.

— Tout.

Puis elle tourna la tête, juste un peu, de manière à ce que son nez se niche au creux de son cou, là où son odeur était la plus prononcée. Le désir l'envahit, mais ils avaient tout le temps pour ça, apparemment.

— Harper ?

Dante attendit qu'elle s'écarte en la dévisageant. Ses yeux couleur chocolat fondu la transpercèrent.

— Harper, je t'aime. Je crois que je t'ai toujours aimée. Et je sais que je t'aimerai toujours.

Son cœur se gonfla tant qu'elle crut défaillir. Mais Dante la tenait fermement dans ses bras vigoureux.

— La seule question qui me reste maintenant, c'est de savoir si tu recherches un partenaire de labo. Parce que moi, oui.

— Ça dépend, répliqua-t-elle avec un sourire malicieux. Il faudra que je lave tous les béchers ?

Il éclata de rire, révélant sa fossette.

— Je serai ravi d'embaucher autant de laveuses de béchers que tu le souhaiteras. Je veux juste être avec toi. Pour le restant de nos jours. Je veux me réveiller à tes côtés et t'appeler Mme Gates et inscrire mon nom sur le certificat de naissance de notre bébé afin qu'il sache qu'il a été aimé dès l'instant de sa naissance.

Oh ! mon Dieu, c'était la chose la plus romantique qu'il lui ait jamais dite ! Elle se fichait de ses larmes comme d'une guigne, et tant mieux, car elles semblaient intarissables.

— Dans ces conditions, d'accord.

Il la serra plus fort, glissant une main tendre le long de son dos.

— Encore une petite chose. Minuscule, vraiment. Qu'est-ce que tu penses des soins prénataux en Suisse ? J'ai entendu dire qu'ils ont l'un des meilleurs systèmes de santé au monde.

— Tu me demandes de m'installer en Suisse avec toi ?

— J'ai déjà pour ainsi dire déménagé là-bas. Avant de savoir que j'allais te demander en mariage. Tu vois, il y a un laboratoire d'idées, que j'ai entièrement financé pour les six mois à venir, et notre recherche se passe si bien que…

— Oui.

Si Alex pouvait vivre à Washington, elle-même pouvait vivre à Zurich. Et sinon, lorsque Cass déplacerait Fyra à Austin, elle revendrait ses parts à ses trois amies.

Rien n'était plus important que Dante et le bébé qu'ils allaient avoir ensemble. Ensemble. C'était presque miraculeux, presque impossible de saisir à quel point elle avait désiré cela et eu si peur de l'espérer.

— Oui ? Comme ça ?

Éberlué, Dante la dévisageait, bouche bée. Elle s'esclaffa.

— Je t'aime. Depuis toujours. Tu es tout pour moi, mon univers tout entier. Peu importe où tu te trouves, c'est là que je veux être aussi. Alors te voilà coincé avec moi.

Le crépitement électrique dans l'air la fit frissonner tandis qu'il la dévorait des yeux.

— Continue à me regarder comme ça, docteur Sexy, reprit-elle, et tu pourrais bien te retrouver nu en moins de cinq secondes.

— Ah oui ? grogna-t-il, et aussitôt les boutons de sa chemise commencèrent à voler. J'aime qu'une femme sache ce qu'elle veut.

Pendant qu'ils atteignaient ensemble l'orgasme dans un déchaînement de passion qu'elle n'aurait jamais imaginé imprégné d'une telle tendresse, elle chuchota à son oreille :

— J'ai oublié de te dire que la grossesse me fait un truc bizarre. Je ne me lasse pas de toi.

— Donc on parle de dix, voire douze enfants ? suggéra-t-il tandis qu'ils se mouvaient en parfaite harmonie.

— Continue de parler. Je raffole de ce que j'entends.

Et de ce qu'elle ressentait. Être aimée.

Quelle étonnante série de réactions chimiques, qui toutes s'étaient unies pour faire d'elle la composante de quelque chose, à savoir une famille !

Épilogue

Lorsque Harper reçut le texto de Cass, elle faillit l'ignorer. Après tout, s'il était peut-être 15 heures à Dallas, il était tout de même 22 heures en Europe, et elle avait rendez-vous avec son mari, qui rentra du labo à cet instant précis, vidant son esprit de tout ce qui n'était pas lui.

— Tu travailles trop, le gourmanda-t-elle en souriant pendant qu'il la prenait dans ses bras. Fais attention. Le médecin a dit que tu pourrais reprendre une activité normale la semaine prochaine. Pas avant.

— Si j'avais su que donner un rein m'empêcherait de faire l'amour à ma nouvelle épouse, j'aurais attendu, grommela Dante avec un froncement de sourcils feint.

— Non, tu ne l'aurais pas fait. Ton père était en mauvaise santé et ton cœur trop vaste pour ne pas tenir compte de l'urgence de son cas.

Dante avait en effet prouvé qu'il avait réellement relégué son passé derrière lui en offrant un organe précieux à l'homme qu'il devrait haïr pour un tas de raisons. Mais sa générosité lui emplissait le cœur de bonheur. Dante serait un excellent père malgré son manque de modèle.

Son téléphone ne cessait de biper. Elle s'apprêtait à l'éteindre lorsqu'elle aperçut le message.

— Oh ! Cass convoque une réunion. La FDA a approuvé les échantillons !

Un flot d'émotions l'envahit tandis que Dante poussait un cri de joie et la serrait fort contre lui. Des larmes de soulagement et de bonheur perlèrent à ses paupières. Et dire qu'elle avait cru que l'épouser au cours d'une petite cérémonie, la semaine précédente, avait été le comble de la félicité !

Harper s'installa à son bureau, alluma son ordinateur pour lancer le logiciel de vidéoconférence, et la salle de réunion de Fyra se détacha sur l'écran. Trinity était la seule à être assise à la grande table, mais elle occupait sa place avec tout le cran nécessaire.

Cass apparut dans une autre fenêtre, son mari Gage à ses côtés. Puis Alex surgit à son tour et, bien entendu, Phillip, qui assistait également à la réunion dans la mesure où il avait géré la commission de la FDA pour le compte de Fyra.

— C'est fait, déclara-t-il sans préambule. L'approbation de la Fédération est officielle. À l'attaque !

Tout le monde applaudit et Dante embrassa Harper sur la tempe en murmurant :

— Bravo, chérie.

Trinity hocha la tête.

— Le Formula-47 n'aurait jamais existé sans toi, Harper. Tu as assuré comme la pro que tu es. Maintenant, fonçons, présentons notre produit au monde et récoltons les fruits de notre travail acharné.

— Oui, acquiesça Cass avec enthousiasme. C'est la partie la plus chouette, quand ça prend tournure. La campagne de communication qu'on a préparée peut enfin être mise en œuvre. À ce propos…

Elle hésita et Trinity plissa les yeux, l'air méfiant.

— À ce propos, quoi, Cass ? C'est mon domaine, je le maîtrise.

— Eh bien, la publicité négative sur les échantillons corrompus pose un problème. On en a discuté.

Cass jeta un coup d'œil à Gage, qui passa le bras autour des épaules de sa femme, un geste tendre qui gonfla le cœur de Harper.

— J'ai trouvé un consultant en publicité à qui on devrait parler, je pense. Juste pour avoir quelques réflexions supplémentaires sur la façon de limiter les effets négatifs de la presse.

Les yeux de Trinity jetèrent des flammes et elle faillit bondir de son siège.

— Un consultant ? Je suis la directrice du marketing, mon chou, tu peux me consulter à longueur de journée.

— Trin, laisse-la parler, intervint gentiment Alex. Elle ne dit pas que tu n'es pas aux commandes. Elle dit qu'on doit limiter les dégâts et, donc, pourquoi ne pas sous-traiter pendant que tu te focalises sur la campagne elle-même. C'est tout.

Cass pouffa.

— Je n'aurais pas mieux formulé la chose. Merci.

Bras croisés, Trinity fulmina encore un peu puis déclara :

— J'écouterai ce que dira le consultant. Mais c'est moi qui aurai le dernier mot sur toutes les suggestions. Point barre.

À contrecœur, Harper intervint à son tour. Mais il fallait crever l'abcès.

— Cass ? On ne sait toujours pas qui est responsable de cette fraude. Je pense pouvoir dire sans danger qu'il s'agit d'un employé du labo, mais j'en suis trop proche pour être objective. Des idées ?

Quel qu'il soit, l'individu avait des intentions derrière la tête. Et, d'une manière ou d'une autre, il faudrait qu'il paie pour ça.

Tout le monde garda le silence, puis Cass soupira.

— C'est à moi de m'en charger. Il faut que je referme ce dossier une bonne fois pour toutes. Laissez-moi un jour ou deux, le temps que je mette au point un plan d'attaque.

Ils discutèrent quelques minutes de plus, puis terminèrent la réunion, par égard pour Harper chez qui il était tard.

Ensuite, elle laissa son sublime mari la conduire au lit, où il embrassa son ventre et murmura à leur bébé pendant qu'elle lui caressait les cheveux. L'alchimie entre eux s'était révélée foudroyante — pour leurs deux cœurs au premier chef.

KAT CANTRELL

Une si douce torture

INTÉGRALE
ENCEINTES DE LEUR RIVAL

Traduction française de
EDOUARD DIAZ

SAGAS
HARLEQUIN

Titre original :
FROM ENEMIES TO EXPECTING

Ce roman a déjà été publié en 2017

1

Logan McLaughlin détestait perdre. Alors, naturellement, la destinée lui avait envoyé la pire équipe de base-ball de la ligue professionnelle. Perdre était devenu une forme d'art dans laquelle les Dallas Mustangs semblaient déterminés à exceller. Mis à part faire un grand ménage et recruter une toute nouvelle équipe, il ne voyait plus du tout comment il allait pouvoir sortir son club de l'ornière.

Il aurait dû se sentir parfaitement à l'aise dans ses fonctions de propriétaire et de directeur général de l'équipe. Son père, Duncan McLaughlin, avait dirigé durant trente ans une entreprise pesant un milliard de dollars, et ce avec aisance et finesse. N'aurait-il pas dû hériter un peu du génie pour les affaires de son père, en même temps que son amour du base-ball et sa fortune bâtie sur l'Internet ?

Les ventes de billets pour les matchs des Mustangs prouvaient le contraire. Seule la très longue série de défaites que l'équipe venait de subir pouvait justifier qu'il ait acquiescé à la ridicule idée de son agent publicitaire. Autrement, il n'aurait jamais accepté de participer à une émission de téléréalité. Dans le genre « tentative de la dernière chance », celle-ci décrochait vraiment le pompon.

Néanmoins, en attendant de gagner des matchs — ce qu'il projetait toujours de faire grâce à des procédures d'échange de joueurs longues et compliquées, il avait besoin de trouver, et de toute urgence, une autre manière de rallier les supporters autour de son équipe.

Le plateau de l'émission *Exécution* grouillait de monde. Logan était planté dans un coin, un gobelet de très mauvais café entre les mains. Il aurait dû s'arrêter quelque part pour prendre un expresso en venant au studio, mais qui aurait pensé qu'une société de production qui exigeait des concurrents qu'ils soient sur le plateau à 5 heures du matin n'aurait pas un café convenable à leur offrir ? Celui-ci avait dû être préparé avec l'eau de la vaisselle.

— Logan McLaughlin ? l'appela une jeune et jolie assistante, son iPad au creux du coude. Voulez-vous prendre un siège ? Nous allons commencer.

— Non, merci, répondit-il, adoucissant son refus avec un sourire charmeur. Je préfère rester debout.

Les chaises étaient faites pour les gens de petite taille. Avec son mètre quatre-vingt-quinze et ses cent kilos, il ne s'était pas senti à son aise sur la plupart des sièges depuis l'âge de seize ans. En outre, il aimait pouvoir balayer son environnement d'un seul regard.

Un homme entre deux âges d'aspect débonnaire, vêtu d'un complet sombre, vint le saluer.

— Je pensais bien vous avoir reconnu. Je suis un très vieux fan des Yankees. Je vous ai souvent vu lancer, il y a… quoi ? Dix ans ?

— C'est à peu près cela, oui, convint-il d'un air dégagé.

Les Yankees s'étaient séparés de lui huit ans auparavant, mais le temps n'avait guère d'importance. Ce qui comptait, c'était que la carrière à laquelle il s'était consacré corps et âme avait brusquement pris fin, suite à son opération ratée du ligament du coude. Son articulation l'élançait encore occasionnellement, comme pour lui rappeler, s'il était besoin, que ses jours de lanceur étaient derrière lui.

— Mon vieux, vous étiez fantastique. Je suis sincèrement désolé pour votre bras. Dommage que vous n'ayez pas réussi à former un premier lanceur qui vous égale. Les Mustangs auraient bien besoin d'un talent comme le vôtre.

Oui, songea-t-il, c'était bien dommage. Il remercia son

interlocuteur d'un hochement de tête, puis, après avoir jeté son ersatz de café dans une corbeille, il croisa les bras sur sa poitrine, sur le vide immense qu'il portait en lui, et que l'acquisition d'une équipe de base-ball n'avait pas pu combler. Il devenait de plus en plus difficile de se convaincre lui-même que ses jours de gloire n'étaient pas derrière lui.

Des victoires sur le terrain. Une explosion des ventes de billets et de produits dérivés. Voilà ce qui pourrait combler ce vide. Et, lorsqu'il sortirait vainqueur de ce jeu, les chaînes d'informations sportives ne citeraient plus seulement son nom pour le traîner dans la boue.

L'assistante appela encore quelques personnes et les invita à prendre place autour de la table du conseil d'administration, devant une fausse baie vitrée exposant l'image de la ligne des toits de Dallas. Les cadreurs s'affairaient autour des caméras, et derrière leur vitre, d'autres techniciens, casque sur les oreilles, achevaient de régler leurs consoles. Le présentateur de l'émission était assis au bout de la table, avec sa coiffure impeccable et un sourire artificiel plaqué sur ses lèvres.

Puis, l'assistante se retira discrètement, et M. Bien-Coiffé se lança dans son discours bien rodé.

— Bonjour à tous ! Je suis Rob Moore, votre hôte pour le jeu *Exécution*, où des cadres d'entreprise s'affronteront par équipes de deux, dans un challenge entrepreneurial destiné à démontrer leurs talents de manager. Les gagnants remporteront la somme de cent mille dollars au profit d'œuvres caritatives. Et les perdants ? Ils seront… exécutés.

Sur ces mots, l'animateur rabattit son bras comme une lame de guillotine, un geste qui était la marque de fabrique un peu ridicule de l'émission. Il réprima une grimace.

Au même instant, un brouhaha de voix lui fit tourner la tête. Une jeune femme brune venait d'entrer sur le plateau d'un pas alerte, la jolie assistante trottinant sur ses talons.

Il oublia instantanément l'animateur ringard et la fausse salle de conseil d'administration pour se concentrer totalement sur le véritable spectacle du jour — la démarche de la femme brune.

Elle se déplaçait comme un joueur de champ décidé à empêcher le batteur de marquer le point : agile, rapide et totalement déterminée. Certains de ses joueurs auraient pu tirer des enseignements profitables de cette attitude.

Et, plus elle s'approchait, plus elle devenait intéressante. Une longue mèche rose fluo courait sur toute la longueur de ses cheveux, sur le côté gauche. Le côté droit était coupé ras, en une coiffure asymétrique qui le déstabilisa instantanément. À moins que cette réaction ne soit due au lourd maquillage noir autour de ses yeux, qui lui donnait l'air d'une Cléopâtre incroyablement sexy.

Tous les regards étaient tournés vers elle, et c'était exactement ce qu'elle désirait. Une femme vêtue d'un ensemble très moulant d'un rose éclatant, au décolleté qui laissait entrevoir une poitrine magnifique, s'attendait selon toute vraisemblance à ce que tout le monde la remarque.

— Désolée de ce retard, s'excusa-t-elle, s'adressant à l'animateur.

Sa voix de gorge, capiteuse, fit courir un frisson dans tout son corps. Il n'avait plus ressenti un tel sentiment d'excitation depuis très longtemps. Depuis l'époque où il était le lanceur des Yankees, et que les groupies se pressaient en foule autour de lui. Un succès dont il aurait pu profiter bien davantage qu'il ne l'avait fait.

Cette ravissante créature toute de rose vêtue avait tous les attraits dont un homme puisse rêver, et plus encore. Un autre homme que lui.

Il évitait comme la peste les femmes trop apprêtées, sachant qu'on avait souvent des surprises dès qu'on les connaissait mieux. Il appréciait la simplicité chez ses partenaires, le naturel et la franchise — une version plus jeune de la femme la plus merveilleuse qu'il connaisse, sa maman.

Mais, naturellement, cela ne l'empêchait pas d'apprécier une très belle femme à la voix ultra-sexy.

La Dame Rose vint se planter près de lui, choisissant de rester debout en dépit du fait qu'il restait plusieurs places libres à la table. Et qu'elle portait des talons aiguilles qui n'étaient probablement pas le summum du confort.

— J'ai essayé de lui expliquer que nous avions déjà commencé à enregistrer, chuchota l'assistante à l'oreille de Rob Moore, suffisamment fort pour que tout le plateau l'entende. Mais elle a forcé le passage.

— Tout va bien, assura l'animateur avec un sourire de vieux renard, s'approchant d'un pas dansant de lui et de la nouvelle arrivante. Oh ! oh ! J'aime beaucoup ce que je vois ! Magnifique ! Fille rebelle rencontre garçon cent pour cent américain. Les téléspectateurs vont adorer !

— Adorer quoi ? s'étonna-t-il.

Il baissa les yeux vers son T-shirt au logo des Mustangs et son jean, puis il se tourna vers la jeune femme brune, et il comprit alors le sens de cette remarque.

— Suggérez-vous que nous formions une équipe, tous les deux ? Pas question !

C'était totalement impossible, mais Moore était déjà passé au couple suivant.

Il sentit son cœur se serrer. La Dame Rose avait croisé les bras sous ses seins spectaculaires, les faisant remonter, ce qui tendait dangereusement le tissu de son haut très moulant. Il détourna précipitamment le regard.

— Qu'y a-t-il de mal à être mon partenaire ? s'enquit-elle d'un ton irrité. Croyez-vous que je sois une femme d'affaires incompétente à cause de mon piercing sur la langue ? C'est complètement idiot, et vous le savez très bien.

Un… piercing sur la langue ? Un flot d'images de tout ce que pourrait faire une femme avec un tel accessoire jaillit instantanément dans son esprit. Et dans chacune, ils étaient nus. Sa bouche parcourait sa chair frémissante, et elle lui donnait du plaisir.

— Je ne l'avais même pas remarqué, assura-t-il, s'arrachant bravement à ses fantasmes de luxure.

Il n'y parvint qu'au prix d'un effort considérable. C'était pour cette raison qu'il préférait les femmes plus ordinaires.

— Mes objections n'avaient aucun rapport avec vous, ajouta-t-il, faisant de son mieux pour éviter de fixer son regard sur sa bouche.

C'était totalement faux, bien sûr. Cela avait tout à voir avec elle. Avec une femme comme elle à ses côtés, comment pourrait-il se concentrer sur la compétition ? Il devait absolument changer de partenaire.

Pour Dieu sait quelle raison, elle éclata de rire, et cette réponse ne fit qu'aggraver la tension sexuelle qui s'était emparée de son corps.

— Ne me racontez pas d'histoires, ironisa-t-elle. Regardez un peu autour de vous, mon chou. Tout le monde a été doté d'un partenaire. Pourrions-nous continuer le programme ?

Il contempla une seconde l'ongle verni de sa partenaire, qui venait de se planter en plein centre de son torse. Puis, il releva son regard vers ses yeux incroyablement envoûtants, d'un bleu de glacier, rendus plus spectaculaires encore par son maquillage.

— Je suis prêt, assura-t-il, refoulant le frisson de désir que ce contact avait généré. La question est plutôt : est-ce que *vous*, vous l'êtes ? Moi, au moins, je n'étais pas en retard.

— 5 heures est une heure absurdement matinale. Et je n'avais qu'un quart d'heure de retard. Vous ne pouvez pas m'en vouloir pour si peu.

Il pensait le contraire. *Lui*, il était à l'heure, et tous les autres aussi. Mais comme à l'évidence toutes les équipes avaient été formées, il poussa un soupir résigné.

— Très bien, je vous pardonne. Dans quelle branche m'avez-vous dit que vous travailliez ?

— Je ne vous ai rien dit. Quel est votre nom, déjà ?

Un point pour elle. Il comprit parfaitement l'allusion. Cette bombe rose lui avait fait totalement oublier les bonnes manières que sa maman lui avait enseignées. Il lui tendit la main.

— Logan McLaughlin, se présenta-t-il. Propriétaire et directeur général des Dallas Mustangs.

— Vous êtes dans le sport, hein ? Je ne l'aurais jamais deviné, vu l'élégance de votre mise.

Elle considéra un instant son T-shirt au logo de l'équipe, puis elle serra sa main offerte, dans ce qui aurait dû être une poignée de main polie, rien de plus.

À l'instant où sa paume effleura la sienne, il ressentit une décharge électrique qui remonta tout le long de son bras pour aller se concentrer dans son bas-ventre. Il n'avait pas ressenti une sensation aussi extraordinaire depuis bien longtemps, et alors qu'il s'efforçait de se ressaisir, il nota qu'elle le fixait sous des paupières mi-closes, comme si elle avait été aussi déstabilisée que lui.

— Je possède quelques costumes, marmonna-t-il, répugnant à lâcher sa main fine, et simultanément conscient qu'il aurait dû mettre fin à cette poignée de main depuis au moins trente secondes. Mais j'aimerais mieux sortir tout nu que de me promener en costume-cravate.

Que racontait-il ? songea-t-il, atterré. *Reprends-toi, McLaughlin.*

Cette créature était l'exact contraire du genre de femmes qu'il appréciait. Et, en flirtant avec elle, il courait tout droit au désastre, d'autant plus qu'ils étaient censés se concentrer sur la compétition. Malheureusement, il avait le pressentiment que le train du désastre était déjà en marche.

— Moi aussi, je préfère être nue, l'informa-t-elle de cette voix capiteuse qu'il adorait déjà malgré lui. Je suis Trinity Forrester. Oui, comme dans la Sainte-Trinité, j'ai déjà entendu toutes les blagues possibles sur ce sujet, et vous pouvez me les épargner.

— Je suppose, dans ce cas, que je n'ai pas le droit de vous demander si vous êtes croyante.

Elle lui sourit et se pencha tout juste suffisamment pour lui permettre de respirer un soupçon de son parfum exotique, qui, bien sûr, ne faisait qu'ajouter à son charme.

— Si vous le faites, vous obtiendrez la réponse standard, qui est que tout homme dans un rayon de trois mètres al'obligation de me traiter comme une déesse. Vous pouvez commencer à m'adorer dès qu'il vous plaira.

Il ne doutait pas une seconde qu'elle aurait beaucoup aimé cela. Mais, s'ils allaient être partenaires dans cette compétition, ils devaient mettre une ou deux petites choses au point. Pas question de flirt, de voix capiteuses accompagnées de regards aguicheurs. Il était le maître du jeu, et Mlle J'ai-entendu toutes les-blagues ferait mieux de suivre. Et les talons aiguilles sexy ne l'y aideraient en rien.

Les caméras avaient capturé chaque seconde de cet échange. Jusque-là, tout était parfait. Plus les caméras se tourneraient vers Trinity, plus souvent son nom s'afficherait sur l'écran, au-dessus du logo de Fyra Cosmetics. On ne pouvait rêver d'une meilleure publicité, et Fyra avait besoin de tout le buzz médiatique qu'elle pouvait glaner.

Trinity Forrester était bien décidée à faire en sorte que la presse parle d'elle. Elle ne pouvait permettre que l'entreprise qu'elle avait créée avec ses trois meilleures amies d'université puisse disparaître. À cause d'un saboteur à l'intérieur de l'équipe, Fyra traversait une crise grave. Et, en tant que directrice du marketing, elle faisait une affaire personnelle de la presse négative qu'ils recevaient. Arrêter l'hémorragie faisait partie de ses fonctions. Sa participation à *Exécution* était la première étape de son plan.

Sans cela, elle serait à son bureau à travailler sur la campagne de marketing du Formula-47, le nouveau produit qu'elles espéraient lancer dans deux semaines.

M. McLaughlin serrait toujours sa main dans la sienne, comme s'il ne comptait plus jamais la lâcher. Excellent. Plus il serait captivé par sa présence près de lui, et plus il lui deviendrait facile de prendre la tête de leur équipe. Les hommes ne faisaient jamais attention à elle, sauf lorsqu'ils désiraient l'attirer dans leur lit. Et cela lui convenait très bien. Le sexe était l'unique relation avec un homme qu'elle considérait comme utile et satisfaisante.

Pour faire bonne mesure, elle lui sourit. Il était l'exemple parfait du cow-boy texan. Si l'on ajoutait à cela ses cheveux un peu longs qui retombaient sur son front, et sa tenue décontractée,

Logan McLaughlin était le parfait exemple de l'Américain sportif et honnête dans toute sa splendeur. M. Gentil.

Mais les M. Gentil de ce monde dissimulaient toujours d'autres facettes moins aimables, et, concernant les hommes, elle avait appris sa leçon depuis longtemps — ne jamais leur faire confiance. Une grossesse imprévue, juste après ses vingt ans, l'avait définitivement guérie de ses rêves d'amour éternel. Le père de son bébé avait filé sans demander son reste, puis une fausse couche avait achevé de la convaincre qu'elle n'était pas faite pour la maternité.

— Monsieur McLaughlin, murmura-t-elle, peut-être pourriez-vous me rendre ma main, maintenant, afin que nous puissions nous mettre au travail ?

Il la lâcha comme s'il venait de découvrir qu'il serrait un serpent à sonnette, toussotant d'un air gêné.

— Euh... Oui. C'est une bonne idée.

L'animateur de l'émission leur remit une enveloppe scellée, et Logan la suivit jusqu'à un chevalet supportant de grandes feuilles blanches destinées à noter leurs idées. Elle trépignait d'impatience de noircir ces feuilles vierges avec ses diagrammes. Si cela ne réveillait pas son inspiration, rien ne pourrait le faire.

Le cadreur tourna sa caméra vers le petit espace qu'ils occupaient. Parfait. Elle allait devoir inventer d'autres interventions scandaleuses pour s'assurer que les producteurs auraient beaucoup de matériel pour travailler. Arriver en retard avait été une brillante idée. Et l'expression de McLaughlin lorsqu'elle lui avait déclaré qu'il ne tiendrait même pas un quart d'heure contre elle... à mourir de rire. À l'évidence, cet homme obéissait aux règles. Dommage.

Il déchira l'enveloppe scellée et il en sortit le contenu, qu'il parcourut rapidement des yeux avant de déclarer :

— Nous devons gérer un stand de limonade dans le parc Klyde Warren. L'équipe qui aura gagné le plus d'argent remporte la manche et évite l'exécution.

— Excellent, dit-elle en se frottant les mains.

Elle entreprit aussitôt de dessiner sur le papier blanc sa vision du stand en question, avec de nombreux détails et des ombres pour suggérer les volumes.

— Je pense que l'orange serait la meilleure couleur pour notre stand, celle qui contrastera le mieux avec le vert de l'herbe, en supposant que nous soyons placés dans une zone de pelouses dans le parc.

Son coéquipier se tenait juste derrière son épaule, et elle sentit son souffle tiède contre son cou lorsqu'il tendit un bras musculeux pour poser son doigt sur un détail de son dessin.

— Qu'est-ce que c'est que cela ?

— C'est une enseigne. Qui dit : Trinity's Lemonade.

Quel savon cet homme utilisait-il pour sentir si bon ? Sa fragrance citronnée, cent pour cent masculine, envahit ses sens, réveillant toutes ses zones érogènes, lui faisant oublier qu'elle ne s'intéressait pas aux cow-boys du Texas hâlés par la vie au grand air.

Enfin quoi, cet homme était propriétaire d'une équipe sportive, et il aurait probablement besoin d'un dictionnaire pour lui faire la conversation s'ils prenaient un verre ensemble. Elle voyait déjà le tableau. Bière à gogo, et toute la gamme des sports à la télévision. Logan et elle étaient très mal assortis pour un jeu de téléréalité, mais ils l'étaient encore davantage en dehors de ce plateau, exception faite de ses pectoraux durs comme le roc, bien sûr. Elle les avait involontairement effleurés lorsqu'elle avait pointé son doigt sur lui dans le feu de la conversation, et cette délicieuse sensation lui donnait encore des frissons.

— Et pourquoi devrions-nous l'appeler Trinity's Lemonade, s'il vous plaît ? s'enquit-il, sa voix grave grondant doucement dans son oreille. Logan's Lemonade serait plus approprié. Cela commence par la même lettre.

— Vous essayez de dire que c'est une allitération, observa-t-elle d'un ton aimable. J'ai une bien meilleure compréhension que vous des techniques de marketing, mon chou. Restons dans nos compétences, voulez-vous ?

Là-dessus, elle ajouta quelques touches à son œuvre d'art. Lorsqu'il la fit pivoter face à lui, elle ne put retenir un petit cri.

Ses lèvres serrées en une ligne mince, il la dominait de toute sa taille, malgré les sandales Stuart Weitzman à talons de quinze centimètres qu'elle portait. Elle était accoutumée à regarder les hommes droit dans les yeux, et le fait que cela soit impossible avec Logan McLaughlin la déstabilisait profondément.

— Vous avez très habilement éludé le sujet de vos propres compétences, *chérie*, répliqua-t-il d'un ton sarcastique. Je dirige une franchise sportive pesant des millions de dollars. Et vous, mademoiselle Forrester, que faites-vous dans la vie ?

— Ne vous l'ai-je pas déjà dit ? répondit-elle d'un ton léger.

En réalité, elle savait très bien qu'elle n'en avait pas dit un mot — délibérément. Dès l'instant où un homme comme lui entendrait le mot « cosmétiques », il s'empresserait d'arriver à des conclusions hâtives à son sujet. Et cela, elle ne le supportait plus.

À ce stade, cependant, elle avait besoin de le convaincre qu'elle était dans de bonnes dispositions.

— Je suis la directrice du marketing de Fyra, précisa-t-elle.

— L'entreprise de cosmétiques ? s'enquit-il en la dévisageant d'un regard sans expression.

— Celle-là même, convint-elle avec un sourire éblouissant. Et à présent, nous savons tout l'un de l'autre. Le marketing et la créativité sont mes domaines. Le vôtre est de déterminer qui peut frapper la balle le plus fort. Si nous avons à accomplir une tâche qui nécessite l'emploi d'une balle, je vous laisserai prendre la tête des opérations.

Elle poussa un soupir. Créativité… Cette esquisse d'un stand de limonade avait été le travail le plus inspiré qu'elle ait accompli depuis des semaines. Plutôt déprimant. Sa muse l'avait abandonnée, ce qui était assez alarmant en soi. Mais le plus affreux, c'était que cela se produisait justement maintenant. Fyra devait lancer son produit phare dans les prochains quatre-vingt-dix jours. Heureusement, personne ne savait encore que sa créativité était en panne. Elle ne pouvait pas avouer à ses associées qu'elle faisait un blocage mental, concernant le Formula-47. Elles comptaient sur elle.

— Au cas où vous l'auriez oublié, nous sommes des coéquipiers, rappela-t-il, esquissant un lent sourire qui ne l'abusa pas une seconde. Poussez-vous un peu, et faisons ceci ensemble.

Elle se surprit à apprécier malgré elle ce ton de tranquille autorité, et, pour cette unique raison, elle se déplaça de quelques centimètres vers la droite, lui offrant généreusement accès à leur projet.

Son bras vint repousser le sien, et il s'appropria plus d'espace qu'elle n'avait eu l'intention de lui concéder. Elle le regarda et en eut le souffle coupé. Cet homme avait des épaules larges et solides, des hanches étroites et… un derrière parfait, moulé dans un jean bien serré. Cette partie de l'anatomie de Logan McLaughlin était un bonheur pour les yeux de toutes les femmes, et elle ne se gêna pas pour se régaler du spectacle.

Sans un mot, il ramassa son propre marqueur et biffa d'un trait Trinity's Lemonade, puis il griffonna sur l'enseigne : McLemonade.

Elle se figea, consternée. C'était excellent. Comment avait-il osé trouver la bonne formule avant elle ?

Fronçant les sourcils, elle croisa les bras et, ce faisant, elle s'arrangea pour lui décocher un bon coup de coude dans les côtes. Mais ce fut comme heurter un mur. Il ne le remarqua même pas, et, à présent, son coude lui faisait mal.

— Très bien, marmonna-t-elle. Nous utiliserons ce nom. Mais le stand sera orange.

— Je n'ai jamais eu aucun problème avec cela, répondit-il avec un haussement d'épaules qui la fit tituber.

Cet homme était insupportable. Pas du tout le gentil garçon de la campagne qu'elle avait imaginé. Et, dès qu'il ouvrait la bouche, il n'était plus du tout séduisant. Ou, en tout cas, c'était ce qu'elle essayait de se dire.

— Ah oui ? rétorqua-t-elle. En revanche, tout ce qui vous ennuie recevra invariablement le veto McLaughlin, c'est cela ?

Défendre sa position n'aurait pas dû être à ce point problématique, mais ses hauts talons et la formidable montagne de muscles serrée tout contre son corps rendaient la chose très difficile, et pas seulement parce que la brume de désir qui obscurcissait son cerveau l'empêchait de réfléchir correctement.

Elle s'attendait à une réponse hostile, mais, à son grand étonnement, elle vit son expression s'adoucir.

— Et si nous reprenions tout depuis le commencement ? suggéra-t-il en lui tendant la main.

Il avait piqué sa curiosité, et, pour cette seule raison, elle accepta la main offerte. La sienne disparut dans sa gigantesque paume, et ce contact déclencha une vague de petits frissons sensuels sur sa peau.

— Je suis Logan McLaughlin. Je suis propriétaire d'une équipe de base-ball, et nos ventes de billets s'effondrent. Mon agent publicitaire m'a assuré que ce jeu télévisé serait une bonne façon de faire parler de l'équipe, et c'est pourquoi je suis ici. Toute l'aide que je pourrai recevoir dans ce sens sera la bienvenue.

Ses yeux noisette étaient rivés aux siens, et la sincérité qu'elle y lut fit grimper son pouls en flèche. Bonté divine, un honnête homme ! Qu'allait-il encore inventer ?

— Bonjour, répondit-elle d'une voix un peu étranglée, incapable de détacher son regard du sien, luttant contre une vague de brûlant désir tandis qu'ils se dévisageaient l'un l'autre. Heu… Je suis Trinity Forrester. Je vends des produits cosmétiques avec mes trois associées, des amies que j'adore. Notre société a fait l'objet d'une campagne de presse négative, alors *mon* agent publicitaire a eu la brillante idée de me coller dans ce jeu télévisé. Je… ne suis pas vraiment certaine que cela ait été une bonne initiative.

Il éclata de rire, et ce rire grave se réverbéra en elle comme une délicieuse onde tiède, à tel point sensuelle qu'elle se sentit soudain les jambes toutes faibles. Elle considérait la faiblesse inacceptable quelles que soient les circonstances. Mais lui résister exigeait beaucoup plus d'effort qu'elle ne s'y était attendue.

Était-ce vraiment mal de permettre à un homme comme lui de l'affecter ainsi ? Bien sûr, il était insupportable, têtu comme une mule et beaucoup trop vertueux à son goût, mais après tout, il avait aussi un corps superbe, un charmant sourire et des cheveux mi-longs qui semblaient faits pour les doigts d'une femme.

— Curieusement, je pensais la même chose, reconnut-il, un sourire plissant les coins de ses yeux. Toutefois, j'ai changé d'avis. Je crois que nous pouvons nous aider mutuellement si nous travaillons ensemble. Que diriez-vous d'essayer ?

Elle ne put s'empêcher de se demander quelle autre carte il avait dans sa manche — à l'évidence, il allait se montrer coopératif au lieu de persévérer dans son attitude butée. Probablement dans le seul but de la déstabiliser.

Néanmoins, elle avait besoin de travailler avec lui afin que chacun d'eux puisse atteindre son objectif. Ravalant ses doutes, elle glissa sa main hors de la sienne.

— Oui, bien sûr, répondit-elle. Pourquoi pas ?

Ils mirent toutes leurs idées en commun, et, fidèle à sa promesse, il prêta une oreille attentive aux siennes. Mieux encore, il riait à ses plaisanteries.

Nul n'avait besoin de savoir qu'elle se délectait secrètement de son attention.

Vers la fin de l'après-midi, Trinity était à bout de nerfs. Le stand McLemonade leur avait rapporté, à Logan et à elle, un peu plus de quatre cents dollars, ce qui était un vrai miracle. Car ils s'étaient disputés sur tout : sur le prix de leur produit, le lieu d'implantation du stand, le volume de limonade dans chaque gobelet. Apparemment, son côté gentil et coopératif n'apparaissait que lorsqu'il désirait quelque chose, pour disparaître aussitôt lorsqu'ils s'attaquaient aux vrais problèmes.

Le producteur de l'émission leur demanda enfin de plier bagage, et de retourner au studio pour terminer le tournage de la journée. Ils rentrèrent chacun dans sa voiture, et ils se retrouvèrent sur le plateau, dans la fausse salle du conseil d'administration.

Cette fois-ci, elle prit un siège. Toute une journée debout

sur l'herbe en sandales à talons aiguilles l'avait laissée épuisée. Rob Moore leur souhaita à nouveau la bienvenue, et les équipes s'installèrent autour de la table.

Logan resta debout au fond de la salle et elle fit semblant de ne pas remarquer que le siège près du sien était vide. Tous les autres coéquipiers étaient assis ensemble. Cela lui était égal. Son coéquipier et elle étaient parfaitement incompatibles, et ils n'avaient réussi à travailler ensemble que par simple obligation.

— Nous avons fait les comptes, et je dois dire que vous avez tous été très impressionnants, déclara l'animateur de l'émission avec un sourire qui exhiba des dents très blanches. Mais les vainqueurs sont… Mitch Hennessy et John Roberts !

Déçue, elle applaudit poliment alors que l'équipe gagnante se congratulait mutuellement, puis trottait jusqu'au bout de la table où les attendait le chèque géant rédigé à l'ordre de St Jude, l'hôpital pour enfants. C'était cela, l'essentiel. Cet argent était destiné à une bonne cause.

— Les bénéfices de l'équipe gagnante étaient de…

Rob Moore marqua une pause pour augmenter l'effet dramatique des résultats, avant d'annoncer :

— Quatre cent vingt-huit dollars ! Impressionnant !

Elle réprima un soupir de frustration. Ainsi donc, ils n'avaient perdu que par une différence de vingt-cinq malheureux dollars ? Elle avait envie de hurler de rage, mais ce comportement ne la servirait pas devant les caméras. Et s'il y avait un moyen de resquiller du temps d'antenne supplémentaire ? Les caméras étaient à présent braquées sur les perdants, et l'animateur se lançait dans les commentaires de fin mélodramatiques qui étaient sa signature.

— Que l'on prépare les exécutions ! cria-t-il.

C'était la partie la plus kitsch de l'émission, celle qu'elle avait espéré éviter. Or, elle pensait avoir trouvé le moyen d'y échapper et, en même temps, d'obtenir que les caméras restent sur elle un peu plus longtemps.

Repoussant bruyamment son fauteuil, elle se leva d'un bond et se précipita sur son coéquipier, pointant son index au centre de sa poitrine un peu plus fort qu'elle n'en avait eu l'intention. En tout cas, elle avait désormais toute l'attention du cadreur, et c'était cela qui comptait.

— Tout cela est votre faute, McLaughlin. Nous aurions gagné si vous n'étiez pas aussi nul.

— Quoi ? gronda-t-il. Ce navire a commencé à prendre l'eau dès la seconde où on nous a placés dans la même équipe. « Fille rebelle rencontre garçon cent pour cent américain » ? Quelle plaisanterie ! « Train rapide rencontre accident de chemin de fer » aurait convenu infiniment mieux.

Cette remarque décrivait si bien la journée qui venait de s'écouler qu'elle faillit éclater de rire. Mais elle s'en garda bien. Elle aurait tout le temps d'admirer son trait d'humour plus tard, devant un verre de vin, lorsqu'elle fêterait la perspective de n'avoir plus jamais à le revoir de toute sa vie.

— Savez-vous quel est votre problème ? rétorqua-t-elle.

— Je suis certain que vous n'allez pas tarder à me l'apprendre, ironisa-t-il en croisant les bras sur son large torse, dans une pose qu'elle avait inutilement tenté d'ignorer toute la journée.

Lorsqu'il faisait cela, ses énormes biceps tendaient à craquer le tissu de son T-shirt. Elle aurait tout donné pour pouvoir en toucher un, juste une fois. Était-ce trop demander ?

— Il faut bien que quelqu'un le fasse, sinon vous resterez toujours un bon petit soldat ne vivant que par le règlement, grinça-t-elle. Certaines règles sont faites pour être contournées. C'est pour cela que nous avons perdu. Si vous tenez à devenir un saint, faites-le sur votre temps de loisir.

— Essayez-vous de me dire que je ne suis qu'un pauvre petit conformiste ?

— Si le terme vous convient, faites-le vôtre, suggéra-t-elle d'un ton aimable. Et j'ajouterai que ce n'est même pas le pire de vos problèmes.

Ses yeux lancèrent des éclairs, et elle faillit renoncer, car il était réellement furieux. Bien sûr, elle désirait que les caméras s'attardent sur elle, mais elle se sentait coupable de l'avoir maltraité. Toutefois, lorsqu'il se mettait en rage, il oubliait ses bonnes manières pour se concentrer entièrement sur elle. Et cela, elle adorait.

— Oh ! je suis réellement impatient d'entendre vos paroles de sagesse, répondit-il d'un ton sarcastique. Je vous en prie, éclairez-moi.

— Vous ressentez de l'attirance pour moi, et vous ne le supportez pas, déclara-t-elle d'un air dégagé.

C'était l'hôpital qui se moquait de la charité, bien sûr, mais il n'était pas question de se l'avouer à elle-même, et moins encore de le dire tout haut.

— Pardon ? Vous disiez ?

— Vous m'avez très bien entendue.

Son index alla à nouveau percuter le centre de son torse puissant, presque mû par sa propre volonté. C'était dur et délicieux, et cette sensation de muraille inébranlable était très excitante. Logan était un homme fort, qui ne fuirait sûrement pas dans les moments difficiles. Une femme avait quelquefois besoin d'une épaule solide. Logan en avait deux.

— Oui, je vous ai entendue, grogna-t-il.

Il plaqua sa grande main sur la sienne, emprisonnant sa paume contre son torse, avant d'ajouter :

— Ce que je voulais dire, c'est que c'était la remarque la plus insensée que vous ayez faite de toute la journée.

Le cadreur régla sa caméra pour faire un gros plan de leur discussion. Elle le remarqua du coin de l'œil et réprima un sourire.

Aucune somme d'argent n'aurait pu acheter une telle couverture médiatique. Demain à la même heure — elle y veillerait — ce clip serait devenu viral : *Deux chefs d'entreprise s'invectivent sur le plateau d'une émission de téléréalité*. Les internautes y verraient une femme déterminée qui ne se laissait pas impressionner par son macho de coéquipier. Pourvu qu'ils tapent correctement « Fyra », le clip devrait générer une publicité positive pour sa marque, qui en avait bien besoin.

— Eh bien préparez-vous à entendre des choses plus folles encore, car non seulement vous me désirez, mais vous pensez constamment à ce que vous ressentiriez si vous m'embrassiez. Avouez-le, mon piercing sur la langue a éveillé votre curiosité.

— Oui, naturellement, reconnut-il avec une sincérité qui acheva de la déstabiliser.

Vraiment ? Elle le dévisagea, fascinée, et un seul regard suffit à la convaincre. Dans ses yeux, elle lisait bien autre chose que de l'irritation. Logan McLaughlin, le boy-scout du base-ball professionnel, n'avait jamais embrassé une fille avec un piercing sur la langue, et il était impatient d'essayer.

Une fournaise de désir brûlait désormais entre eux. Elle sentait les battements puissants mais désordonnés du cœur de Logan sous sa paume, reflétant fidèlement ce qui se passait au même instant sous sa propre peau.

— Quel homme digne de ce nom ne serait pas curieux ? murmura-t-il. Cette petite barre d'acier qui traverse votre langue ne peut avoir qu'un seul usage — donner du plaisir à un homme.

Il la contempla un instant, les paupières mi-closes, et, lorsqu'il rouvrit les yeux, elle y lut des sous-entendus si explicites qu'elle sentit son pouls s'affoler. Prisonnière du feu de son regard, elle se pencha vers lui, froissant le plastron de son T-shirt dans sa paume.

— Il n'existe qu'un seul moyen de…

Sa bouche s'empara de la sienne avant qu'elle n'ait eu le temps d'achever sa phrase. Il l'embrassa, et son cerveau devint instantanément incapable de toute pensée rationnelle. Le plateau de télévision s'estompa, les spectateurs fascinés disparurent, plus rien n'existait hormis la sensation de ses bras vigoureux autour d'elle. De sa bouche sur la sienne.

Elle était exactement là où elle désirait être.

Logan McLaughlin était une pure perfection sous ses doigts. Oui, il était réellement dur partout. Son dos à lui tout seul méritait d'être classé comme une œuvre d'art. Elle avait l'impression de toucher un homme pour la première fois. N'était-ce pas extraordinaire ? Il lui restait encore des choses à découvrir dans un corps masculin.

Elle désirait davantage. Et elle ne s'en priva pas.

Inclinant la tête, elle l'embrassa passionnément, et sa réaction fut instantanée, sa bouche répondant avec gourmandise à la sienne, prenant l'initiative de leur baiser, allumant un incendie de désir dans son sang. Jamais elle n'aurait imaginé qu'un baiser pût avoir un tel effet sur elle. Sa bouche était…

Puis, tout à coup, ses lèvres se volatilisèrent, et elle vacilla, cherchant désespérément à retrouver leur contact. Au lieu de cela, il se pencha à son oreille et chuchota :

— Ai-je été bon ? Était-ce suffisamment proche de ce que vous espériez ?

Elle éclata de rire. Qu'aurait-elle pu faire d'autre ?

— Oui, répondit-elle. C'était parfait.

Il avait compris son stratagème depuis le début. Bien sûr. Que s'était-elle imaginé ? Avait-elle cru réellement qu'un homme comme lui, visiblement élevé dans le respect du mariage et des valeurs familiales, s'intéresserait à une femme comme elle, qui avait fait de son indépendance un bouclier ? Avait-elle cru réellement qu'il avait été aussi ébloui qu'elle par ce baiser ?

Ils ne feraient jamais un couple crédible — sauf, peut-être, sur un plateau de télévision.

C'était le moment idéal pour se faire leurs adieux. Mais, pour une raison mystérieuse, elle avait toutes les peines du monde à ôter ses mains du corps de son coéquipier.

2

Le lendemain matin, Trinity pénétra dans l'immeuble de verre et d'acier qui abritait l'entreprise de produits cosmétiques qu'elle avait contribué à créer grâce à son sens des affaires et à sa passion pour tout ce qui était féminin. Le style contemporain et la déco dominée par les tons violets que ses associées et elle avaient choisis ensemble la mettaient toujours de bonne humeur, et l'implantation de ces locaux juste au nord du centre-ville de Dallas était idéale pour une femme célibataire propriétaire d'un somptueux appartement en plein cœur de la métropole.

Cass avait suggéré à plusieurs reprises qu'elles délocalisent leur société à Austin. Elle n'avait soulevé aucune objection à ce sujet parce qu'elle savait que la P-DG de Fyra avait une excellente raison pour souhaiter ce déménagement : Gage, son mari, vivait dans cette ville, et ils s'apprêtaient à devenir parents d'un enfant. Elle n'avait aucun a priori contre Austin, mais c'était un nouvel exemple des facteurs sur lesquels elle n'avait aucun contrôle. Et elle détestait se sentir impuissante.

D'ailleurs, pourquoi Gage ne déménagerait-il pas sa propre entreprise à Dallas ? Cass et lui étaient tous deux P-DG de sociétés employant de nombreux salariés. Le fait que Gage soit un homme signifiait-il que ses besoins soient automatiquement prioritaires ?

Au bureau, elle fut accueillie par des applaudissements et des acclamations, et elle s'arrêta un instant pour sourire et saluer ses collègues. À l'évidence, le clip de son baiser avec Logan avait déjà circulé. L'émission elle-même ne serait diffusée que plus tard dans la semaine, mais elle avait fait du charme au producteur pour obtenir la fameuse séquence du baiser, et elle l'avait lancée sur sa trajectoire virale en la postant sur ses comptes Facebook et Twitter, et en demandant à tous ses amis de la partager.

Elle ne laissait rien au hasard.

Cass avait organisé une réunion en début de matinée, probablement pour entendre tous les détails de l'affaire. Détails qu'elle serait heureuse de lui fournir. Chantonnant à mi-voix, elle alla se servir une tasse de café, puis elle sortit son iPad de son sac et se dirigea vers la salle de conférences, où elle trouva Cass qui l'attendait, assise au bout de la table.

Elle alla la saluer, puis elle fit de même avec Alex Edgewood, la directrice financière de Fyra, puis Harper Livingston-Gates, leur directrice scientifique, dont les visages apparaissaient en écran partagé sur le moniteur vidéo monté au mur. Les deux femmes assisteraient à cette réunion en vidéoconférence parce qu'il avait suffi d'un claquement de doigts de leurs maris pour qu'elles abandonnent aussitôt Dallas.

Un peu honteuse de son attitude critique, elle prit place dans l'un des fauteuils.

Alex attendait des jumelles et on lui avait ordonné le repos au lit. Il était donc logique qu'elle ait rejoint Phillip, son mari, qui était sénateur, à Washington. Le mari de Harper, lui, travaillait à Zurich, et elle ne pouvait pas en vouloir à son amie de désirer partager son lit avec un homme aussi sexy que le Dr Dante Gates, d'autant plus qu'ils étaient fous amoureux l'un de l'autre, après avoir été seulement des amis durant plus de dix ans.

Bon, pour être honnête, elle était peut-être un tout petit peu jalouse que toutes ses amies aient trouvé aussi facilement le bonheur. Aucune d'elles n'avait eu à vivre l'affreuse fausse couche qui l'avait anéantie. Mais quelle importance ? Elle avait d'autres avantages dans sa vie. Des soupirants trop nombreux pour être comptés.

Le problème, c'était que les hommes merveilleux devenaient de plus en plus rares. C'était le drame lorsqu'on venait d'avoir trente ans. On réévaluait le sens du terme « merveilleux ». Et le style Peter Pan immature ne la faisait plus rêver. Hélas, c'était pourtant le type d'hommes qu'elle rencontrait dans ses cercles habituels, même si, pour le court terme, elle s'en accommodait.

Elle aurait seulement voulu comprendre pourquoi ces relations ne la satisfaisaient plus.

— Ton coéquipier de la téléréalité et toi semblez vous être énormément rapprochés, remarqua Cass, esquissant un sourire malicieux. Raconte-moi tout.

— Ce n'était qu'une comédie devant les caméras, ma chérie.

Cette déclaration lui causa un étrange malaise. Leur baiser avait été strictement pour le spectacle, bien sûr. Pour lui comme pour elle. Même si elle avait adoré qu'il lui donne une telle impression de véracité.

— Nous avions tous deux besoin de nous assurer une bonne couverture médiatique, s'empressa-t-elle d'ajouter. Et cela a très bien fonctionné.

Alex et Harper se déclarèrent déçues que l'histoire ne soit pas plus croustillante. Et, à vrai dire, elle aussi ressentait quelque chose de très semblable à la déception. Seulement, elle n'avait aucune envie d'en parler.

— Je sais que nous avons pris l'habitude de disséquer nos vies amoureuses en réunion, mais ne pourrions-nous pas passer directement à l'ordre du jour ? remarqua-t-elle gentiment mais fermement. Je suis certaine que Cass n'a pas demandé cette réunion pour débattre des qualités de mon coéquipier dans une émission de téléréalité.

— En fait, si, corrigea Cassie. Notre problème d'image est tout en haut de notre liste de priorités, à l'heure actuelle. Après notre problème de fuite d'informations, et notre fiasco avec les autorités de contrôle sanitaire, nos ventes se sont effondrées. Pire encore, la multiplication d'articles négatifs dans la presse ressemble fort à une campagne de diffamation.

Elle était du même avis. Et c'est pourquoi elle était tellement furieuse. C'était son territoire. Sa société. Et quelqu'un cherchait à la détruire.

— Oui, j'en suis consciente. Je vous rappelle que c'est justement pour cela que j'ai participé à l'émission.

— Je ne suis pas certaine que cela suffise, observa Cass, fronçant les sourcils. J'ai approuvé le projet parce que notre agent publicitaire l'avait recommandé, mais nous devons hâter le lancement du Formula-47. Quand peux-tu nous présenter ton plan marketing ?

— Lundi prochain ? suggéra-t-elle.

Inutile de préciser qu'elle n'avait même pas commencé à préparer sa campagne.

C'était entièrement sa faute, mais il fallait reconnaître qu'elle ne s'était jamais retrouvée aussi longtemps en panne d'inspiration. Et elle ne pouvait même pas compatir aux problèmes de ses amies. De récentes évolutions dans leurs vies les avaient éloignées d'elle, et elle les regardait évoluer dans le rôle d'épouses et de mamans. Toute seule.

Elle détestait cette situation. Elle était heureuse pour ses amies, bien sûr, mais elle regrettait qu'elles aient toutes choisi des vies si différentes de celles qui étaient les leurs autrefois. Si différentes de celle qu'elle espérait pour elle-même. Et elle soupçonnait que c'était pour cette raison que sa créativité l'avait totalement abandonnée au moment même où elle lui était le plus nécessaire.

Le croquis qu'elle avait esquissé au tableau blanc alors que Logan était planté juste derrière son épaule avait été son seul instant d'inspiration. Le support était peut-être la clé du problème. Elle allait se procurer un de ces chevalets et de grandes feuilles blanches pendant l'heure du déjeuner. Cela pourrait fonctionner.

Il était encore temps de réveiller sa muse, de jeter toutes ses forces dans ce projet et de présenter une brillante campagne de marketing lundi matin. Surtout si sa participation à cette émission de téléréalité produisait le résultat qu'elle avait espéré. Ce problème résolu, elle pourrait se concentrer sur le projet Formula-47, une crème régénératrice de la peau merveilleusement efficace qui pourrait bien propulser la société Fyra tout au sommet de l'industrie.

Cass acquiesça et se tourna vers ses chiffres, Alex fit son exposé tandis qu'elle s'efforçait d'extraire au moins une idée valable de sa matière grise. Peine perdue. Mais, bien sûr, il lui restait encore une semaine. Aucun souci.

Les feuilles blanches sur chevalet ne furent pas la baguette magique qu'elle avait espérée, pas plus que les interminables séances de brainstorming qu'elle avait organisées pour stimuler le travail de son équipe de créatifs.

Elle n'avait même pas trouvé un nom pour le produit, ce qui signifiait qu'elle ne pouvait pas commencer à travailler sur son conditionnement. Le nom était la pierre angulaire de son processus de création, dont tout le reste découlait. Le Formula-47 allait devenir le produit phare de la société, et une grande partie de son futur succès commercial reposait sur les épaules de la directrice du marketing. Elle.

— Je vous ai apporté d'autres feuilles blanches, l'informa Melinda, la réceptionniste de Fyra, passant sa tête dans l'entrebâillement de la porte. Et, d'autre part, Lara, de chez Gianni Publicity Group, vient d'arriver. Elle n'a pas rendez-vous. Dois-je lui demander de revenir un autre jour ?

L'agent publicitaire. Il ne manquait plus qu'elle. Cette visite venait lui rappeler que Cass avait cru nécessaire de faire venir un intervenant extérieur pour faire son travail à sa place. Sans compter que, pour le moment, la seule contribution de Lara avait été de la jeter dans les bras d'un gentil garçon du Texas qui embrassait comme un magicien.

À ce stade, elle aurait dû oublier jusqu'au nom de Logan McLaughlin. Pour une raison inconnue, ce nom résonnait encore dans sa mémoire, déclenchant d'étranges vagues de chaleur dans son corps. Et pourtant, elle n'était pas du tout attirée par les cow-boys aux larges épaules et aux hanches étroites élevés au grand air.

— Non, répondit-elle d'un ton las. Je vais la recevoir.

Lara Gianni entra d'un pas dégagé dans son bureau, très chic avec ses longs cheveux flottant au vent derrière elle.

— Vous êtes une femme géniale, s'exclama-t-elle en la prenant par les épaules pour l'embrasser sur les deux joues à la mode italienne. Logan McLaughlin est un homme… *magnifico* !

— Halte-là ! répliqua-t-elle. Je l'ai vu la première. Et d'abord, pourquoi est-il si magnifique ? Avez-vous de bonnes nouvelles pour moi ?

— Les meilleures, répondit l'agent publicitaire en riant. Votre vidéo a déjà été partagée un demi-million de fois, et la réponse est fantastique. Les gens vous adorent ensemble. L'amour sur un plateau de télévision était une brillante idée de marketing.

— Attendez une minute, coupa-t-elle, soudain inquiète. L'amour sur un plateau de télévision ? Ce jeu n'était pas la villa des cœurs brisés. Le public était censé voir le nom de la société Fyra au bas de l'écran, et éprouver de la sympathie pour la marque. C'est ainsi que vous nous avez vendu l'idée.

— Cela, c'était avant que vous n'ayez choisi un angle totalement différent. C'était une idée merveilleuse !

— Je n'ai pas choisi un angle différent. Nous avions perdu à ce jeu, et je devais tenter le tout pour le tout. Alors, j'ai embrassé mon coéquipier. Voilà. À présent, Fyra est sur tous les réseaux sociaux.

— Non, corrigea Lara. C'est *vous* qui êtes sur tous les réseaux sociaux, ma chère. Ils adorent l'histoire romantique que vous avez involontairement créée. Je vous recommande vivement de la continuer.

— Continuer quoi ? Il n'y a aucune histoire romantique. C'était un simple baiser.

Un baiser brûlant. Personne n'avait besoin de savoir qu'elle avait regardé la vidéo une bonne douzaine de fois avant de la poster.

— Je suggère que vous réfléchissiez à un moyen d'en faire davantage qu'un unique baiser. Votre relation n'a pas besoin d'être réelle, pourvu que vous vous fassiez photographier fréquemment ensemble, en train de vous embrasser et de vous faire les yeux doux.

C'était un raisonnement délirant. Une fausse relation, uniquement pour la publicité ? Impossible. Elle en serait incapable. Et lui, il refuserait tout net. Et cependant… Pourquoi serait-ce différent d'un baiser initié pour la même raison ? Logan s'était jeté sur cette opportunité comme un requin affamé. Peut-être jouerait-il mieux encore la comédie du couple passionné.

Cette pensée la fit frissonner de tout son corps. Un tel arrangement offrait des perspectives extrêmement intéressantes. Et, parmi elles, entraîner un gentil garçon de la campagne sur les chemins de l'aventure n'était pas la moindre. Et cela se passerait devant les caméras.

Non. Une fausse relation à long terme serait très différente d'un unique baiser. Elle n'était pas bonne actrice à ce point.

Mais, tout à coup, elle ne savait plus si elle faisait semblant de ressentir de l'attirance pour lui… Ou si elle feignait une fausse indifférence.

— Pas question, répondit-elle d'un ton ferme. Je ne peux pas faire une chose pareille.

Fronçant les sourcils, Lara sortit son téléphone et tapota quelques touches, puis elle lui montra l'écran.

— Regardez, dit-elle. Voilà le taux de clics de votre vidéo sur le site web de Fyra.

Elle cessa de respirer. *Soixante-quinze pour cent !* À ce jour, le meilleur taux de ses campagnes sur les réseaux sociaux n'avait été que de douze pour cent.

Après la campagne de calomnies que quelqu'un avait lancée contre Fyra, elle ne pouvait pas se permettre de laisser passer une telle opportunité.

Il apparaissait qu'elle allait devoir rendre une petite visite à M. McLaughlin. Dès le lendemain.

Bonjour, nouveau fiancé de mon cœur.

Logan, songeur, regarda la feuille de calcul que Myra, son agent publicitaire, avait étalée sur son bureau.

— Je vous avais bien dit que cette participation à une émission de téléréalité serait un succès, se rengorgea Myra.

C'était évident, et il n'avait pas besoin que Myra lui signale l'énorme augmentation de leurs ventes de billets. Il avait constaté lui-même l'activité fiévreuse dans les bureaux en arrivant ce matin-là. Et c'était à Trinity Forrester, directrice du marketing de Fyra, qu'il le devait.

Qui aurait pu imaginer que ce baiser incandescent paierait de tels dividendes ?

Duncan McLaughlin, son père, n'avait *jamais* eu recours à de telles méthodes pour inciter les clients à ouvrir leur portefeuille. Mais, pour être juste, l'idée ne venait pas de lui-même. Tout de même, il fallait reconnaître qu'il l'avait saisie au vol, en tout cas lorsqu'il avait compris que cette femme ultra-sexy qui faisait flamber sa libido de façon incontrôlable ne cherchait pas à le séduire. Elle avait simplement trouvé une dernière façon de garder les caméras tournées vers eux plus longtemps. Il pouvait difficilement se plaindre d'une telle tactique.

Mis à part le fait que, depuis ce baiser de fille rebelle, il lui était impossible d'effacer de sa mémoire la sensation de ce piercing sur sa langue.

— Euh… Patron ? fit Lisa, son assistante, en entrant dans le bureau. Une Mlle Forrester demande à vous voir.

Tiens, tiens. Il s'adossa à son fauteuil, sentant sur lui le regard de plus en plus intrigué de Myra. Son expression avait dû le trahir.

— Oui, faites-la entrer, dit-il. Et merci à vous aussi, Myra. Je reviendrai vers vous plus tard.

Puis, Trinity entra d'un pas dégagé dans son bureau, avec sa coupe de cheveux asymétrique qui lui faisait perdre la tête, et le monde du base-ball cessa tout à coup d'exister. Comment une telle coiffure pouvait-elle être aussi sexy ? Sur elle, c'était un avertissement, une façon d'annoncer qu'elle était une force sur laquelle il fallait compter.

Sa tenue du jour consistait en un ensemble d'un violet vibrant avec une minijupe ultracourte, des bas noirs qui soulignaient la longueur de ses jambes, et des baskets assorties à son ensemble.

— Merci de me recevoir sans rendez-vous.

Cette voix de gorge sensuelle… Son sang se mit à rugir comme un torrent dans ses veines, et il se sentit intensément vivant — comme lorsqu'il prenait sa position sur le monticule du lanceur durant un match de championnat.

Pourquoi justement *elle* ? Il cherchait depuis toujours une femme simple, d'une disposition agréable, qui aime la musique country et les pique-niques. Une gentille femme qui fonderait une famille avec lui, qui mettrait au monde ses enfants et qui serait l'amour de sa vie. C'était ainsi que son père avait vécu, et il ne désirait rien d'autre. Le fait qu'il n'ait pas encore rencontré l'épouse parfaite n'avait aucune importance. Il savait qu'elle existait quelque part.

Et elle ne s'appelait pas Trinity.

Mais il n'était pas question d'oublier ses bonnes manières, et il se leva vivement, désignant la causeuse près de la baie vitrée qui dominait le terrain de base-ball.

Mais, au lieu de prendre le siège qu'il lui offrait, elle le toisa de la tête aux pieds d'un regard torride.

— Vous portez un costume, remarqua-t-elle. Qu'aviez-vous affirmé, à ce sujet ?

« Je préférerais sortir tout nu. »

Ce non-dit plana entre eux un instant, puis, peu à peu, il ressentit un courant de tension sexuelle vibrer entre eux. Il avait à présent la réponse à la question qu'il s'était posée depuis ce baiser — à savoir s'il avait réellement senti cette brûlante attirance mutuelle les jeter l'un vers l'autre.

Il ne s'était pas trompé. Elle était toujours là.

— Aujourd'hui, je suis dans mon rôle d'adulte, répondit-il d'une voix un peu rauque.

— Oui, je vois, assura-t-elle, lui décochant un sourire incendiaire. Moi aussi, j'ai failli me déguiser en adulte pour Halloween, une année. Mais j'avoue que cela vous va très bien.

— Que puis-je faire pour vous, mademoiselle Forrester ?

Plus vite il l'aurait évacuée de son bureau, et plus vite il pourrait se remettre au travail. Ou aller prendre une douche glacée. Ce qu'il fallait à tout prix éviter, c'était lui permettre de prendre le pouvoir, ou elle lui ferait faire ses quatre volontés avant qu'il ne se soit totalement remis de cette attaque massive de phéromones.

— Appelez-moi Trinity, je vous en prie.

Elle indiqua sa table de travail d'un signe du menton, et sa longue chevelure sombre cascada sur une épaule. Aujourd'hui, elle avait gardé sa couleur naturelle, sûrement dans le but de le déstabiliser.

— Parlez-moi de vos chiffres.

— Je suis très satisfait du résultat de cette vidéo virale, reconnut-il, tournant son regard vers les feuillets imprimés que Myra lui avait montrés, et se demandant ce qu'elle cherchait réellement. J'espère que lorsque l'émission passera à l'antenne, cette tendance positive continuera. Et qu'en est-il de votre côté ?

— Fantastique. La réponse est tellement excellente que je suis venue vous faire une proposition.

Elle avait dit cela d'une façon qui le fit aussitôt penser à des portes closes, à un rendez-vous secret et à un très long moment de temps libre pour explorer les différentes possibilités de ce piercing lingual sur toutes les parties de son corps. Si ce fantasme se réalisait, il serait à jamais perdu pour toutes les autres femmes, cela ne faisait aucun doute.

— Je vous écoute, répondit-il, s'efforçant désespérément de se ressaisir.

— Le cœur de cible de ma clientèle a adoré cette vidéo de nous. Mon agent publicitaire est d'avis que nous devrions en profiter, et nous lancer dans une relation… très publique. Prétendre que nous sortons ensemble en dehors du plateau.

— C'est l'idée la plus absurde que j'aie jamais entendue ! Nous nous entre-tuerions avant d'avoir convaincu qui que ce soit que nous sommes un couple.

Et pourtant… Les ventes de billets s'étaient envolées

lorsque cette vidéo avait été postée, et cela ne pouvait pas être une coïncidence. Quel mal y aurait-il à tirer profit de cette tendance de fond ?

Quel mal ? C'était *dangereux*. Et sa principale objection n'avait aucun rapport avec la valeur de l'idée elle-même. Ce qu'il craignait, c'était sa propre réaction — totalement illogique — chaque fois qu'elle se tenait à moins d'un mètre de lui.

Le soir précédent, elle n'était même plus là lorsqu'il s'était laissé aller à rêvasser qu'ils terminaient leur baiser dans sa chambre, avec ses longues jambes nouées autour de sa taille. Mais, même si elle était l'objet de ses fantasmes sous la douche, il n'aurait jamais imaginé qu'elle réapparaîtrait aujourd'hui, et surtout pas de cette façon.

— En réalité, répliqua-t-elle, l'idée la plus absurde de tous les temps a été de nous mettre dans la même équipe lors de ce jeu stupide à la télévision. Mais nous avons tourné la situation à notre avantage. *Ensemble*. C'était un travail d'équipe, et nous avons été à deux doigts de gagner. Imaginez seulement ce que nous pourrions accomplir si nous exploitions ensemble l'engouement du public pour les couples de célébrités ! Ce que je vous offre, c'est mon attention tout entière pour relancer votre billetterie.

Elle était une excellente négociatrice, aucun doute. Pire encore, il avait *envie* de dire oui, ne serait-ce que pour découvrir ce qu'elle entendait par « son attention tout entière ».

Serait-il répréhensible de profiter de cette occasion pour satisfaire la curiosité que Trinity éveillait en lui ? Et, dans ce cas, combien de temps pourrait-il résister à son envie de la toucher ? Pas très longtemps — il ne pourrait s'empêcher de la provoquer jusqu'à ce qu'elle l'embrasse à nouveau.

— Et d'abord, comment savez-vous que je suis célibataire ? répliqua-t-il. J'ai peut-être déjà trouvé la femme idéale, et…

— N'insultez pas mon intelligence, McLaughlin. Ni la vôtre non plus. Vous auriez pu mettre un terme à cette tension sexuelle entre nous à tout moment. Si vous avez déjà une petite amie et que vous pouvez tout de même m'embrasser de cette façon, vous n'êtes pas l'homme que je croyais.

— À présent, je comprends tout, conclut-il, hochant la tête. Tout cela n'est qu'un plan pour vous assurer davantage d'exposition devant les caméras. En assistant à quelques matchs des Mustangs, par exemple, où la très sexy petite amie du propriétaire de l'équipe attirerait les regards.

— Et alors ? rétorqua-t-elle d'un air de défi. Est-ce forcément une mauvaise idée pour cela ? Le seul facteur qui doive vous préoccuper, ce sont vos ventes de billets.

Bon sang, quelle assurance. Décidément, lorsqu'elle appelait un chat un chat, c'était un tigre qu'elle sortait de son chapeau.

— Voyons si j'ai bien compris. Ce que vous suggérez, c'est que nous nous fabriquions une fausse relation. Que nous soyons vus ensemble à certains événements. Et, d'après vous, le public nous montrera son appréciation en dépensant beaucoup d'argent ?

— Nous allons les y aider avec une campagne publicitaire largement basée sur le buzz. Mais, c'est à peu près cela, oui. Parlez-en avec votre agent publicitaire, avec votre équipe marketing, et travaillons-y tous ensemble pour attirer l'attention sur nos marques respectives.

Non seulement ses arguments étaient sensés, mais il adorait sa manière unique de présenter la situation. Ce seul détail aurait dû suffire à le rendre très nerveux.

— D'après vous, comment allons-nous réussir à rester polis l'un envers l'autre si nous sortons ensemble ?

— Qui a dit que c'était une nécessité ? s'enquit-elle en rivant ses yeux d'azur brillants sur les siens. Ce qui rend notre relation piquante, c'est la façon dont nos caractères s'affrontent. C'est cela qui fait des images intéressantes. N'avez-vous pas regardé la vidéo ?

Il était inutile de prétendre qu'elle avait tort. De plus, il n'avait pas oublié que c'était leur première dispute qui avait causé l'explosion de ce baiser incandescent.

— Si je comprends bien, non seulement nous devrons sortir ensemble, mais aussi avoir de furieuses querelles en public ?

Pour lui, c'était beaucoup trop. Il avait appris à se méfier de ses colères. Lorsqu'il se laissait emporter par ses émotions, il prenait invariablement de mauvaises décisions. Il avait laissé tout cela derrière lui lorsqu'il avait acheté les Mustangs. Un propriétaire d'équipe devait garder la tête froide, et, jusque-là, sa nouvelle sérénité lui avait bien servi.

Jusqu'à ce qu'il rencontre Trinity.

Elle était la seule personne au monde capable de lui faire oublier son attitude zen à chaque seconde.

— Soyons clairs, répondit-elle avec un haussement d'épaules nonchalant. Je suis décidée à faire tout ce qui sera nécessaire pour vous convaincre d'accepter mon plan. Si vous souhaitez que je sois gentille et que je fasse des risettes à vos admirateurs, je le ferai sans hésitation.

Sur ces mots, elle s'approcha pour laisser glisser lentement son doigt sur le plastron de sa chemise, et il se souvint que c'était exactement ce qu'elle avait fait la première fois — juste avant qu'il ne découvre la sensation d'embrasser une femme avec un piercing sur la langue.

Comme si elle avait lu dans ses pensées, il vit un incendie s'allumer instantanément dans ses beaux yeux, et elle parcourut lentement tout son corps d'un regard qui lui fit presque l'effet d'une brûlure.

— Logan, roucoula-t-elle d'une voix de gorge, mettant à mal ce qui lui restait de contrôle, si vous voulez que je m'habille de cuir et que je brandisse un fouet pour être à la hauteur du personnage de vilaine fille dont cette émission de téléréalité m'a affublée, je serai heureuse de vous faire ce plaisir. Dites-moi ce que je dois faire.

C'était une proposition intéressante, et son imagination se mit à galoper comme un cheval emballé.

— Nous devrions tout faire pour être crédibles, convint-il, sachant qu'il était inutile de prétendre qu'il restait indifférent à sa proposition.

— Oui, bien sûr, approuva-t-elle. Baisers en public. Affection. Réconciliations spectaculaires après une bonne dispute. Et peut-être *la* proposition d'un événement nuptial, accompagnée d'un énorme diamant tout étincelant.

Il fronça les sourcils. Même pour une augmentation de mille pour cent de ses ventes de billets, il ne prononcerait jamais des mots aussi sacrés à moins qu'ils ne soient sincères.

— Il n'est pas question que je vous demande en mariage même si c'est seulement pour le spectacle. Je réserve ces mots-là pour la future Mme McLaughlin. Elle a le droit d'être la première à les entendre.

Quelque chose brilla dans son regard durant une fraction de seconde. Regret ? Nostalgie ? Mais cette lueur disparut presque aussitôt, et son expression se durcit.

— D'accord. C'est vous qui décidez.

— Vous comprenez, bien entendu, que nous allons passer beaucoup de temps ensemble. Vous allez devoir faire semblant d'aimer le base-ball. Et vous vous retiendrez de bâiller lorsque je chanterai les exploits de Nolan Ryan.

— Seulement si vous m'écoutez avec une attention passionnée lorsque je vous parle d'Estée Lauder, répliqua-t-elle avec un sourire narquois. Allez, j'ai besoin de vous. Faites-moi une offre.

— Je vais y réfléchir.

En réalité, sa décision était déjà prise. Il ne pouvait pas dire non. Restait à savoir jusqu'où cette fausse relation les entraînerait. Jusqu'où il était disposé à aller. Et, en tout premier lieu, s'il pouvait rester serein et lucide dans une relation avec Trinity Forrester.

Elle sortit d'un pas léger de son bureau dans un nuage de féminité, laissant dans son sillage une fragrance épicée qu'il sentirait encore probablement dans son sommeil durant de nombreuses nuits.

Sans se donner le temps de réfléchir aux millions de raisons pour lesquelles ce petit jeu était dangereux, il sortit son téléphone pour lui envoyer un texto :

J'accepte.

3

Trinity attendit deux jours entiers avant de répondre au texto de Logan. Principalement parce qu'elle n'avait aucune idée de ce qu'elle pourrait faire d'un petit ami. Les relations masculines l'agaçaient en règle générale, mais, s'agissant d'un homme avec qui il ne serait pas question de sexe, elle entrait en territoire tout à fait inconnu.

Que *pouvait-on* faire avec un homme, hors du lit ?

Plus particulièrement quand l'homme en question était Logan McLaughlin, son faux fiancé ? Sortir dans un club avec lui en espérant que quelqu'un prendrait des photos d'eux ? Trop aléatoire. Et, franchement, l'idée de Logan dans une soirée techno, entouré de fumée et de lumières stroboscopiques, était trop comique. Il se moquerait d'elle si elle suggérait une chose pareille.

Bien sûr, cela provoquerait peut-être une dispute qui ferait d'excellentes images, à condition qu'elle ait lieu dans un lieu public pour glaner un maximum de publicité. Que pouvait-elle inventer qui *fonctionnerait* ? Son manque de créativité débordait à présent dans la sphère sociale, et cela commençait à devenir ennuyeux. Presque autant que d'avoir à présenter lundi matin à ses associées une campagne de marketing qui n'existait pas encore.

Le Formula-47 faisait appel aux nanotechnologies pour effacer les cicatrices et réduire les rides. Il y avait des milliers de façons de faire la promotion d'un produit aussi fabuleux. Sa présentation n'aurait dû lui poser aucune difficulté.

C'est là-dessus qu'elle devrait se concentrer. Pas sur le message sibyllin de Logan McLaughlin : « J'accepte. » Rien de plus. Pas de *Retrouvons-nous autour d'un café pour convenir d'une stratégie.* Aucun : « *Voici mes conditions, et ce que j'attends de cet arrangement.* Quoi ? Était-elle supposée faire tout le travail, et tout organiser ? Dans cette affaire il avait des intérêts, lui aussi.

Le jeudi suivant, elle bouillonnait littéralement de frustration. Lorsque son téléphone sonna, elle faillit l'éteindre. Puis, elle vit le nom de Logan affiché sur l'écran, et elle lut le texto qu'il lui envoyait :

> Gala de charité demain soir. Beaucoup de caméras et de journalistes. Tenue de soirée de rigueur. Je passerai vous prendre à 20 heures précises.

Trinity réprima un soupir. *Ah, les hommes.* Logan avait du culot de supposer qu'elle pouvait se procurer une robe de soirée convenable en moins de trente-six heures. Sans compter qu'elle allait devoir supplier Franco, son coiffeur, de lui accorder un rendez-vous. Il n'y avait plus qu'une solution : quitter son bureau et consacrer le reste de l'après-midi au shopping, à la recherche de la robe idéale pour faire perdre la tête à un homme.

Logan méritait de souffrir le martyre toute une soirée pour l'avoir embarquée dans un tel plan à la dernière minute. Et, si elle avait secrètement envie de l'embrasser pour l'avoir arrachée à son bureau et à l'idée que sa carrière sombrait, il n'était pas question de le lui avouer.

Par miracle, Franco avait un créneau libre suite à une annulation, et elle trouva tout de suite la robe parfaite.

Lorsque Logan vint frapper à la porte de son loft, elle était habillée et prête à sortir. Elle appliqua une touche de *Bohemian Rhapsody* sur ses lèvres, et rangea le bâton dans son réticule.

C'était un rituel auquel elle était attachée au temps où elle sortait davantage. Elle attendait que son cavalier ait frappé à la porte avant d'appliquer son rouge à lèvres, ce qui obligeait l'homme à attendre précisément le temps qu'il fallait.

Suffisamment longtemps pour qu'il envisage qu'elle n'était pas encore habillée, et le faire un peu fantasmer.

Ensuite, elle ouvrait sa porte et le laissait contempler la réalité — elle, dans une robe aussi élégante que sexy, fendue sur les côtés pour exhiber tous ses meilleurs atouts.

Sauf que, lorsqu'elle ouvrit sa porte à Logan… en smoking… elle se trouva incapable de prononcer une seule parole. Elle laissa même tomber son réticule à ses pieds, et il le lui ramassa galamment.

Elle sentit son cœur s'emballer et ne put s'empêcher de boire des yeux ce superbe spécimen de masculinité dans un smoking visiblement coupé sur mesure. Il était heureux pour la gent féminine qu'il ne s'habille pas ainsi tous les jours. Le luxueux tissu sombre soulignait la largeur impressionnante de ses épaules.

Mais ce qui la laissa vraiment sans voix, ce fut la rose à longe tige qu'il lui tendait. Une rose d'un rose tendre.

— Une rose *rose* ? fit-elle, s'efforçant inutilement de dissimuler le plaisir que cela lui faisait.

— Vous portiez un ensemble rose à l'émission de téléréalité, observa-t-il d'un ton bourru. Depuis, cette couleur et vous êtes indissolublement liées dans mon esprit.

Elle se sentit fondre instantanément. Que pouvait-elle penser de cette offrande ? Et de ses efforts évidents pour se montrer aimable avec elle ? C'était presque comme s'il s'était rappelé en chemin qu'il avait une réputation de gentil garçon, et qu'il devrait se comporter comme si leur mission de ce soir était un vrai rendez-vous.

— Merci, répondit-elle en toussotant pour s'éclaircir la voix.

— Êtes-vous prête à partir ?

Elle le dévisagea d'un air interloqué. Elle venait de passer trois heures au salon de beauté, aujourd'hui, et c'était là le seul commentaire qui lui venait à l'esprit ? Cette version trop lisse, trop ennuyeuse, de Logan devait disparaître, et vite. Ou alors, ils ne deviendraient jamais assez intéressants pour que quiconque songe à les prendre en photo.

— Voulez-vous dire que je n'en ai pas l'air ? rétorqua-t-elle.

Sûrement, cela ne l'aurait pas tué de la complimenter sur sa robe. Sa coiffure. Sa ponctualité. Enfin, n'importe quoi.

— On dirait que vous avez taillé votre robe dans un tapis mexicain, marmonna-t-il d'un air dégagé.

Piquée au vif, elle baissa les yeux sur sa robe mosaïque bariolée, découpée de telle sorte que, lorsqu'ils danseraient, les mains de Logan reposeraient sur sa peau nue. Une réponse qui ressemble davantage à des remerciements lui aurait semblé plus appropriée.

Était-il myope ? Elle était jolie, elle le savait. Ce n'était pas là de l'arrogance, mais un simple fait. Parce qu'elle était attentive aux détails. Son premier produit de marketing, c'était elle-même.

— Laissez-vous aller, mon chou. Dites-moi ce que vous pensez vraiment d'une robe qui m'a demandé toute une journée de recherches et coûté six mille dollars.

— N'est-elle pas un peu… *osée*, pour un gala de charité ?

Sa légère grimace suggérait qu'il avait déjà répondu à sa propre question, et elle fit un effort pour ravaler son irritation, parce qu'ils n'étaient même pas encore partis. Une dispute maintenant ne profiterait à personne, car aucune caméra n'était braquée sur eux. Et tant pis si son intention avait été justement de le provoquer.

— Kendall Jenner a récemment porté la même, avec un assortiment de couleurs différentes, au gala du Metropolitan, l'informa-t-elle.

— J'ignore qui elle est, mais il y a de fortes chances pour qu'elle ne sorte jamais avec moi. Mais *vous*, si. Ne pourriez-vous pas vous trouver un châle ?

Les poings sur ses hanches nues, elle se planta face à lui. Son faux petit ami était sur le point d'apprendre le peu de droits que ce titre lui conférait.

— Que suis-je censée comprendre ? Que je n'ai plus le droit d'être moi-même parce que je sors avec le champion du monde des gentils garçons à leur maman ?

— Manifestement, il va nous falloir établir quelques règles

dans notre… relation, répondit-il, réprimant visiblement un sourire. Ou notre association, si vous préférez.

C'était probablement vrai, même si c'était trop tard. En réalité, elle avait été assez étonnée lorsqu'il avait accepté son plan sans en définir avec elle les paramètres.

— Super ! dit-elle en battant des mains avec enthousiasme. *J'adore* les règles.

Les règles étaient faites pour être transgressées, tout comme sa suggestion du port d'un *châle*. Il n'était pas question d'ajouter un seul fil à ce chef-d'œuvre de Versace, et Logan pouvait d'ores et déjà remballer son Livre de la Loi. Elle était tout de même curieuse d'entendre les autres règles qu'il allait inventer. Pour les transgresser toutes.

— Si vous ne renoncez pas aux sarcasmes, cette soirée risque d'être très longue.

— C'est ce que nous avions prévu, observa-t-elle. Et je préférerais me passer de ma robe plutôt que de mes sarcasmes.

Il fixa un instant les minuscules bretelles qui retenaient sa robe sur son corps, et la température entre eux grimpa de plusieurs degrés lorsqu'il déclara :

— Cela peut facilement s'arranger.

— Vous n'oseriez pas.

Et c'était bien dommage, songea-t-elle. Il n'irait jamais jusqu'à lui arracher sa robe pour gagner la partie.

Mais était-ce si sûr ?

— Règle numéro un, ne me mettez jamais au défi, Trinity.

Quelle arrogance insupportable. L'étincelle de malice qui brillait dans son regard lui donna envie de le prendre au mot, uniquement pour voir s'il était expert dans l'art de déshabiller une femme en robe de soirée.

Et, tout à coup, les grandes lignes d'une campagne de publicité lui apparurent comme une vision. Un homme faisant glisser lentement une robe sur le corps d'une femme, révélant la cicatrice d'un accident. Et, en gros plan sur l'image suivante, le Formula-47, qui serait distribué sous le nom de…

La suite restait floue dans son esprit, mais c'était un excellent début. Elle progressait.

Avait-elle encore besoin de Logan ? Ne ferait-elle pas mieux de le renvoyer chez lui pour se mettre au travail ?

Que faire ? Elle se mordit la lèvre inférieure. Elle avait donné son accord à cette fausse relation, et, comme elle n'avait cessé de se le répéter toute la semaine, il y avait intérêt, lui aussi. Ils allaient donc sortir en ville, se faire photographier le plus souvent possible, et beaucoup s'embrasser. Et, l'eût-elle nié, y compris sous la torture, cette perspective la ravissait.

— Je m'en souviendrai, assura-t-elle.

D'ailleurs, c'était en grande partie grâce à ses provocations qu'il l'avait embrassée la première fois.

— Parfait. Nous parlerons des autres règles en chemin. Prenez votre châle et allons-y.

Mais comment osait-il prendre ce ton autoritaire ?

— Je vous rappelle que nous sommes partenaires. Je n'ai pas à vous obéir. Notre but est de nous faire remarquer, et je vous garantis que cette robe sera postée sur une centaine de blogs de mode dès demain matin. Et, pour être franche, votre vie amoureuse a sérieusement besoin d'un coup de pouce.

Elle avait fait quelques petites recherches, concernant Logan McLaughlin, et les souris grises qu'il fréquentait habituellement, outre qu'elles étaient peu nombreuses, n'avaient aucune visibilité sociale.

À l'évidence, il appréciait les femmes totalement transparentes, ou alors il était réellement myope.

— Ah ? fit-il, croisant les bras. Et qu'entendez-vous par là ?

Elle faillit sourire. Les choses devenaient intéressantes.

— Je veux dire que vous êtes ennuyeux, mon chou. L'un de vos joueurs fréquente une top-modèle qui a posé pour *Playboy*, et la presse le met en valeur bien plus que n'importe qui d'autre dans votre équipe.

— J'en suis conscient, grogna-t-il. Je lui ai demandé de cesser de la voir. C'est grotesque.

Elle secoua la tête. Cet homme avait sérieusement besoin

d'être décoincé. Et elle avait quelques idées sur les moyens d'y parvenir.

— Dieu merci, vous m'avez rencontrée, répliqua-t-elle. Et maintenant, écoutez-moi bien. Nous allons nous rendre à ce gala de charité. Je ne vais pas porter de châle, et nous allons les époustoufler. C'est la seule règle dont vous aurez besoin.

Logan regretta d'avoir opté pour une limousine à la seconde où Trinity s'installa sur le siège à côté de lui. S'il avait conduit sa propre voiture, il aurait eu le volant pour s'occuper. À présent, il ne savait plus quoi faire de ses mains. Il y avait trop de peau féminine à portée de ses doigts fiévreux. Et il ne s'interdisait de la toucher qu'au prix d'un effort monumental.

Il émanait d'elle une fragrance à la fois divine et diabolique, qui donnait envie de se vautrer dans la luxure, quitte à devoir longuement se confesser ensuite. Le paradoxe était absolument affolant. Et ils ne s'étaient même pas encore mis en route.

Elle portait un papillon tatoué sur son poignet. Jusqu'alors, celui-ci était toujours resté couvert, et, à son grand dam, il le trouva très excitant. Il l'observa pendant qu'elle réarrangeait sa robe longue pour faire discrètement apparaître ses sandales très sexy. Naturellement, les talons ressemblaient à des pics à glace, et les lanières qui les retenaient à ses pieds étaient si fines qu'on se demandait comment elles faisaient leur office.

Même ses orteils étaient sexy.

— Les règles…, commença-t-il d'un ton sévère.

— Sont faites pour être transgressées ? suggéra-t-elle avec un sourire aimable.

La limousine décolla du trottoir, en route pour ce qui promettait d'être une très longue soirée pleine de frustration et de tension — principalement sexuelle. Ensuite, il devrait passer toute une matinée à expliquer à chacune de ses connaissances qu'il n'était pas devenu fou lorsqu'il avait choisi sa cavalière pour la soirée.

— Les règles sont nécessaires pour que je… Pour que *nous*

n'oubliions pas pourquoi nous sommes là, corrigea-t-il, même s'il soupçonnait que le problème n'était pas aussi douloureux pour elle que pour lui. Sans règles, le monde sombrerait dans le chaos.

— Votre monde peut-être. Le mien n'en devient que plus intéressant.

— Règle numéro deux. Derrière des portes closes, nous ne sommes plus un couple. Nous jouerons seulement ce rôle en public. Et ce ne sera qu'une comédie.

Le regard ironique qu'elle lui décocha était souligné de façon spectaculaire par le maquillage qu'elle portait.

Il ne parvenait plus à se concentrer.

— Je pensais que nous avions déjà réglé tout cela.

— Il est important que cette règle soit claire dès le début. Pour qu'il n'y ait aucune confusion possible.

Bien sûr, cela excluait d'emblée l'éventualité qu'elle lui demande d'entrer chez elle pour boire un dernier verre, ce qui n'était qu'un langage codé pour le sexe. De cette façon, il n'aurait pas à lutter avec lui-même pour se rappeler toutes les bonnes raisons pour lesquelles il devait refuser.

Au fond, il avait seulement besoin de se rappeler une règle unique : *tout ceci n'était qu'une comédie*. Mais, de toute évidence, son *associée* avait besoin d'être mieux cadrée. Bien sûr, il avait déjà perdu la bataille de la robe scandaleuse, et il ne s'attendait pas à en gagner d'autres — en tout cas, pas ce soir. Il se montrerait beaucoup plus ferme la prochaine fois qu'ils apparaîtraient ensemble en public.

Pour être tout à fait honnête, il n'avait jamais imaginé qu'une robe comme la sienne puisse exister.

Son dos était totalement nu, si bas qu'on entrevoyait l'arrondi de son joli derrière. Devant, ce n'était guère mieux. La robe se rétrécissait à la taille, révélant de larges étendues de son ventre plat et de ses hanches superbes, et remontait sur sa poitrine pour la couvrir jusqu'aux omoplates. Et l'absence de décolleté lui donnait une folle envie de défaire l'agrafe derrière son cou, et de laisser le tissu retomber jusqu'à ses hanches pour révéler les pointes durcies de ses seins qui pointaient sous la soie.

Vraiment, il lui tardait de pouvoir sortir de ce véhicule.

La limousine se fraya lentement un chemin vers le grand hôtel où avait lieu le gala de charité. Lorsque vint leur tour de descendre sur le tapis rouge, il sortit le premier de la limousine et il lui tendit la main. Il n'eût pas été très étonné si elle l'avait refusée, mais ils étaient à un moment crucial de leur plan, leur première apparition en public depuis que leur vidéo était devenue virale, et ils devaient faire bonne figure.

Sa main disparut dans la sienne, et il l'aida à descendre de la limousine, soulagé qu'elle n'ait pas choisi ce moment pour se lancer dans leur première dispute médiatisée. Une foule de photographes se pressait derrière les cordes rouges tendues de chaque côté de l'entrée.

Au lieu de se hâter vers les grandes portes comme il le faisait habituellement lorsque des caméras étaient braquées sur lui, il s'arrêta un instant et glissa son bras autour de la taille de Trinity. Sa cavalière. Pour le meilleur et pour le pire.

Il faillit gémir lorsque ses doigts atteignirent l'étendue de peau soyeuse de sa hanche. Cette robe ne la couvrait guère plus que ne l'eût fait un maillot de bain. Il serait extrêmement facile de glisser sa main sous le tissu et de continuer, parce qu'il était persuadé qu'elle ne portait pas de sous-vêtements. Il brûlait de le vérifier.

— Souriez, chuchota-t-elle en se blottissant contre lui avec un peu trop de familiarité.

Facile à dire. *Elle*, elle ne luttait pas contre une érection. Jusque-là, les énormes efforts qu'avait exigés ce fameux plan dépassaient de loin les bénéfices.

Le crépitement des flashs autour d'eux lui prouva qu'il s'était trompé. Il y avait beaucoup plus de gens derrière les cordes qu'il ne s'y était attendu, et, dans une clameur de voix excitées, chacun d'eux pointait un objectif sur leur couple. D'autres couples entrèrent dans le bâtiment derrière eux, sans aucune fanfare, dans l'indifférence générale.

— Je vous avais bien dit que cette robe ferait sensation, murmura-t-elle du coin des lèvres. Faites-moi confiance, la prochaine fois. Mais, d'abord, embrassez-moi.

— Quoi ? Maintenant ?

— Qu'est-ce que je viens de vous dire, Logan ? dit-elle avec un doux sourire — strictement pour la galerie, car il voyait distinctement une lueur malicieuse briller dans ses yeux. Ne m'obligez pas à vous lancer un défi.

Il poussa un soupir et déposa un chaste baiser sur ses lèvres. Les douzaines de flashs autour d'eux vinrent lui prouver qu'elle avait vu juste.

Lorsqu'il en eut assez d'être constamment ébloui, Logan entraîna Trinity à travers la foule jusqu'à l'intérieur de la salle, en faisant de son mieux pour ne pas penser à la déception que lui avait causée ce baiser trop bref.

— Quel est l'objet de cette soirée, déjà ? s'enquit-elle, parcourant la salle de bal d'un regard admiratif.

— C'est un gala de bienfaisance au bénéfice de Roost, une fondation qui aide les familles à se reloger après une catastrophe naturelle. Je siège au conseil d'administration, comme mon père avant moi.

Son père avait créé Roost un an à peine avant sa mort soudaine, et il avait accepté avec joie de lui succéder au poste de président de la fondation. Il lui semblait important de poursuivre l'œuvre de Duncan McLaughlin.

Bien sûr, les véritables héros étaient les gens qui faisaient tout le dur travail. Il venait récemment de verser une dotation généreuse à la fondation, et il veillait à ce que le logo de Roost apparaisse à tous les matchs de base-ball. Occasionnellement, il se montrait à des soirées de gala comme celle-ci, et il faisait un petit discours.

— J'ai entendu parler de Roost, déclara-t-elle en levant un regard appréciateur vers le sien. J'ignorais que vous y étiez impliqué. Est-ce une cause qui vous tient passionnément à cœur, ou ne s'agit-il pour vous que d'une obligation familiale ?

Cette question désinvolte le piqua au vif.

— Pourquoi ne pourrait-ce pas être les deux à la fois ?

— Je suppose que c'est possible, convint-elle avec un haussement d'épaules nonchalant. Mais il me semble que si vous devez défendre une cause, ce devrait être la vôtre, pas celle de votre père.

— Mon père a toujours été un modèle pour moi, et je pourrais faire pire que de m'inspirer de son exemple. D'autres gens aussi, d'ailleurs.

— Oui, bien sûr.

Il n'était pas naïf au point de prendre cette réponse pour de l'approbation, et son irritation ne fit que redoubler. Mais, déjà, elle poursuivait :

— Mais vous pourriez aussi être vous-même, au lieu d'une réplique de quelqu'un d'autre. Comme vous l'avez probablement déjà deviné, c'est ma propre philosophie.

Bon sang, elle était vraiment douée pour l'agacer. Il n'était pas ici, ce soir, pour recevoir une leçon sur les avantages de l'individualité de la part d'une femme avec un piercing sur la langue. Ou pour débattre de son désir de suivre les traces de son père. Il fronça les sourcils.

— Je suis très satisfait de ce que je suis, merci beaucoup. Roost compte énormément pour moi. Avez-vous déjà vu à quoi ressemble une maison après le passage d'une tornade ? J'ai beaucoup de plaisir à venir au secours de gens qui ont tout perdu.

— Je vous signerai un chèque plus tard, murmura sa cavalière alors que plusieurs invités s'approchaient pour solliciter de lui être présentés. C'est le moins que je puisse faire.

— Vous en faites déjà le moins possible, répondit-il en baissant la voix.

Là-dessus, il se lança dans les mondanités de rigueur à un tel événement avant qu'elle n'ait eu le temps de lui faire ce qui aurait probablement été une réplique acerbe.

Il était doux de gagner la manche, de temps à autre.

Elle fit la conversation à ces invités curieux avec une tranquille aisance. À l'évidence, elle était dans son élément. Pendant ce temps-là, il songeait sérieusement à rentrer à la maison de bonne heure. Il détestait presque autant porter un smoking que participer à un dîner mondain. En tant que président de la fondation, il avait le douteux privilège d'avoir une place à la tête de la table d'honneur, et tous les regards seraient braqués sur lui et sur sa sensationnelle cavalière.

Une fois assis à côté d'elle, il ressentit son malaise augmenter. Trinity était tout près de lui. Trop près. Il mourait d'envie de poser une main sur sa hanche et d'effleurer sa peau. Envie qui ne perdit rien de son intensité alors qu'on leur servait de somptueux steaks accompagnés d'asperges. Il les aurait beaucoup appréciés si son esprit n'était pas troublé par des visions dans lesquelles il entraînait Trinity dans un recoin sombre pour vérifier à quel point elle était nue sous cette robe.

Lorsque l'orchestre attaqua un air de jazz langoureux, elle glissa sa main sous la table pour étreindre son genou, et il fut à deux doigts de bondir comme un adolescent. Il se retint de justesse.

— Euh… Quoi ? bredouilla-t-il.

— Demandez-moi de danser, grand idiot, chuchota-t-elle.

Réprimant un soupir de frustration, il se leva et lui tendit la main.

— Me ferez-vous l'honneur, mademoiselle Forrester ?

— Essayez-vous d'avoir l'air d'un centenaire ? ironisa-t-elle. Ou est-ce réellement votre nature ?

Ils entrèrent sur la piste de danse, et ses mains vinrent aussitôt se poser à leur juste place comme s'il avait répété ce geste mille fois. Ce qui n'était pas faux si l'on comptait toutes les occasions où il l'avait fait en imagination depuis qu'elle lui avait ouvert la porte, plus tôt dans la soirée.

Le contact de ses doigts sur sa peau était une sensation divine, mais il ne pouvait s'empêcher de désirer davantage. Leur but était de prétendre qu'ils étaient très amoureux l'un de l'autre, mais il aurait préféré ne pas prendre autant de plaisir à jouer ce rôle.

Contrairement à ce qui s'était passé plus tôt, il n'y eut aucune bousculade de photographes autour d'eux pour capturer leurs moindres gestes, mais de nombreux regards étaient encore braqués sur leur couple, ce qui signifiait qu'ils devaient continuer à donner le change. Elle lui facilitait énormément la tâche en dansant en parfait synchronisme avec lui, ce qui ne manqua pas de le surprendre. Il s'était attendu à ce qu'elle mène la danse, qu'elle essaie de prendre le contrôle — enfin à tout, sauf à cette fluidité des corps qu'ils trouvèrent instantanément, comme s'ils avaient toujours dansé ensemble.

Elle lui lança un long regard par-dessous ses longs cils, et lui adressa un sourire qui lui fit l'effet d'un coup de massue. Apparemment, elle désapprouvait la distance respectable qu'il avait laissée entre eux, car elle se rapprocha, laissant délibérément leurs deux corps s'effleurer au rythme de la danse.

Il en avait le souffle coupé. Que lui arrivait-il ? Il avait trente-cinq ans, et il avait connu plus que sa part de femmes sexy. Mais cela, bien sûr, c'était avant qu'il ne se lance dans sa recherche de la future Mme McLaughlin.

— Alors, voilà, croassa-t-il, totalement hors de propos. Nous en sommes là.

— Oui, convint-elle d'un ton aimable, glissant ses mains sous la veste de son smoking pour les poser familièrement sur ses fesses. Nous en sommes là.

— Que… faites-vous ? gémit-il, sentant instantanément tout son sang refluer vers son entrejambe. Y a-t-il des caméras pointées vers nous ?

— Non, reconnut-elle, ses yeux bleus brillant comme des étoiles dans la lumière tamisée de la salle de bal. Je suis une femme très tactile. Et curieuse, aussi. Comment puis-je faire semblant de brûler de passion pour vous si je ne connais pas réellement la forme de votre derrière ?

Malgré lui, il imagina un autre scénario, dans lequel elle l'étreignait ainsi pour l'encourager à redoubler d'ardeur tandis qu'il la conduisait vers un orgasme cataclysmique. Dans les positions les plus invraisemblables.

Durant une seconde, il fut sur le point de défaillir. Il ne sentait plus ses jambes.

— Ai-je le droit de faire la même chose ? s'enquit-il d'une voix rauque, s'efforçant bravement de se ressaisir. Il me reste encore à explorer une grande partie de vous.

— Que feriez-vous si je disais oui ?

— Ceci.

Sa réponse ressemblait suffisamment à un défi pour qu'il ose glisser deux doigts sous le tissu de sa robe, et, rivant son regard au sien, il caressa avec délices sa hanche parfaite et, plus bas encore, l'arrondi de sa fesse. Comme il l'avait deviné, elle ne portait pas de culotte.

Un incendie s'alluma alors dans son sang. Tout à coup, il n'était plus question de prouver quoi que ce soit. Il désirait uniquement explorer le corps de cette femme, comme il avait rêvé de le faire toute la soirée.

Elle était merveilleuse, douce comme de la soie sous ses doigts. Il vit distinctement une lueur de désir jaillir dans son regard, et, le sang battant à ses tempes, il ne put s'empêcher de se serrer encore plus contre elle, désirant déjà davantage, cherchant désespérément un soulagement à la douloureuse tension qu'elle avait fait naître en lui.

— Je ne me souviens pas d'avoir dit oui, observa-t-elle.

Il s'écarta instantanément, et il était sur le point de bafouiller des excuses lorsqu'elle lui adressa un sourire.

— Mais je n'ai pas dit non, non plus.

— Décidez-vous, femme, grogna-t-il.

— Ce n'est pas moi qui ai établi les règles, rappela-t-elle, ondulant lascivement les hanches contre son érection douloureuse. N'avions-nous pas convenu que rien de tout ceci n'était réel ? Ce que je sens me paraît tout à fait réel. Qui de nous deux est incapable de prendre une décision ?

Elle lui avait tendu un traquenard. Elle avait probablement choisi cette robe tout exprès pour le rendre fou. C'était précisément pour cette raison qu'il aurait dû dire non à cette fausse relation. Trinity Forrester était trop hardie, trop exotique, trop… *sensuelle* pour un homme uniquement à la recherche d'une gentille fille qu'il aurait plaisir à retrouver le soir après une longue journée de travail.

Les gentilles filles ne donnaient pas constamment envie d'être nu dans leurs bras.

— Pourquoi faut-il que vous rameniez toujours tout au sexe ? grommela-t-il. Ne pourrions-nous pas danser, tout simplement ?

Et, à présent, il se comportait exactement comme ce qu'elle l'avait accusé d'être : un collet monté, appliquant toutes les règles à la lettre.

Et il n'était pas ainsi. Cette femme n'avait cessé de le manipuler durant toute la soirée, maintenant il en avait assez. Il avait accepté de simuler cette relation, mais cela ne signifiait pas qu'il allait se laisser piétiner. Pas question.

— Moi ? eut-elle l'audace de s'étonner. Je n'ai pas prononcé le mot « sexe » une seule fois.

— Ce serait superflu. Le sexe s'exhale par tous vos pores.

Sur ces mots, il la fit pivoter dans ses bras et, tout en dansant, il l'entraîna hors de la piste de danse, vers une zone de pénombre au fond de la salle de bal.

Si elle se montrait aussi sexuellement provocante, et d'une façon aussi directe avec sa coiffure asymétrique et son piercing sur la langue, c'était qu'elle avait ses propres raisons d'agir ainsi. Et ce n'était pas parce qu'elle était un esprit libre qui mettait en avant son individualité.

Elle cachait quelque chose derrière sa façade de rebelle.

Nous allons voir comment vous réagissez à un homme qui vous a percée à jour, mademoiselle Forrester.

Avant qu'elle n'ait eu le temps d'esquisser le moindre geste, il l'avait coincée contre le mur, son corps étroitement pressé contre le sien. Exactement là où il désirait être, tous ses nerfs vibrant du désir de s'enfoncer en elle.

Plus que cela… Il désirait percer tous ses secrets.

— Où sont les caméras ? s'enquit-elle en jetant un coup d'œil par-dessus son épaule.

— Je n'en ai aucune idée, répondit-il en lui soulevant le menton. Je me demandais seulement si vous embrasser est réellement aussi agréable que dans mon souvenir.

Ignorant la foule, elle plongea un regard brûlant tout au fond du sien, avant de murmurer d'une voix de gorge :

— Je crois que cela ne faisait pas partie des règles selon Logan.

— Il s'agit d'une nouvelle règle, répliqua-t-il d'une voix suave. Lorsqu'une femme vous a supplié toute une soirée de faire quelque chose, accédez à son désir.

Leurs lèvres se joignirent, et instantanément, il s'empara de sa bouche offerte pour la dévorer.

Ce fut un baiser sauvage, incandescent, où il laissa exploser tout son désir refoulé, toute la passion qu'il retenait en lui depuis l'instant où elle s'était glissée à côté de lui dans la limousine. Et même avant cela. Depuis ce premier baiser.

Le contact dur et frais du piercing sur sa langue était une sensation unique, et aussi sensuelle que dans son souvenir. Et même davantage, car aucune caméra n'était maintenant braquée sur eux et il n'avait plus besoin de se soucier du décorum, à moins d'en avoir envie.

Et ce n'était pas du tout le cas.

Ensemble, ils feraient des étincelles. Il n'aurait plus besoin de penser à autre chose qu'au plaisir. Elle lui dirait ce qu'elle désirait, il le lui donnerait et elle le lui rendrait au centuple. Alors, plus rien n'existerait, hormis ces vastes étendues de peau, et son rire merveilleux.

Ses mains fines étaient partout à la fois, se glissant dans ses cheveux, caressant son visage et son dos.

Il lui rendit la pareille, glissant ses deux mains sous le tissu de sa robe pour saisir la chair ferme de son derrière nu, mais la présence du mur derrière elle le gênait. Lorsqu'il relâcha la pression de son corps contre le sien afin de reprendre sa progression, il l'entendit gémir, et ce son était une véritable musique pour ses oreilles.

— Vous vous êtes arrêté, murmura-t-elle. Ne vous arrêtez pas, je vous en prie !

Il ne put contenir le râle qui montait dans sa gorge. Il aurait été extrêmement facile de glisser sa main entre ses jambes afin de poursuivre cette douce exploration des secrets qu'elle cachait sous cette robe affolante. Mais ils étaient dans un lieu public, et d'autres couples profitaient, eux aussi, de la pénombre environnante à quelques pas d'eux.

Jamais il n'avait été aussi tenté de faire une folie.

— Si je vous caresse de cette façon, je veux que ce soit quelque part où vous n'aurez pas à vous retenir de crier.

Il avait envie de l'entendre prononcer son nom dans un cri d'extase tandis qu'il la conduirait vers une multitude d'orgasmes éblouissants.

Elle lui sourit, puis elle entreprit de lui mordiller les lèvres, ondulant les hanches contre son érection, avant de murmurer d'une voix sensuelle :

— Croyez-moi, je ne suis pas une novice. Je sais comment laisser un homme me donner du plaisir dans des lieux où le bruit n'est pas le bienvenu.

Il cessa de respirer, et son esprit se mit à battre la campagne, calculant jusqu'à quel niveau de folle passion Trinity et lui pouvaient pousser leur relation tout en respectant les règles convenues.

Son corps prit la décision à sa place en se pressant à nouveau contre elle, tremblant d'anticipation.

Non. Il devait se contrôler mieux que cela. Il ne pouvait pas se permettre de succomber à son sortilège.

Même s'il l'imaginait déjà prête, humide. Même s'il avait très envie de vérifier si elle brûlait de désir autant que lui.

— Vous n'avez jamais fait cela avec moi, répliqua-t-il. Je doute sérieusement que vous puissiez vous contrôler.

— Il n'y a qu'une seule façon de le découvrir.

— Cela ne fonctionnera pas, cette fois-ci, insista-t-il.

Et ce pour une unique raison. S'il cédait, s'il se laissait entraîner dans ce fantasme, il craignait de ne plus jamais pouvoir s'en libérer.

Or, il avait besoin d'être libre s'il espérait trouver un jour une compagne pour toute la vie.

4

Ses esquisses ne la menaient nulle part.

Trinity jeta son crayon sur la table, puis elle enfouit son visage dans ses mains. Tout un samedi gâché à essayer de mettre en forme l'idée de campagne marketing qu'elle avait entrevue dans son esprit pendant qu'elle était avec Logan, le soir précédent. Des amorces d'idées avaient flotté dans sa conscience tandis qu'ils dansaient ensemble. Et, un peu plus tard, lorsqu'il l'avait embrassée… C'était comme si tout son corps s'était réveillé d'un sommeil de cent ans.

Son inspiration avait jailli, glorieuse, comme un merveilleux torrent de lave. Puis Logan avait pris toute la place, lui faisant oublier tout ce qui n'était pas lui. Il avait embrasé ses sens avec sa bouche, avec ses mains.

Oui, lorsqu'il sortait de son personnage de gentil garçon, Logan McLaughlin la rendait folle de désir.

Le débarrasser de ce carcan du parfait jeune Américain était devenu son passe-temps favori. Elle n'y avait pas encore tout à fait réussi, mais il était beaucoup moins prude qu'elle ne l'avait supposé. Seulement voilà, elle allait devoir renoncer à l'idée de faire son éducation. Et surtout, se remettre au travail.

Elle jeta un coup d'œil à ses comptes sur les réseaux sociaux, où elle avait posté quelques-unes des meilleures photos de la veille. Quelques partages, mais rien de viral comme la vidéo de l'émission de téléréalité. Bien sûr, la majorité des photos qui circulaient ce matin présentaient des poses classiques devant la limousine, où elle avait dû pratiquement ordonner à Logan de l'embrasser. C'étaient de jolies photos, mais rien qui puisse la faire frissonner, ou, à plus forte raison, créer le buzz dans le public.

Si seulement un objectif de caméra avait été à la bonne distance lorsque Logan l'embrassait, sa main sous sa robe, à deux doigts de la laisser toute nue, l'image aurait mis le feu aux réseaux sociaux. Hélas, apparemment aucun photographe ne se trouvait dans les parages à ce moment-là. C'était bien dommage. Ils devraient faire mieux la prochaine fois, mieux choisir le cadre de leurs ébats.

La pénombre.

Et si… Elle ramassa son crayon et esquissa rapidement les silhouettes d'un couple en train de s'embrasser passionnément. La légende pourrait ressembler à : *Avec le Formula-47, plus besoin de rester dans l'ombre. Parce que votre peau aura retrouvé sa perfection.*

Bon, ce n'était peut-être pas le slogan de l'année, surtout si elle devait expliquer le concept. Si seulement elle pouvait trouver un nom pour le produit, tout le reste suivrait naturellement, elle en était sûre. Elle avait jusqu'à lundi.

Mais si, ce jour-là, elle n'avait pas un projet sérieux à montrer, elle aurait à affronter la déception de ses amies et associées, qui comptaient sur elle pour concevoir une campagne marketing qui ferait exploser les ventes du produit phare de leur société.

Or, elle était encore loin du but qu'elle s'était fixé. Si seulement elle pouvait générer une meilleure couverture médiatique de sa nouvelle fausse relation, cela réduirait peut-être un peu les pressions qu'elle subissait, et son inspiration lui reviendrait.

Facile à dire… Car elle n'arrivait pas à se concentrer.

Sans réfléchir, elle sortit son téléphone et envoya un texto à Logan pour lui demander s'il était libre. Une petite voix moqueuse lui soufflait que c'était une pitoyable excuse pour se cacher son besoin de le revoir. Elle poussa un soupir. La veille, elle s'était énormément amusée dès l'instant où elle avait compris que la clé de toute l'affaire était de le rendre fou de désir. Était-ce mal d'admettre qu'elle préférait ce programme à la perspective de rester assise chez elle durant le reste de ce samedi, à se lamenter sur son manque de créativité ?

La réponse de Logan lui parvint presque instantanément :

Je suis en plein milieu d'un match, mais je peux venir vous rejoindre dans deux heures. Que proposez-vous ?

Zut. Elle aurait dû prendre le temps de prévoir quelque chose. Car ce à quoi elle pensait et ce qui était réellement réalisable dans un lieu public étaient deux choses totalement différentes, même si elle s'était vantée, le soir précédent, de ses exploits en public. À présent, elle allait devoir lui faire une proposition.

Quelque chose qui ne demande pas des heures de préparation serait parfait. D'autant plus qu'il était déjà 16 heures. Il faudrait aussi, de préférence, que cela se passe dans un lieu public, où elle pourrait provoquer une bonne dispute avec lui. C'était ce qui semblait avoir créé le buzz la première fois. Mais elle était à court d'idées.

Bien sûr, elle avait une vie sociale, mais depuis longtemps elle sortait surtout avec ses amies, et maintenant qu'elles étaient toutes mariées elle se sentait seule et un peu désemparée.

Pourtant, à cet instant précis, ses amies mariées pourraient représenter le salut.

Il ne lui restait qu'à appeler Cass pour lui demander si par miracle Gage et elle étaient à Dallas, et s'ils étaient libres. La P-DG de Fyra accepterait peut-être une sortie à quatre. Et il y aurait aussi l'avantage supplémentaire d'avoir avec elle deux autres personnalités à haute visibilité, car Cass et Gage apparaissaient souvent dans la rubrique mondaine des journaux, tant à Dallas qu'à Austin.

Cass répondit à son texto presque immédiatement :

Nous avons des invitations pour une soirée à Deep Ellum, au profit de la fondation Droits des enfants, mais nous n'irons pas, à cause de la fumée et de la musique trop forte. Comme Gage ne cesse de me le rappeler, j'attends un bébé. Aimerais-tu y aller à notre place ?

Trinity se mit à danser de joie. Apparemment, elle allait

pouvoir emmener Logan passer la soirée dans un club, et ces invitations arrivaient au moment idéal. Elle lui envoya aussitôt un texto pour lui demander de passer la prendre à 20 heures, puis elle éteignit son ordinateur pour ne plus avoir à contempler l'écran vierge.

Elle prit une douche en chantonnant, puis elle passa à l'étape maquillage. Harper venait tout juste de créer un fantastique fard à paupières qu'elle avait demandé à tout le monde de tester. Sa teinte émeraude intense correspondait divinement à son humeur actuelle, avec quelques paillettes qui feraient leur petit effet dans une salle sombre.

Elle enfila une combinaison très moulante en similicuir noir, avec une ceinture faite d'une chaîne d'argent, puis elle chaussa des sandales à plateforme de dix-huit centimètres, qui complétaient sa tenue sans trop lui donner l'air d'une dominatrice.

En voyant l'expression de Logan, lorsqu'elle lui ouvrit la porte un peu plus tard, elle comprit qu'il n'avait pas tout à fait saisi la distinction.

— Non, déclara-t-il en secouant la tête. Pas question que j'aille où que ce soit avec vous habillée comme… Comme Cat Woman croisée avec Lady Gaga.

— Sûrement, vous plaisantez, rétorqua-t-elle, irritée par cette remarque ridicule. Lady Gaga rirait d'entendre cela. Elle trouverait ces chaussures vraiment trop sages. Et puis, d'ailleurs, allons-nous avoir cette discussion à chaque fois ?

Il croisa les bras sur son large torse, faisant saillir ses biceps dans son T-shirt des Dallas Mustangs d'une façon qui la rendait folle parce qu'elle n'avait pas encore eu l'occasion de les explorer — pas comme il se doit.

— Apparemment, oui. Jusqu'à ce que vous ayez compris que je suis un homme d'affaires conservateur, propriétaire d'une équipe de base-ball. Je vends des émotions fortes aux passionnés de sport, pas des accessoires SM.

— Mon chou, vous êtes à peu près aussi conservateur qu'une Ferrari.

Et deux fois plus sexy, songea-t-elle. Ses cheveux étaient un peu en désordre, comme s'il avait fait le trajet depuis le stade d'Arlington avec les vitres ouvertes, et elle ne put s'empêcher d'ajouter :

— Un homme qui embrasse une femme comme vous ne peut en aucun cas être décrit comme un homme domestiqué.

Cette version décontractée de Logan était aussi délicieuse que le Logan en smoking. Peut-être même davantage. Le smoking lui avait donné un air presque inaccessible, trop beau pour être touché. Aujourd'hui, en revanche, il arborait une expression qui laissait penser qu'il réagirait au quart de tour si elle le poussait un peu. Et elle était d'humeur à essayer.

— Domestiqué et conservateur sont deux choses très différentes, observa-t-il en parcourant son corps d'un regard qui la brûla comme une flamme. Vous embrasser sert directement mes projets. Ce qui n'est pas du tout le cas de cette tenue que vous portez.

Elle croisa les bras pour singer son attitude, et un sourire s'épanouit lentement sur ses lèvres.

— Il n'est pas question que je me change. Nous allons passer la soirée dans un club à Deep Ellum. Je vous garantis que je serai tout à fait dans le ton. Et pas vous.

— C'est parfait. On nous remarquera d'autant plus.

Sans attendre d'y être invité, il se rua à l'intérieur de son appartement, puis, au bout du hall dallé de marbre, il pivota face à elle.

— Où est votre chambre ?

— Si j'avais su que cette tenue vous ferait un tel effet, je l'aurais portée le premier jour.

— Ne faites pas semblant de ne pas comprendre, grogna-t-il. Vous allez vous changer. Je dois examiner votre dressing.

— Oh ! fit-elle d'un air faussement outré, c'est une formidable raison pour entrer dans la chambre d'une femme. Par pure curiosité, allez-vous me déshabiller sauvagement ? Parce que si la réponse est oui, ma chambre est par là.

— Parfait.

Puis, sans le moindre avertissement, il la souleva dans ses

bras, referma la porte d'un coup de talon et l'emporta jusque dans sa chambre.

Elle en eut le souffle coupé. La sensation de ses pectoraux durs pressés contre son corps fit grimper son pouls en flèche. Il était aussi fort, aussi solide qu'elle l'avait toujours imaginé, mais il la portait avec une douceur étonnante, comme s'il craignait qu'elle ne se brise entre ses mains. Et s'il ne l'avait pas portée à cet instant, ses genoux étaient si faibles qu'elle se serait sûrement effondrée.

Elle avait beau savoir qu'il n'avait agi ainsi que pour couper court à toute discussion, c'était un geste merveilleusement galant. D'autres hommes étaient entrés chez elle, mais aucun d'eux ne l'avait traitée comme si elle était un trésor délicat. Et, pour être honnête, s'ils avaient essayé, elle les aurait mis à la porte.

Quelque chose dans les manières surannées de Logan lui allait droit au cœur. C'était presque comme s'il refusait de voir en elle un simple objet sexuel, quelle que soit sa conduite. Cette attitude la touchait plus qu'elle n'osait le reconnaître.

Il la reposa sur le lit sans dire un mot, puis il se dirigea tout droit vers son dressing et ouvrit les portes sans hésitation, comme s'il avait déjà habillé de nombreuses femmes. Ce qui était peut-être le cas.

Et, au fond, elle était curieuse de voir ce qu'il choisirait.

— Voilà, dit-il en ressortant avec un jean de couturier et un simple T-shirt noir qu'elle portait quelquefois à ses cours de danse. Enfilez cela.

— Pour que nous ayons l'air de jumeaux ? remarqua-t-elle sans pouvoir s'empêcher de pouffer de rire.

Il jeta les vêtements sur le lit, puis il fourragea dans ses tiroirs jusqu'à ce qu'il ait trouvé une culotte et un soutien-gorge, tous deux noirs, un souci du détail qu'elle trouva intéressante malgré elle. Aucun homme ne lui avait jamais prêté autant d'attention.

— Non, répondit-il en lui tendant ses sous-vêtements. Je veux voir la femme que vous êtes réellement sous tous vos apprêts.

La sincérité qu'elle lisait dans son expression lui coupa le souffle, et soudain, tout le comique de la situation s'évapora.

— La femme que je suis vraiment ? Que voulez-vous dire ? Ce que vous voyez, c'est ce que je suis.

Avant qu'elle n'ait eu le temps d'esquisser le moindre geste, il s'agenouilla devant le lit, s'empara de l'un de ses pieds et entreprit de déboucler sa sandale à plateforme. Elle le contempla, fascinée, trop curieuse de voir ce qu'il comptait faire pour songer à l'arrêter.

— En public, rien n'est vrai. Derrière des portes closes, nous ne sommes que deux personnes qui ne savent rien l'une de l'autre. Je veux voir ce que vous cachez derrière toutes vos provocations.

Seigneur, il était sérieux. Et son évidente détermination déclencha une tempête en elle. Mais elle n'aimait rien tant qu'une nouvelle expérience. Quel était le risque, au fond ? Lorsqu'il jeta la première sandale par-dessus son épaule, son cœur battait à tout rompre. Elle ne lisait aucune trace d'hésitation dans ses yeux noisette.

— Oui, je vous en prie, dit-elle d'un ton nonchalant. Déshabillez-moi.

En réalité, elle n'était pas aussi rassurée qu'elle voulait le laisser croire. D'autres hommes l'avaient déjà déshabillée, mais cette fois-ci serait différente de toutes les autres, elle le savait.

Même si toute sa peau se mettait à picoter de désir, il ne s'agissait pas ici seulement de sexe, et chacun d'eux en était conscient. C'était autre chose.

Elle s'était toujours considérée comme un livre ouvert, mais, alors qu'il laissait tomber sa seconde sandale sur le parquet de chêne, elle se demanda soudain s'il sentirait les côtés sombres et douloureux de sa personnalité qu'elle ne dévoilait jamais à personne.

Sa blessure intérieure était un sujet auquel elle préférait ne pas penser. Et, tout à coup, elle eut envie de refermer ce livre, de garder ses secrets.

Mais il était déjà trop tard.

Il fit glisser la combinaison en similicuir sur ses épaules et la tira jusqu'à sa taille, son regard rivé au sien, sans jamais toucher la peau qu'il dévoilait. Et, étrangement, ce déshabillage n'en était que plus *sensuel.*

Elle s'était attendue à ce qu'il la regarde, qu'il détaille son corps sans se gêner, car, enfin, il était un *homme*, sans doute le plus viril qu'elle ait jamais rencontré. Et il avait sorti une culotte et un soutien-gorge de son tiroir, ce qui signifiait qu'il savait qu'elle était nue sous cette combinaison de femme fatale.

Il lui souleva gentiment les hanches et continua sa tâche, la déshabillant si lentement qu'elle en avait la bouche toute sèche. Lorsqu'elle se tortilla pour extraire ses jambes du tissu, les doigts de Logan effleurèrent le tatouage vert vif d'une liane de lierre qui s'enroulait autour de sa cuisse. Il y avait une question muette dans ce contact, et elle réprima un frisson.

— Le lierre monte jusqu'au jardin d'Éden, murmura-t-elle en se débarrassant de sa combinaison. En tout cas, c'est ce qu'on dit.

— Et quelle est la véritable histoire ? s'enquit-il d'une voix douce, son regard remontant vivement vers le sien.

— Le lierre est vigoureux. Il grimpe et s'accroche à presque n'importe quelle surface, jusqu'à ce qu'il ait dépassé en hauteur la structure sur laquelle il a grandi. Cela me plaît.

— Vous êtes tenace, observa-t-il en remontant sa culotte sur ses jambes, effleurant au passage le tatouage avec son pouce. C'est une excellente qualité.

Elle haussa les épaules. Elle avait toujours considéré que c'était une question de survie, et qu'il fallait garder le contrôle de son environnement pour ne pas se faire piétiner. Le lierre survivait même au milieu des ruines.

Le papillon tatoué sur son poignet avait aussi du sens pour elle. Tout ce qu'elle avait fait pour décorer son corps avait un sens, et elle n'était pas sûre de se réjouir du fait qu'il lui ait soutiré cet aveu.

Son pouce caressait toujours sa cuisse, et elle sentait de plus en plus distinctement le contact de ses mains sur elle.

— Le jardin est plus haut, remarqua-t-elle. Juste sous la culotte que vous venez de m'aider à enfiler.

— Êtes-vous en train de me demander de vous caresser ?

murmura-t-il d'une voix rauque de désir, qui l'emplit d'un délicieux sentiment de puissance féminine. Parce que c'est totalement contre nos règles.

— Inventez de nouvelles règles, répliqua-t-elle d'un ton de défi.

Il y avait trop d'espace entre eux, à son goût. Au départ, cela n'était peut-être pas une affaire de sexe, mais maintenant, cela pouvait le devenir. Cela *devait* le devenir.

— De toute façon, ajouta-t-elle, je vais les ignorer toutes. Je suis une vilaine fille, et je fais cela très bien.

En guise de démonstration, elle laissa glisser ses doigts sur sa cuisse, mais, juste au moment où elle allait les refermer sur son sexe, il lui saisit la main et la repoussa.

— Pourquoi faites-vous cela ? la tança-t-il, retenant sa main aussi loin que possible de son corps.

— Faire quoi ? s'enquit-elle en le dévisageant d'un regard perplexe.

Quelle erreur avait-elle commise ?

Car il ne pouvait y avoir aucun doute là-dessus. Il la désirait, et il ne pouvait pas le nier. Elle en avait distinctement senti la preuve sous ses doigts.

— Je vous préviens, je n'ai pas l'intention de m'excuser. J'aime le sexe.

— Non, c'est faux, répliqua-t-il en soutenant tranquillement son regard. Vous aimez le contrôle, et la séduction est votre moyen de l'obtenir. Vous adorez dominer les hommes, et le sexe les occupe suffisamment pour qu'ils n'essaient pas d'entrer là où ils ne sont pas les bienvenus.

— Je ne fais pas cela, se défendit-elle d'un ton choqué.

Mais elle savait que c'était faux. Elle le faisait constamment.

Comment diable l'avait-il deviné, alors qu'ils n'avaient pas encore fait l'amour ensemble ?

— Mais si, répliqua-t-il, et vous le savez. Vous flirtez et vous portez des tenues scandaleuses. Vous arborez votre disponibilité comme un paravent. Que craignez-vous donc que je découvre ?

La réponse était qu'elle aurait tout donné pour être le genre de femme qui donnait envie à un homme de rester avec elle.

Comme ce n'était pas le cas, elle pouvait au moins tirer le meilleur parti possible de leur compagnie. Ils lui procuraient des orgasmes, et cela lui convenait parfaitement.

— Ce n'est pas moi qui ai peur, monsieur McLaughlin, rétorqua-t-elle d'un air nonchalant. Cela vous embête, de ressentir une telle attirance pour moi, n'est-ce pas ? C'est pour cela que vous aimeriez que je porte des vêtements ennuyeux, pour pouvoir continuer à prétendre que vous n'avez pas secrètement envie de faire plein de choses coquines avec moi. Des choses que vous savez que j'adorerais. Et vous me jetez tout cela au visage parce que c'est *vous* qui avez besoin d'un paravent. Cessez donc d'être un gentil garçon bien élevé, et prenez ce que vous désirez.

— Ce que je désire, c'est que vous enfiliez ces vêtements afin que nous puissions partir, déclara-t-il d'une voix soigneusement contrôlée. Le sexe naît de l'intimité de deux personnes. Du lien entre elles. J'ai besoin de ressentir cela avec la personne avec qui je fais l'amour.

Je veux voir la femme que vous êtes réellement.

Elle le regarda, ébahie. Il était sincère. Ce n'était pas une ruse pour lui ôter cette tenue qu'il avait trouvée horrible.

Et, tout à coup, elle avait envie de tout lui donner. Elle désirait que ce qui se passait entre eux devienne réel, pour pouvoir lui révéler tous ses secrets, lui dire qu'il la faisait se sentir réellement femme pour la première fois depuis très longtemps. Il ne serait pas découragé par son incapacité à donner la vie à des bébés. Il l'aimerait pour elle-même.

Entre eux, il y aurait autre chose que le sexe.

C'est à ce moment-là que son joli rêve éclata comme une bulle de savon. Que connaissait-elle aux relations réelles ? À l'évidence, rien, ou elle aurait trouvé le moyen de retenir Neil après lui avoir annoncé qu'elle était enceinte.

Elle le laissa agrafer son soutien-gorge sans protester, puis elle leva les bras pour qu'il puisse lui enfiler son T-shirt. Elle se sentait soudain très vulnérable, comme si le fait qu'il lui ait déclaré qu'il allait mettre à nu son âme en même temps que son corps avait suffi à rendre la chose réelle.

C'est pourquoi elle se leva docilement afin qu'il puisse faire remonter son jean sur ses jambes, achevant de la couvrir de la tête aux pieds. C'était la première fois de sa vie qu'un homme l'habillait, et cependant elle se sentait encore plus nue que tout à l'heure, lorsqu'elle ne portait rien.

Car, à en juger par l'admiration qu'elle lisait dans ses yeux, cette tenue passe-partout avait plus d'effet sur lui que sa combinaison de faux cuir ultra-sexy.

Qu'allait-elle faire de cet homme ?

— Vous êtes une très belle femme, Trinity. Habillée comme vous l'êtes maintenant, vous ferez encore plus sensation, car tous les yeux seront fixés sur vous, et pas sur votre tenue.

Tout à coup, elle sentit ses jambes se dérober sous elle, mais elle fit un effort pour se ressaisir. Ce n'était pas le moment de devenir sentimentale au sujet de Logan McLaughlin. Il n'y aurait jamais de bon moment. Car tout ceci n'était qu'une comédie destinée à renforcer la visibilité médiatique de son équipe. Rien de plus.

Elle devait se rappeler leur première règle — rien de tout ceci n'était réel. C'était pour cette raison qu'il n'avait pas jeté un regard à son corps nu après l'avoir déshabillée, ni essayé de la caresser. Son désir évident pour elle n'était qu'une réaction purement physique qui ne comptait pas, car elle était involontaire. Ce n'était pas le lien qu'il cherchait.

Tant mieux. Ce n'était pas ce qu'elle désirait non plus. Pas avec lui. Ni avec un autre homme.

Sauf qu'elle le désirait peut-être très fort, et qu'elle n'aimait pas l'idée qu'il ait découvert un besoin en elle dont elle ignorait jusque-là l'existence. Un besoin qui ne pourrait jamais être satisfait parce qu'elle ne fonctionnait pas comme les autres femmes. Son corps n'était pas fait pour les grossesses. De plus, elle ne faisait aucune confiance aux hommes. Il était temps de remettre les choses au clair.

— Je préfère peut-être que tous les regards soient fixés sur mes vêtements, marmonna-t-elle, mortifiée de sentir un flot de larmes brûlantes derrière ses paupières.

Pourquoi cet homme avait-il un tel effet sur elle ?

Et, surtout, pourquoi le laissait-elle faire ?

— Ceux que vous portez maintenant créeront le buzz sur tous les réseaux sociaux, je vous le garantis, assura-t-il d'une voix douce. Mais vous me feriez plaisir en portant vos sandales à plateforme. J'aime que vous soyez assez grande pour que je puisse vous enlacer la taille.

— Ah, vraiment ? répliqua-t-elle d'une voix plus brusque qu'elle ne l'avait souhaité. Eh bien, moi, je crois plutôt que vous aimez ces chaussures parce que vous fantasmez sur les vilaines filles.

Mais que lui arrivait-il ? Ses propres larmes l'agaçaient et la capacité de Logan à percer ses secrets la troublait.

— C'est vrai, j'aime qu'une femme porte des chaussures sexy, convint-il. Pourquoi le nierais-je ?

Cette réponse la laissa abasourdie. Cet homme était honnête jusqu'au bout des ongles, et ce trait ne cessait de la déstabiliser. Il était censé lui mentir, se comporter comme un âne, prétendre qu'il était occupé lorsqu'elle l'appelait. C'était ce que faisaient les hommes.

Il lui avait peut-être déjà menti. Comme lorsqu'il affirmait que c'était l'intimité qu'il recherchait, et pas le sexe. Ou peut-être se mentait-il à lui-même, concernant ce qu'il désirait vraiment.

— Si je porte ces sandales, aurai-je droit à une récompense ? murmura-t-elle d'une voix de gorge capiteuse.

— Quoi, par exemple ? s'enquit-il, soudain soupçonneux. Une médaille ?

— Vous pourriez m'emmener dans les toilettes du club, par exemple, et me montrer jusqu'où vos mains peuvent entrer à l'intérieur de mon jean. N'avez-vous pas remarqué que ma culotte était minuscule ?

— Si, marmonna-t-il d'un air embarrassé. Je l'ai remarqué. Croyez-moi, je ne suis pas à ce point… domestiqué.

— Serait-ce si grave de libérer de temps à autre le vilain garçon qui se cache en vous et de le laisser jouer un peu ?

— Oui, répondit-il, fronçant les sourcils. Cela le serait.

Lorsqu'elle comprit qu'elle n'aurait droit à aucune autre explication, sa curiosité ne connut plus de bornes. Ainsi donc, il ne niait pas l'existence d'un côté indompté en lui. Intéressant. Parce que, s'il l'avait nié, elle l'aurait traité de menteur. Aucun homme capable de glisser ses mains dans la robe d'une femme dans la foule d'une salle de bal ne pouvait prétendre qu'il se conduisait ainsi pour la première fois.

Il se cachait peut-être, lui aussi, derrière son personnage public. Que découvrirait-elle, si elle le dépouillait de son armure d'homme d'affaires conservateur ?

Soudain, elle était impatiente de sortir avec lui dans un lieu public, où elle pourrait flirter, le séduire, le provoquer jusqu'à ce qu'il pose à nouveau ses mains sur elle sans crainte. Parce que, derrière les portes closes, leur relation n'avait aucune réalité. Elle devait sortir d'ici avant d'avoir oublié qu'ils n'étaient pas un vrai couple, deux personnes attachées l'une à l'autre au-delà des seules apparences.

Il n'était que 22 heures, mais Logan luttait contre une violente migraine, qui battait derrière ses tempes au même rythme que l'horrible musique hurlant dans les enceintes du club de Deep Ellum où Trinity l'avait traîné.

Les Mustangs avaient perdu ce jour-là — encore une fois — et à cet instant, il devrait être en train d'étudier la liste de ses effectifs — encore une fois — pour essayer de trouver le moyen d'améliorer leur jeu.

Dans l'ensemble, l'entraîneur de l'équipe faisait un excellent travail, mais il était obligé de travailler avec les recrues que lui-même lui envoyait. C'était au manager de l'équipe de faire entrer les bons joueurs sur le terrain au meilleur prix. Les finances d'une équipe de base-ball étaient dépendantes d'un bon retour sur chaque dollar dépensé. Considérant les gènes dont il était issu, la gestion de l'argent aurait dû être une seconde nature chez lui. Mais il n'en était rien. C'était une corvée qui exigeait un gros effort.

Alors, au lieu de se pencher sur les chiffres et d'essayer de réfléchir à d'éventuels échanges de joueurs, il était planté devant le bar, à contempler une bière légère pas même bonne pour arroser les plantes. Côté visuel, en revanche, c'était très agréable. Trinity perchée sur un tabouret de bar, un verre à cocktail dans la main, sa jambe entortillée autour de la sienne. Elle s'était positionnée ainsi un bon moment plus tôt, dans une attitude clairement destinée à avertir les autres femmes présentes qu'il était *à elle*. Bien qu'un peu surpris, il avait trouvé cela très sexy. Très agréable.

Il leur était difficile d'avoir une véritable conversation à cause de la musique, mais ce contact créait un inattendu sentiment d'intimité entre eux. Et, depuis la seconde où il avait senti sa jambe se glisser autour de la sienne dans un geste de possession, une semi-érection pulsait dans son pantalon.

C'était peut-être parce qu'elle portait un jean et un T-shirt qu'il avait personnellement choisis pour elle. Parce qu'il l'avait habillée. Lorsqu'il lui avait déclaré qu'il voulait voir la femme qu'elle était réellement, il ne s'était pas attendu à aimer à ce point ce qu'il voyait, ou à s'apercevoir qu'il brûlait d'en découvrir davantage. Il avait à peine gratté la surface de ce qui se cachait sous l'attitude provocante de Trinity. Et cette soif de connaissance justifiait pour moitié qu'il soit encore ici.

L'augmentation des ventes de billets pour les matchs des Mustangs comptait pour l'autre moitié. Myra était folle de joie, tout à l'heure, lorsqu'elle l'avait appelé pour l'informer que le match d'aujourd'hui avait battu tous les records des ventes de billets. C'était peu, mais c'était tout de même un bon début.

Ils avaient tout de même besoin d'une meilleure couverture médiatique.

Et il devait s'y atteler avant que sa tête n'explose.

Il avait repéré une photographe à l'entrée du club, tout à l'heure, mais il avait attendu tranquillement jusqu'au moment où il l'avait vue s'approcher du bar. Il suivit sa progression du coin de l'œil, jusqu'à ce qu'elle soit suffisamment près pour garantir que, s'il lui offrait un cliché intéressant, elle ne le raterait pas.

Il prit le verre à cocktail des mains de Trinity. Puis, sans lui laisser le temps de protester, il fit pivoter son tabouret et saisit son visage entre ses mains pour l'attirer à lui. Leurs lèvres se joignirent.

Cela aurait dû être un baiser pour la forme, uniquement pour la galerie. Mais elle, étant qui elle était, n'hésita pas une seconde et elle l'embrassa à pleine bouche. Le contact du piercing d'acier sur sa langue électrisa instantanément tout son corps. Elle le serra dans ses bras, parcourant son dos avec ses mains fiévreuses, puis, d'une poussée, elle attira son érection tout contre son sexe, avec suffisamment de force pour qu'il ait l'impression de voir des étoiles.

Oh ! oui. Encore. Une onde de désir incandescent explosa entre eux, il resserra sa main sur sa cuisse, dangereusement près du lierre tatoué sous son jean, et il souleva sa jambe pour la poser sur sa hanche. Ce nouvel angle lui offrait un meilleur accès, et le tabouret était juste à la bonne hauteur pour faire du monde un endroit merveilleux.

Il n'aurait pas dû s'avérer si facile de se laisser aller à la passion de ce baiser, mais elle s'y abandonnait avec la même fougue que lui. Ses gémissements se réverbéraient contre son torse, à moins, bien sûr, que ce ne soit la vibration des basses qui les secouaient tous les deux. En tout cas, c'était le baiser le plus fantastique de sa vie.

La musique n'était toutefois pas assez forte pour couvrir les sifflets et les acclamations de la foule qui les entourait, et, malgré la brume où flottait son esprit, il comprit qu'il avait plus qu'atteint son objectif, qui était de s'assurer que ce baiser serait capturé par les photographes. Le but recherché, c'était la publicité. C'était la seule raison. En tout cas, la seule raison logique, et la seule qu'il soit prêt à reconnaître.

Alors, un peu à contrecœur, il mit fin à leur étreinte et s'écarta d'elle. Mais elle ne l'entendait pas ainsi. Glissant ses doigts dans les cheveux de sa nuque, elle attira à nouveau sa bouche vers la sienne, et, tout à coup, ils étaient à nouveau en train de s'embrasser.

Mais, cette fois-ci, leur baiser fut une lente, langoureuse descente dans un univers de désir intense. Tout le reste s'effaça, le temps s'arrêta, et il goûta au paradis. Toutes ses barrières tombèrent. Ceci était *le* lien qu'il avait toujours désiré. C'était infiniment plus qu'un baiser, aussi essentiel que le sang qui circulait dans son cœur.

Voilà donc ce que l'on ressentait lorsqu'on embrassait une femme derrière le voile des apparences. Lui qui cherchait l'essence de Trinity, il l'avait enfin trouvée. Et, plus important encore, elle la lui avait offerte. Elle se répandait en lui comme une onde tiède, douce et puissante, et à tel point naturelle qu'elle devint aussitôt une partie de lui, comme si elle avait toujours été là.

L'une de ses mains fines se glissa sous l'ourlet de son T-shirt, se cramponnant à sa taille comme si c'était la seule façon de ne pas tomber de son tabouret. Il comprenait parfaitement ce sentiment, parce que lui-même glissait à toute vitesse sur une pente savonneuse. Sans aucun contrôle.

Et c'est ce qui le fit revenir à la réalité.

Lorsqu'il lui avait déclaré qu'il avait besoin d'intimité avec une femme, il pensait qu'elle protesterait. Il entendait alors créer une nouvelle barrière entre eux, un rappel qu'il était à la recherche d'une épouse et d'une compagne pour la vie, pas d'une femme fatale qui pourrait le détruire à tout instant.

Cette fois-ci, lorsqu'il s'écarta, elle ne le retint pas et elle laissa ses mains retomber sur ses genoux. Visiblement aussi désorientée que lui, elle jeta un rapide regard autour d'elle.

— A-t-on pris des photos ? murmura-t-elle, se reprenant instantanément comme si tout cela n'était jamais arrivé.

— Je l'espère.

Dans le cas contraire, il refusait de continuer cette comédie idiote. Il lui était impossible de continuer à faire semblant. Parce qu'il devenait de plus en plus difficile de faire la part entre la comédie et le réel, même lorsqu'ils n'étaient pas derrière des portes closes.

Le téléphone de Logan sonna à 8 heures. Le nom affiché sur l'écran était le dernier qu'il s'attendait à voir.

Maman.

Il se retourna en gémissant et se recouvrit la tête avec un oreiller, mais, malgré cela, il avait la sensation que chaque sonnerie lui vrillait douloureusement les tempes.

— N'es-tu pas censée être à l'église ? grogna-t-il en se résignant à prendre l'appel.

— Bonjour à toi aussi, répondit sa mère d'une voix beaucoup trop alerte pour un dimanche matin. C'est vrai, j'étais sur le point de me rendre à l'office. Tu devrais m'y accompagner.

— J'ai un match, aujourd'hui, rappela-t-il.

Et elle le savait sans doute parfaitement, vu qu'elle avait des places en tribune à l'année, et qu'elle assistait à la plupart des matchs à domicile. Lorsqu'il était libre, il ne voyait aucun inconvénient à accompagner sa mère à l'église qu'elle avait fréquentée avec son père durant trente ans. Il détestait l'idée qu'elle doive s'y rendre seule aujourd'hui.

— À en juger par les photos que m'a envoyées ta grand-mère, il te serait utile de venir à l'église avec moi, déclara sa mère d'un ton désapprobateur. Qui est cette femme que tu embrassais comme si tu allais la dévorer toute crue ?

— Trinity Forrester.

Il ne pouvait pas avoir une telle conversation avec sa mère un dimanche à 8 heures du matin. Ni à tout autre moment, d'ailleurs. Dans quel monde vivait-il, pour que sa grand-mère surfe sur le Net et rapporte les ragots des réseaux sociaux à sa mère ?

— Et ce n'était qu'un baiser, précisa-t-il pour clore la discussion.

Ce qui était faux. Ce n'était pas un simple baiser, et il y avait fort à parier que la photographe avait saisi la scène de la veille, dans le club, à son paroxysme de passion. Il n'avait pas encore vu ces photos lui-même, mais elles devaient être particulièrement croustillantes pour justifier ce coup de téléphone matinal concernant le salut de son âme.

— Serait-ce trop te demander de me la présenter, puisque vous vous voyez sérieusement, et tout le toutim ?

— Maman ! gémit-il. Je ne vais pas l'épouser. Nous… sortons ensemble, c'est tout.

— Ce n'est pas ce que disait la légende sous la photo.

— Quoi ? fit-il en se redressant si vite que l'oreiller tomba sur le sol. Que dit-elle ?

— « Le propriétaire milliardaire des Dallas Mustangs fête ses fiançailles avec l'une des dirigeantes de Fyra Cosmetics. » C'est exactement ce qui est écrit.

— C'est… compliqué, maman, répondit-il, réprimant un juron qui lui eût valu une nouvelle injonction à l'accompagner à l'église.

Il ne pouvait pas tout nier en bloc, pas avant de savoir si Trinity avait fait courir cette rumeur délibérément. Il espérait pour elle que ce ne soit pas le cas. Il lui avait déjà dit ce qu'il pensait de l'idée de fausses fiançailles. Tout au fond de lui, la colère commençait à gronder.

— Oh ! je vois, fit sa mère. Alors, es-tu fiancé, oui ou non ?

Il ne pouvait pas non plus mentir à sa mère. Ils avaient toujours été très proches, mais, depuis que son père était décédé, il veillait personnellement à ce qu'elle ne manque jamais de rien. Ils avaient pris ensemble la douloureuse décision de vendre McLaughlin Investments, la société de courtage en ligne que son père avait fondée, puis ils s'étaient partagé l'argent à parts égales. Depuis, leurs liens n'avaient jamais été aussi étroits.

— Je t'appellerai plus tard pour te donner une réponse définitive, promit-il. Satisfaite ?

— Oui, bien sûr. Pourvu que ce soit oui.

Cette réponse ne l'étonnait pas du tout. Sa mère se lamentait depuis dix ans déjà de l'absence d'une belle-fille, et, depuis quelque temps, elle avait enchaîné sur le sujet des petits-enfants.

« Tu ne rajeunis pas, aimait-elle à lui rappeler. Et, certainement, moi non plus. »

Il savait, lui aussi, que son horloge biologique continuait à tourner, et il n'avait nul besoin qu'on lui rappelle que la vie dont il rêvait, entouré d'une famille et d'une flopée d'enfants, ne ressemblait pas du tout à celle qu'il menait aujourd'hui. Les femmes éligibles ne manquaient pas, mais il ne semblait pas réussir à trouver *la bonne* future Mme McLaughlin. Et il n'augmentait certainement pas ses chances de la trouver en paradant avec une fausse fiancée à son bras.

La douche n'améliora pas son humeur, et les images qui surgissaient dans son esprit pas davantage. Trinity avait un corps de rêve, et il n'était pas le gentil garçon bien sage qu'elle croyait connaître.

Étrangement, le souvenir de leur second baiser était bien plus érotique que la découverte de ses seins parfaits tandis qu'il lui ôtait cette horrible tenue qu'elle portait. Et, lorsqu'elle lui était apparue nue, c'était la déesse de l'Amour qui se tenait devant lui. Superbe.

La femme. Le baiser. La vulnérabilité assumée devant lui sur ce lit, tandis qu'il la débarrassait de cette coquille dans laquelle elle se dissimulait aux yeux du monde, puis sur ce tabouret de bar alors qu'il explorait sa nouvelle découverte. Elle était merveilleuse.

Son sang était en ébullition. Penser à elle le troublait et il ne connaîtrait la paix que lorsqu'il se serait rendu à l'inévitable. Et cela, il n'en était pas question.

En ressortant de la douche, il passa dans l'immense cuisine de la maison qu'il avait achetée dans la petite ville de Prosper, parce qu'elle était située à proximité du centre d'entraînement des Mustangs et qu'elle s'enorgueillissait du meilleur district scolaire du nord du Texas.

Bien sûr, il lui était venu à l'esprit que la femme qu'il épouserait un jour préférerait choisir elle-même sa maison, mais il était tombé amoureux de cette propriété à la seconde où l'agent immobilier la lui avait montrée. La maison était entourée de dix hectares de terrain vallonné, offrant tout l'espace nécessaire pour des enfants et des chiens, avec une écurie perchée sur une élévation de terrain, face à un lac qu'il avait lui-même réapprovisionné en poissons. À présent, il ne lui restait plus qu'à chercher l'épouse.

Apparemment, il avait progressé dans ladite quête contre son gré, et, comme il ne pouvait plus repousser cet instant davantage, il alla allumer son ordinateur portable en attendant que son café soit prêt.

L'image s'étala sur son écran, et il dut convenir qu'elle était affriolante. Il était planté entre les jambes de Trinity, dos à l'objectif, sa main posée sur sa cuisse. La photographe avait capturé leur baiser pour montrer le visage de Trinity et son expression — extatique.

Une vague de chaleur monta en lui et il sentit tout son corps réagir à ce souvenir.

Ce n'était pas la photo de deux personnes jouant une comédie devant les objectifs. Il le comprenait maintenant. Ils se désiraient l'un l'autre plus qu'ils ne désiraient respirer, et cet instant était figé pour toute l'éternité, en couleur haute définition, là où le monde entier pouvait le voir.

C'est cela qui aurait dû inquiéter sa mère, pas l'exactitude de la légende au bas de la photo.

Trinity Forrester n'était pas la femme de ses rêves. Mais elle était sûrement celle de ses fantasmes. Comment ne pas songer à terminer ce baiser avec tous ses vêtements éparpillés sur le sol ? Mais elle n'était que sa fausse fiancée. Il devait absolument l'appeler, mais il n'était que 9 heures un dimanche matin, trop tôt.

Son téléphone émit un bip annonçant qu'il avait reçu un texto. Son cœur fit un bond dans sa poitrine : Trinity.

À l'évidence, elle ne dormait pas non plus.

> Avez-vous vu ? On ne parle que de cela sur mes réseaux sociaux. J'ai besoin d'une bague.

Ce message eut le don de l'irriter. Une fausse relation, passe encore. Personne ne lui avait demandé si c'était sérieux, il n'y avait donc eu aucun besoin de mentir. Jusqu'à aujourd'hui. Les questions de sa mère n'étaient que les premières d'une longue série, il en avait bien peur.

Il choisit de l'appeler. Certaines situations ne pouvaient pas être réglées par le moyen d'un texto.

— N'est-ce pas merveilleux ? s'extasia-t-elle, décrochant aussitôt comme si elle avait attendu cet appel. Mon agent publicitaire m'a déjà appelée. Elle est enthousiasmée par la réponse du public. La photo a déjà été partagée vingt-cinq mille fois.

Seigneur, vingt-cinq mille ? C'était une catastrophe !

— Vraiment ? demanda-t-il, d'une voix étranglée.

Le cauchemar continuait. Comment était-il possible que les gens s'intéressent à ce point aux fiançailles de deux personnes qu'ils n'avaient jamais rencontrées ? Sans compter que l'information était inexacte.

— Ça, c'est pour la photo où vous posez votre main sur ma cuisse, précisa-t-elle. L'autre est meilleure, mais elle n'a pas autant attiré l'attention parce qu'elle est moins osée.

L'autre ? Coinçant son téléphone contre son épaule, il lança une recherche en ligne. Et, soudain, il la vit.

La photographe avait saisi l'instant infinitésimal où il venait de reprendre ses distances entre le premier et le second baiser, et Trinity l'attirait à nouveau vers elle. Ils ne s'embrassaient pas. Pas encore. Mais nul ne pouvait manquer de reconnaître le désir incandescent qui éclairait son ravissant visage. Cette image était plus parlante que tout un discours. Elle illustrait parfaitement ce qu'il avait ressenti alors qu'elle l'attirait dans son univers — comme si sa chair et ses os se dissolvaient, ne laissant derrière eux que pure essence.

Elle aussi l'avait senti. Et il détestait devoir partager ce qui aurait dû être un moment d'intimité avec la Terre entière.

Et ce n'était pas tout ce qu'il détestait dans cette situation.

— Je ne vous achèterai aucune bague, marmonna-t-il. Est-ce vous qui avez imaginé la légende de la photo ?

— Non. J'ai été aussi surprise que vous. La responsable, c'est peut-être mon agent publicitaire, mais elle le nie.

— Nous devons rétablir la vérité. Je serai inflexible, là-dessus.

Il m'importe peu qu'une foule d'inconnus pense que nous sortons ensemble, mais il serait injuste pour mes proches de leur laisser croire que nous allons peut-être nous marier, alors que ce n'est pas le cas.

— Pourquoi faut-il que nous fassions une quelconque déclaration ? répliqua-t-elle d'un ton léger. Personne ne nous a demandé une interview. Laissons courir la rumeur. Nous examinerons les chiffres lundi matin et, ensuite, nous élaborerons une nouvelle stratégie.

Facile à dire, pour elle. Si les Mustangs gagnaient aujourd'hui, il se retrouverait assurément en face d'une douzaine de journalistes sportifs, et il était prêt à parier qu'ils le questionneraient au sujet de sa vie amoureuse.

Ils perdirent encore ce match. Mais, dès le lundi, Logan put constater, preuves en main, que les gens achetaient des billets en nombre record en dépit des pauvres résultats de l'équipe. Il était devenu l'icône des Dallas Mustangs, et Myra avait déjà des idées très précises sur la meilleure manière de tirer profit de ce succès.

Ravalant ses objections, il décrocha son téléphone pour appeler Trinity.

5

Rien dans le monde du base-ball ne correspondait à l'idée que Trinity s'en était faite. Par exemple, lorsque Logan lui avait proposé de partir avec lui pour suivre l'équipe, elle avait cru qu'ils voyageraient en voiture.

Ce n'était pas du tout ce qu'il avait prévu.

Heureusement, ce voyage en avion à San Francisco pour assister au prochain match des Mustangs et y passer quelques jours la dispensait de se rendre à son travail lundi matin. Elle était même pathétiquement soulagée de ne pas avoir à faire la présentation d'une campagne de promotion du Formula-47 qui n'existait pas encore.

Logan avait aussi omis de l'informer que les Mustangs disposaient d'un jet privé pour leurs déplacements, ce qui rendait ce voyage encore plus amusant. La cabine était équipée de vastes sièges de première classe, ce qui la faisait se sentir encore plus minuscule parmi ces solides gaillards. Mais elle adorait cet environnement luxueux.

Peu après le décollage, le personnel de cabine commença à circuler avec des snacks et des boissons. Logan serrait doucement sa main dans la sienne, leurs doigts entrelacés. Strictement pour la galerie, elle le savait. Mais ce contact lui causait un petit frisson qui n'était pas désagréable.

Elle prévoyait beaucoup d'autres frissons dans son futur. Après tout, ce voyage était une parfaite opportunité de faire passer leur relation au niveau supérieur, tant devant les caméras que derrière les portes closes.

Jusqu'à aujourd'hui, il s'était montré presque trop affectueux, comme s'il ne prêtait attention à elle que parce que leur relation publique l'exigeait. Elle faisait donc de son mieux pour ne pas attacher une importance exagérée à ce contact de leurs mains, apparemment inconscient. Techniquement, il était au travail, et c'était probablement là-dessus qu'il se concentrait.

Et d'ailleurs, ils n'étaient pas un vrai couple. Elle n'avait pas à chercher du sens dans chacune de ses actions. En public, tout était faux. Elle n'était pas obligée d'analyser toutes ses humeurs, ou de s'inquiéter qu'il songe à la quitter.

— Quelles sont vos fonctions officielles avec les Mustangs ?

— Je suis le propriétaire, et le directeur général de l'équipe.

— Alors, tout le monde doit vous rendre des comptes, et vous pourriez les licencier tous ?

Il acquiesça avec un haussement d'épaules.

C'était un poste qu'elle était heureuse de ne pas avoir accepté chez Fyra. Elle aurait détesté qu'une foule de gens compte sans cesse sur elle pour fournir des réponses.

Mais n'était-ce pas le cas aujourd'hui, avec la campagne de marketing du Formula-47 ? Partir en voyage en profitant de la vague de publicité positive actuelle ne pouvait lui faire oublier que beaucoup de monde comptait sur son travail pour remettre Fyra sur la voie du succès.

En fait, elle regagnait un peu d'espoir, quant à tout cela : elle avait remarqué que, lorsqu'elle était près de lui, elle retrouvait sa muse. Cette séance de baisers incandescents, samedi soir, lui avait insufflé une double dose d'inspiration, mais les douzaines d'esquisses inachevées ne l'avaient pas beaucoup rapprochée de son objectif. Une nouvelle séance, beaucoup plus… *complète*, était peut-être à l'ordre du jour, et elle disposait des quatre jours de ce voyage pour prouver sa théorie.

La prochaine fois qu'elle serait nue avec lui, ils ne perdraient pas leur temps en conversation, et ils n'auraient pas besoin de se rhabiller durant un long moment. Mais elle ne devait surtout pas le laisser soupçonner qu'elle avait un motif précis pour continuer ce flirt très public derrière les portes closes.

Une flopée de photographes les guettaient devant les portes de verre coulissantes lorsqu'ils arrivèrent à leur hôtel. La limousine qu'il avait louée pour l'occasion s'arrêta devant la marquise où attendait un voiturier, mais il ne descendit pas tout de suite.

— Au fait, j'ai informé la presse locale que nous assistions aux séries ensemble. En tant que couple. J'espère que cela ne vous dérange pas.

— Excellente idée, assura-t-elle, se demandant si c'était là l'accueil typique qu'on réservait aux équipes de base-ball, ou si c'était le propriétaire et sa petite amie/fiancée qu'ils étaient venus voir. Nous pourrions peut-être même engager un photographe pour nous suivre dans nos déplacements.

— J'y ai pensé, ou en tout cas mon agent publicitaire y a pensé pour moi. Elle va envoyer quelqu'un aux trois matchs pour prendre des photos de nous dans ma suite.

— Nous avons droit à une suite ?

Une suite, avec un lit ? Tout à coup la perspective de devoir assister à ces trois matchs de base-ball devenait beaucoup plus intéressante.

— Vous auriez dû m'informer de ce détail depuis longtemps, ajouta-t-elle avec un sourire coquin. Nous pourrons peut-être faire une petite sieste vers le milieu du match, lorsqu'il ne se passe rien.

— Il ne s'agit pas d'une suite comme celle d'un hôtel, précisa-t-il en riant. C'est un espace VIP vitré tout en haut des gradins avec des fauteuils confortables d'où l'on peut suivre l'action sur le terrain, le tout climatisé et équipé d'un bar. J'ai aussi invité quelques connaissances à venir nous rejoindre. Ce sera une fête, vous verrez.

Elle s'efforça de ne pas se sentir déçue. C'était toujours mieux que les gradins en plein soleil.

— Je vous promets de n'avoir d'yeux que pour vous, et de vous montrer toute mon adoration devant vos amis. Et devant le photographe.

Le matin même, un nouvel article avait circulé, contenant des allégations mensongères concernant des tests auxquels

Fyra aurait procédé avec des animaux vivants. Selon Cass, il y avait peut-être matière à poursuites légales. Face à une telle situation, que pouvait-elle faire pour contribuer à contrer ces mensonges ? Tout effort serait utile.

Il sortit de la limousine et l'aida à descendre, puis, tandis que le porteur se chargeait de leurs bagages, il lui enlaça la taille et la guida vers l'entrée de l'hôtel. La foule des photographes s'écarta pour les laisser passer, préparant déjà leurs appareils pour des photos qu'ils comptaient monnayer à un bon prix.

— Jolies chaussures, murmura-t-il alors que les flashs crépitaient autour d'eux.

Elle portait ses Prada à talons de quinze centimètres, et comme ses chevilles enflaient toujours en avion, les lanières la torturaient et elle ne sentait plus ses orteils depuis au moins trois heures. Mais elle aimait être assez grande pour qu'il puisse lui enlacer la taille.

— Merci.

Il lui sourit, et elle oublia instantanément ses chevilles. Elle allait peut-être pouvoir le convaincre de faire une sieste coquine avec elle tout de suite. Histoire de se détendre un peu. Ses circuits intérieurs ne s'étaient jamais totalement refroidis après ce second baiser, samedi soir, et elle avait très envie de reprendre leur échange là où ils l'avaient interrompu.

Puis, elle l'entendit distinctement dire au réceptionniste :

— *Deux* chambres.

— Quoi ?

— Une seconde. Je nous enregistre.

— Oui, c'est ce que je vois, dit-elle, souriant au réceptionniste. Voulez-vous nous excuser une minute ?

Le car qui transportait le reste de l'équipe depuis l'aéroport venait d'arriver, et un torrent de testostérone commença à se déverser dans l'entrée de l'hôtel, alors que les athlètes, les entraîneurs et le staff envahissaient le grand hall dans un brouhaha de voix et de rires.

Entraîner Logan dans un coin un peu à l'écart n'était pas

une tâche facile, mais il la suivit docilement, ce dont elle lui fut reconnaissante.

— Êtes-vous devenu fou ? chuchota-t-elle. Nous ne pouvons pas dormir dans des chambres différentes.

— Non seulement nous le pouvons, mais nous allons le faire, répliqua-t-il en croisant les bras. Dès qu'on m'aura remis les clés, bien sûr.

— Après que vous avez pris la peine d'engager des photographes ? Voulez-vous qu'ils prennent des photos de nous en train de nous retirer dans des chambres séparées ?

— Et alors ? grogna-t-il. Nous pouvons être un couple chaste se réservant pour le mariage, non ?

Il était incroyable. Elle ne put s'empêcher de rire aux larmes, et plus elle riait, plus elle voyait l'expression de Logan s'assombrir.

Lorsqu'elle réussit enfin à maîtriser son hilarité, elle tapota délicatement ses cils, sans craindre que le mascara à toute épreuve que Harper avait créé, et qu'elle-même avait personnellement aidé à tester, n'en ait souffert.

— Avez-vous réellement jeté un coup d'œil à ces photos de samedi soir ? Elles ont été partagées dix fois plus que celles de vendredi, lorsque nous posions sur le tapis rouge. C'est cela qu'aiment nos fans. Le spontané. La passion brûlante à fleur de peau. C'est cela qu'ils désirent voir.

Son expression demeura impassible, et un vent de panique commença à souffler sur elle. Elle avait besoin de lui. Elle avait besoin de se pâmer dans ses bras loin des caméras. L'inspiration devenait rare, et lui seul la détenait.

— Non, répondit-il d'un ton ferme. J'ai déjà fait d'énormes concessions, et…

— Lesquelles ? l'interrompit-elle, les poings sur les hanches, baissant la voix pour n'être pas entendue.

Il lui était égal que les photographes capturent une dispute en public, mais elle ne voulait surtout pas que son motif soit étalé sur tous les réseaux sociaux.

— C'est moi qui change constamment de vêtements, rappela-t-elle, et…

— Vous ne vous êtes changée qu'une fois, et c'était parce que je vous y avais obligée…

— Vous ne m'avez pas obligée. Je vous ai permis de changer mes vêtements parce que cela m'arrangeait. Ne vous méprenez pas, vous ne contrôlez pas mes actions.

— Je n'en ai aucune envie, Trinity ! répliqua-t-il, si fort que plusieurs têtes se tournèrent dans leur direction.

— Chut ! fit-elle, indiquant les photographes, qui avaient senti que quelque chose se préparait et avaient déjà commencé à les mitrailler. Faites semblant d'être en colère si cela vous plaît, mais nous ne pouvons pas nous permettre d'être entendus par des oreilles indiscrètes.

— Je ne fais pas semblant, gronda-t-il. Je reçois déjà des coups de téléphone au sujet de nos fiançailles imminentes, alors que vous m'aviez assuré que cela n'arriverait jamais. Je n'aime pas être placé dans une telle situation, et je ne veux pas avoir à défendre mes choix personnels, concernant mes arrangements pour dormir.

Elle en resta tout ébahie. Décidément, son côté vieux jeu était plus profondément installé qu'elle ne l'avait cru. Voilà qu'elle était confrontée à un excitant nouveau challenge. Elle allait bien s'amuser.

Elle le transperça d'un regard destiné à faire grimper sa température de quelques milliers de degrés, avant de déclarer :

— Si vous croyez qu'il est question de dormir, vous avez mal compris mon plan.

— Chambres séparées, insista-t-il d'un ton ferme.

Elle se composa une expression frustrée, mais ce n'était qu'une comédie, parce que en réalité cette solution jouait en sa faveur. Finalement, l'histoire n'en serait que beaucoup plus croustillante. Quelqu'un pouvait les surprendre dans le couloir en train de se dévorer de baisers devant l'une de leurs chambres. Ensuite, ils se rueraient à l'intérieur et poursuivraient leur baiser passionné jusqu'à sa conclusion naturelle.

Il était également dans son meilleur intérêt de s'assurer que ce serait dans sa chambre à lui… De façon à ce qu'elle puisse se laisser photographier — par un hasard soigneusement planifié — en ressortant de chez lui au petit matin.

— Très bien, convint-elle. Chambres séparées. Mais vous devez m'emmener dîner. Autrement, nous manquerions une excellente opportunité d'attirer les caméras sur nous.

Il acquiesça avec un sourire satisfait, probablement parce qu'il pensait avoir gagné. Elle allait le laisser garder ses illusions. À la fin de cette nuit, il aurait compris qu'ils y avaient gagné tous les deux.

Logan ne faisait pas les choses à moitié lorsqu'il installait sa fausse petite amie/fiancée dans un hôtel, il fallait lui reconnaître cette qualité.

Trinity prit un long bain dans le jacuzzi du jardin, songeant qu'un long corps à corps passionné avec Logan lui rendrait l'inspiration. Mais elle était prête à poursuivre l'exercice toute la nuit si nécessaire. Elle pourrait facilement caser trois ou quatre orgasmes dans son planning, surtout si c'était lui qui les lui procurait. Cet homme allumait un brasier dans son corps sans même le vouloir.

Ensuite, elle choisit une robe blanche toute simple parsemée de petites fleurs, qui la couvrait presque jusqu'au cou.

Sur elle, elle faisait un effet spectaculaire, même si elle était presque virginale. Pour contrebalancer sa chasteté, elle se créa une large mèche rose dans les cheveux et enfila des sandales à hauts talons aiguilles dont les lanières se croisaient sur ses chevilles un nombre incalculable de fois. Seul un homme à la fois entreprenant et patient serait capable de lui ôter ces chaussures, et elle frissonnait d'anticipation à l'idée des préliminaires que cela pourrait impliquer.

Logan frappa à sa porte.

Lorsqu'elle alla ouvrir, son regard noisette s'attarda un long moment sur sa robe, et une expression d'approbation admirative apparut sur son visage. Un point pour elle. Comment ne lui était-il jamais venu à l'esprit qu'il l'appréciait *tellement plus* en vêtements conventionnels ? Il brûlait de désir pour elle lorsqu'elle portait un simple jean et un T-shirt, mais elle avait cru à tort que c'était parce qu'il les lui avait enfilés lui-même.

— Je m'attendais à être obligé de vous rhabiller, déclara-t-il d'un ton nonchalant qui dissimulait mal sa déception.

Il ne se contentait pas de la préférer en vêtements classiques. Il aimait l'idée de les choisir pour elle.

— Je me sentais d'humeur généreuse.

— C'est noté. Et moi, je vous rendrai la politesse en vous offrant un bon dîner.

Durant lequel elle se montrerait charmante, et prétendrait que leur dîner était l'unique opportunité photo de la soirée.

Comme elle l'avait prévu, quelques photographes traînaillaient encore dans le hall, et Logan et elle posèrent un instant pour leur permettre de prendre quelques clichés avant de continuer en direction du restaurant. Il importait peu que ces photos soient un brin artificielles. De toute façon, elles feraient pâle figure, comparées à celles qui allaient suivre plus tard dans la soirée. Ces chastes images ne les rapprochaient pas de leur but.

Le dîner s'avéra étrangement tranquille. Et très agréable. Il fut d'une patience d'ange tandis qu'elle le bombardait de questions au sujet du base-ball, qu'il devait sûrement trouver ennuyeuses.

Mais elle adorait l'entendre parler de sa passion. Et, à l'évidence, sa passion, c'était le base-ball. Il parlait avec les mains, souriait, riait. Elle aurait presque pu croire qu'ils sortaient vraiment ensemble.

Non. Se laisser aller à fantasmer sur ce qu'ils partageaient était le plus sûr moyen de courtiser les ennuis.

— Et si vous me raccompagniez jusqu'à ma chambre ? suggéra-t-elle d'un ton léger, notant que plusieurs photographes s'étaient éloignés. Seuls les plus tenaces étaient restés, les plus susceptibles d'être intéressés par un scoop.

— Bien sûr.

Il entremêla ses doigts aux siens, un geste qui lui était

désormais devenu familier. Elle adorait cela, mais c'était un secret qu'elle ne révélerait jamais à personne.

Était-ce là ce que faisaient les gens normaux ? Était-ce ainsi qu'ils se comportaient l'un avec l'autre ? Était-ce pour cela qu'ils se lançaient dans l'aventure du mariage alors que tout semblait indiquer que le bonheur ne dure jamais ? Participer à cette fausse relation lui aurait au moins permis d'entrevoir les raisons qui avaient pu pousser Cass, Alex et Harper à choisir la voie du mariage.

Mais aucune de ses amies n'était une femme brisée. Le fait qu'elles aient trouvé l'âme sœur ne signifiait pas automatiquement qu'elle aurait la même chance. C'est pourquoi sa relation avec Logan était tellement parfaite — elle se terminerait avant que l'un ou l'autre ne se soit attaché.

Et pourtant… Ils n'avaient encore fixé aucune date d'expiration pour leur arrangement, mais il pouvait la lui annoncer à n'importe quelle seconde. Le laisser partir lui apparaissait tout à coup comme la dernière chose au monde qu'elle ait envie d'envisager, et elle sentit sa gorge se serrer à cette seule idée.

Il étreignit doucement sa main au même instant, et elle sut avec certitude qu'elle n'avait pas envie qu'il la quitte.

Pas ce soir.

Ils sortirent de l'ascenseur à son étage sans qu'aucun journaliste ne les ait suivis. Mais cela lui était égal. Ce qui se produisait à présent entre eux n'avait aucun rapport avec la presse ou la progression des ventes. Il était un homme, et elle était une femme. Et elle avait besoin de lui. Pour de nombreuses raisons, y compris quelques-unes qu'elle n'osait pas s'avouer à elle-même, et moins encore à lui.

Il devait avoir senti son désarroi, car, alors qu'ils arrivaient devant sa porte, il porta sa main jusqu'à ses lèvres pour déposer un baiser dans sa paume.

— Qu'y a-t-il ? murmura-t-il. Vous tremblez.

— Rien, mentit-elle, habituée à ne jamais montrer ses faiblesses devant un homme. Je pensais que nous avions manqué l'occasion d'être photographiés en train de nous embrasser, tout à l'heure.

— Nous avons trois jours devant nous. Nous aurons beaucoup d'autres opportunités.

Elle ne pouvait pas le laisser partir. Alors, elle retomba automatiquement dans sa stratégie habituelle « séduire pour conquérir », où elle excellait. Elle lui sourit.

— Nous devrions peut-être nous entraîner.

— À nous embrasser ? s'exclama-t-il en riant. Vous avez vu ces photos de samedi soir. Je ne pense pas que le manque d'entraînement soit notre problème.

— Vous avez raison, murmura-t-elle. Notre problème, c'est que nous nous arrêtons toujours trop tôt.

Une lueur qu'elle ne parvenait pas à déchiffrer brilla dans son regard. Mais il ne partait toujours pas.

— Nous nous arrêtons parce que nous sommes dans un lieu public, et que notre arrangement n'inclut pas le tournage de films X.

Mais pas parce qu'il *désirait* s'arrêter, songea-t-elle. Saisissant au vol cette petite distinction, elle leva la clé magnétique de sa chambre jusqu'à son torse, puis elle la laissa glisser lentement jusqu'à sa ceinture.

— Alors, ne vous arrêtez pas maintenant.

C'était son unique occasion de prétendre qu'il pouvait réellement être à elle.

Le temps d'une nuit.

Logan poussa un soupir. La petite robe blanche de Trinity le rendait fou depuis la seconde où il avait posé les yeux sur elle. Durant tout le dîner, une seule idée avait occupé son esprit : glisser ses mains sous le tissu pour vérifier si elle portait une culotte blanche toute sage, ou si elle avait choisi l'option vilaine fille, en préférant un string. Rouge, peut-être ?

L'un ou l'autre lui convenait parfaitement.

Et ce mystère aurait pu être résolu très facilement. Il lui

aurait suffi de la soulever dans ses bras, d'ouvrir la porte et de l'emporter jusqu'au grand lit de l'hôtel.

Mais il n'en fit rien. Il y avait des règles à respecter. Et elles étaient là pour une bonne raison. Même si le désir qu'il ressentait pour elle lui coupait le souffle.

— Dois-je comprendre que vous m'invitez dans votre chambre ? Parce que c'est contre nos conventions. Nous sommes seulement un couple en public. Un faux couple.

— Oh ! je vois, répondit-elle d'un ton moqueur. Toujours ce souci de vos fameuses règles. Si cela peut vous rassurer, nous laisserons la porte ouverte.

Techniquement, ce n'était pas faux. S'ils laissaient la porte ouverte, ils seraient toujours un couple, puisque leur arrangement ne s'appliquait qu'au grand jour.

— Cela ne rend pas cette mise en scène plus réelle, argua-t-il, conscient que c'était lui-même qu'il essayait de convaincre.

S'embrasser en public était une chose, mais le faire derrière des portes closes l'obligerait à admettre que la brûlante attirance qu'il ressentait pour elle avait des racines plus profondes qu'il n'osait se l'avouer.

Or, elle n'était pas la femme qu'il lui fallait.

— Pour l'amour du ciel, Logan ! s'exclama-t-elle avec un rire de gorge qui provoqua une réaction immédiate en dessous de sa ceinture. Oserez-vous m'affirmer que les étincelles qui crépitent entre nous ne sont pas réelles ?

Malheureusement, là, elle marquait un point. L'attirance qu'ils éprouvaient l'un pour l'autre était bien réelle, tout comme leur impatience de s'arracher mutuellement tous leurs vêtements.

Ce qui ne l'était pas, c'était la façon dont tout avait commencé. Et comment cela finirait. Pour lui, une vraie relation avait toujours été définie par sa capacité à devenir permanente. Mais, bien sûr, à mieux y réfléchir…

— Que me suggérez-vous ? s'enquit-il, un peu confus. Que nous devenions un vrai couple ?

— Mon chou, vous vous posez beaucoup trop de questions, répondit-elle en saisissant sa main, paume vers le haut, pour y déposer la clé de sa chambre, comme une offrande — ou comme un geste de défi. Nous n'avons pas besoin de règles, ou de définitions. C'est ainsi qu'on gâche de bons moments. Tout ce que nous avons besoin de savoir, c'est qu'une fois que nous aurons franchi cette porte, nous allons savourer de nombreux orgasmes. Ensemble.

Quelque chose qui ressemblait à du soulagement parcourut tout son corps comme une onde, en même temps qu'un puissant élan de désir qui mit tous ses sens en alerte rouge. Elle faisait de son mieux pour tout ramener au sexe, et cela fonctionnait parfaitement. Quelle importance si elle était ou non une femme qu'il pouvait envisager d'épouser ? Ni elle ni lui n'y songeaient un instant. Pourquoi alors luttait-il ainsi contre lui-même ?

— À vous de décider, Logan, dit-elle en refermant ses doigts autour de la clé. Si vous souhaitez n'y voir qu'un spectacle publicitaire, je ne vous contredirai pas. Songez seulement aux photos croustillantes que les journalistes pourraient prendre de nous, si nous étions de vrais amants passionnés. Cela ne peut que fonctionner.

La clé du problème était littéralement dans sa main. Elle venait de lui donner le choix — sagement, car, ensuite, il ne pourrait plus affirmer qu'il n'avait pas accepté.

— Si je comprends bien, vous allez contourner toutes mes règles jusqu'à ce que je cède, n'est-ce pas ?

— Je suis presque sûre que c'est déjà fait, répliqua-t-elle avec un sourire coquin. Oh ! j'allais oublier la première d'entre elles. Logan McLaughlin, je vous mets au défi de prendre ce que vous désirez de toutes vos forces. Laissez-moi réaliser tous les fantasmes que vous avez refoulés parce que vous teniez à avoir l'air d'un gentil garçon bien sage.

— Tous ? murmura-t-il, le souffle coupé.

C'était la proposition la plus sexy qu'une femme lui ait jamais faite, et, tandis qu'une brume de désir envahissait l'espace entre eux, il ne put s'empêcher de remarquer :

— Je crains que même vous ne soyez pas de taille à épuiser

mon imagination fertile, qui a été extrêmement sollicitée depuis que vous m'avez appris que vous portiez un piercing sur la langue.

— Mettez-moi à l'épreuve.

L'alchimie qui était à l'œuvre entre eux depuis le premier jour explosa alors en lui, et, sans se donner le temps de réfléchir, il l'adossa à la porte. Cesser de réfléchir lui convenait à merveille. Elle lui avait donné la permission d'explorer ses sensations, et c'était ce qu'il allait faire.

Il posa sa bouche sur la sienne et, inclinant sa tête en arrière, il l'embrassa avec toute la passion qui coulait dans ses veines comme une lave brûlante. Lorsqu'elle répondit à son baiser, la sensation du piercing contre sa langue faillit lui faire perdre ce qui lui restait de contrôle.

Il avait construit tant de fantasmes autour de cette femme qu'il ne savait plus par où commencer.

Son petit corps sinueux ne s'ajustait pas au sien comme il l'aurait désiré, alors il la souleva contre la porte, jusqu'à ce que sa douloureuse érection soit nichée dans la vallée entre ses cuisses.

Le gémissement qui s'exhala de ses lèvres merveilleuses acheva de lui faire perdre la raison. Lorsqu'elle ressentait du plaisir, elle le lui montrait. C'était un puissant stimulant, et il fit tomber ses dernières barrières intérieures. Il désirait dévorer encore sa bouche, l'entendre crier son nom.

Mais ils étaient toujours dans le couloir. Parce qu'il n'avait pas encore pris sa décision.

Il prit une profonde inspiration. Il était temps de continuer cet échange derrière des portes closes.

Sans réellement savoir ce qu'il faisait, il glissa la carte de plastique dans la fente sans lâcher Trinity. La porte pivota sur ses gonds, et, pour s'assurer que ni elle ni lui ne pourraient plus émettre de nouvelles objections, il la souleva dans ses bras pour traverser le seuil avec elle. C'était un acte symbolique, peut-être davantage pour lui que pour elle, mais son soupir de pure féminité ouvrit d'autres vannes en lui tandis qu'il refermait la porte d'un coup de talon.

En l'allongeant sur le lit, il avait eu l'intention de reprendre immédiatement ce baiser là où ils l'avaient laissé. Mais il s'arrêta un bref instant pour l'admirer, parce qu'elle était vraiment magnifique, allongée sur le couvre-lit dans cette robe blanche, qu'elle n'avait choisie que pour lui faire plaisir.

Et elle avait réussi. À chaque instant, même lorsqu'ils échangeaient des piques. La plupart du temps, il lui était égal de gagner ou de perdre la bataille, parce que c'était cette joute elle-même qui l'excitait. N'était-ce pas étrange ? Cependant, tout en elle l'attirait, et il en avait plus qu'assez de résister.

Mais, avant qu'il n'ait eu le temps de mettre en œuvre les nombreux fantasmes qu'il avait élaborés dans son esprit, elle s'agenouilla et tendit les mains vers la boucle de sa ceinture, puis, l'attirant à elle, elle lui décocha un regard sensuel par-dessous ses longs cils.

— Je suis impatiente de vous goûter.

Son érection prit une ampleur inouïe, et il lui fallut déployer des efforts héroïques pour stopper ses mains. Elle avait déjà débouclé sa ceinture, lorsqu'il gémit :

— Non ! Ce n'est pas ce que je désire.

Il la vit fermer les yeux tandis qu'elle parcourait sa chair palpitante du bout des doigts à travers le tissu de son pantalon, laissant une traînée de feu derrière elle. S'il la laissait faire, il serait sûrement anéanti, mais il n'était pas question de le vérifier. En tout cas, pas tout de suite.

Ce qu'elle désirait, c'était garder le contrôle, et il n'allait pas lui accorder ce plaisir.

Le bruit de sa fermeture à glissière qu'elle tirait rendit la situation encore plus urgente. Saisissant fermement ses poignets, il écarta ses doigts agiles de son corps.

— Arrêtez, Trinity. Je suis sûr que ce serait délectable, mais ce n'est pas ce qui me fait fantasmer.

— Vraiment ? fit-elle d'un air ébahi. Jamais ?

— Bien sûr, j'y ai pensé, reconnut-il en soupirant. Je ne suis pas aussi innocent que vous le croyez. Mais je ne suis pas non plus un de ces crétins qui ne pensent qu'à soumettre les femmes à leur plaisir égoïste.

— Vous seriez bien le seul, marmonna-t-elle. Mais, alors, qu'est-ce qui vous fait fantasmer ?

À présent, ils entraient dans le vif du sujet. Il l'allongea sur le lit, enserrant toujours ses poignets, et il entreprit de lui mordiller le cou, éprouvant une satisfaction infinie à la sentir se tortiller sous lui en gémissant.

— Mon fantasme, murmura-t-il tout contre sa peau, c'est d'être l'homme qui vous fera gémir de plaisir. Celui qui vous donnera tant d'orgasmes que vous ne vous souviendrez même plus de ce que vous éprouviez avec d'autres hommes. Vous ne me connaissez pas encore. Je vous garantis que, cette fois-ci, ce sera très différent de toutes vos autres expériences.

— Alors, pour vous, c'est une compétition ?

Ce n'était pas du tout cela. Mais il ne savait pas non plus être quelqu'un d'autre que lui-même. Lorsqu'il faisait l'amour à une femme, il aimait sentir un lien entre eux. Et son instinct lui disait que la façon la plus sûre d'arriver à cela avec elle, c'était de ne pas la laisser faire les choses comme elle en avait l'habitude.

— Vous est-il si difficile de croire que je désire vous offrir une expérience unique ? remarqua-t-il.

— Lorsqu'il s'agit de choisir entre recevoir du plaisir ou en donner, j'avoue que oui.

L'incrédulité qu'il entendait dans sa voix le toucha au plus profond de son âme. Elle avait probablement connu une longue suite d'amants. N'en avait-elle jamais rencontré un seul qui fasse passer son plaisir à elle avant le sien ?

Il fallait absolument remédier à cela.

Redressant la tête, il libéra ses poignets pour glisser les doigts dans ses cheveux bruns et luisants, et son pouce effleura tendrement sa joue.

— Dans ce cas, je dois vous poser la question, murmura-t-il. Qu'est-ce qui vous fait fantasmer, *vous* ?

Une expression stupéfaite apparut sur son visage, mais elle l'effaça presque aussitôt pour répondre :

— Prendre un homme dans ma bouche.

— Vous avez dû vous entraîner devant un miroir pour mettre

au point une telle réponse, observa-t-il en souriant. Vous n'avez pas hésité une seconde, c'est impressionnant. Et maintenant, répondez-moi sincèrement. Autrement, je vais devoir essayer tout ce qui me passe par la tête jusqu'à ce que je l'aie découvert moi-même.

— C'est peut-être cela qui me plaît, répliqua-t-elle d'un ton de défi. C'est peut-être ce que je désirais depuis le début.

Il en doutait sérieusement. L'incertitude tremblante qu'il lisait dans ses beaux yeux racontait une histoire différente, et il aurait dû avoir honte d'en éprouver un tel plaisir. Nerveuse et déstabilisée, elle était plus sexy que jamais, et il espérait la voir très souvent dans cet état.

Il désirait la sentir nue sous lui, tremblant sous ses caresses pendant qu'il lui donnerait orgasme après orgasme, jusqu'à ce qu'elle soit tellement épuisée qu'elle en oublie son besoin d'être éternellement dans le contrôle.

Et elle allait adorer cela.

6

Lorsque Logan recueillit son visage entre ses grandes mains, Trinity cessa de respirer. Le baiser qu'il déposa sur ses lèvres était beaucoup trop doux. Comme s'il désirait autant qu'elle que ce qui se passait entre eux devienne réel.

« Je veux voir la femme que vous êtes vraiment. »

Cette requête — cette exigence — qu'il avait faite lorsqu'elle avait changé de tenue prenait soudain un tout autre sens. Elle s'était peut-être dévoilée à lui pour des raisons qu'elle ne s'était pas encore avouées à elle-même. Des émotions sans nom, d'une profondeur infinie, palpitaient soudain dans son cœur. Et ce n'était pas du tout ce qu'ils avaient convenu.

Elle lui avait donné son accord pour une rencontre purement sexuelle. Et elle s'était elle-même efforcée de rester dans ces limites. Elle s'apprêtait même à extraire son membre dur de son pantalon lorsqu'il l'en avait empêchée.

Il l'avait *arrêtée*. Il avait refusé qu'elle lui donne le premier orgasme d'une longue série.

Qu'essayait-il de lui faire ?

— Je me demandais depuis un bon moment ce que vous portiez sous cette robe, murmura-t-il.

— Et moi, je me demandais combien de temps il vous faudrait pour le vérifier, répliqua-t-elle, s'efforçant sans y parvenir de glisser une note sarcastique dans sa voix.

Avec un sourire canaille qui n'aurait pas dû l'alarmer comme il le faisait, il posa les mains sur ses genoux pour la positionner comme il semblait le souhaiter : pieds sur le sol, assise presque au bord du lit, ses cuisses largement écartées. Il s'agenouilla alors entre ses jambes et laissa glisser ses paumes un peu rudes sur sa peau tout en repoussant le tissu avec une lenteur affolante.

Le lierre tatoué sur sa cuisse apparut progressivement. Il posa sa bouche sur la première feuille, puis il en parcourut le contour avec sa langue. Le souffle coupé, elle se redressa sur ses coudes. Elle ne voulait pas en rater une miette.

La vue de sa bouche magnifique sur sa cuisse était le spectacle le plus excitant auquel elle ait jamais assisté.

— Ceci n'est qu'un début, murmura-t-il.

Il suivit son tatouage à petits coups de langue gourmands jusqu'à la limite de son string blanc, qu'il effleura d'un doigt, avant d'annoncer :

— Et maintenant je vais vous enlever ceci.

— Vous n'êtes pas obligé de me demander ma permission, l'informa-t-elle d'une voix un peu haletante, impatiente qu'il la caresse plus intimement. J'approuve d'avance tout ce que vous aurez à me proposer.

Il releva son regard vers elle, les yeux mi-clos, l'expression implacable.

— Il vaudrait mieux que vous compreniez tout de suite que je fais les choses à ma façon, déclara-t-il. Je vais donc vous annoncer d'avance tout ce que je compte vous faire. Ainsi, par exemple, je m'apprête à glisser ma langue entre vos cuisses.

Cette promesse alluma un incendie au centre de son être. Elle adorait déjà la bouche de Logan McLaughlin.

Introduisant ses doigts sous la ceinture élastique du string, il le lui ôta et le lança par-dessus son épaule, puis il prit tout son temps pour contempler sa féminité ainsi exposée. Personne n'avait jamais fait une telle chose avant lui. Naturellement, d'autres hommes lui avaient donné du plaisir avec leur bouche, mais généralement dans le noir, et la plupart du temps, c'était un acte purement mécanique. Comme si une règle non écrite stipulait qu'elle devait prendre son plaisir la première avant que son partenaire n'ait le droit de prendre son tour. Bref, ce n'était pas très romantique.

Tout le contraire de… ceci.

Logan avait déjà éliminé son propre plaisir de l'équation, et c'était une situation aussi surprenante qu'excitante. Il serait facile de prendre ce qu'elle désirait chez un homme après qu'il eut fait la même chose pour elle. Mais son expérience ne l'avait pas préparée à accepter le plaisir librement offert.

— Trinity, murmura-t-il, d'une voix douce comme une prière. Tu es si belle que je voudrais te goûter tout entière en une seule fois. Je ne sais même plus par où commencer.

Elle résista vaillamment à son envie de faire une remarque choquante pour évacuer sa gêne. Elle ignorait comment se conduire avec un homme qui ne lui abandonnait pas l'initiative. Il la sortit de son dilemme en laissant glisser ses pouces à l'intérieur de ses cuisses jusqu'à ce qu'ils aient atteint le centre humide de sa féminité, pour se livrer à une exploration qui mit instantanément le feu à son corps.

Au bout d'un instant, sa bouche vint remplacer ses pouces, et le feu qui brûlait en elle devint un incendie dévastateur. Il leva l'une de ses jambes pour la caler sur son épaule, se rapprochant encore pour augmenter la pression, et cette sensation lui coupa le souffle, tandis qu'un volcan explosait en elle. Sa langue… Elle avait l'impression qu'elle était partout à la fois.

Ses mains vigoureuses la maintenaient en place tandis qu'elle creusait les reins pour aller à la rencontre de sa bouche. Et il la dégustait avec gourmandise, plus fort, plus profondément, jusqu'à ce qu'elle explose dans un orgasme cataclysmique sous ses doux assauts, en criant son nom.

— Encore, murmura-t-il, ses lèvres effleurant son centre brûlant. Ne te retiens pas. Je veux te regarder.

Il introduisit un doigt dans son sexe palpitant, capturant les dernières vagues de son orgasme, provoquant instantanément une nouvelle frénésie de désir en elle. Presque aussitôt, elle bascula dans l'abîme une seconde fois. Dans une sorte d'état de choc, elle laissa ce nouvel orgasme se réverbérer en elle comme aucun autre ne l'avait jamais fait de toute sa vie.

Elle leva un regard flou vers lui tandis qu'il la recouvrait de son corps pour poser sa bouche sur la sienne, partageant avec elle la saveur secrète de sa féminité. Leur intimité était à présent totale.

« Le sexe de qualité naît de l'intimité. » Ce n'était pas seulement une remarque en l'air. Cet homme parlait sérieusement. Toujours. Elle avait eu l'intention d'entraîner un garçon trop sage sur les chemins de traverse, mais c'était lui qui l'avait entraînée du côté opposé. Toutefois, elle n'eut pas l'occasion de réfléchir plus avant à l'ironie de la situation, car, déjà, il la retournait sur le ventre pour tirer la fermeture à glissière au dos de sa robe.

Cette fois-ci, il ne lui offrit aucune explication en lui ôtant sa robe et son soutien-gorge. Lorsqu'elle fut nue, il la rallongea sur l'oreiller et lui souleva un pied. Remarquant alors le croisement inextricable de lanières, il esquissa un sourire coquin.

— Est-ce une sorte de test ? remarqua-t-il. Voyons si un simple garçon de la campagne est assez malin pour comprendre comment t'enlever tout cela.

— C'est peut-être une occasion de prouver à quel point tu le désires, répliqua-t-elle en lui rendant son sourire.

— Mon cœur, garde-toi bien de me sous-estimer, répondit-il d'un ton suave, laissant retomber sa chaussure sur le lit. Je peux te faire toutes sortes de choses sans me donner la peine de les enlever. C'est toi qui vas devoir garder tes chaussures pendant que nous… Je suggère donc que nous remettions ce test à plus tard.

Sur ces mots, il se laissa rouler hors du lit et se livra au strip-tease le plus provocateur auquel elle ait jamais assisté de toute sa vie.

Tout d'abord, il défit les boutons de sa chemise un par un, révélant lentement le torse qu'elle avait senti sous ses doigts en de nombreuses occasions, mais qu'elle découvrait pour la première fois.

Elle en avait l'eau à la bouche.

Puis il ôta sa chemise, une large épaule après l'autre, et le résultat final eut l'effet contraire. Elle avait la bouche si sèche qu'elle parvenait à peine à respirer. Il était magnifique, dur, musclé. Visiblement, il s'entretenait.

Il devait participer à des activités extérieures torse nu, car sa peau était délicieusement hâlée, soulignant la perfection de ses abdominaux.

Elle allait explorer son ventre. Avec sa langue.

Cette idée la fit frissonner.

Il ôta son pantalon et le laissa tomber sur le sol en même temps que son caleçon. Et, à cet instant, elle se réjouit d'être déjà allongée, car elle serait tombée raide.

Des cuisses puissantes. Une érection monumentale, presque effrayante. Les mots lui manquaient.

Mais elle n'en avait nul besoin, car, déjà, il la prenait dans ses bras et l'attirait contre lui. Peau contre peau, c'était une sensation incroyablement excitante.

Il prit son visage entre ses grandes mains, et le leva pour poser sa bouche sur la sienne. Elle répondit passionnément à son baiser, s'abandonnant tout entière à sa douceur. Leurs jambes étaient entremêlées, et sa cuisse musculeuse remonta, cherchant sa féminité brûlante… Puis la trouvant, allant et venant contre son point le plus sensible, jusqu'à ce que sa vision devienne floue et qu'un gémissement monte du fond de sa gorge.

La température de sa peau grimpait si vite qu'elle craignit d'être réduite en cendres. Ses mains brûlantes se saisirent alors de sa taille, et il l'allongea sur le dos, puis il entreprit d'agacer les pointes de ses seins avec sa langue, de les mordiller délicatement jusqu'à ce qu'il lui reste tout juste suffisamment de lucidité pour comprendre qu'il était en train de faire exactement ce qu'il lui avait promis — lui donner du plaisir sans penser à lui-même. Il lui avait déjà procuré deux orgasmes, et il ne semblait pas vouloir en rester là.

« Qu'est-ce qui vous fait fantasmer, vous ? »

Cette question n'avait jamais occupé une place essentielle dans sa vie. Le soir venu, elle avait généralement épuisé ses réserves de créativité. Et, lorsqu'elle se retrouvait nue au lit avec un homme, ses désirs n'étaient jamais à l'ordre du jour.

Pourquoi ?

Ses dents mordillaient le bout d'un sein, et la sensation était si délicieuse qu'elle laissa échapper un cri.

— J'adore quand tu fais cela, murmura-t-il. C'est un véritable aphrodisiaque.

Il parcourut lentement de sa langue la vallée entre ses deux seins, puis il prit la seconde pointe dans sa bouche brûlante tandis qu'il glissait un doigt entre ses cuisses. Ces deux sensations réunies la projetèrent une nouvelle fois dans un éther de bonheur infini. Le souffle coupé, elle explosa dans un nouvel orgasme spectaculaire qui mobilisa son corps tout entier.

Il avait déjà enfilé un préservatif, et avant même qu'elle n'ait retrouvé son souffle, il entrait en elle, augmentant lentement sa douce pression jusqu'à ce qu'elle sente un gémissement monter du fond de sa gorge. Suivant de quelques secondes à peine l'éblouissement de son orgasme, c'était une sensation absolument fabuleuse. Elle portait toujours ses sandales, et il se saisit de l'un des talons aiguilles pour remonter son genou quasiment jusqu'à son épaule afin de mieux l'ouvrir à ses assauts.

Tout son corps se liquéfia lorsqu'elle sentit l'exquise invasion de son sexe brûlant.

Imposant, mais pas trop. Parfait. Surtout maintenant qu'il l'avait préparée. Elle était prête, humide, palpitante, et il entra facilement en elle. Et, même alors, il ne pensait qu'à lui donner du plaisir au lieu de prendre le sien.

Lorsqu'il fut tout entier en elle, il prit une profonde inspiration et resta un instant parfaitement immobile. Une expression de pur bonheur éclairait son visage.

— Tu es merveilleuse.

Comment parvenait-il à former une phrase cohérente ? Son propre corps flottait quelque part dans un espace infini, absorbant avec délices toutes ces sensations nouvelles, tandis qu'il commençait un lent va-et-vient en elle. Même si elle l'avait désiré, elle n'aurait pas pu retenir les gémissements qui montaient du fond de sa gorge. Mais elle ne le désirait pas.

Il abandonna son talon aiguille pour recueillir son visage

entre ses mains. Mais il ne l'embrassa pas. Il se contenta de la contempler en silence, son regard sombre rivé au sien pendant qu'il plongeait profondément en elle. Elle vit alors son visage se crisper, puis se détendre dans une expression de tendresse. Le spectacle de cet homme si fort exposant ainsi sa vulnérabilité l'émut à tel point qu'elle fut à deux doigts de pleurer dans ses bras. Quand avait-elle fait l'amour dans la position du missionnaire pour la dernière fois ? C'était le choix tout en bas de sa liste — ou en tout cas, cela l'était avant Logan.

Il en avait fait une expérience exquise. Il ne s'agissait pas seulement de sexe, mais de plaisir combiné avec un lien infiniment précieux.

C'était *cela*, son fantasme. Un homme qui serait le même au lit et dans la vie de tous les jours. Qui serait toujours là le matin. Fort, capable. Honnête. Un homme qui penserait à elle, plutôt qu'à ses besoins égoïstes. Jour après jour.

Son fantasme, c'était d'être aimée.

Seulement voilà, elle venait de passer les dernières années de sa vie à s'assurer qu'elle n'aurait jamais à réfléchir au fait que l'amour n'était pas pour elle. Qu'elle était trop imparfaite pour être aimée.

Ce qui signifiait qu'elle devait refouler ce rêve avec Logan au plus profond d'elle-même. Là où était sa vraie place.

Les photos prises devant la porte de la chambre de Trinity, le soir précédent, propulsèrent leur fausse relation dans la stratosphère.

Apparemment, certains des photographes qui traînaillaient dans le hall de l'hôtel les avaient suivis, en fin de compte.

Ce matin-là, en avalant sa première tasse de café de la journée dans le restaurant de l'hôtel, Logan relut l'e-mail de Myra le félicitant pour sa brillante stratégie. Selon elle, s'être fait photographier en train d'embrasser Trinity devant la porte de sa chambre avait été un trait de génie.

« Stratégie » n'était pas vraiment le terme qui lui venait à l'esprit, et ce n'était pas son premier souci à ce moment-là. Et il était difficile de prétendre qu'il ne s'agissait que d'un simple baiser innocent.

La scène était très sensuelle, et le photographe avait capturé l'instant précis où il serrait la clé de Trinity dans sa main, s'efforçant de la faire coulisser dans la serrure électronique sans cesser de l'embrasser. Il apparaissait clairement qu'ils étaient aussi pressés l'un que l'autre de se retrouver seuls.

Il lui était presque impossible de regarder cette photo. Elle était trop vraie, trop intime.

Trinity savait-elle qu'un photographe les avait suivis à leur étage ? Était-ce pour cette seule raison qu'elle lui avait donné le feu vert ?

Pourtant, ce qui s'était passé entre eux le soir précédent était réel — en tout cas pour lui. Et il détestait l'idée qu'un instant aussi intime ait été fixé sur pellicule et transformé en matériel de campagne publicitaire par leurs agents respectifs.

Mais c'était exactement cela qu'ils faisaient depuis le début. Pourquoi cette photo serait-elle différente du reste ? La réponse qui lui venait à l'esprit lui causa un choc. Bientôt suivi d'un autre lorsque, en levant les yeux, il vit Trinity entrer dans le restaurant d'un pas dégagé et venir s'asseoir à sa table sans même se donner la peine de le saluer.

Elle était fabuleuse. Même avec cette mèche de cheveux vert pomme du côté non rasé de sa tête. Elle portait une robe légère à fines rayures vert vif assorties à sa coiffure, qui couvrait son corps des mollets jusqu'au cou. Elle était tellement sexy qu'il se surprit à esquisser le geste de déboutonner sa veste pour lui en recouvrir les épaules.

Idiot. Le soir précédent, elle avait grillé tous ses neurones.

C'était, en fait, une robe très respectable. C'était ce qu'elle recouvrait qui lui coupait le souffle. Et pas seulement son corps. Trinity avait l'air rebelle et dangereuse à l'extérieur, mais, derrière des portes closes, elle avait fondu dans ses bras et elle était devenue si douce et passionnée qu'il ne s'était pas encore remis du choc de cette découverte.

Cela avait été la plus grande surprise de sa vie. Et, ce matin, il n'avait qu'une seule envie : l'asseoir sur ses genoux et respirer sa fragrance unique dans le creux entre son cou et son épaule. Ensuite, il l'effeuillerait à nouveau, pour retrouver la femme qu'elle était vraiment sous son armure.

— Lara, mon agent publicitaire, m'a déjà appelée, annonça-t-elle d'un ton alerte, souriant à la serveuse venue lui proposer du café. Elle est ravie du nombre de connexions sur notre site. J'aurai bientôt les premières estimations de la progression des ventes de ce mois-ci.

— Oui, bonjour à toi aussi, répondit-il d'une voix un peu étranglée.

— Te serais-tu levé du mauvais côté du lit, ce matin ? observa-t-elle en lui décochant un regard scrutateur. Ou peut-être tout simplement dans le mauvais lit ? Je t'avais dit de rester. C'est toi qui as insisté pour respecter les convenances, et retourner dans ta chambre.

Il soupira. Il n'avait pas pu faire autrement. Dormir dans le même lit qu'elle aurait eu pour effet de marquer cette association d'un sceau de permanence qu'il ne pouvait pas se permettre d'envisager. Pas pour le monde extérieur, car il était déjà trop tard pour cela. Mais dans son esprit. Ils étaient un couple réel, désormais, pour le meilleur et pour le pire, et il ne regrettait pas d'avoir porté leur relation au niveau supérieur. Mais cette réalité n'était que *temporaire*.

Il ne pouvait pas se permettre de l'oublier. Dormir avec elle, passer toute une nuit dans ses bras, serait une erreur.

Mais, au lieu de se laisser abattre par les incertitudes qui se bousculaient dans son cœur, il prit sa main sur la table et la porta à ses lèvres pour déposer un baiser dans sa paume.

— Mon agent est ravie du résultat, elle aussi, assura-t-il en souriant. Fais-moi un grand sourire comme si tu étais enchantée d'être ici. Il y a toute une flopée de photographes, là-bas.

Elle tourna la tête dans la direction qu'il avait discrètement indiquée du menton, et elle vit une foule attroupée dans le hall de l'hôtel, derrière le muret bas qui séparait le restaurant du reste du rez-de-chaussée.

— Ils sont bien matinaux. Et je n'ai pas besoin de faire semblant d'être heureuse d'être ici. C'est la vérité.

— Vraiment ? Tu es à Oakland, Californie, dans un hôtel qui sert des petits déjeuners immangeables, et je suis sur le point de te traîner à un match de base-ball auquel tu n'as pas envie d'assister. Tu devrais être plus exigeante.

— C'est ce qui va se passer après le match qui me rend heureuse, précisa-t-elle avec un sourire qui le laissa ébloui.

Et voilà qu'il y pensait, lui aussi. Il avait tout fait pour chasser cette idée de son esprit, car ils n'avaient pas encore établi de règles pour la suite, et notamment, la fréquence de leurs rencontres derrière des portes closes. Comme ils allaient aussi devoir jouer leur rôle de couple devant les caméras, aujourd'hui, il avait supposé qu'elle aurait peut-être besoin d'une pause. Mais, au fond, que savait-il de ce qu'elle pouvait penser ?

— Les interviews interminables avec la presse et les séances de stratégie post-match avec l'équipe ? ironisa-t-il. Oui, je suis sûr que tu vas t'amuser comme une petite folle.

Elle avait accepté de se soumettre à toute la panoplie des apparitions devant la presse dans l'espoir d'attirer l'attention des médias sur sa société à un moment où cela paraissait nécessaire. Aujourd'hui, en revanche, tout cela semblait excessif, car ils avaient déjà créé le buzz au-delà de toutes leurs espérances sur les réseaux sociaux, avec leur flirt très poussé dans le couloir devant sa chambre.

— Tu es très gentil de te faire du souci pour moi, répondit-elle avec un sourire très doux. Mais je ne m'ennuierai pas, je te le promets. Il me suffira de penser à toi, et de savoir que tu transpires à l'idée que je serai toujours près de toi, et que je serai toute nue sous ma robe.

Il faillit renverser son café. Elle, pourtant responsable de cet incident, ne parut pas s'en inquiéter.

— Tout va bien ?

— À ton avis ? répondit-il d'une voix étranglée. Es-tu vraiment nue sous ta robe ? Toute nue ?

— Oui, confirma-t-elle avec un sourire malicieux. Et j'ai l'intention de m'asseoir très près de toi durant le match. Et, qui sait ? Il y aura peut-être une table pour abriter les caresses discrètes.

Cette robe qui couvrait son corps avait acquis un tout nouveau sens pour lui. Et il n'avait plus qu'une envie : la lui ôter pour sentir sa peau nue contre la sienne.

Elle lui parla encore avec animation de stratégie et d'opportunités photo tout en sirotant son café. L'équipe était déjà partie pour le stade pour se préparer avant le match. Les joueurs de base-ball étaient des gens superstitieux, et il était impossible de les détourner de leurs rituels bien réglés. Ils déjeunaient toujours au stade, par exemple. Normalement, il aurait dû être là-bas avec eux, à se faire du souci avec les entraîneurs. Mais, au lieu de faire son travail, il était toujours à l'hôtel, à écouter sa fausse petite amie/véritable amante lui dire combien elle était heureuse que leur association ait été un tel succès.

— Le site *Allure* a consacré un article à Fyra, s'extasia-t-elle. La dernière fois qu'ils avaient parlé de nous, c'était pour critiquer nos prix trop élevés. Qui se soucie du prix lorsqu'on a besoin d'un produit de qualité ?

— Oui, oui, marmonna-t-il.

Elle parlait sans discontinuer, et il ne put s'empêcher de songer à ces occasions où elle devenait silencieuse. Au moment où cela comptait. Lorsque les mots n'étaient plus nécessaires parce que leurs corps disaient tout.

Ce qui était certain, c'était qu'il n'était pas encore allé au bout de ses fantasmes. Et, pour la première fois de sa vie, il regrettait de ne pas pouvoir simplement assister à un match de base-ball avec une femme ravissante, avant de la ramener dans sa chambre pour se livrer avec elle à d'autres activités. Peut-être réussirait-il à réduire son temps de présence au stade au strict minimum. Même s'il avait déjà fait une entorse à ses obligations en n'étant pas là-bas en ce moment.

— Nous partirons dans une heure, déclara-t-il alors qu'ils quittaient le restaurant.

— Ah ? Le match ne commence-t-il pas à 13 heures ?

— Oui, c'est vrai, convint-il, dissimulant un sourire. Mais l'équipe se rend généralement au stade plusieurs heures en avance. Je te fais une petite faveur, car c'est ton premier match.

Elle réapparut dans le hall une heure plus tard, exactement à l'heure. C'était une journée parfaite pour un match de base-ball — nuageuse avec une brise légère provenant du Pacifique et une température d'une quinzaine de degrés. Il adorait cette région, tout spécialement l'été, lorsque les températures dépassaient souvent les quarante degrés au Texas.

Elle frissonna lorsqu'ils sortirent pour se diriger vers le poste du voiturier. Sans une seconde d'hésitation, il ôta sa veste pour la draper autour de ses épaules. Elle lui offrit un sourire reconnaissant en glissant ses bras dans les manches, et il se garda bien de lui demander si elle ne possédait pas un pull-over. Il se doutait déjà de sa réponse.

Il résista vaillamment à son envie de la toucher pendant le trajet en limousine jusqu'au stade, bâti face au panorama magnifique de la baie. Sur la rive opposée, la ville de San Francisco s'étendait dans la lumière voilée de cette journée, et il se réjouit de ne pas avoir à se frayer un chemin dans la circulation inextricable de cette métropole. Il détestait attendre des heures assis dans une voiture.

Mais, bien sûr, il ne l'avait jamais fait avec Trinity. Avec elle, un embouteillage ne serait peut-être pas du temps perdu.

Le stade d'Oakland n'était pas aussi grandiose que certains autres, mais il éprouva néanmoins un vif plaisir à franchir ses portes. Une odeur de pop-corn flottait encore dans l'air. C'était une caractéristique commune à tous les stades. Ici, il avait toujours le sentiment de fouler un sol sacré, croyait toujours entendre le bruit de la balle frappant son gant, la clameur de la foule dans ses oreilles. Il sentait encore l'énergie extraordinaire de ce lieu, même si cela faisait déjà dix ans qu'il n'avait pas joué ici.

Certains jours, il lui semblait que sa vie avait pris fin en même temps que sa carrière.

Trinity glissa sa main dans la sienne et l'étreignit doucement. Encore une stratégie ? Si elle avait senti qu'il était un peu démoralisé, elle ne fit aucune remarque à ce sujet, mais ce geste prouvait qu'elle lisait en lui, et cela ne lui déplaisait pas vraiment, même s'il lui semblait étrange d'être ici avec une femme. Étrange, mais très agréable.

Il sourit quand elle s'extasia en découvrant la loge VIP. Pour lui, qui avait pratiquement grandi dans celle dont son père était propriétaire, la loge n'avait rien de spécial.

Et pourtant, il devait admettre que suivre un match depuis ce lieu garantissait des grandes émotions. Il éprouvait un sentiment bizarre à être au-dessus du terrain alors que son équipe l'occupait. Il observait les joueurs en train de s'échauffer lorsque la fragrance unique de Trinity vint caresser ses narines. Elle le rejoignit devant la grande baie vitrée offrant une vue plongeante du terrain.

— Tout va bien ? murmura-t-elle. Tu as cet air lointain.

— Je suis un homme de terrain, répondit-il. Il est très rare que je regarde mon équipe depuis une telle hauteur.

— Dans ce cas, pourquoi es-tu ici ?

C'était une excellente question. Personne n'était encore arrivé dans la loge. La fête ne commencerait que dans deux heures, un peu avant le match. Et aucun photographe n'était dans les parages. Il se contenta de hausser les épaules.

— Je ne sais pas.

C'était la vérité : il n'en avait pas la moindre idée. Bien sûr, il lui était arrivé de sortir avec quelques femmes, depuis qu'il avait acheté l'équipe des Mustangs. Mais ces relations n'avaient jamais été assez sérieuses pour qu'il emmène sa cavalière à un match.

Il aurait pu apparaître avec sa fausse petite amie à cent événements différents, autres qu'une série de matchs à l'autre bout du pays, où ils seraient coincés l'un avec l'autre pour trois jours de plus, car leur retour n'était programmé que jeudi soir.

Et néanmoins, il avait saisi la suggestion de Myra. Pourquoi ? Parce qu'il désirait voir comment Trinity trouverait sa place ici ?

— Si habituellement tu es avec ton équipe sur le terrain, observa-t-elle en le considérant d'un regard attentif, je ne peux en tirer qu'une seule déduction. Tu es ici pour moi.

Il commit l'erreur de rencontrer ses yeux bleus comme des glaciers, qui s'étaient beaucoup réchauffés depuis qu'ils s'étaient posés sur lui.

— C'est vrai, reconnut-il, ne voyant pas l'intérêt de lui mentir. Je ne voulais pas te laisser seule. Ce stade est immense, et tu ne connais rien au base-ball.

Pour être honnête, il devait convenir que ce n'était qu'une partie de la vérité. Mais il ignorait ce que le reste pouvait être.

— Je suis une grande fille, Logan, rappela-t-elle en riant. Je sais retrouver mon chemin n'importe où. Mais, puisque tu as abordé ce sujet essentiel, parle-moi du base-ball.

— Que veux-tu savoir ? s'enquit-il, jetant un coup d'œil à sa robe verte et à ses sandales à hauts talons. Tout ?

— Bien sûr, répondit-elle en l'entraînant jusqu'au long sofa de cuir placé devant la première rangée de fauteuils de la loge. Nous avons le temps, non ?

Il s'installa près d'elle, mais seulement parce qu'il venait de comprendre les avantages d'avoir cette loge toute à eux, sans aucun risque d'égarer ses sous-vêtements.

Le film protecteur réfléchissant qui couvrait la grande vitre lui apparaissait soudain comme un trait de génie des concepteurs du stade. Personne ne pouvait voir l'intérieur de la loge. Personne ne pouvait y pénétrer sans connaître le code de la porte, et les gens à qui il l'avait confié n'arriveraient pas avant un bon moment.

Il avait un permis temporaire de faire réellement l'amour avec sa fausse petite amie. C'était là-dessus qu'il devait se concentrer — et d'ailleurs, à ce moment précis, il ne pouvait pas faire autrement. C'était la seule réalité qui existait entre eux. Et c'était une réalité qu'il pouvait facilement accepter.

Car, depuis, sa vie était devenue infiniment plus intéressante.

7

— Nous disposons d'environ deux heures, remarqua Logan en portant la main fine de Trinity à ses lèvres. Que souhaites-tu savoir du base-ball ?

— Je veux tout savoir.

Sa voix était descendue dans un registre qui rallumait les braises de son désir. Elle libéra tranquillement sa main de son étreinte, et, sans le quitter du regard, elle souleva sa jupe pour lui offrir un aperçu de son sexe nu. Puis, elle posa l'une de ses jambes magnifiques sur son genou et s'installa à califourchon sur lui.

Il était au paradis.

Sa chaleur le brûla comme un fer rouge malgré la barrière de ses vêtements. Elle se pencha en avant, ondulant les hanches pour augmenter le contact entre leurs corps, et murmura, son souffle tiède tout contre son oreille :

— Vas-y, dis-moi ce que le base-ball représente pour toi.

— Le base-ball, c'est comme une respiration, commença-t-il d'une voix rauque alors que les doigts agiles de Trinity s'affairaient sur ses boutons.

Il aurait dû l'arrêter… Mais pour quelle raison, déjà ? Parce qu'elle était en train de prendre le contrôle. C'était très mal, bien sûr, mais il ne trouvait rien à critiquer dans sa façon de se frotter contre son érection, et il ne put retenir un gémissement lorsqu'elle commença à mordiller la base de son cou.

— Une respiration, dis-tu ? murmura-t-elle en parcourant sa gorge de petits coups de langue gourmands.

Il la préférait lorsqu'elle ne prenait pas le contrôle, lorsque c'était lui qui avait la situation en main. Mais il n'avait certes pas l'intention de protester.

— Lorsque je me trouve sur le monticule du lanceur, je n'ai pas besoin de penser à ma respiration, expliqua-t-il d'une voix faible. Et mon corps trouve automatiquement la bonne posture pour lancer la balle.

Elle écarta les pans de sa chemise pour explorer son torse de ses doigts légers, avant de murmurer :

— Et quoi d'autre ?

— Mon esprit retourne la balle dans ma main, l'examine, l'écoute sonner dans l'air. Du coin de l'œil, je vérifie que le gars à la première base n'a pas trop d'avance. En général, le soleil est haut dans le ciel, et je dois rajuster ma casquette. Et je sais déjà que le batteur ne pourra rien contre moi.

— Logan, c'est magnifique ! murmura-t-elle en prenant son visage entre ses mains tièdes pour déposer un doux baiser sur ses lèvres.

Ce baiser se répercuta jusqu'au fond de son âme. Lorsqu'elle s'écarta, il vit briller dans ses yeux un sentiment qu'il ne parvenait pas à identifier. Peut-être appréciait-elle simplement qu'il se soit dévoilé ainsi, même s'il n'en avait pas vraiment eu l'intention.

— Tu es un lanceur.

Ce n'était pas une question, mais il hocha la tête, la gorge soudain si serrée qu'il ne parvenait plus à avaler. Sans trop savoir pourquoi, il ne lui avait jamais confié qu'il avait joué au niveau professionnel. Ni qu'il souffrait encore d'avoir été écarté du terrain.

Sans lui donner le temps de se ressaisir, elle l'embrassa à nouveau, mais, cette fois-ci, son baiser était plus sensuel. Sa bouche se fit insistante, brûlante, passionnée. Son baiser devint plus profond, et il s'abandonna tout entier à elle, parce qu'il lui était désormais indifférent que leur histoire ne soit pas censée être réelle.

Il désirait que cette femme se dévoile à lui comme il venait de se dévoiler à elle.

Leurs corps étaient pressés l'un contre l'autre, et elle ondulait les hanches contre lui, plus fort, plus vite. Il réagit instantanément. Son sang se mit à rugir comme un torrent de lave dans ses veines. Il avait *besoin* d'elle. Besoin de la posséder, de serrer ses hanches entre ses mains pour la maintenir en place pendant qu'il s'enfonçait dans sa féminité brûlante.

— Logan, murmura-t-elle. Laisse-moi te donner du plaisir.

Puis, elle se dégagea sans effort de son étreinte et s'agenouilla entre ses jambes. Elle s'affaira sur la boucle de sa ceinture, et, avant qu'il ait pu trouver une bonne raison de l'arrêter, elle tira la fermeture à glissière et introduisit sa main à la recherche de sa chair palpitante.

Elle leva ses yeux vers les siens. Le souffle coupé, il la vit effleurer son sexe avec ses lèvres, et la sensation qu'il ressentait était si extraordinaire qu'il sursauta involontairement.

— Tu es magnifique, murmura-t-elle. Je vais m'occuper de toi. Laisse-moi te montrer le plaisir que peut te donner un piercing sur la langue.

La morsure de l'acier combinée à la chaleur de sa bouche lui donnait l'impression que ses os étaient en train de fondre. Puis, elle le prit tout entier dans sa bouche. *Tout entier.* Et la double sensation de chaud et de froid, ajoutée aux émotions qui le bouleversaient, lui fit perdre ce qui lui restait de contrôle.

Le simple fait de continuer à respirer représentait un effort extraordinaire et il creusa les reins, entrant plus avant dans sa bouche, tandis qu'un orgasme éblouissant, le plus extraordinaire qu'il ait jamais ressenti de toute sa vie, explosait dans tout son corps, lui arrachant un cri guttural.

Presque inconscient, vidé de toute substance, il retomba sur le sofa. Il se sentait si épuisé qu'il ne sentait plus ses orteils, mais aussi, comblé comme il ne l'avait jamais été.

Le spectacle de Trinity agenouillée devant lui, son érection entre ses lèvres, s'était gravé dans sa mémoire à tout jamais. Elle rajusta ses vêtements d'une main experte, puis elle s'éclipsa un instant avant de revenir s'asseoir près de lui sur le sofa pour se blottir dans ses bras.

Il se sentait si bien, baignant dans la chaleur de son corps tiède contre le sien, que ses yeux se fermèrent automatiquement.

— Tu sais que je ne pourrai jamais plus penser à lancer une balle sans me souvenir de ton piercing, n'est-ce pas ?

— J'ai voulu t'offrir une expérience unique, répondit-elle en riant. Parce que c'est ce que tu as fait pour moi. Hier soir.

— Veux-tu dire que j'y ai vraiment réussi ? s'étonna-t-il lorsque son cerveau embrumé eut assimilé cette information.

— Disons que j'ai connu beaucoup d'hommes égoïstes dans ma vie, expliqua-t-elle avec un sourire un peu mélancolique. En outre, je suis impatiente de voir comment tu vas me rendre cette faveur.

— Ah oui ? répondit-il avec un sourire de loup. Dans ce cas, tu as de la chance, car j'ai des heures et des heures devant moi pour te préparer une réponse spectaculaire.

Hélas, cela allait devoir être remis à plus tard, car ce à quoi il songeait ne pourrait pas avoir lieu là où ils se trouvaient. D'autres gens allaient bientôt arriver, sans compter qu'il avait fait la bêtise de laisser ses préservatifs à l'hôtel.

Mais, franchement, il n'avait jamais pensé qu'un stade de base-ball soit un cadre idéal pour une rencontre sexuelle.

Il ne commettrait pas deux fois la même erreur.

Lorsqu'il eut terminé de rajuster sa tenue, Trinity et lui allèrent se planter côte à côte devant la baie vitrée, et elle l'écouta attentivement tandis qu'il lui expliquait la mécanique de ce sport. Sa sincérité évidente l'étonna et lui fit un immense plaisir en même temps : elle lui posait des questions pertinentes, s'efforçant vraiment de comprendre les règles, qui étaient nombreuses.

— Je ne m'étonne plus que tu sois un tel fan des règles, remarqua-t-elle en riant. J'ai cru m'endormir il y a dix minutes déjà.

Ce n'était pas vrai. Elle avait absorbé chaque mot, même lorsqu'il se lançait avec trop de passion dans des détails incompréhensibles pour une néophyte. Mais ce sport faisait partie de lui, même s'il ne le pratiquait plus au niveau professionnel.

Elle ne l'avait pas catalogué comme un ancien lanceur, ni ne lui avait demandé s'il en avait été un. Elle avait compris que pour lui, le base-ball n'était pas un travail, que c'était l'essence même de qui il était.

Et, ensuite, elle lui avait offert l'expérience sexuelle la plus fabuleuse de toute sa vie.

Comment diable allait-il pouvoir retourner à des femmes gentiment ordinaires, *ennuyeuses*, après elle ?

La réponse était simple. *Parce qu'il le fallait*. Avec Trinity c'était une aventure, rien de plus. Ils avaient conclu un marché. Et même sans cet arrangement entre eux, il ne pouvait pas se permettre d'être constamment détourné de sa vraie vie par une directrice du marketing trop sexy. Surtout pas celle qui venait de démontrer un talent remarquable pour l'attirer dans son univers surréaliste de désir sans limites. Visiblement, elle avait trouvé son talon d'Achille, mais il était peut-être temps qu'ils commencent à réfléchir à des stratégies de sortie. Une bonne dispute en public, peut-être ? Car leur fausse relation avait probablement déjà produit tous les effets positifs que l'on pouvait en espérer.

À moins qu'un tour du destin ne bouleverse ses plans ? Contre toute attente, les Mustangs gagnèrent, ce jour-là. Et Trinity devint instantanément son porte-bonheur. Allait-il devoir la traîner à tous les matchs de l'équipe jusqu'à la fin de la saison ?

À sa grande inquiétude, cette idée lui sembla excellente.

Logan n'avait pas exagéré en parlant des interminables séances d'interviews qui avaient lieu à la fin de chaque match. Pour Trinity qui l'écoutait, c'était un discours incompréhensible, comme un code secret que seuls les initiés pouvaient comprendre. Les heures filaient et elle aurait tué pour un verre de bon vin. Consulter sa boîte mail sûrement bourrée de messages ne serait pas non plus superflu. À force de sourire, son visage lui faisait mal. Elle se tenait aux côtés de Logan, mais son bras ne quittait pas sa taille un instant, et, dans sa robe verte, les photos seraient superbes.

Quelques journalistes lui posèrent des questions à son sujet et il la présenta simplement en donnant son nom, sans préciser rien de plus. Mais le regard d'adoration qu'il posa sur elle racontait toute leur histoire en détail. Aucun des photographes présents ne manqua de saisir cet instant dans son objectif.

— Tu es un bien meilleur acteur que je ne l'avais pensé, murmura-t-elle, alors qu'ils se précipitaient, main dans la main, vers la limousine qui les attendait. Même moi, j'ai presque cru que nous allions bientôt passer devant l'autel.

Elle avait dit cela en plaisantant, mais son cœur se serra d'angoisse lorsqu'elle constata combien il était facile et tentant de prétendre que ses regards d'adoration n'étaient pas de la pure comédie.

Il rit doucement, et il se pencha pour déposer un baiser sur sa joue.

— Ce n'était pas une comédie, dit-il comme en lisant dans ses pensées. Je t'aime énormément à cette minute.

— Hum… Vraiment ?

Bien malgré elle, elle sentait le rouge lui monter aux joues, son cœur s'emballer.

— N'as-tu pas remarqué le score final sur le tableau d'affichage ? Les Mustangs ont gagné. Et c'est grâce à toi.

À ces mots, la réalité la rattrapa. Il plaisantait, bien sûr, quand il avait dit « je t'aime ». À quoi pensait-elle ? *Ressaisis-toi. Arrête de rêver, tout de suite.*

— Je ne me souviens pas d'avoir touché une seule balle durant le match, murmura-t-elle en souriant.

— Tu n'en as pas eu besoin. Tu me portes chance, et c'est suffisant.

— Alors, maintenant, je suis devenue ton talisman ?

— Exactement. Et cela signifie que je dois t'embrasser pour avoir ma dose de chance.

— Je crois que nous pouvons arranger cela.

Là-dessus, elle lui permit de l'asseoir sur ses genoux pour s'y employer, ce qui mit effectivement fin au débat. Et cela lui convenait très bien.

Lorsque la limousine arriva à leur hôtel, ils étaient tous deux à bout de souffle, et elle avait crié de bonheur à deux reprises tandis que ses doigts habiles exploraient sa féminité humide et brûlante sous sa robe.

— Dîne avec moi, murmura-t-il alors qu'ils traversaient le hall, ignorant les entraîneurs et les joueurs qu'elle reconnaissait vaguement.

Certains d'entre eux interpellaient Logan, mais son regard était rivé sur elle, et il ne dévia pas. Elle était aux anges.

— Crois-tu qu'il y aura d'autres photographes ici, plus tard ? s'enquit-elle, parcourant du regard le hall, où, pour la première fois, aucun membre de la presse n'était visible.

Avaient-ils fini par se lasser de leur histoire ? À cette idée, un frisson glacé lui parcourut le dos. S'il n'y avait plus d'histoire, qu'adviendrait-il de leur fausse relation ?

— Trinity, si je te demande de dîner avec moi, ce n'est pas pour vendre plus de billets, ou pour convaincre les gens d'acheter plus de mascara. C'est simplement que tu dois manger. Pourquoi ne pas le faire en ma compagnie ?

Tout ceci ressemblait un peu trop à une soirée entre amoureux, bien sûr. Mais pourquoi s'en inquiétait-elle ? Ils étaient déjà sortis ensemble en de nombreuses occasions. Ils avaient été nus dans les bras l'un de l'autre, et avaient fait des choses qui leur auraient valu une arrestation s'ils les avaient faites en public.

Et d'un seul coup, elle comprit qu'il ne lui proposait pas une soirée romantique. Quelle idiote elle faisait : elle avait simplement été au bon endroit lorsqu'il avait décidé qu'il avait faim. C'était bien pratique, pas plus. Il ne lui demandait pas de passer du temps avec lui parce qu'il éprouvait de l'attirance pour elle. Et même si cela avait été le cas, quelle différence ? Aucune. Il n'était pas censé l'aimer, et elle non plus. Leur relation n'était pas réelle.

— Je viens de passer toute la journée à un match de base-ball, et j'ai besoin de rattraper mon travail en retard, répondit-elle.

— Très bien, dit-il d'un ton détaché, comme si ce n'était pas un drame.

Et pourquoi pas ? Ce n'était pas grave du tout. Elle n'était pas libre pour dîner, voilà tout. Il se débrouillerait sans elle.

Mais, quelques secondes plus tard, devant les ascenseurs, il la prit dans ses bras et il l'embrassa avec une passion qui la laissa les jambes toutes faibles. Et ce baiser incandescent était comme un rituel d'accouplement venu du fond des âges, auquel son corps répondit instantanément, comme il n'avait jamais répondu aux caresses d'un autre homme. Il venait de lui procurer un orgasme dans la limousine avant leur arrivée, mais son corps brûlait à nouveau de sentir ses caresses, et elle regrettait déjà d'avoir décliné son invitation à dîner.

C'était exactement pour cela qu'elle avait bien fait de refuser. Elle n'avait pas besoin qu'un homme s'occupe d'elle, et elle avait d'ores et déjà gagné plusieurs orgasmes dans cette affaire. Que demander de plus ?

Ils n'étaient pas un vrai couple. Tout ceci n'était qu'une comédie. Elle devait s'en souvenir, et rester le plus loin possible de lui.

Elle remonta dans sa chambre, les joues encore enflammées par sa barbe dure, et, s'asseyant à la table, elle alluma son ordinateur portable. La liste des e-mails non lus était d'une longueur désespérante. Elle devait être folle, pour avoir préféré le travail à la compagnie de Logan.

Pourtant, si elle avait fait sa connaissance, c'était dans l'exercice de son métier, et c'était là-dessus qu'elle devait rester concentrée.

Un e-mail d'Alex intitulé « Ventes. Projections préliminaires » attira son attention, et elle l'ouvrit.

Ce qu'elle lut la laissa stupéfaite. La première ligne du message contenait quatorze points d'exclamation. Elle passa directement à la dernière ligne, « Profits et pertes », et elle sursauta.

Il y avait un décalage horaire de trois heures avec Washington, où vivait Alex, mais cette nouvelle était trop importante pour qu'elle attende jusqu'au lendemain. Elle l'appela aussitôt.

— Est-ce sérieux ? s'enquit-elle d'une voix excitée dès que son amie eut décroché. Sept pour cent d'augmentation des ventes ce mois-ci ?

— Crois-tu que je te mentirais ? répondit Alex d'un ton indigné. Eh bien, non. Et surtout pas sur mes bilans. Tu es une vedette, ma chère. J'ignore comment tu t'y prends, mais, surtout, ne change rien. Tu viens pratiquement de balayer la campagne de désinformation dont nous étions victimes.

Elle s'adossa à son fauteuil et ferma les yeux pour réfléchir. Elle en avait fait une affaire personnelle depuis si longtemps qu'elle avait mis toute son énergie à renverser la tendance. Cela signifiait-il que Logan et elle devaient continuer leur aventure, que cela leur plaise ou non ?

Et combien de temps pourrait-elle continuer avant de sombrer dans la confusion la plus totale ? Cela importait peu. Elle ne pouvait pas arrêter maintenant.

Elle abreuva Alex de quelques platitudes, demanda des nouvelles de Phillip et des jumelles que son amie allait mettre au monde tout en évitant habilement le sujet de Logan, puis elle raccrocha. À présent que sa vie était à nouveau sur des rails, elle était bien déterminée à faire avancer son projet de campagne pour le Formula-47.

Le programme de design qu'elle afficha sur l'écran la narguait avec sa page vierge, et, malgré elle, elle se remit à penser à Logan. À cette mèche de cheveux qui retombait constamment sur son front et qu'il repoussait d'un geste absent — elle adorait toucher ses cheveux, y glisser ses doigts. Et, naturellement, cette idée fit resurgir le souvenir de son corps vigoureux au-dessus du sien…

N'était-il pas étrange que cela soit l'image la plus reviviscente qu'elle gardait de lui ?

Mais, secrètement, il était un romantique, et elle adorait sa façon de le montrer. Comme cette unique rose à longue tige qu'il lui avait offerte lors de leur premier rendez-vous, et qu'elle avait eu envie de glisser dans un album, simplement parce que personne ne lui avait jamais offert une rose de la même couleur que la tenue qu'elle portait le jour où ils s'étaient rencontrés.

L'image de cette rose resurgit dans sa mémoire. Et elle eut pour effet de déclencher un flot d'autres images. Et, dans un éclair d'inspiration, toute la campagne du Formula-47 se déroula devant elle.

Ses doigts se mirent fiévreusement au travail sur le clavier de l'ordinateur, et lorsqu'elle releva la tête, deux heures s'étaient écoulées, et elle était toute courbaturée.

Fleur. Le produit s'appellerait Fleur.

Quelle meilleure image, pour convaincre le public d'acheter une crème régénératrice des cellules de la peau ? *Fleur de Fyra, la promesse des fleurs pour la beauté et la jeunesse de votre peau.* C'était un concept très prometteur, et elle pensait déjà à une foule d'autres slogans et des idées de packaging.

C'était tellement parfait qu'elle en était impressionnée, et, à présent qu'elle avait trouvé un nom, tout se mettait en place pour devenir la formidable campagne de marketing qu'elle était censée concevoir. Et c'était Logan qu'elle devait remercier pour cela.

Sans se donner le temps de réfléchir aux millions de raisons pour lesquelles c'était une très mauvaise idée, elle commanda la bouteille de champagne la plus coûteuse au menu du service d'étage. Ensuite, elle se changea, choisissant le soutien-gorge noir et le string le plus sexy de toute sa garde-robe, puis elle enfila une petite robe noire qui mettait ses jambes en valeur, et elle s'en alla retrouver la seule personne au monde avec qui elle avait envie de fêter son succès.

Lorsqu'elle frappa à sa porte, il vint ouvrir avec sa chemise entièrement déboutonnée exposant son torse magnifique, comme s'il venait tout juste de l'enfiler. Son expression s'illumina aussitôt, et il la détailla d'un regard appréciateur.

— Je ne m'attendais pas à te voir. J'adore ta nouvelle tenue. J'espère seulement que tu n'as pas l'intention de sortir.

Choisissant d'ignorer son commentaire au sujet de sa nouvelle tenue, elle brandit la bouteille de champagne.

— Je pourrais facilement être convaincue de partager ceci avec le propriétaire de l'équipe de base-ball qui a remporté une magnifique victoire aujourd'hui.

— Fini le travail ? s'enquit-il.

Il était resté planté dans l'embrasure de la porte, comme s'il tenait à déterminer le but réel de sa visite avant de la laisser entrer. Mais la flamme brûlante qu'elle voyait danser dans ses yeux suggérait qu'il avait parfaitement compris pourquoi elle était ici.

— Oui, j'ai terminé pour aujourd'hui. J'ai franchi une étape importante dans mon projet, et Alex vient de m'informer que nos ventes ont grimpé de sept pour cent, ce mois-ci. J'ai pensé que tu aimerais peut-être fêter notre réussite avec moi.

Il s'effaça pour la laisser entrer, mais elle n'alla pas loin.

Alors qu'elle passait devant lui, il la saisit par le bras, reposa la bouteille de champagne sur le guéridon de l'entrée, puis il la fit pivoter face à lui et l'embrassa avec autant de passion que dans l'ascenseur, un peu plus tôt.

Un incendie explosa aussitôt dans son corps, et elle lui rendit son baiser avec toute la passion qui la dévorait. Et, par la seule grâce de sa bouche brûlante sur la sienne, tous ses doutes se dissipèrent instantanément.

Elle gémit lorsqu'il l'adossa à la porte, et le contact de son grand corps dur pressé contre elle lui fit oublier qu'ils n'avaient même pas encore goûté le champagne. Tant pis, ce serait pour plus tard. Et, d'ailleurs, cela n'avait été qu'une excuse pour aller le retrouver.

C'était *lui* qu'elle désirait. Contre toute raison.

Ses doigts trouvèrent les bords de sa chemise, et, d'un seul geste, elle l'en débarrassa et la laissa tomber sur le sol pour caresser avec délectation son dos musclé.

— Tu es pieds nus, observa-t-il d'une voix un peu rauque, son érection pressée bien plus haut qu'ils ne l'auraient désiré tous deux. Maintenant, tu es trop petite.

— Pour ce que j'ai envie de faire, je n'ai pas besoin de chaussures, répondit-elle en riant.

Elle le fit pivoter pour l'adosser à la porte à son tour, renversant les rôles, et elle prit un plaisir particulier à parcourir ses superbes abdominaux avec sa bouche, explorant les creux et les reliefs du bout de sa langue et avec son piercing. Elle venait de dépasser la ceinture de son pantalon, et elle tendait déjà les mains vers la fermeture à glissière lorsqu'il l'arrêta, saisissant son menton pour lever son visage vers lui.

— Trinity ?

Tout à coup, elle sentit que ses pieds quittaient le sol, et il l'emporta dans ses bras pour la déposer sur le lit. Il l'y rejoignit aussitôt et reprit immédiatement leur baiser là où ils l'avaient laissé. Mais, à présent qu'ils étaient en position horizontale, ce baiser acquit une nouvelle intensité. Leurs jambes étaient entremêlées, et les doigts de Logan s'affairaient déjà sur la fermeture à glissière au dos de sa robe, jusqu'à ce qu'elle sente le tissu glisser sur ses épaules, et le contact de sa bouche brûlante sur chaque centimètre de peau qu'il découvrait.

Lorsqu'il l'eut dénudée jusqu'à la taille, il contempla un instant son soutien-gorge de dentelle noire à balconnets, et il prit une profonde inspiration.

— C'est le spectacle le plus fabuleux auquel j'aie assisté de toute cette journée.

— Encore mieux que le score du match d'aujourd'hui ?

— Les Mustangs participent à cent soixante-deux matchs chaque année. Chaque victoire compte, bien sûr, mais une victoire ne suffit pas à faire une saison. Un nouveau match nous attend demain, et ce score-là est encore vierge.

Fascinée, elle suivit chacun de ses gestes tandis qu'il glissait ses doigts sous les bretelles de son soutien-gorge, en poursuivant :

— Toi, en revanche, tu es exquise. Chaque fois que je te vois, je trouve quelque chose de nouveau à explorer. Et je m'attendais à te trouver nue sous ta robe, comme tu l'étais tout à l'heure. Découvrir ce soutien-gorge a été une surprise. Cela me plaît beaucoup.

Il inclina la tête pour effleurer de sa bouche l'arrondi de son sein, puis, le souffle coupé, elle sentit qu'il glissait sa langue sous la dentelle. Le voir ainsi, léchant à petits coups la pointe ultrasensible de ses seins, alluma un véritable incendie au centre de son corps.

Ce qu'il lui disait, c'est que c'était *elle* qui comptait le plus à ses yeux, davantage même que la victoire de son équipe. Qu'était-elle censée en déduire ?

Tout à coup, il baissa les bretelles du soutien-gorge, exposant ses seins à son regard de loup affamé, immobilisant ses bras par la même occasion.

Sa bouche brûlante descendit sur sa peau, embrassant, léchant sa chair en feu. Gémissant son nom, elle s'abandonna tout entière à cet assaut sensuel.

La réponse à la question qu'elle s'était posée était toute simple : elle était censée se laisser aller sans résister.

Ses gémissements avaient un effet sur Logan, elle le sentait : l'entendre gémir de désir l'excitait. Il ne lui fallut qu'un instant pour achever de lui ôter tous ses vêtements et les disperser sur le sol. Lorsqu'elle fut nue devant lui, il parcourut lentement son corps d'un regard brûlant.

Une érection monumentale tendait le devant de son pantalon, mais il ne se déshabilla pas, ne se précipita pas sur elle. Au lieu de cela, il la fit rouler sur le ventre et s'agenouilla à califourchon sur elle, son torse nu effleurant à peine son dos.

Le premier contact exploratoire de ses lèvres sur son dos tétanisa tout son corps. Écartant ses cheveux, il posa sa bouche gourmande sur son cou, la laissant glisser en cercles lents, provoquant des sensations délicieuses, comme s'il n'était pas pressé d'éteindre l'incendie qu'il avait lui-même allumé. Il couvrit de baisers le creux de son dos, et continua sur sa fesse, puis sur la partie postérieure d'une jambe, jusqu'à ce que sa bouche ait trouvé l'arche de son pied.

La pression de ses lèvres sur cette zone incroyablement érogène qu'elle avait ignoré posséder alluma un véritable brasier en elle. Et lorsque sa langue vint les seconder, elle reçut un tel choc qu'elle faillit tomber du lit.

Apparemment, il avait décidé de se montrer très inventif, et de battre tous les records de nouvelles expériences à lui offrir. Et elle n'y voyait aucun inconvénient.

Un froissement de tissu lui fit tourner la tête, et elle constata qu'il se débarrassait enfin de ses vêtements. C'était son spectacle favori, et elle ne se gêna pas pour le contempler avec un plaisir non dissimulé. Il avait un corps magnifique. Puissant, dur, solide, qui aurait pu inspirer Michel-Ange.

— Je me mets seulement un peu à l'aise, expliqua-t-il, apparemment peu pressé de passer au plat principal.

Aucun problème pour elle, là non plus.

Il s'agenouilla à nouveau derrière elle, et sa bouche remonta lentement le long de sa jambe, s'attardant au creux de son genou, comme s'il avait tout le temps du monde devant lui. Comme s'il n'était pas, en réalité, en train de la rendre folle avec les sensations combinées de sa bouche et de sa barbe râpeuse. Sous cet assaut, un orage de feu se déclencha au creux de son ventre.

Il avait dû le sentir, car, presque aussitôt, il la recouvrit de son corps et, sans la changer de position, il souleva l'une de ses cuisses et il entra en elle d'un mouvement fluide et puissant, une sensation tellement extraordinaire qu'elle s'entendit gémir très fort. Sa bouche brûlante vint alors se poser sur son cou, et il commença un lent va-et-vient entre ses hanches. Voguant sur un océan de délices, elle ferma les yeux tandis qu'il s'enfonçait en elle.

Elle vivait un moment de perfection, et elle en savourait chaque seconde. Rien dans ses expériences passées ne pouvait se comparer, même de loin, à la sensation de cette douce invasion. Il l'emplissait tout entière, la conduisant à tout petits pas vers le bord de l'abîme, toujours plus près, et elle aurait voulu que ce moment dure toute l'éternité.

Mais son désir devenait plus brûlant à chaque seconde, elle le sentait, et il faisait flamber le sien encore davantage, jusqu'à ce qu'elle ne puisse plus attendre un instant de plus. Une supplication s'exhala de ses lèvres et elle accompagna passionnément chacun de ses coups de boutoir, l'encourageant à la prendre plus vite, plus fort, plus profond. Il glissa alors ses doigts entre le matelas et son ventre pour trouver le centre de sa féminité, doublant son plaisir jusqu'à ce qu'elle bascule dans un orgasme si violent qu'elle ne put retenir le cri qui montait du fond de sa gorge.

Il gémit contre son épaule en se laissant basculer à son tour dans l'éblouissement final, générant de nouvelles ondes de plaisir dans tout son être, jusqu'à ce qu'elle ne sache plus où finissait son corps et où commençait le sien.

S'effondrant sur le matelas, il la serra très fort dans ses bras, déposant une pluie de doux baisers sur son épaule.

Le monde pouvait s'écrouler, elle était au paradis.

Puis, elle sentit qu'il se figeait et l'entendit murmurer une litanie de jurons à mi-voix. Étonnée, elle se tourna vers lui, et la sensation liquide qu'elle sentit alors contre sa cuisse la renseigna immédiatement sur la cause de son apparente consternation.

— Le préservatif s'est déchiré, confirma-t-il d'un air sombre.

Elle sentit sa gorge se serrer.

— Cela ne fait rien. Je prends la pilule. Il ne devrait pas y avoir de problème.

— Je te remercie pour ta compréhension, mais c'est ma faute. Je n'aurais pas dû essayer cette position. Je suis sincèrement désolé.

— Ce n'était pas ta faute, insista-t-elle. C'était un accident.

Exactement comme la première fois qu'elle était tombée enceinte. Mais, bien sûr, à l'époque elle ne prenait pas la pilule. Et, depuis lors, elle n'avait jamais eu la moindre alerte. Tout irait bien, elle en était sûre.

Le sourire timide qu'il lui adressa acheva d'éteindre son accès de panique. Puis, il la serra tendrement dans ses bras et elle oublia tout le reste.

— Tu es une personne très charitable, murmura-t-il d'une voix étrangement vibrante d'émotion. Et, ne le prends pas mal, mais cela a été le plus fabuleux accident de tous les temps.

Serrée contre son large torse, elle ne put qu'acquiescer en silence. Le préservatif s'était déchiré pour une seule raison — deux orgasmes cataclysmiques presque simultanés.

Avant qu'elle ne soit tout à fait prête à renoncer à la chaleur de son corps, il quitta le lit et alla déboucher le champagne avec des gestes experts.

— Que dirais-tu de boire au virage que vient de prendre notre relation ?

— Que veux-tu dire ? s'enquit-elle, le cœur battant.

Il trouva deux flûtes près du minibar, et il versa le champagne avant de répondre :

— Si tu venais à tomber enceinte, je tiendrais beaucoup à être impliqué. À cent pour cent. On ne peut pas faire plus réel que la réalité d'une grossesse inattendue.

— Tout ira bien, assura-t-elle en prenant la flûte de champagne qu'il lui offrait pour la vider d'un trait.

Il le fallait. Elle ne supporterait pas une nouvelle fausse couche, un autre homme qui soit d'accord pour le sexe, mais pas pour les responsabilités. Les hommes aimaient tous un bon orgasme, mais ils ne se bousculaient pas lorsqu'il était question des biberons de minuit.

Sauf qu'il n'était pas de ceux-là. Il l'avait affirmé.

Il fixa son regard sur elle une seconde, puis il avala son champagne d'une seule gorgée avant de reprendre la parole :

— Serait-ce si grave si le test de grossesse s'avérait positif ? Quoi qu'il arrive, je serais le père de ce bébé. Nous serions amenés à élever cet enfant ensemble de toute façon, alors pourquoi ne pas le faire officiellement, en tant que couple ?

Elle sentit son cœur se serrer. Soudain, elle aurait tout donné pour qu'il lui dise qu'il désirait vivre avec elle parce qu'il l'aimait. Parce qu'il ne supportait pas l'idée de vivre sans elle. Mais, bien sûr, il parlait seulement de la réalité des conséquences de cet accident, pas d'un amour éternel.

Parfait. Elle n'avait pas besoin de cela, elle non plus. Ou en tout cas elle allait réussir à s'en convaincre. Très bientôt.

Au demeurant, elle n'avait pas à s'inquiéter, car il n'y aurait pas de grossesse. Elle avait toujours secrètement supposé qu'elle était devenue à tout jamais incapable de concevoir un enfant, même si en réalité elle n'avait jamais cherché à en avoir la confirmation officielle.

— J'apprécie énormément ta proposition, répondit-elle, gardant tout le reste pour elle.

— J'ai toujours rêvé d'avoir une famille, assura-t-il, souriant d'un air très doux.

— Mais nous ignorons encore si cela se produira, rappela-t-elle d'un ton ferme. Pourrions-nous passer à autre chose, pour le moment ?

— Pas de problème, répondit-il en faisant tinter sa flûte contre la sienne. Pour le moment.

Toutes ces théories au sujet de bébés et d'un futur avec Logan avaient fait surgir dans son cœur un désir qu'elle n'avait jamais osé s'avouer. Et qui ne la quitterait plus.

Mais elle n'était pas son type de femmes. Et cela signifiait qu'elle allait devoir trouver le moyen de rester le plus loin possible de Logan McLaughlin.

Le drame, c'était qu'elle n'en avait pas envie.

8

Trinity était retournée dans sa chambre, mais Logan n'arrivait pas à trouver le sommeil. Toute cette journée avait été incroyablement excitante, et la conversation qu'ils venaient d'avoir était la cerise sur le gâteau.

Il repensait sans cesse à la définition de « relation réelle », et il dut convenir qu'il pourrait facilement essayer de créer quelque chose de ce genre avec Trinity.

Les événements se succédaient à une vitesse alarmante.

Il avait toujours pensé qu'il se marierait d'abord, et qu'ensuite son épouse et lui se lanceraient avec entrain dans la conception d'un bébé.

Ils procéderaient ensemble au premier test de grossesse, et, lorsqu'il s'avérerait positif, elle se jetterait dans ses bras. Et, naturellement, ils seraient très heureux.

Visiblement, le préservatif déchiré avait ouvert une nouvelle possibilité, à laquelle il allait peut-être devoir s'habituer — une relation de coparentalité à long terme avec Trinity, et plus si affinités.

Était-ce ce qu'il désirait ? Était-ce ce qu'*elle* désirait ? Ils n'avaient pas vraiment terminé leur conversation. Pas à son goût. Mais rien ne pressait, et il était disposé à remettre cette discussion à plus tard.

Sauf qu'il devait avouer qu'il *aimait* l'idée d'une relation réelle entre eux, bien plus qu'il ne le devrait.

Puis, il se rappela qu'elle et lui n'étaient pas du tout compatibles pour une relation de ce genre. Il avait su depuis le début qu'ils n'étaient pas faits l'un pour l'autre. Et, depuis, rien n'avait changé.

Et cependant, tout avait changé.

Par accord tacite, ils poursuivirent leur voyage comme prévu. Elle assistait aux matchs, son équipe jouait au base-ball, et les journalistes prenaient ensuite des photos du propriétaire et de sa petite amie. Chaque fois qu'il ressentait l'envie de la serrer dans ses bras pour l'embrasser, et prouver au monde combien il la désirait encore, elle s'y pliait docilement. Et il aimait l'avoir dans son lit beaucoup plus qu'il n'était bon pour lui.

La passion brûlait entre eux, devant les caméras et derrière les portes closes. À présent que les barrières s'étaient effondrées entre eux, ils ne se quittaient quasiment plus.

Les Mustangs gagnèrent leurs deux matchs. Il s'y attendait, car elle lui portait chance, il en était convaincu. Son équipe le croyait aussi, et les garçons la traitaient comme une reine, lui envoyaient des fleurs et des chocolats. L'un d'eux, celui qui fréquentait une top-modèle malgré ses mises en garde, avait même convaincu son amie d'appeler Trinity pour lui proposer de poser pour les spots publicitaires de Fyra, en signe d'amitié.

Lorsqu'il l'avait questionnée à ce sujet, elle avait souri en l'informant qu'elle avait rendez-vous avec le manager de la jeune femme la semaine suivante. Le soir, elle travaillait sur la campagne d'un nouveau produit, dont elle lui parlait avec enthousiasme lors de ses visites de minuit dans sa chambre d'hôtel. Il adorait l'écouter parler des sujets qui lui tenaient à cœur.

Sur le vol du retour vers Dallas, elle était assise à côté de lui et ils se tenaient par la main comme ils l'avaient fait à l'aller. Mais, mystérieusement, cette fois-ci, c'était différent. Comme si le préservatif déchiré avait créé un pacte tacite entre eux, et que chacun s'efforçait de voir jusqu'où leur histoire les conduirait s'ils n'essayaient pas de coller à tout prix à leur relation l'étiquette « réelle ».

Si quelqu'un lui avait demandé ce qu'il pensait de l'idée d'avoir Trinity Forrester pour amante à demeure, il aurait répondu que cela ne pourrait jamais fonctionner. Mais ces quelques derniers jours lui avaient prouvé qu'il se trompait.

Qu'était-il censé faire de cette découverte ? À moins qu'elle ne soit enceinte, il était inutile de se lancer dans une discussion d'étiquettes.

Au fond, il n'était peut-être pas obligé de faire quoi que ce soit. Il pouvait peut-être simplement attendre, et voir comment la situation allait évoluer. Personne n'avait encore évoqué la possibilité de mettre un terme à leur histoire.

Sans se laisser le temps de changer d'avis, il tendit une main pour caresser sa joue d'un geste de douce intimité, ce qui lui valut un haussement de sourcils.

— J'avais envie de te toucher. Fais-moi un procès, si tu veux.

— Tu n'es pas obligé de t'excuser d'avoir envie de me toucher, répliqua-t-elle en riant. J'aime cela. Il n'y aura pas besoin d'avocats.

— Dans ce cas, je dois t'avertir que j'ai l'intention de continuer à le faire lorsque nous serons de retour à la maison.

— Ah ? Je serais curieuse de voir comment cela fonctionnera lorsque nous aurons tous deux à travailler.

— Oui, il faudra s'adapter. Renoncer à une chose ou deux, peut-être. Et ne me regarde pas ainsi. Ne tiens-tu pas à faire de notre relation une priorité ? Nous nous efforçons encore d'améliorer notre visibilité médiatique, n'est-ce pas ?

— Je te rappelle que je suis l'une des dirigeantes d'une société de cosmétiques qui brasse des millions. Je t'ai déjà dit que je travaille sur la campagne d'un nouveau produit, et que j'ai des délais stricts à respecter. Certains d'entre nous ne partent pas en voyage en Californie et ne descendent pas dans des palaces pour leur travail. Et, lorsque nous accompagnons ceux d'entre vous qui ont ce privilège, nous devons ensuite travailler la nuit pour rattraper notre retard.

— J'ai envie de passer du temps avec toi.

Ce n'était pas ce qu'il avait voulu dire. Mais, à présent que les mots étaient lâchés… Il était curieux de voir ce qu'elle en dirait.

L'avion traversait une épaisse couche nuageuse au même

moment, plongeant temporairement la cabine dans la pénombre, mais il la vit froncer les sourcils.

— Ma carrière est plus importante que quelques orgasmes dans ton lit, déclara-t-elle.

Ce n'était pas tout ce qu'il y avait entre eux. Son refus d'admettre que leur relation avait évolué l'irritait, mais il ne pouvait pas l'obliger à se montrer honnête. Il pouvait, en revanche, faire preuve de finesse et contourner son opposition.

De plus, elle n'avait pas ôté sa main de la sienne, un détail intéressant qu'il comptait bien exploiter.

— C'est vrai, convint-il d'un ton conciliant. Ta carrière est plus importante que quelques orgasmes. Mais pourquoi devraient-ils s'exclure mutuellement ? Tu as parfaitement réussi à en intégrer un dans mon emploi du temps. Laisse-moi te rendre la pareille.

— J'aime assez ton raisonnement, convint-elle d'un ton prudent. Que proposes-tu ?

— Tu sais que les gars de l'équipe ont besoin de toi, n'est-ce pas ? Tu es leur mascotte. Accompagne-moi aux matchs à domicile. Je passerai te prendre. C'est sur mon chemin.

— Cela ne reviendrait pas à privilégier ma carrière, Logan. Et que devient ta fameuse chance si je refuse ?

— Tu ne peux pas refuser. Ils ont besoin de toi, et moi aussi. Tu ne le regretteras pas, tu verras. Regarde ce que j'ai déjà fait pour ta carrière. Sept pour cent de progression des ventes n'est pas un résultat négligeable. Je trouverai un moyen de concilier travail et orgasmes à ta satisfaction. Fais-moi confiance.

— Très bien, répondit-elle en s'adossant confortablement à son siège. De plus, il serait bon que nous continuions à être vus ensemble.

— Tu as absolument raison, répondit-il sans se donner la peine de dissimuler son sourire.

Il avait clairement gagné ce round, et si elle désirait continuer à prétendre qu'ils ne se voyaient que pour la publicité qu'ils y gagnaient, cela ne le dérangeait pas outre mesure.

Les ventes de billets avaient atteint des niveaux historiques, suite aux trois matchs consécutifs qu'ils avaient gagnés, et à la médiatisation de leur voyage en Californie. De retour à son bureau, au stade, il s'était plongé dans son travail, qu'il avait beaucoup négligé depuis quelque temps. Trinity n'était pas la seule à avoir des échéances strictes à respecter. Quelques accords de transferts de joueurs avaient enfin atterri sur son bureau — en partie grâce à la publicité positive dont l'équipe avait récemment bénéficié. Il entreprit donc de les examiner, sans penser au rire musical de Trinity plus d'une douzaine de fois. Un record, pour lui.

La chance était enfin avec les Mustangs et il était aux anges. Trinity assistait aux matchs et son équipe ne perdait plus. Les Mustangs gagnèrent cinq matchs d'affilée. Puis, huit. Ils brûlaient d'un feu sacré, qui n'était éclipsé que par celui qui brûlait entre Trinity et lui. Après les matchs, ils incendiaient littéralement les draps. Quelquefois, elle apportait son ordinateur portable au stade, et elle travaillait pendant que les Mustangs aplatissaient leurs compétiteurs. Mais il lui arrivait aussi de mettre l'appareil de côté et d'acclamer l'équipe avec lui, et quelquefois de faire des commentaires judicieux qui prouvaient qu'elle apprenait rapidement les règles du base-ball sans aucune difficulté.

Avec sa fausse petite amie à ses côtés, il n'avait plus assisté à un seul match sur le banc de touche depuis la victoire des Mustangs contre Oakland. C'était une énorme déviation de son style habituel de management, et les entraîneurs ne s'étaient pas gênés pour la commenter. Il les laissa penser que c'était parce que Trinity l'avait pris irrémédiablement dans ses filets, mais il était secrètement convaincu qu'elle lui portait chance uniquement ainsi. C'était un calcul très simple. S'il redescendait sur le terrain, ils perdraient. Alors, il continua à assister aux rencontres dans la loge VIP, et quelquefois, il profitait de la pause de la septième manche pour s'assurer que Trinity aurait droit à sa juste part d'orgasmes, comme il était prévu dans leur arrangement.

Ils n'avaient plus abordé le sujet du préservatif déchiré, et il était convaincu que, s'il y avait eu du nouveau, elle l'en aurait informé. Tout le monde était content.

Un appel de la Commission fédérale des sports fit éclater sa bulle de satisfaction. Cal Johnson, son joueur vedette, faisait l'objet d'une investigation pour des soupçons de dopage, et il allait probablement être suspendu en attendant une longue série de réunions auxquelles, en tant que propriétaire de l'équipe, il venait d'être fermement invité à assister. Cette nouvelle pouvait potentiellement causer d'immenses dégâts. Il allait se rendre à ces réunions, et ensuite, il aviserait.

Sans se donner le temps de douter de sa décision, il quitta son bureau et prit sa voiture pour se rendre à l'appartement de Trinity. Arrivé sur le parking de sa résidence, il lui envoya un texto.

Je suis dehors. Puis-je monter ?

Elle répondit immédiatement.

Oui, bien sûr.

Lorsqu'elle ouvrit la porte, il oublia tout ce qu'il avait eu l'intention de lui dire, même s'il l'avait vue la veille même.

En jean et en T-shirt, elle était fabuleuse, et, mieux encore, cela signifiait qu'elle n'avait prévu aucune sortie ce soir-là. Elle portait encore ses peintures de guerre, bien sûr, mais le maquillage de ses yeux était plus subtil que d'ordinaire.

Mais, même si elle avait arboré son look Cléopâtre, celui-ci faisait aussi partie de sa personnalité, et il devait admettre qu'il adorait ce personnage. Elle était hardie, scandaleuse, et il ne se lassait pas d'elle.

— Quoi de neuf ? s'enquit-elle, supposant visiblement que sa visite était en rapport avec leur campagne médiatique.

— J'ai eu envie de te voir.

Tout à coup, il se sentait un peu ridicule d'être venu ici sans l'avertir, alors qu'en réalité il ne savait pas très bien où en étaient leurs rapports. Avec elle, il était allé plus loin dans la sensualité qu'avec toute autre femme, mais cela ne signifiait pas qu'il lui soit devenu plus facile de communiquer avec elle. Qu'était-il censé faire ? Lui avouer franchement qu'il venait de recevoir un coup dévastateur, et qu'elle était la seule personne au monde dont il désirait la compagnie à cet instant précis ?

Une lueur indéfinissable traversa son regard, et elle hocha la tête.

— Entre.

Il devait être plus transparent qu'il ne l'avait pensé. Il n'était jamais passé chez elle à l'improviste auparavant. Leur relation avait pour seul but d'être vus ensemble pour des raisons de publicité. Et il l'utilisait comme une excuse pour continuer à faire l'amour avec elle sans s'engager à rien d'autre.

Il avait franchi une ligne. Sans espoir de retour.

Il entra.

— Je t'ai apporté quelque chose.

Sans se laisser le temps de changer d'avis, il tira un écrin de joaillerie de la poche intérieure de sa veste, avant d'ajouter :

— En guise de remerciement.

— En remerciement de quoi ? s'enquit-elle, considérant l'écrin de forme allongée comme s'il lui montrait un serpent à sonnette. Il n'y a aucun journaliste dans les parages pour immortaliser cet instant pour la postérité. Es-tu certain de ne pas vouloir attendre, et me le remettre plus tard ?

— Non, grogna-t-il. Je ne veux pas attendre. Ceci est personnel, et je n'ai pas besoin d'une caméra pour…

Il s'interrompit. Tout à coup, il ne savait plus ce qu'il faisait ici, et, au lieu de continuer à danser d'un pied sur l'autre comme un idiot, il fit basculer le couvercle pour lui montrer le diamant de huit carats monté en pendentif qu'il avait choisi chez le joaillier ce jour-là, après mille hésitations. Avant d'avoir reçu cet appel de la Commission des sports, sa priorité principale avait été de célébrer la huitième victoire successive des Mustangs — un record absolu pour le club.

— Tu es fou, Logan ! s'écria-t-elle, ses beaux yeux lançant des éclairs Tu ne peux pas m'offrir un bijou pareil. Il est fabuleux !

Ce n'était pas la réaction qu'il espérait et il ne put s'empêcher d'éclater de rire.

— Tu as une drôle de façon de montrer ton appréciation.

D'un geste précautionneux, comme si elle craignait que le bijou la morde, elle tendit un doigt pour effleurer le diamant en forme de larme, puis elle murmura :

— Il est rose. Comme la fleur que tu m'avais offerte.

C'était précisément le but. Car, à l'instant où il avait posé les yeux sur cette pierre, il avait pensé à elle et à l'effet que ferait ce diamant sur sa peau parfaite.

— Est-ce à dire qu'il te plaît ?

— C'est beaucoup trop pour un cadeau de remerciement… Mais je l'adore.

— Alors ne dis plus rien, et laisse-moi l'attacher à ton cou.

Elle remonta sa chevelure à deux mains, et elle lui présenta sa nuque sans protester davantage. Soulagé, il attacha la fine chaîne d'or autour de son cou, puis il en profita pour embrasser la chair ainsi exposée. Elle ne se défendit pas. Et le self-control qu'il s'efforçait de garder s'évapora.

Il traça un chemin de baisers jusqu'à son oreille, et il l'adossa fermement à son corps. Il la sentit aussitôt fondre entre ses bras et il la poussa gentiment jusqu'à sa chambre. C'était un chemin qu'il connaissait par cœur pour l'avoir souvent emprunté après les matchs.

Mais, aujourd'hui, c'était la première fois qu'ils n'étaient pas chauffés à blanc par leurs précédentes démonstrations d'affection en public. La première fois qu'il ne pouvait pas se prévaloir d'une autre excuse que la pure évidence — il ne pouvait plus vivre sans elle.

Lorsqu'ils atteignirent le bord du lit, il abandonna la peau douce de son cou, juste suffisamment longtemps pour la déshabiller et se déshabiller lui-même, puis il l'allongea sur le couvre-lit et tendit la main vers les préservatifs qu'elle conservait dans le tiroir de sa table de nuit. Il dévora de baisers toutes ses zones érogènes jusqu'à ce qu'elle soit humide et brûlante, et prête à le recevoir tout entier. Et, lorsqu'il entra en elle, elle laissa échapper un petit gémissement qui acheva de faire flamber sa passion.

Le diamant rose scintillait dans la lumière douce de la chambre. Il n'avait jamais offert un bijou à une femme, et la vue de ce pendentif sur sa peau nue fit germer en lui un sentiment qui n'aurait pas dû avoir sa place dans son cœur. Et chaque va-et-vient de cette étreinte passionnée rendait encore plus rageur l'incendie qui brûlait leurs deux corps, jusqu'à ce que leurs souffles mêlés ne soient plus que des gémissements.

Et, dans un éclair de lucidité, il comprit ce qui était en train de se produire à cet instant.

Cette relation était absolument réelle. Et cette idée lui procurait un bonheur infini.

Mais il refusa de se laisser le temps d'analyser le phénomène, car elle redressait son buste vers lui, lui offrant ses seins magnifiques. Il prit l'une des pointes roses dans sa bouche pour la dévorer avec sa langue, avec ses dents, tout en intensifiant ses coups de boutoir, plus vite, plus fort, ondulant les hanches contre elle de cette façon qui la rendait folle, la conduisant à grands pas vers un orgasme qui donnerait le signal au sien. Chacun connaissait parfaitement le corps de l'autre. Physiquement, ils étaient en harmonie parfaite. Mais c'était bien le seul domaine où c'était vrai.

Alors, pourquoi l'obsédait-elle à ce point ?

Ils explosèrent ensemble, et il serra les dents de toutes ses forces pour garder à l'intérieur le flot d'émotions qui déferlait sur lui. Cela valait mieux ainsi.

Après, il la prit tendrement dans ses bras, et elle se blottit dans son étreinte comme elle aimait à le faire.

— Quelle est la vraie raison de ta présence ici, ce soir ? murmura-t-elle.

Il dissimula automatiquement son regard sous ses cils. Lirait-elle toujours ainsi en lui comme dans un livre ouvert ? Lui-même n'y parvenait jamais avec elle. C'était injuste. Mais cela ne lui donnait pas non plus le droit de lui mentir.

— Johnson va probablement écoper d'une suspension. Je... Je ne suis pas sûr de ce que cela va signifier pour l'équipe.

— C'est un coup très dur, observa-t-elle en serrant doucement son bras. Qu'a-t-il fait ?

— Il aurait utilisé des drogues pour améliorer ses performances, en tout cas c'est ce qu'ils soupçonnent. Je coopère avec l'investigation, mais je vais devoir assister à plusieurs réunions à New York.

Si ni l'un ni l'autre n'assistait aux matchs, la longue série de victoires des Mustangs prendrait probablement fin. C'était une vérité brutale mais inévitable.

— Veux-tu que je t'accompagne là-bas ? proposa-t-elle.

La note de sollicitude sincère qu'il entendait dans sa voix libéra toutes les émotions qu'il s'efforçait de contenir en lui, et il se contenta de déposer un baiser sur son épaule, craignant, s'il ouvrait la bouche, de s'entendre répondre « oui ». Car sa proposition le touchait bien plus qu'il n'osait se l'avouer.

Comme elle méritait une réponse, il assura enfin d'une voix étranglée :

— Non, c'est inutile.

— Cette affaire te contrarie beaucoup, n'est-ce pas ? remarqua-t-elle en levant ses yeux immenses vers les siens.

— Je ne sais pas, marmonna-t-il. Oui, peut-être. Il me semble que j'aurais dû comprendre ce qui se passait sous mon nez.

Bien sûr, le dopage n'était pas une nouveauté. Il faisait déjà des ravages lorsqu'il jouait dans la ligue professionnelle. Tout le monde savait qui se dopait et qui ne le faisait pas. Il n'y avait jamais touché. Il avait la chance d'être assez bon pour n'avoir jamais eu à subir de pressions dans ce sens, comme cela avait été le cas pour certains autres joueurs.

Johnson avait peut-être senti ces pressions peser sur lui. Et il ne pouvait s'empêcher de se demander s'il n'avait pas lui-même été l'un de ces points de pression en exigeant trop de son équipe.

— Ce n'est pas ta faute, mon chéri. Tu n'es pas responsable de ce qui arrive.

— Je suis le patron. C'était à moi de veiller à ce que mon

équipe reste forte et unie, et j'ai l'impression d'avoir échoué. Mon père a dirigé une société brassant des milliards pendant des décennies, et rien de semblable ne lui est jamais arrivé.

— Tu n'es pas ton père, Logan, murmura-t-elle en caressant tendrement sa joue. Et ton domaine d'activité est tout autre, avec des règles et des stratégies totalement différentes. Et tu ne peux pas non plus te comparer à quelqu'un qui n'est plus de ce monde. Tu ignores ce qu'il aurait fait s'il avait vécu. Une personne de son organisation aurait peut-être été poursuivie pour un délit d'initié. Ton père aurait-il été tenu pour responsable des agissements malhonnêtes d'un employé qu'il avait recruté ?

— Tu n'as pas le droit de me consoler avec ta logique imparable, marmonna-t-il avec un sourire.

Mais son argument était juste et il se sentait déjà un peu mieux. C'était exactement ce qu'il avait espéré en venant ici. Elle… illuminait sa vie.

— Et si je te consolais d'une tout autre manière ? murmura-t-elle en posant ses lèvres sur les siennes.

Ses jambes vinrent s'entremêler aux siennes, et ses mains hardies ne lui laissèrent aucun doute, concernant la manière dont elle entendait tenir sa promesse. Comme il la savait femme de parole, il lui donna carte blanche.

Mais, durant tout ce temps, il retournait certaines questions fondamentales dans son esprit. S'il n'était pas comme son père et s'il lui était permis de vivre à sa propre façon, était-il en droit d'admettre qu'il n'avait aucune envie d'épouser une femme douce et discrète ? Et, s'il n'avait jamais trouvé la femme de sa vie, était-ce parce qu'il ne connaissait pas encore Trinity ?

Restait la question la plus importante : que répondrait-elle s'il lui avouait qu'après avoir vainement résisté, il était en train de tomber amoureux d'elle ?

Logan prit l'avion pour New York, et Trinity passa énormément de temps à prétendre qu'il ne lui manquait pas du tout.

Le plus étrange, c'était qu'elle n'avait jamais suivi les sports à la télévision, et qu'elle avait toujours trouvé ridicule que des hommes adultes se disputent une balle en culotte courte pour se prouver leur force. Et pourtant, ces jours derniers, elle ne pouvait plus s'endormir à moins d'être bercée par un match de base-ball en arrière-fond sonore.

La longue série de victoires des Mustangs prit fin comme il l'avait prédit avant de partir à sa première réunion à New York. Mais ils gagnèrent le match suivant, bien qu'elle n'y ait pas assisté pour leur porter chance, ce qui prouvait bien que c'était une superstition idiote. Naturellement, elle ne l'aurait jamais reconnu devant Logan, qui prenait tout cela très au sérieux.

Il lui envoyait un texto de temps à autre pour lui donner des nouvelles, mais ses messages ne fournissaient aucune indication sur ce qu'il ressentait. Et ils ne lui disaient pas non plus s'il pensait à elle autant qu'elle pensait à lui.

Une semaine s'était écoulée ainsi, et ni l'un ni l'autre n'avait abordé le sujet de la date de son retour. Ni, lorsqu'il serait rentré, s'ils reprendraient leur relation là où ils l'avaient laissée.

La présentation du Formula-47 avait été reportée à deux reprises pour tenir compte des disponibilités des associées, mais, enfin, Cassie avait fixé une date butoir et avait exigé d'elles toutes qu'elles soient présentes, sinon…

Ce matin-là, elle avait toutes les peines du monde à s'extraire de son lit. Elle ne l'aurait jamais avoué même sous la torture, mais elle avait pris un abonnement à une chaîne de sports câblée, et elle avait suivi un match de base-ball jusque tard dans la nuit. Ensuite, elle avait très peu dormi.

Et, dans son insomnie, une question revenait sans cesse la hanter. Logan ne prenait-il pas prétexte de ce voyage pour s'accorder une pause — loin d'elle ? Les résultats de Fyra étaient en forte hausse. Les ventes de billets des Mustangs s'étaient envolées.

Il n'y avait plus aucune raison de poursuivre leur relation. Mais elle ne désirait pas qu'elle se termine. Avec un total égoïsme, elle s'était servie de leur campagne médiatique pour faire croire que leur relation était réelle, et elle y avait pris beaucoup plus de plaisir qu'elle ne s'y était attendue. Cela faisait très longtemps qu'elle n'avait pas apprécié la compagnie d'un homme en dehors du lit.

Elle enfila un ensemble vert pâle, puis, tout en se maquillant, elle joua avec l'idée de mentionner en passant, lorsqu'elle parlerait à Logan, qu'ils pouvaient continuer à se voir occasionnellement, lorsque leurs emplois du temps respectifs le leur permettraient. Mais c'était une idée idiote, bien sûr. Le problème, c'était qu'elle ne savait pas comment lui dire qu'elle désirait davantage — une relation réelle —, alors qu'elle n'avait absolument aucune expérience dans ce domaine.

Lorsqu'elle entra dans la salle de réunion, Cass était déjà assise devant son ordinateur portable, réglant les derniers détails de leur vidéoconférence. Les visages d'Alex et de Harper apparurent simultanément sur l'écran partagé de la télévision.

— Oh ! mon Dieu ! s'écria Harper. Que vois-je autour de ton cou, Trinity ?

Portant ses doigts au diamant rose qu'elle ne pouvait plus quitter, elle fronça les sourcils et elle s'apprêtait à lui déclarer qu'on le lui avait prêté, lorsque, à sa grande humiliation, elle fondit en larmes.

Repoussant vivement son fauteuil, Cass fit le tour de la table pour la serrer dans ses bras, lui murmurant des paroles de consolation jusqu'à ce que le flot des larmes se soit partiellement tari.

— Je suis désolée, balbutia-t-elle. Je n'ai aucune idée de ce qui a pu provoquer cela.

Alex et Harper se mirent à parler en même temps sur l'écran, mais Cass leur intima le silence.

— Je crois parler en notre nom à toutes, en disant que nous sommes toutes passées par là. Laisse-moi deviner. Ta relation avec Logan n'était pas aussi fausse que tu le croyais.

— Est-ce à tel point évident ? Je ne sais plus ce qui est réel et ce qui est faux, ni pourquoi cette question me torture. Et je ne sais pas non plus ce que je devrais faire. Je n'arrive plus à dormir et je suis constamment épuisée.

— Lui as-tu parlé de tes sentiments ? s'enquit Cass en la considérant plus attentivement.

— Je ne peux pas ! gémit-elle. Il est à New York pour une série de réunions concernant un grave problème au sein de son équipe. Je désire seulement qu'il revienne pour dormir avec lui. Réellement dormir. Je veux me réveiller près de lui le matin, prendre mon café avec lui, et que nous soyons ensemble, tout simplement. Nous ne l'avons jamais fait. Je ne le fais jamais avec personne et j'ignore pourquoi j'en ai tellement envie aujourd'hui. C'est ridicule, je me sens tellement dépendante, tellement inquiète…

— Trinity, prends le temps de respirer, la tança Alex sur l'écran de la télévision. Ce que j'entends, c'est la voix des hormones. Après ton cycle, tu te sentiras mieux.

— Je n'ai pas mes règles. Elles ne commenceront que…

Le 1er du mois ? Mon Dieu. Aujourd'hui on était le 6.

Elle avait toujours été d'une parfaite régularité et cette constatation la plongea dans un abîme de panique. L'incident du préservatif déchiré s'était produit presque trois semaines plus tôt, et, avec tous ces matchs de base-ball et la préparation de sa campagne pour le lancement du Formula-47, elle avait perdu la notion du temps.

— Je sens que nous nous apprêtons à entendre des révélations, déclara Harper d'un ton guilleret. Devrions-nous reporter notre téléconférence, le temps que tu te procures un test de grossesse ?

Un test de grossesse.

Ces mots n'avaient absolument aucun sens. Elle ne s'était soumise à aucun test de grossesse depuis dix ans. Parce qu'elle n'avait jamais douté un seul instant du possible résultat.

— Si tu veux être fixée tout de suite, il m'en reste un ou deux dans mon tiroir, l'informa Cass, des souvenirs de l'époque où Gage et moi essayions à tout prix de devenir parents.

Dans une sorte de transe, elle considéra un instant la femme qui avait été sa meilleure amie depuis le lycée, puis elle hocha la tête. La distance qui s'était créée entre elles à cause de leurs vies radicalement différentes s'évanouit d'un seul coup. À cet instant où elle s'apprêtait à vérifier si ses problèmes avec Logan ne seraient pas infiniment plus graves qu'elle ne l'avait supposé, elle n'aurait choisi aucune autre personne au monde pour lui tenir la main.

Après une éternité d'une dizaine de minutes, elle avait sa réponse. Et le plus extraordinaire, c'était qu'elle parvenait à la lire à travers ses larmes : *Enceinte.*

Du bébé de Logan McLaughlin.

Comment était-ce possible ?

— Dois-je te féliciter ou te dire combien je suis désolée pour toi ? s'enquit Cassie d'une voix douce.

Elle ne répondit pas. Elle jeta le test positif sur le plan de toilette et s'affaissa sur le sol, la tête posée sur ses genoux. Elle tremblait de tout son corps sous l'effet d'un mélange de nervosité et d'émerveillement, d'incrédulité et d'espoir. Mais elle devait absolument se ressaisir. Tout de suite.

Sa grossesse n'arriverait jamais à terme. Son corps n'était pas fait ainsi. Le petit miracle qui se produisait en elle lui serait une nouvelle fois arraché avant qu'il ait eu une chance de croître, et il ne lui resterait plus que son chagrin. Une nouvelle fois.

Qu'allait-elle bien pouvoir dire à Logan ? songea-t-elle, horrifiée. Elle lui avait promis de le tenir informé si cela se produisait, mais c'était à l'époque où elle était ridiculement certaine que c'était impossible. À l'évidence, la pilule n'avait pas fonctionné avec elle, et sa secrète conviction qu'elle ne pourrait jamais plus être enceinte était tout à fait erronée.

— Je ne comprends pas comment cela a pu se produire, gémit-elle entre deux hoquets. Que vais-je faire ?

— Désires-tu ce bébé ? s'enquit Cass, allant droit au but comme toujours.

Et, naturellement, c'était la question essentielle. Elle sut instantanément la réponse.

— Oui, bien sûr. Mais ce n'est pas du tout dans les cartes…

— Arrête, l'interrompit Cass. Cela, tu ne peux pas en être sûre. Tu vas recevoir les meilleurs soins prénataux possibles, et ensuite nous allons toutes veiller sur toi pour faire en sorte que cette fois-ci tout se passe bien. Ton corps a eu dix ans pour mûrir.

Ces paroles filtrèrent à travers la brume de son désespoir, mais elles ne firent rien pour le soulager. Elle ne pouvait pas continuer, c'était impossible. La seule idée qu'on puisse lui confirmer un jour qu'elle était aussi brisée qu'elle l'avait toujours pensé lui était insupportable.

Mais… Et si Cassie avait raison ? Et si le bébé se développait normalement ? Et si cela n'était que le début du plus beau chapitre de toute sa vie ? Car, aujourd'hui, à cet instant même, elle portait le bébé de Logan.

Des émotions confuses qu'elle ne s'était jamais permis de reconnaître remontèrent à la surface. Elle portait un peu de lui en elle. Un destin facétieux avait conspiré pour rendre leur relation réelle, de la plus merveilleuse façon possible.

Elle pouvait désormais admettre qu'elle aussi désirait avoir une famille à elle.

Puis, elle comprit qu'elle ne pouvait pas le mettre au courant. Et son cœur sombra.

Ce n'était pas parce qu'elle craignait qu'il la quitte, mais exactement le contraire. Il insisterait pour être là du début à la fin de sa grossesse, l'accompagnerait à tous ses rendez-vous chez l'obstétricienne, choisirait lui-même le berceau. C'était le genre d'homme qu'il était et il serait dévasté si elle faisait une fausse couche, chose plus que probable. Et après, elle se retrouverait seule à gérer les conséquences. Que resterait-il pour les lier l'un à l'autre ? À ce stade, il en aurait terminé avec elle. Pour toujours.

Et elle ne supportait pas l'idée de cette double perte.

Il n'y avait rien entre eux, à part une campagne publicitaire couronnée de succès.

Et un bébé qui n'avait d'autre avenir que celui de lui briser à nouveau le cœur.

9

La décision de New York avait été brutale. Johnson avait écopé d'une suspension pour quarante-cinq matchs. Et comme Logan s'y était attendu en entendant le verdict, cette décision avait sapé le moral de l'équipe.

Naturellement, il avait fait appel, ce qui l'obligeait à rester à New York plus longtemps qu'il ne l'aurait voulu, mais il faudrait un peu de temps pour que la Commission rende sa décision finale. Au demeurant, ce n'était qu'une formalité. L'enquête avait clairement prouvé la culpabilité de Johnson, et les autorités étaient même en possession de vidéos de lui entrant et sortant de la clinique qui faisait le trafic des produits de dopage.

Toute cette affaire était déprimante.

Chaque jour il tendait la main vers le téléphone pour appeler Trinity et la supplier de venir le rejoindre à New York. Seulement pour la voir. La toucher. L'entendre rire. Pour se perdre dans la douceur de son corps à la fin d'une longue journée d'auditions qui déchiraient son équipe. Il désirait être avec elle, pour qu'elle éclaire les ténèbres de cette horrible réalité.

Il désirait davantage.

Mais il ne l'appela jamais, préférant la voir une fois rentré à Dallas.

Enfin, en attendant que ses bagages réapparaissent sur le tapis roulant, dans les entrailles de l'aéroport, il lui envoya un texto :

Je suis revenu. Puis-je passer à ton bureau pour te voir ?

Il n'en revenait pas d'avoir osé faire une chose pareille.

Elle avait un travail, et lui aussi. Se précipiter chez elle dès sa descente d'avion n'était pas très malin. Mais il n'y aurait renoncé pour rien au monde.

Elle ne répondit pas tout de suite. Elle était probablement en réunion. Alors, il rentra chez lui, ce qu'il aurait dû faire pour commencer. Il n'était resté absent que quelques semaines, mais une vague odeur de moisi flottait dans la maison trop longtemps fermée. Cette immense maison vide le déprimait. Pourquoi était-il allé acheter une telle monstruosité alors qu'il n'avait personne avec qui la partager ?

On était jeudi. Trinity accepterait-elle d'oublier son travail le lendemain, pour passer un week-end de trois jours chez lui ? Il n'avait jamais ramené aucune femme dans cette maison, mais il imaginait Trinity allongée sur son lit avec une facilité déconcertante. Elle allait adorer le jacuzzi dans le jardin. Et, plus encore, elle allait adorer ce qu'il lui ferait lorsqu'ils seraient ensemble dans les remous.

Ils pourraient commander un repas chez le traiteur, ou alors, il ferait cuire lui-même des steaks sur le gril, au bord de la piscine. Ensuite, il lui ôterait tous ses vêtements un à un et il l'emporterait dans ses bras jusqu'au jacuzzi savamment intégré dans le décor derrière un rocher naturel.

Il jeta un coup d'œil à son téléphone. Toujours pas de texto d'elle. Son avion avait atterri quatre heures plus tôt. Peut-être n'avait-elle pas lu son message ? Cette fois-ci, il décida de l'appeler.

Pas de réponse. Très bien. Elle était occupée. Après tout, il était absent depuis un bon bout de temps, et ils n'avaient pas vraiment beaucoup parlé depuis qu'il avait quitté Dallas.

Vendredi matin, il fit à pied le long chemin entre Prosper et son bureau à Arlington. L'équipe était à Pittsburgh en train de disputer une série de matchs, et en train de les perdre. Myra l'informa que les ventes de billets étaient à la baisse, ce qui était bien normal, puisque les Mustangs venaient de perdre leur meilleur lanceur, et qu'il ne circulait plus aucune photo des baisers brûlants qu'il avait échangés avec Trinity.

Trinity… Étrangement, l'ombre la plus inquiétante à ce moment de sa vie, c'était son absence. Elle lui manquait douloureusement depuis des semaines, et son esprit revenait constamment aux trois ou quatre messages qu'il lui avait envoyés depuis qu'il était de retour à Dallas, auxquels elle n'avait pas répondu.

Il avait commis une erreur en ne l'appelant pas lorsqu'il était à New York et il devait absolument la corriger. Mais… si elle ne répondait pas à ses textos ou aux messages qu'il avait laissés sur son répondeur, il n'était pas impossible qu'elle ait perdu son téléphone. Ces choses-là arrivaient.

Vendredi soir, il lui fut impossible d'attendre plus longtemps. Il prit sa voiture et il se rendit à son appartement. C'était stupide. Il ne pouvait pas entrer dans l'immeuble à moins qu'elle n'actionne l'ouverture de la porte, et elle ne répondit pas lorsqu'il sonna. Pourtant, il avait vu sa voiture garée dans son espace réservé, dans le parking. Il sentit l'irritation le gagner. Devait-il comprendre qu'elle était chez elle, mais qu'elle n'avait pas envie de le voir ?

La chance lui sourit sous la forme d'un couple d'un certain âge élégamment vêtu qui sortait de l'immeuble à cet instant. En le voyant planté devant la porte, son bouquet de fleurs à la main, la vieille dame lui offrit un sourire ému.

— Elle ne répond pas, c'est cela ? Vous êtes probablement en avance. L'amour est une chose merveilleuse.

— Oui, madame, répondit-il, faute de mieux.

— Entrez donc, dit la vieille dame avec un clin d'œil complice, lui tenant la porte ouverte.

Il poussa un soupir. Et si elle refusait de le voir ?

Il n'y avait qu'une seule façon de le découvrir. Il prit l'ascenseur jusqu'au quinzième étage et il martela sa porte à coups de poing pour être sûr qu'elle l'entende. Elle vint lui ouvrir presque immédiatement, vêtue d'un vieux sweat-shirt qui contrastait notablement avec ses tenues habituelles.

Et elle ne portait aucun maquillage. Jamais elle n'avait été plus belle. Il ne pouvait plus la quitter des yeux.

— Logan, murmura-t-elle en pâlissant visiblement.

À l'évidence, elle ne s'attendait pas à le voir.

— Surprise ! dit-il en lui tendant le bouquet de roses, le cœur battant, brûlant de la serrer dans ses bras.

Elle fixa les fleurs d'un regard sans expression, et il cessa de respirer. Pourquoi ne les prenait-elle pas ?

— Heu… Tu n'as répondu à aucun de mes messages, bredouilla-t-il, comprenant à son regard glacé qu'elle les avait bien reçus.

— J'ai été occupée. Tu n'aurais pas dû venir.

Les longues séances devant la commission d'enquête, la fatigue et la confusion où se débattait son esprit eurent enfin raison de sa patience. Il fronça les sourcils.

— J'avais envie de te voir. Puis-je au moins te demander pourquoi il n'en va pas de même pour toi ?

Elle haussa prudemment les épaules, mais il avait eu le temps de surprendre son expression. Elle n'était pas aussi indifférente qu'elle voulait le faire croire. Ce détail le rasséréna un peu.

— J'ai jugé que c'était le moment idéal pour rompre, déclara-t-elle. Et, comme tu ne m'as pas appelée une seule fois au cours de ces quelques dernières semaines, j'ai cru que tu étais du même avis.

Cette réponse lui serra le cœur. Elle l'avait donc évité. Délibérément.

— C'est ma faute, convint-il, abasourdi par la distance qui s'était creusée entre eux. Laisse-moi me faire pardonner. Et je ne veux pas dire au lit. À moins que tu n'en aies envie, bien entendu.

Elle ferma les paupières, lui dissimulant son regard. Mais, bien sûr, il n'avait jamais su lire en elle de toute façon. Dans sa frustration, il faillit casser les tiges des roses entre ses mains. La piqûre des épines le rappela rudement à la réalité.

— Merci, mais je crois que je vais m'en passer, répondit-elle.

Quelque chose n'allait pas du tout. Elle avait les traits tirés de fatigue. Et soudain, il comprit pourquoi elle n'était pas maquillée. Comment avait-il pu être aussi stupide ? En la voyant si pâle, il avait cru qu'elle était mécontente de le voir, mais en réalité elle était souffrante.

— Est-ce une grippe, ou est-ce quelque chose de plus grave ? s'enquit-il, fronçant les sourcils.

— Ce… Ce n'est rien, balbutia-t-elle.

Puis, elle vacilla comme si elle allait s'effondrer.

Jetant les fleurs, il la souleva dans ses bras et referma la porte d'un coup de talon, refusant de penser à la dernière fois où il avait accompli ce geste — le jour où ils avaient fini nus dans les bras l'un de l'autre. Il la serrait à nouveau contre son corps après une éternité de séparation, mais il ne pouvait même pas s'en réjouir.

Elle était légère comme une plume, blottie contre lui, et il l'entendit protester faiblement tandis qu'il l'emportait vers la chambre. Il la déposa sur le lit et s'allongea aussitôt près d'elle pour caresser ses cheveux.

— Qu'y a-t-il, Trinity ? Puis-je t'apporter un verre d'eau, ou bien…

— Non, merci, répondit-elle d'une voix faible. Je vais bien.

Mais elle avait fermé les yeux et blottissait sa joue contre sa main, comme un chaton en quête d'affection.

Il était plus qu'heureux de la lui offrir.

Et plus il la caressait, plus elle se détendait. Et plus il sentait son inquiétude s'éloigner. Si elle était malade, cela expliquait pourquoi elle n'avait pas répondu à ses messages. Elle n'avait probablement pas envie qu'il la voie sans maquillage. Comme si cela pouvait avoir la moindre importance à ses yeux.

Ignorait-elle que, pour lui, elle serait toujours aussi belle ?

La laissant sur le lit, les paupières toujours closes, il s'aventura dans la salle de bains, pour voir si elle y conservait des médicaments qui pourraient lui indiquer ce dont elle souffrait. Au premier coup d'œil, il ne vit que de minuscules fioles de parfum d'aspect coûteux et divers produits cosmétiques. Alors, il alla ouvrir la petite armoire sur sa gauche. Elle contenait un vaporisateur de laque, des flacons de shampoing et… une petite baguette de plastique à l'extrémité bleue.

Un test de grossesse. Le résultat était *positif.*

Son cerveau cessa de fonctionner et il fut pris d'un tel vertige qu'il dut s'asseoir sur le carrelage de la salle de bains.

Elle était enceinte. C'était *cela*, sa maladie.

— J'aurais préféré que tu ne l'apprennes pas de cette façon, dit-elle d'une voix lasse depuis le seuil.

Il leva les yeux et la vit, appuyée au montant de la porte comme si c'était tout ce qui l'empêchait de s'effondrer près de lui sur le sol.

— Et comment avais-tu prévu de me l'annoncer ? répliqua-t-il plus rudement qu'il n'en avait eu l'intention.

Bon sang, n'avait-elle pas promis de le tenir informé, si cela se produisait ? Sans compter qu'elle avait ignoré tous ses messages.

Il considéra un instant son visage écarlate, et d'autres détails lui revinrent. La froideur de son accueil. Son incapacité à le regarder en face. Le silence glacé sur la ligne lorsqu'il l'avait appelée, à son retour de New York.

— Tu ne comptais pas me le dire du tout, n'est-ce pas ? conclut-il d'une voix étranglée.

— Non, reconnut-elle au bout d'un interminable silence. Mais ce n'était pas par choix. Mais parce que…

Le reste de sa phrase resta en suspens, et elle baissa la tête, évitant son regard.

Il sentit toutes ses forces le quitter. Ce silence… Il n'était pas le père de ce bébé.

Son cœur sombra. Pendant qu'il tombait amoureux d'elle et qu'il essayait de se réconcilier avec toutes ces étranges et merveilleuses émotions qui germaient dans son cœur, elle voyait d'autres hommes. Et, d'ailleurs, pourquoi s'en serait-elle privée ? Ils n'avaient pris aucun engagement d'exclusivité l'un envers l'autre. C'était seulement lui qui avait supposé…

Et voilà ce qu'il y avait gagné. Il respectait les règles, et elle, elle s'en moquait. Elle n'avait jamais été intéressée par l'idée de fonder une famille. Pas comme lui.

Ils seraient toujours l'exact contraire l'un de l'autre, et une grossesse représentait le point final de cette aventure.

Heureusement, il ne lui avait pas déclaré qu'il désirait davantage dans leur relation, comme il avait songé un instant à le faire lorsqu'il était à New York.

Comment pouvait-il avoir consacré tant d'énergie à rêver d'un moyen de passer au stade supérieur avec elle, alors qu'elle s'appliquait déjà à l'oublier aussi vite que possible ?

Plus longtemps Logan restait assis sur le sol près de l'armoire ouverte, plus Trinity avait l'impression qu'elle allait vomir d'une seconde à l'autre.

Le moment était particulièrement mal choisi pour un accès de nausées matinales. Elle n'était pas allée travailler, ce jour-là, ce qui était rarissime chez elle, mais Cassie l'avait assurée de son soutien. Elle comprenait. Hélas, à présent, elle allait devoir affronter Logan.

En lui ouvrant sa porte, elle avait d'abord ressenti un immense soulagement. *Dieu merci, il était là*. Elle n'allait pas devoir faire face à cette situation toute seule. Son premier réflexe avait été de se jeter dans ses bras, de lui murmurer qu'il lui avait affreusement manqué, de lui dire combien elle le trouvait beau, fort, solide. Et qu'elle savait qu'il allait tout arranger pour eux deux.

Heureusement, elle avait gardé ces paroles pour elle. Sitôt qu'elle avait compris qu'il était dans la salle de bains et qu'il fouillait l'armoire, elle avait bondi hors de son lit pour l'arrêter. Mais il était déjà trop tard. Et, à en juger par l'expression de son visage, cette discussion au sujet de sa grossesse risquait de mal se terminer.

Il était furieux.

— Tu n'allais rien me dire, n'est-ce pas ? gronda-t-il, les dents serrées. Ne crois-tu pas que j'avais le droit de savoir ?

Elle ne l'avait jamais entendu parler de cette voix froide, soigneusement contrôlée. C'était un peu effrayant. Ne lui avait-il pas déclaré qu'il rêvait d'être papa et qu'il était déterminé à faire partie de la vie du bébé ? Ou l'avait-elle mal compris ?

Elle n'avait pas la force de se défendre. C'était sa propre

lâcheté qui l'avait empêchée de tout lui dire dès le début, et le résultat, c'était qu'elle s'était retrouvée toute seule.

— Je ne peux pas parler de cela maintenant, murmura-t-elle en se laissant tomber sur le parquet de chêne, assise devant la porte de la salle de bains.

— Ni maintenant ni jamais ? rétorqua-t-il. Tu ne comptais pas me l'avouer parce que cela aurait mis fin à notre campagne publicitaire, n'est-ce pas ?

Elle le dévisagea, consternée. Croyait-il réellement qu'elle ne lui avait rien dit parce qu'elle s'inquiétait pour son image publique ?

— Ce que tu dis n'a aucun sens, Logan. Pourquoi les médias cesseraient-ils de s'intéresser à nous simplement parce que je suis enceinte ?

Était-ce le plus important, pour lui ? Il ne lui avait pas demandé comment elle vivait sa grossesse, à quel stade elle en était, ou si elle était allée consulter un médecin. Il n'avait aucune des réactions auxquelles elle s'était attendue. Son attitude était presque… distante.

Elle frissonna. Cette situation se dégradait à toute vitesse. Exception faite de la possibilité d'une fausse couche, elle s'était imaginé à une réaction plus positive de sa part.

— Oui, tu as raison, répondit-il d'un ton lugubre. Pourquoi ne pas continuer notre fausse relation quoi qu'il advienne ? Cela ne devrait pas être trop difficile. Nous faisons semblant de nous aimer devant les caméras depuis assez longtemps. Qu'est-ce qu'une grossesse imprévue entre *amis* ?

Il n'y avait absolument rien d'amical dans ce sarcasme, et elle se sentit piquée au vif. Apparemment, il lui avait joué la comédie des sentiments depuis le début.

Pendant qu'elle luttait contre ses propres émotions, et qu'elle s'efforçait inutilement de ne pas tomber amoureuse de lui, il ne livrait pas un combat similaire. Elle s'était construit un conte de fées sur la seule base des quelques regards pleins d'intensité qu'il lui avait adressés pendant leurs ébats sexuels.

Rien dans leur relation n'était réel. N'avait-elle pas encore appris sa leçon ? Pourtant, elle aurait dû le comprendre depuis longtemps. La souffrance qui lui déchirait le cœur était exactement ce qu'elle méritait, pour avoir osé prétendre qu'ils avaient construit ensemble une relation à laquelle ni elle ni lui ne pouvaient renoncer.

— C'est ma faute, déclara-t-elle, fière que sa voix reste aussi ferme alors qu'elle avait le cœur déchiré. Je me suis mal exprimée. Je pense qu'il vaut mieux que nous mettions un terme à notre relation publique. Et le plus tôt sera le mieux, pour nous donner le temps de préparer un plan de limitation des dégâts.

— Et cela vaut aussi pour notre relation privée, gronda-t-il. Je devine que c'est la raison pour laquelle tu ne m'as rien dit. Tu savais que ce serait la fin, pour nous deux, et tu as choisi de limiter les dégâts au strict minimum.

Elle acquiesça d'un air malheureux, fermant les yeux pour ne plus voir la froideur de son expression. Au fond, il n'avait pas tort. C'était par pur égoïsme qu'elle ne lui avait rien dit. Elle avait été sûre que, de toute façon, sa grossesse n'arriverait jamais à terme, et qu'ensuite il n'y aurait plus rien pour les lier l'un à l'autre. Seulement voilà, même cela n'avait été qu'une illusion. Apparemment, le bébé ne faisait aucune différence. Il n'y avait déjà plus aucun lien entre eux.

Pourquoi ne pas le laisser partir tout de suite, au lieu d'attendre qu'il le fasse plus tard ? Ce n'était qu'une simple question de temps.

À l'évidence, il ne voulait pas d'elle ni du bébé. Ou, peut-être, il ne voulait pas de ce bébé uniquement parce que c'était le sien. N'avait-il pas toujours déclaré qu'elle n'était pas son genre ? Ils étaient très mal assortis. C'était pour cela qu'il insistait toujours pour qu'elle change de style vestimentaire lorsqu'elle était en sa compagnie.

— Moi non plus, je ne peux pas en parler maintenant, gronda-t-il. Félicitations. Tu as réussi à me faire enrager. Il faut que je sorte d'ici.

Elle s'écarta de la porte alors qu'il sortait de la salle de bains à grandes enjambées.

Puis, sans un regard en arrière, il quitta son appartement.

Elle se sentait vidée.

Il lui avait brisé le cœur, mais il fallait qu'elle soit courageuse. Pour le minuscule être qui croissait en elle.

Pourvu que le jour où elle se réveillerait baignant dans son propre sang n'arrive jamais.

Trinity s'obligea à continuer à se rendre à son bureau et à travailler, mais le cœur n'y était pas. Sa créativité s'était envolée en même temps que sa capacité à ressentir autre chose que de la tristesse. Heureusement, elle avait déjà suffisamment progressé avec la campagne « Fleur » pour que son équipe de créatifs puisse prendre le relais.

Logan n'avait pas appelé. Elle gardait constamment son téléphone dans sa main et elle fulminait chaque fois qu'il sonnait sans que ce soit un message de lui.

Lorsqu'il avait essayé de la joindre, à son retour de New York, chaque sonnerie avait été une torture pour elle, et elle avait prié pour qu'il renonce à lui parler, pour qu'il la laisse tranquille jusqu'à ce qu'elle ait trouvé le moyen de faire face à cet énorme, ce terrible secret entre eux. N'était-ce pas ironique ?

Et maintenant qu'il avait coupé toute communication avec elle, chaque moment de silence était une torture encore plus horrible. Il ne voulait rien avoir à faire avec elle ni avec son bébé, c'était la réalité. Et il ne serait pas non plus la main vigoureuse qui serrerait la sienne après sa fausse couche. Mais, le plus douloureux, peut-être, c'était qu'il n'était pas l'homme qu'elle avait imaginé.

Un jour, vers la fin de l'après-midi, elle décida de sortir de sa stupeur pour aider Harper et Cass avec les préparatifs d'une fête pour l'arrivée des bébés d'Alex. Cette activité lui ferait du bien. Elle devait cesser de se torturer au sujet d'une situation qu'elle ne pouvait pas changer. Et, plus encore, éviter de s'inquiéter de ce qui n'avait pas encore eu lieu. De plus, Cass était sa meilleure amie, même si elles s'étaient peut-être un peu éloignées, ces temps derniers.

Il était peut-être temps de changer tout cela.

Harper arriva en avion de Zurich pour cette occasion, et elle profita du voyage pour organiser quelques réunions avec le personnel des laboratoires. En principe, les jumelles d'Alex ne devaient naître que dans six semaines, mais son médecin, à Washington, était convaincu qu'elle allait accoucher d'un jour à l'autre. Alex participait à la fête à distance. Dès que ses bébés seraient nés, la directrice financière de Fyra prendrait un congé de maternité de six mois.

C'était merveilleux pour Alex, et elle se réjouissait pour elle. Pourtant, à une autre époque de sa vie, elle aurait trouvé cette idée ridicule, et elle aurait affirmé qu'une femme devait placer sa carrière au-dessus de toute autre considération. En réalité, elle avait été la seule à se perdre corps et âme dans son travail, au lieu de chercher ce que ses amies avaient si facilement trouvé — une relation solide avec un mari amoureux d'elles et impatient de devenir papa.

Aujourd'hui, elle devait convenir qu'elle mourait de jalousie.

La réunion avait lieu dans l'une des salles de conférences de la société qu'elles avaient créée ensemble à partir de rien. Elle eut encore l'énergie de serrer dans ses bras Harper, qu'elle n'avait pas vue en personne depuis quelque temps. Comment aurait-elle pu imaginer, quelques semaines plus tôt, qu'elles seraient toutes, elle et ses trois amies, enceintes au même moment ? Le ventre de Harper s'était arrondi, et elle ressentit une vague de tendresse envers son amie.

— Dante l'appelle l'Amibe, dit Harper en levant les yeux au ciel. Je lui ai dit d'arrêter, mais il trouve cela très drôle.

Dante, son mari, avait dû rester à Zurich pour l'enregistrement de son émission de télévision. Autrement, il aurait suivi Harper pas à pas, avec, sur son visage, cette expression d'adoration béate qui disait au monde entier combien il aimait Harper et leur bébé.

Elle aurait pu profiter il y a longtemps de quelques conseils, concernant l'art de trouver un homme dans son genre. Cela lui aurait évité la surprise de découvrir que Logan n'était pas du tout en train de tomber amoureux d'elle, comme elle l'était de lui.

Un flot de larmes brûlait derrière ses paupières, et, totalement incapable de les refouler, elle les laissa rouler librement sur ses joues. Pourquoi lutter ?

— Oh ! ma chérie ! murmura Harper en posant doucement sa main sur son bras. Tout s'arrangera, tu verras.

— N'as-tu toujours pas parlé avec Logan ? s'enquit Cass d'une voix douce en la serrant dans ses bras.

Elle secoua la tête et se laissa aller contre l'épaule de son amie. Logan avait été sa muse, sa raison de respirer, le père de son bébé et l'unique présence qui occupait son esprit jour et nuit, et toute sa créativité s'était évaporée à l'instant où il avait quitté son appartement.

Qu'allait-elle devenir ?

— Tu dois absolument lui parler, déclara Alex sur l'écran de la télévision. Il a des obligations légales envers toi et le bébé, que cela lui plaise ou non. Au minimum, une pension alimentaire pour l'enfant. Phillip contacte en ce moment même un avocat qui fera valoir tous tes droits.

Et quels étaient ces droits ? La moitié de la fortune de Logan ? Des billets pour tous les matchs à domicile des Mustangs ? Le droit de se retrouver seule parce qu'elle avait passé toute sa vie d'adulte à prétendre qu'elle n'avait pas envie de vivre le conte de fées qu'elle avait créé avec lui ?

— Les choses ne sont pas toujours ce qu'elles paraissent, remarqua Cass alors qu'elle s'adossait à son fauteuil, découragée. Je croyais que Gage et moi n'avions aucun avenir ensemble. Et nous avions essayé deux fois. Je n'aurais jamais cru qu'il ferait un jour irruption dans mon bureau avec une bague de fiançailles dans sa poche.

C'était différent, songea-t-elle, incapable de prononcer un seul mot. Tout le monde savait déjà que Gage était fou amoureux de Cass.

— Phillip m'a presque kidnappée alors que je rentrais de

l'hôpital, le jour où je m'étais évanouie, intervint Alex. Et ce, pour mieux me convaincre de renoncer à mon idée de divorce. Les hommes peuvent se montrer imprévisibles lorsqu'ils décident qu'ils désirent quelque chose.

— Dante a pris l'avion de Zurich à Los Angeles, puis de Los Angeles à Dallas, dans le seul but de me déclarer qu'il avait eu tort de me quitter. J'aimais cet homme depuis dix ans. Je me serais contentée d'un simple coup de téléphone. Mais j'avoue qu'il a été très agréable de constater que j'étais sa priorité absolue.

— Vous méritez toutes le bonheur que vous avez trouvé, murmura-t-elle entre ses larmes. Mais vous avez épousé des hommes qui désirent être papas…

Elle fut interrompue par un éclat de rire général. Ses trois amies riaient aux larmes.

— Tu n'imagines pas à quel point tu te trompes, remarqua Cass lorsqu'elle eut contrôlé son fou rire. Devenir le papa d'un petit garçon d'un an a probablement été l'épreuve la plus difficile que Gage ait eu à affronter de toute sa vie. Il a l'air d'un expert aujourd'hui, mais, crois-moi, cela n'a pas été sans effort.

— Tu te souviens, bien sûr, que Dante n'est pas le père biologique de mon bébé, n'est-ce pas ? intervint Harper en prenant doucement sa main. Il m'a fallu beaucoup de temps pour le convaincre de m'accompagner à mes visites médicales, en tant qu'*ami*, et plus encore pour qu'il m'annonce qu'il désirait devenir le père de mon bébé. Cela a failli nous séparer, mais nous avons trouvé la solution. Si Logan et toi êtes destinés à rester ensemble, vous la trouverez aussi.

— Et, dans le cas contraire, intervint Alex, tu es une femme forte et indépendante. Nous serons toutes là pour toi lorsque tu élèveras ton enfant.

— Si ma grossesse va à son terme, rappela-t-elle.

Car c'était l'obstacle majeur, et peu importait ce qu'*elle* désirait. C'était son corps qui allait décider de l'avenir du bébé. Elle n'avait aucun contrôle là-dessus, et c'était là sa plus grande cause de détresse.

Mais l'affection de ses amies comptait beaucoup pour elle.

Leurs paroles lui réchauffaient le cœur et elle se sentait un peu mieux.

— Merci, les filles. Je vous adore, et j'apprécie le soutien que vous m'apportez. Vous aviez le droit de vous moquer de moi lorsque je suis tombée enceinte. Je m'étais souvent vantée que cela ne m'arriverait jamais, à moi.

— J'y ai pensé, convint Harper en souriant. Tu étais très fière de toi. Je mérite une médaille pour ne pas t'avoir fait remarquer que la moitié des grossesses étaient imprévues.

— Je crois que nous quatre avons donné amplement raison aux statistiques, observa Cass d'un ton ironique.

— Et pourtant, nous dirigeons une entreprise multimillionnaire. Bien sûr, nous peinons à lancer notre produit révolutionnaire secret.

— Pas du tout ! se récria Cass. Ta campagne marketing pour « Fleur » est géniale. Nous lançons notre formule à la date prévue, en dépit de tous les retards que nous avaient causés les calomnies dont Fyra avait été victime.

— Je ne pensais pas aborder ce sujet, puisque nous faisons la fête, intervint Harper, repoussant ses cheveux roux derrière son épaule. Mais, pendant la réunion avec mon équipe, tout à l'heure, j'ai eu une idée sur la façon de démasquer notre saboteur. Je suis presque sûre de connaître son identité. Mais je vais avoir besoin de votre aide à toutes pour le confondre.

— Comme une enquête secrète ? s'étonna Alex. Nous sommes des femmes d'affaires, pas des détectives

En écoutant ses amies parler si passionnément de Fyra, elle regagna confiance. Elle trouverait le moyen de partager son temps entre le travail et son bébé. Parce qu'elle allait donner naissance à son bébé. Et tout irait bien.

Elle poussa un soupir, soulagée que la conversation ait pris une autre direction. Car elle pouvait oublier Logan, au moins pour le moment. *Courage…*

— Notre avocat a déjà conclu que nous n'avions pas suffisamment de preuves pour aller au tribunal, intervint-elle. Alex, écoute au moins ce que Harper a à nous proposer.

Cette affaire était exactement ce dont elle avait besoin pour mettre de côté ses problèmes personnels. Alex n'avait pas besoin de gâcher son plaisir avec la logique et la raison.

Elles écoutèrent attentivement Harper leur exposer son plan, puis elles réglèrent ensemble tous les détails de l'opération. Cass observa que c'était une façon plus productive et plus utile de passer le temps que de déballer des vêtements pour un bébé qui ne pouvait même pas les porter avant d'être né.

Enfin, elles disposèrent d'un plan solide pour répondre aux attaques que leur société avait essuyées au cours de l'année passée, lorsqu'elles avaient osé lancer une toute nouvelle ligne de produits. Elles étaient toujours quatre. Ensemble. Et elles remporteraient la victoire.

Et, lorsque leur plan fut adopté à l'unanimité, elles dévorèrent les sandwichs et les gâteaux que Melinda, la réceptionniste de Fyra, avait commandés pour leur petite fête.

Après tout, elles mangeaient toutes pour deux.

10

Logan grogna et recouvrit sa tête avec un oreiller en entendant son téléphone sonner à l'heure indécente de… *9 h 45 ?*

Comment pouvait-il être presque 10 heures ? Avait-il un match, aujourd'hui ? Son cerveau nageait dans une brume de confusion.

Empoignant le téléphone, il bondit hors de son lit, et dans sa hâte, sa cheville heurta la table de nuit de bois massif, le faisant grimacer de douleur.

Il laissa échapper un juron qui aurait choqué les clients d'un bar de cow-boys, et ce fut encore plus vrai avec la femme à l'autre bout du fil. Sa mère.

— Logan Duncan McLaughlin, je devrais te laver la bouche avec du savon. Ce n'est pas une façon de parler à ta mère.

— Maman, s'il te plaît ! Je ne suis vraiment pas d'humeur.

Le soir précédent, après la troisième défaite consécutive des Mustangs, il avait bu une copieuse quantité d'alcool, et il avait une affreuse migraine. À présent doublée d'une autre douleur à l'autre extrémité de son corps. Massant précautionneusement sa cheville, il retourna s'asseoir sur le lit.

Pour être honnête, il était déjà aux prises avec une douleur bien plus déchirante que ses souffrances physiques.

Aucune quantité d'alcool ne pouvait lui faire oublier à quel point il se sentait malheureux sans Trinity.

— Eh bien, je suis navrée, dit sa mère d'une voix radoucie, mais je n'aime pas apprendre les dernières nouvelles de la vie de mon fils sur Internet. D'après la rumeur, ta fiancée et toi avez rompu. Est-ce vrai ?

C'était justement là la question. Était-ce terminé, entre eux ? Il lui était impossible de cesser de penser à elle. Elle lui manquait. Il la désirait.

Il s'allongea sur le lit, les yeux au plafond, dans cette chambre un peu trop masculine à son goût. Le décorateur qu'il avait engagé à l'époque avait forcé sur les couleurs sombres et les bois massifs. Ce qu'il fallait à cette pièce, c'était une femme avec un penchant pour les couleurs éclatantes et les tissus audacieux, une femme qui n'aurait pas peur d'imprimer sa marque sur son environnement.

Une femme en particulier.

— Cette affaire avec Trinity n'a jamais réellement commencé, expliqua-t-il en soupirant. Notre relation n'était qu'une stratégie publicitaire destinée à attirer l'attention sur nos entreprises respectives.

Il s'attendait à une réponse indignée. Ce qu'il venait d'avouer était sûrement un blasphème pour une femme qui avait vécu une relation merveilleuse avec un homme pendant presque quarante ans.

— Oh ! je t'en prie, ne me raconte pas d'histoires ! répliqua sa mère. C'est peut-être effectivement ainsi que cela a commencé. Mais, en voyant ces photos, n'importe qui comprendrait que tu l'aimes.

— Malheureusement, elle n'est pas de ceux-là.

Il se sentait à tel point accablé qu'il n'avait même plus l'énergie d'être furieux. Sans Trinity, il ne ressentait qu'une profonde tristesse. Mais comment avait-il pu la perdre ainsi ?

— Je crois que tu devrais prendre un peu de recul. Elle est visiblement aussi amoureuse de toi que toi d'elle. Alors ? Et si tu me racontais ce qui se passe vraiment ?

Il faillit sourire à cet instant. Mais seulement parce que sa mère lui rappelait Trinity, avec sa façon de lire dans ses pensées, de deviner sans peine ses sentiments.

— Comment sais-tu qu'il y a quelque chose entre nous ?

Nous avions une fausse relation, et maintenant, c'est terminé. Que pourrait-il y avoir d'autre ?

Tout. Et rien. Parce qu'il avait été assez naïf pour croire que ce qu'ils avaient était spécial. Réel. Au lieu de cela, ce n'était qu'une illusion, et il s'y était laissé prendre.

— Voyons, j'ai été mariée à ton père ! Le jour où je serai incapable de comprendre les hommes de la famille McLaughlin, je serai prête à rendre mon dernier soupir. Dis-moi tout, ou je viens chez toi en personne.

Oh oui, ce n'était pas une menace en l'air. Elle le ferait, et elle l'obligerait à lui avouer toute l'histoire, tout en lui préparant un déjeuner plein de calories et d'amour qu'il adorerait.

Tout à coup, cette idée lui semblait si merveilleuse qu'il sentit sa gorge se serrer.

— Viens si tu veux. Cela ne me dérangerait pas.

— Oh ! mon chéri ! Est-ce aussi grave que cela ?

— Elle est enceinte, maman.

Il regretta ces mots sitôt qu'il les eut prononcés. Il était trop tôt pour ce genre d'embuscade.

— Quoi ? Donne-moi le numéro de cette fille, et je lui dirai ce que je pense d'elle. Essayer d'extorquer de l'argent à mon fils ! Quelle…

— Maman, coupa-t-il, elle n'a pas essayé de m'extorquer de l'argent.

— A-t-elle prétendu que le bébé était de toi ?

— Non, elle n'a pas fait cela non plus.

— Ah. Alors, j'ai du mal à comprendre. Tu entretenais une fausse relation avec elle, mais vous aviez convenu que cette soi-disant relation serait exclusive ? Je ne comprends plus. Qu'a-t-elle fait de si horrible pour que tu ne puisses pas lui dire ce que tu ressens pour elle ?

— Le bébé n'est pas de moi !

— Et alors ? Quelle importance ?

Cette question acheva de le déstabiliser. Il ne connaissait pas la réponse. Il devait sûrement exister une règle stipulant qu'on n'épousait pas une femme enceinte d'un autre homme.

Mais Trinity ne s'était jamais conformée aux règles et elle avait certainement prouvé sa capacité à le convaincre d'en contourner quelques-unes.

— Je…

— Vas-tu laisser ton orgueil détruire ta relation ? coupa sa mère. L'aimes-tu ?

— Bien sûr, je l'aime ! Enfin… je ne sais pas. Je pensais m'acheminer dans cette direction, mais tout s'est écroulé.

— Mon chéri, ce que tu viens de me dire, dans les grandes lignes, c'est qu'une femme enceinte avait pris un milliardaire dans ses filets, mais qu'elle a choisi de se montrer totalement honnête avec toi, concernant votre situation. À mon avis, celle-ci, tu devrais la garder. Sors de ta léthargie et cours chercher ce que tu désires.

— Ce n'est pas aussi simple.

Seigneur, sa mère le défiait-elle d'épouser Trinity ?

— Dans ce cas, tourne la page, conseilla-t-elle. Laisse ce chapitre de ta vie derrière toi. Je connais une très gentille fille que j'aimerais te présenter, une nouvelle fidèle de notre église. C'était à son sujet que je t'appelais, justement…

— Merci, maman, mais c'est non.

Il se leva brusquement, soudain libéré de tous ses doutes. Il ne voulait pas épouser une gentille fille sage. Il désirait une femme de feu qui ne se soumettait jamais à ses caprices et qui le défiait de prendre ce qu'il désirait.

Pour la première fois depuis qu'il avait quitté l'appartement de Trinity, son univers avait un sens. Il l'aimait et il avait commis une terrible erreur en lui tournant le dos. Tout le reste était secondaire.

À présent, il lui restait à la convaincre que, pendant qu'ils s'appliquaient à afficher une fausse relation, la réalité s'était invitée dans la partie et avait tout changé.

Trinity pouvait enfin se détendre un peu. Au moins en ce qui concernait sa vie professionnelle. L'« opération secrète » qu'elle avait menée avec ses collègues avait été un énorme succès. Elles avaient remis la chef de laboratoire de Harper entre les mains de la police.

Il était bien agréable d'avoir enfin repris une mesure de contrôle sur quelque chose.

— Cette femme mérite de moisir en prison, s'indigna Harper lorsque l'inspecteur de police de Dallas venu leur faire son rapport fut reparti. Oser prétendre qu'elle était la créatrice du Formula-47, quel culot ! Son seul travail consistait à prendre des notes.

La femme avait avoué être à l'origine de tous leurs ennuis. Furieuse qu'on ait sous-estimé sa contribution à la création du produit, elle avait cherché à se venger en ruinant Harper et Fyra. En réalité, la chef de laboratoire n'avait eu qu'un rôle minime dans la création de « Fleur » et elle souffrait visiblement de troubles psychologiques.

— C'est terminé, maintenant, dit Cass d'un ton apaisant. Nous devrions sortir fêter cela.

C'était une bonne idée et elle allait approuver l'initiative de Cass lorsque son téléphone, posé devant elle sur la table de la salle de conférences, vibra au même instant. C'était un texto de Logan. Elle n'aurait probablement pas lu ce message maintenant, si Cass et Harper n'avaient pas été là à la dévisager. Mais elle ne pourrait pas repousser éternellement le moment de lui parler. La fuite n'était pas une solution.

Le texto s'afficha sur l'écran :

> Nous allons devoir mettre en scène une rupture publique. J'ai laissé un billet pour toi à la caisse. Viens avant la pause de la septième manche et nous ferons notre numéro devant les caméras.

Trinity dut relire le message une deuxième fois avant d'être sûre d'avoir bien compris.

Alors, c'était la fin. Logan était réellement perdu pour elle. Comme le reste de leur douloureuse relation, cela ne semblait pas réel.

Mais il avait raison, autant mettre fin officiellement à leur histoire, vraie ou fausse. Cela lui permettrait de tourner la page.

Hélas, un nœud lui serrait la gorge et elle sentait les larmes lui monter aux yeux.

— Veux-tu que je t'y conduise ? proposa Cass.

Désorientée, elle se contenta d'acquiescer en silence. En route vers le stade, Cass n'essaya pas de lui faire la conversation et elle lui en fut reconnaissante, car elle n'aurait pas su quoi lui dire. Elle se réjouissait néanmoins que son amie l'ait accompagnée. Jamais elle n'aurait pu faire cela toute seule. Elle, qui avait toujours déclaré haut et fort qu'elle plaçait son indépendance au-dessus de tout le reste, était devenue curieusement incapable de se débrouiller seule depuis quelque temps.

En route, Logan lui envoya un nouveau message avec d'autres instructions. Un agent de sécurité les attendait à la caisse et les conduisit à travers un labyrinthe de couloirs jusqu'au terrain, où Logan était supposé la rencontrer. Elles le suivirent à bonne distance, à l'écart des caméras et du reste du personnel.

Le match était en cours. C'était le début de la septième manche, et elle arrivait, comme convenu, avant la pause. Les Mustangs étaient à la batte. Deux hommes sur base, deux autres *out*. Elle étudia la situation sur le terrain. Le prochain batteur ne pouvait pas se permettre de manquer la moindre balle parce que…

Elle se surprit à imaginer toutes les stratégies possibles pour l'action à suivre. Que lui prenait-il ?

À vrai dire, il n'y avait là aucun mystère. Logan lui avait facilement transmis sa passion du base-ball parce qu'elle ne se lassait pas de l'entendre parler de ce qu'il adorait.

Le lanceur de Los Angeles était un gaucher et il sortit le batteur droitier des Mustangs en trois balles imparables. La manche était terminée. Les joueurs défilèrent hors du terrain, et une femme en uniforme de l'aviation chanta une chanson patriotique. Elle avait déjà assisté à cette routine en plusieurs occasions, mais jamais depuis le terrain. La perspective était à couper le souffle. Alors que les dernières notes s'éteignaient doucement, une silhouette lui cacha les lumières du stade, et elle leva les yeux.

Logan. Immense. Magnifique. Et un véritable choc pour ses nerfs déjà éprouvés. Comment osait-il rester planté là avec son sourire ravageur ? Il était si beau que ses jambes se mirent à trembler.

— Tu souhaitais me voir ? lança-t-elle d'un ton sarcastique, croisant les bras pour dissimuler le tremblement de ses mains. On dirait que, même moi, je n'ai pas pu empêcher ce pauvre Walker de se faire sortir. Ton plan de faire venir ton porte-bonheur sur le terrain a fait long feu. Ce remplaçant de Los Angeles est vraiment excellent.

— On gagne et on perd, répondit-il, avec un haussement d'épaules nonchalant.

— Ne reste pas la bouche ouverte, Trinity, chuchota Cass derrière elle. Il y a une caméra braquée sur toi. Et ta conversation passe en direct sur l'écran géant.

Elle se reprit, mais pas à cause de la caméra. Si elle était venue, c'était pour mettre un terme à cette folie une bonne fois pour toutes. Et pour commencer cette conversation, elle allait devoir se résoudre à parler.

Même si chaque mot faisait mal.

— On gagne et on perd ? répéta-t-elle. Qui êtes-vous, et qu'avez-vous fait de Logan McLaughlin ?

Car l'homme qu'elle croyait connaître n'aurait jamais dit une chose pareille. C'était peut-être là une partie du problème. Elle n'avait jamais réellement connu Logan.

— Comme je te l'ai déjà dit, pour moi, la plus belle chose au monde ce n'est pas de gagner des matchs, murmura-t-il. La plus belle chose au monde, c'est toi.

Quelque chose n'allait pas du tout. Ils étaient censés mettre en scène une rupture en public, pas ressasser toutes les bêtises qu'ils s'étaient dites.

— Tu détestes ma façon de m'habiller, rappela-t-elle d'un ton accusateur.

— J'avoue que je te préfère nue, répondit-il sans se troubler.

Mais je ne déteste pas ta façon de t'habiller. Je préfère seulement les vêtements que je choisis à ceux que tu choisis. Mais nous pouvons trouver un compromis.

— Un compromis ? Toi ? Mais tu es un dictateur inflexible. Franchement, je ne sais pas comment tu peux porter le fardeau de toutes les règles que tu t'es imposées.

Il détestait qu'elle se moque de son côté psychorigide, mais il se contenta d'acquiescer.

— C'est tout moi, tu as raison. C'est la raison pour laquelle j'ai besoin d'une femme comme toi dans ma vie. Pour me secouer un peu et me rappeler à l'ordre lorsque je me montre étroit d'esprit. En te quittant, j'ai perdu ce que j'avais de plus précieux. Alors, je désire te faire mes excuses en public. Je suis désolé.

Une clameur d'approbation monta de la foule du stade, couvrant les battements affolés de son cœur. Cela n'était pas une dispute. Il l'avait attirée ici sous un faux prétexte… *Pour pouvoir s'excuser ?*

— Que fais-tu ? chuchota-t-elle. Nous étions censés rompre.

— Mais ce n'est pas ce que je désire, murmura-t-il en s'emparant de sa main pour la porter à ses lèvres comme il l'avait fait tant de fois. Pardonne-moi, mais j'ai très mal géré notre dernière conversation et je te demande de m'accorder une nouvelle chance. Publiquement. Je t'offre aussi l'occasion de m'humilier. C'est ce que je mérite, bien davantage que je ne te mérite, *toi*.

— Pourquoi serait-ce différent, cette fois-ci ? s'enquit-elle, luttant contre le flot de larmes qui montait à ses paupières.

C'est alors qu'il lui sourit, et la tendresse qu'elle lisait dans ce sourire l'enveloppa comme une onde bénéfique.

— Parce que, cette fois-ci, je reconnais sans détour que je suis amoureux de toi, répondit-il, plongeant son regard tout au fond du sien.

Elle crut un instant qu'elle allait s'évanouir. Lorsqu'il la vit vaciller, il cessa de sourire et il la souleva dans ses bras, puis il fit signe au caméraman de cesser de filmer.

— Viens-tu réellement de me dire que tu m'aimes ? s'enquit-elle d'une voix faible.

— Tout va bien, murmura-t-il en l'emportant à travers un dédale de couloirs. Je ne suis pas totalement habitué à cette idée, moi non plus.

Ils croisèrent des gens qui allaient rejoindre leurs places pour la huitième manche, mais personne n'essaya de les aborder, et, enfin, il trouva une pièce privée qui n'était pas fermée à clé.

Il la fit asseoir sur une chaise, puis il s'agenouilla devant elle, caressant son visage avec des gestes délicats, comme pour s'assurer qu'elle n'était pas sur le point de s'évanouir. Il lui avait affreusement manqué. La sensation de ses muscles fermes sous ses doigts, l'incendie qu'il allumait dans son sang lui manquaient.

— Pourquoi dirais-tu une chose pareille ? s'insurgea-t-elle. Notre relation n'était qu'une comédie.

À présent qu'ils étaient seuls, le maelström d'émotions où elle se débattait ces quelques derniers jours revenait en force, l'empêchant presque de respirer. Et cela ne lui convenait pas du tout. Elle avait besoin d'être calme et rationnelle, pas à deux doigts de se jeter dans ses bras, où elle se sentait en sécurité, belle, aimée. Alors que rien de tout cela n'était réel.

— Parce que je m'efforce de t'expliquer que notre relation passée n'était peut-être pas réelle, mais l'avenir que je désire pour nous deux l'est bel et bien. J'aurais dû te l'avouer depuis longtemps.

— Mais je ne comprends pas, répondit-elle d'une voix un peu raffermie, à mesure que le sens de ses paroles filtrait à travers la souffrance de son cœur. Tu ne voulais pas de moi ou du bébé. Qu'est-ce qui a changé ?

— J'ai compris que j'étais idiot de laisser une ancienne relation nous empêcher d'être heureux ensemble. Je peux accepter un bébé qui n'est pas le mien. À condition que tu fasses aussi partie du marché.

— Quelle relation passée ? balbutia-t-elle, luttant contre l'impression que le sol se dérobait sous ses pieds. Un bébé qui n'est pas le tien ? Es-tu en train de m'accuser d'avoir eu un autre amant lorsque nous étions ensemble ?

— Cela ne fait rien, assura-t-il d'un ton conciliant. Nous ne nous étions pas promis l'exclusivité. Je te demande pardon.

— Le bébé est de toi, idiot ! Ah, les hommes ! Quand aurais-je eu le temps de prendre un amant, Logan ? J'ai assisté avec toi à un million de matchs de base-ball. Je t'ai même accompagné en Californie ! Que dois-je faire pour te prouver que je m'étais totalement investie dans notre relation ? Tu m'as rendue malheureuse uniquement parce que tu ne t'es pas donné la peine de me poser les questions les plus basiques…

Il était devenu pâle comme un linge et il la prit dans ses bras, la serrant si fort qu'elle ne parvenait plus à respirer. Il lui demanda pardon, encore et encore.

— Sérieusement ? dit-elle lorsqu'il eut relâché un peu son étreinte. Tu as réellement cru que ce bébé n'était pas de toi ?

À présent, tout s'expliquait, et c'était à la fois terrible et merveilleux.

— Je… J'ai tiré mes propres conclusions du fait que tu ne me l'avais pas annoncé tout de suite, avoua-t-il d'un air malheureux. Je suis désolé. J'aurais dû clarifier la situation avant de claquer la porte. Le bébé est vraiment de moi ? Je vais être papa ?

— Oui, aucun doute là-dessus.

Elle vit alors une expression de pur émerveillement apparaître sur son visage, et le sourire qu'il lui adressa la réchauffa comme un rayon de soleil.

Son cœur fit un bond dans sa poitrine. Il désirait ce bébé. Et, face à l'émotion, intense, sincère, qui rayonnait de lui, les larmes qu'elle retenait depuis si longtemps débordèrent enfin et roulèrent librement sur ses joues. C'était à *cela* que devait ressembler le visage d'un homme lorsqu'on lui annonçait qu'on allait mettre au monde son bébé. Rayonnant. Attachant. Merveilleux.

— Tu as raison, déclara-t-il avec un sourire si ému qu'il en avait les larmes aux yeux. Je suis un idiot. Et tu as ma permission de me le rappeler chaque jour jusqu'à ma mort.

— Comptes-tu rester aussi longtemps avec moi ?

Pour toute réponse, il tira un petit écrin carré de sa poche et fit basculer le couvercle.

— Que… fais-tu ? balbutia-t-elle.

En réalité, c'était évident. Il lui offrait la seule chose qu'il n'avait jamais proposée à aucune autre, parce qu'il pensait qu'elle méritait l'expérience unique réservée à la future Mme McLaughlin.

— Je te demande de m'épouser, confirma-t-il, lui coupant le souffle. Mais pas devant les caméras. Cela ne concerne que toi et moi.

La bague scintillait dans la lumière, projetant des éclairs roses dans ses yeux. Puis une image horrible resurgit dans son esprit et elle secoua lentement la tête, la gorge serrée.

— Non, c'est impossible.

— Pourquoi ? s'étonna-t-il, plantant son regard dans le sien.

Parce que je pourrais dire oui, et alors…

Il méritait mieux qu'une épouse défectueuse. Soudain, elle avait les mains glacées.

— Tu ne m'as jamais demandé pourquoi j'ai gardé un tel secret. J'ai déjà fait une fausse couche. Ce bébé ne naîtra peut-être même jamais. Et qu'adviendra-t-il de nous, alors ?

Il ferma les yeux un instant, et, lorsqu'il les rouvrit, elle lut une telle compassion dans son regard qu'elle faillit fondre en larmes. Il lui tendit sa main, et elle la prit sans hésiter, se délectant de la chaleur de sa grande paume contre la sienne.

— Reprenons tout au début, dit-il d'une voix qui se fêlait un peu. Je suis Logan McLaughlin et je suis propriétaire d'une équipe de base-ball que je n'ai acquise que parce que je pensais qu'elle remplirait le vide laissé par la blessure qui a mis fin à ma carrière. Je me trompais. C'est *toi* qui as rempli ce vide. Je t'aime. Que tu puisses ou non devenir maman.

Enfin. Elle l'avait débarrassé de son armure pour dévoiler l'homme qu'il était réellement dessous. Son cœur débordait à tel point d'amour pour lui qu'elle ne retrouvait plus sa voix. Il le fallait, cependant, car il lui serrait la main, l'encourageant à s'exprimer à son tour.

— Je suis Trinity Forrester et je suis mariée à mon travail de directrice du marketing parce que je me croyais trop abîmée pour avoir droit à ce que je désirais réellement. *Toi.* Je t'aime. Réellement. Pour toujours.

Il avait découvert la femme réelle derrière la façade scandaleuse. Il l'avait probablement percée dès le premier jour. Parce qu'il était exactement son genre d'homme. Un homme fort, solide, qui resterait à ses côtés quoi qu'il advienne.

Qu'elle perde ce bébé, ou qu'ils soient bénis avec son arrivée, cet homme serait là, près d'elle. Tenant sa main. Lui donnant son amour. Il était la réalisation de tous ses rêves, et elle aussi serrait sa main très fort. Pas parce qu'elle craignait qu'il disparaisse, mais parce qu'elle ne voulait plus jamais le laisser partir.

Épilogue

Quatre stations de télévision locales et une représentante du magazine *Entertainment Weekly* couvrirent ce qui fut l'événement de l'année, le mariage de Trinity Forrester et de Logan McLaughlin. La maman du marié racontait à qui voulait l'entendre qu'elle allait bientôt devenir grand-mère.

« Fleur », la crème miracle, fut lancée dès le lendemain. Mais, ce jour-là, Trinity et Logan étaient occupés à acclamer les Mustangs, qui gagnaient leur septième match consécutif. Ils avaient décidé de partir en lune de miel vers une destination très exotique et très luxueuse après la fin de la saison, avant que sa grossesse ne soit trop avancée. À la douzième semaine, le Dr Dean avait déclaré à Trinity que ses chances de mener sa grossesse à terme étaient désormais excellentes.

Son appartement de Dallas s'était vendu en vingt-quatre heures et elle était allée s'installer chez Logan, à Prosper, une propriété dont elle était tombée amoureuse au premier regard. Peu à peu, elle y imprima sa marque, jusqu'à ce que cet environnement soit le leur. Ils adoptèrent deux chiens, un mâle et une femelle, et ils les appelèrent Nolan et Estée.

Mieux encore, Logan fit construire un second dressing attenant à leur chambre pour les vêtements et les chaussures de Trinity et il ne se plaignait presque plus jamais de ses choix vestimentaires, pourvu qu'elle lui permette de la déshabiller à la fin de chaque journée. Pour elle, c'était un arrangement gagnant-gagnant.

Ses excuses publiques étaient devenues virales instantanément et avaient fait le tour du monde, suscitant une vague de publicité positive qui garantissait que le lancement de « Fleur » serait un succès. Et ce fut le cas, bien au-delà des prévisions des dirigeantes de Fyra Cosmetics. Pour célébrer l'événement, Alex donna le jour à deux ravissantes jumelles en parfaite santé. Phillip, le fier papa, envoya son jet privé à Dallas pour transporter ses amies et leurs maris. Harper arriva de Zurich avec Dante, et tous les six se retrouvèrent à l'hôpital pour faire la connaissance des bébés. La grande main de Logan ne lâcha à aucun moment celle de Trinity tandis qu'ils se tenaient ensemble au pied du lit. À force de tant sourire, son visage lui faisait mal. Les minuscules petites filles étaient absolument ravissantes. Phillip et Alex les tenaient dans leurs bras et l'expression de leurs visages était… *extatique.*

— Nous serons bientôt comme eux, chuchota Logan à l'oreille de Trinity.

— Ce n'est pas encore une certitude, répondit-elle à voix basse — parce que cette journée était celle d'Alex et qu'aucune pensée négative n'y avait sa place. Quoi qu'il advienne, je l'accepterai.

Et c'était vrai. Logan lui avait déclaré en plusieurs occasions que, si le pire se produisait, ils pourraient considérer une adoption. Ou alors, attendre un peu et faire un nouvel essai. Tout ce qu'elle désirerait.

Tournant son regard vers les trois femmes avec qui elle avait bâti un empire des cosmétiques, avec leurs maris, leurs enfants, leurs bébés à venir… elle sut que, quel que soit l'avenir de sa propre grossesse, elle serait heureuse.

Car elle avait déjà tout.

Retrouvez prochainement,
dans votre collection

SAGAS

Trilogie intégrale : FRÈRES ET CÉLIBATAIRES
de Carole Mortimer - N°150

Une aura de scandale

Bryn Jones. Une femme dont Gabriel D'Angelo garde un souvenir au parfum de scandale de regrets... Scandale parce que leur brève liaison a plongé l'entreprise familiale dans tourmente cinq ans plus tôt. Regrets parce que Gabriel n'a jamais pu oublier celle qui lui ét alors interdite. Et aujourd'hui, elle est là, dans son bureau. Aussitôt, Gabriel sent un désir f l'envahir, mais une question le hante : pourquoi Bryn est-elle de retour ?

Le secret de Nina

Séduire les femmes, ça n'a jamais été un problème pour Rafe D'Angelo. Mais, avec Ni Palitov, rien ne se passe comme d'habitude. Si la belle héritière est la femme la plus séduisan qu'il ait jamais rencontrée, elle est aussi la plus mystérieuse. Pourquoi est-elle si déterminée fuir le désir qui vibre entre eux ? Elle cache un secret, Rafe en est persuadé. Un secret qu découvrira, si c'est le seul moyen de séduire Nina...

Dans les bras de Michael D'Angelo

Eva a tout fait pour assurer à ses neveux, dont elle a la garde depuis la mort de leur mèr un foyer stable et aimant. Mais aujourd'hui, sans ressources, elle n'a plus le choix : elle d retrouver leur père. Hélas, quand elle toque à la porte des D'Angelo, ce n'est pas le pè qu'elle trouve, mais le frère de ce dernier : Michael D'Angelo. Un homme charismatique ombrageux qui exige aussitôt qu'elle demeure chez lui le temps de tirer cette affaire au clair

Trilogie intégrale : SCANDALES À L'HÔPITAL
de Emily Forbes - N°151

Cet homme trop séduisant

Lorsqu'elle apprend que sa petite sœur vient d'être admise à l'hôpital, Ruby quitte précipitamme son poste d'infirmière à Byron Bay pour se rendre à son chevet. Rongée par l'inquiétude, e ne prête d'abord pas attention au patient du box voisin, Noé Christiansen, un séduisant pilc de course. Mais, au fil de ses visites à l'hôpital, Ruby apprend à le connaître et se rend comp qu'il la trouble plus que de raison...

Un interne irrésistible

Dévouée à ses patients, Scarlett n'a pas de temps à consacrer aux hommes. Aussi, lorsqu'e fait la connaissance de Jake, le barman du club où une de ses amies fête son enterrement de de jeune fille, elle ne cède au désir qu'il lui inspire que parce qu'elle est persuadée qu'elle le reverra jamais. Quelle n'est donc pas sa surprise, le lendemain matin, de croiser à nouve le regard brûlant de Jake dans son service à l'hôpital !

Réunis par le destin

Mitch doit l'admettre, il est totalement submergé : entre la gestion de son ranch, l'éducation ses trois enfants – Lila, Jed et Charlie – et la démission soudaine de sa nourrice, il y a de qu perdre la tête ! Alors quand Rose Anderson, l'institutrice des petits, lui propose son aide pc veiller sur eux, Mitch ne peut qu'accepter. Mais en ouvrant sa porte à cette femme qui lui pl terriblement, ne risque-t-il pas de céder à la tentation ?

HARLEQUIN SAGAS